女性系列小说

W的午门

李国彬／著

合肥工業大學出版社

图书在版编目(CIP)数据

W 的午门/李国彬著 .—合肥:合肥工业大学出版社,2018.6
ISBN 978-7-5650-4046-7

Ⅰ.①W… Ⅱ.①李… Ⅲ.①中篇小说—小说集—中国—当代②短篇小说—小说集—中国—当代 Ⅳ.①I247.7

中国版本图书馆 CIP 数据核字(2018)第 133466 号

W 的午门

李国彬 著　　　　责任编辑 朱移山

出　版	合肥工业大学出版社	**版　次**	2018 年 6 月第 1 版
地　址	合肥市屯溪路 193 号	**印　次**	2018 年 6 月第 1 次印刷
邮　编	230009	**开　本**	710 毫米×1010 毫米 1/16
电　话	人文编辑部:0551-62903205	**印　张**	21.25
	市场营销部:0551-62903198	**字　数**	415 千字
网　址	www.hfutpress.com.cn	**印　刷**	安徽昶颉包装印务有限责任公司
E-mail	hfutpress@163.com	**发　行**	全国新华书店

ISBN 978-7-5650-4046-7　　　　**定价:** 38.00 元

目　　录

咖啡厅里的死刑描述

一

这种叫作盐酸氯丙嗪的注射液，我已经连续用了一个礼拜；而且，每天的剂量都在加大，昨天已增加至150毫克。我的两只手上扎满了针眼，看上去如刺绣一般。尽管如此，我的症状仍然不见好转。

睡不着，睡不着，哪怕是一秒钟也睡不着。我不知道是谁偷袭了我，又在什么时候将那个沉重的工业卡尺卡在了我的头上，并一点一点往脑髓里挤压，我感到颅骨即将破裂，并能听到细微的断层声。我向医生绘声绘色地描述了我的感受，医生说："没有人会这么做，你要安静。"我为医生对病人的漠视而充满了对抗和痛苦。

大概是到了下半夜了，我有了睡意，实际上是浑身疲倦带来的反应。恍恍惚惚之中，我被一种隐约的埙声撩醒，这声音浑厚而悠长，听来则是在我浑浊的心底处缓缓搅动，令我不安和凄惶。

我睁开眼睛时，看到窗外的月亮竟然一动不动，像是贴在天上的一片圆圆的树叶子，又像是一颗晶莹的湿润的即将滑落的秋露。这和那天晚上没有任何区别。

二

我从艺校练功房出来时已是深夜十一点二十分，走进那条深达一百多米长的巷子时才发现，巷子内原有的三盏路灯如今只剩下了一盏。仔细看去，这条巷子则像是被羽化了一般，由明至暗，渐渐地淡出。我并没有太紧张，因为这条每天我都要走上好几次的老巷子犹如父亲的手掌，厚实而亲切。

我走出最后一抹光晕时，才有点不安，我突然感到两边的墙壁是那么的陡峭，月亮的光辉根本就无法照进来。走在下面，犹如走在黑暗的井底，而此时所有的声音都被放大了，我的心跳急促而沉重，就在这时，我看到了一双眼睛，这双眼睛在这两个月里，每当我独自在练功房练功时，它都会闪现，神秘阴森得如同飘浮在空中的两粒闪光的幽灵。有一段时间我觉得这双眼睛和另外一些男生的眼睛并没有什么区别，是对一个舞蹈班尖子的垂青，目光中饱含的那种仰慕、惊艳和渴望，常常能使我抛却不安而沾沾自喜，一个女孩的感觉就这么简单。而现在则令我恐慌。我应该马上停下脚步，给在家的父母打个电话，我的手机就挂在胸前，或干脆往回走，从最切实的预感中逃离。但鬼使神差的是，疲劳使我的侥幸心理占了上风，从而使我根本就不相信只会发生在影视作品和文学作品中的事情真会发生在我的身上。

于是，我仅仅犹豫了一下，又继续向前走去。我的脚步迅捷而凌乱，我想很快走完脚下的这段熟悉而陌生的路，跨进自己的家门，我甚至听到了父亲房间的音乐声。他总是很晚的时候，一边批改着学生的论文，一边欣赏着音乐。就在这时，他们出现在我的面前，瞬间阻断了我急切眺望家门的视线。

他们把我逼到一个潮湿而阴暗的墙角，我终于看清，这是两个英俊而健壮的男孩，也是我们艺校的，其中的一双眼睛正是每天在我练功时要在我身体各处逡巡数次的那一双。此时，它们充满了淫欲和罪恶。

我知道这些年来，我最担心的事情发生了，我被人强奸了。我懂事以来，小心留守和培育的一粒珍珠就这样被人强行采撷了。

强奸我的男孩一直在颤抖，我能听到他的牙齿在打着战，吻我时，嘴唇冰冷，而那个死死抵着我两条胳膊的高个子男孩则要从容老练得多，他不停地小声地威吓我：别喊，别喊！你知道，这里是艺校的宿舍区，别喊！我恐惧地点着头。……

我以为他们肯定要轮奸我，但他们没有这么做，那个高个子男孩把我搂在他的怀里，用胳膊锁着我的喉咙，指了下那个在一边慌慌张张系裤子的男孩说：现在没事了，他得不到你，他就要死了。谢谢你成全我的朋友。下个礼拜我们就要毕业了，星期六，麻烦你再来一次，就一次，明白吗？他用脸挤着我的脸说。我已不会说话，他松开我时，我就像一条被人连根斫去的大海藻，松软地顺着墙体瘫痪下去。高个子男孩再次抱起我，并提起我的裤子，下巴斜抵在我的脖子上说：刘露露，我们不怕你，你听明白了吗？说完，他丢下我，和那个男孩一起，像一对鼹鼠，转瞬间就消失在黑暗中。

疼痛在下半夜接踵而来。长到十九岁，我从来就不敢抚摸自己的下身，现在，我感觉它在不停地肿胀，而且伴随着一阵阵细腻的撕裂感。我的头部、脑部，我的两个腋下，我的大腿两侧，都像是有一只枯瘦而有力的手在抓着，一阵阵地痛。……

洗完澡后，我蜷缩在被子里，整个人抖成一团，想到那场野蛮的掠夺，想到怀孕，想到我再也没有第一次奉献给我未来的爱人，想到那个高个子男孩临走时说的那句话，我绝望而恐惧地哭了。而带研究生的父亲就在楼下批改论文，我不敢哭出声来，就紧紧地用被角捂住自己的嘴巴。可是，父亲还是觉察到了什么，他上楼来敲我的门，我忙止住哭泣，装着睡意沉沉的样子。

第二天天刚亮，父亲就来到我的床前，抚了抚我的额头，看了看我就走了。接着母亲也来了，反反复复、唠唠叨叨地问我怎么了。我真想一头扑在二老的怀中，把自己所受到的惊吓、侮辱，把自己的恐惧和绝望，一股脑儿地告诉他们，但我不敢，我不想让母亲受到震惊，也不想让把女儿视为掌上明珠的父亲蒙受这么大的耻辱。

父母亲在我这里一无所获，最后走到楼梯当中，两人小声地议论着什么。我怕他们会商讨出一个有效的策略，迫使我将事情的真相和盘托出，于是我连忙起床，梳洗打扮了一番，匆匆出了门。

这台叫做《爱之后现代》的大型歌舞剧是和每一个演员签约的，作为《爱》剧中的主角之一，我自然不能例外，这就是我为什么每天都必须在练功房独自练到深夜的主要原因，从而也是我沦陷于厄运的主要原因。

我赶到排练场时，第三幕《情绪的颜色》彩排已经开始，作为本次演出的签约领袖、《爱》剧的总导演、舞美老师王 art 见到我进场，显得很不高兴。他一边用自己流畅而圆润的肢体语言为台上的演员们做示范，一边还能腾出空间用极其不满的眼光看我。最后，他做了个手势，叫停了伴奏，再终结演员们的排练，然后又啪啪地拍了几下手掌，环视着宽大的舞台说：都有了。再合练一次，从 Bachelor（未婚男子）开始，注意 Chest（胸部），挺拔起来，很伟岸很竦峙的那种，明白了吗？要对环境有个交代，要让观众在我们的情绪中找到依托，是最最张扬的那种，而不是一块块 chocolate（巧克力），OK！

于是，二十多个男女演员随着他喊出的节奏，在狂风暴雨中舞蹈起来。舞台是全木板的，演员们的脚下发出一阵阵“咯吱咯吱”和“踢踏踢踏”的声音。不久，伴奏代替了王 art 喊出的节奏，王 art 退到一边，一挥手，示意我过去。

当我走近他时，他叉着腰，先冲我叹了口气，然后态度恶劣且不无揶揄地说：露露，你现在还不能够做派，我们一切都还没有为你准备好，我是说提供一个充分的膨胀土壤。我们还不行。这场《爱之后现代》到目前为止，还是一锅夹生饭，是 Crisp（脆的），每个人必须兢兢业业，恪守章程，必须要有危机感和风险意识。无论多么厌倦，心里都要不断重复一句话：I like dancing（我喜欢跳舞），因为我们签了约，开始与经济有了关系，绑在了同一个火药筒上，OK！在舞台的最后演出中，我们必须挑剔、苛刻，只要鲜花，不要 Happening（意外事件），OK！

我眼里噙满了泪，我想不全是为了王 art 的态度和自己的自责。我不停地点着头，表达着自己已受到的训斥和震动。王 art 却愤然转过脸去，并快步走到舞台当中，不断地呵斥着那些把动作表现变形的演员，他多像一个雄心勃勃而无恶不作的奴隶主。

合练在一阵狂飙的架子鼓的打击声中结束，我没敢等王 art 的助手李伯爵的暗示，马上滑步到舞台当中开始独舞。我要表现的是一个萌芽的意象，一个抽象到具象的状态，要通过十五分钟的动作再现我的环境、我的状态和我的渴望。这个过程由 113 个动作构筑而成，要求演员全神贯注，准确到位，哪怕有一个环节残缺，就不算细腻，就会削弱对观众情绪的影响力。

但上台不到五分钟，我的意念便开始摇摆、飘移，我的艺术感觉很快就被升腾起来的黑块覆盖，它们是下身疼痛骤然引起的羞辱、不安和惶恐。

王 art 像雷达一样，马上就把我一片混乱的心态锁定了，他立刻冲上来，躁怒地呵斥我：喂！喂！喂！你的眼睛！你的眼睛在寻找什么呀？你的眼睛不在情节里呀！而是在台下！你要跟谁对话？跟椅子？你整个动作完全丧失了最起码的轴承感，和你的眼睛一样飘忽。你还在不在我们这个意象中？你在放飞艇，你的舞台感觉完全是 Oblong，Oblong（长方形的），OK！

我的排练随即宣告失败，王 art 愤怒地把一张椅子摔向墙角。那里有一筐便当盒子，遭到猛然一击，便如一盆水，溅得满地都是。

当全部演员陆续离开排练场后，王 art 把我和另外三个女演员留了下来。

接着，王 art 跑到舞台一端站着，思索着什么。过了一会儿，他把长长的头发往后一甩，擦去满脸汗水，然后让我们四人继续排练。尤其是对我，王 art 像一个可恶的监工，一个环节都不放过，一层一层地过滤和梳理，直到他叫停为止。

露露，我们要谈谈，尽管你很累。王 art 对我说，同时示意那三个女孩可以离场。你的情绪突然发生了变化，这让我很担心。你要知道，在全团 60 名演员当中，在《爱》剧中，最让我敏感的就是你。因为，你是主角，是众香中的第一味，你在台上必须 Brighten（闪亮），你的情绪十分重要，可以照亮我们全团的命运。否则，我得全盘输定，我得赔钱，不尽事宜，就是坐牢……

王 art 的话没有说完，但是我知道他要说什么。他想说他已骑虎难下，这场戏已排了近两个月，下个礼拜三就要首演，换主角已不可能。他显然还想强调，我也是签了合同的，演砸了这场戏，同样要负担 15 万元的债务。关于这一点，的确令我惊栗，因为我还是个地地道道的穷学生，我的生活方式基本上还取决于父母的钱袋。

果然，下午彩排前，李伯爵又开始把我们几个主要演员集中到一起训话。这是个在剧团里仅次于王 art 的二号人物，也是王 art 的小脑。他精通音乐、剧作、舞美、灯光、财务、公关，还包办剧团与外部的所有官司，连王 art 嘴里的许多贫词都少不了他的设计。我们都感到这个人满腹阴谋诡计，要比王 art 难对付得多，是个大奸家。

李伯爵在王 art 作了简短的发言后，开始跟我们谈本市最近的外戏上市情况，描述了一些人因此而如日中天的情景，又描述了一些人因此而倒毙台后、愤然投江的惨状。说到《爱》剧，他先是把演出时间一格一格地清算到秒，然后，用浓重的湖南口音读了一份剧团和九歌演出总公司订的合同，又读了各个主要演员和剧团订的合同，合同读完了，就宣布解散。众人一起竖大拇指：毒！随后各自便顶上了一把刀，心里无不沉甸甸的。

星期六的夜晚，对于我来说，是从太阳刚升起的那一刻就开始的。那个黑暗中高个子男孩的话，早早地就萦绕在我的耳畔，令我周身都笼罩在不安和恐惧中。我没有起床，一直紧缩在被子里，正要上班的父亲来催促我时，我就以身体不舒服为由让父亲为我请假。

王 art 对我父亲十分尊敬，并详细介绍了我在剧团里的卓越表现以及优秀品质，但对于我的请假要求，他显得十分勉强。

我几乎在被窝里蜷缩了一整天。到了晚上十点以后，我浑身抖个不停，我想那两个男孩肯定在那个巷口等我呢，我开始矛盾，并为自己而担忧，我觉得我躲掉这个星期六，绝对躲不掉下个星期六。最为可怕的是，他们要是跟踪我到剧组怎么办？他们要是公然在艺校的网站上曝光这件事情又怎么办？那个高个子男孩不是说最后一次吗？他说话会算话吗？如果他们能履行诺言，从此不再纠缠我……

我真不知道自己是怎么说服父母的，我竟然主动向那个巷口走去，我只求我这最后一次的屈辱能换来宁静，我只求他们果真能在那里等我，和我认真地兑现合同。但是那里没有他们的身影，我在黑暗中，在那天被他们强奸的那个位置抖成一团，只等他们能快点来，快点拿走他们想要的东西，快点把这笔黑账算清。

一个小时很快就过去了，我的腿都麻木了，可是仍然没见到他们的身影，我突然感到自己的可笑、可悲、可怜和愚蠢，我疯了似的往家跑去。

大型歌舞剧《爱之后现代》的首场演出进入了倒计时。走在大街上，可以不时地看到一幅幅巨大的喷绘广告，也可以看到《城市晚报》上的彩版介绍。许多单位也收到了演出公司发出的 DM 直邮宣传页。稍稍偏离市中心的地方，则贴满了招贴画，许多报亭、电话亭还挂上了 POP 吊旗。

18 号下午三时，《爱》剧演出前的新闻发布会在市电视台四楼转播大厅召开。演出公司、剧团、导演、主要演员代表、新闻媒体记者、市文化局、市戏剧家协会、市委宣传部共三百多人参加了会议。演出公司与其说是作新闻发布，不如说是作灌肠式广告轰炸。那个胖得如同面团似的演出公司总经理坚定地说：《爱之后现代》没有解释权，《爱之后现代》的解释权属于司匹克大剧院里的 9880 名观众。我们最后和你们一样，所能听到的呼声只能有一个：哇！《爱之后现代》的演出怎么就这么成功！

镁光灯立刻闪成一片，掌声则像是从屋顶甩下了大把大把的银圆，噼里啪啦地砸在胖经理的身上。

作为《爱》剧的总导演，王 art 做了一番激情讲演。接着按照李伯爵事先安排的内容，主要演员们开始一一发言，和演出公司的代表们合影。但我没有发言，也活跃不起来。我听说今天艺校也来了人，我一直在紧张地寻找那双眼睛，身上一阵又一阵地湿汗。

10 月 22 号晚七点四十分，《爱之后现代》的首场演出正式开始，司匹克大剧院座无虚席，连包厢都坐满了人。他们来自几十个文化艺术团体。他们身份高雅，气质不凡，目光炯炯有神，早就摆出一副鉴赏的架势。

第六场叫《流淌》，是有关阐述黑暗情绪的，男女演员必须要在电闪雷鸣中完成十几个高难动作，譬如空抛、360 度转体、空中飞叉等。

王 art 在我上台时，一把拉住我，不停地跟我说：露露，这场戏有三个高潮点，要把所有的情绪都贯彻进去，要有提示人物关系的意识，后三场的空间关系必须要在这一幕全部铺垫到位，你要勇于展望观众的心理，You had the courage to speak up（有勇气说出自己的见解），譬如强暴、侮辱、恐惧、羞赧，OK，take courage（鼓足勇气），上！

我在第三节交响乐声中滑步出场，那男演员迎接了我，暗示他是我的一半灵魂，要试探我在罪恶面前的贞洁感和反抗的决心。几个动作下来后，他便按照王 art 的交代开始不停地提示我，先是有关主题、表意、造型等元素，接着又是力度、速度和情感等等。

露露！露露！他就这样不停地令我烦躁和紧张地喊着我的名字，还学着王 art 的腔调：你要感受到一种埋伏，一种杀机，来，跳！来，让我们一起跳，注意平衡！

我心里在这个时候突然发生了变化，我的目光偏离了情节的要求，我情不自禁地在寻找台下那双眼睛，因为，艺校来了许多人。

我没有旋转到位，并在落地时失去了重心和坚持力。我像一块僵硬的石条，重重地砸在了那个可怜的男演员身上。

那一刻，我的记忆陷入了一片黑暗之中。

我住院了。名义是小臂骨折，但我觉得断裂的应该是我的精神维系。那个男演员和剧团的另外几个女演员到医院来看望了我，不完全地说了一些有关《爱》剧演出的最后情况。我感到剧团因为我已开始惹上了麻烦，即使我是伤号，也逃脱不了责任和惩罚。我不敢设想王 art 见到我时会是什么样子。

我在整个住院期间，王 art 和那个尖白脸李伯爵都没有来看我。

三

早晨，有一缕阳光从窗台上的那株菊花的花瓣上静静地滑落，把我的手臂染得金黄金黄的。也不知医师在什么时候拔走了我手臂上的针头，那个针眼处有一团棉花，我竟然在浑然不觉中用手捏了几个小时，上面渗出了一点点玫瑰色的血迹。这时，我听到医师在走廊外提醒什么人走路要轻些，我感到一种关爱、温馨和宁静。

不一会儿，医师走向我。她轻轻地坐在我的床头，手里拿着我的申请说：刘露露，我这么早就来打扰你还是因为你的申请问题。这个事，你能否再慎重考虑一下。

我摇了摇头，我感到浑身无力，像一团浮云。医师温和地说：我们总觉得你要比刚住院时稳定多了，而且在走上势。

我再次摇了摇头，表示我相反的感觉。

医师问：你感到你的躯体反应与来的时候相比，就没有一点点减缓吗？

我固执地并不实事求是地点了点头，我只想坚定不移地达到我的目的，以证实我的期盼。

医师在相当长一段时间里就那么微笑着看着我，脸上的神情是无奈的，最后她叹了口气说：刘露露，电休克不是适合所有人的。你最初是从哪里知道这种疗法的，我们医生提示过你吗？

病友，我说，前两天在食堂吃饭时，江西的病友老尹告诉我的，他做过。他说很有用，他就好了许多，所以我非常想试试这种疗法，要花很多钱吗？我可以倾家荡产……

说这些话时，我很激动，并带着一种愤恨的情绪。

医师仍然微笑着说：同样一种疗法，在两个人身上的反应是不一样的。知道吗，在西方，这种疗法一向是被冠以“暴力”或“残忍”二字的，尤其是对女性，更是慎之又慎。

我就想试试。我眼里肯定噙满了泪水，说这话时，我好像看着一个不大的逃生窗口，看到了一条延伸在绝望之处的一条细长的路。

医师充满责任心地继续向我说明：这种疗法主要是让病人在麻醉状态下接受强电流的刺激，使大脑处于短暂休克状态，而且一旦做了，就要进入疗程，一般2—3周要接受5—12次电击，否则将前功尽弃。

我的病床右侧，紧靠暖气片的地方，有一只洁白的床头柜，上面摆放着我常吃的几种药，有神奇蓝芷安脑胶囊、Prozac、洛拉酮、氯硝西泮片等等。我看着它们，心里充满了泄气和沮丧。我对医师说：不管这个疗程有多么艰难，我都接受，12—24次也可以，100次也可以。阿姨，你不知道我多么需要一种暴力和残忍，我身上有魔鬼，又多又大又险恶，我要战斗，而我没有武器，我要求你们能帮助我……

我又控制不住自己的情绪了，眼泪早已顺着脸颊流淌出来。

医生感到棘手了，那只拿着我那张申请的手，无力地搭在腿上。

我们沉默了一会儿。这时，医生说：还有两点，做电休克是有危险的，之前，一定要有家长签字；另外就是，在做电休克期间，所有的记忆都会丧失。

忘掉更好，全忘掉吧。我真希望像消磁一样将我的过去全部抹尽。我只希望空白。我不停地翕动着鼻翼说。

这时，外面传来一阵十分好听的电话铃响，一个男护士接完后，向我们这个方向喊：刘露露，请接电话。我忙下了床。

电话是妈妈从家乡打来的，她在电话里显得很虚弱，呼吸中含有重重的摩擦声。关于我的病情和生活，她问这问那，问了一大圈，然后问我有没有收到她和爸爸寄出的信。我说没有。母亲说：你可以很快就会收到，你多看看，考虑考虑，我主要跟你谈王art的事。

四

这是歌舞剧《爱之后现代》演出失败后的第六个礼拜，团里给我下了个通知，要我去欧匹克大剧院十二楼参加会议。我感觉这封信是封凶信，心里作了最坏的打算。我用整整一个晚上，写了一封长达8页的检讨，在最后的部分诚恳地表明《爱》剧的失败，是由我一人造成的，我本人愿意承担一切有关名誉上的责任，取消所有报酬。但我希望团里能考虑到我还是一个正在艺校读书的学生，考虑到我的经济状况和认罪态度，适当减免一些费用，或允许我分批偿还。我在检讨正文的后面列了一张分期付款计划，并充满内疚地注上了父母的经济收入情况。

会议召开时，参加《爱》剧演出的人员除一人结婚，两人参加电视剧拍摄以外，全部到场。会场里的气氛很压抑，大家脸上的表情生硬而凝重，有的男演员不再顾忌李伯爵曾经订下的规矩开始抽烟。还有的演员将头交错在一起，小声讨论着如何逃避和推卸合同债务。

王art并没有坐在主席台上，而是坐在紧靠墙角的一个窗口处，由于是逆光，看上去像一块没有生命的石头。他转脸打手机时，我才发现他的脸部和眼睛都是肿胀的，额头上敷着一块棉纱，有一团淡淡的血迹隐约地从棉纱底部浮上来。很显然，他跟谁打架了。打完手机，他又沉默起来，脸色和脸形同样难看。我知道这意味着什么，这意味着他将在下面的内容里大搞兴师问罪的那一套，然后暴风骤雨般地把内心的愤怒全发泄出来。而我得站在正面迎接刀箭的位置，会死得很难看。我心里紧张得一个劲地倒气儿。

八点四十五分，会议开始，王 art 没有作首席发言，李伯爵作了他的代表，我估计是要先谈谈《爱》剧演出的事，然后再引出有关责任的话题。

李伯爵从皮包里拿出厚厚的一沓报表来，有些迟钝地沉闷地看了一会儿，然后抬起头来环视一下会场，接着慢条斯理地说：我代表王 art 向大家公布一下演出费用的事。

谁都没想到一贯爱绕弯子饶舌的李伯爵会如此开门见山，大家纷纷地把目光垂了下去，台下鸦雀无声。我悄悄地从风衣里拿出我的检查，我的手抖个不停，我不知道会让我赔多少，我最怕的是会让我承担本次演出的 1/3 损失。那时，我可能要直接面对法庭，搭上我十九年来所有的梦想和追求，另外还有我的父母的期望和尊严。

这时，我听李伯爵说：本次演出，团里和演出公司签订的合同是 220 万，由于演出失败，剧团亏损 120 万。目前，所有的后期谈判和兑付都已结束，下面这笔账是大家的。

台下出现了一阵小小的骚动，继而便归于沉寂。我不停地看着我手里的检讨，感到这检讨与目前剧团所蒙受的损失相比显得幼稚而又可笑。

李伯爵说：一共彩排了 68 天，每人每天的夜餐补助 60 元，总计一下，每人应得夜餐补助 4080 元。其中，刘露露住了一个多月院，多补助 2000 元，希望大家能理解。过一会儿，你们到财务科去，把补助费领走。然后……大家可以回到各自单位去了，大型歌舞剧《爱之后现代》演出团今天宣布解散，王导……王导，你还有什么要说的吗？

和我一样惊诧的演员们，全把目光聚集在王 art 身上。李伯爵喊第一声时，王 art 竟然没听见，李伯爵喊第二声时，他才如梦初醒，整个人一怔，然后环视了一下大家，脸上带着一种十分难看的笑，半天才说：I like dancing，再见。

第二天，我完全搞清楚了王 art 的情况，王 art 那张脸是他在和演出公司讨价还价时被打的。据说，若不是李伯爵挺身而出，演出公司雇来的那些小伙子会把王 art 从六楼扔下去。

本次演出失败，使王 art 赔尽了他四年来经营演艺事业的所有积蓄。他马上要和李伯爵到北京去当京漂，从头开始他的事业。

那是个风沙骤起的天气，我疯了般地在车流中穿行，跑起来时，所有的衣服都被风吹起来了，看上去，像一只剧烈摇摆的风筝。我的身体不停地和别人的身体相撞，身后不停地传来惊叫声和责怪声。我竟然在城市立交桥下的一个巴士停靠点找到了王 art 和李伯爵。王 art 已把他那一头飘逸长发束了起来，穿着一套黑色的韩服，悬在裤腿上的衣袋可以装十几只小狗，身上背着一只奇大的登山包。我冲过去，不顾李伯爵在场，不顾所有等车的人惊异的眼神，一下扑在王art的怀里……

五

上午，B区的所有病友都集中到了会议室，先听山西的老尹作自我检讨。因为昨天上午，这个一向喜欢多事和多嘴的男人把几个病友带到了C区的防护墙下，偷看那里病人的活动情况。

C区是重精神病人待的地方，医师认为，老尹这样做极有危险，会给轻度病人们加重心理负担，带来不良的联想和震动。

会上，老尹把检讨变成了解释和说明。他像拆旧线衣似的扯扯拽拽地唠叨了半天，然后才回归到本次会议的正题，表示以后不再到重病区，不再为医师增添麻烦。

老尹检讨完后，医师打开电视，让我们听有关森田疗法的讲座。

森田疗法是治疗日常生活中常见的被焦虑紧张困扰的最完全本，是日本慈惠医大神经科森田正马教授于1913年前后创造的治疗神经质患者的精神疗法。目前，该理论在全世界一些发达国家都作为临床指导教科书，通用于恐惧症、抑郁症、焦虑症等精神学科。

第三节讲的是《医治心痛，生活态度比药物重要》。我正在做笔记时，一直都在做小动作的老尹拍了拍我的肩头，见我看他时，他龇着一口瓷牙冲我笑着。他不知从哪里弄来一封挂号信，向我晃了晃，见足以吸引了我，然后交到我的手上。

信果然是父母写来的。母亲在信中显得忧心忡忡，所谈的仍然是王art的事。母亲在信中说：露露呀！看来你必须要离开医院一段时间了，并且要把我们的点点带回来。王art的案子估计严重了，听说下个月就要开庭了。人之将死其言也善，仇恨再大也是过眼烟云了，还是应该让他们父女见上一面的。

我啜泣起来。

六

王art到北京后不到四个月就回到了这个城市，说是一时半会儿在那里还找不到适合自己锋芒的弩。实际上是我一百二十多个日日夜夜，近千次电话瓦解了他。

果然不假，在宾馆里，他紧紧拥抱着我说：没有办法，完全没有好的办法，我在北京再也待不下去了。我中了巫术，每天都会被一种火热的感应所震动，

My normal activities were totally by the sudden event.（我正常的活动完全被这一突然的事件打乱了）

我热泪盈眶，带着一种感恩和崇敬的心情，也因为过分的思念和渴求，迎合了他所有的要求和冲动。

他战栗……

一个小时里，我们谁也没说话，世界简单而完全空白。

在随后的夏季里，我和王 art 解决了几件关系我俩未来的大事。

首先，我毕业了，在王 art 的建议下，在父亲的运作下，我进了市文化局，做群艺工作。王 art 以绝对的实力，以他在美国读了四年硕士的黄金品牌，顺利地被当地的一所大学聘为系教授，既教舞蹈理论，也带舞蹈实践课。

我们搭上了爱的快车就再也没有下来。我像一个幸福的影子，频繁地出入王 art 的公寓，和王 art 不厌其烦地拥抱、接吻……时间对于我俩来说完全失去了流动的意义，我们像一对凝固在时空里的坚持交配的冰虾的活化石。而事情也正出在这个夏季。

那是上午，天色阴晦，所有的云团都是灰色的，堆在一起时像一堆霉变的破被絮。

我去看王 art。都九点三十分了，王 art 还在床上，一条光溜溜的胳膊向后搭在床单外面，腋毛看上去浓密而漆黑。我有他的钥匙，打开门时，我想这家伙已经醒了。所以当我走到他的床前时，俨然正在酣睡的他突然把我拥入他的怀里，那个动作能使人想到鲸吞这个饕餮之词。

奇怪的感觉就在这一刹那出现了，王 art 的急切之情以及他那健美强壮的身体竟然一点也没能刺激我，我身上所有的神经，包括那些敏感区域内的神经都如加上了一把锁，或已完全锈死。我的内心没有冲动，没有情绪波澜，尤其是当他开始剧烈运动时，我却感到自己正在虚脱、缺氧，没有能力迎接和膨胀，我在漠然地承受着。另外，过去的每一次，一旦当我的身体内有了他的体温，我的脑海里都会一片空白，像被洗涤、冲刷了一般。可今天，我的脑子里却塞得满满的。塞进我的脑子里的那些东西粗糙而凌乱，似乎是具体的，看去又是抽象变形的。

王 art 一向就是个敏慧善悟的人。他突然停了下来，久久地看着我，我被吓了一跳。

怎么？你好像不高兴？

不！我在心里慌乱地辩解，可是嘴上什么也没说，我感到一阵阵的紧张和恐惧，情绪如同沉入了几千米的水底，再也无力昂扬起来。为弥补我的过失，我忙抱紧他，伪饰着我的心情，勉强地去暗示他，呼唤他，他这才继续把这件事最后做完。

你怎么啦？他搂着我说。我感觉你有点不对劲，哪儿不舒服吗？一定要告诉我，是不是厌倦了，或者，我不够 emotion（激情）？

不！我无力而难过地说，再次紧紧搂着他。我为今天的表现感到莫名其妙，感到惭愧、迷惘和不安。王 art 的目光一刻也没从我的脸上移开。这一点，我从眼睛的余光中能感觉到。随后，当我把脸埋入他的毛茸茸的胸口时，他陷入了深深的沉思。

整个一天，我都处在一种莫名其妙的焦虑之中，伴随我的还有深深的不安，隐约的恐惧，我能看到一个细长的树条因为梢部悬了一块石头，在不停地极力地向下弯去，眼看就要折断，无疑这根树条就是我此刻的情绪状态。

我不停地想叹气，过去令我赏心悦目的街景，如今不再鲜艳，在大街上不时发生的事情对我也失去了吸引力。在一块又一块广告牌子上出现的一个比一个大牌的明星，我看他们都清一色的虚伪、冷漠、别有用心，私欲裸露无遗。

晚上，我一串接着一串，一轮接着一轮地做着噩梦。

我梦到了一条从灯光中游弋而出的黑蛇，当它不再蠕动时，我才发现那是一条通向我们家的巷子。于是，我看到了那双眼睛，它们不对称地镶嵌在墙体上。随后，它们开始沿着墙壁行走、滚动，我不可抗拒地跟了过去。突然，有一截粗大的钉子直直地刺进了我的身体，我尖叫着从梦中醒来，满头大汗地坐在床上。

对面有个台历。今天是星期六，天哪，今天原来是星期六。上帝创世时说地上要生出活物来，牲畜、昆虫和野兽各从其类。我想这一天只生出罪恶，只要牺牲，而我是一个鲜活的祭品。

楼上的声音在这深夜里自然是很尖厉、很长。不一会儿，我就听到了一阵上楼的声音，这脚步声是母亲的。她敲了敲我的门，问：露露，你怎么啦？母亲显得很紧张。

没事。我躺下说，我做了个梦。

母亲似乎不太相信，在我门口迟疑了一下，才走下楼去。

我再也无法入睡，胸口沉闷，心情烦躁，随即开始焦虑和抑郁不安。

接下来的几天，这种症状在我的身上不断地出现。我害怕了，不知自己得了什么病，也不知该到哪里去看这种病。我想告诉王 art，又怕王 art 笑话，说我无病呻吟，大惊小怪。可是这种症状越来越强烈，越来越具体，或是有一把钳子在夹着我的两个太阳穴，或是有一股力量把我推至万丈悬崖边，令我感受即将坠落的滋味。

有时，坐在办公室，我会感到完全失去了自我，紧张，焦虑，手心出汗。当同事跟我说话时，我会高一句、低一句地答应着，往往前言不搭后语，连自己也不知道说了些什么，经常弄得同事满脸都是诧异的神色。

那天，天特别闷热。

我正在办公室抄写一份报表，症状又出现了，情绪突然间就低落下来，四肢如同棉线一般松软而又有浮动感。同时，开始一阵阵地紧张，紧张得透不过气来。

为了不让自己瘫痪在办公室里，我连忙去了卫生间，大口大口地喘着气。我想哭，就捂着嘴哭起来。

从卫生间出来时，正站在楼梯旁。从上向下看去，十八层的落差让景物一下子小了下去，我被这种坠落感所吸引，心中立刻产生一种纵身而下的欲望。但在一瞬间，我想到了父母，想到了对我的爱充满了期待的王 art，便打消了这种念头。

下午，症状在我身上持续地发作，这使我特别想见到王 art。于是我请了假，早早地就在学院门口等王 art。

不一会儿，王 art 和几个女生说笑着走出学院大门，见到我，他高兴地张开双臂，像雄鹰归巢似的向我飘来。那几个女生见了，便一起起哄，说笑着跑开了。

走近我，王 art 不顾周围有许多来来往往的学生，用力拥抱了我，然后低下头，打量了我半天，笑着问：又怎么啦？干吗要皱着眉头，你这个样子会令上帝不安的。Feel happy（高兴一点），OK？

一种强烈的委屈立刻涌上心头，我伏在王 art 的怀里，泪水涌泉似的往外流。

王 art 很吃惊。他见劝我无效，忙伸着一个手指头在空中晃了晃，叫来一辆计程车，把我带到了一个叫璇玑的咖啡厅。

这里的气氛很温馨，音乐是西洋的，低迷而柔绵，像一根根丝绦在心中拂荡。刚进来时，我那乱糟糟的心得到了极大的抚慰，情绪也渐渐地稳定下来。

我们开始品尝一种叫一勺香的咖啡。王 art 显然是在刻意营造一种气氛，一直不停地在说话。先是说了许多近日来他们学院发生的有趣的事，然后，按照他对我刚才表现的理解，解释刚才他和一群女学生在一起是为了什么。

她们都是我的学生，很尊敬我，说我是 Cassette（装录音带的盒子），很开心。她们可能喜欢过我，这一点我可以肯定，也很 Self-confident（自信）。但一切都迟了，我已把自己献给了一次伟大的爱情，她们未来的师母。

王 art 说的这些，与我今天的心情毫不相干，但是我仍然感到很惬意，很高兴。

你还想要我说些什么？这时，王 art 拉着我的手问。

我叹了口气，看着王 art 那略略沉陷的大而明亮的眼睛说：我想坐在你的身边。

OK！王 art 忙站起来，走到我身边，然后紧挨着我坐下来。

茶座的布局是别具匠心的，彼此相隔的台子，均有果树或藤条隔着，格子里的情景你可以隐约发现，却不能仔细辨别。

我搂着王 art 的脖子，看着他那双迷人的眼睛，凄然地对他说：王 art，说了……你别取笑我，好吗？

Why（为什么）？他这么问我，摊开手，并耸了一下肩。

我叹了口气说：我总感到自己快活不起来，一点都不快活。可是，……我不知道为什么……就是快活不起来，王 art 你说我该怎么办呀？王 art？

王 art 笑着说：Dear（亲爱的），幸福也是需要减肥的。Treasure（宝贝儿），在你的生活里，阳光太充裕了，来，让我们来历数一下你的幸福。首先有一个无可挑剔的你，一个完美的自我，接着有你的父母、有我、有那么好的环境，可见，我们齐心协力，真的就把你给宠坏了。好啦好啦，别无病呻吟啦。本舰长命令你，马上快乐起来，从第一个微笑开始，来，Start（开始）！

我笑了笑，是出于一种礼貌，也是出于一种敷衍。

王 art 却显得十分高兴，我想他真的以为他解决了我的问题，真的令我快乐起来了。

实际上根本就没有，我离开王 art 的三天里，几乎每秒钟都生活在倾轧中。我万分沮丧和悲伤，连视力都有了问题。我在最难受的时候决定瞒着王 art，一个人去看医生，但又为开场白发愁。因为连我自己都感到，这不是病，最起码不是一个具体的病，我该怎么向医生开口。为此，我在医院门口徘徊了好长一段时间，几次都由于不能说服自己和羞于启口而悄悄溜走。

那天，是我又一次被焦虑和恐惧所困扰的日子。

我像一只被狼群围困的羊羔，实在没有多少生的选择，凡是出口，便会不顾一切地冲过去。

于是我走进了医院。

一个五十多岁的男医师接待了我。当他问我看什么毛病时，我脸红了，我觉得此时的自己可能是天下最爱小题大作的人。

我……快乐不起来。我嗫嚅着说，主要是快乐不起来……感到没有精神，浑身乏力，胸闷，还什么……我的头一直在痛，很厉害。就是快乐不起来……我突然感到自己有点激动，有点委屈，想哭，忙打住了话头，极力控制着自己。

医师看了我一眼，目光是异样的，然后开始为我量血压、听诊。过了一会儿，他把血压器和听诊器收了，低着头给我开处方。医师的字写得很流利，很难认。

我正发着闷，医师把处方递给了我，他收拾着挂号单说：先拿些药吃吧。快乐不起来不是病，你这么年轻，正是八九点钟的太阳，碰到不快乐的事，说明你开始进入社会了。这不快乐的事就是你不快乐的原因，没有什么大惊小怪的。头痛是因为你琢磨多了，好好睡一觉。我开的方子里有镇静的药，你按时吃。

我吃惊地看着这个满脸疙瘩的家伙，觉得他谎话连篇。我明明病得这么重，他怎么会说没病呢。我不是神经吗？

这时，又有一拨人走了进来，其中有个小孩大声哭叫着，好像要被宰杀的一般。他们乱嘈嘈的，很快就占据了我刚才的位置，我只好默默地沮丧地离开了。

晚上，王 art 见我闷闷不乐，郁郁寡欢，向我不停地做检讨，说什么自己太自私，在教学上用的心太多，几乎荒废了爱情，为此卑躬屈膝，谨言慎微，非要带我去散步不可。于是我依了他，他把我带到了城西的那个有六百多年历史的封神塔上。

站在塔顶，参差不齐的城市在我的眼睛里一下子被很平面地铺展开来。千万粒灯火，如同是绣在一件五彩缤纷的华丽服装上的珍珠，看上去令人豪迈，令人舒展。这种视野的超越和放纵，使我的心境为之一振，我感到心里有一扇门、有一个活塞、有一处淤积被猛地打开了，令我在转瞬间一下子轻盈起来，整个人，像是被洗了一遍似的，爽朗而洁净，再无污染和堵塞的感觉。

我想我的眼睛在这个时刻肯定在闪闪发光，而这些都不会逃过王 art 的眼睛。他高兴地吻我，大有一种救世主的感觉，反复说如果不是他的提议，绝不会看到我的逸脱和仙姿等等……

我和王 art 的婚姻受到了父亲的坚决反对。他像一个抵抗组织的英雄首领，整天和母亲在一起密谋，殚精竭虑地计划着如何摧毁这个事情。因为，父亲实在不希望我嫁给一个搞艺术的男生，他认为现在的艺术已经流伪，那里开始成为产生精神流氓的集散地，开始成为滋生淫乱和放荡的土壤，而王 art 给他的印象又那么糟糕。他说，王 art 看上去显得奸诈、虚伪和浅薄，一点都不安分，那双美丽的眼眶简直就是古代戏子的假眼，根本就不能让人放心，绝对是一个搞三角恋爱的高手，是一个见异思迁的惯犯。

我对父亲的评价反感透了。这甚至影响了我这么多年来对他的崇拜和依恋，我从而想到父亲这么辛辣而尖刻地诋毁王 art，简直就是情敌之间的吃醋。而一切都是徒劳的，因为我爱王 art，是一种炽热的暴爱。我的爱完全可以用一个固若金汤的防线加以形容和比喻。在这种情况下，父亲强烈而过激的态度，只能是火上浇油、推波助澜。最主要的是，我的身体内已不完全被一个血统所控制，一个最新意义的萌动已经开始。

所有的这一切都没有逃过母亲的眼睛，当她在我羞涩和不安的神情中证实了她的观察，一向就没有主见的她，把女儿的隐私慌里慌张地报告给了丈夫。

父亲伸手就把手里的那只花了 3600 元从台湾买回来的瓷壶摔碎在地板上，他手指着门，咆哮着让母亲把那个叫王 art 的王八蛋找来。

王 art 来了。他和父亲在家中宽大而华丽的大客厅里谈判，我和母亲作陪。

我不知将会发生什么意外，不时地求救地担心地看着母亲。母亲则脸色苍白，拳头握得紧紧的。而在舞台上一向叱咤风云的王 art 早已慌成一团。我由此觉得，我们家所有的面积都拿到他的面前，也安放不了他的手脚。他显得空前窝囊和低落，仅有的几句话，全是断句，而且喜欢在中文里夹杂英文的毛病一下子就得到了根治。

父亲细品了一口茶后说：王老师，你我都是搞艺术的，都知道生活和艺术在某种意义上原本是两层皮，尤其是前者，来不得任何形而上，来不得些许的矫揉造作、空虚浮华；否则，它就会因为夸张、变形而出问题。

王 art 一副虔诚的样子，他表示赞同，似乎要附和几句，但嗓子眼里响动了几下后，什么也没说出来，嘴唇却是干干的，我能看到有个地方已起了皮。我想把他面前的茶向他手前推一推，但是没敢，倒是父亲把茶水端了起来，像下棋的一样，放在王 art 的面前，示意他饮用。王 art 欠了欠身子，忙说了声谢谢。

父亲沉吟了一下说：王老师，船不能永远在湖心转，鸟飞得再远再高，总归要落脚，我看……你和刘露露的事情就不要放风筝了，完全可以明朗化了，而且要简洁、明快，就下个月 26 号，把事情办了。没有房子，可以先租一套大点的商品房，然后再回到我们这里来。

我和母亲都以极为意外的目光看着父亲，而王 art 则显得很平静。他开始把杯子端起来喝茶，喝了好几口。他喝水时，他那粗大的喉结像水车一样欢快地来回梭动着。

王 art 是一个自尊心很强也极负责任的人，他在即将到来的婚姻面前暴露了一下他的私房。他拿出六十万买了一套相当不错的房子。然后，他吆喝来他在这个城市新结交的一些朋友，组织了一大批男女学生，簇拥着我们，在教堂里热热闹闹地举行了婚礼。

婚后七个月，我为王 art 生下了一个女孩，这小丫头娇小、灵秀，把王 art 喜欢得在产房里乱转。

知识渊博的父亲扒高就低，在他的书房里查了整整一天的资料、书籍和文献，最后，从别人家孩子手里的一本卡通画里拾掇出一个名字：点点。

我们一致通过，王 art 便点点点点地喊得快要烦死了大半个城市的人。

从结婚到生下点点，快乐如同喝过的一口糖水，甜了一下，即消融得无影无踪。

在点点来到人间的二十天后，我的躯体反应又开始了，而且明显升了级。烦躁、悲观、沮丧、紧张、恐惧、失眠、焦虑，像一只只熊熊燃烧的火球，在我的身上不停地滚过，不停地烙烫，令我生不如死。

等结束了产假，重新回到单位上班时，我吓了一跳。我发现自己突然和世界产生了差异，一切对于我都开始陌生和敌视起来。当从生活流进入工作流后，我发现自己已成了一只朽死的船，实在是笨拙而锈蚀了。

我整天丢东落西，怕和别人交谈，怕见领导，怕学习。我会在被迫向那个盛气凌人的女局长汇报工作时，大段大段地忘词，用大块大块时间来发愣。我日见憔悴，头发枯涩。有一天，我大哭过两次，一次是我发现了自己有一根白发，一次是我发现自己额头有了一道细微的皱纹。不！这是我不能接受的，我哭得雨都停了。点点五岁那年，我终于让王 art 忍无可忍了。他在一个夜深人静的晚上和我做了一次长谈。王 art 问我对他是不是已感到麻木了，问我是不是有什么欲望没有在这个家庭实现。他指着我们那个装潢豪华、陈设昂贵并带有壁炉的房间说：露露，知道吗？你这样已经伤了一个男人的自尊心。我们什么都不缺，一切都是豪华的、奢侈的，Sumptuous（豪华的），OK？可是，可是你每天都必须要在我面前表现出一副忧郁不堪的样子，表现出被贫困所囿而不能自拔的样子。我在那些大大小小的剧院里，看够了悲剧人物，真的，我看够了，所有悲怆的场景、低落的情绪和充满焦虑的对话都让我压抑和沉重。这个时候，我渴望回家，从虚拟的生活里逃脱，到宁静而真实的港湾避难和休憩。而落实到你身上，我需要你的快乐，需要你因快乐和轻松而给我带来的惬意的反应。我每天到家最想做的事就是伸出双手对你说，能不能给我一点平和与蓝调，而你早就做不到了。告诉我，到底发生了什么？是有关这个民族、国家、集体还是你个人，到底有多大的问题需要你这么承担着，而让我只有眼睁睁地看着你忧患成疾的份儿。露露，你可能忽略了一点，你现在的生活态度在我的心中有了投影，你总是让我以为自己是无能的，你让我感到自己的懦弱和苍白，从此再也没有什么魅力可以吸引爱人，使她快乐。是我把家庭弄成这个样子的，我是说让你每天如此沮丧，我在 Lead（率领）方面有绝对的问题，OK！

王 art 说话的时候一直就很激动，并显得委屈、愤怒、伤感和狐疑。这让我深深自责和心疼，我一下搂住他，再也无法控制自己的感情，放声大哭起来。像两股巨大的正在宣泄的河流，当它们迎头相撞在一起后，反而彼此被抑制、包容和抚平了。见我哭得一团糟，王 art 慢慢地伸出双臂，反将我紧紧地搂在他的怀中。

我不停地吻着他，告诉他我是多么的爱他，对他的崇拜和迷恋一如既往、始终不渝。我还告诉他，我是多么感谢他创造的这个家，多么喜欢我和他共同缔造的女儿，我是多么的自足，可是……

我又哭开了，根本就说不下去了。

宝贝，你到底怎么啦？王 art 感动地深情而急切地问。为什么就不能和我谈谈，你觉得不值得一谈吗？如果它影响了我们之间的沟通，哪怕是一粒微量元素，也要把它放大出来，让它原形毕露。为什么？你说可是什么？什么可是？你说。

我说：可是……我就是快乐不起来，我每天都会紧张、焦虑、恐惧、心情压抑，我像是被一群野兽逼到悬崖上的一只羊，不知怎么办才好。

王art不可思议地看着我，他的目光像子弹一样穿过我的身体，又飞速旋转寻觅在我的血液中。他似乎听懂了我的话，又似乎完全不懂，傻傻地站在那儿，有点茫然和不知所措。于是，我再次抱紧他，希望他能原谅我，要看在我爱他的份儿上，给我一个努力改正的机会。

我发现王art渐渐地又烦躁起来，他松开我，在屋里不停地走着，不停地自言自语：怎么会呢？怎么会这样呢？

王art的表现令我伤心透顶，无限恐惧和绝望。此时，如果他能下一道命令，或做一个暗示，我会拿起桌上的裁纸刀，毫不犹豫地刺进自己的心脏。或者，他进一步表达出他的鄙视、厌恶和冷漠，我也会断然了结自己。

终于，转动至疲倦的王art停了下来。他端详了一下我，苦笑着好像很豁达地说：露露，我在美国读书的时候研究过中国哲学，我才知道辩证就是宿命。一切都怪我们生活得太富庶，几乎无法挑剔，于是上帝就给我们找了一个磨难。给咖啡加点糖，给糖加点咖啡，都是一样的，现在怎么办？就你这个状况，我们连医院都去不了，因为我们根本就说不出口。很显然，你把常人都有的思想情绪上的压力玩大了，放纵了，甚至没完没了，医生会笑话说我们对生活是goof into wild flights of fancy（胡思乱想）。现在我该怎么办？你让我碰到了一个最大的虚拟病人，在我导演的所有戏剧中，没有你这个角色……

王art话没说完，显得有点疲倦和无奈，一脸茫然地看着窗外。这就是说，他不能理解我，不能接受我的病状。我绝望地哭起来，王art便走近我，亲了一下我的额头说：亲爱的，对不起，你得允许我……实际上，我很心疼你，我相信你还在完全地爱着我。只是，生活有了新课题，我不能让你一个人这样去面对，你得容我冷静一下，整理一下，也许，这是一个frame（框框），等你有了年龄和足够的生活积累，就会慢慢好起来。换一种生活态度，就如换一件衣服，主动找一点新鲜的感觉，怎么样？

王art的话给了我极大的安慰和希望，我刻意地等待着，我像翻书一样，飞快地翻阅着我的生活，以看到最后几章，那里肯定会云开雾散，鸟语花香，在那里肯定能找到十九岁以前的我。

但生活没有响应我，它像一个古老而破烂的辘轳，吱吱呀呀艰难地碾过我的心头。我照样病痛着，在点点十岁生日那天，我和王art发生了一次争吵，而且十分激烈。

在客人纷纷散去之后，王art十分不悦地问我：到了今天这个份儿上，我不能再隐瞒我的情绪了。喂，露露呀，你还有没有自我意识？你有没有感觉到，你走路的速度和你的语速一样的快，你说话的分贝简直可以叫轰炸。而且，你有那么强烈的自我表现和倾诉的欲望，无论是多大的事，无论是谁的朋友，你都会没完没了，一点分寸感都没有，最糟糕的是，你总要打断别人……

王 art 的话和王 art 充满责怨的态度令我目瞪口呆。因为他说的这些，我毫无感觉。同时他那副激动和忍无可忍的样子，分明是在嫌弃我，而这个事发生在一直宠着我，尊敬着我的王 art 身上，绝对是令我不可思议的。

王 art 在说话中只间歇了一下，又愤愤不平起来：而且，只要是我的朋友和我谈话，你不管是什么话题，合适不合适，总会像一根尖锐的楔子悍然地介入，然后，把我挤对到一边。我很难堪！还有呀！你说话的时候，怎么会那样笑，大家都向你看，目光怪怪的……

我羞辱、愤然地跑回自己的房间。然后，我不停地摔着卧室里的东西，发出乒乒乓乓的声音。

大约有七八分钟，王 art 推门走了进来，他一边拣着地上的东西，一边向我道歉，要我注意点点的房间。

当我知道王 art 的道歉仅仅是为了怕影响点点的学习时，我更加气愤，更加疯狂地砸起了东西。这期间，我的情绪特别亢奋，心中的波澜无法理性和扼制，好像有人推着我，指使着我。没想到的事情发生了，王 art 突然打了我一记耳光。我惊呆了，张着嘴，睁着眼睛，木雕似的看着王 art。

从出生到现在，我一直被各式各样的爱以各种各样的方式所包容和娇纵着，我的生活里只有音乐和温和而浪漫的情绪。这扇在女人脸上的耳光，对于我来说是那么遥远，根本就是暴力，是不可饶恕的野蛮行径，它属于蛮荒时代。而今天，让我受此凌辱和痛心体验的竟是我心中的最亲密的爱人，我快要被震惊至碎了。

我难听地尖叫一声，向王 art 扑了过去，我狠狠地扇着王 art 的耳光，一边打，一边骂他是刽子手、暴君、奴隶主、恶汉、叛徒、市井流氓、艺术渣子和败类。

我不知扇了王 art 多少个耳光，我看到王 art 在我的扇击下像稻草人一样破烂和松软。他先是一动不动，不折不扣地承受着我的打击，然后渐渐失去支持力，一点一点向下坍塌而去，最后跪在我的面前。

这时，点点像一片枫叶一样，冲到我的面前，她大哭着护住她的爸爸，向我凄凉地乞求着。

我为女儿在这个时候不能同情我这个被伤害者而更加伤心和恼怒。我抡起椅子，把王 art 那个心爱的金鱼缸砸得粉碎，因为王 art 一直说，那条金鱼代表着我们的爱情，他得尽心养着它。现在看来，我要粉碎他的想法，因为这无疑已成为了谎言。

使我和王 art 和好如初的是在两个月后。

不知你是否还能记得那个李伯爵，清瘦而满嘴咀嚼着词汇的家伙。当初他在《爱之后现代》演出脱轨后随王 art 去了北京，如今他回来了。整个人没有多少变化，只是看上去多了点俗气和油滑，说话时再也找不到那种道貌岸然、一本正经的样子了。

他不再做艺术，而专门做律师，已在海淀区成功地代理了几件大案子，从而叫响了自己的牌子。

晚上，王 art 请他到我们家里吃饭，他却一定要请我们全家到布拉克国际大酒店七十二层旋转大厅吃西餐。

在这种充满了西洋风情的环境里，我的心情显得温和而宁静。我们愉快而小声地谈论着一些事情。谈到目前的职业，李伯爵说：完全属于无可奈何。无可奈何怎么说，王 art?

Fantastic talk（异想天开的谈话），王 art 说。

No！李伯爵自信地纠正，那叫无稽之谈。

我很有兴趣，加入他们的话题：I can't be helped（无可奈何）. 我说。

李伯爵马上高兴地欢呼：Yes！Yes！I can't be helped. 后来我发现，做艺术的已无法和两种人坐在一起，一种是达官，另一种是商枭。自古以来，艺术家在当官人的眼里就是匠人，是工具，你坐在他旁边吃饭，他会把你当成是一支大毛笔，很不自在、很轻蔑、很骄傲。再说那些商贾，他们这种人大多是要苦当官的钱的，他得把他们当成腐乳，艺术家对于他们来说，不值得腐乳，是一只加油多多才可以烧得好吃的茄子。而艺术家一不贪心于官，二不醉心于钱，自然地容不得这两种人。所以，这三种人在一起是一种祸害。为此，我就做了律师，帮当官的搞清腐败问题，同时，也可以昧着良心掀翻那些商人。

王 art 笑，笑得很难听，估计李伯爵的话刺激了他。

李伯爵则感到刚才说的话很无聊，没劲，就转而问我和王 art 的生活。我和王 art 一起说很幸福。李伯爵就不时地看我，并切下一块六成熟的牛排放在嘴里慢慢地嚼着，犹如咀嚼我俩给他的印象。

我终于忍不住了，丢下手中的刀叉，拢了一下头发说：李哥，我是不是有了变化，变得……很丑了。

没有呀！没有。李伯爵忙说，显得很认真。你肯定是很漂亮的，一点都没有变，这一点可以拿到显微镜下去鉴定，谁要敢就美丽的问题说个“不”字，李大哥现在有的是资本，我起诉他。

说着，李伯爵卖弄地亮了一下他的律师证，看来这种展示的次数不少，证件都毛边了。但他的话很让我开心，我们一起笑。

晚上，点点有许多功课要做。我和李伯爵打了个招呼就走向了电梯。我说过，李伯爵有些油滑，他坚持要跟我来一次外国礼节，吻我面颊一下，我拒绝了，推搡了他一下，我看到王 art 的脸现出一副皮笑肉不笑的样子。

王 art 从李伯爵那里回来后，已是夜里十二点半，而我一直在等他，这也是我和王 art 结婚以来的习惯。

他进来后，就默默地坐在我的身边，然后一声不吭，我认为还是因为在电梯口告别时李伯爵开的玩笑，便拉着他的手，哄孩子似的打听他的心情，他突然把我紧紧地搂在他的怀里。因为他的脸在我的肩上，我看不见他的表情，但我能感觉到这里的异常。我试图去扳动他，可他坚持搂着我，当我发现他腾出另一只手在脸上拂动了一下后，我趁机挣脱开了他的拥抱。我发现他泪流满面，我的心中立刻产生了一种疼爱，我一把抱住他，害怕地问：你怎么啦？你怎么啦？……

他从我的怀里挣脱出去，然后再次搂紧我。沉寂了一段时间后，他带着浓重的鼻音说：露露，请你原谅，原谅我……他嘴里不停地重复着这句话，泪水一滴一滴地落在我的脖子上。

我莫名其妙地感动着，泪眼蒙眬地问他：你说什么呀？你今天到底是怎么啦？你别吓着我好吗？王 art，我爱你。我吻他，他显得很机械，叹了口气，然后放开我，对我说：露露，当初，你知道我为什么请李伯爵做我的副导吗？我看重的就是他的尖锐、睿智和犀利。他的确很 Susceptible（敏感），他……从你的脸上看出了问题，他详细地打听了我们十年来的生活情况，最主要是有关你的，我如实地告诉了他……把所有发生的事都说了，你想，我是不能不说的，我急于找到答案。

我低下头，我有点责怪王 art 的意思，但又责怪不起来。因为，我同样地也需要答案，而且他刚才的表现也足以抵消了他的冒失和草率。

王 art 说：伯爵上个月刚结了一个案子，是关于抑郁症引起的家庭悲剧。

我惊愕地看着王 art。

王 art 似乎怕我要摔倒似的，忙把我的手握在他温柔而有力的手中，然后说：伯爵听我介绍了你的情况后，他断定，你可能患上了抑郁症。你别紧张……我们应该高兴，我们总算找到了原因。而且，伯爵说，这是都市病，与快节奏的生活，与竞争，与复杂的社会关系和人事压力有关，还可能于你产后的那段拘谨、沉闷的生活有关。不管怎么说，我们应该高兴，我们还是找到了原因。这一点太有意义了，太重要了。像一颗闪亮的明珠放进了我们生活中，亲爱的，天哪！My god（上帝）！天哪！My god!

我轻轻地伏到王 art 的怀里，我像一把抓住了黑暗中的一只魔手，兴奋而欢欣，同时，也感到巨大的委屈。俨然是十年的冤案，一朝得到了昭雪，泪水早已涌泉般地流了出来。

第二天中午，我们同样在布拉克国际大酒店宴请了李伯爵。

在包厢里，我显得很憔悴、很虚弱。见到李伯爵，仅仅说了两句话，我就哭了，心中充满了委屈和感激。此时的李伯爵像圣父一样在我心中闪亮。

李伯爵也是个极善于被情绪影响的人，他脸色沉重地劝慰我：一切都会好的，而且也没有什么大不了的。这是文明国家里的流行病，在美国看心理医生就像我们逛超市那样频繁和随便；在日本，这种心理诊所几乎遍布大街小巷。世界转轨转型得太快了，太突然了，必须要有一些人在这种剧烈的落差中掉下来，知道根出在哪里就好办了。

我非常感激李伯爵能这么说，不停地点着头。

但是，我看李伯爵咂了一下嘴巴，把两只手交叉在一起说：我们还得研究一些问题，因为在中国，大部分人还不能接受这种病，他们会认为你无病呻吟，大惊小怪，过于娇气，最可怕的是会把这种病和精神病人联系在一起对待，处理不好就会造成冷遇和歧视，给工作和生活带来不必要的麻烦。

我心情沉重地由衷地点着头。

李伯爵在想着什么，过了一会儿他说：王 art，我们得离开这座城市。在南京，我有个朋友，叫门德佳，是一名资深的精神科医生。你们可以奔他去，先治疗一段时间再说吧。

这个国庆节又放了七天假，我们安排好了点点，便坐上了去南京的飞机。

门德佳医师是一个四十出头的秃顶男人，很白很胖，说起话来如柳絮一般，柔软绵延，能使我想起死去的外婆。

显然，早在我们来到之前，他已接到了李伯爵的电话。他显得十分客气，简单寒暄后，就要听我的病情介绍。

不知为什么，从迈进医院的第一步，我心里便有一种委屈感，有一种莫名其妙的冲动。所以，听说门医师要倾听我的病情，我的苦难，我尚未开口，眼圈就红了。接下来，我把自己的症状向门医师连珠炮式地作了介绍，介绍时，我十分激动，简直无法控制自己的情绪，等我把自己的情况介绍完后，已泣不成声，上气不接下气。

见王 art 吃惊地看着我，门医师微笑地跟他说：她积累得太多了，说完就好了。这是一种正常的冲动。我们来做一些测试吧。

接着，门医师拉上窗帘，打开了电脑，屏幕上立刻出现了一系列选择题：

你常常缺乏自信吗？

你会无缘无故地感到悲伤、沮丧和不快乐吗？

你的失眠状况越来越糟吗？

你自卑、绝望甚至有自杀的欲望吗？

你总怀疑别人在议论你吗？

你常有回忆或幻觉产生吗？

你经常做噩梦吗？

你觉得比以前更敏感了吗？

你有突然间感到脑中混乱的情况吗？

你过于追求精确、完美的心态吗？

你有总怕忘掉台词，不得不加快语气说话的习惯吗？

你说话的声音比别的人都大吗？

你总觉得自己的身体在变形吗？

你常感到焦虑、不安和恐惧吗？

…………

是！是的！全是的！

一共是六十道题，我的答案全是是的。

门医师重新拉开窗帘，当他坐到办公桌前时，我看到他的表情有些凝重了。他不停地转动着他手里的笔，在深深地想着什么，过了一会儿，他抬起头来，微笑着但绝对是责怪地对我说：为什么现在才想起来看医生？十年了，你们都在干什么？他转而对王 art，就在家眼睁睁地看着病情加重加深？

王 art 神色灰暗，像犯下滔天罪行似的低下了头。

门医师说：本来是一个通过简单的心理疏导就可以治愈的病，你们把它养成了一只恶虎。

我哭了，王 art 咂了下嘴，深深地叹了口气，用手紧紧握着自己的下巴，好像要捏碎它似的。

门医师看大家太沉重了，把语气昂扬起来说：还好，一切都不算迟，我们还有机会。

王 art 眼前一亮，饱含希望地看着门医师。

门医师说：小刘得的是抑郁、躁郁、恐慌综合征，而且……起因……我在考虑起因问题。王老师，我想单独和小刘聊几句可以吗？

王 art 连声允诺，并走了出去。

王 art 出去后，我立刻紧张起来，不停地绞动着手指，不停地想叹气。

门医师沉吟了一下，微笑着问我：小刘，我感到你的症状中有一个病灶，希望你能如实地告诉我。

我点了点头，紧张地叹了口气。

门医师看着手上的笔说：你的病，应该与创伤压力症有关，在你的生活中，有没有暴力侵害事件？

我低下了头，脸早已红了，泪水一串串地滚落下来。

门医师说：这个问题非常关键，是一把锁，我们，包括你爱人，应该来共同面对。这样，将来的治疗才会更有针对性，更直接有效些。

不，不不不！我极力地摇头，没有，没有。

门医师显然不能相信，他没有看我，而是沉吟了一下，然后微笑着说：我相信你。

说完，他喊来王 art，待王 art 坐下后，门医师对我也是对王 art 说：我讲三点，第一，抑郁症不可怕，完全可以治愈，我手里就有典型的案例；第二，这种病是巨大的精神压力造成的，是整个亚洲精神健康危机中的一粒，属于群体现象，你们有队伍，不是个体；第三，这种病在你们传统文化背景下有不利于恢复的方面……所以，作为家属，你要学会理解她，承认这是一种病，以认真对待，共渡难关。

王 art 不停地郑重地点着头。

我越来越委屈，不停地流着泪。

接下来就是谈到治疗问题，门医师要求我住院一个月，把病情整形、归类和缓和后再回去。我正在犹豫中，王 art 早已答应了。

门医师很高兴，他为我开了一瓶叫罗拉（LORA）的抗抑郁药。门医师说这个药在整个抗抑郁药系列中是力量比较弱的一种，主要是想让我先适应一下，检验一下我对这种药物的反应。他让我今晚就吃，等住院后再组合配药。

来的时候，我们没考虑住院这个事，所以带的钱并不多。但是，晚上王 art 还是带我住进了一家五星级酒店。

我们上床后，王 art 就紧紧地搂着我，不停地流泪，反复地向我忏悔和道歉，不断地回忆过去的一些事情，对于自己的无知以及表现出来的漠视和不理解，表示痛责和难过；继而他深情地安慰我，亲爱的，My beloved，不要伤悲，这是上帝赐给你的一次深层次体验的机会，多么难得呀！十分之 Precious（宝贵）。我到过奥地利的维也纳，在著名的伯尔加塞街 19 号拜谒过精神分析学创始人、著名的精神疾病治疗医生 Sigmund Freud（西格蒙德·弗洛伊德）的住所，弗洛伊德就是在长达五十年的精神体验和病理诊断中才产生闻名世界的《梦的解析》的。另外，还有他的学生荣格，在陷入了严重的精神危机后创立了精神分析学，而助手弗伦茨发明的《积极疗法·松弛疗法》、女弟子梅拉妮·克拉创立的《新精神分析理论》，无不与他们受过不同程度的精神干扰有关。说不定，在不远的将来，就在明年吧，你就会出版一部叫《露露精神见证理论》的巨著呢。

王 art 的话令我悲感交加，我紧紧地搂着他的脖子，更加现实地问：你还会爱我吗？

会的，我会的。

真的吗？

真的！我可以起誓。

你再说一遍。

我再说一遍，露露，我爱你，无比的热爱。

《星期日苏格人报》说，戴安娜王妃患上了抑郁症后，查尔斯对她异常冷漠，而此前他们非常相爱，戴妃要比我有魅力千倍呀！

我不会是查尔斯·里兰卡，戴妃也比不上你。我不喜欢她那张线条生硬的脸盘，我更喜欢你，你代表了古典美，与我的情感向往完全吻合。

可是，我还是不放心，我怕你会厌倦。

我不厌倦，我知道了我就不会厌倦了。我起誓，我会永远和你站在一起。他拿起门医师为我开的那瓶罗拉，激动地说，露露，请你说服爱情，允许我向她宣誓，从今后我就是你的罗拉，我要像披发赤手的参孙一样守卫在你的门口，为你抵挡所有的入侵，如果你需要，我没有什么舍不得付出的，露露，记得我们常说的一句话吗？

于是我们一起说：I like dancing!

我的丈夫，我的罗拉！我喃喃自语，热泪滚滚，不停地吻着王 art。我似乎一下子找到了失去多日的激情……

这当中，他感动地叫着我的名字。然后告诉我，他已漂入大海，已在眩晕，在流动，在身不由己……

七

由于没得到我的回音，父母亲乘飞机赶到上海来看我。

母亲变化不大，父亲明显变得苍老了，脸上和背上出现了许多酱色的老年斑，看上去让我心痛。母亲跟我说话时，他坐在一边一声不吭，那种迟暮的感觉非常强烈。

我向母亲明确表示，我对王 art 的案子不感兴趣，也不想过问。

母亲说：当初，王 art 再错，也算得到了惩罚，你叫人打了他，差点把他打个半死。这一转眼都快一年了，就是顽石坚冰，也该化了。

我说：对于我来说，这件事永远是冰山。

母亲见我顽固，又说了许多话，都是劝我宽恕王 art 的。

他到底犯了什么罪？最后，我实在是被母亲絮叨烦了，这么问。

母亲说：一时冲动，用酒瓶子砸死了人，是个女的。

哼！我表示蔑视和愤怒，因为我联想到了施暴和虐待，我想到了自己。

母亲说：王 art 的朋友一直在忙他的案子，到处活动，希望挂靠个过失杀人罪，好歹保一条性命，可是女方的力量太强大了，请了两个大律师在打官司，加上又占个受害者这一条，王 art 的命是保不住了。前天，王 art 的父亲和你爸通了一次电话，说王 art 非常想点点，他希望终审下来前能见上你们母女俩一面。

我有点暴躁地说：是的，我太了解他了，他是个骗子。说什么见我们母女二人一面，不过是想他女儿罢了。好吧，不过，他给点点留下了什么恶劣印象他应该非常清楚，那还要看看点点答应不答应了。

这时，一直沉默不语的父亲动作缓慢地从他的怀中掏出一封信给我。母亲见了忙说：对了，这是李伯爵给你的信，他昨天晚上来我们家的。

听说是李伯爵的信，我看了一眼母亲，把信接了过来。

信果然是李伯爵写来的，他的字有点女性化，如一碗刚出锅的面条。

露露：

我一直在为王 art 案子忙碌，状况越来越糟，我快泄气了。现在亟须从你那里得到证据方面的帮助，我不得不这样想，你出示的证据都将是最有效的，可能会挽救王 art 一命。你应该来，我有许多话要跟你详说，要从这十几年来，你和王 art 的关系谈起，信中不便赘述，面晤详尽。

大哥李伯爵

看完李伯爵的信，我没说话，坐在那儿发呆。这时，我见父亲掏出一个手帕，拭了一下嘴角说：李伯爵想让你出庭，在这件事上为王 art 说句话……

我突然愤怒起来：我怎么会为这种事出庭？让我为这种流氓行径说情吗？做他的帮凶？助纣为虐？跟他一块去丢人？李伯爵是京城的大牌律师，打赢过无数场官司，连他都叫不停这个案子，我能起到什么作用，去陪他接受耻辱吗？打死一个女人，他真算是个英雄，我为他可耻！死罪，谁也救不了，我看点点也不用去了，免得再玷污孩子。我越说越激动，越说越感到情绪无法控制，声音越来越高，最后把李伯爵的信撕得粉碎。

我的发作引来了其他病人的围观。这时两名护士慌忙跑来了，她们先叫回了各房间的病人，然后对我父母进行了批评，认为他们不该在这个时候刺激病人，父母显得很后悔，连声认错。

第三天，我因为要做电休克，母亲留下陪我，点点随父亲回老家看王 art 去了。

八

在南京，我们采纳了门德佳医师的建议，决定住院治疗，但请假却成了一个大问题。因为我们不能公开住院的理由，更不能讲清医院的名称。而单位坚持要我们出具医院的证明，否则不能准假，这种坚持当然与那个女局长有关。我是她最讨厌的下属，她是我最讨厌的上司，我们经常发生争执，往往都是以她气急败坏地逃走为结局。

王 art 找女局长请假时，她一再说目前正是群艺部最忙的时候，中央精神要通过各种形式，利用不同的时间段加以宣传，各种演出活动都需要文化局参加，人员特别紧张。

但是王 art 还是把我的一个月的病假给请了，而且报的是一个糊涂名词，我曾对王 art 开玩笑说：用美男计了吧？王 art 说：她对我倒是真的感兴趣，但她太 Chatter（唠叨），Spiritless（死气沉沉），不符合我的 Style（风格）。我开心地打了王 art 一下。

在南京住院治疗是十分有效的，在这里，你会享受到群体的认同感，大家都需要尊重和理解，在这里，大家可以围绕同一个病情说长道短，你再也不需要隐瞒自己的病症，你可以公开谈论自己痛苦的过去，可怕的体验，互相鼓励和畅想。此时，我们会感到共处在精神的天堂里。

但是，天堂是要付昂贵的暂住费的，最主要的是，寄养在父母那里的点点开始让父母头痛。她不顾我的坚决反对和王 art 的反复劝说，自己报了芭蕾舞培训班，而且每天都必须在学业后去参加培训，除了大礼拜以外，多在晚上。父亲带了四个研究生无法顾她，王 art 在大多数时间里都带团在外演出。这可苦了母亲，接来送去的母亲不久就厌倦了，对我们开始有了微词。

王 art 在电话里把这些情况告诉我后，正赶上最后一个疗程结束。本来，我想再在医院逗留几天，可是我想了许多，脑海中经常会闪现出那条黑夜中的巷子，那双在墙面上可以游动的眼睛，而点点现在也要从那里经过，我惊栗而惶恐，办完手续就依依不舍地离开了南京。

这是回到单位上班后的第十天。

中午，同事孩子结婚，我接到了赴宴请帖，请帖是上午接到的，距离婚宴还有三十八个小时，我便开始准备赴宴要穿的服装，设计自己在公众场合下说话的姿态和分寸。

在临赴宴还有八个小时，也就是我还躺在床上的时候，我的躯体反应突然出现了。紧张、焦虑、恐惧、心慌、出汗接踵而至……

那天，我没法赴宴，我像一朵枯萎的花凋零在自家的客厅里。

接下来，所有症状似乎瞅准了一个破城而入的机会，一股脑儿地蜂涌入我的身体。于是，在南京所进行的一个月治疗前功尽弃，如风而去。所花销的近两万元的治疗费也成了废纸无疑。

在病症的攻击下，我一败再败，几乎无藏身之地。我焦虑至最厉害时，简直无法呼吸。有时，我会趁点点不在家时，像恶鬼一样尖厉地嚎叫，不停地扇自己的耳光，揪自己的头发。我还感到我的肩膀上奇痒难挨，像是有几百条长有尖利牙齿的虫子在下面啃啮、吮吸、流窜，我拼命地恐惧地撕抓挠扯，直至鲜血直流。

我开始折磨王 art，跟他纠缠不止，哭喊着要他把我送回南京，不！我不上班了，我不要工作了，我要回到医院去，送我走，快送我走。我就这样乞求着，不停地摇晃着王 art，揪他的衣服。

王 art 痛苦万分，他会一动不动地让我推搡他，同时，一句话也不说。当我一刻也不停地要他答应我的要求时，他会说：给我两天时间，让我想一想该怎么办？你坚持一下，坚持一下。

但两天后，我突然平静下来，仿佛那些魔鬼（我就这么称呼我的病症）接到了我要去南京的信息，纷纷溃逃一般。于是，我不再激动，甚至为自己如此强烈地要去南京而感到诧异和后悔，而王 art 明显很认真，当然也因为不能忍受这种现状。他会当着我的面拨通南京电话。这个时候，一听到门医师的声音，我便感到自己又激动起来。当我拿起话筒时，则像是一个在黑暗中走失了很久的孩子终于见到母亲一般，委屈得泣不成声。

我受不了，我一点都受不了！我哭着说，不停地说。门医师会耐心地等待着我。门医师，我就想自杀，我没救了，我每天都紧张，我的脑子里常常会堵上一团乱麻，我现在是不是植物人呀？我的病怎么会越来越重，太重了！我真的受不了。我一口气说了三十六分钟，这期间，任何人都没插话。

这时，门医师说：小刘，如果你愿意的话，我们可以来听一个故事。古里迪神话中有一个叫赫拉克莱斯（Herculco）的神。这个神周游四方，是制服猛兽和怪物的高手。有一天，他正走着，突然被一块小石头绊倒，听着，是一块小石头。这块小石头绊倒赫后逐渐长大，于是赫就用剑剁它，没想到，这块小石头越剁越大，最后终于足以压倒了赫。这时，一个叫阿苔娜的女神经过这里，她对赫说：如果你再反抗，它不仅变大，还会用其他办法对付你。听了女神的话，赫顿时感到了自己的愚蠢，便收回了宝剑，而那块石头，也恢复到原来的样子。小刘，这是著名的伊索寓言，对于你的病情应该有经典的启发意义。这么说吧。你身上的那些症状，都是小石头，不足为奇，但你却把它们都放大了。结果，四面出击，耗尽了你的力气，它们长大了，你却更加衰弱了。

那我该怎么办呢？它们毕竟不是小石头呀，它们比小石头要抽象，要强大呀！我该怎么办呀？我情绪激动地问，我感到门医师的故事于我毫不相干，是一种歧义和回避。

门医师说：办法肯定有，你要尝试着去用它，就是带着症状生活。它不是紧张吗？让它紧张去；它不是焦虑吗？让它焦虑去。顺其自然，渐次忘却。

我愤然挂了电话，我感到这个门医师简直在信口开河，毫不负责，他该得一次这种病，让他感受一下魔鬼附身的滋味。什么顺其自然，这就是一个资深精神科医生为我开出的妙药灵丹，纯粹是黔驴技穷，江郎才尽。

当我怒气冲冲地大失所望地回到自己房间时，我听到王 art 在电话里不停地向门医师道歉、赔罪，并就我的病情开始和门医师进行讨论。

门医师好像没有在乎我的反应，好像王 art 就是我似的，他开始给王 art 上课，讲得很细、很深入，且有条不紊。

我听王 art 在当中插话说：露露总是以为她的头被一个卡尺卡住了，很痛，有时痛得满头大汗，手脚冰凉，这到底是怎么回事？

门医师说：这是典型的抑郁病人的自我暗示，就如我的一个病人，整天捂着自己的喉咙，说他的喉咙里有一截塑料管子。这是心理压力造成的虚拟感，实际上是不存在的。

门医师，可以再给露露推荐一些新的药品吗？

最有效的药就是她自己，没有什么绝方，所有的药，最终起的作用都是极小的。

门医师的话令我愤懑不已，我感到他冷酷无情，缺乏医德，是个庸医。

于是我继续在炼狱中受灾受难，痛苦使我对报纸上的一则传闻充满了向往。于是，我跟王 art 反复要求请他去打听，去联系，去落实，我想像传闻中所说的那样，把自己彻底冷冻起来，等到医学发达后再重新复活。在我的纠缠下，王 art 一个劲地摇头，不停地说：我办不到，我真的办不到。

两年里，我没完没了地发作使王 art 苦不堪言，每当我回家唉声叹气时，他都蜷缩在一边，紧皱着眉头，长时间地沉默。

在办公室我没有朋友，找不到任何人来倾诉，我的怪异也使大家都远远地避让我，我的敏感和失常为我带来了许多委屈和麻烦。回家后，我得没完没了地把这些事说给王 art 听，他听着听着就会显得痛苦不安，有时会冲我莫名其妙地发火。我当然不会退步，便跟他争吵，并加以摔东西，直至他完全折服，反复求饶。

他开始抽烟、酗酒，有时会久久流连在自己的办公室不愿回家。我看到，他有了白发，皮肤失去了光泽，目光也没有先前锐利明亮了，情绪明显低落，整天都是一副疲惫不堪的样子。而此时，我对自己的性吸引力也忧心忡忡起来，因为，自从得了抑郁症以来，我和王 art 的性爱生活机械、勉强而形式化。特别是近年来，我总是很被动，几乎失去了知觉，并产生了逃避心理。仅有的几次，也令王 art 感到是在做一种枯燥而乏味的运动，他会很沮丧、很无奈，以至于半途而废。

6 月 22 号晚，天气相当闷热，衣服穿在身上似乎长了毛，黏湿湿刺扎扎的令人难受。已经是深夜十一点半了，王 art 还没有回家，而他事先又没告诉我有什么排练或教学任务。于是，我带着一种关切和思念向学院走去。

结婚前，王 art 住在学院为他准备的一间四十多平方米的公寓里。和我结婚后，这个公寓仍然由王 art 使用，平时堆放一些旧书籍什么的，有时王 art 也在里面小憩。

我走到公寓时，房间里的灯还亮着，我便上楼去敲门。当我喊王 art 时，屋里没有反应，我第一个反应就是屋里出问题了。于是我使劲敲门、踢门。不一会儿，门开了，王 art 酒气熏天地挡在门口。当我要往屋里进时，王 art 拦住了我。尽管如此，我还是看到了一个漂亮姑娘越窗而走的身影，她穿着一件洁白的连衣裙，一闪而过时，如一束随风飘逝的花朵。

我不敢相信地看着王 art，整个人凝固成一团，脑中被水冲洗似的，什么都没有了。

我可以解释吗？酒气冲天，摇摇晃晃的王 art 摊开双手对我说。

我从牙缝里挤出两个字：回家！

回到家里，王 art 扑通跪倒在我的面前，一头长发哗地滑落下来，严严实实地遮着他的脸。对我来说，这无疑就是一种证实，我怒火万丈，狠狠地扇他耳光，不停地扇。

最后，他一把抓住我的手，口齿不清地跟我说：我跪下仅仅为了表明……在这个时候，不该发生这种事……你不需要……我们什么也没发生，我心情不好，喝了酒，我摔倒在台阶上，我的学生，我的一个女学生，仅仅是个……女学生，她发现了我，然后搀扶我回到那里……然后，你来了……我怕说不清……她很害怕，我怕刺激你……我不应该让她翻窗户，我们应该坐下来……我怕说不清，怕你……伤害人家……我怕说不清……

我狠狠地扇了王 art 一个耳光，冲他吼叫：王 art，你永远都说不清！

我痛苦了一夜，此时，王 art 就睡在我的旁边。想到那件飘然而逝的连衣裙，我就会把王 art 推醒，打他、责问他：你为什么要这样，为什么？你告诉我呀！我哭声不绝，我感到整个世界都是倾斜的，都是黑暗的，我对整个人类都失去了信心，我趁王 art 到卫生间呕吐的时候，把一瓶氯硝西泮片全倒进了嘴里。

王 art 很快就发现了异常，他的酒一下子就醒了大半，他大声喊叫着要来了救护车，把我火速送到了医院。

恍惚中，我感到有一截长长的管子从我的嘴里不停地插入我的身体，我感到是一把长刀，是一次又一次捅杀……

我很快就出院了，在以后的日子里，我常常会冷笑着以可怕的声音对王 art 说：你真不该救活我。

于是，我和王 alt 的感情在零度下结冰，我们会整天不说一句话，尽管他极力讨好我，以至于到最后，他对我完全丧失了信心，走进这个家门，就如同走进了坟墓。

半年后，不知学院里发生了什么，王 art 被解聘了。那天他对我说：露露，我们离婚吧。

尽管在那件事上我恨他，不能饶恕，也不愿意找任何理由理解他，但对于他提出的离婚请求，我仍然感到很突然。

不可以，我冷笑着说，我喜欢这个样子，你一走进家门就会受到冷落，感受到变态，听我痛苦的呻吟，忍受我的焦虑、恐惧和不安，我很开心。你要时时刻刻地接受我这个魔鬼，接受它与你灵魂的厮杀。我很开心！我身上的魔鬼这么大，这么多，不能只吸我一个人的血，你跑不了，你休想逃脱。

王 art 说：露露，看在你我曾经誓死相爱的份儿上，看在点点的份儿上，我们分开吧。

我说：点点是我的宝贝，我可以为她做出所有的牺牲，可是你没有这份资格，你必须要和我同归于尽。

第二天，王 art 失踪了，我找到洛阳他父母那里，找到了他最好的几位朋友。我寻他不着，我痛心疾首，恨得日日磨牙如刀。我当着点点的面烧了一大堆冥钱，并绞碎了许多件王 art 的衣服，我对哭成泪人的点点说：你爸爸死了。

一个月后，王 art 突然回来了，他显得极为憔悴，手颈细得可怜，颧骨隆起，眼睛下陷，脸色像学院美术系学生作素描时抹的一把炭灰。

父母知道王 art 回来了，十分惊喜和高兴，准备了丰盛的晚餐，并亲自来把王 art、点点和我叫了过去。

饭桌上，父母亲都极力不谈这一个月的事，吃完饭就催我们回家。父亲还把一本香港人办的生活杂志交到了我手里。我回家一看，那上面有整整一章内容都是指导妻子如何做好性温存的。

点点睡去后，我坐在床上等待着，等着王 art 向我解释他这一个月的叛离行径，等着他忏悔和认错。他是一个重感情的人，他向我道歉和自责时还应该痛哭流涕，不能自已。他的态度果真能至诚如此，或许能引起我的同情，至于说到缓解关系一事，也不是说不可以发生。

但王 art 从点点房间回到卧室后就一直不吭声，他一支接一支地抽烟，我惊奇地发现，他那双秀美的手指早被烟熏得焦黄。

我实在忍无可忍了，冲过去，掐灭了他手中的烟，然后坐在他对面问：你回来干什么？

王 art 抬起头，我看到他胡子很长，目光呆滞无神，他说：还是……讨论离婚的事。

我不敢相信地看着他，痛苦、伤心、愤怒占据了我的全身，但这一次，我终于克制住了自己。

这么说，这一个月来，你一直住在情人家？我咬着牙问他，我感到浑身在颤抖。

怎么说都可以。王 art 说，只要你答应离婚。因为……我们都需要拯救，还有点点，我们不能太自私，这很可怕。

王 art，你办不到！我冷笑着说，因为我是精神病，国家有法律规定，精神病人是不可以离婚的，你有责任。

我并不知道是否有这种法律，但我觉得国家应该有这种法律，因为我们是弱势群体，需要保护，于是就这么说。

王art抚着自己的脑门，咳了两声说：那怎么办？我脑子很乱，现在很乱。

我厌恶地无比厌恶地憎恨地无比憎恨地看了王art一眼，我看这个叛变者显得很病态、很痛苦、很迷乱。

那我走了。他说，站了起来。我也站了起来，一把揪住他，把他狠狠地推倒在地板上。他摔得很重，挣扎了几下竟然没有站起来，然后半躺半坐在那里，目光浑浊地看着我。

我伸手从钢琴上拿过一把裁纸刀，然后对着我的胸口说：王art，你敢向前爬半步，我就死！

停！停下来，王art艰难地爬起来说，我们可以再讨论讨论。

我再也无法抑制自己的感情，冲过去推他，一直把他抵在墙上，我泪流满面问他：你这个坏蛋！你不是说永远爱我的吗？你不是说要做我的罗拉的吗？

王art想了想，木讷地说：是呀，是呀……

大骗子！大骗子！我撕扯着他，声嘶力竭地叫喊，并把一口唾沫吐在他的脸上。

这一夜，我们谁也没睡，我压根就睡不着，有焦虑不安伴陪着我，我就是一个神，王art根本就别想睡，见他发蔫，我就会粗野地摇醒他，我感到这样十分泄愤。

第二天，我先搜遍了他的衣袋，扣下他的身份证，然后把他反锁在家里，但到了晚上，他还是跑了。我绝望地哭了，我感到王art不爱我是真实的了，我们的婚姻死了。

整整又是一个月，王art回来了。

正是深秋，他进门时像一片刚从树上吹落下来的烂叶子。

此时，我对这个人已没有丝毫的感情，我已恨了一个月，早就把我们之间所有的维系都恨断了。心里只有报复的欲望，而且非常迫切，就等着王art现身。如今他出现了，我知道自己该怎么办，在他到家不到五分钟，我便出门找我表哥去了。

我从表哥公司里回来时，王art正和点点谈心，点点哭得像个泪人，王art倒显得很平静，不停地为点点擦拭着眼泪。我听他说：爸爸和妈妈分手不代表爸爸从此不再爱你，不再爱你的妈妈，不会的，和以前完全一样。

不！不！点点伏在王art肩上哭着，倔强地否定着。

王art说：我和你妈妈还会爱着你。你要答应跟爸爸在一起，一定要答应，法院要问你，你就这么说。

点点没有反应，她哭得昏天暗地。

我怒不可遏地冲过去，把骨瘦如柴的王 art 和点点分开，然后又把王 art 推到一边。点点怕我殴打王 art，哭着跪在我的膝下。我指着站在一边的：王 art 说：我不离，你可以再出去一个月。

王 art 剧烈地咳嗽了一阵，果真出了家门。点点哭喊着要去阻挡，被我一把扯住，推到一边，并重重地关上房门。

王 art 在铁道边被打断了腿，我找人把他抬了回来。我跟他提及三条：一、是我找人打了他，他可以起诉我；二、我同意离婚，所有的财产归我，算作王 art 对我的离婚赔偿；三、休想打点点主意，点点归我。

王 art 显得极为懦弱，他哽咽着说：求求你了，我只要点点，其他的都听你的。

我强忍着眼泪说：不可以。没有点点，我还有什么！我会死。

王 art 不再吭声，足足沉思了两个小时，最后提出他的建议，点点不归我，也不归他，现在可以送到市奥托巴贵族寄宿学校。点点的入学费和今后五年的学费均由他支付，这一点可以从离婚后属于他的财产中划出。

我感到王 art 的话自私而变态，是一个自己得不到，也绝对不让别人得到的坏种，我怒喝：你闭嘴，你马上闭嘴！

他坚持说，一副诚恳的样子。露露，点点跟你不合适，这一点你应该知道，当然……说到这，他叹了口气，当然跟我也不合适，这个办法……

你闭嘴，你马上闭嘴！我不停地打断他，令他无法完整表达，然后，再次提出我的离婚态度和条件，要他认定。他显出一副十分疲劳的样子，终于点了点头。

我憎恶地看着他，我只想杀他，我准备从此恨他，直到他难看地死去。

这个社会再也不用为离婚发愁，关于这一点，你会感到比到超市退货容易得多。

我和王 art 的离婚手续办得相当顺利，有关部门似乎早就在那里等着我们，待我们把要求一提，他们就把绿灯一起举了起来，再说，彼此都失去了感情，也没有什么痛苦。

十年前，王 art 对我说：我是个很 Romantic（浪漫）的人，将来你要和我离婚，我必定会做足文戏，我会在本市最豪华、星级最高、最标准的地方请你撮一顿。那时，对王 art 的这种表白，我感到不可思议。我想象不出，一对完全交融在一起的人怎么会分手。退一万步，假如走到那个境界，我也会紧紧地抱着王 art，吻够了以后才放他走。可现在，我只盼他迅速从我愤恨和憎恶的视线中消失，我为这个感情的叛乱者，为这个毫不负责的家庭败类，为这个薄情寡义、朝秦暮楚的臭男人感到可耻。

离婚的当天我便病倒了，此后，再也无法去上班。我试着去请病假，但因为说不出病因而遭到了女局长的拒绝。我强撑着摇摇欲坠的自己，走进那间令我紧张而备感冷清的办公室。接下来，我认真而执着地把一件又一件交代给我的事办得一塌糊涂。大家看我的眼神越来越怪异，我试图走近一个正在热烈谈论的小团体，但一见到我走近，他们便纷纷岔开话题，或缄默无语，或干脆一一借故走开，把我冷冷地晾在一边。

于是，每天上班，我只有一个人坐在办公室发傻，专心致志地等待着病症的来临，然后，迎接它们的吞噬和折磨。我感到了孤独和孤立无援的恐惧与痛苦。为此，我在悲伤中更加仇恨王 art，有时，为了恨他，我会在几分钟内一直紧咬着牙关，不停地痉挛和流泪。

女局长终于发了善心，她找我谈了话，时间很短，但解决了关键的问题，她暗示我可以在家休息一段时间。

我迫不及待地住进了一家私人医院，然后用门医师给我寄来的特配药打起了点滴。我跟医师说：我要一直不停地吊水，我需要清洗。医师需要钱，他笑，他完全支持我。

那是一个五月的月夜，城市里到处弥漫着花香，月色饱满而充盈，普照着高楼大厦和树丛深巷。这美好的季节照样滋生罪恶，照样上演悲剧。

我不敢想象，十五年后，在那条巷内，在同一个地方，点点走了我的老路，被两个男人轮奸了。

我从医院回来后，点点告诉了我，我冲出家门疯了一般地撵出巷口，而此时离发案已有半个小时。但我不管，点点说有个男人穿红色 T 恤，我便在大街上到处找穿红色 T 恤的人。

我抓住了一个又一个穿红衣服的男人，被一次又一次斥责和推搡。我告诉他们，我被强奸了，是一个穿红色 T 恤的人。他们便笑，然后纷纷离去。我想我没说错，点点被强奸，就是我被强奸呀！

我回到家时，王 art 已回来了，看来是点点告诉了他。他的脸上除了愤怒以外，还有大片的泪痕。见我进门后，他要求把点点带走，他的态度十分恶劣，几近疯狂。

我们开始暴吵，互相攻击和嘲讽。最后，我先动了手，用一只木制晾衣架砸烂了他的头，并操起刀将他撵出家门。当他还像一条恶狗一样在我的门前不停地转悠时，我报了 110。

哎！我报了 110。我大声地跟他说。他愣了一下，慢慢地走了。

在医院里，点点哭泣着跟我说：妈，我不想上学了，别让我去学校，我不去学校了，我怕，我好怕……

我不停地点头，毫不犹豫地答应了她的要求，当我凝视着女儿脸庞时，我心里仇恨地想：王 art，为什么让女儿跟你长得一样迷人，为什么不到十六岁的女儿就发育得像个大姑娘，为什么要去学芭蕾。点点，你可知你身后会有一双眼睛，这双眼睛和十五年前的那双眼睛一样阴森可怕，一样会像蛇一样游动在墙体里，然后伏击你，令污浊和罪恶渗入你的体内。痛苦也需要接力吗？是谁在背后指使和安排的？门医师一语道破我得此病症的背后，难道我女儿也要亦步亦趋吗？不！绝不能把这样一个可怕的悲剧演下去，女儿还小，她绝对承受不了别人的歧视，别人的冷漠以及种种不公平，而这种不公平一旦贯穿于她的工作、学习和人与事之中，她注定要灭亡。

我辞职了，我把受到创伤的女儿带走了，我娘儿俩已无法再生活在这个城市里，我已暴露了我的全部，已遍尝了其中的苦涩和艰辛，我不能再让女儿的秘密一点一点被别人揭示。我要女儿找一块重新开始的地方，给她创造一个消融与忘却的条件。

母亲支持了我们，让上海的舅舅接纳了我们。

在上海，我一边住进了徐家汇精神病院，一边安排点点进入一所私立学校。

这期间，我越来越强烈地感受到冥冥之中注定有一种力量在左右着我们，于是我昼夜祈祷，先是向中国的神，再向西方的神，并到处打听当地教堂的位置，我相信那是上帝的领地，踏入那块领地将会洗去污垢，永享太平。

九

电休克是前天上午做的，母亲不停地问我有什么感受，那个认真劲简直就像个记者。

我说脑子里像着了火，熊熊燃烧。

母亲后怕地说：那还得了，早知这样，说什么也不给你签字：

我说：这场大火烧得好，我脑子里长了许多荒草，这一下快烧光了。我还要做电休克，还得烧。

母亲说：早知让你爸留下了，我可不敢给你签字了。

我纳闷，我问：你说什么？让我爸留下？我爸来过？

母亲吃惊地看着我。是呀！她说，不跟点点回老家去了吗？

去那儿干吗？我愈加纳闷，我问。

你怎么啦？母亲担心地问，你不是知道吗？你爸带点点看王 art 去了。

王 art 怎么啦？我问。

母亲连忙走开了。不一会儿，她喊来了医生，医生当着我的面告诉母亲，做电休克的病人都是这样，会短暂地失去记忆。

母亲恍然大悟，而我却深深遗憾，我希望的是永远的忘却。

一个星期后，我渐渐在意识的深处打捞上来一些东西，我主动去问妈妈：爸爸为什么带点点去看王 art，你们好像说王 art 犯了什么案子。

母亲叹了口气说：王 art 打死了人，要终审了，怕是要杀头，你爸把点点带回去了。

我隐隐约约地记起来了，但听说王 art 要被杀头，心里还是被震动了一下，我在那发了近一个小时的呆。

又过于一个礼拜，父亲来了电话，说王 art 的案子已经了结，人已经不在了。

父亲说：一切都可以从头开始了，露露，回来吧，我们年龄也大了，离不开你，我已在学院图书馆为你找了个图书管理员的位置，点点的就学问题也解决了。

飞机降落了，天已黑了，四处灯火如豆，没想到是李伯爵到机场接了我们，并带我们到英山饭店吃了晚饭。

当父母带着点点回到了我们那个家时，我和李伯爵来到了海之韵咖啡厅。

咖啡厅里放着十六世纪法国作曲家约内堪的《云雀》，我和李伯爵都在用心听着，这首曲子也是王 art 生前之最爱。

一曲结束后，李伯爵轻轻地搅动着茶盏里的咖啡说：露露，我坚持要等到你回来才回北京，是因为我想让你了解一些情况。

我知道李伯爵要说什么，我忙摆了摆手。

李伯爵果真把要说的话咽了回去，他沉默起来，但是我看他的眼圈红了。

我们谈些别的吧！我说，抹了一把眼泪，极力笑着。

这几个月来，我一直在这个城市奔波。李伯爵显然不愿迁就我的感情，就这样开头说。为王 art 寻找所有可以求生的证据，我为案件本身所震惊，为我的挚友而……伤心……说到这儿，李伯爵摇了摇头，显得很痛苦，一颗泪水在他的眼中短暂逗留了一下，便滑出眼眶。

过了一会儿，李伯爵忽然抬起头，正视着我说：露露，知道王 art 为什么下那么大的决心要和你离婚吗？

这激起了我的愤怒，我冷笑一声。

李伯爵说：你会坚持以为是因为那个女学生，实际上，那的确是一种巧合，是因为王 art 太爱你了。平时，他小心谨慎唯恐引起你的不安，诱发你的症状，所以在那种场合，他十分害怕，他怕刺激你，他做得很蠢，没把账算好！

我又冷笑了一声，我甚至认为我和李伯爵的谈话马上就可以结束了，但我坚持着，忍受着这种无聊。

李伯爵看着我说：而这个时候，王 art 已患上了抑郁症。

我一愣，吃惊地看着李伯爵。

李伯爵向我点了点头，作为对他刚才说的话的强调，我有点发木，仍然呆呆地看着李伯爵。

他很痛苦。李伯爵看着他手中的茶盏说，他最怕的事情终于发生了。王 art 找了心理医生，找了我那个南京朋友。当病症被确定后，王 art 没有我想象的那么坚强，他很绝望，而归根到底是怕你们的点点会成为第三个抑郁症患者。我吃惊地看着王 art，目光一直没从他的脸上移开，听他怎么说。

为此，王 art 通过激烈的思想斗争，他决定离婚，他认为唯有这样才可以拯救三个人。他的要求提的真不是时候，因为刚好发生了那件事，为此得到了你的憎恨和坚决的反对。此时，王 art 的症状反应，一点都不亚于你，为尽快抑制，他偷偷在南京住了一个月院。随后，你们的冲突日益加剧，王 art 的病情也更加糟糕，他不得不再次去南京看门医师。就在那个时候，他失去了他的工作。

我心里像被镂空了一般，极为难受，思想在飞速地翻阅自己和王 art 冲突时的场景，寻找和对证谜底，极力抗拒着这个事实。

李伯爵却把一大把住院收据和诊断书、处方等放在我的面前，这些处方和手续全由精神科开出，上面都赫然写着王 art 的名字。

看到这些熟悉的东西，我低下了头，深深感受着自己的罪过。我流起了眼泪，王 art 的形象在我的心中又清晰温和起来。

李伯爵为我续上水，问我：露露，来之前收到过我那封信吗？

我后悔莫及，不停地点着头，不停地流泪。

露露，那个时候，我是多么需要你啊，尽管不能保证挽救王 art 的生命，但你会是一份最有举证性的力量。因为王 art 失手杀人，与你息息相关。

我再次瞪大了眼睛。

知道那个被王 art 打死的人是谁吗？

我摇了摇头。

就是你们文化局的那个女局长，黎丽。

为什么？我几乎惊呼起来。

李伯爵告诉我：王 art 对你们那个女局长早就充满了敌意，那还是为你请假到南京住院的时候，他们吵得很厉害，黎丽为了轰走王 art，都报了 110。

我痛苦地不敢相信地摇着头，我不知道王 art 那天回家为什么一点都不告诉我，我一直就纳闷，他怎么会那么容易地就把我的长假给请了。

四月二十三日中午，王 art 参加文化界一个朋友的聚会。李伯爵接着说。黎丽也去参加了，坐在不同的桌子上，因为有屏风隔着，彼此都没有照面。吃饭时，不知为什么，有人提到了你。

我？是我吗？我指着自己的胸口问。

是的。李伯爵说。黎丽显然是喝了酒，她说了一句，是说你的，她说。这个人是神经病，由单位代养着，什么也干不了。于是王 art 离开了自己的桌子，他走到黎丽面前，坐下来跟黎丽谈判，他说，你侮辱了我的太太，你有诽谤倾向，你没在精神病院看过病，你怎么会知道我太太有精神病，你必须向我和我的太太道歉，就在这里。黎丽作了严词拒绝，并警告王 art，别在她面前耍神经，王 art 无法控制自己了，他抓起桌上一瓶刚开启的酒瓶，向黎丽砸下去……

我趴在桌子上哭了。

李伯爵没有劝我。

他是失手的呀！我哭着说，为什么要判那么重？是别人先侮辱了他呀，他们为什么要判他死刑……

等我平静下来后，李伯爵叹了口气说：最初，我是有信心的，我想把案子定到过失杀人上不会成什么问题，而且，我还可以向法庭出示南京方面的相关证明，证明王 art 是一个重度抑郁症患者，是一种属于需要关爱、理解和最怕刺激、歧视的病人，而黎丽公然刺激他，那一刻，他是病态的，不能对自己的行为负法律责任。

是的是的。我连连点头说。

李伯爵突然打住了自己的话头，沉默了许久才说：可是，法庭对此做了否定。法庭认定，抑郁症在精神病中属于程度最轻的一种，这种病人是可以带着症状从事正常工作和学习的。案发当时，在场的诸多证人也一一证明，王 art 思维清晰，表达流畅，对受害人的要求肯定而合情合理。造成血案，完全是王 art 不理智的结果，与本人的病情无关，应当负法律责任。而最为糟糕的是，去年秋天到今年二月份，这个市连续发生的几件伤人案都与王 art 有关，都是他炮制的，有的案件他还亲自参加了。其中两人重伤，一人为植物人，这些都是王 art 在法庭上突然说出来的。事后他告诉我，他对自己已经绝望，毫无生的渴求了。

我根本就无法接受这种事实，痛苦得无以复加，不得不用手抵着自己的胸口，而李伯爵并没有停止。

第一个致人重伤案发生在二〇〇二年四月二十一日，被害者叫查玉彬，金丝鸟精品服装店的老板。王 art 殴打他的原因是他曾于一九九九年六月说过一句让你无法自容的话；第二件伤害案发生在二〇〇三年七月十四号，被害人叫包魁，原因是他曾于一九九九年九月二十八日，在公共场合下让你下不了台；第三件伤害案发生在二〇〇三年十月二十六日，被害人訾来超，西江卷烟厂剧团团长，原因是他于 2000 年春节前说过一句侮辱你的话……

李伯爵好像又跟我说了许多，我再也听不下去，我在极力回忆 1999 年 6 月到 2000 年春节前发生的事情。

记得那天天气十分燥热，我非常想买一件夏季衣服来取悦王 art。在金丝鸟服装店里，我从上午 9 点开始试装，一直试到十二点半，几乎试遍了服装店所有的衣服。实际上，来前我是看中一款的，但我当时的状况非常不好，既焦虑又紧张，脑子里像被推进了一车垃圾。于是，我反复说那件衣服上的扣子有点松动，尽管小姐一再解释，她可以马上钉牢，我仍然坚持认为这样做还是表明这件衣服是不完整的。接下来，三个小姐继续协助我试衣，我为每件衣服都挑了毛病，我自己满头大汗，焦急万分，几个小姐也疲惫不堪，不知所措。

这期间，有一双眼睛一直在冷冷地观察着我，这个人就是金丝鸟精品服装店的老板查玉彬。他的目光里明显流露出不满和厌倦，这使我更加不安和紧张，我知道我的老毛病又犯了，追求完美而毫无主张，固执而不自信，但我控制不了，我抱歉地说：对不起，太麻烦你们了，我怎么觉得你们的衣服好像都变了形。

这时，那个一直侧身站在衣架模特后面的查玉彬说话了，他阴阳怪气地说：小姐，这要结合个人的身体条件说这个问题，你以为呢？

我的脸顿时红了。这分明是在嘲讽我，实际上，长期抑郁症使我的形体发生了很大变化！我感到自己的小腹和臀部两侧都在膨胀，以至于我都不敢去照镜子。

我带着羞辱离开了金丝鸟服装店，到家就哭开了。记得我的确把这件事告诉了王 art，我还紧张地告诉过王 art，说那个查老板好像识破了我，知道我得了抑郁症。

1999 年 9 月 28 号那天发生的事我也非常清楚。

那天举行迎国庆大型会演，演出前，由市电视台主持人介绍台上领导和赞助本次演出的企业领导。

那几天，我的躯体反应空前强烈、焦虑、紧张、不安接踵而至，我总觉得有一块石头压在我的头顶上，连路都走不动。为了不让大家看出这一点，我全身心地坚持着，但糟糕的事情发生了。

当时，我负责台上台下的联络工作。此时，赞助单位的领导因故不能到场，派来了第二号人物，而主持人手里的名单仍然是原来领导人的。为此，宣传部部长包魁立刻重新拟定了一份新名单交给我，要我马上送给主持人。但由于紧张，我还是把手里的一份原来的打印件交到了主持人手里。结果当主持人介绍来宾时，由于姓名不符，那个企业二号人物的脸顿时愤怒得变了形，像一块紫猪肝。

晚上，后勤人员在宾馆就餐。席间，宣传部部长包魁来看望大家。我内心愧疚，便首先站起来向包魁敬酒。包魁看都不看我一眼说：我是不可能跟你喝这杯酒的。说着，他和大家一一碰杯，唯独临到我时，把杯子收了回去，然后在嘴唇上比画一下，沉着脸，走开了。

我当即就离席了，出了宾馆就哭，一直哭到家。当时，王 art 正在备课，见我哭得上气不接下气，便一再追问我发生了什么事。于是，我把这个事告诉他了。

2000 年春节，在西江卷烟厂的邀请下，文化局派我和另一名同事去为他们的企业剧团编排节目。开头几天尚好，到了礼拜四，我的躯体反应能力几乎为零，经常处于发愣或答非所问状态。相反，我特别敏感和固执，为此，还跟剧团的一些演员发生了争执。作为一个派出老师，那样做是很没有面子的，也是很没有品位的，而我竟然做了。

那天，台上正在彩排小合唱，我去了洗手间，无意中听到剧团团长訾来超在隔壁打手机，他不无报怨地说：开什么玩笑，演出时间这么紧张，你怎么给我派来个神神道道的人，再让她指导下去，我的戏台上就乱了套了。

下午，我连招呼都没有打就回到了单位，整整一天没有吃饭。当王 art 问我时，我告诉了他，接着我打自己的耳光，扯自己的头发，诅咒和谩骂自己。王 art 紧紧护着我，痛苦万分。

我绝没有想到，王 art 能把这些小事作为一种刻骨仇恨牢记在他的心里，为了我三次伤心，而做了蠢事。这一切除了我能理解，谁又能理解，谁又能懂呢？

如果我当时能从上海赶回来，可以为他辩护吗？我流着泪，问李伯爵。

李伯爵把几张纸放在了我的面前。这是我当时为你准备的。他说，本来我想烧了，最后还是留了下来。

我接过李伯爵为我写的法庭辩护词，心如刀绞。

亲爱的审判长、陪审员、书记员以及尊敬的原告：

谢谢你们给了我一次发言的机会，谢谢你们给了我一次袒护王 art 的可能。请允许我这样来说这个案子，实际上他们相隔并不远，请允许我。

这个世界美丽非凡，这个世界已把爱提升到了一个空前未有的高度，并通过各种载体加以普及和推广。

但社会对另一种爱却是吝啬的，有一个群体，一向是被爱的意识所回避和排斥的。人们不愿正视它的名字，对它很陌生，但它却无处不在，就在你的身边。它有个不敢张扬的名字，叫抑郁，都是平声。我们一直不大乐意为这个名字构筑任何滋养和宽允的场所，不大乐意为它作爱的细分。

你可以有脚气，可以有灰指甲，可以患上各种各样的炎症，各式各样的癌……所有的这些，你都可以堂而皇之地走进医院，当着医生的面，理直气壮地很自豪地毫不掩饰地大声叙述和呻吟。哪怕是性病，也已荣誉地上了报刊、网站和电视，还设了各类医院，产生了许多专家。

总之，只要你精神正常，你就是人，哪怕你已烂掉了身体的 1/2，你还是人。像保尔·柯察金、张海迪、桑兰、霍金等等，都是因为身体残缺而成了精神上的英雄的。

但唯有你的精神不能生病，一点瑕疵都不可以有，否则你的器官再完美，再工艺，组合得再协调，你也是个残废。你可以得到一个视线，叫斜视；你可以拥有一些评价，叫窃窃私语。

尊敬的审判长、陪审员、书记员，所有的物质都会有磨损，我们的精神为什么就不能出现消耗和障碍、失误和偏差。我们上缴了那么多的税，盖了那么多可以提供安逸和狂欢的高楼大厦，为什么就不能给精神一个疗养、修复的空间和允许度。

这一点只能说明，我们是何等的虚伪、无知和懦弱，我们从来就没有尊重过自己的灵魂和意识，当然也不会给别人丝毫的退路。

那么，我们还凭什么在那说什么人权自由和博爱，我们还凭什么为生命哲学下这样那样的定义，出版这样那样售价不菲的小册子。

我们每个人都有坐这种囚牢的可能，而且在这以前，所有的桎梏都由我们自己精心打制而成。此外，我们还能说哪个世纪最黑暗了，最黑暗的就是我们自己！我们在规划着自己精神的绝路。

不幸的是，王 art 就是那个精神残缺的人。

十四年前，抑或说更早的时候，我患上了可怕的抑郁、焦虑综合征。从此，我的精神和肉体一起坠入地狱，每天都生活在黑暗和绝望里，我感到到处都是弓弩，满街都是杀手。

我可怜地掩盖着自己的病症，我每天都得作茧自缚，包裹在一层又一层阴影里。越隐藏越使自己倾斜、变形和弱小。我的病好像是违法的，无法在社会这个有机体上得到矫正和免疫，我得完整地带回家中。

我找到过一家医院，一家很有名气的医院，这里的医生都受过专业训练，具有高尚的职业道德，连他们都神秘地告诉我，他们会为我保密，如此证明我所处的环境是多么的难容，证明我的病症的丑陋性，难以向众人公开和启齿。

我的病变成了一种如性一般神秘的隐私，但要比性更令人恶心。我们在社会上没有公开的谈论场所，此时，我对面那个人可能和我一样，患有同样一种病，但是我们形同陌路，互不认知，彼此悄悄地潜伏和埋葬在人群中。我们鬼鬼祟祟，行为乖张，像一个又一个做了见不得人的事的贼。

你永远都不能知道，我的病不能成为住院的理由。当然，我们首先不敢如实上报和请示，那可是自投罗网，自找难堪，把自己送进监狱。

我们不得不住院时，已经变成了一个谎言的编造者和一个病种的载体，在那种情况下，大家对我们充满了怀疑，我为此而得不到鲜花和慰问。我待在医院里时，犹如一只被抛弃的隔年桃核，更像是一只甲壳虫。

我们在生活中所拥有的最快乐的感觉就是想象着如何体面地自杀，然后，把这种病的历史一笔勾销，消灭痛苦的本源。

你们可曾见到过这么抽象而刀刀过身的恶性循环？它们的代码组合是：焦虑——紧张——不安——恐惧——绝望——混乱——令人眩晕的一直向下的情绪低落，从而形成了一个巨大的漩涡。

在我们那个家庭里，王 art 是站在离这个漩涡最近的人。他没有你们幸运，他无法远离和逃避，而且，他又是那么爱我，不能不反复尝试着将我打捞出水。使我伤心欲绝的是，我不知道他就那样被席卷进来，而且比我下沉得还快，坠落得还深。为了把自己也为了把我拯救出来，为了让孩子远离黑洞不要成为第三名抑郁病人，他要求和我离婚。他在我根本就不知情的情况下，在我近似疯狂的报复下离了婚，我想象不出他是如何走过那段苦难的心里历程的。

随后，事情并没有他想象的那样好。他的病情不断地加剧，他遇到了比我更难承受的冷遇、嘲弄和奚落，他的心态一天比一天失衡了，他应该报复我，他却没有那么做，反而去攻击了三个当事人，而这三个人，仅仅是当初羞辱过我，他却认为他们是一种势力的代表，他要打倒他们，他认为自己是神圣的，自己的病是高尚的不可亵渎的。

也就是说，他所做的极端之举，都是为了一种捍卫，一种复仇，一种尊严，一种渴望和要求，还有警告、示威、分庭抗礼等。

然而，他毕竟犯下了罪过，你们已说过他犯的是滔天之罪。但这个罪过都与我们的病情有关，我请求于法律，能在各类宽宥的条款中加注更多的保护智障和分裂症者的内容，我肯定我的丈夫王art在那个时刻是完全分裂型的，他丧失了正常人的意志。

亲爱的审判长，法庭上所有的亲人们，在精神灾难面前，我们应该有一颗圣母的心，爱他才有意义，才是本爱及博爱，否则人类的道德就不能算是完善。为此，我乞求你们，高高在上的你们，能可怜一个精神病患者，过去大家没来得及拯救他，同情他，现在正是时候。

看完这篇由李伯爵书写的辩护词，我再一次伤心地哭了，我恨自己那么固执，那么狭隘和自私，恨自己连为自己的爱人读一次辩护词的机会都不愿意抓住。

王art看过这份辩护词吗？我抽噎着问。

看过。

他希望我能在法庭上宣读吗？

是的，他希望。不过，他很矛盾，很担心，他怕你隐藏了十几年的秘密因此而公布于众，救不了他的命，反而给你带来无穷的麻烦。

他混蛋，他真混蛋！我失声痛哭。

我哭时，李伯爵在悄悄地擦拭着自己的眼泪，这种景象令我更加悲伤和自责。

王art是怎么走的？我悲切地问。他们枪决了他？

是的。李伯爵说，叹了口气。

不是可以注射执行的吗？

这是我作为朋友为他作的最后一次努力，但被拒绝了，他们说注射死刑在本市刚刚试行。

他们就那样枪决了他?

李伯爵难过地低着头。

那天他穿的是什么衣服?

一件风衣，灰色的。

是我们在结婚前买的，我买的。我哭着说。

李伯爵为我续水。

他那天就那么躺在那里吗?

李伯爵说：我买了件羊毛毯……那天下雨……我用毯子盖上了他的脸。

现在呢?我泣不成声地问。他在哪里?

他父母和哥哥都来了，已把骨灰带回了洛阳。

我趴在桌子上啜泣起来。李伯爵并不劝我。

李哥，王 art 临刑前说了什么话?对我有什么要求吗?

李伯爵想了一下说：他跪在车厢里，一直有个武警在按着他的头。当我出示律师证时，武警允许我和他说了两句话。

他怎么说……

他笑着对我说：李猴子，给我一瓶罗拉，我觉得浑身不对劲。

你给他了吗?

我疯了一般地向大街跑去，但所有的药店都不卖这种药。他们说，这种药只有精神病院里才能开出来，我正计划着如何去精神病院，我听到了一阵阵尖厉的警车声，他们把王 art 带走了……

2004 年清明节，我独自去了洛阳，我在一个叫凤临滩的公墓群里找到了王 art 的墓，献上了一束这个季节最美的花——玉兰。

令我感动的是，王 art 的墓比周围的墓都大都华贵。墓身由白珍珠、黑珍珠两种大理石护面，正牌上镶有十五年前王 art 导演大型歌舞剧《爱之后现代》时的一张工作照，在为王 art 立碑的落款处只有一个人的名字——王点点。整个墓座在明媚的阳光下熠熠生辉。

我在王 art 的墓前，从上午九点，一直坐到夕阳西下。

此时，我已默默流尽了所有的眼泪，无数遍地吻了王 art 的名字。

最后，我在点点的名字旁贴上了我带去的名字——爱妻刘露露。然后，磕了三个头，并把一瓶罗拉轻轻地放到了王 art 的名字下。

朵 的 城

我喜欢长时间漫步在城市的街道上，这样，我才会有一种流淌在血管中的感觉，才能体会到城市的体温和心跳，体会到她的拥入和呵护。但后来，我发现自己不过是这个城市的一粒头屑，早晚要被洗濯涤荡而去……

——下载于朵的网页

一

昨天，朵说过，对于她的老板曼来说，夜不是自然的法则，而是人类虚拟的空间，城市欲望作俑的温床。

此时，朵刚走进河姆渡休闲T厅，一个打着蝴蝶结，穿着黑色背心的男服务生就快步迎了上来。他把手背在身后，向朵深深地鞠了一躬，轻声地问：小姨你好，这里是河姆渡休闲T厅，您预约了吗？服务生的热情和那一声令人找不到边际的“小姨”让朵有些尴尬，她近似慌乱地问：七包在……哪？服务生高兴地说：小姨，您就是朵吧？请跟我来吧。

朵没有马上跟服务生走，她向左右看了看，才知道这里为什么叫T厅。原来，大厅虽然门洞密布，但整个布局呈T字。朵有了这种感觉，便随服务生向“T”字深处走去。

走廊很长，廊里的灯光朦胧而迷幻。朵走在猩红色的地毯上能闻到一阵阵浓郁的印度紫檀香味，其间还混合着一种淡淡的潮霉味。

到了七包，男服务生向朵深深地鞠了一躬，小姨，这就是七包，您请。他说，又鞠了一躬，然后快步走开了。

朵把食指弯成一个“7”形，先凭空比画了两下，然后笃笃地敲响了门。里面应着朵敲击的最后一个音节传来了一个好听的女中音：please come。朵听出是老板曼的声音，便轻轻地推开了门。

包厢里，朵看见曼正懒散地倚在一张宽大而凌乱的床上，她穿着一件粉红色的睡衣，衣带束得不紧，从一个柔软的“V”字里裸出了两个洁白的富有弹性的圆弧来。

朵向曼笑了笑，转身把门关上。就在这时，朵突然睁大了眼睛，她看到，衣架后面站着一个男孩，约有十七八岁的样子，很俊俏，正在不慌不乱地整理着衣裤，由于衬衣尚未扣严实，露出了一片并不强健的胸部。这孩子的脖子上挂着一块和田玉，是用一条红绳子系着的。看来，朵的突然闯入，并没有影响他的情绪，他在那儿一板一眼地穿着衣服，眼看把自己弄整齐了，就一个立正，把手背在身后，微笑着向曼深深地鞠了一躬，欢迎小姨再来，他说。再一次向曼微笑，然后轻轻地拉开门，走了出去。

朵傻子一般站在那里，眼睛一直紧跟着那个男孩。那个男孩走后，她又傻傻地看着曼。

曼笑了笑，向朵招了招手，雪白而柔软的胳膊像一条婆娑在风中的哈达。

朵没有动，她的眼睛死死地盯着曼那双美丽异常、宛若深潭的眼睛。她在那里打捞着什么。

曼说：是不是以为他嫖了我？是个……小小的……嫖客？

朵像是被谁推了一下，身子向前一倾，她听曼说：No！他是个小鸭子，嘎嘎嘎，哈哈哈……

朵像是被人从后面掐住了颈子似的，脸涨得通红。

曼说：好啦，别少见多怪啦！不远的将来，你会比我还疯狂！怎么样？……今天把第一步走起来，我买单。我亲自为你挑选。刚才看清了吗？才 19 岁，正读大一呢！哈哈哈……

朵的脸涨得越来越红，像是在被人灌血。见状，曼又大笑起来。笑够了，她再次向朵招了招手，并拍了拍床沿。心慌意乱的朵走过去，坐在曼的旁边……朵却说：老板，找我有事吗？

听朵这么说，曼脸上的表情慢慢地沉淀下来。她弹去烟灰，从身边的包里抽出一张橘黄色的存折来，她看了看说：这是 5000，你上个月的薪水。说着，她发牌似的把那张存折弹到朵的面前。朵说：老板，这笔钱我不能拿，上个月我做得……

没等朵说完，曼就优雅地摇了摇手说：谁让你是 JN 婚介城的大牌呢。大牌是要用大价钱养的。乡下人怎么说？这个大粮仓，就是去年撒下去的那把种子。明白了吧？别以为我高尚，我是市侩在后，拿着吧。朵看都没看那张存折，眼里也没有丝毫伪饰和欲望。和朵说话时，曼在一个个地看着自己的指甲，那上面有一朵朵精心染制的小梅花。那就这么说吧。曼说：关于你拿的这份薪水，今天，我已在分红会上做了宣布，大家都很嫉妒你，从此会斗志昂扬，这就是我为你发这笔薪水的主要原因。也就是说，我把你推到了前面，成了她们的标杆和靶子。你为我做了牺牲，帮了 JN 的大忙。我这么说，你心里总该平衡了吧？

朵沉默着，看来曼的解释和表白并没有打动她。

曼又看了朵一眼说：我还有话要跟你说，你不要这个钱，就是存心要封我的嘴啊。

听曼这么说，朵慢慢地把手伸过去，把那张存折松松垮垮地窝在手心。曼高兴起来，她把烟收了，侧过身去，从包里拿出一板劲浪 COOLAIR. 超凉薄荷糖，抠出一粒塞到朵的嘴里，见朵的脸上露出了笑容，她又摸了一下朵的胸部，朵笑着躲闪到一边。

口香糖很会造势，转瞬间就在曼的鼻腔里酝酿出一股股气体，使曼不得不眯起眼，半张着嘴巴，那神情倒像个醉奶的孩子。

过了一会儿，曼脸上的表情平静下来，她想了一下，忽然抬起头说：朵，听说你恋爱了？

朵一怔，脸上红了一阵，为了掩饰，她把嘴里的糖粑吐在一边。谁说的？她问。

我想这并不重要，曼说，也不是告密者的错，在这件事上，告密者是 JN 的功臣，是我的朋友。

朵有些恍然，有些尴尬，浑身不自在起来。

曼加强了自己的语气：恋爱是不允许的。你爱上了你的客户，更是不允许的，这个你应该知道。

朵不自觉地低下了头，她在心情矛盾地徒劳地想着一些能够用来伪装和保护自己的词语，但是她心乱如麻，脑海中如同飞来了无数只蝗虫和蚱蜢。

我想听听你的解释，请不要回避我。

朵感到这个声音是从天空坠落下来的，一块一块的，如同生硬的铁块，重重地砸在她的身上。

二

秋收结束后，从城里打工回来的乡邻们又要返城了。刚刚高中毕业的朵简单地收拾了一下，带着对刚刚结束的农忙季节的极度厌恶和恐惧，几乎是毫无商量余地地和父母作了告别，随几个姑娘来到了南方的一个省城。

一同去的六个姑娘，半个月后全都找到了工作，但朵却没有在那个城市找到适合自己干的事。姐妹们为她焦急和叹息了一阵，纷纷上班去了。朵就背着大包，独自一人在城里晃荡着。

此时，她并没有为同村的姐妹找到工作，自己寻觅无着而伤感和沮丧，因为她们答应下来的那些活，又脏又累，工资又低，她根本就瞧不上。她坚信，一个在高中文科班出类拔萃的女生一定会找到一份更体面，更符合自己身份的工作。记得在来的路上，她看着同伴们那一副副迟钝、疲惫和茫然的神情，就想，你们不过是去苦点油盐钱的，而我朵是去寻梦的，去采云的，是要和这个城市融为一体的。我朵早晚得成为这个城市的主人，和这个城市的前辈们一起吮吸城市的红利，成为你们和这个城市里的人的偶像。

她就这样游弋在自己浪漫的心境里，兴奋而激情。所以，当她看到JN婚介城的招聘广告后，立刻就被吸引住了。

实际上，那是一张早已过期的广告，上面残留着许多风雨洗涤的痕迹，但是由于用的是即时贴，上面有一层膜起到了保护作用，内容依然清晰：

我们决定以每月5000元或更高的薪水来膨胀您的工作热情，回报您的奇才斗胆，抵消您的慷慨奉献。

当然，您首先得是个体面的人，年轻、漂亮、充满了潜质和决斗人生的力量。譬如说您18岁，您30岁，35岁也可以。我们总会和总愿意怂恿一些勇士做出惊世骇俗之举。

有一张办公桌就放在您理想的左面，白领生活从您走进JN大门就已经开始。我们现在发牌：公关秘书、婚介部主任、网络管理员、市调参议、礼仪管带、采办大使、美眉花司……

朵没看完，就走进了JN婚介城的大门。

朵见到曼时，曼正在跟一个满嘴假牙的男人谈着什么。看上去，曼有30岁左右，成熟、丰满，虽然不算太漂亮，但朵感到曼长得很刺激，对了，性感。是的，是性感。朵为自己找到这么个词而十分高兴。曼的性感来自她通身散发出的活力。朵感到，自己在3米之外就能体验到来自曼身上的那些气息的撞击和烘托。这一切，使坐在曼对面的那个男人显得无比猥琐和龌龊。一时间，朵竟然为这个男人感到悲哀，她可怜起他来了。

曼的身后，也就是曼那张宽大的办公桌后面有两幅巨大的肖像画。其中的一幅就是曼的。肖像下有两行文字（中英文对照），从标板上朵知道，这个热力四射的女人叫曼，是JN婚介城的总裁。

另一幅是切·格瓦拉的肖像，下面也有一块中英文对照标版：浪漫的冒险家、红色的罗宾汉、共产主义的堂·吉诃德、拉丁美洲的加里波的、去世的耶稣。

朵在学校参加校报编辑期间读到过这个切·格瓦拉，并在一次去食堂打饭的路上和两个女生偷偷地议论过他。记得一个女生很激动，她说她看到切，就想逃学、私奔，心里就有一种喷射和委身奉献的欲望。那时，朵同样崇拜这个革命家、美男子，但她觉得那个来自外城的女生有些出格和无聊。现在，朵没想到曼也会把这个人物放大到这种地步，她感到亲切，她托着腮帮，以崇拜的目光，兴致勃勃地听着曼的演说。

曼的确是个神灵活现的人，她和对面那个男人交谈时，面部的表情生动、飞扬而夸张，她不断地做着手势，她说话时，她的每一根毛发都好像在发力、表态，随她说话。

“JN是交给你的简称，原来应该是这个样子：J—G—N。不久，我们把它们简化了，便成了JN的组合。你会发现，等出现JN，当中少了一样东西，这是G字，它代表的是我们公司。也就是说，公司总会在别人心想事成、花好月圆的时候卸妆退场，悄悄地走开。你有没有感到，我们就是那么顺理成章，死心塌地去为客户充当无名英雄。成全别人就是我们良心的底线。”曼说的是一口流利而标准的普通话，并带有南方人口音中的那种软甜呢哝。那男的在一大堆甜言蜜语面前，便像一只装进糖醋罐头里的蟑螂，早已被泡得不能动弹了。如梦如幻间，曼叫来了秘书，将他带走了。

见那个男人走了，朵为了提示曼，忙微笑着站起来，由于紧张，她的脸颊上浮出了一层淡淡的胭脂红。

曼早就看到了朵，这会她微笑着说：对不起，你都看到了，我的活刚做完。先来袋烟，你请坐，这边坐，让我看清你。

经过十几天的身心疲惫和鞍马劳顿，曼的亲善，让朵大有一种倦鸟归枝的感觉。她走过去，坐在曼的对面，手里牵狗似的紧紧扯着她从乡下带来的那只大包。

曼从抽屉里摸出一只玉祖。玉祖的前部有个椭圆形的小孔，曼将小心翼翼地塞进小孔里，然后摁了一下桌上的一朵不锈钢玫瑰，那玫瑰的花心处便啪的一声跳出一团蓝茵茵的火苗来。她把玉祖凑在那花心上，点燃了那支香烟，接着，一串串烟圈便从她的嘴中旋转而出，看上去缥缈诡异得很……

曼终于抽完了烟（朵是这么感觉的），她把玉祖重新放回抽屉，轻轻地拍了拍自己的脸颊，显然是要兴奋一下自己，然后看着朵，微笑着说：那我们开始吧。不过，我想打听一下，进门就是咱们的公关部，你怎么直接就走到我这里来了？

朵笑了笑说：我想，在这里，许多事情会变得简单些。

朵不慌不忙的解释让曼认真地看了她一眼。这很好，曼说，你说得没错，你找到JN，找到我，就算把最关键的问题都解决了。你看，今天我们就会有2000份男性登记表供你浏览和选择……

朵有点意外，她忙解释说：我是来应聘的。

曼也有点意外，她想了想，在桌面上像男人那样轻轻地颠着自己的中指，然后说：你看了我们的招聘广告？

朵点了点头。

曼摇了摇头，自言自语地说：真该死。

朵知道不是在骂自己，但有些尴尬。

这时，曼耸了耸肩膀，辩解说：对不起，那是张旧广告。目前JN婚介城的所有写字间都被精英们占据了，简直就是人满为患。昨天我还跟我美国的朋友感叹这件事，很对不住。

朵听懂了曼的意思，但她并没有现出沮丧和失落的样子，而是面带微笑，执着而矜持地看着曼。

曼见朵的目光里分明有一种固执，她耸了耸肩，又摊了一下手，等于用肢体语言重复了一下自己刚刚说的话。做完这些，她开始去收拾自己的东西，而这些都是暗示，她相信，面前的这个女孩，很快就会知趣地收起自己的行囊，然后向她礼貌地打个招呼，快快地走出她的办公室。但朵没有走，她仍然看着曼。曼在朵的目光里再也潜伏不下去了，只好再次正视着朵。

朵有点自嘲自叹地说：我在这个城市都走半个月了，谁都不认识我，谁都不搭理我，我感到这个世界好像就剩下了我一个。你能让我说说我自己吗？

此时，朵的目光里除了有一种顽固和执着之外，还有一种令人怜爱的凄楚。这把曼吸引住了。就在不远处，公关部正在给业务员讲授消费者心理学，课程是上个礼拜曼亲自设计和安排的，现在，曼真想把学员们集中到她的办公室来，让他们欣赏一下朵是如何粉碎自己的，又是如何抵御和煽情的。

曼在听朵作自我介绍，感到那是一种享受，朵的内心独白，像月色一样漂染着她的情绪。朵说：我不屑一顾，是因为那些工作没有打动我的理由，我不是奔脏、累、差来的，这没有挑战性。无论他们都做了些什么，农民总归还是土地的奴隶。我从那个地方逃出来，又怎能再做城市的奴隶呢？我觉得JN婚介城是为我在四年前就设计好的梦，我一下子就被她吸引住了，我不想轻易放手。

她们又谈到了切·格瓦拉，曼出乎意料地知道，朵对切氏有许多新的理解，譬如说放弃和创造的主题，牺牲和宿命的定义。看得出来，朵大有炫耀和自我卖弄的倾向，她引用了许多常人听来都是生硬、冷僻的词，但曼感到朵的引用都是比较得体的，卖弄和炫耀也是很讲分寸的。曼由此认为，面前这个来自乡村的女孩与众不同，有主见，有平衡感，有野心，有占有欲，有冒险倾向，更有侵略意识。而那高挑丰满的身材，暗藏风情的眼睛，此时也愈发显得神秘、诱人。于是，连朵的那句我很喜欢你，她也一点都不觉得肉麻，并且还被对方挑起了一种自我表现的欲望。她对朵说：而且你会越来越喜欢我，直到心甘情愿地被我征服，像个宗教徒一样狂热地崇拜我。我是个狂妄自大的人，目空一切的人，我要的是别人对我的绝对尊敬。我不允许任何人小看我。在这个城市，不会有谁比我做得更成功。下午，婚介部在介绍公司时，会首先向你介绍到我，说我是硕士生，学过西方经济和日本经济，出过书，留过洋，拿过两个Baccalaureare，这些都是千真万确的。还有，那属于我的隐私，他们不会说，实际上是欲盖弥彰，我曾经在爱情玩耍中掉过线，先被人抛弃，后来几近堕落，那又怎样？有生命力的人跟树一样，即使砍断，也还是可以重长的。我每天都被自己迷恋得不能自已，我对自己充满了朝觐和致敬的情绪……

朵感到曼的话肉麻，感到曼是个狂妄自大、恬不知耻的女人，还有些神经质。

这时，朵的背后传来两记温柔的敲门声，是訾彦进来了。朵被吓了一跳，这个訾彦怎么会如此像那个过期的歌星张咪。见到朵，訾彦甜甜地笑了笑，如同见到了老熟人，然后走到曼的写字桌前汇报工作：431 号进 8 道，42 号进 10 道，126 号进 17 道……

訾彦说的话朵听不懂，倒是增添了几分朵对这里工作的庄重感和神秘感。訾彦说话的时候，朵就从背后像欣赏一朵玉兰花似的欣赏着这个漂亮女孩。訾彦斜背着一个小包，朵在学校办报时见过，那小包里装的是数码相机。果然，訾彦把一沓照片放在了曼的面前，曼忙将那些照片推进了自己的抽屉。但由于照片过多，在放到桌面上的一刹那已经坍塌，朵看到那上面都是一男一女在一起的合影。不用说这是 JN 婚介城为天下男女做成的大好事，朵心里有一种崇敬感。接着，曼把朵介绍给了訾彦。我们新来的一个战友，朵。过一会儿你带她去填表。曼说。朵的脸腾地红了，是兴奋的，是突然而至的喜悦撞击的。訾彦向朵鞠了一躬说："叫我小彦就可以了，我真喜欢你，嘻嘻……"

随后，訾彦把朵带进了婚介部，在那里做过登记后，訾彦又在晚上把朵带到了自己的住处。

这是一间 50 多平方米的民房，訾彦说：欢迎家庭有了新成员，房租 600，水电费看表。现在好了，从下个月起，这个家就有两个人支撑了。说着，訾彦向朵张开了双臂，朵马上响应，她们热烈地拥抱，算是进行了一次简单的成家仪式。

那一夜，朵失眠了，她觉得自己的命运太好了，混混沌沌的未来，在她的眼里转瞬间就变得那么具体和直观，那么绚丽和灿烂。凌晨三点半，她还睁着眼，从窗帘处泄漏进来的灯火里细细地感受着这个不夜城，她一连数次问自己：这是真的吗？她窃窃自喜，美不胜收。

三

第二天，朵走进了曼的办公室。之前，朵刻意打扮了自己：在家时，为方便干农活，她在自己的脑后留了一把尾发，现在她把它放下了，成了披肩发；半个月来，由于居无定所，工作没有着落，她省吃俭用，现在似乎到了该铺张和奢侈一把的时候了。她用仅存的 360 元钱，为自己买了一套衣服，尤其没忘了抹口红。照镜子时，她顿时被自己轰动了。她简直不敢相信自己的眼睛，自己原来就是一块充满神灵的调色板，稍予调和，就会闹出个光彩四射来。但曼见到她时却皱起了眉头！这使她顿时忸怩不安起来。曼围着她转了一圈，然后盯住她的眉毛看。朵暗暗叫悔，骂自己不该忘了修眉毛，能想象出来，此时的自己该是多么的不伦不类。还好，曼说话了：你总算没把我的眉毛弄了。朵瞪大眼睛看着曼，她不解其意。

这时，曼突然摸了一下朵的胸部说：宝贝，知道吗？从现在起，你的形象已是公司财产的一部分啦。回去，把身上的衣服换掉，我要你昨天那个样子，一模一样：一个进城寻梦的女高中生，来自乡村，有一种清纯的美，清纯得像一瓶矿泉水，并带着浓浓的山外风情。对，就是这个定义，去吧。别忘了口红，擦掉……

朵感到曼的话和曼刚才摸自己胸部的那一把一样，令她感到羞涩和失贞。

朵灰心丧气地回到宿舍，极不情愿地换上自己从乡下来时穿的那身衣服，又灰溜溜地抹去了口红，然后回到公司，一脸茫然地跟随曼和訾彦来到了双袅浥大酒店。

这是一个三星级宾馆。大厅一角有几组茶座。在那里，朵见到了一个四十五六岁的麻脸男人。接着，曼、訾彦和那男人左一句右一句地说开了话。朵听来都是一些不着边际的事，感到很无聊，就坐在那儿不停地绞动着自己的手绢，眼睛放在站在门里的那两个穿着制服的一男一女身上。朵看到，每当客人走进大厅，那个男的和那个女的都会同时说话，同时微笑，同时鞠躬，朵在心里猜测着他们的年龄，工作的起因和此时的心情，她一点都不羡慕他们，她为他们悲哀。

大约有 20 分钟左右，曼带着朵和訾彦离开了那个麻脸男人。

晚上，訾彦把 500 元搓成了一个扇面，在朵面前摇了摇说：你的，今天的薪水。

朵几乎叫了起来：薪水？我干了什么啊？

訾彦把钱往朵手里一塞，看了朵一眼说：傻子，还记得那个麻脸男人吗？

敏感的朵吓了一跳，她呀了一声，急急地问：什么意思？什么意思？弄错了吧？我可不是来找对象的呀。

訾彦坐在朵的床边，用粗大的棒针织着毛衣说：是的，是工作。今天你坐在那个麻脸男人的身边就是工作，懂了吧？

朵不可思议地看着訾彦说：说什么啊你？告诉我，那人会不会来找我？可不能把后账留给我呀！

訾彦说：不会啦，要找就找公司啦，公司可以让他找我啦，到目前为止，我都为你回了他 70 多个电话啦，五个字：女方不满意的啦。什么后账，真是。

朵呆呆地看着訾彦，她隐约地感到自己扮演了一个什么角色，但到底发生了什么她也不知道。反正，她觉得自己没有同那个男的说过一句话，自己应该是一个局外人。于是，她乐观地想，这可能是曼从中做的秀，想在自己面前表现一下公司的慷慨和关爱，让自己树立起对未来的信心。朵就这样自己把自己给说服了，然后，拿着那500元钱，迷迷糊糊地进入了梦乡。

四

朵认识苏是在她到JN婚介城的第三年。此时，她已成了JN的明星，袖口上别上了一枚镀锌的白色玫瑰勋章，她的月薪基本上可以拿到3000—5000元。这期间，她扮演过各种角色：不幸的失恋者、新寡的少妇、爱情的航海家、标准的良家女子、另类女孩、下岗女工、失业的大学生、等钱出国的不检点女人、倒了霉的公主等等。她也渐渐了解了JN婚介城这个庞大生存体系的游戏规则。这是一张由高级宾馆、舞厅、桑拿等休闲娱乐场所、礼品店、精品服装店、出租车公司、三星到五星的饭店等众多实体结成的巨大的网。这网上有许多脉络，其中的一条就连接在曼的那只手机的脉冲信号上。当然，朵也在一年后明白了自己的身份：是个高级婚托。她感到曼阴险至深刻，当她发现到自己所处的位置时，曼已用200多个不同的男人把自己培养成了一个经验老到、罪恶累累的党魁。那时，她发现自己人在深海，海岸线已离她很远很远，而比曼更毒的还有那大把大把的钞票。

它们通过兑换贵重的物品和一些高级的精神享受，让朵深深地沦陷于一种畸形的生活方式中。在那里，朵随波逐流，猫鼠同眠，没有时间自爱，没有能力自拔，甚至想在可怜人面前说一句正义的话都千难万难。相反，她对这种生活方式却有了依赖感，这种感觉令她在大多数情况下恬不知耻，忘乎所以，常常会为一些蝇头小利，锱铢必较，冲锋陷阵，做一些助纣为虐，伤天害理的事情。有一天，她对訾彦说：小彦，我老觉得自己一半是死的，一半是活的。

訾彦说：那是你命硬，我早就死透了。

朵在心里说，这样看来，我们还能在死后行走自如，靠的就是吮吸别人的血液啊！

不过，朵有一种特别的赎罪方式，就是给自己一个乐观的心理暗示：她在把一个征婚男子带到礼品店，带到饭店，带到高级娱乐场所，带到JN婚介城那张连锁大网中疯狂消费后，她会为自己解脱说，她不过是在棋盘上被用得最多的一颗棋子，不过是机器上的一个小轴承。她的一切正如刚来时曼所说的：全部属于公司。现在是公司操纵着她的身体，她的智慧，同时，利润的大部分也属于公司，罪的大半部分当然也要归入公司，而自己和那些被骗的男人和女人一样，都是无辜的，是天大的受害者。而且，她瞻前顾后，没有发现一个“战友”在这种罪恶滔天的把戏中失手落马，喋血疆场。她还看到，在那些高档华丽的场所中，和曼同进同出，挽手抚领的，有本市最高层的政府官员，有本市最野蛮的经济搜刮者，有本市最恶的黑帮。在这样的一所大厦中，你还能做什么？你只能脱胎换骨，另造灵魂，嗜血如命般地把钱苦得不知所措，疯疯癫癫。

早晨，朵接到电话就匆匆赶到公司，曼正在办公室等她。屋里放着蓝色男孩(BULE)之三《罪》，在那抒情的声线里，主唱邓肯和盖瑞巴洛的和声令人陶醉。

曼靠在办公桌上，背对着门，正在目不转睛地看着切·格瓦拉的肖像，手指间照样夹着那只玉祖，一绺绺柔软的烟雾，静静地向上弥漫和升腾。等到朵走到她身边时，她正好转过身来，先是习惯性地摸了一把朵的胸部，然后坐了下来。朵笑着躲到一边，抗议说：拜托啦，别一见面就摸我好不好？我真的好难受。还有，你就别用那个烟嘴啦，看上去，实在是……

曼笑了笑，翻动着手指，摇了摇那只玉祖说：没有情欲就没有斗志，懂吗？OK！说着，也不管朵有没有接受自己的调侃，便将一沓资料扔了过去。一天必须熟悉这份资料，公司为你设计的形象是，21 岁，叫雨，有钱人家的独生女，工作不是太如意，刚下岗：浪漫，多情，爱好广泛。目标营业额是 1500—2000，时间是 8 小时。用 15 号手机连线，483 出租车接应你。进道球号 43，下面就是他的资料。

朵看了一眼 43 号填写的征婚登记表，那上面有照片，是个愣头愣脑的大男孩。叫苏，苏格则。

五

第二天下午 2：30，朵按照征婚人的要求来到西城河上的那座高架桥上。

今天的天气很好，四处的阳光如金子一般。桥下不时有货船通过。有一艘船的船头上插满了国旗，大大小小的国旗迎风猎猎，煞是好看。几个背着大葫芦，腰上拴着一条长绳子的孩子在船头高声嬉闹着。这一幕流动的生活场景使朵的感情忽然间发生了变化，她觉得自己真到了该拿谁来爱恋的年龄了。如果有一天，自己要和恋人相见，这里倒是一个适合表达感情的地方。令她有点惆怅的是，她觉得现在的自己不过是一个美丽的稻草人，是一张让别人看一眼就要付钱的大洋片。想到这儿，她忙摇了摇头，努力振作了一下自己，仿佛是在驱赶落在自己身上的什么东西似的。

苏出现了，从桥的另一头走了过来。他走路很快，像是在跑。身子很单薄，穿得也很少，斜挎着一个简直可以称为巨大的包，看上去很滑稽。走近后，朵发现，这个苏比照相片上的那个人年轻，头发像做过电板烫，一根一根地层次分明，随着他大刀阔斧地向前走，便一掀动一掀动的。

他们很快就互相认识了。苏递过来一张名片，然后不停地晃动着身体，不停地搓着手，笑嘻嘻地看着朵的反应。今天的温度可够低的，朵在看名片时发现，苏在寒飕飕的风中似乎有些直不起腰来。她还发现，苏最里面的那件衬衫是才买的，配上外面这套洗涤过多遍的藏青色西服，难看至极。

名片的纸张很差，但跟苏一样简洁干净，朵很快就熟记了那上面的所有内容。这个即将要倒霉的大男孩真像他在征婚登记表中填的那样，是无花果精品店的业务员。从哪过来的？朵问苏，看了一眼苏刚走过来的那个方向。

少年科技馆。

多远啊！打个车不就来了嘛。

苏咽了咽唾沫，没接上朵的话，只是干笑了两声，继续搓他的手。

朵知道从少年科技馆到这里至少要30元的打的费。

苏格则说：雨，下去就是公园了，我们去那里走走吧。

朵娇媚地打了一下苏说：去什么公园呀，看你冻的，像根葱似的，再有一会儿，叶子都要掉啦！

苏搓着手，尴尬地笑着说：吓，你幽默死了，你说……

朵为难地想了想，忽然竖起一根手指，跺了一下脚说：去行月堂吧，那里有中央空调。走吧。朵拉了下苏，苏心里一热，竟然没说出话来。朵的体香在拉他的时候，深深浸透了他，可谓沁人心脾。这时，朵一招手，早就潜伏在一侧的483号出租车噌地一下就蹿到了朵和苏的身边。

出租车在外环线上流星般地飞驰，不一会儿就来到了行月堂门前那座古牌坊下。苏付钱时，朵瞥了一眼出租车上的计价器，上面显示的是50.00。

行月堂是本市四大豪华茶座之一，室内凡是沾上木质的全是红木，所有的茶具全都被镶上了金银两道细边。据说，上楼可见的那座香炉，唐代的，下面那个座，居然是实打实的白金。

这里的最低消费是285元，连最难吃的、最不好看的、袖珍到只有半个火柴盒大小的茶点也要30元。

坐下后，朵不假思索地要了一份炮打双灯，这是一份鸡尾酒饮料，苏刚才翻本子时看过，170元。苏在本子上磨蹭了半天，一狠心要了份咖啡，60元。然后用一个小小的勺子，一小口一小口地嘬着，看那个样子，显然不是在喝咖啡，而是在精心品尝奋斗了一生才得来的金汤玉液。他在喝咖啡时，手上的那只小勺子不停地颤抖着，把茶盏颠得叮叮当当响，他抬起头提示小姐：可以……可以开空调了。小姐抿上一口笑，上前一步说：先生，空调是打开的。朵向苏投去了神秘的一笑，对小姐说：劳驾，给这位先生上一杯金沙萨吧，要那种单色的。苏忙抬起头来，欲言阻止，但又觉得不好，便住了嘴。朵说：金沙萨是一种非洲酒，暖和身体的，你尝尝就知道了。朵柔声细语，眼里充满了关爱和温情，这让浑身冰冷的苏有些感动，他感到这个雨比那杯金沙萨要烈火多了。不过，他还是假借点些小吃，看了看本子，只看了一眼，他就去了盥洗室。

这杯金沙萨标价 123 元，躲在盥洗室那封闭的隔断里，苏先把钱掏出来，仔细做了一次盘点，然后掏出签字笔，在手心上把刚才发生的费用做了一次演算，最后又掏出皮夹子，再一次点了点钱，然后才回到朵的身边。

回到座位上时，他看见朵正在和一个男服务生说话，男服务生的面前有一部别致的点心车，上面摆满了各式各样的点心。苏看见，朵看着那些点心显得很遗憾，很不满意，不停地摇着头，嘴上还在自言自语：太贵了，走吧，谢谢你了，走吧。服务生转而对苏说：先生，你朋友看中的几样点心，实际上并不贵，只是这位小姐为你考虑得太多了。得！算我被感动了，这一份免费。说着服务生把一碟炸薯条放在了朵的面前。朵说：谢谢，拿走吧，我们不用了。苏激动起来，壮烈地说：她喜欢的你都拿下来吧。服务生应了一声，忙把上下两层合计七样小点心，一一端到了朵的面前，朵冲苏幸福而羞涩地笑了。

四个小时很快就过去了。在这四个小时里，苏又去了两次盥洗室，一次是歌手来送花，一次是本店老板亲自来为第一次到行月堂消费的客人送打过半折的红酒。每次在盥洗室里，苏都是先对自己的钱包进行盘点，然后再在手心上演算和累计一次消费额，继而是再次清点一下钱数。等他把朵从行月堂带出来时，已消费了 730 元了。苏懊恼地想，当时全怪自己糊涂，有一种茶，壶底子才 40 元，是可以不断地续水的，两人喝到明天早上也不会增加开支，而自己两杯咖啡就下去了 120 元。

这时，城市里已华灯初上，一种浮华在喧闹中炫人眼睛。朵的脸像是从微波炉里才端出来的一样，熟透地红。她紧紧地挽着苏的胳膊，闪动着两只调皮的眼睛东张西望着，然后，她撒娇说：我饿了。苏也东张西望了一番，目光里过滤了十几家大排档，最后，他把朵带进了一家老八路开的日本面馆。刚坐下，朵就捂着鼻子，然后拉着苏跑了出来。苏问：怎么啦？朵说：葱花味让人受不了，还有，我不喜欢日本人。苏说：哪朝哪代的事了，还惦记着。朵说：哪朝哪代也不能忘。我们村老一代人几乎都被日本人杀了。朵说漏了嘴，把一句话补得嘴歪眼斜，上气不接下气的……

这时，接 483 班的出租车停在了苏和朵的面前，钻进车里时，司机向朵挤了挤眼。朵说：去韩国烧烤店。苏叫了一声："到开发区啊……"朵回头看着苏，一脸的无辜和迷惑，苏就再也不说话了。

这个韩国烧烤店在 50 里外的开发区，还真的由一帮韩国人在张罗着，那料理贵得就等于让你把金条扔在锅里，然后眼巴巴地等着油条漂上来。苏跟别人去过，是别人买的单。那天，他看到那个别人买单时有点想哭的样子，想到这，他心里扑扑直跳，脸上火辣辣的。到了地点，苏付了 60 元车费，然后跟着朵走进店里。一个穿着朝鲜族服装的姑娘迎接了他们，并把他们一直送进了包厢。

刚坐下，朵的《女人心》响了。朵接上了电话就聊了起来，脸上喜怒哀乐什么都有。过了一会儿，她关了电话，碰了碰苏的手，可怜兮兮地说：可以跟你商量个事吗？苏说：随便讲。朵撒娇地说：几个小姐妹刚从东南亚回来，多少年都没见面了，非要见我不可，一点退步都不带的。

那就在一起吃吧。苏说，马上又紧张地问：怎么……怎么介绍我们的关系呢？得了吧！欢欣鼓舞的朵推了苏一下，放鸽子似的笑嘻嘻地拨出去一串号码。

几分钟后，几个远从东南亚而来的女孩鱼贯而入，其中有訾彦，她们一见朵，就此起彼伏地尖叫起来，继而又像几块出锅不久的皮糖，搂着抱着粘在一起，苏在旁边看着，觉得这情形好像是朵代表中国女足在世界杯足球赛上刚进了一粒球。

翻江倒海般地闹了一通，朵把苏介绍给了她们。她们冲着拘谨得半死的苏一齐叫“哇噻”，一起喊“帅呆街了”“酷毙市了”，一齐点菜，要酒。

尽管朵一再提醒大家要节省，结果桌子上还是剩下了一大堆。

见几个女孩争先恐后地去打包，苏钻进了洗手间，这次，他在洗手间里整整待了 20 分钟才脸色灰白地走出来。

买完单之后，苏发现自己带来的 3400 元所剩无几了，可那几个女孩不依不饶，不管朵如何推辞，一定要朵陪她们去唱歌。苏对满脸无奈的朵说：你去吧，我先回了。喝得醉醺醺的訾彦说：糊涂！敢把这么漂亮的女朋友交给我们？几个女孩张狂地笑着，一起去追打訾彦，訾彦则像是一个不小心捅了马蜂窝的倒霉孩子，左闪右躲，仓皇逃窜。苏却发现朵没有介入到朋友们的这份热闹中，她站在那儿，可怜兮兮、左右为难地看着自己。苏心里一阵悸动，柔软地说：那就一起去吧。

她们去的是艾斯美腊达 KTV 自助音乐城。几个女孩照样是狂喊，猛唱，还喝啤酒，跟男人似的嚷嚷着说：去过洗手间再喝。她们一起出去后，朵显得心情压抑。苏担心地问：哪里不舒服吗？怎么一首歌也不唱啊？朵叹了一口气，看着苏不说话。

朵的这个样子，让苏的心中充满了怜悯和关爱。

朵轻声地说：对不起，让你破费了。都是在这个城市长大的，我拿她们没办法。我实在不知道她们会这样没完没了。

苏说：没关系，我还为你高兴呢。你开心吗？你开心就行。

朵幸福地点了点头，然后从包里拿出一张便签，写了几笔，这是我的手机号码。她说。苏忙接了过去。

快到 12 点的时候，苏和朵分手了。回到宿舍，朵和訾彦谈起她们刚才的演出，两人笑成一团。朵把自己的“女人心”交给了訾彦，我的任务完成啦。她说。下面这孩子就交给你啦。

公司设计的情节是什么？朵边收拾自己的东西，边漫不经心地问。

訾彦说：从现在起，我就是你二姑，家里知道你独自征婚去了，闹翻了天。你被父亲打了，恼羞成怒，绝望至极，割了腕，差点死掉，脱离危险后，又逃出医院，目前下落不明。

歹毒！朵说：歹徒的歹，毒蛇的毒。

訾彦笑起来，她把从自己身上扯下来的胸罩挂在朵的头上。

六

这一个礼拜，对于朵来说特别的静。通常，朵把球甩给訾彦后，訾彦每天回来都会叫唤道：烦死啦，那家伙又来电话啦，怎么解释都不相信，又要上法院，又要上吊，又要劫飞机的，我快没辙啦！可这些天，訾彦从来没提到那个苏。

又一个礼拜过去了，訾彦仍然没提到苏。

晚上，訾彦回来了，脸色很不好看，她把手里的包往床上一扔就骂上了：什么征婚的，简直就是骗子……

朵不寒而栗，暗暗打了几个冷噤。

这时，訾彦忽然想起了什么，她神秘地说：朵，怪呀，你那个 43 号到现在为止，一次电话也没打来哦，神奇耶！

夜里，朵失眠了。她的眼前不停地闪过苏从大桥一端向自己跑来的情形，不停地闪过苏见到自己时，慌里慌张，手忙脚乱，在寒风中哆嗦成一团的景象，还有那张充满了稚气的脸，那双目光单纯的眼睛，那一种毫无杂质的笑。她把一些事慢慢地都回忆起来了，苏说他是去年才到无花果礼品店当业务员的，主要推销健康秤和一些高级礼品，底薪很少，全靠提成。除此以外，朵再也想不起来苏对她说过什么了。因为，当时朵的心思只有一个，就是鼓动和帮助苏慷慨地消费，像吃石榴一样，一颗籽一颗籽地将苏的钱袋掏空。同时，苏没有朵在这方面的要求，也似乎谈得不多。但苏这种黄鹤一去不复返的现象，在公司里、在朵的业务经历中都是绝对反常的。朵开始回顾和检查自己在和苏接触过程中的每一个细节，这些细节都是公司策划部反复研究敲定的，应该说是天衣无缝，也就是符合曼所说的：我们竭尽全力地掏了别人的钱，还得让人想着如何让我们接着掏，如果我们不搭理他们了，会让他们羞辱难当，百般自责，仓皇逃窜。

又过了三天，强烈的好奇心伴着一些莫名其妙的失落和焦虑使朵再也平静不下去了。她去了一次婚介部，在那里，她对电脑档案作了访问，她发现那上面也没有苏到本公司查询的记录。

晚饭后，朵避开了訾彦，一个人裹了件米灰色羊毛风衣茫然地走在大街上。当她踱步到一个公用电话亭旁边时，她站住了。她呆呆地看着那只橘黄色的电话机，过了一会儿，她走了过去，伸手把话筒摘了下来。

她那只紧握住话筒的手在空中停留了两分钟，然后歪着头，把话筒夹在脸和肩窝之间，一手拿着电话本，一手拨动了号码。

拨完号码后，朵突然把电话挂上了，并像做了一件什么见不得人的事，慌忙走开了，但走了十几步后，她又停了下来。她站在那儿，目不转睛地看着那部电话，并摆出一副随时都准备拔腿逃跑的姿态。但过了很久，那部电话也没有动静，朵显得很沮丧，转身向街道的另一端缓步走去。

就在朵走出去不到十米的时候，电话铃骤然响了。朵的身子猛地一阵颤抖，脸顿时红了，心捂不住地狂跳。她第一反应就是想逃，但脚上却如同上了枷锁一般，一寸也挪不开。那电话响了一阵便停止了。朵叹了口气，摇了摇头，再次挪动脚步。刚走出去不到五步，电话又响了起来，这次，朵疯了般地冲进电话亭，并一把抢过话筒。

里面果真是苏的声音，他显然是感冒了，鼻音很重，不停地“喂”，不停地咳嗽。朵说不出话来，心不停地狂蹦。苏“喂”了一阵，语速很快地说：这里是无花果礼品店，我是15号业务员，也许你接受过我的服务，现在如果需要什么礼品，我会马上赶到，如果您还没有拿定主意，我们会一直在公司等您。5735983，这是为您开通的服务热线。5735673，这是为您准备的私人热线。说完，苏又是一阵猛咳。接着，电话就轻轻地挂断了。听到话筒里传来一阵阵忙音，朵把话筒挂了上去。然后将额头轻轻地贴在话机上，一句话也不说。这时，电话铃突然又响了，朵被吓了一跳，啪的一声把话机抢在手里。她听见苏在里面说：对不起，刚才我咳嗽得太厉害，不得不中断与您的谈话。现在我们可以继续谈业务了。朵眼睛一热，她声音低迷地说：是我。

电话那头半天也没有声音。朵默默地等待着，对方终于传来一声问候：您好。

朵有些委屈和凄然地说：为什么……不给我打电话？

对方又沉默了下去，过了一会儿，说：我觉得这里可能有误会。

什么误会？什么样的误会？朵脸红了，心噗噗地跳。她觉得，这个苏一定是发现了什么。

我填的征婚资料您看了吗？这时，苏在那边说。

朵忙说，当然，否则怎么会去见你呢？

但是……但是，见面后，我发现出入很大。

朵低下了头，脸上火辣辣的，她确定苏一定是发现了什么，于是，说的这个“出入很大”就充满了挖苦和嘲讽的意味，让她受不了。她心虚起来，特别想向苏解释，她不是那种欺骗成性的人，而且，在诱惑苏消费时，自己也有过恻隐之心，尤其是当自己看见苏那只长满了冻疮的手后。这时，她听苏说：你完全出乎我的想象，真的。苏在说这句话时叹了口气。

朵痛苦地感到，苏还在毫不留情地戳穿自己，这使她尴尬、慌乱、难堪之至，好在是在电话的这一边，苏看不见她狼狈不堪的样子。这时，她又听苏说：我的条件太差了。在你面前，我觉得自己很滑稽。我想，你一定是没看我的登记表，或者听错了中间人的介绍。等你一切都明白的时候，事情会很荒唐的……我高攀不上你，良心深处的一句话。

不！朵激动地说。

是的，我不是在作秀。唉，生活是不允许我这种人浪漫的。

我想见你一面。我想把钱还给你，那天……

不用了，那天，我也很开心，开心就够本了。我们挂机好吗？

朵的嗓子里发出一声没有意义的声音，她轻轻地把话筒挂上了，然后把双手插在风衣里，失落地向大街深处走去。

这一夜，朵又失眠了。訾彦看见，朵的那双大眼睛在窗帘过滤后的城市灯火的余光里直直地瞪着天花板。訾彦敲了敲自己的床。这时，朵忽然侧过身来，她目光炯炯地看着訾彦说：哎！问你，喜欢过谁吗？

訾彦一骨碌坐了起来。朵索性也坐了起来，用被子裹着自己，如果亮着灯，朵看上去准像一份色泽鲜艳的三明治。

訾彦说：我早就有直觉，你要出什么事。总算猜着了。我可提醒你，所有的客人都是公司的财产，你我是不能染指的。

七

三天后，无花果礼品店进了一批健康秤，苏格则和几个店员一箱一箱地往楼上仓库里搬东西。苏是个急性子，别人搬一趟，他都跑了两趟，也不顾惜自己的身子，衣服上到处都是灰，满头满脸的都是汗水，一绺乌黑的头发紧紧地粘在前额上，身上照样背着那只带子长长的硕大的包。下楼的时候，苏忽然看到阳光下站着一个女孩，那女孩穿一件雪青色的风衣，戴着一条红围巾，头发过肩，风一吹，头发便和风衣一起往南飘动，看上去有点像是在为某个企业做形象代言人的广告。那女孩一直在看着苏格则，苏格则在女孩眼神的一再提示下有了新发现。他认出她来了，是朵。

他快步走了过去，走到朵面前，不停地搓着手说：您好！您是怎么找到这里的？

朵发现，苏在说话的时候，表情很不自然。朵没有回答，只是恬淡地笑了笑，然后从斜挎在身前的皮包里抽出一只厚厚的信封。

苏想起三天前朵在电话里跟他说的话，不用说，朵今天是来退钱的。苏有些灰暗有些尴尬地说：何必呢？不都说好了吗？

你先拿着再说。朵说，把信封塞到苏的手里，认真地看了一眼灰头灰脑的苏，然后转身走开了。

苏拿着那只沉甸甸的信封，久久地望着朵渐渐远去的背影，最后，他轻轻地叹了口气，将信封往大包里胡乱地一塞，又快步向货车走去。

卸完了货，店员们都嬉闹着到前面大堂里喝茶去了，苏则孤独地坐在仓库一角的花台上，一边轻轻抚摩着手面上的冻疮，一边发呆。他忽然想起了那个信封，他把它拿了出来，撕开了封口。

出乎意料的是，信封里没有钱，而是一张张写满了字的纸。字显然是朵写的，又小又工整，而且没留天头地角，占满了整个页面。

这是三天前的事了，朵去了曼的办公室，借来了一些书，有《弗里德曼的生活经济学》《长大》《差距》《水煮三国》以及美国人柯特科夫曼的《由此踏上成功之路》等。

朵发现，曼看书看得很细，很贪婪，也很霸道，许多段落不仅画了线，还做了点评，不喜欢的段落，就打上一个大大的×字。打×时用力很大，纸面上留下了许多豁开的划痕，从中可以看到曼那张愤懑而暴怒的脸。

凡是曼批注为好的，朵就摘抄，一直抄了两天两夜，抄满了50页纸。

苏那双拿着信封的手在一阵一阵地抖，由于幸福和兴奋，一张脸立马跟烧烤的一般。他扒来扒去，终于在一个边角找到了一行字：下个礼拜四，22号，是我的生日，我想请你给我订一盒蛋糕，西沙剧院旁边有个小红帽饭庄，晚上6点，我会在那里等你。

22号的傍晚终于在薄薄的夜幕里凫出，提着一盒大蛋糕的苏在小红帽饭庄找到了朵。这里远没有第一次见面时朵带苏去的那几个地方档次高，但是很安静。旁边好像有一个什么手工作坊，一阵阵香味在有节奏的捣击声中不断地飘出来。

朵坐在包厢里的一丛假树后面，服务员早已在他们的桌子上点燃了一盏红色的浮蜡。屋里有空调，暖融融的。朵脱去了外套，一件鹅黄色的高领绒衣使她显得丰满、柔美而恬静。今天，她把长发束在了脑后，那种过去遮遮掩掩的脸庞完全呈现在充满温情的烛光中，显得白里透红。而那长长的睫毛，明亮的眼睛，使她越发地俏丽、生动和具有一种超凡脱俗的美。

见苏来了，朵迎接了他，然后开始点菜。

苏则被包厢里的那种精致和典雅所吸引，同时，如同仙女一般漂浮在烛光里的朵让他有点难以自持，让他又是激动又是自卑，又是幸福又是惶恐，两只眼睛鬼鬼祟祟地在朵的那张脸上和那高耸的胸部扫了数次，其间，一旦有风吹草动，他便将自己的目光慌忙挪开。这种因为冲动而玩起来的小把戏，对于朵来说并不难识破，她抿着嘴笑了笑，苏吓得半死，有些尴尬而难为情地坐在那儿，脸上风吹似的过了一阵红。

看来在美食方面朵的思路很清晰，也极为果断和充满想象力，菜单刚翻了两页就把一串菜名送到后房去了。

你常到这里来吗？朵把菜单丢到一边，问苏。

苏一愣，明白是问自己时。他笑着挠了挠头说：怎么会常来？生活可没有给我这么多的时间啊！

朵把两手抱在一起，抵着自己那圆润的下巴，看着苏的眼睛说：你为什么不能多向生活要点时间呢？

不知道为什么，苏难堪地晃了晃头说：我的生活都比较吝啬。

朵笑了笑，她觉得这个苏也挺幽默的，就目不转睛地看着苏。苏觉得朵的目光有些烤人，他站起来，手慌脚乱地打开自己带来的蛋糕。

蛋糕做得很精致，除了蛋糕师的手艺外，苏在上面也动了不少心思。朵高兴地叫了起来，说了许多感激的话。等几道菜上来后，他们开始举行仪式。像所有过生日的一样，朵先许了愿，然后一口气吹灭了所有的蜡烛。站在一旁的苏想唱Happy Birthday to You，但没好意思唱，就别别扭扭地连说两声祝你生日快乐！一句是中文，一句是英文。朵觉得苏的英文发音要比自己的地道和正宗。

做完了这些，苏笑眯眯地看着朵，又搓了搓手。朵问：不想知道我许了什么愿吗？

苏微笑着看着朵。

朵拉了苏一下，示意他坐在自己的身边，然后歪着头看了一眼苏，让人难以察觉地叹了口气说：我喜欢上了这个城市，我刚才许愿说，但愿她能公平，赏赐给我一个心心相印的人，然后让我跟着他，就在这个城市里，占据一个不大的地方，相依为命，白头偕老。说完这些，朵又看了一眼苏，苏搓着手，傻乎乎地笑着，继而他沉默下来，朵那一脸的真诚和眸子里所闪现出来的期盼，使他疑虑和迷惘。

朵忽然振作了一下自己，笑了笑说：我不叫雨，我叫朵，我从农村来，跟你一样，都是打工的……

苏不相信，眼睛睁得很大，嘴角处掠过一阵戏谑的笑。

朵不怕这种质疑，她把自己的身份证递了过去，同时，在蛋糕上切下一朵鲜花，放在苏面前的小碟子里。

苏反反复复看了好几遍身份证，最后他咧嘴笑开了，朵觉得苏的牙齿又白又整齐。

一个月后的一个晚上，月朗星稀，在西城河的高架桥上，朵等苏已有半个多小时了，看上去她有些焦急，并显得不安和恐慌。不一会儿，苏背着他那只大包一颠一颠跑来了。朵忙迎上去问：出了什么事？什么事啊？你都让我担心死啦。

苏喘了几口气说：我有重要公告，你一句一句地听着。

朵抿嘴笑了，她从苏这句话里感到自己把问题想严重了。

苏说：公元3世纪，古罗马的暴君克罗多斯下令，凡是到了结婚年龄的男子都必须参加作战，为此，他禁止国人结婚，已经结婚的也要毁掉婚约。于是，整个罗马笼罩在绵长的相思中。此时，一个叫修斯的人偷偷地为一对对情侣举行了婚礼。消息传出后，修斯被捉走了，并死在狱中，人们为怀念他，就把他葬在圣普拉教堂，这一天是公元270年2月14日。公元21世纪，南方省城里有一个靠打工维持生活的小业务员，因为手头拮据，实在买不起一件像样的礼品送给他至亲至爱的人，为此，他整整不安了一天。最后，他终于想到了一个体面的礼物，就是求婚。于是，那女孩倍受感动，决定嫁给他。爱使我们这个女孩相信，目前这个不太走运的小业务员肯定会一夜发迹，给她带来幸福和美好。这一天，是公元2010年2月14日，地点，西城河高架桥上。

说完，苏从包里拿出两支由于包装低廉，有些褶皱的玫瑰花，用双手托着，恭恭敬敬地送到朵的面前。朵热泪盈眶，她的笑容在泪水中无限灿烂，无比感人，她接过花，把苏轻轻地拥入自己的怀里。

那天晚上，朵去了苏的住处，并留了下来。朵搂着湿漉漉的苏说：我总觉得我还要等待下去……

苏全身颤抖着说：城市的爱情已经提速了。

八

曼和朵走出河姆渡休闲T厅时，已是12点15分了，但四处的灯光毫无减弱。休闲T厅前的小广场上，停了二十多辆出租车，而且不断有出租车赶过来。曼和朵在的哥的姐们的目光中穿行了一阵，来到一辆银灰色的皇冠前。这是曼的私家车，在人还未接近的时候，曼就摁动了手中的遥控器，随着嘀的一声响，车上立刻传出一串解锁声。

坐进车里，曼把车子发动起来，两束雪亮的光柱立刻飞奔而去，然后一齐折断在不远处的一块巨大的广告牌上。那是一张由著名影星赵薇做代言人的品牌广告。在广告牌反射的光晕里，朵看见，一个十七八岁的女孩正在对一个高大的男孩撒野。她抡起手中的皮包，像农家女浣纱捣衣一般，不停地打着那个男孩。那男孩连连求饶，诚惶诚恐。曼把大灯关了。朵，看见了吧？这时，曼点上一支烟，吸了一口问，什么想法？朵没发表自己的看法，她只觉得那男孩有些可怜。曼说：有人看韩片《野蛮女友》，不知所云。而我在想，那些向人摇尾乞怜的狗，过去可都是猛兽退化而成的。

朵看了一眼曼，她觉得她的老板说出的话和想法常常都是怪怪的。

车里有了呛人的烟味，曼揿了一下车内右手岸上的一个红色按钮，玻璃窗徐徐而下。这是男人的虚伪。曼说，尤其是城市男人的虚伪，很可怕的。

曼的话里，夹杂着她搓挤牙床的声音。这让朵很不舒服，可是曼的情绪，像是一个蓄水的潭，还在不断地加注和高涨。朵当然知道，她就是这么个一泻如注，没完没了的女人，在阐述和论证上有癖，有欲望，总少一把闸。朵早就说过，曼应该去当教授，挣学堂里的薪水，或者去说评书，可以随心所欲地去扩充情节，肆意地开讲和渲染。

记得我到了十八岁的时候，身体发育得如同伟大的革命事业，汹涌澎湃，无限高涨。见到漂亮女孩，我就有一种想要喷涌的感觉。我知道我本该是个男儿身，可是编码却出了问题，于是我被错误地发配到人间。这个取代我的人就是男人，是我仇恨的根源。所以，对男人，我斗志高昂，夺命的感觉和膨胀的性欲一样激荡。可是，男人太阴险了，他泯灭了我的一切。说完这些，曼看了朵一眼，朵古怪地笑了笑，朵觉得坐在曼的身边，犹如坐在一处幽深诡异的湖畔。

曼再次把车子发动起来，然后娴熟地调了个头，在车堆里游龙般地走了几个曲线，呜的一声，冲上了街道。

顺着嘉靖大道奔驰了一阵，曼把车子开到了省科委后门，然后在那里又停了下来，朵知道，曼到家了。

但曼却没有下车的意思，朵知道曼有话要说，索性坐在那里静静地等候。

不久，曼说话了：离开他。语气冰冷，是命令的，没有商榷的余地。

朵没吭声。

曼从倒车镜里能看见朵的脸，朵的表情中充满了抗拒。

曼用牙齿叼出一支烟，摸出打火机，可是连打了几下也没见火，她把烟折了，丢在车前的烟缸里。然后把双手扒在方向盘上，目光空洞地看着科委后门侧的一尊法国人古斯特·罗丹的雕塑复制品《思想者》。

朵烦躁起来，她感到曼像蛇一样缠着她，令她有些喘不过气来。

这时，曼又说话了：我们来谈个条件吧。方案我来提。你再为我做两年，到 2012 年 10 月，那时，你可以从我这里拿走 30 万—40 万，冒险点想，或许更多。翻一倍，两倍也没什么不可能。而我也会在千恩万谢中把你体面地送走。实际上我等于在你荣归故里或再展宏图的时候，送给你三件贵重的礼品：丰厚的薪水，无价的创业经验和创业理念，一个恩人的头衔。怎么样？

朵纠正抑或是讨价还价地说：我的合同期是 2011 年 6 月。

曼拍了一下方向盘说：行，就 2011 年 6 月。

朵不再说话，她在细算这里的出入，她焦急地感到这不是自己跟曼谈判的焦点，果然，曼开始出下一张牌了：这期间你要离开他，那个苏。要坚决地离开，不允许留一点点尾巴。

朵额头上出齐了汗。

可以定下来吗？曼回过头来问。

朵忙说：不。

曼愤然地转过头来，她看了看沉没在阴暗底部的朵，又拿起那个打火机咔嚓咔嚓地打了起来，打得火星四溅。

朵可怜而又不平地说：这些年，我从来没向公司提过要求……

曼说：因为公司没有给你这个机会，JN 总会在你们那些需求开始萌芽的时候，就不遗余力地走在前面了，而你这个要求，对 JN 来说，太苛刻。

这么说，我必须要放弃了？

必须！当初我们都是写在合同上的，你签了字。

可是签合同时，媒介部并没有在这方面作细致的解释。我承认，当时我只是急于得到一份工作，没有想到会是这个样子，这么认真。我也没想到这当中会突然出现这种事……

这种事对于你们、对于 JN 的业务员来说，每天都有可能发生，但必须忍痛割爱，这就是我们为什么要合同在先的原因。

去年 3 月份就有两名业务员跟客人走了，公司还做了宣传，这怎么解释？

那是公司放的水，确切地说，她们和客人没有区别，本身就是公司的球，从进入公司那天起，她们就一直站在公司的外面。而你们则不一样，尤其是你。

这么说，是怕我泄密？

是的。三年来，你像细胞一样流动在公司的体内。而且，许多事关 JN 这座大厦的生存秘密，我也从来没瞒过你，这些你都可以想一想。

我以人格担保行不行？

这是卡通片中的台词。再说，也太老旧了。

朵叹了一口气，停顿了一会儿，问：那我可以提前离开公司吗？

可以。这几年你从公司所得的丰厚回报将成为非法收入，必须上缴，还不包括公司为培养你而付出的巨大的无形资产。另外，这是公司决不让步的，你必须在写下保证书后，离开这座城市，永远不许回头。

这是可耻的恫吓，是无赖，是奸诈，是冷酷无情，但朵却不能理直气壮地回击。正如曼所说的，她像细胞一样游遍了公司，也游遍了曼的全身。朵太了解曼了。在那张网里，曼是只硕大的毒蜘蛛，是千手观音，三眼夜叉。刚才的恐吓算是客气的，拍死自己才是仅仅用了曼的一点点手段。朵眼底里的泪水开始漫上来，一阵阵绝望压得她面色苍白，车里出现了一段时间的死寂。

这时，曼打破了这种压抑，她的语气里充满了委屈和伤感，充满了不解和责问。

你可以说我冷酷不解风情，但我对你的确用心良苦。在 JN，你是个文化程度比较高，思维发散比较快，有个性有想法的姑娘，我一直是把你当作品牌来打造的。对于你，像对 JN 一样，我心中有一揽子设想，并在一步一步地实施，在处理我和你的关系中，我加注了过多的个人色彩。看着你不断飙升的业绩，我常常浮想联翩，我认为我很快就会有一个商战利器，将来，她必须对我取而代之，而我将会心甘情愿地退到幕后，充当幕僚，坐享其成。可现在，我们之间，或者说伟大的理想和可笑的现实之间，发生了巨大的落差。你一意孤行地要嫁给一个穷困潦倒、居无定所、一文不名的小业务员，而且决心如此之大，气魄如此之豪迈，意志如此之坚定，可以无视你亲手签的契约，可以藐视这个城市由众多巨头扭结而成的网，我感觉到你比我要疯狂十倍。

朵的脑中一片空白。

曼觉得她打倒了朵，就决定再踏上一脚。

没有钱，没有钱怎么了？钱是什么？钱是这个世界的轴心国啊！是这个多元社会的中心思想和根本主题，是一个国家领土和尊严的校正器。美国鬼子凭什么一夜间给南斯拉夫、阿富汗、伊拉克、叙利亚换家长？凭的不就是钱吗？接着就是爱情问题，这事像瘟疫一样侵蚀了你的灵魂，使你撕下自己一向谦恭的面具，跟我据理力争，你因此而一反常态，毫不留情，真让我大跌眼镜。爱情算什么？这是天下最败坏、最丑恶、最肮脏、最阴险歹毒的两个字，它要远比 SARS 和禽流感令人恐慌和惧怕。男人，爱情二字的缔造者，是天下最大的陷阱，谁掉进去，谁将万劫不复。这句话你可以活着不信，死后就心服口服了。我在大学时就说，人一定要在活着的时候就把一些问题弄清楚，我希望你也要这样。

曼发动了车子。我送你回去，她说。

九

朵回到宿舍，已是凌晨一点多。上床后，整个人颠勺似的，高低起伏睡不着。曼的话尖刻而锐利，一层一层地剥离着她的心瓣，将她撕扯得痛苦不堪，鲜血淋漓。想到这个阴险、变态、冷酷、霸道，在城市的阴道里疯狂纵欲的女人，朵又烦又怕又恼又恨又急，一阵阵地喘不过气来。那边，訾彦在富有创造性地打着鼾，听起来既像是在吹萨克斯，又像是在吹小号，这让朵怒不可遏。她把被子一撩，两步就冲到了訾彦的床前，啪啪地拍打着床框，大声说：闹什么鬼啊，这么大的女孩子，怎么扯起呼来跟李逵一样？

訾彦被吵醒了，也明白了朵的意思，她翻了一个身，扬了一下胳膊说：侮辱谁呢？别人还说我扯呼像唱越剧呢，真是……

朵瞪了訾彦一眼，气呼呼地回到自己的床上，然后抱着膝盖，蜷缩在那里等天亮，但只挨到凌晨 4 点，她再也拢不住身子了，拉过被子，躺了下去，这一躺就到了上午 10 点。

电话是曼打来的，显得很高兴，压根就没有昨晚上那些事似的。宝贝，起床了吧？有好消息哦。上午有 16 个球进道，网上还有 4 个，我让訾彦去接 086，我把 035 留给了你。是个温州开发商，太太在柬埔寨，自己想包二奶，不计较花销，只要人年轻，漂亮，有激情。中介费就丢下了 2000。朵，你应该知道，我是最恨这种男人的……现在，我把他交给你了，算是代我复仇，按四六提，你在大头，我看不扒下他 10 万以上，收不了账，资料全在我这儿，你抓紧过来熟悉，Bye－Bye！

朵放下电话，却忘了自己没有答应曼，她突然想呕吐。当她想到一脸纯洁，整天匆匆地走在这个城市缝隙中的苏时；当她想到一年来，自己所参与的那些骗局，想到自己又将出场扮演的角色时，她真的吐了出来。

朵生病了，连连昏厥过去两次，曼对这件事很重视，她让公司派车把朵送到省立第一人民医院，并通过院长，在高干疗养区内为朵开了一个单间。訾彦每天都来照顾朵，并带来曼的话，曼说所有的医药费都由公司出，朵唯一的工作就是静心养病，以尽快回到公司。公司的生意越来越好，网上已经下载了几张东南亚地区的征婚广告。此时此刻，公司太需要朵了。但是，朵像一个不习水性的坠水者，越是扑腾，下沉得越快，她的病情像一块石头一样绑住了她的生命，正以可怕的速度向巨大的深渊里滑去。曼得知这个消息，亲自来看朵，看到朵已被病魔盘剥得脱了形，曼的眼眶红了，这使曼脸上的线条立刻柔和了许多。朵很意外，也很感动，一时间竟然直直地看着曼。而曼也目不转睛地看着朵，当她看到朵那自己最喜欢摸的胸部也被一片衣服的褶皱所替代时，曼有了种不祥之感，她思考了一下，终于说：朵，有什么要求你可以说。

朵目光僵硬地看着曼。

曼有点冲动地强调说：什么要求我都可以考虑。

朵受到了鼓励，她吃力而伤感地说：我的预感不好，我觉得医生每天都在骗我。我想见苏，我有他的地址和电话。

曼看了朵半天，点了下头。

下午，訾彦来了，她告诉朵，公司已根据朵的要求，和无花果礼品店取得了联系。他们说，苏到深圳进货去了，显然苏用的手机是有区域限制的，电话打不进去。朵没吭声，她想，JN 婚介城业务员手里的手机全是公司统一发放，统一调配使用的，苏那个公司不会也是这样的吧？她后悔当初没有询问苏手里那个手机的情况。尽管如此，曼在朵生病期间表现出来的宽容和温情，公司在最忙的时候对朵的付出和安排，使朵大有一种感恩戴德的心理。而且，和医院这些天虚张声势，大动干戈的治疗相比，这是一副最好的混成药，其中曼对苏的态度是这剂药物的核心成分，朵十分受用，身体日渐好转。

出院后，为照顾朵的身体，公司没给朵安排任务。

算算有一个礼拜了，朵就想打个电话问问苏的情况，因为不接球时，手中的通信工具必须上交。朵只好到一个公共电话亭打苏的手机。手机竟然接通了。朵的心中一阵欣喜，接线音刚结束，她就不停地“喂”，不停地问你是苏吗？你是苏吗？可接电话的不是苏，朵十分奇怪地问：苏格则的手机怎么会在你的手里？对方无油无盐地撂出三个字：不知道。然后就掉线了。

朵看着手里的电话筒，呆呆地站在那里，直到有人提示她要使用电话，她才把话筒放下来。

别人在那儿打电话时，朵没有走，她仍然呆呆地站在那里。她的脸上洋溢着一种浅黄色的病态，阳光下显得苍白、消瘦、难以支持。

打电话的人走了，朵又钻进电话亭。这次，朵把电话直接打到无花果礼品店，接通后，里面不断地传来自动提示声音：您拨打的用户正在通话中，请稍等片刻……朵把 IC 卡抽出来，接着，每过十秒钟她就打一次，而每一次，对方都是那个声音，朵没法再坚持下去了，她叫了个面的，直奔无花果礼品店。

到了无花果礼品店，朵见到了老板，一个见到女人浑身就挂满眼珠子的男人。因为朵常带客人到礼品店买东西，无花果又是 JN 的连锁店，老板很客气。当朵拐弯抹角地提到苏的下落时，老板感到很意外，他一边漫不经心地打量着朵，一边感慨万分地说：小家伙是很聪明的，就是思想不稳定，我的观点，对工作不专心的人，就是品质和道德都有问题。尤其是前一阶段，整个人云遮雾障的，连连丢了我好几个单，现在好啦，他自己把自己给辞啦。

朵觉得这个男人一身都是毒。

朵赶到苏的住处，门上了锁。朵趴在窗户上，硬是让自己的目光从那块脏兮兮的玻璃中渗进去。她看到，苏的床和液化器灶还在。

听到动静，房东从屋里摸了出来，听说是找苏的，她把一个破烂不堪的红本子捧在眼前。房东老了，一边沾着唾沫，哆哆嗦嗦地翻账本，一边不停地说：半个月不见人影啦，也没有电话，还欠一个月房租呢，还有水电费，还有……

朵知道苏的房租是多少，她拿出一百元交给房东，然后默默地走开了。

朵在喧闹的大街上走了一个多小时，在这一个多小时里，她在不断地推算苏会出什么问题，苏辞掉工作后又会去哪里，苏在她有病期间可曾打听过她，可曾到公司找过她。

走到电脑一条街，她看到一则招聘网络管理员的广告，朵忽然产生了联想。她抬腕看了看手表，是上午 10 点 10 分，她忙打了个面的，向四环路劳动就业中心大厦赶过去。

这是全省最大的一家劳动就业服务中心，门是热感应的，见朵进来，早已向一边闪去。朵感到一阵热浪迎面而来，热浪中混杂着人体的异味。

厅很大，一眼望去，厅里设立了上百个招聘点。用人单位的工作人员声嘶力竭地向围在身边的男男女女解说着，目光里充满了伪饰和诱惑。大厅东、南、西三面墙体上，各悬挂了一块巨大的电子屏，每块电子屏下，都站满了人，他们都仰着头，睁大眼睛追逐着哗哗跑动在电子屏上的招聘词条。

除此以外，大厅里人头攒动，许多人手里抓着一大把一大把的宣传招贴和自己带来的各种红本子、绿本子，失了火似的东一头西一头地乱窜。

朵一进大厅，就被淹没在湍急的人流中。她努力适应了一下，等自己不再感到眩晕了，便开始艰难地行走起来。

在人流中穿行了两个来回，朵也没有发现苏的人影。她不死心，把外套脱了，搭在胳膊上，开始一个招聘点一个招聘点地寻找。这时，一个黄头发的小伙子向这边走来，朵拦在前面问：请问先生，这里招聘礼品店销售员吗？

小伙子摇着手说：对不起，我也是来碰运气的，刚到。说完，脸上的两个酒窝一荡悠，人便走失到人流中去了。

朵实在受不了大厅里的喧闹和污浊，她挤到门外，呼吸了几口新鲜空气，茫然地看了一会儿流动在对面大厦下面的车辆和人群，然后返身又钻进了招聘大厅。

这次，朵走到咨询台前，向一个女服务生打听市内是否还有别的劳动服务中心。女生告诉朵，本市一共有 50 家劳动服务中心，本中心最大，第二算民间，第三数东方。朵谢过女生，出门向民间劳动服务中心赶去。

到了民间，朵发现这里比四环小不了多少，大厅里同样是人山人海，朵鼓了鼓勇气，用纸巾拭了拭额上的虚汗，便钻进了人流。

结果是一样的，朵没找到苏。失望和烦躁使朵疲惫之极，她靠在大厅那个硕大的不锈钢柱子上，沮丧地看着大门，看着映照在门前的那块大理石上的不断进出的人们的倒影。不知为什么，她忽然想哭，忍了忍，总算没哭出来。就在这时，她眼前一亮，她分明看见，背着大包的苏格则正大步流星地向大厅里走，一边走，一边看着手里的资料，还不停地吃着东西。朵叫了起来，苏！苏！苏格则！她撞开聚集在她面前的几个正在激烈讨论的青年男女，边挥动着胳膊，边跑过去。而苏则像一只敏感而受到惊吓的兔子，兀地站在那里，支着耳朵，四处望了望，当他看见向自己跑过来的朵时，他一惊，扭头就向大厅外面走去。朵纳闷了，她停顿了一下，又连忙追了出去。

大街上，无论朵怎么喊，苏就是不停下来，只顾甩开步子向前走。朵紧紧地跟在后面。从电报大楼一直跟到人民路地铁大厅，苏仍然不愿意停下来。这时，一列地铁缓缓地停靠在 2 号站台，朵怕苏乘乱上车，她一个冲刺挡在了苏的前面。她吁吁地喘着气，语不连贯地警告苏：你不说清楚，就是走到明天，我也跟着你。你走吧，走！

苏把脸转到一边，也呼呼地喘着气。朵气不打一处来，她把苏一下子摁在地铁大厅的那张蓝色的椅子上，怒不可遏地看着苏，眼睛里泪光闪闪。

苏抬起那双布满血丝的眼，不满地问：你想干什么？

问你呢？朵几乎是叫着说。你什么意思？不见人影，不接电话，不见留言，你要急死我啊？

苏冷笑了一声，摇了摇头，嘴角处掠过一阵鄙夷。

朵一推苏：你什么意思？阴阳怪气的。

苏突然发火说：你别这样，你别这样对我，你知道不知道？

朵瞪着苏，她真想咬他一口。

苏摊开双手说：你不是说……好了，我不提了。过去的事，算我年轻，你也年轻……说着，苏站起来要走，被朵推了一下，他又坐了下来。不行，不说完不给走。朵说，你不是说什么，你说完，说半截子话不像男人，你说！

苏仰起那张憔悴不堪的脸说：你不是说你在 JN 婚介城工作吗？我去了，去了三次，可是人家没给你面子，人家说从来就没有听说过朵这个人。电话我也打了，接电话的不是你，人家说手机是你借人家的，你早就跟别人跑了……

朵的脸色煞白，她好像不敢正视苏，把脸转到一边。苏鄙夷地看了朵一眼，站起来就走，朵一把扯住他。看来朵刚才的反应更加激怒了苏，苏猛地甩掉了朵的手。朵再一次冲上去揪住苏，她的眼里噙满了泪。

苏想了一下说：这样吧，我们下午见，我正在办一个影展，作品很精彩，地点就在我的住处。你如果感兴趣，下午我在那里等你。说完，他很容易就挣脱掉了朵的手，然后整了整被朵撕扯得走了形的衣服，低着头，快步走开了。

朵在地铁里整整坐了两个多小时，在这段时间里，她一直紧紧抱着自己的胳膊，她感到冷，整个身子不得不蜷缩成一团。其间，一个形象丑陋的家伙两次走到她面前，先向她出示了警官证，然后问她是否需要帮忙。朵说：好心人呀，请您别烦我好不好？请您别烦我好不好？您离我远点好不好呀？那家伙就远远地站着，两只三角眼不时地朝朵看，生怕朵跳下地铁似的。朵烦他，抱着胳膊走出了地铁。

大街上，朵走走停停，一直挨到下午 2 点半，朵坐上 146 路公交走过了一条长长的巷子，朵看到了苏，他背着那只大包，正在那间小屋的门口站着，面无表情。

朵走到苏的面前问：不是说办影展吗？说着，她向四周看了看。

四周静悄悄，空荡荡的，太阳的余晖一点儿都不强烈，显得惨白，东一片，西一片地洒落在地下，像是一块块被谁丢弃的不锈钢钢板。

苏干巴巴地对朵说：影展开始了。

人呢？朵问。她看见，苏的嘴唇是干涩的，好像没吃中饭，眼里布满血丝，眼的四周有一圈淡青色的晕。

苏说：你来就开始了。

朵不解地看着冷漠得有点可怕的苏。

苏向后退了几步，刚好退到小屋的门口。然后伸手推开了小屋的门，门也太破旧了，推开时发出刺耳的搓挤声。

朵疑惑地看了一眼苏，缓步走进那间小屋。

屋里，朵发现苏的床和煤气灶都搬走了，屋子一下向四周膨胀开去，空阔了不少。这时，朵忽然发现逆光的那面墙上贴满了照片。她走了过去，当她看清那些照片时，整个人顿时不动了，像凝固在空气中一样。

墙上所有的照片都是有关朵的，表现的是朵三年来在JN婚介城做婚托时与各种男人周旋的情景，他们在不同的消费场所，朵穿着不同的服装，带着不同的嘴脸……

朵觉得自己的大脑至少在两分钟内完全处于死亡状态，觉得自己被谁一下子抽去了周全的血液，等她缓过气来时，额头上已沁满了汗，脸上追光似的，一闪一闪地红，一闪一闪地白。她不敢回头，她知道苏就站在她的后面。

实际上，苏根本就没有进屋，苏在朵走进小屋的时候，就已经走了。

晚上，朵不理訾彦，曼打来电话，訾彦几次把手机放在朵的耳边，朵都没有接。

第二天早晨6点，朵就来到民间劳动服务中心大门口。中心8：30开门，朵在那里等到12点，也没等到苏。

朵站得太久了，她觉得自己的腿在浮肿，一阵阵眩晕在她的心中不停地逶迤而过。她怕自己会突然倒在中心大厅里，忙走了出来。

沿着省政府那段高高的院墙，朵鬼使神差地走上了西城区那座高架桥。大桥一侧的人行道入门处有一片空地，在这里，每天都会聚集许多手艺人。今天，这里的人似乎更多，特别显眼的是，有三四十个青年男女，排着整齐的横队站在那里，他们每人都推着一辆自行车，每部自行车篓子上都放着一块纸牌子，上面的内容有应聘修理工的，有应聘家教的，有找技术活的。这时，朵发现了苏，他也推着一辆破自行车站在那里，车篓上的纸牌子上写着：买过，卖过，体力活干过；业务员，搬运工，送奶，送外卖样样可以做。下面是他自己标的价，很低：每天120－150元。

这时，苏突然发现了朵，他忙把牌子摘了，推着车子就向工贸大厦旁边的一条巷子里钻。朵撵了上去，她一把拽住了苏的自行车后座。苏说：求求你，盗也有道，你就讲点职业道德吧。朵说：我要解释。苏说：这么说吧，现在，只要是从您嘴里出来的，我一个字也听不进去。放开我，拜托了。

朵眼里含着泪，她把另一只手也扒在车座上。苏哭丧着脸说：实不相瞒，今天我再找不到工作，连吃饭都成问题，你不就是想要点赔偿吗？我赔不起。要不，你告我强奸，我认了。告我嫖了你也行……

朵突然扇了苏一个耳光。苏很生气，他指着朵说：凭什么打我？机关是你设的，游戏也是你带我玩的，折了本那就是你的技术问题，你就别跟我玩纯情打斗了，别说是百分之百的水分，就是千分之千的含金我也不稀罕，你是谁？你是谁我都不稀罕，不稀罕！

朵的两只紧拉着苏的自行车后座的手慢慢地松了下来，眼里的泪水大颗大颗地漾出眼帘，又一层一层地披挂在脸上。

苏把脸侧到一边，半天才面色灰暗地说：对不起。说完，他骑上自行车向巷子深处驰去。

十

四天后，在精神上走投无路的朵，给深圳堂表姐写了一封信。这是和朵同喊一个奶奶的堂姐妹。上一辈因为受宠不一，积怨较深，直到上个世纪 90 年代，两家还视若仇雠，彼此诅咒不停，都深切盼望对方家庭能发生一些不幸的事情，但多年来两家都同样兴旺，几乎打了个平手。

不几天，堂姐来信了，信中一片中文，一片英文，使朵能想到自家山后那块良莠不齐的山碴地。

在信中，表姐充满了浮夸和自诩。她告诉朵，她已不在印刷厂做业务员，自己搞了一个文化传播中心，生意如日中天，看到钱都想作呕。她说这边是聪明人在赚聪明人的智慧，让人充满了挑战和快感。同时也是弱智者在套牢弱智者的钱囊，叫人泄气和沮丧。最后，她说，她张开双臂等待朵的到来。现在，她特别需要一个能言善辩，舌头上长了十八把钩子的人入伙。

星期三一大早，一辆豪华双层大巴从省城开出，直向深圳开去，但车上没有朵。

朵背着三年前独自撞海的那只行囊正站在火车站候车大厅。十分钟后，一班发往北方的车将在这里停靠，她将搭上这班车北上，回到老家，回到自己梦的原点。此时，大厅里有许多排队等车的农民工，朵纳闷，她不知道这些农民工为什么和她一样，也要搭乘这班北上的车。

朵的旁边站着几个年龄较大的女人，她们开口说话时，朵听出来是她家乡人。朵的心中油然升起了一种亲切，她伸展了一下蜷缩了很久的身心，强作欢颜问：呵，这是去打工还是回家啊？一个嘴唇薄而苍白的女人说：回家。又说，找不到事做。不是嫌年龄大了，就是说文化低了。这个女人说话时，指手画脚的，显得愤愤不平且无可奈何。另一个女的跟上来说：现在的城市人嘴刁啦！拣轻挑肥的，死相。说话的时候，她做着斩钉截铁的手势，横眉怒眼的。

几个女人叽叽喳喳说话时，一个年龄偏小的女人一直不说话，一直在叹气。朵好奇，问，呵，你也回家？这女人凄惨地笑了笑，说，嗯哪！又深深地叹了口气说，回家又怎么办呐。

就在这时，候车的人群一下子骚动起来，然后一齐向检票口挤，不用说，车来了。

也就几分钟的光景，候车大厅轻松了起来，那班发往朵家乡的车开走了，而我们的朵却没有上车，她看着窗外，两眼充满了迷惘……

哥哥莫要过河来

1

上午，罗队长来了，他把一只酱色的包袱交给了蝎子，要求蝎子务必在4月9号晚将包裹送到汤家汇。罗队长说，包袱里的东西很重要，除了蝎子本人，任何人不得知晓，对外就说是暴动时缴获的课税凭据和地契。蝎子问，就我吗？罗队长把一只怀表推到蝎子面前说，全部归队，参加整编。你当队长。蝎子把罗队长交给自己的东西一一接下来，然后庄重地说，请队长放心，保证完成任务。罗队长说，不是保证，是一定能，一定要。

是！一定能完成，一定要完成！

罗队长盯着蝎子的眼睛看，蝎子马上又说，我愿意用生命做保证。

罗队长这才满意地点了点头，然后把接应人的情况向蝎子做了介绍。

按照要求，蝎子等必须要在明天上午9时赶到后福寺，到时候，那里会有人在等他们，然后再由这个人护送他们过史河。

罗队长说，护送你们的人叫江宜平，是我们獐子畈二路游击师三大队的侦察员。革命立场非常坚定，斗争经验也很丰富。

听罗队长这么说，蝎子的心里踏实多了，他问，怎么接头？

罗队长说，暴动时，我们的代号是海鹰，所以，你们这次接头的暗号是海鹰和海啸。

来人说海鹰，我就说海啸。蝎子说。

罗队长首肯，然后说，另据可靠消息，敌人正向清水镇方向运动，你们越早走越好。

情况紧急，送走了罗队长，蝎子立刻回到了鲍氏祠。他刚穿过走廊，就被人从后面揪住了。蝎子以为是骚货，因为在七个战士中，骚货最顽皮，但是，当蝎子转过身时，才发现，扯他的是紫蕊。此时，紫蕊的脸红红的，鼻子上有一层层细密的汗豆，整个人像是羞涩，又像是很慌乱，她盯着蝎子的眼睛说，带我走。

紫蕊的声音不大，有点颤抖，却把蝎子吓倒了，他问，什么？

紫蕊把蝎子往门后拽了拽，轻轻地跺了一下脚说，我要跟你走哦。

蝎子预感到了什么，他有点懵。这时，紫蕊说，我都听到了，你不带我走，我就说出去。

蝎子发愣怔了。显然，刚才他和罗队长在耳房密谈时，紫蕊偷听了。蝎子反过来把紫蕊往门后拉了拉问，你都听到了什么？紫蕊说，不想告诉你。你要不带我走，那就试试。

一缕阳光从门缝里挤了进来，正好照在紫蕊的脸上。紫蕊看蝎子时下颌微微下颌，眼睛稍稍向上，这让蝎子感到了一种倔强和压迫。此时，蝎子不敢断定紫蕊是否真的听到了罗队长和自己的谈话，保险起见，他说，你要知道，当时的苏维埃有规定，不收土豪和富农家的子女当红军。紫蕊说，我爹不是土豪，是开明商人。这是你们说的。蝎子说，当兵就要打仗，天天要见死人的，你胆子这么小，当什么红军呀！紫蕊噘着嘴说，我天天跟你在一起，怕什么呀。蝎子不可思议地说，我天天带着你？你以为你是军号啊？蝎子的这句话让紫蕊很绝望，她一下子抱住蝎子的手臂，你说你带不带我走吧？她问，话里带着哭音。有点耍赖的意思。眼里噙满了泪。说完则不依不饶地盯着蝎子的眼睛看。

蝎子的脑子里有点犯浑，他觉得自己被威胁到了，但是，仅仅过了一会，他便找到了一个很好的理由，他说，就算我能带上你，你爹能同意嘛！

听蝎子这么说，紫蕊松开了蝎子。她后退了几步，用手点着蝎子说，哼哼！这可是你说的哦。说完转身跑开了。

紫蕊在走廊上跑起来时，一头乌亮秀美的短发悠悠荡荡的，两只脚一上一下的，鞋底便一明一暗地闪现，欢快得很，有如一路栽花。

看着紫蕊这副支棱劲，蝎子的心里立刻落下了一阵锣鼓点子：紫蕊的父母果真同意了怎么办？

这种想法在蝎子心里闹了一会就灭了，因为任务太重了。他赶紧向后院走去。

2

在后院，蝎子很快就把任务布置下去了，大家开始分头准备。

蝎子在整理自己的东西显得格外小心和慎重。他嫌那件“宝贝”在包袱里过于孤单，无依无靠的，又向包袱里添了两件衣服，并把那件“宝贝”夹在了两件衣服之间，然后，才把目光放在一大堆书本和衣服上。就在这时，紫蕊走了进来。

看上去，这会儿的紫蕊显得很憔悴，显然是哭了，原先那张秀美的脸上，花儿草儿般地乱。眼皮子全肿了起来，开口桃一般。

看到紫蕊这个样子，蝎子就明白了七八成。鲍尚义有五个儿子，一个千金，这个闺女在鲍尚义心里是什么地位，史河两岸的人都知道。平时里，爱玩些老坑货的鲍尚义自己也说，我一生只爱两块玉，一块在我腰上走着，一块在我鲍府阁楼上走着。这走在阁楼上的自然就是紫蕊了。所以，蝎子让紫蕊去找鲍尚义要“路条”，无疑就是让她去要一把锁。

这时，走进屋的紫蕊转身把门反插上了，然后径直地向蝎子走过来。走近蝎子后，她突然抱住了蝎子，然后嘤嘤地哭起来。

紫蕊的这些举动，让蝎子有点懵，他脸上红红的，火塘一般，一个劲地说，哎哎哎……

紫蕊的哭声却更大了。蝎子害怕了，轻声地告饶似地说，别哭啊，你说什么我答应还不行吗？

蝎子是这样想的，紫蕊在父亲那肯定被拒绝了。此时，只要她不跟自己走，至于其他要求都算不上什么了。

听蝎子这么说，紫蕊说，我们走。就我俩。

就我俩？私奔？蝎子很惊讶，你开什么玩笑。

紫蕊昂起下巴，直视着蝎子的眼睛，无不挑衅地说，我走不掉，你也休想走，哼！这可不是开玩笑。

紫蕊忙推开紫蕊，正色地说，那怎么行，别闹哦！

见蝎子生气了，紫蕊则再次抱紧蝎子，可怜地央求并帮助谋划说，那东西破破烂烂的，不值几个钱，让别人带去不行吗？

蝎子苦笑了一下说，我是战士哩，任务在我头上，就是钉子在我头上！钉子拔了，我就死了。可懂？

听蝎子这么说，紫蕊好像被吓着了，一下子就松开了自己的手。先是怔怔地看着蝎子，然后慢慢地向后退，接着，站在那不动了；低着头，两只手孤独起来，轻轻地互相搓揉着。

见紫蕊这个样子，蝎子心疼起来，他走过去，手在紫蕊的肩头小心地试了一下，然后将紫蕊轻轻地搂在怀中。紫蕊轻声地哭了，哭时，身子有些战栗。

你走吧！这时，紫蕊轻轻推开蝎子，低声地说。蝎子感到紫蕊的话不是赌气，心里很难过。几年来，在苏区，他曾无数次目睹离别便是诀别的场景。想到这些，一时间，他不知说什么好了。

屋里寂静下来，犹如一个喑哑了多年的老者。

过了一会，紫蕊把自己的食指轻轻地抵在蝎子的手背上，泪水涟涟地问，马上要走了，就没有什么话跟我说吗？蝎子忽然反应过来，他磨蹭了一下说，紫蕊，你……你听到的那件事就是我的命，要是告诉了别人，就是把我的命交给了别人。你可懂？答应我。

紫蕊突然搂住蝎子的脖子，在他的肩窝狠狠地咬了一口。

3

第二天，清水镇上的人刚吃过早饭，檀树嘴一带就隐约地传来了枪声，从那个方向跑过来的人说，白大肚子的人民团开过来了。此时，苏维埃政府的各道、区、乡机关、学校、医院和工厂都动了起来，大街小巷之中，许多红军战士在退还从老乡那借来的生活用品。广场上，少先队队员和列宁小学的学生们已经纷纷坐上了马车，准备往南溪和葛藤山方向转移。集镇上，尽管有各协会在安排和组织撤退，还是出现了混乱，一时间，马匹烦躁的嘶鸣声、妇女尖利的叫喊声、孩子声嘶力竭的哭声连成了一片，使这个即将沦陷的小镇显得更加紧张和焦虑。

此时，在鲍氏祠的前院里，蝎子正命令战士们在检查各自所带的东西，衣服、粮袋、绳索、砍刀、小到针线包，一件也不能放过。至于自己的东西，蝎子很放心，因为是紫蕊帮着整理的，包括罗队长交给他的那只包裹，现在已全部装在了一只柳条箱里，并由一向稳重仔细的老头脸拎着。

当大家检查完毕，蝎子再次巡视了一下自己的队伍，此时，他的心里略略有点不安和紧张。

这些战士都不大，作为队长，蝎子（韩真）自己才 15 岁，窦苗 14 岁，燕玲（王穗）13 岁，骚货（孙响亮）14 岁、狗跳（张要水）15 岁，老头脸（严希柱）14 岁，最大的算是八斗（公自科）了，别看他人高马大，像个成年汉子，今年也不过 16 岁。另外，这七个人又是临时编队，蝎子、骚货、老头脸来自 75 师，八斗、狗跳来自 74 师，窦苗来自 73 师，燕玲来自少共国际师。接下来，要完成的任务很重，路途又很远，又要带这么多人，在听到第一记枪声后，蝎子的心里就有点慌了。现在，远处的枪声更密集了，镇子里的动静更大了，他的心里也更加没底了。但是，自己在罗队长面前拍过胸脯了，他也见过罗队长在师特务营当营长时是如何处决内奸、怕死鬼和叛徒的，此时，自己根本就没有回头路了。于是，他大声地说，出发。

蝎子等离开清水镇不久，就听说史河的几个主要码头都出现了敌人，于是，蝎子命令大家立刻远离大路，潜入密林，然后一直向北走，以寻找最近的码头。

进入密林后，尽管外面不时地传来枪声，但是，在密林的庇护下，蝎子的心中有了一种从来未有过的安全感和温暖感，他的队伍也显得轻松和快乐起来。

这七人中，除了窦苗，其他六个孩子都是红军烈士的遗孤。半个月前，窦苗从红军邮局里拿到了妈妈的信。妈妈因为战斗负伤，正在汤家汇养伤。妈妈告诉她，等伤养好了，就来清水镇看女儿，没想到，现在有了去看妈妈的机会。想到自己突然出现在妈妈的面前，妈妈大呼小叫的样子时，窦苗的心里一阵阵窃喜，为此，在行军的路上，她一直在唱歌，两只小眼镜片在阳光下一闪一闪的，像极了她的心情。

在队伍里最闷的有两个人，一个是老头脸，一个是八斗。平时里，八斗很少说话，人也有点孤傲，不合群，一张脸整天板着，像是谁欠了他家八斗荞麦似的，所以，骚货就给他起了这样一个绰号。另一个就是老头脸了，平时也很少说话，但见谁都笑，还有绝技，无论什么树叶，只要上了他的手，便成了一件乐器，此时，他一边走着，一边啾啾地吹着树叶。很好听，应该是湖北地方小调。狗跳是金家寨人，因为对山路较熟，一直走在队伍的最前。他有一把木头手枪，他一边走，一边不断地做着各种开枪的动作，“啪——”“啪啪——”。最为调皮的算是骚货了，他故意插队到燕玲后面，不时地撩燕玲，一会用草毛子钓燕玲的耳朵，一会去摸燕玲的辫子，尽管燕玲不断地向他翻白眼，不时地用军帽打他，他还是停不下来，相反，燕玲每次追打他，他都很享受，像一只臣服于大狗的小狗，蜷缩在地下等着燕玲来攻击他。老头脸一向就看不起骚货这个德行，乘骚货不注意，弯腰在路上打了个草结，骚货走过来时，一下子就翻倒了，引得大家笑成一团。

上午八点半，蝎子等赶到了后福寺，因为没到约定的时间，江宜平同志没有出现，于是，蝎子让大家先到破庙里隐蔽，自己则隐身到一截矮墙后面继续等。

半个小时下去了，江宜平同志还没出现。这时，八斗从后院走了过来，他走到离蝎子不远的一簇野草后面站着，也向远方瞭望着。

一转眼，九点十分了，八斗转头看了看蝎子。蝎子知道八斗的意思，他瞄了一眼怀表说，再等等。

又过去了二十分钟，蝎子额头上出汗了，八斗说，蝎子，按照纪律，超过接头时间，必须离开啊！

再等等。蝎子说，口气很强硬。他为八斗没有喊自己为队长有点不快。

八斗坚持说，这很危险的。

蝎子没好气地说，我说等等就等等。

八斗瞪了蝎子一眼，不吭声了，然后找了一块砖头坐了下来。

又过了几分钟，八斗终于忍不住了，他站起来，看了看天说，蝎子，不能再等了，再等就把鬼等来了。

蝎子说，废话什么。等不到江同志，我不会走的。

这时，八斗的目光突然专注起来，他看着远方的森林，一边向后退，一边说，你等到了。

蝎子一看，脸色立刻就白了。不远处的树林里，不知什么时候，突然钻出来了几十个敌人来，有国民队士兵，也有地方民团，都端着枪，运动速度非常快。快，快往后面跑。蝎子弓着腰，压低嗓门喊。

听到蝎子的喊声，众人纷纷爬起来向后院跑。啪！敌人开枪了。这一记枪声，又长又尖利，一下子就把林间的静谧撕裂了。蝎子边翻越一堵矮墙，边喊，快，分开跑，栗王山汇合。

4

栗王山不大，但沟壑众多，地形复杂。无论是山上还是山下，坡上还是沟底，到处长满了毛栗树。这仅仅是四月中，层层叠叠的毛栗树就把整个山头护得严严实实，密不透风了。一眼望去，一层青，一层黄，一波橙，一波靛，斑驳陆离之中，即使藏上百头大象也难觅其踪。

中午11点多钟，蝎子和老头脸赶到栗王山。蝎子正四下里张望，忽然听到头顶上有动静，他抬头一看，原来是狗跳趴在树杈上，这会正在晃树。接着，蝎子又看见了八斗。八斗坐在不远处的一棵树下，显得很疲惫。再过一会，骚货和燕玲也气喘吁吁地跑来了。燕玲脸色苍白，浑身发抖，军帽丢了，棉袄也撕烂了，还没跑到蝎子面前，就一下瘫坐在一棵树下，然后抹起了眼泪，显然，那一阵阵的枪声和成年男人的喊杀声把她吓坏了。这时，蝎子向四处看了看，问，窦苗呢？蝎子问时，已经从树上跳下来的狗跳和骚货、老头脸互相找了一眼，然后都摇了摇头。蝎子见八斗坐在那发呆，问，八斗，看见窦苗了吗？八斗不理蝎子，站起来就走，蝎子喝道，去哪？八斗没好气地说，找啊！站住！蝎子命令。八斗站住了。蝎子说，鸡找蛋，蛋找鸡，最后是鸡飞蛋打！就在这等。八斗把手里的一团草猛地摔了出去，然后一屁股坐了下来。

起风了，难以计数的树叶们互相碰撞在一起，发出了类似于潮水涌来的声音。这“潮水”一波刚落，一波再起，整个森林被这种潮声鼓胀着，搅动着，起伏着，犹如一只要吞没天地的巨兽。

又过了两个小时，蝎子命令狗跳再次上树观察。狗跳子上树后不久就开始晃树了。蝎子见状，立刻做了个手势，大家纷纷躲了起来。这时，狗跳从树上飞快地溜了下来，他跑到蝎子身边，向前指了指。

不一会，有两个人从不远处的一棵大树后面走了出来。其中一瘸一拐的是窦苗，在一旁搀扶窦苗的是一个三十多岁的男人。此人方脸、浓眉、目光犀利，虽然不算结实，但看上去，整个身材非常协调；背着斗笠、油布伞和一只灰色包袱；穿蓝布外套，内衣扎布腰带，腰带上插着两把家伙。这种“家伙”，蝎子在苏区兵工厂见过，叫撸子，又叫单打一盒子枪，只有红军干部和便衣队、特务队才能配备。此时，蝎子判断出，窦苗一定是在突围中碰上了我们的同志，但是，他没有贸然迎上去，也没有喊。就在这时，燕玲突然跑了过去，然后和窦苗抱在一起，又哭又笑起来。看到这个情景，蝎子才从树后慢慢地走出来。

原来，在突围时，窦苗刚从一个山沟里钻出来，就再也找不到大家了。于是，她根据枪声的方向，一直往南跑，结果迎面碰到了两只狼，她慌忙爬到了树上。

两只狼见窦苗上了树，先是围着树转了几圈，然后一前一后卧在树下，耐心地等起来。

守候了一会，一只狼忽然站了起来，然后用爪子不断地去够窦苗的脚。此时，窦苗恐惧万分，她想喊救命，又怕敌人听到，她想往另一棵树上转移，又怕中途掉下来。正在绝望之时，她听到了一记清脆的枪声。枪响后，两头狼逃跑了，树下很快出现了一张脸。这张脸是一个男人的，满带着微笑。

救下窦苗后，男人开始向窦苗打听几个小孩的下落。窦苗问，是什么样的小孩？男人说，五男两女，最大的不到十七岁。对，还带了只箱子。窦苗心里一喜，他知道这男人找的就是他们了。不过，她问，你找他们干什么？男人没有回答窦苗，只是微笑着说，没看见就算了，快回家吧。说着，男人把一块馒头掰成两半，自己留下一半，另一半给了窦苗，然后往另一个方向走了。

眼见着男人走远了，窦苗伸出手喊道，哎！

男人就站住了，看了窦苗几秒钟，见窦苗不说话，他又走了，窦苗问，叔，你姓什么？

男人再次站住，他又看了窦苗几秒钟后，说，姓——江。

窦苗的心怦怦地跳了起来，同时，眼睛也湿润了。她轻声地问，你是江什么平？男人一字一顿地说，江宜平。听男人这么说，窦苗立刻跑了过去，然后一下子扑在男人的怀里。她一边哭，一边说，江叔叔，我们终于找到你了。

这会，江宜平和蝎子已经对上了暗号，蝎子显得很激动，他紧紧地握住江侦察员的手，眼睛里泪光闪闪的。为了表示安慰，江宜平拍了拍蝎子的肩头，然后把罗队长的亲笔信拿了出来。蝎子看过那封信后，显得更为激动了，他和江紧紧地拥抱了一下。接着，他开始向江同志介绍自己的队伍，但是，他刚说要介绍大家，江宜平就微笑着说，不用介绍了，蝎子、八斗、狗跳、燕玲、窦苗、老头脸还有骚货。骚货马山说，侦察员同志，请叫我孙响亮同志。江宜平马上笑着说，是，孙响亮同志。大家一起笑了。大家笑得是那么开心，就在刚才，凄厉的枪声还在他们心头回响，死亡像绳索一样，还缠绕在他们的脚踝，现在，所有的焦虑、恐惧都像阴霾一样散去了，安全感和平常心又回到了他们身边。

5

决定过史河前，江宜平让蝎子召集大家开了一个临时会议。会前，江宜平做了自我检讨，说自己错误地估计了敌人进攻苏区的速度，这才错过了和蝎子见面的时间。当然，他也批评了蝎子，认为，在侦察员失约后，蝎子应该带领大家及时撤退，而不是在那守株待兔，这样做是革命经验不足，缺乏敌情敏感力的表现。

蝎子一向自负，听得惯表扬，听不下去批评，但是，这是侦察员代表罗队长向自己发难，自己又是本次任务的领头人，他只能接受了批评。

接下来，江宜平问了几个问题。第一，那只柳条箱还在不在？蝎子肯定地说，在！江宜平问，柳条箱里的东西还在不？蝎子说，在。江宜平再问，经过上午的突围，箱子有没有破损？检查过包袱里的东西吗？蝎子看了看箱子说，没有破损。江宜平似乎还要问什么，但是想了想便转移了话题。他首先否定了蝎子想从公子畈码头渡河的建议。他说，从今早开始，史河上的所有码头都被人民团和卫立煌的部队控制了，直接渡河就是飞蛾投火。他建议沿河北上，然后在流塘湾寻找机会渡河。

对于江的建议，八斗持反对意见，他认为向北走是避近就远，耽误时间，同时他还认为，既然史河已经被敌人控制，河滩上就会有敌人的巡逻队，沿着河滩走，等于给敌人当活靶子。作为队长，蝎子对八斗抢在自己前面表态很不开心，他说，公自科同志，你说多了吧？党的命令就是铁板钉钉，可懂？八斗便不说了，昂着下巴看着远方，脸色很难看。江宜平感觉着一种抵触，他笑了笑说，韩真同志，这是在讨论，大家可以有不同的意见。我接受公自科同志的建议。

江宜平的态度让蝎子很意外，但是，在蝎子的心里，江的意见就是组织的意见，他只能服从，于是，他马上集合队伍，跟着江宜平向北出发。

一切都证实了江宜平的说法，周围到处都是敌人，凡是有路的地方就有敌人的哨卡。其间，蝎子等几次从密林中探出头来，都被敌人的巡逻队和急驰而过的马队逼了回去。

就这样，在林子里，蝎子带领着大家随着江同志一直走了十几公里也没有找到一个合适的渡河点。下午三点十分，当又一个哨卡出现在路口时，江宜平决定闯关。理由是，这个哨卡刚设不久，很可能是敌人的假岗哨。蝎子观察了一番，同意江的观点。但八斗有疑问，他说，如果白狗子躲在暗处怎么办？蝎子没好气地说，害怕脸朝下，再拿把草盖上。这时，狗跳贴近蝎子说，队长，我来试试。说着，没等蝎子阻拦，就从林中窜了出去。

狗跳刚走到路当中，从岗楼后面就钻出三个民团来，其中一个戴瓜皮帽子的民团喊，喂。小孩，哪村的？过来。

狗跳先是一愣，然后转身就跑，就在这时，枪响了，从岗楼后面又窜出十几个敌人来，他们边啪啪地打枪，边追过来。这边，江宜平也开火了，他拔出两把撸子，左右开弓，连连射击，一下子就把追击的敌人镇住了。趁这个机会，蝎子带领大家纷纷钻进了森林。

森林里，蝎子向前猛跑了一阵后，忽然发现跟着他的只有老头脸和狗跳，于是，他把箱子交给老头脸，自己和狗跳又返了回去。

蝎子和狗跳往回走了不久就看见了骚货等。这时，窦苗紧张地喊，队长，江叔叔受伤了。蝎子忙迎了上去，帮着八斗共同搀扶江宜平，当他架住江的一只胳膊时，才发现，江宜平左膀挨了一枪，整个衣袖都被血染红了。

一个小时后，蝎子等在一片树林中停了下来。此时，面无血色的江宜平坐在地下，身子靠在树上，显得很痛苦，脸上全是汗。看到江侦察员的伤情这么重，窦苗一边流着泪，一边从包里找出她平时扎头的红布带，小心地将江宜平的胳膊扎上。江宜平见窦苗在不停地落泪，他微笑着说，窦苗同志……和霍邱保卫战相比，这只算是被蚊子叮了一口。勇敢点。窦苗向江宜平投去了崇敬的目光，她含着泪，一个劲地点头。这时，见蝎子走过来，江宜平吃力地说，韩真同志，我们还没脱离危险，要马上离开这里。

听江宜平这么说，蝎子站起来，然后向四周瞭望着。

此时，天空被高大茂密的树林所掩盖，方向成了一片又一片惨白的窟窿。蝎子很泄气，他满脸茫然地问狗跳，狗跳，这是什么地方？狗跳左右看了看，用衣袖不断地擦着脸上的汗，说，我也转向了。

这时，江宜平忽然站了起来，他从怀里掏出一只指北针说，跟我走。向北。不能停。说着，咬着牙，踉跄着向前走开了。蝎子等忙跟了上去。

经过一个小时的林中跋涉，蝎子等来到一座小山上。这时，狗跳在林中东一头，西一头地钻了几下后，突然喊了起来，老天！怎么走到朱雀岭了？

蝎子紧张地问，朱雀岭是什么地方？

狗跳说，这里离清水镇只有三公里了。我们绕回来了！

听狗跳这么说，江宜平非常懊恼，他将手里的指北针狠狠地摔在地下，然后又用脚踏了踏，同时，还狠狠地砸了一下自己的那条受伤的胳膊。站在一旁的窦苗忙抱住江宜平的另一只手，哭着说，江叔叔，是指北针坏了，不怪你啊！

江宜平显然无法原谅自己，他的表情痛苦，整个人如同遭到了雷击，软软地向下倒。蝎子见状，忙将他放在树上靠着。靠在树上的江宜平，脸色显得更加苍白，整个人也显得迷迷糊糊的。这时，窦苗用手试了一下江宜平的脑门，说，队长，江叔叔烧得很厉害，你得快想办法啊！听窦苗的声音里带着哭腔，蝎子也用手试了试江宜平的额头，然后立刻把八斗等喊到一边。

会议很快形成了决议：鉴于江宜平同志已经无法送大家过河，下面的行动将由蝎子带领大家独立完成。于是，蝎子让窦苗和燕玲留下来守着箱子和江侦察员，他带领八斗等出去寻找出山的路以及苏区接待站。

6

在蝎子印象中，这附近有一个地方，叫唐王庙，立夏节暴动后，商城县苏维埃政府在庙里建了兵工厂，同时，也把这个地方做了红 25 军及其他红军过往的接待处，又叫第六兵站。如果能找到这个兵站，就可以把江宜平同志先安顿下来。为此，一行人快走出森林时，蝎子让大家在路口停了下来。在这里，他为大家做了分工。他自己带骚货、老头脸去找兵站，狗跳和八斗去打听到公子畈码头最近的路。

就在蝎子刚布置完任务，大家准备分头行动的时候，八斗突然站在那里不动了，同时，目光空洞，表情呆滞，一副中了魔怔的样子。

骚货喊，八斗，八斗，蛋掉啦？

八斗忽然四顾了一下，然后神色紧张地问，喂！你们可听到有人在喊？

大家都不说话了。只是几秒钟，骚货就大声地说，我听到了，是燕玲。听骚货这么说，蝎子撒腿就往回跑。

燕玲是受窭苗的暗示跑出来的。

蝎子带着八斗等刚离开朱雀岭，江宜平就睁开了眼睛。窭苗见江侦察员醒来了，很是高兴，忙问他可要喝水。江宜平摇了摇手，然后站起来，踉跄着向不远处的几棵大树走去。窭苗和燕玲以为江宜平去方便，都把脸转到了一边。就在这时，窭苗发现刚才江宜平坐过的地方有一卷暗绿色的东西，便走过去，把那卷东西捡了起来。

这是几张白区通用的纸币，苏区的人是不用的。看着这卷纸币，窭苗浑身一阵战栗；像是被烫了，忙把那卷纸币扔在了原地。但是，她似乎想到了什么，又把那卷纸币捡了起来，然后藏在了身上。窭苗的这一系列举动都被燕玲看见了，她问，是什么？窭苗立刻做了个噤声的动作，并指了指树林。燕玲预感到了什么，便不吭声了，老实地蹲在窭苗身边。

不一会儿，江宜平回来了，看见窭苗和燕玲，他笑了笑，然后又坐在了老地方。

仅仅过了两分钟，江宜平忽然转头看了眼窭苗，笑着说，那么沉的箱子，抱在怀里干什么。放下来歇歇吧。

窭苗说，队长交代，这个箱子不能离开我。

哦！江宜平笑了笑说，什么宝贝啊？

燕玲刚想说什么，窭苗用力攥了攥她的手，然后笑着说，我们也不知道。

江宜平“哦”了一声，又将身子靠在了树上，并用斗笠盖上了自己的眼。就在江宜平用斗笠盖脸的那一瞬间，窭苗看到了他的眼神。这眼神让窭苗感到浑身发冷，不由得把箱子抱得更紧了。

不一会，江宜平的鼾声从斗笠下传了出来，窭苗向燕玲使了个眼色，并用嘴做了个嘘嘘的口型。燕玲便说，苗姐，我想那个呐。我一个人害怕，陪我去好吗？燕玲这么说时，斗笠下的鼾声忽然就停止了，窭苗马上说，怕什么，自己去，别走远哦。说着，一个劲地向燕玲挤眼。燕玲装着很不情愿的样子走了。

燕玲走开不久，斗笠下便传出了一个声音。

箱子里是什么东西?

这声音显然是江宜平的，但是，此时却显得那么陌生和阴冷，像是从森林深处传来的，这让窦苗浑身打了个冷噤，她不由得站了起来。这时，那只盖在江宜平脸上的斗笠突然被轻轻地弹开了，江宜平一下子就站了起来，他向窦苗伸出右手，把箱子给我。他说，脸上的微笑没有了，取而代之是在深藏于一片苍白中的冷酷和阴挚。窦苗的眼泪一下子就出来了，她大叫一声，抱着箱子就向林中跑去。

很快，江宜平就在沟边追上了窦苗。紧挨深沟的是一棵叫着栓皮栎的树，不算粗，也不算高，走投无路的窦苗尖叫一声，不顾一切地爬上了树。江宜平见状，也往树上爬，但是，由于一只胳膊不给力，攀爬了两次都摔了下来。乘这个机会，窦苗一直爬到了树的顶端。江宜平看着惊恐万状的窦苗，呼呼喘着粗气说，下来。我只要箱子。窦苗一边大声地哭着，一边摇头。由于树太小，窦苗感到自己非常不安全，浑身抖个不停。这时，江宜平掏出枪来，他用枪指着窦苗，说，下来。窦苗仍然摇着头。

僵持了一阵，江宜平把枪收了起来。先用力地去晃树，又用肩膀去撞。在不断地撞击和晃动下，小树剧烈地摇摆着，抱着树枝的窦苗看上去更像一只摇摇欲坠的小鸟。

见窦苗仍然不愿下来，江宜平开始用脚蹬树。江宜平脚上的力量很大，他每蹬一次，那树就向沟边倾斜一点。窦苗害怕了，连忙从树的最上面往下移动，这样，整个人离江宜平就近了许多。抓住这个机会，江宜平一用力，攀上了一棵树枝。窦苗见状，她哭着大喊，蝎子哥——，八斗哥——

窦苗的呼救声非常大，非常凄惨和尖利，但茫茫的森林像个黑洞，转眼间就把窦苗的声音吸走了。

这时，江宜平终于抓住了窦苗的脚脖子。他用力往下拖着。窦苗觉得自己手上的力气已渐渐耗尽了，她向着远方绝望地大喊一声，妈妈——，然后猛地将箱子抛向了沟底。

7

蝎子等回到朱雀岭时，生死已有定论。

蝎子首先在那棵栓皮栎下找到了窦苗的眼镜。接着，在一簇杂树丛中，又找到了窦苗。此时，窦苗侧身卧着，头发十分零乱，脸色青紫，眼睛半睁着，脖子上勒着一条红色布带。这条布带是窦苗最喜欢的头饰，是她妈妈在武汉学习时给她买的。一小时前曾经扎在江宜平的胳膊上，她希望能为江宜平止血，减少他的痛苦，保住他的生命。

蝎子慢慢蹲下来，他摸了摸窦苗的脖子，眼泪立刻就流了下来，因为，他的指尖试到了死亡。见蝎子流泪，大家预感到了什么，也一一抹起了眼泪。燕玲尤为伤心，她蹲在窦苗的头前，嘴一张一张地哭，却无声音，眼泪中的她，更像个玻璃人。这时，蝎子站了起来，他用手背抹去眼泪，命令八斗、狗跳和骚货跟自己走。

蝎子等刚追过山脚，就看到了江宜平。江宜平的腿好像受伤了，走起来显得很慢。蝎子快速绕到上坡，然后腾空而起，一下子就把江宜平撞倒了。八斗等一拥而上，很快就制服了江宜平，并把江押了回来。

蝎子命令大家把江宜平绑在了一棵老树桩上，并很快从江宜平身上搜出了两样东西：一张“全家福”和一本证件。全家福是江宜平和他妻子、女儿和母亲的合照。证件是蓝色的，封面上有国民党党徽。八斗先把那张全家福撕得粉碎，然后去读证件上的字。

证件上有很多字，八斗读一个字，就扇江一个耳光，等把江宜平打得满脸的血不知从哪里流出来后，大致的意思也读出来了。原来，这个江宜平是冒充的，他的真实身份是立煌县国民党清乡局侦查大队的副大队长，叫华彩祥。

狗特务！八斗骂着，狠狠地踢着华彩祥，一脚比一脚狠。每一脚下去，华彩祥就干呕一声。见华彩祥开始大口大口地咳血了，蝎子忙挡住八斗，他说，别打死了，我有话问他。蝎子问，箱子在哪？华彩祥看了蝎子一眼，笑了笑。蝎子薅着华彩祥的头发，向下猛地一按，大声地问，箱子在哪？华彩祥用力抬起头来，他说，伢子，现在……这大别山里，树都没有我们的人多。你们谁都跑不掉……听叔一句话，我也是穷人出身。穷人不一定要当红军，如果你们愿意跟着叔，我以自己的人格作保，一定放你们回家，让你们见父母……

听华彩祥这么说，蝎子连连后退了几步。他从地下捡起一块石头，咬着牙说，王八蛋！你真押错了宝。我们这里，只有一个有娘，还被你这个龟孙杀了。我砸死你——

就在蝎子高高举起石头的时候，华彩祥猛地拧动着身子，只听“喀嚓”一声，整个人连同那半截老树桩一起翻向了沟底。

见华彩祥摔了下去，蝎子忙冲到沟边。沟壁上，长满了杂树杂草，蓊蓊郁郁的，什么也看不见。

这时，狗跳凑过来说，队长，这种沟我知道，深得跟井样，他活不了。

窦苗牺牲了，特务摔下了深沟，燕玲一直蹲在窦苗的遗体边哭泣，八斗面对着大树谁也不理，安全的渡河点还没有找到，那只最为重要的箱子不知去了哪里……此时的蝎子，忽然感到自己处于一种漂浮的状态，脑子里一片乱麻。还是老头脸点拨了他，队长，先把窦苗埋了吧。蝎子点了点头。

掩埋了窦苗后，蝎子命令大家分头寻找箱子。这时八斗说话了，他说，别瞎指挥了。如果这个狗特务没有摔死的话，白狗子很快就会来。我要求马上渡河，我要回部队。

大家觉得八斗说得也有道理，都站在那看着蝎子。

八斗的这番藐视权威和动摇军心的话让蝎子很愤怒。他说，八斗，我们的任务是什么？找不到箱子，渡河有什么意义，归队有什么意义，死了又有什么意义。别给我废话，找！大家见蝎子发火了，便分头寻找起来。

在寻找箱子的过程中，蝎子找到了那只被华彩祥摔在地下的指北针。蝎子发现，指北针并没有坏，狗特务！他骂了一句，然后将指北针装在了身上。就在这时，狗跳在那边喊了起来，蝎子立刻跑了过去。

顺着狗跳手指的方向，蝎子看到，那只柳条箱子正摔在沟底。此时，箱子已被摔开，箱子里的东西散落得到处都是。

蝎子眼睛一热，差点要哭。他痛苦地想，这箱子必然是窦苗扔下去的，那时，这个女孩也许是可以用这个箱子换命的……

狗跳，能弄上来吗？他压抑着内心极度的痛，问。

狗跳没有回答蝎子的话，而是直接冲到沟边，然后抓住一根藤条，很快地向沟底溜了下去。

到达沟底后，狗跳首先找到了那只箱子，然后把散落在各处的东西一一归拢到箱中。蝎子惦记着那个包裹，他喊，包裹在吗？狗跳将忙将那只酱色的包裹举了举，蝎子这才舒了口气。就在这时，老头脸跑到蝎子身边，他神色严峻地向北边指了指。

不远处有一片矮树丛，此时，分明有人在里面行走，大片枝叶或明或暗地翻动着。突然，树丛里传来了一个男人的声音：加快速度，华队长说了，箱子就在沟底，我们搜下面，你们搜上面。

蝎子心里一震，他知道那个狗特务果然没有摔死，于是他迅速向沟底甩下去一根绳子，然后向狗跳拼命地打着手势。狗跳接到蝎子扔下来的绳子，很快就把箱子拴好了。蝎子三下两下就把箱子拉了上来。等他解下箱子上的绳子，准备再扔给狗跳时，枪声突然响了，敌人大叫，看到了，看到了，在这边！接着，枪声大作起来。

嗖嗖的子弹声中，蝎子边指挥大家向林中奔逃，边冲沟底喊，狗跳，快，顺着沟底跑，去公子畈。

8

傍晚时分，凭借着那只指北针，蝎子带着八斗等靠近了公子畈。

这个码头，就是当初蝎子渡河的首选地。因为码头已经废弃多年，河道也窄，相对于史河西岸的其他码头，要偏僻得多。

此时，公子畈码头果然不见敌情。河滩上有一间破旧的瓦房，在瓦房里进进出出的只有两个男人，从装束上看是本地的艄公。让蝎子尤为兴奋的是，房前的水面上还停着几架毛排。

蝎子决定先隐蔽下来，边等天黑，边等狗跳。

又过了几十分钟，仍然不见狗跳归来，蝎子决定派老头脸和骚货回去找。这时，八斗却主动要求和骚货去，蝎子当然不想和八斗单独相处，便同意了。

天完全黑下来的时候，八斗和骚货披着一身月色回来了，他们给大家带来一大包炒黄豆，同时也带来了一个坏消息。

几个小时前，狗跳并没有逃出沟底。敌人包围了他。当十几条汉阳造对准他时，他没孬种。他很潇洒地拔出了自己的木头手枪，然后一板一眼地和敌人对射起来。敌人向他开一枪，他也开一枪，每次射击时，他的嘴里都会发出干脆而漂亮的声音，啪！啪！直到敌人把他打成一只血葫芦。

蝎子久久没有说话。这个消息像一把油锤，重重地砸在他的心上。他的脸有点扭曲，两眼死死地看着河面。

月色下，河面显得尤为阴冷诡异，泛着粼粼的死光。

这时，蝎子突然把箱子往老头脸手上一交，大步地向那间小屋走去。八斗见状，在后面小声地喊，你去哪？蝎子说，跟他们谈。八斗说，如果不是老乡怎么办？蝎子不理八斗。八斗说，如果是敌人的诱饵怎么办？蝎子大步向前走着。八斗说，如果敌人有了埋伏怎么办？蝎子的脚步更快了。他的两只眼睛血红血红的，他在心里说，如果你的如果都应验了，那也该我蝎子死了。

见蝎子头也不回地向前走，八斗也跟了上去。

蝎子和八斗一前一后走进小屋时，那两个男人正围着一盆火聊天，猛然见屋里冒出两个人来，吓得不轻，嘴张得跟咬上钩的鱼。蝎子说，老乡，别怕，过路的。我们想过河，几个钱？两人看了看蝎子和八斗，又互相看了看，然后把手藏在小腹那，一起向蝎子摇，脸上的表情很古怪。突然，里屋的门被推开了，几条短枪一起指向了蝎子和八斗。

这时，一个两腿有点罗圈的男人走了过来。“罗圈腿”先看了看蝎子，然后把蝎子往旁边一推，径直走到了八斗面前。走到八斗面前后，他一手用枪抵着八斗的胸口，另一只手在八斗的腰上摸了起来。摸了几个来回，什么也没搜到。这时，他猛地端起用八斗的下巴，问哪里来？哪里去？干什么的？八斗一声不吭，只是冷冷地看着“罗圈腿”。八斗的冷傲显然惹恼了“罗圈腿”，他一拧八斗的下巴，喝道，说！八斗火了，他“啪”的一声把“罗圈腿”的手打到了一边。“罗圈腿”大怒，正要发作，外面忽然传来了一阵嘈杂声，接着，老头脸、骚货和燕玲被几个团丁押了进来。“罗圈腿”笑了，他说，是老鼠就没有不偷油的！哼！

老子早就盯上你们了！说到这，他对一个留着二分头的民团说，先把他拉到河边铳了。

“罗圈腿”的话音刚落，“二分头”等便押着八斗走了出去。蝎子见状，忙说，等一下！我是队长。

听蝎子这么说，“二分头”等停了下来。这时，“罗圈腿”走了过来，他看了看站在门口，铁塔一般粗壮的八斗，又看了看菜根般粗细的蝎子，笑着说，你是他领导？

蝎子淡定地说，是的，我身上有枪。

像是碰到了地雷，“罗圈腿”往旁边一跳，大喊，快搜。

两个团丁忙扑向蝎子，并从蝎子身上很快搜出两把撸子枪来。

“罗圈腿”看了看那两把枪，又不可思议地看了看蝎子，说，真是太好了！

蝎子说，放了他。

“罗圈腿”说，那留他更没有用了。说着一挥手，“二分头”等押着八斗向河滩走去。

蝎子想过去阻拦，“罗圈腿”却把枪顶在他的脑门上。都给我捆起来，他喊道。

几个团丁立刻过来捆绑蝎子和老头脸等。

屋里正乱作一团时，那个“二分头”忽然跑了回来。只见他走到“罗圈腿”跟前，小声地耳语了一番，“罗圈腿”的脸上立刻现出了惊异之色，接着，忙跟“二分头”走了出去。

这个景象让蝎子一头雾水，而接下来的情景让蝎子更惊讶了。

从窗户看去，乱纷纷的手电筒的光束下，“罗圈腿”正向八斗敬礼，然后点头哈腰地和八斗说着什么。此情此景，让蝎子的后背冒出了一阵冷汗，他在心里狠狠地骂道，这个狗特务。

这时，一民团来喊两个艄公去河滩。随即，“二分头”也跑了过来。“二分头”一边为蝎子等松绑，一边说，受惊了受惊了，请列位马上上毛排，请，请请请。说着，他把两把撸子枪还给了蝎子，同时还把一只电筒给了蝎子。

这个阵势，一时间令蝎子和骚货等面面相觑，但是，他们还是跟“二分头”向河岸走去。

不一会，蝎子在“二分头”的引领下，一一上了毛排。不远处，八斗和“罗圈腿”边说话边向这边走来。河滩上风大，“罗圈腿”的话传过来时，蝎子听得比较清楚。

小的马玉符，嘻嘻，丁家埠民团的中队长，改日还望兄弟能在团座面前美言，嘻嘻……

很快，在“罗圈腿”等人的挥手致意下，毛排向河心划去。真所谓静水深流，那毛排一进得水中，便很快和岸边有了距离，接着，犹如一片叶子，在河道里飞速地游弋起来。

毛排上，蝎子和老头脸坐在毛排的后面，骚货和燕玲坐在中间，八斗坐在最前面。看着八斗背影，蝎子小声对老头脸说，看好箱子。注意他。

老头脸点了点头。

不到一个小时，毛排就靠岸了。下了毛排后，蝎子本想让大家就近休息的，但见远处有火把移动，蝎子估计是敌人的巡逻队，加上他心里又藏着八斗这个天大的谜，便带大家直接钻进了森林。在森林里走了不久，他们就在一座茶山上找到了一间废弃的草房。

见到草房，燕玲首先踉踉跄跄地走了进去，接着，提着箱子的老头脸也跟了进去。两人一进屋，就如一坡被照腿一刀的麦子，纷纷倒了下去。屋外，八斗正要往里进，却被蝎子和骚货挡住了。八斗冷冷地问，什么意思？蝎子反问，你是什么人？蝎子说，红军。说完，又要往草屋里钻。蝎子把枪掏了出来，他用枪指着八斗说，是红军他们凭什么要对你点头哈腰？凭什么要送我们过河？说！八斗冷冷地看了蝎子一会，然后从衣袋里掏出一件东西来。他把那件东西往地下一撂说，自己看去。说着，头一低，钻进了草房。

骚货忙把八斗丢下的东西捡了起来并递给了蝎子。蝎子用电筒一照便恍然大悟了。原来，这是那本从狗特务身上搜出来的证件。不用说，那个“罗圈腿”看到这本证件后，把八斗当成华彩祥了。这时，骚货也明白过来了，他向蝎子竖了一下大拇指，然后笑嘻嘻地钻进屋里。显然，骚货进屋后向八斗献媚了，就听八斗说，别碰我，死一边搓牙去！

蝎子苦笑了一下。此时，他觉得八斗真是立了一大功，应该给予表扬，但是，一想到八斗那副目中无人的德行，他把这个念头打消了。

9

天刚亮，蝎子就醒了。

看着身边熟睡的战友，蝎子百感交集，一时间，想哭，又想笑。哭的是，短短的行程，竟然牺牲了两名战友，笑的是，自己终于把包裹带过了河，而只要过了河，一切都由不得敌人了，一切都要转好了。

蝎子本想把大家都喊起来，趁早赶路，见大家一个个睡得像块贴在鏊子上的锅巴，他不忍心了。于是，他提着箱子走出了草屋。

不知为什么，此时，蝎子特别想看看罗队长交给他的那件宝贝。

在一棵大树的背后，蝎子打开了箱子，拿出了包袱。

蝎子在打开包裹时，是那么的小心，像是拿着一件昂贵的瓷器；但是，随着包裹的一层层打开，他的眼神渐渐地暗淡了，凝滞了。

包裹里，那两件衣服还在，“宝贝”却不见了。

蝎子差点叫出声来，两只手悬在胸前，冰结了一般，额头上的汗水一下子就渗了出来。他连连摇了几次脑袋，以让自己更加清醒一些。但是，那件用生命标价的东西确实不在了。

他不死心，又按照原样把包袱打好，然后再一层一层地解开。解开后，再找，再打好……他希望通过这个不断反复的过程能产生一种魔力，从而使那件东西一下子幻化出来。

没有！确实没有！千真万确没有。

汗水顺着他的脸颊往下流淌，他感觉自己有点慌乱了，他强制着自己要镇定，然后把脑海中的所有记忆重新打乱，再次梳理和整合。他闭上眼，一帧一帧回忆这只箱子在路上的所有遭遇，最后，他终于有了一个明晰的判断，那就是，在那个出现假侦察员的朱雀岭，当窦苗把箱子奋力扔向沟底时，那东西从包裹里甩了出来。而粗心的狗跳在沟底搜寻时，竟然没有看到。那么，你死得还有什么意义？他在心里如此残酷地想。继而，他的心无法抑制地狂跳起来。

高度紧张和焦虑了一会，他抱着自己的头，轻声地哭了。他感到了从未有过自卑和懈怠，从未有过的沮丧和绝望，一时间，他完全失去了方向，软弱得还不如脚下的一根草。

10

林中的争吵在半个小时前就开始了，而且越来越激烈。

此时，蝎子已经把不幸的消息告诉了大家。在发布这个消息时，他极力地让自己显得镇定和平静，然后要求大家振作精神，准备返回朱雀岭。

听说要再次过河，尤其是听说要返回朱雀岭，大家都沉默了。蝎子环视了一下大家，很不满地问，我在宣布命令，为什么都不说话？见大家仍然不说话，蝎子又大声地说，喂！为什么不说话？他把手里的一根树枝猛地摔在地下，然后站起来说，好！不说话就代表你们同意了，是不是？这时，八斗满脸不耐烦地问，蝎子，包袱里真是地契和课税票据吗？

是的。蝎子说，一脸信誓旦旦的样子。

八斗说，如果是这些东西，我不可能再跟你回去。

蝎子直视着八斗，为什么？他问，语气冷冷的，目光尖利得像一把刚淬过火的刀，并充满了挑衅和警告。

八斗看也不看蝎子说，我们已经为这些鬼东西死了两个人，回去还得死人。不值得。

蝎子说，只要是革命任务，就值得，就必须执行。这是我的命令。

八斗冷笑一声说，你有什么资格命令我？

听八斗这么说，蝎子狠狠地看了八斗一眼，然后把罗队长写的任命书拿了出来，猛地一抖说，这就是资格。出发前你们都看过。

八斗说，他是你们75师的头头，我是74师的，他管不到我。

听八斗这么说，蝎子把手卡在腰上，难看地弓着腰说，公自科同志，你这是在搞口头分裂可懂？74师就不是红25了吗？你这是在违抗革命命令，散布消极情绪可懂？消极革命是要负责任的可懂？

八斗显然被蝎子的虚张声势和“大帽子”激怒了，他冷笑一声说，到底谁该负责？在后福寺，我跟你说超过了约定时间，就不应该等，你根本不听。找码头的时，那个狗特务故意想暴露我们，你就是看不出来。在朱雀岭，他明明有指北针，却把我们带到了清水镇，你也看不出来。现在，时间耽误了，东西丢了，人死了，算谁的？都应该记在你头上！还有，我看你过河找东西是假……

蝎子知道八斗话里有话，他奇怪地噘着嘴，喘着粗气说，你说，你别藏。

八斗说，你就是想回去见那个人……

骚货忙推了推八斗。

蝎子知道八斗在说紫蕊，心里的委屈和愤怒同时燃烧起来，他指着八斗，咬牙切齿地说，八斗，再敢吭一声，老子马上就给你颜色看，信不信？

八斗冷笑了一声，目光中充满了不屑。

是的，和八斗相比，蝎子有点像螳螂。就在这时，“螳螂”突然向前一窜，甩手打了八斗一个耳光，然后夹住八斗的头就想把八斗摔倒，结果八斗一用力却把他摔在身下，并狠狠还了他一记耳光。

旁边，燕玲一边哭，一边喊，别打，别打，你们快拉架啊！骚货和老头脸忙冲上来拉架。见有人拉架，八斗主动松开了蝎子。可是蝎子站起来后，又扑向了八斗。八斗一用力，再次将蝎子掼在地下，并用膝盖抵着蝎子的胸膛。蝎子命令，放开！八斗咬牙切齿地说，不放。蝎子想翻身，但是拧了几次屁股就是翻不过来。骚货、老头脸和燕玲又上来拉。这次，仍然是八斗先松开了手，可是，没等八斗站稳，蝎子又扑向了他……

当两人第三次被骚货等拉开后，蝎子命令骚货、老头脸和燕玲马上集合。等骚货等列队完毕后，蝎子说，都给站着，不许你们拉架，明白了没有。

骚货大声喊道，明白了！可是老头脸和燕玲没有回答。蝎子也不管这些，他转身又向八斗扑了过去。

一次，两次，三次，一连十几次。蝎子每次扑向八斗，都被八斗摔倒在地，可是他站起来后，照样又扑了上去。就这样，两人交手20次后，八斗的意志终于出现了问题，当蝎子第 15 次扑向他时，他主动倒地了。

看八斗倒在地下装孬种，蝎子不断地挥着手说，你起来，起来，我们再干。八斗不愿起来，躺在地下，呼呼地喘着气，两眼无奈而茫然地看着八斗。见八斗彻底怂了，蝎子冷笑一声，向地下吐了一口唾沫，说，服了吧！

八斗也冷笑一声说，我是怕了。

蝎子不理八斗，他先把骚货等解散了，然后坐到一边喘息去了。

八斗在一边小声地嘀咕，没看过的赖种。

蝎子一定是听到了，但是，他好像没有力气再去计较这句话了，坐在那呼呼喘着气。

林子里安静下来，大家好像都生疏了，各把一方，或站或坐着，谁也不说话。

就这样过了一会，蝎子站了起来，他说，好吧，我们投票，撂豆子。说着，他把自己的鞋子脱了下来。

前天，罗队长来时，给每人都带来了一双新布鞋，除了八斗一直别在腰上，舍不得穿以外，大家都穿了。这双鞋到了蝎子脚上算是遭大罪了，这还不到三天，鞋跟就张嘴了，看上去，非常难看。

蝎子把手里的破鞋举起来，向大家摇了摇说，这样，愿意跟我回朱雀岭的，就往鞋子里丢一粒黄豆，不愿意的不丢。现在有五人，豆数超过一半，就得听我的。说着，他先往鞋子里扔了一颗黄豆，然后把脸背了过去。

投票很快就结束了。蝎子让大家围成一圈，然后来揭晓投票结果。都看清了哦！他说，拿起鞋子往下倒。但抖了两下后，鞋子里只掉下来两粒黄豆来。蝎子有点不死心，歪着头往鞋子里看了看，又磕了磕，再次抖了抖，鞋子里仍然没有动静。

蝎子不说话了，他默默地穿上了鞋子，然后默默地走到一棵树后面坐着。

林子里起风了，四处尚有去年的枯叶，风一吹，便发出哗啦啦的声音。这种声音会让人联想到寒冷和无情。

此时，蝎子非常恼怒，心里充满了仇恨。他觉得这是一次非常严重的政治事件。他不能确定那唯一的一粒豆子是谁投的，否则，见到罗队长后，他会把自己和这个人列为坚定的无产阶级革命者，其余的人都必须关进政治保卫局，然后接受无情的审查。继而，他又非常难受起来。这种一边倒的结局是他绝对没有想到的。一向自负和倔强的他，第一次感到了孤立无援和失去权力的滋味。这种滋味在他心里不断发酵着，一些迷惘、悲观和自我怀疑的情绪便纷至沓来，接踵而至了。他自己忽然也对过河这件事感到畏惧起来。在他的眼前，那条史河开始变得无边无际，险象环生……

11

清水镇是史河南岸的一个集镇，这里的商人大多是做水陆生意的。平时，他们将山区的木竹、茶叶、中药材和板栗等土特产通过史河运送到山外，再将山外的食盐、百货运回山里，日复一日，年复一年，从而造就了小镇的繁荣和昌盛。

镇上有两家商号最为显赫，一个是毛鸿昌毛大掌柜开的毛记商号，一个是鲍尚义鲍大掌柜开的鲍记商号。鲍尚义和毛鸿昌虽说是把兄弟，各自的孩子也都认了对方为义父，但是，在商业上，鲍尚义脑袋更为灵光，做得也最大，其生意且不说在清水镇已经做到了风生水起，无人可比，在武汉、芜湖、上海的鲍记商铺也开得如火如荼。

说到鲍大掌柜灵光还不仅仅指生意，要论政治码头，他鲍尚义也照样是搭得起来，铲得平。清水镇出现苏维埃政权后，鲍尚义连夜制作了几百面彩旗表示支持。接着，他又敲锣打鼓地找上苏维埃人民政府的大门，绢布、捐粮、捐红军公田，还捐钢洋和钢枪。另外，为了表明鲍家和苏维埃是一种连体关系，他从家族的鲍氏祠里划出11间房来，做了红军的后方医院和列宁小学。霍邱保卫战失利后，獐子畈三区苏维埃政府按照鄂豫皖省委的指示，将红25军的一部分伤员转移到清水镇养伤，又是这个鲍尚义，一把手把伤员全接受了下来。蝎子就是在这个时候来到鲍氏祠的，也就是在这期间接触到鲍尚义的千金紫蕊的。

紫蕊原在金家寨她外婆家读私塾，当国民政府开始发兵镇压各地农民运动和围剿红军时，鲍尚义不放心战乱中的女儿，就把紫蕊接了过来。平时，紫蕊随母亲在家，或是读书，或是学做女红，当鲍氏祠开办了红军医院和列宁小学后，尤其是看到那些和自己年龄相仿的小红军时，她再也坐不住了。于是，她和自己的闺蜜毛栗经常会从家里溜出来，然后钻进祠堂里看热闹，等和大家都熟了，她不是到列宁小学里帮忙，就是到医院里照看伤员，俨然就是一个小苏维埃。这期间，她认识了八斗、老头脸、狗跳、骚货，和窦苗、燕玲处得像姐妹，并喜欢上了自负、倔强、爱说大话、颇有点装模作样的蝎子。

那天，紫蕊确实听到了罗队长和蝎子的谈话，当她看到那件被蝎子比喻成生命的宝贝时，差点没笑出声来，——是一面旗帜。不仅脏污得很，还有许多窟窿眼儿。但是，一想到这块布马上就要带走了她的少年郎，她非常慌乱和不安。为此，她坚决要求蝎子带她走，并应蝎子的要求找到了自己的父亲。

当时，鲍尚义正在账房里盘账，紫蕊在说话时，他始终都没有搭腔，只是那张白净得像蒜瓣籽一样的脸越来越难看，最后，他把算盘一抖，丢下紫蕊就走了。

紫蕊不死心，又去找母亲。束夫人当然不会同意女儿跟红军走，但是，她还是和丈夫做了交流。鲍尚义的态度很决绝，他说，我可以为他们捐粮、捐钱、捐房子，还能捐女儿吗？我就是打断这伢子的腿，一辈子供奉她，也不能让她去走那条路。家里出了这种蛾子，你我上不了中堂的。

父亲的态度让紫蕊很诧异，蝎子既不愿带她走，又不愿留下来，更不愿带她私奔，于是，那天下午，乘着为蝎子整理箱子，她将那面红旗从包裹里抽了出来。她在做这件事的时候，满带的是一种恶作剧心理，她自信地认为，蝎子一旦发现红旗不在，一定会回来……

但是这种自信很快就被现实击穿了。蝎子离开清水的当天下午，枪声便从镇西响了起来。爆竹一般的枪声中，镇子上最富有的白家少爷白大肚子回来了。现在，白大肚子是新封的清水镇人民团的团总，随他来的还有国民党清乡局特派员唐金义。这两个人一到镇上就在白氏祠挂起了国民党清水镇清乡局和国民党清水镇人民团团部的牌子，然后放炮、悬人头、张贴严惩赤匪的公告。随后，白大肚子又在白氏祠后面的一个小高坡上设立了刑场。

当年，这清水镇有半镇都是白家的，苏维埃来后，分了一半，占了一半，烧了一半，白大肚子的父亲、母亲和两个哥哥都被处死在小高坡，所以，刑场设立后，白大肚子便开始在那里没日没夜地杀人。一夜间，小高坡四周的树上挂满了人头和吊死的人。凡是过去分过白家财产的一律处死，凡是家里有红军的，一律处死，凡是为红军出过力气的，一律处死。白大肚子在外几年，学了不少杀人的套路，砍、剁、铡、溺、勒、煮、剜，喂猪、剥皮、抽筋、挖脑子都为他所不屑，他发明的“精耕细耙”可以让看者当场昏厥：他把那些抓来的共党按照两米一等的距离，深埋于地下，只露个人头，然后让几头牛拖着沉重的铁钯在人头间来回拖曳。转瞬间，田里便会传来阵阵的惨叫声，脑浆和血液四处飞溅。

对于共匪家属，白大肚子一样不会放过，年轻女人，一律分给手下，女童则成车拉往外地，男孩一个不留，整坑活埋……

这些事情，有的是毛栗说给紫蕊听的，有的是紫蕊亲眼看到的。鲍氏祠离新成立的清乡局并不远，从阁楼的窗户，紫蕊就能看到挂在清乡局门口的一排排人头，杀人的枪声天天响，每听到一声枪响，紫蕊就会惊叫一声。她整天蜷缩在自己的房里，浑身发抖。这个时候，她再不期盼蝎子能回头，她希望蝎子走得越远越好。

有几次，她想把旗帜的事情告诉父亲，好让父亲帮帮自己，但是，蝎子跟她说过，这个秘密就是他的命，秘密交给了谁，他的命就交给了谁！此时，她已经感觉到了父亲的表里不一，怎么还能把这么重要的秘密跟他说呐！她想带着旗子偷偷出镇，然后去追蝎子，但是，毛栗跟她说，路上全是岗哨，清水镇的人只能进，不能出。毛栗还说，民团逮到女共产，还那个……

毛栗就是紫蕊的父亲鲍尚义的八兄弟毛昌鸿的女儿，智力有点问题，说话跟照镜子一样，一点都不会失真，紫蕊相信她的话。

阁楼上有个天井，从这个天井里，紫蕊能看到在清水镇上空盘旋的山鹰，此时，她多么羡慕山鹰的那双修长的翅膀啊！特别希望这山鹰能通灵，然后落到她的窗前，听她说话，接受她的请求……

紫蕊生病了，鲍尚义和束夫人为她请来了本镇有名的郎中，但此时，再高明的郎中也不能看好一个姑娘家的心病，无奈和焦虑之中，束夫人带紫蕊去了大王庙。

在大王庙里，母亲跪了下来，深情地念动千言万语，开始为女儿祈求平安。一向害怕泥塑的紫蕊也直直地跪下了，她双手紧紧地合在一起，在心里苦苦地说，大王神啊！你要有灵，就不能让一个人回来。她要回来，我就死了！

12

上午八时，深感孤立的蝎子对自己的归属做出了最后决定。

当然，在身单力薄的情况下，他有过挣扎，他特别想说一说那面旗帜。

这面旗帜于1932年7月有关。这个月的6日清晨，霍邱保卫战打响。这是蒋介石继国民党第三次围剿失败后发动的第四次围剿，压上城头的不仅有敌主力徐庭瑶一部，还有敌19旅的郑廷祯部和宋世科、孙庚三部。敌人来者不善，多锋齐指镇守霍邱的大别山区的红军主力，——红25军。

在这次反围剿中，红25军主力被打得稀烂，除73师外，74师、75师几乎只剩下了一个空空的建制。

红25军的惨败令武汉剿总十分兴奋，剿匪总司令蒋介石多次召开新闻发布会，大肆宣传战绩，国统区各大报纸都打出了黑字标题：“全国人民欢欣鼓舞，共匪主力红25军被消灭于大别山区。”

为打破敌人的谣言，鼓舞和振奋苏维埃各道、区、乡的军队和人民，鄂豫皖省委决定在汤家汇豹迹岩胡氏祠召开会师大会，将红25军余部和红28军合编为红25军。不仅如此，为了打击敌人的嚣张气焰，新组建的红25军准备对驻扎在紫云架下的敌109师两个营发动突袭。军部要求，突袭胜利后，一定要把原红25军的军旗插在紫云架的主峰之上。

霍邱一战失利后，那面红25军的军旗先是落在了军特务营手里，后来交给了75师224团5连，一直由连长罗加列保管。六霍苏区大部成了游击区之后，罗加列到新成立的二路游击师三大队任队长，这面旗帜又成了三大队的压箱之宝。这次，罗加列一接到军部的整编命令，就立刻把那面军旗找了出来。因为二路游击师要穿插到敌后，他才把这个任务交给了蝎子。

那天，罗队长对蝎子说，红25军军旗一旦插上紫云架的主峰，敌人就会闻风丧胆，苏区的人民就会喜上眉梢，蒋介石就会乱成一团，向北转移的各路红军就会得到极大的鼓舞。

此时，蝎子深信，自己如果把这个秘密说出来，一定会为自己翻盘，一定会再次把大家聚拢到自己的身边，但是，自己是军人，那秘密就是自己的生命，不能交给任何人，绝对不能。

这时，他站了起来，高声地喊道，集合！

八斗等不知道蝎子在这个时候喊集合还有什么意义，但是，他们还是爬起来，然后懒洋洋地站成了一排。

蝎子巡视了一下自己的队伍，宣布了自己的决定。他命令严希柱同志（老头脸）为副队长，带领大家继续向汤家汇进发。

老头脸感到很意外，他下意识地看了一眼八斗，似乎想说八斗更合适。蝎子不管老头脸的目光，他把怀表交给了老头脸。老头脸更诧异了，他看着蝎子，满眼充满了疑问。蝎子没有向老头脸解释，原因很简单，现在，时间对于他来说已经没有任何意义了，找到那面红旗就是他的最后时间。

队长，你去哪……这时，燕玲小声地问，目光中充满了慌乱和不安。

蝎子说，我的任务还没有完成。

听蝎子这么说，大家都懂了，一一低下了头。燕玲的眼泪早就流了出来，为了克制自己，她捂住了自己的嘴。此情此景让蝎子感到有一股气在胸腔里涌动，他慌忙地说，向左转，出发……

说完，自己转身向山下走去。

就这样，我们的红军小队长蝎子和他的带的队伍分道扬镳了。

八斗等是在目睹蝎子快走进一个山洼时才出发的。他们向前走时谁也不说话，都低着头。走着走着，忽然，走在队伍最后的燕玲停了下来。她站在那，扭头看着渐渐远去的蝎子。看了一会后，她转过身来，然后向蝎子的方向走去。

燕玲往回走时，骚货喊了一声，燕玲。燕玲没理他，继续向前走。骚货迟疑了一下，也跟了上来。

在骚货喊燕玲时，老头脸和八斗都站住了。这时，老头脸看了看尾随蝎子而去的燕玲和骚货，又看了看八斗。八斗懂老头脸的意思，把脸转到了一边。老头脸低下了头，脚下略踌躇了一下，最后还是向骚货和燕玲走过去了。

蝎子快要走出山洼时，忽然听到了一阵湖北小调声，这是老头脸用树叶吹出来的，蝎子太熟了。他转过身来。

远处，燕玲正一瘸一拐地向自己走来，与燕玲相隔 20 多米的是骚货，与骚货相隔 30 多米的是吹着树叶的老头脸。显然是刻意要让蝎子听到的，老头脸吹树叶时，非常卖力，见蝎子站在那往这边看，他笑了。当一阵风把几棵树吹矮后，又出现了八斗的身影……

这个景象让蝎子热泪盈眶。这是他怎么也想不到的。他以为大家一定对他彻底失望了，齐心协力要抛弃他了。此时，一种对战友的愧疚感充满了他的心头，同时，一种崭新的责任感也油然而生，他大步向前走去。

13

显然，敌人又增兵了，史河两岸的检查哨越来越密集。从上午九点，到下午四点，蝎子一直没有找到合适的渡河点，而更让他烦躁的是，天上又下起了雨。雨下得很大，林子里，所有的树叶都在发声。这声音是那么的稠密和凝重，令人倍感潮湿和寒冷。到了下午五点，蝎子忽然在林中发现了一个洞穴，便带大家纷纷钻了进去。

出乎意料的是，洞内很大，也很干燥。从到处散落的干草看，这里应该常有人住。

进洞后，当大家都尽量在洞的深处寻找安身地时，八斗则拦在洞口坐着。此时，他愣愣地望着洞外，一言不发，整个人显得很孤独，很沮丧。

八斗的这个样子，忽然让蝎子感到有些不安，此时，他特别想向八斗低一次头，主动检讨一下自己，冲动了一番，他总归没有张口。不过，他还是通过另外一种方式表达了自己的心情。

一边，骚货和老头脸正在吃炒黄豆，这启发了蝎子，他从自己的包里抓出一把黄豆来，然后递给了八斗。八斗没有推辞，两只手合在一起，如一个张口的蚌，忙接了过去。

这算不算是和解了呐？蝎子舒了口气，其实，他很欣赏八斗，通过几件生死之事，他在心里更加佩服这个小伙子，只是他觉得自己的尊严不能被冒犯而已，恰恰在这点上，八斗如同长了犄角。

当蝎子和八斗在各自的内心里斯斯文文地对话时，那边，老头脸和骚货又杠上了。

先前，老头脸看燕玲没有精神，问她可吃黄豆。还没等燕玲答应，骚货已经把一把黄豆放在了燕玲手里，还斜着小眼向老头脸看了几眼，然后把黄豆飞快地向嘴里撂，咀嚼时发出的声音比外面的雨声都大。老头脸说，不就吃个黄豆嘛，弄那么大动静干什么？猪上槽吖。骚货马上回嘴，找碴是不是？你吃豆子不响？黄豆嘴巴被你捏住啦？老头脸不理骚货，他塞了一颗黄豆在嘴里，然后用一根长长的草叶做水桥，去接从洞壁上滴下的水，等接到水后，他再咀嚼，果然一点声音都没有。

骚货瞪了老头脸一眼，也掐来一片草叶，然后如法炮制。这一效仿让骚货吃尽了苦头，不到五分钟，他的肚子就响开了。终于，他“哎呦”一声，提着裤子跑出了山洞。

外面已经完全暗了下来，原来清晰可辨的树林变成了漆黑一团。见骚货往外跑，蝎子问，干什么去？骚货的声音在外面说，我被猪害了。老头脸捂着嘴笑起来。

就在这时，骚货提着裤子，连滚带爬地跑进洞来。蝎子忙问，怎么回事？骚货神色慌乱地说，有人。蝎子忙闪到石头后面，他把一支枪给了八斗，自己也把枪顶上了火，然后借洞口的一蓬杂树的掩护，慢慢地爬了出去。八斗见状，也跟了出去。

外面，四处黑黝黝的，几乎什么都看不见，突然，一道闪电划破了天空，蝎子看到，在不远处的两棵树中间，果真站着一个人。此人戴着斗笠，披着蓑衣，面目不清。什么人？蝎子迟疑了一下，便大声喝问。那人咳嗽了一声说，打猎的。又一道闪电过后，那人摘下了斗笠。这会蝎子看清楚了，原来是一个白胡子老人，身后背着一杆猎枪。

蝎子站起身来，高兴地说，老爷爷，您好啊！

老猎人咳嗽着，费力地向蝎子这边看。蝎子感到老人有些紧张，就说，爷爷，不要害怕，我们是红军啊！

老猎人显得很意外，他愣了一下，然后向蝎子慢慢走过来。走到蝎子跟前，他又端详了半天，才问，你们……是红军？

蝎子肯定地点了点头。然后把老猎人带进了洞中。

在洞里，老猎人发现还有几个人，他问，你们都是红军？

骚货说，我们都是。穷人的队伍！我们是去汤家汇的。

听说是红军，老猎人并没有显得多么激动，他的目光在洞内巡视了一番，最后把目光停留在燕玲身上。

此时，燕玲蜷缩在一团草上，紧紧抱着自己的胳膊，浑身发抖，嘴唇青紫，警觉地迷迷糊糊地看着老者。

走，去我家。老人对蝎子说。

14

老猎人的家在半山腰上，是三间倚山向东的厢房，外接了一间锅屋和一个用木桩围起来的院子。走进院子时，蝎子看到，屋里还有两个人，——一个老太太和一个男孩。老太太白发苍苍，穿的是一件袍子，很旧了，全是补丁。小孩有10岁左右的样子，虎虎的，圆脸，黑眼睛，脑后拖着一条小辫子，看人时，头有些歪。身上还穿着冬天时的棉衣棉裤，也是补丁里见窟窿，窟窿里见布丁。

见到蝎子等，老太太非常吃惊，拉起男孩就走，老猎户见状吼道，怕什么，赶快做饭。等老太婆站住了，他又指着蝎子说，是红军。蝎子刚想喊一声奶奶，老太太漠然地看了蝎子一眼，冷着脸走开了。

吃完了饭，骚货等倒下就睡了，蝎子没有睡，他决定带八斗去和老猎人聊聊，因为他心里还装着过河的事。老猎人既然住在史河岸边，又是老户人家，肯定知道过河的最佳途径。

蝎子和八斗走进锅屋时，老猎人正坐在门后抽烟，一侧，老婆子在一只大盆里揉面。见蝎子和八斗进来，老猎人忙起身让座。老婆子却没有任何反应，只是揉面时显得更加用力了，是一副狠狠的样子，这样，她的上身就绷得直直的，像一块钢板。

这时，蝎子充满感情地说，老爷爷，我代表我们红25军感谢你和奶奶。走时，我们一定会把伙食费补给你们。

老猎人笑了笑说，山里人，一口露水活半年，不在乎，别说客气话。

老猎人这么一说，蝎子也不便再说什么客套话了，于是就把话题往史河上引。听蝎子打听史河，老猎人说，他们住到这里还不到六年，算不上老户人家，而且，在这六年里，他们从未出过山，对山外的情况一概不知。相反，当蝎子谈到国民党四次围剿苏区，谈到目前苏维埃的大撤退以及史河两岸到处都是白匪和反动民团时，老猎人十分惊奇，眼珠子完全不动，嘴半张着，整个人如从云端才落到地下。

这时，蝎子问，老爷爷，这荒无人烟的，你们怎么住在这里啊！

听蝎子这么问，正在揉面的老太太突然丢下手里的活，转身走了出去。而老猎人的眼圈则慢慢地红了起来，但是，他很快就克制住了，脸上带上了笑容，并摇了摇手，显然是不想再提这个事。蝎子猛然意会到，这必然是苦大仇深的一家了，于是，他不吭声了，他为自己的话戳到了老人的伤心处而深深内疚。于是，和老猎人又闲扯了几句就告辞了。

几个人睡到下半夜，燕玲突然惊叫了一声，蝎子忙爬了起来。原来，燕玲做噩梦了。蝎子一摸燕玲的脑袋，大吃一惊，燕玲发烧了。这时，西厢传来了咳嗽声，接着老猎人披着衣服走了进来。走到床前，他试了试燕玲的额头后，便叫醒了老太婆。不一会，老太太把葛根花汤和葛根粉粑粑都端来了，老爷爷先让燕玲把汤喝了，然后把已经凉却的粑粑一张一张地敷在了燕玲的额头上。很神奇，不到十分钟，燕玲的热就退了。

见燕玲退烧了，出汗了，蝎子一个劲地道谢，可是老猎人还是不放心，他满脸忧戚地说，这女伢子不是简单的发烧啊，像伤寒呢。

蝎子很紧张，但是，他毫无主张，只是期待地看着老人。

老猎人说，要是伤寒的话，过不了两个时辰，烧又要回头。唉！伢子太虚了，又是个烧饼大小的人，哪禁得住这火烧火燎的。

蝎子看了眼极度虚弱的燕玲，汗水一下子就流了下来。

不知什么时候，外面的雨停了，天上竟然出了月亮。或许是雨后的缘故，这月亮特别的大，特别亮，林子里像是点了盏大灯。

这时，老猎人咂了咂嘴，突然说，人不能等死，我出山。说完，还没等蝎子说话，人已经出了屋子。望着老猎人宽厚的背影，蝎子心里热乎乎的，一时间也不知说什么好。

老猎人出山后，蝎子就睡下了。这次，他睡得非常香甜。也不知过了多久，忽然，他感到有人在梦中推他，他一惊，醒了。醒后他发现，天已经亮了，骚货和八斗等都站在他的面前。骚货的神情很紧张，见蝎子醒了，连忙在蝎子耳边嘀咕了一句。听了骚货的嘀咕，蝎子大吃一惊，一边迅速地穿上衣服，一边小声地催促，快，快，全部起来。

昨晚，骚货遭罪了一夜，几乎每隔一个小时就得提着裤子跑出去一次。最后一次，因为天亮了，他跑到了山腰，刚蹲下，就发现了情况。山下，几十个民团和穿着军装的国民党士兵正沿着小路向这边运动，带路的正是那个老猎人……

西屋里，蝎子带着八斗等刚想出门，突然站住了，眼前的情景让蝎子十分错愕，——门口，那个一句话都不说的老太太，手里端着猎枪，正怒视着他们。哪里走！这时，老太太大声喝道。我和了一夜面，就等肉馅呢。

蝎子等完全惊呆了，一时间都愣在那。

此时，老太太显得很激动，她泪流满面地骂道，你们这帮天打雷劈的畜生、土匪，扒我家的仓库，占我家的祠堂，分我家的财产，还杀了我儿子和媳妇，连到我家走亲戚的姑爷都不放过。我恨死你们了，今天非生吃了你们不可。

站在蝎子旁边的八斗突然去拔枪，就在这一霎间，老太婆手中的枪响了，八斗应声倒下。蝎子也开枪了，老太婆手一扬，倒下了。这时，那个男孩从屋里跑了出来，他手持着砍刀，哭着喊，杀死你们这些共匪！说着扑向了蝎子，蝎子连忙拾起八斗的枪。见蝎子把枪对准了男孩，燕玲喊，别……

蝎子还是开枪了。

这一枪打在了男孩的腿上。男孩并没有死，他半卧在地下，咬着牙，狠狠地看着蝎子，鼻子里发出一阵阵急促的表示仇恨的声音。燕玲见状，忙向男孩跑过去，显然，她是准备去救治男孩的。就在燕玲弯下腰时，男孩挥刀向燕玲砍来，燕玲惨叫一声，倒在血泊里。蝎子见状，拖过一条板凳，对准男孩连连砸了几下，那男孩立刻脑浆迸裂，再也不动了。

砸死那个男孩后，蝎子首先抱起了燕玲，此时，燕玲的脖子已经被砍开，嘴里大口大口地吐着血，不一会，手就垂了下来。

那边，老头脸和骚货也把八斗扶了起来。此时，八斗已经死去，白眼球大半翻在外面。他的胸口有一个血糊糊的大洞，显然，老太太射出的那一枪，弹药里带有铁镏子。

枪声突然响了起来，有几颗子弹就打在屋顶上，发出刺啦刺啦的声音。不能再等下去了，蝎子忙拿过斗笠将燕玲的头盖上，又摘下八斗腰上的那双新布鞋，套在了八斗的脚上，然后擦去眼泪，带着老头脸和骚货冲出屋去。

15

这两天，紫蕊的心情因为三颗人头一下子好了起来。

这三颗人头就悬挂在清乡局门口，旁边的一张告示对这三颗人头做出了说明。

这三颗人头都来自公子畈码头，其中，两颗是码头上放毛排的艄公，一颗是丁家埠民团的中队长，叫马玉符，罪行是帮助几个小红军渡过史河，犯通共罪。

告示还对这个小红军做了比较具体的描述，紫蕊一看就知道，是蝎子和八斗他们。而公子畈离汤家汇非常近，紫蕊算了一下，过河后，就是靠一条腿在山里蹦，蝎子也该到汤家汇了。当然，丢失了红旗，蝎子必定要受到处分，但是，和失去心爱之人的生命相比，那又算个什么。至于将来，紫蕊也设计好了：她要把秘密带到那一天。那一天，清水镇子上的喇叭会从早上响到深夜。红烛之下，大红的罗纹帐里，蝎子问，紫蕊，你觉得你一生中最爱我的一件事是什么？紫蕊说，就是把那面破旗子藏了起来。

在清水镇，毛栗因为智力低下，身边只有一个朋友，那就是紫蕊。毛栗每天下午一点左右来找紫蕊玩，五点离开，多年形成的规矩，从未变过。这一天，已经到了下午两点，毛栗还没来。紫蕊正在疑惑，毛栗气喘吁吁地来了，见到紫蕊，也不说话，拉着紫蕊就走。

毛栗将紫蕊拉到大街上后，大街上一片寂静，除了几个行色匆匆的行人外，什么也没有。紫蕊问，你干什么呀？

毛栗告诉紫蕊，刚才，她在大街上看到了马队，一匹马的后面拴了两个人。

自从白大肚子来到清水镇后，每天抓人、杀人的事太多，清水镇的人都习惯了，但是，紫蕊还是感觉到了不一般，她问，是什么人？长什么样？哪去了？

让毛栗具体描述一个人的长相简直太难了，为此，她站在那，捂着脑门，支吾着说不出来，看上去显得很傻。紫蕊忙把毛栗拉到一边，指了指不远处的鲍氏祠，小声地问，这两个人可去过那里？

毛栗连连点着头。

紫蕊的脸一下就变色了，声音也更小了，是谁呀？她紧张地问。

毛栗又摇了摇头。

紫蕊比画着说，高高的，瘦瘦的，嘴唇下面有一块细细的疤痕，像线一样。

紫蕊描述的是蝎子。毛栗还是摇了摇头。

紫蕊长长地舒了口气，然后不断地轻轻地拍着自己的胸口。

可是到了下午五点，紫蕊的心又乱开了。他忽然想到，蝎子在鲍氏祠养伤期间，从来就没有和毛栗说过一句话，来来往往中，或许和毛栗照过一次或两次面，但按毛栗的智力，仅凭这一两次见面就想让毛栗对上号，那真是芝麻里捡芝麻。如果是这样，就不能排除蝎子在不在这两个被抓的人当中。

这种心情像麦芒撒在了紫蕊的身上，令她再也无法安宁了。她从前院心走到后院，从左边回廊走到右边回廊，又从香堂走到阁楼。

在阁楼上，她坐也坐不住，躺也躺不下，后背不断地冒汗，手心很快就潮湿了。

苦熬到了晚上，鲍家张灯了，院子里忽然热闹了起来。紫蕊一打听，原来是父亲请客，请的就是清乡局的那个唐特派员和白大肚子，陪客中除了鲍尚义的八兄弟毛鸿昌，还有几个乡绅。

此时，紫蕊的心里好像有一扇门，突然就打开了，她连忙下楼，来到了耳房。这间耳房是家里的成衣间，那里有一台缝纫机，平时一直由母亲用，现在，她就坐在了这台缝纫机前，装模作样地把弄着布，心和耳朵却去了隔壁。今晚，父亲就在那里摆下了大宴。

宴席上有说不完的客套话，恭维话，这些都与紫蕊毫无关系。一直等到飞檐断月，夜到深处，紫蕊终于听到了她最想听的话。

起话的是白大肚子，他说，以我性子，把人头提回来就算了，省得脏我地盘。不过特派员有话，说现在赤匪正在大搞特务渗透，怕杀早了，把情报丢失了，所以才把人拖回来。又问，哎，我说特派员，审得怎么样了？

唐特派员说，审半天了，只说是来找伙计活做的。姓名有了，一个叫蝎子，一个叫什么骚货。

或许是听说有人叫“骚货”的，桌子上传来一阵笑声。这时，白大肚子说，不要和这种人磨牙了，我来积个阴德，明天把这两个人交给民团吧。我让他们早死早托生。

16

送走白大肚子等人，已经是夜里 10 点多了，鲍尚义刚走进卧室，便吃了一惊，他看见，紫蕊跪在地下，头埋在夫人的两膝之间，哭得浑身发抖，夫人正在小声地劝说着什么。鲍尚义问，怎么啦？紫蕊听父亲发声，忙不迭地站了起来，然后背对着父亲站着。鲍尚义正要再问，夫人一伸手把丈夫拉进了账房。

账房里，夫人在鲍尚义耳边小声地说了一番后，鲍尚义一下子坐在了太师椅上，接着，脸色越来越难看，嘴唇很快变成了深紫色。

鲍夫人姓束，可不是吃粗粮长大的。父亲原是金家寨西大营子里的头号大财主，方圆百里，官称束金山。束姑娘未出阁前，倚过美人靠，使唤过大小丫鬟，嗑过四书五经。所以，刚才和丈夫交流时，时间虽然不长，但是，已经把事情说得骨肉分明。第一，今天关进清乡局的两个人，曾经在鲍家祠堂养过伤，一个叫蝎子，一个叫骚货。第二，女儿早就喜欢上了蝎子。第三，希望鲍尚义通过八兄弟毛鸿昌把这两个人从清乡局里捞出来。

鲍尚义的支气管一直有问题，这时，他哮喘起来，喉咙里发出了一阵阵呼噜呼噜的声音，嘴里自言自语地说，孽种，这是往家里拉棺材啊！

束夫人轻轻跺了一下脚，示意丈夫小声些。

可是，鲍尚义越发地激动起来，他在屋里来回踱着步，并不停地摇着头，一副不可思议、痛不欲生的样子。

这时，束夫人满脸忧戚地说，伢子可是你亲生的，你不帮她，她活不过端午的。

鲍尚义突然站住，他可怕的看着束夫人的眼睛，手指着外面，压低声音，狠狠地说，她想行死现在就去。

束夫人不敢吭声了。

鲍尚义用手点了点束夫人，愤怒地说，出了这件丑事，我教子无妨，你也难辞其咎。

束夫人已有七个月的身孕，站在那显得很沉重，在鲍尚义责怨自己时，她慢慢地坐了下来。待鲍尚义渐渐平静了，她才诚恳地说，即使不为这丫头，这两个人你也得去捞啊。

为什么？鲍尚义没好气地问。

束夫人没有解释自己的话，而是深深地叹了口气。

见束夫人并无下文，鲍尚义说，我告诉你，这个事，能躲多远就躲多远，一点都沾不得。知道吗？我这颗人头也刚刚安好，多少只眼还在暗地里看着我呐！

束夫人认可，她又叹了口气。

几天前，当苏维埃政府纷纷转移时，鲍尚义是准备到外地躲躲的，因为立夏节暴动后，他对红军可谓是倾其所有，按照把兄弟毛鸿昌的话说，如今，你鲍府的门槛都是红的，洗都洗不掉。但是，当他决意离开清水时，毛鸿昌却留住了他，原因是清乡局的特派员唐金义是毛的小孩大舅，这次来清水，只为指导和监督白大肚子进剿。

为了说服鲍尚义留下来，毛鸿昌说，红军在时，我也捐了，为什么？应景！为了什么？史河两岸都是鲍、毛两家的财产，丢不下手。

这话要是毛鸿昌和鲍尚义去跟白大肚子说，最多只能说到第三个字，人头就落地了，但是，唐金义把关系摆出来后，再跟白大肚子说，白大肚子只有一句话，在清水镇，特派员说是人就是人，特派员说是鬼就是鬼！

那边，毛鸿昌通过这个大舅子为鲍尚义圆了场，这下边，鲍尚义也把功课做到了十足，他在白大肚子没进镇之前铲平了红军和农协留在墙上的所有革命标语。然后，掐着枪声的远近，在鲍氏祠大门口拉了两条条幅，一条上写着：欢迎清乡局进剿清水镇。另一条上写着：恭候白听轩团总荣归故里！

这算是静的，动的也有。鲍尚义租了两班响手，抬上整猪、整羊，拉着成木桶的腊肉、茶叶、大米、细面，吹吹打打，浩浩荡荡地开进了清乡局和人民团总部。所有供奉交接完后，鲍尚义又请白大肚子移步耳房，从身上拿出几扎硬邦邦的老鹰头来，往白大肚子手里一杵，毫不在意地说，几毫子开口茶钱，团总笑纳了。这以后，鲍家的柜台就是白家的柜台，您老不嫌累，随便拿。

这话怂到这个样子，加上有特派员作保，白大肚子的嘴角才勾出一小撇笑意来。

现在，束夫人要他去找毛鸿昌，想把蝎子和骚货捞出来，这对于鲍尚义来说成本太高了。

但是，束夫人不这么想，她说，国与国也是，家与家也是，双方恶斗，输与赢都不是永恒的。几天前，这里还是苏区，现在呐？再过几年呐？你现在跟姓白的走得跟娘婆二家样，将来姓红的回来了怎么办？这件事做好了，就可以帮你说许多话。还有，眼下，他们对这两个孩子的身份并不清楚，里里外外的，也好做话使动作。

鲍尚义显然有所触动，愣愣地不说话，眼睛飞快地眨着。

这鼓舞了束夫人，她继而说，另外，这些孩子的安危，你对区政治保卫局有过承诺，你可记得了？我都帮你记着呐。

鲍尚义说，他们是离开清水镇以后出事的，与我何干？

束夫人说，在你的地盘上出事，你就有责任。

第二天一早，墙上的自鸣钟还没在六点上头打响，鲍尚义就起床了。望着窗外的大雾，夫人问怎么会起这么早。鲍尚义说今天史河开禁，昨晚他和毛鸿昌约好了，今早一起到码头点排。

到了下午三点左右的样子，鲍尚义回来了，一进家门就钻进了账房。不一会，就看账房提了个竹丝包，急急地走出来。走到二进回廊时，束夫人拦住了账房，问这么慌张要去哪里？账房平时声音就小，听夫人问话，忙打起笑脸，声音更小地说，去清乡局。大掌柜说，有两个后生，原来是我们毛排行里的伙计，被错抓了，要赎回来。

听账房这么说，夫人舒了一口气，眼里也立刻清爽多了。

又过了两个时辰，随着吱吱呀呀的门轴子响，毛鸿昌来了，后面跟着鲍家的账房，又见那账房手里拎着那只竹丝包，心里便是一凉。果然，毛鸿昌是来传坏消息的：原先说好的事都不作数了，人一个都不能放。鲍尚义非常吃惊，忙问缘由。毛鸿昌摇了摇头说，特派员讲了，武汉剿总有令，近日赤匪的便衣和特务十分猖獗，在各区大搞渗透和掘进活动，不能随便放人。

17

那天，蝎子带骚货、老头脸逃进山林后，便栽入了一个大坑。这是猎人布下的陷阱，很深，最为可怕的是，为削弱猎物的反抗力，坑里插了竹签，蝎子和骚货都被扎伤了，只有老头脸，因为坠落时摔在了蝎子身上，毫发未伤。起先，他们对如何逃生充满了信心和创意，但是，几次努力后才发现，已经有两人受伤的他们根本就无法上去。

待在洞里，山林的声音竟然被放大了，搜山的敌人的脚步声越来越清晰，如果再不逃离，只有束手就擒了，届时，如果敌人向坑里扔一颗手榴弹，那就死得更惨了。为此，蝎子忽然想到了搭人梯，他决定通过这个方式让一个人先逃出去，然后再由这个人继续去朱雀岭找红旗。

老头脸向蝎子建议说，骚货轻，让骚货先上去吧。

老头脸的建议让骚货有些意外，他看了一眼老头脸，忙说，不不，我的腿不行了，就是能出去，也走不了啦。

这正是蝎子想说的话，现在，骚货说出来了，他便说，我同意张要水同志的意见。老头脸刚要说什么，蝎子就打断他说，就这么定了。另外，你找的那件东西，与我们红25军关系密切，如果它还在，你一眼就能认出。拿到这件东西后，不要停留，马上去汤家汇。老头脸和蝎子紧紧拥抱，又和骚货紧紧拥抱。老头脸和骚货拥抱时，两人的眼里都充满了泪水，此时，蝎子也想流泪，但是，他觉得此时的自己应该比谁都坚强，于是，他向前一跪，双手紧紧把住坑壁，强忍着腿部的伤痛，说，骚货先上！于是，骚货便骑到了蝎子的脖子上，接着，他又喊，张要水。老头脸便擦去眼泪，骑在了骚货的脖子上。蝎子大喊一声，颤颤巍巍地将两人都顶了起来。

蝎子和骚货被俘后关押在清乡局临时改建的牢房里。关进来的第二天中午，那个断臂看守乘着送牢饭，低声对蝎子说，下午可能会有人捞你们，问你们所来所去，就说奔老东家来，奔老东家去。

这个消息令蝎子和骚货惊喜异常。但是，下午并无人来。

第二天上午，牢门外忽然传来一阵杂乱的脚步声，蝎子和骚货立刻爬了起来，然后一起扑向牢门。他们知道，救星来了。这个救星，他们想了一夜，现在，他们急切地想知道这个救星到底是谁。

向牢房走来的有五个人，因为逆光，蝎子看不清楚，等这五个人走近了，蝎子一一认出来了。站在当中的是清乡局的唐特派员，站在唐左侧的是白大肚子和两个副官，站在唐右侧的是一个一身戎装的年轻军官。该军官的胳膊上吊着绷带，眉额处有许多处青淤的痕迹，看蝎子和骚货的目光也最为异常，正是这种异常的目光一下子提醒了蝎子：这个人就是冒充江宜平的狗特务华彩祥。

那天，华彩祥摔下山沟后，由于沟壁杂树重生，他并没有摔成重伤。相反，逃生后，他立刻组织民团对蝎子等进行了围歼。后来，围歼未果，他就一直在清水镇养伤，昨天上午，唐特派员和白大肚子去医院看望他，无意中提到了蝎子和骚货，并说到了鲍尚义为这两人作保之事，这让华彩祥非常吃惊，连忙叫特派员和白大肚子暂停放人。

此时，看着蝎子和骚货，华彩祥冷笑一声说，就是他们。

18

审讯开始了。

首先被提出去的是骚货。很快，隔壁的审讯室里就传出来了一阵阵的惨叫声和号哭声。接着是一个男人凶狠的喝令，不许哭，不许喊！可是，骚货的喊叫声和号哭声更大了。在一阵类似于舂米的捣击声中，那个男人的声音再次出现。

包袱在哪？里面装的是什么？

此时，蝎子暗暗叫悔，恨自己轻易答应了骚货和老头脸互换的要求，他知道，在这种酷刑下，这个在平时一向好吃懒做，投机取巧，喜欢耍些小聪明的骚货是断然挺不下去。可是，令蝎子惊讶的是，两个小时下去了，审讯室里除了传来一阵阵哭喊声外，并没有其他声音。

不一会，走廊上有了动静，两个大汉拖着骚货走了过来。走到牢房门口，像扔口袋似的，一下子就把骚货扔了进来。蝎子正要上去查看，却被一个壮汉薅着头发，拖了出去。

蝎子被押到了另一间审讯室。一进门，蝎子就看到了华彩祥和几个壮汉。

见蝎子进来，华彩祥问，你是共产党吗？

蝎子鄙视地看着华彩祥。

都说共产党的骨头是在桐油里泡出来的，比石头还硬，是不是？

蝎子仍然没有说话，只是目光越来越狠。

你们那个江宜平就是共产党，可是他在这间屋子里叛变了。

蝎子完全明白了。他说，他一定会受到惩罚的。

说大话是要付出代价的，到时候会很难看。华彩祥说，你以为你能挺过这一关？

蝎子搓了搓牙，嘴里发出了一阵阵可怕的声音，此时，他感觉自己很像一只野兽。他想大吼一声，然后扑上去，用自己的利爪，一下子将这个狗特务的衣服撕开……

对蝎子的用刑开始了，几个壮汉轮番上阵，个个累到筋疲力尽才住手。其间，蝎子再也没吭一声。他想，在血和死亡面前，浑身发冷、流泪、尿裤子已是软弱和可耻的表现，如果再喊叫、告饶，敌人定会更加蔑视自己；再者，骚货一定在看着自己，在听自己的声音，只有自己比骚货更坚强，骨头更硬，才能鼓舞和激励骚货，才能让骚货的心里有依靠，有底气。

在一个多小时的刑讯中，见蝎子果然是块石头，几个壮汉只好把他扔回了牢房。

回到牢房后，蝎子一眼就看见了骚货。此时，骚货还保持着刚被扔进来的姿态，脸朝下趴着，胳膊后翻，掌心向上，整个人纹丝不动。从打烂的衣服里可见，先前流淌的血已经结痂。

蝎子以为骚货死了，心里一阵难受。他拖着伤痕累累的身子一点一点地爬到骚货旁边，然后用手去试骚货的鼻息。就在这时，骚货慢慢地睁开了眼睛，他像是一只受到惊吓，突然发现了母亲的小羊羔，努力地向蝎子的身上拱着，然后将脸深深地藏在了蝎子的胸口处。这个情景让蝎子非常感动，——因为信任，因为战友还活着。蝎子小心地搬动着骚货的胳膊，小声地呼唤着，骚货，骚货。听到蝎子的呼喊，骚货的下巴抖动了一下，然后吃力地说，队长……让我招了吧……我受不了啦……我实在受不了啦……

蝎子轻轻拭去骚货的眼泪，说，孙响亮同志，千万不能有这种想法，再坚持一下。我们坚持一分钟，老头脸就会多跑几十米。他安全了，我们就有希望了。可懂？

骚货根本就听不进去蝎子说的这些话，他小声地哭着，小声地哀求说，我只招一点点……我不说包在哪里……我……

骚货这么说时，蝎子就把自己的手放在了骚货的脖子上。骚货说，……队长，掐死我吧……掐死我，你不把我掐死，我一定会招的……说着就昏死过去了。

19

第二天下午，骚货又被提了出去，因为，通过昨天的审讯，敌人从骚货的身上嗅到了软弱，果然，用刑后不久，骚货便哭喊着要招，并说要亲自带敌人去找那只箱子……

骚货撕心裂肺的喊叫声、告饶声和招供声都被蝎子听到了。蝎子狠狠地撞击着牢房的木栏，恨自己昨晚没有把骚货掐死。那时，他的确有一种掐死骚货的冲动，只是在最后一刻他放弃了，因为他不忍心，他还存在着一种侥幸，或许骚货顾忌自己的存在，顾及队伍的纪律和荣誉，真的扛了下来；或许，又有人来搭救他们，或许熬不过敌人的酷刑壮烈牺牲……

如今，所有的“或许”都成了成全一个小叛徒的温床，蝎子感到自己罪责重大，感到所有人的牺牲都将变得毫无意义。此时，他最大的希望都寄托在了老头脸身上，乞求他能在骚货叛变之前赶到朱雀岭。

就这样，在深深的自责和焦虑中，蝎子熬过了几个小时，直到走廊上再次出现响动。

不久，蝎子就听到隔壁的审讯室传来了一阵阵叫骂声和骚货的嚎叫声。在一阵阵嗖嗖的鞭子声中，一个男人叫骂着，叫你骗老子，叫你玩老子……

蝎子一下子瘫坐在地下，他知道骚货没有招，绝没有。

不一会，骚货被一个壮汉扔了进来。见壮汉把牢门锁上了，蝎子忙把骚货搂在怀中。

骚货的嘴角已被撕裂，两颗门牙也掉了，牙龈处现出两个可怕的血洞。眼睛完全肿在了一起。半个脸青紫并可怕地扭曲着。头发被拽掉了一大撮，没有头发的那一片有个浅浅的血坑，人则处在了半昏迷之中。

再也无法抑制自己，蝎子的眼泪一下子就流了出来。这眼泪又大又急，滴在骚货的脸上时，淅淅沥沥的。

到了下半夜，清水镇出月亮了。这是死了无数个共产党员和亲共人士后出的月亮。那月亮就格外的大，格外地明亮，水里发的一般。或许感慨黑暗快要把两个少年郎压垮了，一撇月光照进了牢房，刚好落在骚货的脸上。骚货慢慢地醒来了，醒来后的骚货没有像第一次受刑那样流露出痛苦万状的神情，他竟然冲蝎子笑了一下。这把蝎子吓了一跳，他问，你做梦了吧？

骚货点了点头，吸了一下口水。

蝎子说，什么梦啊！

骚货笑了。由于嘴烂了，他笑得很艰难。他似乎想笑得标准些，好看些，但是他终于没做到。他微微摇了摇头，口齿不清地说，队长，问你一句话哦！

蝎子为骚货的这个时候的状态感到高兴，他说，你讲。

骚货说，紫蕊对你不赖。呵……

骚货说到这，明显想坏笑的，但是，疼痛使他笑了一声就停了下来。

蝎子没想到这个时候，烂成这样的骚货还有心思问这个。他笑了笑说，你什么意思？

骚货问，你睡过她吗？

要是平时，蝎子一定会照准骚货的屁股或者肩窝狠狠地来一下，可是现在不行了，骚货身上已经找不到一块好肉，他只能放弃这个念头。他说，没有，不过……想过。

骚货说，你真傻。

蝎子挠了一下头，笑着说，不行啊！罗队长说，红军不拿群众一针一线。

骚货摇了摇头，又问，队长，你知道窦苗喜欢谁吗？

蝎子想，窦苗会喜欢谁呢？难道喜欢我？不，会喜欢骚货？他想笑，如果骚货说窦苗喜欢他，他就笑死了。

这时骚货说，她喜欢八斗……

蝎子感到很意外，同时，他一下子想到了许多事，尤其是窦苗牺牲后，八斗对自己的态度。但是，他问骚货，你真不疼！他不想再谈这个话题了，一点都不想了。

骚货的脸好像更肿了，发着虚光，一缕血丝如诡谲的小虫，正从他的鼻腔慢慢地向外蠕动。他没回答蝎子的话，脸上忽然浮现出一种非常甜蜜的笑。

蝎子问，你又笑什么？

骚货问，队长，你知道我做了个什么梦吗？

蝎子摇了摇头。

骚货问，你觉得燕玲喜欢我妈？

喜欢你。

你是怎么看出来的？

蝎子从来就没有看出来燕玲是怎么喜欢骚货的，但是他还是说，我早就看出来了。又说，因为你坚强，非常坚强，是个坚强的红军战士。

骚货很满意，眼睛里也充满了憧憬，尽管那么虚幻，那么微弱，他极力地“呵呵”了一声，然后又问，你知道，如果燕玲没死，将来我要为她做什么吗？

蝎子摇了摇头。

骚货说，我要亲自为她洗脸。你有没有看到，燕玲洗脸只洗一半，耳头后面好多灰哦……

说到这，骚货笑了，并且笑出了声。他这一笑，血就从他的鼻子和嘴巴里一起向外流了，接着就昏了过去。

蝎子连忙喊，孙响亮，孙响亮，孙响亮同志……

对，孙响亮同志，这是骚货最喜欢听的称呼，可是现在，无论蝎子怎么喊，骚货再也没有回应了。

20

那天，听母亲说对蝎子的营救已经开始，紫蕊欣喜若狂，一个人躲在阁楼上，哭一阵，笑一阵，笑一阵又哭一阵。她把自己所有漂亮的衣服都拿了出来，把平时积攒的钱和金银首饰也都打了包。她已经做了决定，待蝎子一出牢房，她就把那面旗帜交给蝎子，然后跟蝎子一起去汤家汇。那时，她感到自己的决心那么大，就像是高高的紫云架，需要仰视才能看得到。可是，干爸毛鸿昌的到来又将她从这座山上推了下去。接着，凶险和日益凶险的消息像一个个幽灵，不断地落到鲍府，——毛栗把她从大人那听到的消息告诉了紫蕊，八斗、狗跳、窦苗、燕玲都已死在去汤家汇的路上，骚货死在了监狱里，由于蝎子坚决不招，清乡局已经准备把人移交给白大肚子。听到这个消息，紫蕊不顾一切地冲出了家门。她准备去闯东码头上的毛家公馆。

紫蕊从鲍府跑出来不久，就在火王庙门口碰到了一支马队。避让中，紫蕊看见，一匹马的后面拖着一只布袋。布袋烂兮兮，黑乎乎的，上面全是血迹。这时，马队忽然停了下来，这样，紫蕊得以仔细地看了那布袋一眼。只是这一眼，紫蕊便差点叫出声来，接着，她捂着嘴，连忙跑开了。

在毛家公馆，紫蕊见到毛鸿昌就跪下了，然后抱着毛鸿昌的双腿放声大哭。毛鸿昌夫妇也不知发生了什么，只见一个好好的女孩子哭得上气不接下气，如同一片烂纸，也伤心起来，一起去搀扶。不过，当紫蕊说出了事情的原委，提出要毛鸿昌救下蝎子时，毛鸿昌沉重了。最后，他说，人是救不下来了，因为人家已经知道了他们的身份。这个时候，哪个还敢去多这个事。听毛鸿昌这么说，紫蕊闭上了眼睛，流泪如同涌泉，人也一副无法站立的样子。毛鸿昌的新妻看不过了，对毛鸿昌说，人救不下来没让你救，你就出个面，让两个孩子见一面嘛。

毛鸿昌沉吟了半天，同意了。

这是蝎子和紫蕊分开的第七天，在清乡局的临时监狱里，两个年轻人终于见面了。

在监狱的这几天里，蝎子痛时、低落时、恐惧和绝望时，都想到过紫蕊，心里充满了矛盾。一方面，他希望紫蕊知道自己被关押在这里，好来看他，甚至能搭救她；一方面，又怕紫蕊知道自己被捕的消息，他怕紫蕊会问，你为什么回来？你曾经向罗队长保证，一定要把战友们一个不少地带到汤家汇，你做到了吗？你曾经用生命做那面红旗的底价，信誓旦旦地说，一定要，一定能在 4 月 9 日晚送到汤家汇，你做到了吗……

蝎子觉得紫蕊一定会问的，他太了解这个女孩了，她绝不会放过这个刨根问底的机会。当然，他也做了决定，无论紫蕊怎么问，他都都不会说。

因为自己的倔强、任性和幼稚，不仅把组织交给的任务搞砸了，还为战友们带来了灭顶之灾，死了那么多人。这是难以饶恕的，也是一种莫大的耻辱，一旦说出来，紫蕊的眼睛肯定会乜起来。他太喜欢这个皮肤白皙的女孩子，他容不得紫蕊看不起自己。在这个女孩面前保持足够大的尊严感也是自己的一根骨头。所以，当紫蕊突然出现在他面前时，他愣了很久，一时间，脸上竟然发烫起来。

紫蕊见到蝎子后，也愣愣地看了好几秒钟，目光中，充满了陌生感和惊异感；终于，当她确定这个满脸伤痕的人就是自己日夜思念的少年郎后，她一下子跪了下来，然后抱着蝎子的手呵呵地哭开了。

面对痛不欲生的紫蕊，蝎子不停地说，没事，我很好。没事……

蝎子脸上带着笑，努力让自己的语气趋于平静和缓和，让自己的表情接近那些如沐春天的鲜花，这样方可让紫蕊感到一种安慰，感到这个身陷囹圄的男人，内心仍然是那么强大，仍然无所不能。但是，他表现得越是平静，紫蕊哭得越厉害。

紫蕊这种样子，让蝎子的意志有些涣散，内心也有些低落和灰暗。但是，一想到老头脸，他的心里又燃起了希望。他想，这个时候，紫蕊如果问，你曾经答应过罗队长，一定会把那面红旗插上紫云架，你做到了吗？他就会自信地说，能做到！一定能！你等着！于是，他低声地有点快乐地说，紫蕊，你知道那个老头脸吧？他正在去汤家汇的路上。清水镇也许明天就能解放……

没想到，听蝎子这么说，紫蕊显得更痛苦了，哭时，不停地摇着头，不停地抚胸口，好像那里插了一把刀。

从监狱回到家，紫蕊就睡下了，她感到自己的两条胳膊和两条腿都被哭肿了。这一睡就是第二天凌晨三点，紫蕊忽然感到有人推她，她不想动，因为她的眼睛几乎看不见了，但是，母亲还在推她，一边推她，一边低声而急促地说，起来，我们去姥姥家。

21

鲍家祠堂凌晨三点就张灯了。鲍尚义给列祖列宗做了祭拜，烧了香，五点左右，带着夫人和紫蕊出了鲍府。又过了几个钟头，鲍尚义全家已乘毛排过了史河，然后在一个山间古道上和一辆马轿相遇。

赶车的是一个五十多岁的男人，背驼得很厉害，留着两撇尖尖的胡子，脸上带着一种刮都刮不下来的微笑，说话时头一伸一缩的，凫水一般。他告诉鲍尚义，他姓穆，排行老四，叫他穆老四就行。还说，送到地点的车马费是一块钢洋，脚程钱另计。鲍尚义没说话，挥了挥手，然后把手里的一只箱子搬上了车。这几日，束夫人的肚子好像更大了，鲍尚义和紫蕊用了很大的力，才将她弄进轿子。等鲍尚义钻进了马轿，穆老四便挥动了马鞭。

马轿走出去半个小时后，鲍尚义撩了一下轿帘，忽然，他发现后面有两辆马轿远远地跟着，便问，这条路通金家寨吗？穆老四说，那怎么可能，去金家寨要从刘拐子，这里平时不走车。听穆老四这么说，鲍尚义说，你往右拐，进林子。

一个小时后，鲍尚义的马轿从林子里钻了出来，并驶上了一条宽阔的山路。

穆老四喝停马匹，茫然四顾了一番，问，这是什么地方？

鲍尚义说，迷魂谷。是我半块大洋起家的地方。听鲍尚义这么说，穆老四轻松了许多，提着鞭子去路边方便去了。

见穆老四走开了，東夫人问，不是说去他姥姥家吗？

鲍尚义看了看已经钻进草丛的穆老四，把实情说了出来。

昨晚，因为有两笔货款要放，鲍尚义和账房回来迟了些，到家后不久，他就看见了毛栗。见毛栗一个人坐在台阶上玩沙包，鲍尚义感到很奇怪，因为这个时候，毛栗一般是不会来鲍府的。一问才得知，毛栗上午和下午都来过。上午没见到紫蕊，下午紫蕊又睡了，所以晚上又来了。可是，当鲍尚义和毛栗谈了几句后发现，毛栗这个时候来玩还有其他原因，——毛鸿昌正在毛家公馆请大客，请的是白大肚子、唐特派员和华彩祥。毛栗嫌烦，就来鲍府了。

鲍尚义的眉头一下子就皱了起来。这些年，大凡两家办事便是一家办事，鲍尚义请客，毛鸿昌必然到场，相反也是，像今天这个情况还是第一次。还没等鲍尚义问别的话，毛栗忽然傻傻地笑着说，干爸，你要倒霉了，嘻嘻……

鲍尚义笑着问，我要倒什么霉？

毛栗说，大舅说，你支持红军，是反政府的，嘻嘻……

鲍尚义又笑着问，还说什么了？

毛栗说，我白伯伯说，以后他要跟我爹做生意了，嘻嘻，我爹不跟你好了，你看怎么办哦，嘻嘻……

鲍尚义忙严肃地说，毛栗，这些都是大人的玩笑话，小孩不许乱说啊！

毛栗点了点头，脸上的表情是惊悚的。

送走了毛栗，鲍尚义的长衫早汗透了。这些年，在别人眼里，鲍尚义和毛鸿昌就是一个人，其实鲍尚义心里明白，由于毛鸿昌的心思多在女人身上，又嗜大烟，生意做得并不好，见鲍尚义越做越大，背地里已有微词，说史河上的钱也那么市侩，大多喂了鲍家。说鲍尚义在生意上不是太顾及兄弟之情，常有过界虏客的现象等等。这些话，鲍尚义听到过，但鉴于是把兄弟，只是装着糊涂而已，算是图个和气生财。如今，毛鸿昌公然背着自己去宴请清水镇上的几头大鳄，异常之中必有隐情，说是毛鸿昌要借刀杀人，再和白大肚子联手霸占史河上的贸易又有什么不可能。再说，白大肚子等进剿前，自己倾力支持过红军，蝎子等被俘后，自己又编织借口打捞过他们，这两条，在没有唐特派员照着的情况下，拿出一条就可以放刀杀人了。所以，想到这里，鲍尚义第一个念头就是走。

听鲍尚义这么说，東夫人有点焦急，她说，那么大的家产都白给了人家？

鲍尚义笑了笑。他拍了拍身边的箱子说，死的不值钱，活的都在这里。接着，他对娘儿俩说出了自己的打算，先去武汉安排那里的商铺，然后转道去四川老家。说到这，鲍尚义说，一旦进川，我们就可以当神仙了。到时候，我再给你娘俩造一个鲍家大宅来。

鲍尚义虽然说得头头是道，束夫人的脸上还是无半点喜悦之色。就在这时，穆老四回来了。见赶车师傅回来了，紫蕊也下了车，说是要去林中小解。束夫人说，我不方便陪你，你自己要注意。紫蕊答应了，然后径直钻进了路旁的森林。

转眼十分钟下去了，束夫人冲林子里喊了一声。林子里没有回声。又过了几分钟，束夫人再喊，还是没有回声。这时，鲍尚义急了，也喊了一声，还啪啪地拍了两记巴掌。但是，林子里显得更静了。这时，站在一旁的穆老四说，大掌柜的，这条路我从来没走过，怎么感到阴森森的，得抓紧走啊！

鲍尚义听穆老四这么说，撩起长衫就走下了路面。

鲍尚义走进森林不久，就听束夫人喊，他爹，他爹，快回来，快啊！

鲍尚义转身就往林外跑。刚跑到路面上，鲍尚义就发现远处有六七匹马和两只马轿飞驰而来。鲍尚义慌了，一边往轿子里钻，一边喊，快走，快！可是，令鲍尚义夫妇没想到的事情发生了。那穆老四，见后面的追兵越来越近，他连连后退了几步，突然栽葱似地往旁边的草沟里一跳，如一只臭鼬，悄无声息地溜了。

见车夫跑了，鲍尚义急了，他忙跳到前面，自己赶起了马车。马轿刚跑出去几米，后面的人便开枪了。随着“啪”的一声枪响，那马一声嘶鸣，猛地将马轿拖翻在地。马轿翻到的瞬间，鲍尚义和束夫人也被甩到了路边。

这时，后面的人追上来了，跑在前面的是白大肚子和华彩祥。白大肚子跳下马后便冲到了路边，他把冰冷的枪管抵在束夫人的下巴下，一枪打穿了束夫人的脑袋，接着又走向鲍尚义，用同样的手法打穿了鲍尚义脑袋。而华彩祥则急不可耐地打开那只箱子，然后翻找起来。但是，箱子里除了大量的钢洋和银票，什么也没有。这时，华彩祥见一个烂眼梢的团丁盯着那些银圆看，便抓了几块大洋塞给了他，说，别怕累，追到那只包裹，还有赏。“烂眼”点头哈腰地说，长官，到时候，您能把鲍家小姐赏给小的就行。华彩祥一拍“烂眼”的肩头，算是答应了。

22

那天去监狱前，紫蕊准备了两大房子的话，她要跟蝎子说，分别的日子里自己是多么的焦虑，多么的思念。她要把旗帜的秘密告诉蝎子，然后向蝎子道歉，如果蝎子能打自己一记耳光才好，那样，她的心里方能得到一种平衡和安慰。她还要编织一些谎言：父亲非常喜欢他，正在清乡局里使银子，解救的事情已有眉目……但是，等见到了瘦骨嶙峋、伤痕累累的蝎子，她便被一阵剧烈的痛苦封住了喉头，一句话也说不出来了。

那天，她在火神庙前看到的那个布袋就是死去的老头脸，至此，她知道，为了这面旗帜已经死了六个人；明天或者后天，自己最心爱的人又要为它奔赴刑场，她这才感到自己到底犯了多大的错，才感到了那面旗帜对于他所爱的人是多么的重要，对于红军和苏维埃是多么的重要。正因为如此，她彻底打消了把自己藏旗帜的事告诉蝎子的念头。她明白，一旦知道旗帜是她藏的，蝎子一定会鄙视她，痛恨她，再也不爱她了。爱是她最大的生命。蝎子不爱她了，她就会死掉，像遗落在泥泞里的一瓣残花。

那天，她做了一个决定：去汤家汇送旗帜。她不想让可怜的蝎子失去所有的希望，包括对自己的爱。

正当她为如何离开清水镇而绞尽脑汁时，父母亲给了她一个绝好的机会，所以，在迷魂谷，听父亲说要带她们娘儿俩去四川做神仙，她知道自己最后的抉择到了，于是，她找了个理由，毅然决然地离开了。

紫蕊一走进森林就迷失了方向，她从一个山林进入另一个山林，蹚过一条小溪，再跨越一座栈桥，直到一脚踩空。

等紫蕊醒来时，发现自己躺在一张竹床上。惊异之时，一个女人出现了。女人五十多岁的样子，满脸带笑，看上去非常慈祥。这个女人让紫蕊喊他为卢婆婆。接着，卢婆婆把救下紫蕊的经过讲述了一遍。紫蕊这才知道，救下自己的是一对母子。现在，卢婆婆的儿子就坐在门槛上，叫撩水，这会见紫蕊醒了，忙低着头走开了。

紫蕊向这对母子表示了感谢，然后爬起来就要走。卢婆婆忙按住紫蕊的肩膀，她指了指窗外说，伢子，这看这是几时了，哪个还敢在林子里走。

紫蕊看了看窗户，此时，那不大的窗户像一面黑黑的镜子。

但是，紫蕊还是下了床。卢婆婆试图阻拦她时，她一把握着卢婆婆的手，婆婆，我一定要走啊！能送送我吗？她问。

卢婆婆说，伢子，你怎么这么杠头，就是天漏了也得明天补了。这个时候，豺狼虎豹都在路上等着呐，哪个有多余的命啊！

紫蕊又看了看那个黑黑的窗户，抹起了眼泪。卢婆婆见状，忙上前哄劝，又陪着紫蕊拉了许多家常，这才让紫蕊安静了下来。

第二天，熹微初露，紫蕊就起来收拾东西了。卢婆婆走过来说，伢子，真要走啊！

紫蕊点了点头。

婆婆咂了一下嘴，满脸焦虑地说，虽说大天四明了，你一个女伢子在林子里走，婆婆还是不放心啊！对了，你要去哪呀？

紫蕊说，汤家汇。

紫蕊的回答让婆婆很吃惊。她在紫蕊身上来回看了几眼后说，闺女，汤家汇去不得哦！

为什么？紫蕊问。

婆婆说，昨天，到金家寨熟皮子的人回来说，路上到处都是兵，还有民团，只要说是去清水镇和汤家汇的，马上就抓。

门外，撩水正在劈柴，那斧头一次次地往下劈时，就如劈在紫蕊的心上。

紫蕊焦急地说，那怎么办啊！我一定要赶到汤家汇啊！

婆婆说，伢子啊！就是再急，也得在这住上一段时间才能走。要不然，你都到不了查家渡。

紫蕊不知道婆婆说的查家渡在哪，但是，她能明白婆婆说的是什么意思。她突然跪了下来，含着眼泪说，婆婆，我今天一定要赶到汤家汇啊，求您帮帮我吧。

紫蕊求婆婆时，撩水将手里的活停了下来，向这边默默地看着。

婆婆把紫蕊扶起来，说，伢子，到底碰到什么事了，能不能跟婆婆说哩。

紫蕊不搭理婆婆的话，只是痛苦地摇着头。

婆婆说，要想避开大路去汤家汇，只有钻林子。只是这林子里的路我也没走过，我帮你去打听一下好不好？

紫蕊连连点头。

这时，在外面劈柴的撩水，放下手里的活，又向这边看了看。

傍晚时分，婆婆回来了。婆婆回来时，手里拿了只蓝底白花的包裹。撩水接过包裹，正要打开，婆婆说，放在那，放在那。撩水就把包裹放到了一边。

撩水走出去后，婆婆把紫蕊叫到了里屋。她拉着紫蕊的手说，伢子，我四处打听了，大凡亮堂些的路都有人把守，都挂满了人头，吓死个人。说到这，婆婆像是被吓倒了，缩着脖子，咬着牙关，闭着眼，摇着头。

紫蕊只关心那条可以将自己带到汤家汇的路，她问，婆婆，路找到了吗？婆婆点了点头。紫蕊高兴地抱了抱婆婆。

这时，婆婆拉着紫蕊的手说，闺女，我有一事要跟你说呐。

紫蕊不顾一切地说，您讲，您讲。

婆婆说，闺女，你说你的命可是我娘俩救的？

紫蕊点了点头，感激地说，婆婆，你们是我的恩人，我真不知该如何报答。

婆婆似乎有些不好意思地笑了笑说，闺女，可以送你……可以的……我……我想做个大媒哩……

紫蕊愣愣地看着有点语无伦次的婆婆。

这时，婆婆的脸上带着极不自然的笑说，我这个儿今年十五了，跟你年龄也相仿，又孝从，又能干，懂事呐，山里人夸，山外人也夸。我想让你们结一门亲事。你看……

紫蕊的眼睛瞪得圆圆的，她下意识地摇了摇头。

婆婆尴尬地笑着说，……伢子，我……我这就是跟你商量着的，你要不答应，就是门前的一座山哩，……谁也搬不走。

紫蕊感到了一种委屈和失望，心里空空的，眼泪便漏豆似的，啪啪地落下来。

见紫蕊这个样子，婆婆叹了口气，她轻轻地拍了拍紫蕊的肩头，亲切地说，闺女，不要为难，不要为难。

见紫蕊的眼泪越来越多，婆婆似乎是慌了，她说，我们山里人都是敞亮人，有什么话就说了，不行就回头。闺女真想走，我不阻拦你，今晚先住下，我给你烙一锅菜盒子，明天一早就让你走。说着，婆婆就要站起来。这时，紫蕊忽然点了点头。

婆婆忙停了下来，她问，……你决定明天走了？

紫蕊摇了摇头。

婆婆兴奋了，她笑着问，你答应婆婆了？

紫蕊点了点头。不过她马上又说，婆婆，我能先到汤家汇以后再回来吗？

婆婆马上说，先成亲吧。明天到了路上，如有人问，也好有个遮挡，就说是我家媳妇，谁管得住哩。

紫蕊沉默了半天，终于点了点头。

山里的夜啊！像一盆浓厚的糨糊，把整个山林都糊得密不透风了。在山坳处，忽然出现了一缕灯光，这灯光虽然微弱，但还是将那大的夜胀出了一个窟窿。

屋内，卢婆婆正在操办儿子的婚事，红烛、香火和鞭炮都是白天买好的，卢婆婆把它们从包袱里一一拿出来，该点亮的点亮，该燃放的燃放，响动了一番后，便把新房的门一关，自己去了前面的柴火房。

新房里，撩水坐在床上，紫蕊坐在蜡烛旁，谁也不说话。坐在床上的撩水显得六神不定，惶恐不安，手脚也不知往哪放，一会伸着，一会蜷着，还不时地用袖头去擦汗。就这样，等到了深夜十点，婆婆在外面喊话了，睡吧睡吧。没有天了。

听婆婆喊，撩水偷偷看了看紫蕊的脚面。那边，紫蕊仍然低着头，明显在流泪。

时间又过了半小时，婆婆又喊了，怎么还不睡，睡不着就把灯吹了。快睡。

屋里，撩水站了起来，这时，紫蕊也站了起来，她直视着撩水说，哥哥，你知道我到汤家汇做什么吗？

撩水看着紫蕊的脚面子，摇了摇头。

紫蕊问，你知道我是什么人吗？

撩水奇怪地笑了笑，嘴里发出类似吃了辣椒后发出的那种痛苦的西西声，脸上的表情像是尴尬，又像是很为难。

这时，紫蕊说，……我是红军。

听紫蕊这么说，撩水像是被人充了气，先是把两眼睁得奇大，然后突然跑了出去。

仅仅是几分钟，婆婆推门进来了，她走到紫蕊面前，突然跪了下来。

紫蕊大吃一惊，忙去搀扶婆婆，婆婆不肯起来，只是一个劲地说，我有罪，有罪……

23

4月10日上午8时，红25军余部和红28军在汤家汇豹迹岩胜利会师，并按照鄂豫皖省委“对红25军及28军两旧部完全编为25军”的决定，正式成立了红25军。接着，新成立的红25军向驻在紫云架下的沙窝之敌第109师发动了突然进攻。但是，他们还是低估了敌人，原定于两个小时解决的战斗，一直僵持到了中午，而此时，军部得到了一个不好的消息，国民党豫鄂皖三省边区剿匪总司令刘镇华的两个师已经开拔，正在驰援的路上。如果不能尽快解决敌109师，红25军将面临内外夹击和被反包围的危险。为此，军部一边紧急设计新的进攻方案，一边不得不抽出预备队开赴外围，准备拦截驰援之敌。战况胶着和未明之时，红25军又得到了一个消息，不知何故，刘镇华部在紫云架下突然停了下来，这真是天赐良机，红25军立刻把主攻和打援的兵力合二为一，在下午2时前，一举歼灭了109师两个营。

这是4月10日上午5时。山坳里的卢婆婆家，天刚亮，紫蕊就起床了，因为她听到了一阵阵低低的急急的催促之声；接着，她看到，撩水背着竹篓，拿着铁铲，懒洋洋地走出了家门，然后沿着屋后的那条小路，向山里去了，脸上是一副极不情愿的样子。

见撩水走了，紫蕊不安起来，因为，她原准备请撩水带她进山的，撩水这一走，也不知什么时候才能回来。紫蕊正在犯愁，卢婆婆推门进来了，手里端着一大碗荷包蛋。见到紫蕊就说，伢子，趁热吃了，好有力气赶路。

紫蕊心里一热，忙接过碗来。

待紫蕊把鸡蛋吃了，卢婆婆就说，伢子，不是婆婆撵你，趁一早山里安静，抓紧赶路吧，哦?

紫蕊点了点头，但是，她还是向窗外看了一眼。卢婆婆马上说，这伢子，人不大，钱心重。说露水笋好挖，值钱，我还没起来，就进山了。要不然，就让他送你了。

卢婆婆明显在撒谎，紫蕊不便再说什么，打好包袱就跟卢婆婆告别了。

起风了，风一吹，森林好像突然大了许多，幽暗了许多。此时，已经走到森林边上的紫蕊不由得站住了。她茫然地看着面前这个晃来晃去的森林，不停地舔嘴唇，这是她紧张时的标志性动作。接着，她又下意识地看了一下卢婆婆家屋后的那条小路。她希望这个时候，撩水能回来。就在这时，卢婆婆撵了上来，她把几块菜饼子和几个鸡蛋都塞到了紫蕊的包裹里，然后有点不好意思地说，求你一事呐。紫蕊说，婆婆，您说呀。卢婆婆有点结巴地说，路上……要……要是有人问到你，你……你千万不能说是我们救了你，更不能说在我们家过的夜。

卢婆婆的话让紫蕊感到很意外，正要说什么，卢婆婆又哭丧着脸说，我就这一根独苗，碰不的事。这山里的小保队可痨害了，只要和红军沾上，拉过来就铳。你来时，看到那几间房子了吧，都是红军家属，全烧了，人也死了……

紫蕊这才注意到，卢婆婆家的屋后还有几间屋子，全倒塌了，墙垣上有明显的烟火痕。

紫蕊似乎什么都明白了，心中再也没有什么值得犹豫的了，她说，您老放心吧。说完，转过身，大步向森林走去。紫蕊向林中走时，听卢婆婆在后面喊，抱着这条路一直往前，看到查家渡就到汤家汇了。紫蕊为了表示感谢，挥了挥手，她挥手时没有转头看卢婆婆，因为她的眼泪已经哗然而下：因为失望，因为绝望，因为幻灭，也因为一种可以原谅的推诿和冷漠。

在森林里走了半个小时后，紫蕊忽然停下了脚步，她看到，不远处的一块山石上坐着一个人：正是撩水。

由于意外和兴奋，紫蕊的心一下子跳到了嗓子眼。她正要说话，撩水站了起来，然后把竹篓往身后一甩，向前走了。紫蕊见状，怕被撩水丢了似的，忙跟了上去。

一路上，撩水没跟紫蕊说过一句话，碰到爬坡和过小溪，他也不用手，只将棍子的一头递给紫蕊。等紫蕊安全通过了，他又闷头向前走了。

在林中和山涧之间大约走了两个多小时，他们来到了一个松树和竹子混长的山坡，在一块巨大的山石后面，撩水停了下来，然后向山坡下观望起来。

山坡下有一条弯曲的山路。山路前面是一条山涧。山涧之上有一座木桥。看来已经很久没有人通过了，桥上长满了蒿草。

紫蕊问，这是哪儿？

撩水说，查家渡。

听到查家渡三个字，紫蕊的心一阵战栗，她知道，在这里，撩水该和自己分手了。她看了看眼前这九曲回肠似的山涧和茫茫的群山，脸上显出了为难和茫然之色，此时，他多希望这个哥哥再能送自己一程，如果能把自己直接送到汤家汇，那就再好不过了。但是，一想到卢婆婆的话，她做了一次深呼吸，然后向撩水笑了笑，便走开了。但是仅仅走了两步，她又站住了。她愣愣地看着远方，又做了一次深呼吸，然后又启动了脚步。就在他刚启动脚步的时候，撩水忽然拉了一下她的衣袖，然后一下子就走到了她的前面。走了两步后，撩水回头对她说，在这等我。我要是往回走，你就过来。

这是两天来撩水第一次和紫蕊说话。人显得很紧张，有点结巴，脸也赤红着，说完就向山坡下走去。紫蕊发现，这个少年郎的牙齿是那么整齐和洁白，眼睛是那么的清澈和干净，身子健壮得像一个成年汉子。

大约几分钟的样子，撩水就走近了那座木桥，然后站在那里观察着。过了一会，撩水开始向木桥走去，刚走了几步，又停了下来。突然，撩水好像发现了什么，转身向紫蕊跑来，但仅仅跑了几步，又改变了方向，一直向北跑去。就在这时，枪声响了，接着枪声如爆豆一般在山谷里震荡起来。

第一声枪响时，撩水的腿就被打穿了，他拖着腿，一瘸一拐地继续跑，接着，弹雨立刻就把他扑倒了。撩水倒下后在地下拼命地爬着、蠕动着，这时，十几个民团和士兵从桥下跑了上来，他们跑到撩水身旁，再次向撩水开枪。啪！啪！啪！哒哒哒！子弹打在撩水身上时冒着青烟，没有打上的，就在撩水身旁溅起了很高的烟尘。

目睹此景，紫蕊差点叫出声来，她紧紧捂住自己的嘴巴，任由泪水从指缝里向外涌动。接着，她向撩水死去的方向深深地鞠了一躬，然后向森林深处疯狂地跑去。

也不知过了多久，紫蕊跑到了一个山坡上。在这里，紫蕊看到了她去汤家汇的路，——到处都是岗楼和哨卡，到处都是巡逻的敌人，她不得不承认，现在，去汤家汇就是去地狱，即使如此也断难抵达。而在另一条小路上，有几匹马正在狂奔，跑在前面的正是白大肚子……

惊慌失措的紫蕊做了一个判断，现在，只有一条路可以保命，那就是放弃汤家汇，向史河方向跑。史河岸边有许多码头，码头上的许多小老板都和她的父亲有过交往，其中，只要有一人愿意念及他和父亲的故交，她就能活命。可是，就在这时，她惊异地睁大了眼睛。她看到了一座高山，哦！她激动得满脸潮红，这不就是在老人口中说了多少年的神山，——紫云架吗？是的，是紫云架，是蝎子向罗队长在密谈时提到的那个紫云架。那时，蝎子向罗队长保证，他一定会把红旗送到汤家汇，一定让这面红旗插上紫云架，哪怕是舍去生命。此后，许多人果真为此而牺牲，为她紫蕊的天真、自私和恶作剧而丧失了自己的生命。现在，是自己还账的时候了，是自己践行自己诺言的时候了。

有了这个想法，还有什么能挡住我们的紫蕊呐？

一个小时后，紫蕊终于爬到了紫云架的主峰。站在主峰之上，她忽然感到什么都渺小了，那些耀武扬威的敌人都变成了一只只可怜的蚂蚁。她的心彻底平静下来。于是，她在崖口找到了一棵漂亮的马尾松。

山上的风很大，紫蕊刚把那面红旗固定好，那旗帜便随风飘扬起来，那个

“二十五”就飘了起来，那把斧头和镰刀也飘了起来，还有那一大片红，一大片浸满了不屈灵魂的红。旗帜飘扬时发出了一阵阵强劲的猎猎的抖动声，哗啦啦！哗啦啦！像是在放声歌唱，又似潮水般的掌声。

看着迎风招展的红旗，紫蕊泪流满面。她连连后退了两步，然后笑着说，蝎子哥，你能做到的，紫蕊也做到了。

说着，她走向了紫云架最为深远和幽邃的一面。

此时，远处的一个猎人向他的同伴大声惊呼，他看到了一只鹰。他无比兴奋地说，他在这山中住了大半辈子，从来就没有看过如此矫健和神速的鹰。它从山顶凌空而下，然后又御风而行，一闪便遁迹于万丈深渊之中。

于是，驰援沙窝的敌人停下来了。

于是，白大肚子和华彩祥的马队停下来了。

于是，武汉剿总的电台乱成一团。

墨　底

一

“黑色之夏”系列残害女性案件告破后，子尚跟我谈到了一部上个世纪60年代电影，叫《大浪淘沙》，好像是伊琳导演的，说的是大革命时代的故事。子尚说，这个电影里有四个青年，一个叫靳恭绥，一个叫余宏奎，一个叫顾达明，还有一个叫杨如宽。这四个青年使他想到了在“黑色之夏”案件里出现的四个年轻人。这个事我跟席克也聊过，从席克嘴里我得知，“黑色之夏”里的四个年轻人和“大浪淘沙”里的四个年轻人相去甚远。“大浪淘沙”里的四个人物是剧作家典型化以后的产物，每个人物的出场和结束都经过精心设计，都有自己的任务。而“黑色之夏”里的四个年轻人则轻松了许多，他们被生活散放在各自的轨道上，自在逍遥，尤其真实、本色。在这个案件里，花立军、许度、段哲喜、阿了同在志远传媒大学读书，其中，花立军、许度和段哲喜还同在一个寝室。许度打云南的一个偏远山区来，内向而保守，是个不会给我们带来多少故事的人。段哲喜就是志远市人，父母亲都在省轻工业厅工作；家庭条件优越；博闻强志，能言善辩，玩世不恭，挺讨女生喜欢的。在爱情上，他志向宏大，行动果敢，整天期望冒险并且能有所轰动。阿了也是志远市人，不过是志远市郊区的，后来城市扩建到那儿，征了她家的地，全家随队编入了一个叫着旺口的小城镇。她是这四个人物中唯一的女性，漂亮、随和、爱笑。这一点受到外号叫“博士”的段哲喜的大为赞赏。他跟许度就说过，开放、随和、淫荡应该是当代女性的基本品德，这样会为男人节省许多麻烦。最差的要数花立军，辽宁赤峰人，其貌不扬，甚至是邋遢龌龊，信心不足，吝啬、爱占小便宜，怕见女孩，见到异性就脸红，从不参加学校的各种联谊活动，喜欢单独行动。他在寝室偷过段哲喜的钱。一向锋芒毕露，得理不饶人的段哲喜当即就把这个事情指了出来。许度见不过花立军的尴尬和窘迫，出面调停和摆平。钱早就被花立军花了，许度就把自己大哥寄来的钱还给了段哲喜，并且希望段哲喜不要把这个事情说出去，段哲喜满口答应，但是一个礼拜后，因为食堂财务室被盗，校指导员还是找到了花立军。花立军知道是段哲喜上的烂药，他站在学校的旗杆下拍着胸口喊：“段哲喜的钱是老子偷的，我感到光荣，因为他父母是在职腐败，我不过是梁山好汉。梁山好汉做事磊落，食堂被盗不是老子干的。”

“老子”很快就被退学了，两年后，花立军在志远成了一名出租车司机，段哲喜和许度在学校招聘会上被志远海猫玩具厂招走，阿了去了南方一家证券公司，一年后又在段哲喜的引见下，来到了海猫玩具厂做了车间检验员。前面我们说过阿了，实际上谁听我那么说都会很敏感，显然，这是个有寓言的女生，这个美丽得要命的女孩，注定要让一些人幸福，让一些人痛苦，让一些人包藏祸心。2008 年 7 月 10 日晚 10 点左右，她在下班回家的路上被人打劫并被杀害。正在苏州查案的欧阳席克被急电调了回来，李小兰局长向他介绍了两年来发生在旺口大堤上的案情：

2006 年 7 月 16 日夜里 11 点 30 分，夜班女工夏雨，骑着自行车经过旺口大堤小树林时，被后面冲上来的一个男人撞倒。犯罪嫌疑人蒙面，强壮，骑的是一辆带安全杠的摩托车，这种车在当地又叫架子车。男人要强奸夏雨，遭到了夏雨的激烈反抗。这个男人，先是狠狠地向地下撞击夏雨的头颅，然后，去掐夏雨的脖子，当夏雨不敢反抗时，这个男人便将夏雨拖下大堤实施了强奸。2007 年 7 月 14 日 10 点 15 分，在志远海猫玩具厂上夜班的女工阿了，经过旺口大堤小树林回家时，同样被从后面赶上来的一辆摩托车撞倒，这个男人蒙面，强壮，他要强奸阿了，受到了阿了的激烈反抗，这个男人，先是狠狠地向地下撞击阿了的头颅，然后去掐阿了的脖子，但是阿了誓死不从，拼命反抗，连手中的摩托车帽子都砸烂了，最后罪犯放弃受害人逃脱。时隔一年，也就是 2008 年 7 月 10 日晚 10 点 45 分，同样是志远海猫玩具厂的检验员阿了，下夜班后经过旺口大堤小树林时，又遇上了那个家伙，这一次她没能逃却，她死了。

同一个季节，同一个地方，同一个人，同一个时间段，同一种手法，犯罪嫌疑人撞人时用的是同一个部车。“这个案件让我丢脸！”李局长说，“你拾起来吧。可以并案侦查，从作案的时间、地点、季节和犯罪嫌疑人的穿着来看，基本上可以肯定，这三起案件系一人所为。犯罪嫌疑人可能有前科，也可能是一个性变态者。”说话间，李局长点上一支烟，然后扔了一支给席克。席克把烟掐起来，先是在烟的腰身上舔了一下，然后“啪！”地点上了火。李局长说：“这家伙之所以这么嚣张，就是因为我们没有及时破案，这就助长了他的侥幸心理。目前，案件已经由信访办转到了市委，书记特地找我和乌局长过去谈了话，要求我们挂牌破案，速度要快，出拳要狠。”席克仍然没有说话，他在想着什么，脸上阴森森的。“局党委有三点指示。”李局长在席克面前来回踱着步说，“第一，派人蹲坑潜伏，伺机抓捕；第二，围绕有前科的人员和性变态人员进行摸排。摸排分为两种方式，一种是到发案现场附近的海湾、社区和村镇摸排，二是网上摸排。这几天，你哪也不要去了，先在微机室调阅档案，走好这一步，再把侦察范围扩大。”席克没有表态，离开局长办公室，他也没有去微机室，而是去了解剖室，在那里，他看到了受害人阿了。

在解剖室，法医告诉席克，被害人并没有被强奸。“你能肯定?”“肯定，席克探长，我们有检验报告的。阴道内没有遗留物，当然，她已不是处女。”接着，法医又向席克详细汇报了尸检情况。最后的结论是，女孩先是被扼昏，然后又受到了重击，最后缺氧而死。“找到凶器了吗?”席克问，两眼盯着死者看。这是个有一米六九左右的女孩，很端庄，眼线流畅而绵延，应该是一个大眼睛姑娘，眼睫毛很长。“没有。”法医说，“凶手在现场没有给我们留下什么!”“你觉得凶手使用了什么凶器?”“石头，截面应该很圆。”“现场找到这块石头了吗?”“那是一段海湾大堤，到处都是那样的石头，他们没法判断哪一块是作案的石头。”“这是一个多么巧妙的回答。”席克说，俯下身子，歪着头，仔细看着女孩的脖子。那里有一道深紫色的掐痕，后脑则有一大块明显的淤血点。“作案过程中，犯罪嫌疑人充满了仇恨，死者的喉骨几乎被勒断。”法医说，并把死者的头部向上掀了掀。“除此之外，还有明显的伤吗?”法医揭开了盖在姑娘身上的那层薄薄的白布，女孩立刻全裸着呈现在席克面前。席克好像被太阳光晃了一下，眼睛立刻眯了起来。

姑娘的身材很美，好像是受过专业的形体训练，匀称、流畅、非常协调。席克的眼睛从姑娘的额头蜿蜒着掠过脸颊、乳房、小腹……他想凭肉眼看到他想看到的东西，譬如被强行侵害的痕迹、撕裂点等。于是，他的目光不得不向下走去。法医能读懂席克的眼神，于是当席克的目光停留在姑娘的脚尖上时，她又把姑娘翻了过来。席克发现姑娘的后背很干净，不像他想象的，会有许多细密的垫枕伤和划痕。“尸体是在案发现场发现的吗?”“是的。我们可以确定，死者所在的位置就是第一案发现场。”席克没有再问，室内，放在附近的刺鼻的富尔马林泡尸液让他厌烦。他掐出一支烟来，点上火，深深地吸了一口。

回到刑警队，席克反复地洗手，一直把自己的手洗得发麻。这是他的习惯了，每次看过死人，接触与否，他都要反复地清洗，他觉得这样可以消除那种场合给自己带来的心理压力，同时也可以随时保持自己对事件的新鲜度。这时，杜子尚进来了，抱了七八个档案盒，这是他按照局长的要求从近三年来的强奸案中整理出来的资料，他向席克邀功：“这么多资料如果都让师傅在电脑上看，那可够受的!”但是席克并不领情，他点上一支烟，啄了一口，然后走了，子尚在后面喊：“你去哪?”席克走到自己的车前说：“去旺口。”“去那里干什么?”子尚摊开两只手说。“刑侦二处早就把那里翻了个底朝天，遵照局长的指示，我们俩目前的任务是查前科呀。”席克不理他，发动了车子，然后向杜子尚挥了下手，子尚无奈地走出办公室。

一个小时后，子尚随席克驱车来到城市的边角，然后从一条宽大的公路桥上急转而下，不一会就上了旺口大堤。大堤约有一公里，堤的两边长满了叫不出名字的野草，这些野草杂乱而蓬勃，显得精力旺盛，来势凶猛。大堤的另一头是一个小城镇，这就是旺口，2006 年那个受害的夏雨和 2008 年受害的阿了都住在这个镇子上。旺口不大，子尚很快就把阿了的家找到了。此时，这个家庭正笼罩在天昏地暗之中。阿了的母亲坐在院心的一张小床上，一边哭着，一边向劝她的人叙述阿了出事的经过。阿了的父亲，一个强壮如牛的汉子则早早地病在了床上，不吃不喝，一点一点向下垮塌。阿了的两个姑姑，一边哭，一边劝着她们的大哥。席克只好通过村长把阿了的妹妹阿知从家里喊了出来。

阿了的妹妹显然没有阿了漂亮，也没有阿了高，这会被悲情所困，显得憔悴而虚弱，满是雀斑的脸能使人想到一块被炕煳的锅巴。

“你问我吧!”阿知突然这么说，声音很高，高到和她的个头不成比例。“你们问我现在最想做什么，你们问？大声地问我。”阿知的开场白让席克很意外，因为他正在琢磨怎么开口呢。他发现，这个叫阿知的女孩突然间换了一个人似的，坚毅、刚强、目光中充满了仇恨，眼泪像瀑布一样地向下流着，两个拳头夸张地紧握着，僵硬地端在胸前。子尚被这家人的悲哀所深深地感染着，他神色灰暗地说：“真不知道能为你们做些什么?”“抓住他。”阿知颤抖着说，“只要能抓住他，你们要我干什么都行!”席克看着阿知的头顶说：“阿了出事的当天你在哪里?”“在家。”阿知痛苦地摇着头说，“离她不到三百米。很近。”“你是什么时候知道阿了出事的?”阿知打开手机，一边流泪一边翻着上面的记录：“夜里 12 点半。不，确切地说是一点多钟。”

“这个事情你一直记在手机上吗?”席克看着阿知的手机问。“不是，12 点半，许度打来了电话。”“许度?”此时，这可是个新鲜而敏感的符号，“许度是谁?”席克问。“我姐的男友。”“哦！他在电话里怎么说?”“他说我姐又和他吵架了，赌气回家了，他不放心，打电话过来问问。”席克掐出一支烟，舔了一下，点上火，深深地吸了一口问：“于是，你们想到阿了应该到家了。”“是的，可是她没有到家呀，她被人杀死了。我爸当时就昏过去了，可怜的爸爸!”阿知无法控制自己，放声大哭，哭时就用胳膊当着自己的眼睛。等阿知的情绪平静了一些，席克问：“阿了出事前和你通过话吗?”阿知擦干眼泪，又翻起了手机，翻了一阵后说：“通过电话。”“在电话里她都说了些什么?”“她打开手机时没有和我说话，我只听见他在和谁吵架，她声音很大，她说，你摔，你摔！然后就关机了。”“他在和谁吵架?”“我问过许度，他说那个时候他没有和我姐吵架。”“这次通话是什么时候?”“夜里 10 点 10 分。”席克有些疑惑地看着阿知，他刚才觉得阿知又要去翻手机记录的，但阿知却一口报了出来。阿知哭着说：“这个时间我永远忘不了，这是我最后悔的一件事，也是我听到的我姐在人世间说的最后几句话。”席克还是看到了阿知的已接电话记录，是 10 点 10 分。席克转而问了一些许度的情况，他可不愿意轻易放掉这样一个人物，他离受害人很近，就有可能离案件很近，尽管这是基本理论，但是很重要。

许度，二十八岁，比阿了大三岁，和阿了同在志远市海猫玩具厂，这个先前我们郑重其事地介绍过，但是我们没说他是设计师，而且还是阿了的男友，这一点尤其关键。

“他们是怎么认识的？”席克问。“他们在一个厂，他一直在追求我姐，追得相当苦，追了好几年了。”“是个帅哥。”席克说。“是的，可是我姐就是不喜欢他，但他是很走运的。我想是那个家伙帮助了他。”“是吗？谁帮了他？”“去年夏天，我姐姐出事后，很痛苦，很绝望，整个人完全垮了。许度真会抓机会，他每天都到我们家来，像影子一样和我姐寸步不离。我姐后来还跟我说过，那时，许度简直就是她身上的一件棉衣，紧紧地裹着她，扒都扒不下来，不过，这件棉衣很暖和。我想没有什么比这个更会让一个受伤的女孩感动的了。不久，我姐姐改变了对许度的看法。我姐姐很感性，她答应了许度，都快结婚了。”

“真的是个好听的爱情故事。”席克说，“你姐姐和许度吵架吗？”这个问题问得不是太高明。“是的。许度还在追我姐时两人就吵。我就说过，他们根本就不像一对恋人，倒像是干货店的师傅，整天炒来炒去的，都快炒煳了。”“是吗？这有点意思。都吵些什么呀？”阿知叹了口气说：“谁也不怪。许度小心眼，芝麻大小，我姐也是，就为这个，没完没了。你知道，心眼小是过不去事的，哪怕稍大一点，这就像筛子。”“你怎么肯定当晚和你姐吵架的不是许度？”“不会的，许度没有必要撒这个谎。”“许度打来电话后，你打阿了电话了吗？”“打了，没人接，我们害怕了，这才过去找……”阿知又痛苦地摇起了头。“现在看来，我们都忽略了。都把去年的事情忘了，我们不相信那个畜生真的还在路上等着我姐。我现在想起来了，这个畜生每天都会躲在草丛里，只是有许度护送，他才不敢下手，可是今天我们都忽略了……”阿知已经说不下去了，泪水又涌了上来，滴滴答答地落在地下。她不停地摇头，心里俨然充满了自责，好像这个案件就是她做的一样。“你说这个家伙每天都会藏在路边的草丛里？”席克问。阿知点了点头。“为什么别的人没有碰上？我是说那几天。”“因为我姐漂亮。我姐真的漂亮，真的。像天仙一样……”阿知泣不成声。席克斜着眼看着阿知，此时此刻，子尚的心中则充满了愤怒，如果那个蒙面的家伙出现在他的面前，他绝对会冲上去，用手枪的后座狠狠地砸向他的脑袋。为此，他不喜欢席克看阿知的目光，这个目光显得冷酷而麻木不仁。但这还不算完，席克让子尚感到冷酷的是他仍然把刀子向最深处捺，子尚也知道，这也许是一箭双雕，但是他非常担心受害人的亲属无法接受。席克向阿知打听起了 2007 年夏天阿了被打劫的事，而且是直言不讳。

“你姐姐真的很倒霉，三次案件，她碰到两次，而且最后还是在劫难逃！”席克说，“这是不公平的。”阿知点着头，抹着眼泪，“我跟姐说过，你这么漂亮，早晚会有坏人打你主意的，真没想到是这种要命的结局，我姐姐命好苦。”她向席克介绍了去年夏天阿了碰上的那次抢劫。

二

夜里 10 点，小镇已处于收敛和疲倦状态，四处的灯火敷衍而稀疏。路口的那盏路灯不知被谁家的孩子打坏了灯罩，于是，一只又蠢又大的灯泡裸露在外面，显得很奇怪，引得一大群叫不出名字的虫子，蜂拥在一起，闹哄哄地撞击并死亡。阿知突然想到去年这个时候，有一个叫夏雨的女孩在下夜班的路上出事了。“一个摩托车从后面撵上来。”夏雨说，“是个架子车。它一下子就撞倒了我。是个胖子，蒙脸呀。他不跟我说话，冲上来就打我，打我的脸，然后，掐我的脖子。”夏雨说这些话的时候，恐惧凌空而下，不可抵挡，许多人都在颤抖，打寒噤。他们看到，夏雨的脸是青紫的，手臂上到处是深深的掐痕，衣裙被撕破了，并且很脏，头发凌乱。这是个漂亮的少妇，是一个配得上用许多华丽辞藻的少妇，如今真像是一只烂瓜。“最后，他抢走了我的手机。”夏雨哆嗦着说，“我把手机给他后他走了，是的，他拿了我的手机后就走了。”她向周围的人强调说，这句话她说了好几遍。说这句话时，她有好几次都是把目光偏到了一边。阿了回来后和阿知讨论过这件事，阿了说：“鬼才信。他怎么会走。肯定被做了。”阿了说这句话时笑，表情是戏谑的。“做”这个字并不冷僻，电影电视里常说，有的电影还在主人公的对白字幕时加上了英文“Makelovo”。阿知也跟着笑了笑。她认定了姐姐的说法，她觉得这个平时很漂亮、很骄傲的夏雨，应该是那样的。

阿了说得很对，夏雨当晚被强奸三次。按照夏雨在报案时所说的，强奸他的那个男人很从容，不慌不乱。他很强壮，他说：“我在桥上等你都有半个月了，每天都看着你骑车回家。你实在不应该让我看到你这么多次！”强奸者用一个指头得意地抚弄着夏雨颤抖的嘴唇。天呐！夏雨连连叫悔，她每天回家都能看到桥的另一边站着一个人，旁边就放着这样一个摩托车，她想这个男人可能是便衣警察，想到这她心中还温暖过。她纤弱而感性，是一个心中充满着浪漫情结的女人。

“请您不要这样……”当夏雨发现这个男人熟练异常地拉掉自己的短裤时，她哀求他。这个男人强调了自己的观点：“漂亮的女孩应该受到强奸。如果我不强奸你，别人也要强奸你，这对于我来说很不划算，你要配合我的工作，要不你就会像稀泥那样的烂。”

一个月后，夏雨走了，离开了旺口镇，因为过了一段时间，这个小城镇上许多善于评论事件的人，已不再讨论那个蒙面的家伙是如何的阴险和可恶，不再讨论夏雨留下一条命是如何的侥幸，他们开始讨论那个夜晚，那个家伙是如何从容行事的，夏雨又是如何满足那个家伙的。“哎，真是奇怪。夏雨胆子多小，不会反抗的，为什么还要打？”“有的喜欢那样，我在电视上看过。”讨论时，脸上的表情都很兴奋，有的眼睛里还充满了血丝，嘴角上挑着一种诡谲的笑。

说着就是一年了，这是夏雨出事的那个月份，七月；又是夏雨出事的那个时间段，深夜，所以阿知有点紧张，她开始担心下夜班还没有回来的姐姐。就在这时，阿了回来了，整个人跌跌撞撞的，像一片被风撕烂的树叶。罪恶的故事就这样完全被重复着，阿了的头发凌乱着，眼睛血红，半个脸充满了密集而细小可辨的出血点，脖子上有两个明显的掐痕，手背上有几处被搓开了皮肤，两个膝盖流着血，大腿上到处都是划痕，右臂靠里的一部分青紫着，裙子被撕得很烂，沾满了泥污。随着阿了的放声大哭，院子里立刻乱成了一团。还是父亲清醒，他报了警。“我就用这个胳膊紧紧地抱着涵管。”旺口派出所的民警赶到时，阿了向他们说，“因为他把我向水边拖，我不会水呀，他会把我淹死的……”她反复说这句话，不停地说，整个人蜷缩成一团。几个民警觉得阿了还处在混沌不清的状态，他们向阿了的父母亲作了一些交代就离开了。看着姐姐或哭或笑、惊恐无度的样子，阿知急得乱转，最后她突然想到了许度，她忙给许度打去了电话。

“为什么要打电话给许。他不是在出事后才和你姐姐确立关系的吗？”席克问。“是的，他们那时还没有确立关系，甚至连恋爱都谈不上，但是，许度追我姐追得很凶，在那个时候，家里出现这么大事，我首先就想到了他，不知为什么，我一下子就想到了他。”

不久，许度神色慌张、大汗淋漓地赶来了，后面跟着同样神色慌张的花立军。阿知一把揪住许度，把他拖到了一边，埋怨他不应该把别人带来，许度说：“你只说出了大事，我不知道什么事呀？”是的，在往旺口赶的路上，他和花立军一直就在猜测着在这样一个深更半夜里会发生什么事。许度想到了这段凶险的大堤，因为他在深夜送过阿了一次，回去后，自己很害怕，他不知道阿了这样一个女孩是怎么敢回家的。他总觉得这样下去会出个什么事。但是花立军安慰了他，花立军认为，去年夏天的事谁都知道，阿了不会在这件事上发傻，估计是和父母吵架了。“我们家邻居，前天的事。”花立军说，“就因为父亲说了她几句，喝大药，骑仙鹤走了。”许度的脸色顿时就白了，花立军觉得这时许度在阿了身上真的用了心。

阿知把姐姐被打劫的事告诉了许度，许度脸上的汗立刻就下来了。不久，他从门缝里看到了趴在床上哭泣的阿了。由于气愤和心疼，他浑身颤抖，一时间竟然看着阿知，什么话也说不出来。阿知说：“我不能忘记许度的那双眼睛，它一直在向外面流眼泪，一直就那么流，整个人就像只水壶。下午的时候，我姐姐愿意见人了，他一见到我姐姐就跪下了，他不断地揪自己的胸口，不断地揪自己的头发，短短几个小时，我看他竟然像根被烘干的萝卜，一下瘦小了许多。”

许度的极度伤悲和忏悔，让阿知、阿了的父母感动不已，也让处在极度恐惧中的阿了得到了莫大的安慰。可是，这种安慰对于阿了来说是微不足道的，阿了在两个月的时间里用了毕生的精力来考虑死亡问题。她整天神情恍惚，言不由衷，一听到摩托车的引擎响就吓得尖叫。有一段时间，根本就不能见夜色，只要天一黑，她就会蜷缩成一团，浑身发抖，脸色苍白，最厉害时，一下子就昏厥过去，然后一大家人哭天喊地，忙上半天才将她叫醒。这段时间，许度代替了阿知，每天都会用毛巾为阿了敷眼睛和膝关节。但是，阿了周身冰冷，僵硬，气若游丝，就像是一个死人。阿知单独约了许度，“怎么办?”她问许度，她怕许度退却。许度不断地抽着烟，他形容枯槁，手指纤细而苍白，抽烟时，身子向前倾，两只胳膊紧紧地向里收着，像是很冷的样子。阿知知道，许度过去从来不抽烟，但是，仅仅不到二十天，他的中指已经被焦油渗透并发黄了。许度终于抬起头来，他说：“追求你姐时我说过，许度不能给你荣华富贵，但是可以把生命交给你，可以为这份爱打一辈子工。你姐姐蔑视地看着我说，和所有的男人没有两样，你同样会在这方面用尽美丽的辞藻，但是我心里明若悬镜，你不过是和我的容貌对话，还有我的身体。我就不相信，如果我是一只断了翅膀的丑小鸭，你还能说出这样的豪言壮语。现在，我非常想问你的姐姐，命和心都在这里，你需要什么?”阿知看着眼中泛着泪花的许度，有点哽咽地说：“许度，我姐需要温暖、理解和无私无悔的坚守。”许度坚定地点了点头。阿知慢慢走近许度，当着阿了的面拥抱了许度。

但是，许度在爱情上的坚决，并没有让阿了好起来，她整天睁着眼看着天花板，很少和许度说话，许度来了走了，在那间屋里进进出出，她都没有什么反应，她好像是魂不附体，许度则像是一个毫无意义的影子。有一天，终于出事了，下午 3 点的时候阿了突然投进了家门口的一个海湾。许度首先听到了有人落水的声音，他纵身跳了下去，闻讯赶来的人，把他和阿了同时打捞上来。阿了第一次对许度说：“你不会水怎么敢救我?”“我想让你占个便宜。”“什么便宜?”“死了还能白搭一个。”阿了笑了笑，这是几个月来，许度第一次看到阿了笑。当笑容消失后，她开始仔细地看着面前这个略显粗糙的男人，心中开始有了一些感动。这些天来，许度的许多行为都是可以用“舍身”两个字来形容的。这种舍身让她在极度自卑和绝望中看到自己的价值，让她打消了许多关于生存的疑虑和困惑。由此，她觉得魂已来兮，周身开始缓缓涌动，一股汩汩叫不出名字的暖流拟或是说春潮，在回溯，在蠕动，在滋养着她已经枯萎的神经。她轻轻地叹了口气，轻声地问许度：“你救我一次，能救我一生?”许度镇定地说：“没问题。”第二天，许度来了，他带来了自己的被褥，同时，还带来自己辞职报告的复印件。他站在那扇大铁门后面，仰着头看着满天错乱而下的雨线，然后认真地跟阿了说：“我是一个没有多大用处的人，但是……可以当一件蓑衣。”他说这句话时，用尽了感情，喉头里有些哽咽。阿了把脸背了过去，她流眼泪了，因为她的心里风雨正急。

三

“许度是我姐的救命恩人！没有他，我姐姐是活不下去的。”这是阿知对许度的最后总结，眸子里充满了激动和坚定。对于阿知叙述的 2007 年夏夜阿了的可怕经历和阿了与许度的爱情故事，子尚更关心男主人公，他自始至终都被感动着。这个多情的家伙闹着一定要见许度，而这个正合席克之意，他执拗地坚持着自己的判断，他就是觉得，2008 年 7 月的夏夜，是阿了的一个熟人把阿了引到了这里，而能在那么深的夜里，来到那么幽静的地方，必定是阿了特别信赖的人。这个人如果是个框子，他觉得可以套在许度身上。

他们很快就见到了许度，这是一个被极端痛苦深度打击的人，已经不能用憔悴二字来形容了，此时的他，眼睛深陷，虚弱而可怜且有些痴呆地看着席克。“我们一定要见你，是因为你和阿了是最为亲近的人。”席克说。许度目光无神地看着席克，然后慢慢地流出了眼泪。这些眼泪来得很快，很多，前仆后继，让人心动，但许度本人好像没有任何感觉。他说：“是我杀了阿了。”他慢慢伸出手，“拷我走吧。”

席克感到很意外，他掐出一支烟，趁自己舔了一下烟身的时候，斜眼看了许度一眼。果然，他看见许度刚刚伸过来的双手一下子耷拉下去，头颅也是。许度用沙哑的嗓子哭诉着：“我不该和她吵架，我应该能想到她回去有危险。我为什么要和她斗气，我如果打的撵上去……”席克点上烟说：“当天晚上，阿了是什么时候离开你的?”“9 点半左右。”“你们在一起吃了饭?”席克问。许度痛苦地摇了摇头：“我们吵架了。”“九点半你们在吵架?”“是的?”“你们吵得很厉害?”“都怪我，这件事真的怪我。”“你们在哪里吵的架?”“完全是个误会。我太狭隘了，再也没有男人会比我更狭隘的了。”“我们了解了一些你们的爱情，”子尚说，“很受感动，我们觉得她是爱你的。”“毫无疑问。可是我一点都不珍惜，所有的原因都在于我们的爱太靠前了，我想结婚，我一直就催促着她，可是她对我的想法反应并不强烈，于是我的心理就很不平衡。你们不知道，她像一朵四季不败的花朵，到哪里都会绽放，都会引起渴慕和仰望，这一点，我总是不放心，当我为她不愿意结婚而苦恼时，我在茶社看见了他和别人在一起。你们可以想象我们会怎么样?”“尤其是你沥血付出之后。”许度狠狠地点了点头。“怎么？难道你摔了她的东西?”席克问，斜着眼睛看着许度。许度痛苦地将脸埋藏在两膝间。“你把她什么东西摔了?”“摔东西?”许度有点迷惑。“没有，我们见面后什么话都没说，在这方面，她一直跟我玩兵法，我也从不示弱。但是，我想我的矜持激怒了她，她疯一般地钻进了别人的车，从此再也没有回来。”子尚看了一眼席克，他觉得席克问及摔东西一事，到此有些残败。这时，席克掐出一支烟来，高高地抛给许度。这让子尚错愕，子尚知道，席克抽烟从来就不知道给别人，能抽他一支烟，就等于接受他献血了。许度接了过去，大口大口地抽，一边抽一边流泪，不能控制时就把脸夹在双膝间。过了一会，见许度平息多了，席克问：“你说她疯了一般地钻进了别人的车，谁的车？”“出租车。”“此后你们再也没有联系过？”“是的。不，我打过她很多电话，她都没有接。大约是一点多，她妹妹打来电话……真是五雷轰顶……”“你好像说你看见了她和谁在一起？”“是的。”许度深深地愤怒地叹了口气，“这是个阴谋家，路人皆知的色狼，玩弄女性的魔术师。还有一些贬意义词非常适合他，我一时想不起来了……”“谈谈他的情况好吗？”

从许度的叙述中，席克知道，当晚，阿了和许度生气后是和一个叫段哲喜的人一起走的。关于段哲喜，我们在前面用较少的笔墨描述过他，目前，他和许度在一个设计室。“当晚十点十分你在哪里？”席克突然问。许度想了一下说：“海边。”“谁证明？”许度猛然抬起头，擦去眼泪说：“我的一个朋友，花立军。百姓汽车公司的出租车司机。”席克提出见花立军的要求，许度立刻打通了花立军的电话。花立军在电话里喊：“你那点虾皮事不要再找我好不好？油涨价了你知道吗？别人都拉到一百八十多块钱了，我他妈还没有八十呢。要不你把我的损失给补了。一百块。”许度说：“你来吧。”

不一会花立军到了，穿着半截裤，两只脚上穿的鞋不一样，秃顶，方脸，左脸颊有一块伤疤。许度后来告诉过席克，花立军脸上的那块疤是被人打的，因为他向顾客多要了一元钱。进了院心，花立军就喊上了：“钱准备好了吗？见不到钱，我就站在门口了。”子尚首先从屋里走了出来，他向花立军出示了警官证。花立军感到很意外，他怔了一下，然后向子尚敬了一个军礼。子尚对于花立军的这个莫名其妙的军礼毫无反应，只是向外让了一下，然后看着花立军向屋里走去。

“请坐！”屋里，子尚指引着花立军。花立军坐下时，迷惑地略有怨怒地看了一眼许度。许度不安地却故作镇静地解释说：“公安局的，为了阿了的事来的。”花立军恍然大悟，他又不伦不类地向席克和子尚行了一个军礼，“让你们费心了！”他诚恳地说，“这件事快把我这个哥们拿弯了。”席克提出了让许度回避的要求，许度随子尚去了院子。“你和阿了熟吗？”席克开始了他的第一句。花立军笑了笑说，“何止是熟，我、许度和她都是大学同学，后来又在一个厂工作。在学校时她是校花，在工厂又是厂花，大众养眼产品。”“阿了出事前你见过吗？”“见过。”花立军说。“在薪水茶社门口。”“那是什么时候？”“9 点钟左右。”“是 10 号吗？”“是的。”“10 点 10 分你在哪里？”“10 点左右，我在大街上拉客呢。哦，拉客，这个词用得不太妥当，呵呵呵……”“当晚，许度找过你吗？”“找过

——”花立军拖着长长的声音说，忽然现出了一副不厌其烦的样子。“他把阿了当金鱼养，拿我当鱼缸，一时都离不了，这个那个的，没完。”“因为什么找你?”“还不是在薪水茶社门口的事。”花立军说，“许度看见阿了和别人从茶社出来。两人吵翻盘子了，阿了一气，走了，许度心情不好，跑海边去了，接到他的电话，我开着出租车就过去了。”席克点了点头，“你见到许度是几点?”他问。花立军想了一下说：“10点半不到。10点20左右。”“也就是说，当晚你在海边见到许度时不到10点半?”花立军微笑着点了点头。“你认识段哲喜吗?”席克转而问。花立军说：“认识，刚才说大学同学的事把他给拉下了。他也是我们大学同学。”“他和阿了的关系怎么样?”“是阿了的追车族。他喜欢车，他以各种车型为那些女孩命名，也不知被他追坏了多少部车。”“当天晚上你看见阿了和他一起走的吗?”“把话照亮堂地里说吧，他就是这里的祸因。就是他和阿了从茶社一起出来的，阿了也是和他一起坐出租车走的。不过，我觉得阿了是存心气许度，她在学校就了解段哲喜，她不会自投罗网的。不过，不能排除她不犯糊涂。我敢肯定，当天晚上，阿了可喝了不少酒，让女人喝酒，这是段哲喜比较擅长和开心的事。”

一个小时后，席克和花立军的谈话结束，他没有找到他想要的东西，他只好很客气地送花立军离开。

回去的路上，席克嘀咕说：“阿知说10点10分她听到阿了和人吵架，那时许度在海边，花立军也证实了这件事情，那么除了许度，10点10分，阿了还能和谁在那个地方吵架呢?”“段哲喜。”子尚说，“因为9点半左右，阿了由于生气和段哲喜一起走的。”席克没有吭气，但是他已经决定去见这个段哲喜了。第二天，席克和子尚在志远海猫玩具厂的人力资源部约见了段哲喜。

看上去是个色厉内荏的家伙，从见到席克和子尚起，就一直显得很不安，不断地扶眼镜，不断地搓手。手指很纤细，很白，很好看，在与席克和子尚谈话的过程中，接连上了两次厕所。这不像大家介绍的段哲喜，也不像一个有高干家庭背景的纨绔子弟。子尚这样想，嘴上说：“我们是来了解阿了情况的。”段哲喜笑了笑说：“我知道，所以我哪都没去。”“你谈谈七月10号晚上的情况。”“我就谈谈你们最感兴趣的吧。”席克倒是很赞赏对方的这种务实与爽快，他点了点头。“我喜欢阿了，我这样说可以吗?”没有人理他。他就继续说，“在大学时就很喜欢，我和她所有的接触都充满了动机。但是，我终于发现，在她面前，我永远当不成猎手。你们说的10号晚上我约了她，我承认我动机不纯，但是她完全粉碎了我。最后我们握手言和，就在出门的时候，遇上了我的情敌许度，说他是我的情敌真是侮辱了我，但是，阿了帮他战胜了我。接下来，你们和我一样都会很失望，她上我的车，完全不是因为喜欢我，不是为了向我表示暧昧，而是为了让许度吃醋，是一种彻头彻尾的爱情计谋。于是，他在我沾沾自喜，忘乎所以时，将我撵下了车，像随手掸去落在她肩头上的一片纸屑。就这样。”“接着你去了哪里?”子尚问。“我去了菱角休闲殿，码头西口的。”说到这，段哲喜突然停了下来，他摘下自己的眼镜，在镜片边缘的部分抹了一下，又戴上，然后看着子尚说：“在那里……我嫖娼了。那个女人叫悠悠。我一直到第二天早晨 6 点才回家。”

子尚按照席克的要求，当即找到菱角休闲殿。段哲喜所说的完全属实，因为，段哲喜洗完澡进包厢首先要了按摩女，这是要计时的，工作单上写着 10 点 24 分。这个时候，他也不可能在和阿了吵架。

现在，与这个案件最近的两个主要人物都可以排除了：许度在阿了和别人吵架的时候，和花立军在一起，段哲喜则在休闲场所，那么 10 点 10 分阿了和谁吵架，又在什么地方吵架呢？席克脑子脱了轴地转，最后还是停了下来。恰在这时，李局长叫他过去。

到了局长办公室，席克把自己和子尚最近的工作进展向李局长做了汇报。当时，乌局长、刑警队长、旺口派出所所长都在，席克在汇报时，李局长一直就没吭气，等席克说完了，他说：“我对你怪异的破案方式不加评价，对你在这次破案中所犯的方向性错误的也不再批评，由于你一意孤行，可以说贻误了战机，从现在起，你必须回到局党委的工作轨道上来。”席克有些云里雾里，子尚也是。李局长沉着脸，掷了一根烟给席克，然后说：“案犯已经浮出水面。”子尚很兴奋，“啊”了一声。席克则点他的烟，等满满地抽了一口，才端详着李局长，等他的下文。

昨天早上，旺口一个上早班的女工，走到旺口大堤和大桥连接点时看到了一个男人。这个男人长发，强壮，穿着雨衣，身后靠着一辆架子车，看见这个女工后，便把生殖器掏了出来。接到报案后，旺口派出所及时赶到现场，但犯罪嫌疑人已经逃走。旺口派出所采信了目击证人的供词，可以基本判定，这个人的特征和在旺口大堤两次作案的人基本吻合。

“所以我们认为，我们先前判定的破案方向没有错，”李局长说，“三次作案均属一人，这个人可能就是性变态狂。而且就住在这附近。你们现在的任务，是要迅速矫正一下思路，把目光聚焦到这个性变态身上。一是要安排警力在旺口大堤蹲点守候，二是要取得社区配合，分区排查；三是在网上继续搜查有性侵犯前科者和性变态者。很可惜，这几步工作都被你们耽误了。”在李局长部署任务时，负责刑侦工作的乌铜副局长、几个片区的刑警队长以及旺口派出所所长都做了坚决的表态，但是席克却默不作声。李局长一边给自己续水，一边阴沉着脸问：“欧阳，你还有什么不同意见吧?”显然，席克的反应让他很不高兴。烟蒂已经很长了，席克将它轻轻地弹落，然后说：“我想加强一下对阿了社会关系的调查。”李局长显得很不耐烦，他没好气地说：“有意见就保留吧，散会。”

大家都往外走了，李局长却叫住了席克，他说："你每次都在藐视我的权威，让我恩啊不得。你告诉我，我们到底是什么关系？"

"你是指挥长，我是狙击手。"席克诚恳而认真地说，"所以你需要的是高度，我需要的是细节。"

"哦，原来如此，这么说我只会大而化之，是不是？"

席克没说话，抽他的烟。"这一次，你就乱在这个细节上。"李局长用手指的一个弯度不停地点击着桌面说。"结果你自己走进了迷宫，还要把一大批人也带进去。市委有指示，必须在一个月内破案，我跟你玩不起你知道吗？"席克说："这不是违背真相的理由。""你的真相是什么？就是剑走偏锋吗？我告诉你，据外围调查，这个阿了是个相当轻浮和浪荡的女人，曾经在海南做过公关，身边有许多年轻的企业家。他和许度谈恋爱是可能的，但是，像她这样的女人，根本就不会在意恋人和情人的区别，一拖二，一拖三乃至一拖五都完全可能。你是有办案经验的人，这种女人你见得还少吗？当晚十点十分，除了许度和段哲喜，她完全有可能和另一个男人或者说是情人因为一些纠纷而吵嘴。这是其一。其二，你认为阿了死时身体很干净，从而否定是同一个犯罪嫌疑人作案，怀疑是熟人作案，这也不是唯一定律。当阿了见到去年那个犯罪嫌疑人后，我想第一个生理反应不是反抗，而是服从，因为去年夏天她领略过反抗的结果。这种顺从，会使现场安静许多。小剧院上演的那些闹剧就戏说过强奸这个事：能反抗就反抗，反抗不了就享受。这固然是笑话，但却强调了一种可能，展示了一种被强奸者的心理形态。"

"既然这样，那个家伙为什么还要杀死她？"席克问。"相反，去年夏天，他受到了阿了的剧烈反抗都没有起杀心，这里总要有理由。""是报复！"局长说："去年那个事件发生后，你应该知道，我们下了多大的工夫在寻找这个罪犯，如此大的动静，我想不仅是警告和震慑了他，也激怒了他，别忘了，这是个性变态者。"

"尸检结果，阿了当晚并没有被强奸的痕迹。"

"强奸难道是一个性变态者要做的唯一功课吗？我说过，这更多是报复，最大的可能，在第一回合中就杀死了阿了。"

局长旁征博引之间，席克不再说话，但是在他的耳畔，局长的声音却越来越小，先是薄而轻盈地在天空悬浮着，然后渐渐地滑落到山谷，因为他开始在全神贯注地想着那个"熟人"，他坚信杀死阿了的就是阿了的熟人，他对局长关于昨天早晨发现的那个家伙不屑一顾。

下午，刑警支队排出了值班表，席克和子尚在夜里 9 点到 11 点这个时间段在桥下蹲坑。席克把值班表递给子尚说："晚上你去做单兵吧。"子尚说："我不是英雄警察，我一个人害怕。"席克说："露露今天回来吧，你去找她，我把即将浪费的时间送给你泡妞吧。”子尚很高兴，向席克做了那么多承诺，说什么下个月发津贴，要买小熊猫烟给师傅，又说什么，到年底他会到烟厂去，为席克批些内销烟，白皮子的那种。席克郑重地说：“你写个凭据吧。”子尚不敢说了，笑呵呵地跑了。席克一个人去了旺口。

这样的天气很少能见到，阳光明媚，但是的确是下雨了，许多孩子在街道上边跑边喊：海龙王不讲理，出着太阳下着雨。这个时候志远显得很好看，无数个高楼一下子精神起来，兀地就挺拔到了天空，一个比一个高大，天空不再舒朗，一下子拥挤起来。

席克在海魂公墓找到了阿知，此时她一袭黑裙，正在给姐姐上香；没打雨伞，泪水和雨水混淆着，将她整个人痛苦地模糊着。阿了的墓碑不大，是一个普通人家的价位。但镶在墓碑上的照片很大，很清晰，很鲜艳，她甜甜的，美丽孤独得让人心碎。见是席克把伞举在自己的头上，阿知哭得更伤心了，她仰起那张撒满了雀斑的脸问席克：“我没有姐姐了怎么办呀？”席克知道说什么都是徒劳的，他没有回答阿知的话，而是邀请阿知到他的车上。

车窗关上后，车内立刻安静了许多，席克抬起头说：“这次来，我想得到你的配合，你必须跟我说真话。”阿知用力地点了点头。席克说：“有人说，阿了是个很放荡的女人！”阿知很吃惊，她瞪圆了眼睛，深刻地看着席克，当她确信这句话不会出自席克的嘴时，她说：“不！这个是侮辱！卑鄙！”“她在南方做过公关？”“是的。她很快就回来了，因为她做不好公关，我这么说，我想你都能听明白。”席克觉得有些勉强，但是他觉得把自己的精力放在这上面有些无聊，他转而问：“你姐姐在和许度谈恋爱的时候，有没有别的男人和她在一起？”“我向天起誓，绝对没有。姐姐最大的缺点就是好吃、好玩、喜欢热闹、大大咧咧，所以引来许多误会，但是她心中的底线分明，如果她不愿意，谁也别想踏过来。谁都不知道，好像十分随便的姐姐，其实很封建。她对朝三暮四的男人蔑视而深恶痛绝。”

外面的雨越来越大，太阳突然没有了，四周显现出一种灰色的透明，车顶被众多的雨线穿击着，它们纷纷折断后便汇聚到一切，沿着车身披散而下。靠近阿了的窗玻璃上，无数条雨柱在扭动。阿了像是感冒了，鼻音开始加重，她看着窗外那些墓碑，想着姐姐生前的样子，感慨万千，深深地叹了口气。席克把刚掐出来的烟放在自己鼻子下嗅了嗅，然后舔了一下，又放回了自己的口袋，他问：“许度送过东西给你姐吗？”阿知笑了笑：“没有，他很抠门的。他是山里人，钱这东西对他来说很重要。不过，我姐姐从不计较他这个，可是要换着我可能不行，我就是不喜欢抠门的男人。”“你姐姐送过东西给许度吗？”

“没有。我想我姐姐没有。”“你回忆一下。”“不用回忆，真的没有。送东西给许度，这可是一件大事，姐姐一定会告诉我的。我和姐姐像是一个人，平时，连我们的感应都是一样的。”席克看了一下阿知，他发现，阿知的眼泪像车窗上的雨水一样密集。接下来他们又谈了十几分钟。看似很轻松的话题，实际上充满了心计，席克像一只别有用心的大蜘蛛，在简单的几个话题间，来来往往地编织了一张巨大而密集的网，但是他一无所获。他有点疲倦了，就提议送阿知回家。

阿知走后，席克开着车子沿着旺口大堤向前走，走到阿了出事的那个地方，他把车子停了下来。这时，雨下得更大了，席克点上一支烟默默地抽着。不一会，席克的视线里出现了一截涵管，这是旺口镇排涝用的，涵管上有许多泥巴，此时，在雨水的冲刷下，一点一点向下脱落，那些原先被泥巴盖上的部分便一层一层显现出来。这时，席克突然拉开车门，连伞都没打就向堤下走去。

席克走到了当初发现阿了尸体的地方。这里，一簇一簇的野草相当茂盛，它们足有半人高，用尖锐而细小的锯齿，将磅礴而下的雨削解成一片一片的雾气。向前走了不到十米，席克的眼睛忽然睁大了，他明显看见一截金属物从一团泥沙中渐渐地裸露开来，他兴奋地呵了一声，然后伸出两个瘦长的手指，慢慢地将那截金属物捏了起来。金属物在雨线的冲击和清扫下，很快就表达出了自己的概念：是一截断裂的表带。席克简直不敢相信这个发现，他妄想扩大新的战果，又在原地寻找起来，可是，半个小时后，他没有什么新的发现。回到车上，席克先抽了支烟，然后拨通了阿知的电话。“阿了喜欢戴手表吗？戴过男人手表吗?”“没有。至少有五年没见过她戴手表了，更没见过她戴男人手表。”“你见过许度戴手表吗?”“没有。他也从不戴手表。”接着，席克又问到段哲喜，阿知肯定地说，她也没看见过段戴过手表。

而当席克说自己还在旺口大堤上时，阿知不顾一切地跑了过来。席克和她见面后，就亮出了那截表带，但阿知说她从没见过，并告诉席克，在这个大堤上，有人还拣过手机和钱包，言下之意，拣个表带真算不上什么。席克有些迷惑和失望，当阿知要离开时，他喊住了她，他希望阿知能帮自己找一些阿了的生活照来，阿知答应了。

第二天上午，席克又被李局长喊到了办公室。办公室里的气氛凝重而压抑，李局长一脸的严肃，嘴上叼着烟，抱着胳膊，来来回回地遛着。席克悄无声息地坐在了一个远离李局长和乌局长的拐角。见席克来了，李局长也坐了下来，他告诉席克，“黑色之夏”系列残害女性案件又有了升级，昨天晚上 11 点，在蓝港小区，一个上晚自习回家的高三女生又被一个骑摩托车的人在楼道里实施了强奸。据受害人描述，犯罪嫌疑人强壮、蒙面。李局长向席克介绍过案情后，将一面黑色锦旗拿了出来。“这是受害人家属送来的。”李局长展示给席克看：“多么漂亮的一面锦旗呀，你谈谈感受！”席克瞄了一眼锦旗，上面写着：赠给人民放心，神勇大智的公安民警！

乌局长绕着自己的手指说：“我和李局长找你来，是想和你再深谈一次。”接着，两个局长再次希望席克放弃自己的侦查思路，重新回到局党委确立的侦查轨道上来。但是，席克没有表态，李局长发火了，声称，如果席克再坚持己见，就让席克休长假，正在这时，席克的手机震动起来，有人发来信息，席克看了一眼，慢慢走了出去，然后快步上了自己的车子。见席克就这么走了，李局长和乌局长面面相觑，瞠目结舌。

信息是阿知发来的，她要求在海螺湾见席克。席克开车赶到海螺湾时，看见阿知蹲在美人鱼雕塑下面，见席克走来，她才站起来，满眼惶惑地看着席克。席克向四周看了看，发现不远处几棵高大的椰子树下有一组白色的座椅，他带头走过去。阿知跟在席克后面，一句话也不说，她的嘴唇苍白，显得很冷，手一直在抖。坐下后，席克问："你一定发现了你姐姐的秘密。这样就好办了。"阿知没吭声，她从皮包里慢慢拿出一张照片，这张照片是去年冬天阿了和许度、段哲喜以及玩具厂的几个员工在北戴河拍的，他们都很高兴，许度还跳了起来，也就是在他跳起来的时候，裸露出一截手背，手背上带着一块表。"你怎么看这件事?"席克问阿知。阿知低着头，半天才说："我脑子很乱，很乱……""不，"席克说，"是很矛盾。你在惯性思维里挣扎，你一直相信许度和你姐姐的爱。这种信任根深蒂固，不可动摇，从而使你不愿面对现实。""不，不，不管怎么说，我都不能做出这样的判断。我宁愿相信，他们的确在那里吵架了，但是，我想象不出来，他会杀我姐，他做不出来，我了解他，观察过他，他绝对做不出来，最为关键的是，他没有理由那么做，他凭什么那么做。不，绝不会是他……"席克掏出那截表带，他初步肯定，这个表带和照片上的表带是一样的。席克说："你和别人说了吗?"阿知摇了摇头。席克说："我们都向好的方面去想吧。但是，这里总归有一些问题需要澄清，所以，希望你就这个事情，暂时保密。包括许度。"阿知点了点头。

席克让技术科放大了这张照片的细节，最后的鉴定结果，许度手上的表带和席克在旺口大堤下拣到的表带完全一致。

"粗线条地来勾勒一下这个案件。当晚许度发现阿了和段哲喜从薪水茶座出来，十分震怒，他在晚些时候在旺口大堤追上了阿了，于是一场关于对爱忠诚与否的争吵开始了，气愤之下，许度摔了那块手表，接着，两人发生厮打，许度愤怒之中，杀了阿了。"

以上是席克回到自己办公室后，喊来子尚时说的话。子尚说："这个勾勒有些粗糙，有些细节应该完善，譬如，这块手表是阿了送给许度的，许度觉得阿了水性杨花，爱情受到了亵渎，于是要把这个爱的见证当谎言一样粉碎，阿了便喊道：你摔！你摔！OK！同意的请举手。"子尚说完，自己举起手来。席克没有吭声，他沉默了一会，突然说："如果当晚 10 点 10 分许度果真和阿了在旺口大堤，那么花立军就在说谎。""为什么不可以呢？别忘了他们是大学同学，而且许度为他解过难。""可是人命关天呀。花立军敢在这个事情上为许度扛着？我看他不像是这种人。"子尚不吭声了。而席克则在心里回答自己：这样的糊涂人和意气用事的人还少吗？屋子里沉闷起来，席克的车子被血型对比室借走了，席克建议子尚和他打的到海螺湾转转。子尚便站在路肩上，见到的车过来就挥动着胳膊，可是接连拦了几辆都没拦住，而子尚分明看见，有的车里没有顾客，"这还得了。"子尚向席克喊道，"明明是车里没有顾客，为什么不停，这不是拒载吗？"席克也有些纳闷。这时，又有一辆的车开了过来，子尚举起警官证拦住了它。"这些车为什么拒载？"上车后，子尚问的哥。的哥说："都在交接班呢。"子尚做恍然大悟状。席克则在想着的哥的这句话，当车子开出去两百多米后，他突然说："去百姓汽车公司。"子尚疑惑，但见席克没做任何解释，他对司机说："去百姓。"

在百姓汽车公司，他们得到了一个振奋人心的消息，从派车记录上得知，7月10号下午四点钟，花立军就向公司交了车，也就是说，7月10号晚上10点10分，花立军根本就不可能开着自己的出租车去海边接许度。这个消息使席克站在那里足足发了两分钟的呆。最后，他轻轻地吁了口气说："我们很快就要见到真神了。把花立军找来吧。"

子尚接受了这个任务后，来到了博物馆门口，他打电话给花立军，说自己要到蓬莱山庄开会，单位的车全执行任务去了，想用一下他的车。花立军明显迟疑了一下，然后问："你在哪？""博物馆。"对方没有回答，好像在听什么，子尚把手机对着街道。不一会花立军说："可以。不过，要等一下，因为有一个客人也去蓬莱，约好去接他，连两百块包车费都定了。"子尚忙说："我是公务，给两百八吧。"花立军马上热情得都要叫了起来，声称马上飞来。不到10分钟，花立军的车就像箭一样插在子尚面前，然后按照子尚的要求向前开去。

车子开到上海浦东银行志远分行，子尚开始在包里翻东西，翻了一会他说："麻烦，丢了一份资料，老兄还得麻烦你跟我回局里一趟。"

"哦！"花立军这么说着，看着倒车镜子，他发现子尚还在翻找着，然后就提了车速。车子越过长春大街，花立军拿出手机，一边开车，一边发着短信，子尚说："这很危险，你靠边再发吧。"可是花立军仍然坚持把短信发完。

车子很快就进了公安局大院，这时，花立军发现，有两个警察从大门一侧走了出来，然后一左一右围到自己的车子前。他们当中的一个走近车子后，弯下腰看着坐在车内有些发蒙的花立军，然后表情严肃地做了个手势，花立军回头看了看子尚，子尚说："下去再说吧。"花立军舔了下干燥的嘴唇，打开了车门。

子尚直接把花立军带进了审讯室，席克早早就在那里等待了。见到席克，花立军的脸上明显掠过一阵惊慌，他仍然向席克敬了个军礼，但笑得很难看，然后在席克对面坐了下来。这时，一直跟在花立军身后的子尚碰了碰花立军说："手机。"花立军迟疑地看了一眼子尚，还是把手机交了出来。"刚才给谁发信息？"子尚一边翻着花立军的手机一边问。花立军又舔了下自己干燥的嘴唇说："一个朋友。""是许度吧？"花立军怔了一下，说："是……他约我晚上吃饭的。"这时，子尚好像找到了那条信息，席克伸手要了过去，信息上说：“晚上我可能去不成了。”席克放下手机转身出去了。

子尚坐了下来，他用一嘴蹩脚的普通话说：“这里是志远市公安局审讯室，花立军，知道为什么叫你到这里来吗？”花立军傻子一般地看着子尚，半天竟然都没说话。子尚说：“这么危险的路，你想继续向前走吗？”花立军声音不大地说：“我……真的有些蒙……”子尚冷笑了一声说：“这种开场白和台词我听多了，结果都一样，没用。”花立军不吭声了，一副苦思冥想的样子，子尚则目不转睛地看着他，目光比花立军眼前的聚光灯还要热。“做伪证真的要判刑吗？”终于，花立军抬起头来，这么问。子尚舒了口气，他说：“你现在能做的就是把问题交代清楚，争取宽大处理。”

花立军低下了头。

四

在这个城市里并不休闲，为了讨生计，每个人都得不断地下潜、追逐或者周旋。掐指一算，许度也有一个多月没和花立军联系了。这天赶上花立军轮班，许度一个电话就约上了他，两人在海心酒居要了一桶扎啤和几样烧烤，然后坐下来一杯杯地扎。

许度喝啤酒时花立军不时地看他，花立军觉得许度喝酒的速度很快，话也很少，接话时也不合适，这是异常。花立军不去问他，反正自己又渴又饿又累，这样的饭局也不需要自己掏钱夹子，只管陪许度耗余下来的一些时光。

对面海关大楼刚震十点许度就喝多了，脸上糟红糟红的。花立军一把夺过许度那只去抓酒的手，说：“稍息！”许度竟然顺从地点了点头。花立军为许度点了一支烟，花立军知道许度不抽烟，但还是递了过去，许度只抽了一口，就趴在桌子上哭了。花立军早就习惯了许度这个熊样，多愁善感，是一个常为一片烂树叶而感慨半天的人，所以也不劝他。酒居里还有一些人，都向这边看，领班的一个小姐走了过来，两只手叠放在肚脐眼那，微微地弯着腰，小声地问：“先生，您的朋友需要什么帮助吗？”花立军对小姐说：“这个活你帮不了。”小姐微笑着说：“先生，您看我们正在做生意。您看……”花立军听懂了领班的意思，他说：“那就再来三扎，哭半个小时，怎么样？”小姐很无奈地笑了笑，走开了。许度不哭了，他斜着身子坐在那，泪眼婆娑地抽着烟。花立军从来没看过许度抽烟，但他今天发现许度的烟抽得相当老练，像是有十几年烟龄了。“什么事？”花立军揉了一下许度的肩，问。“没事。”许度苦笑了一下说，丢下手上的烟蒂。“我们走吧。”“我要了扎啤，不喝可就浪费了。”花立军说，“你不会心疼吧，要不我付钱。”花立军这样说着，自己的几个手指头在自己的衣袋上像老鸹子一样绕了两圈又飞了回去。许度把自己的钱夹子放到了桌子上，并向花立军面前推了推。这时，服务生已经将三大杯扎啤送上来了，“还需要什么吗？”服务生问。许度将一杯扎啤一饮而尽，然后重重地一挥手说：“上。”说着，又一头卡在桌子上。花立军捏了一下许度的钱包，感觉一下内容和分量，然后也说：“上。”三大杯扎啤下了肚，又吃了许多烤海鲜，两人都被彻底地充满了，像两只气囊一样，摇摇晃晃的不稳定。花立军坐在那用筷子咚咚地捅牙，许度看见了就说：“拜托呀，实在不想看你吃饭后捅牙的样子，走，我要离开。”花立军把筷子一丢，跑到外面要了一个的，然后把许度塞进车里。

的车在高低起伏的街道上跑了十几分钟，眼看就要到许度家了，许度却说：“我要去海边，我要见它。”的哥见花立军没有反对，一打方向盘去了海边。

花立军和许度来到海边时，海风正急，两人在海风中立刻生动轻盈起来。花立军想吸烟，可是他点不上火，他把烟小心翼翼地收了起来，然后问：“因为阿了？”许度叹了口气。花立军说：“追不上是吗？”

许度两眼茫然地看着前方，大海像是一床在风中被扯来扯去的厚棉被，夜色被搅动得很差。花立军也叹了口气说：“也难怪，在这棵树下，你可守得太久了，就算是他妈的铁果也该熟了。”许度突然问：“你对处女怎么看？”花立军看着许度，坏坏地笑了，他觉得自己一下子就找到了许度苦恼的原因，“这么说我要祝贺你了？”他说，“你上了？你发现问题了？车况不好？”许度没有接花立军的话，他把身子向后一仰，靠在石崖上。花立军说：“就为这个苦恼？我告诉你吧，我上个礼拜还跟我女儿说呢，你到十八岁还能守身如玉，我就把自己在里山买的那套别墅送你当嫁妆了。”许度很吃惊，他愣愣地看着花立军，他没想到花立军能拿女儿说词。但花立军却很镇定，你也太小看人家阿了啦！你也不光荣呀！没人碰的女孩还算女孩吗！”他语重心长地说：“如果你因为这个苦恼，说明你落后时代真的是太久了，你上锈了，锈死了！真要命！我说走在你后面怎么老是能听到叮叮当当的声音呢，原来是你浑身上下一个劲地向下掉破螺丝。”“不，”许度说：“阿了是纯洁的，这个我敢向天起誓！”许度说这些话时，不停地摇着头，显得很痛苦。花立军一下子迷惘了，他连连弹着自己的鼻子。许度叹了口气，他迷迷糊糊地看着花立军说：“我想跟你说件事，但你要保密，你发誓，你向大海发誓。”花立军说：“先说开。”许度不说，花立军想了一下说：“我发誓，做不到，出车忘买保险了。”许度看着花立军。花立军说：“你嫌不毒是吧？行，出门就直接奔大海了。”许度就把阿了 7 月 10 号晚上在旺口大堤被一个蒙面男人打劫的事情说了。花立军没想到出了这种事，发蒙了半天。他说：“就是说，7 月 10 号晚上你让我陪你去阿了家，就是这事？”许度点了点头。这时许度问：“花立军，在那种情况下，阿了能逃脱吗？”“阿了是怎么跟你说的？她被强暴了吗？”“她说没有……我相信。那个时候我毫不犹豫地就相信了。”“嗯，你宁愿相信，因为你爱她，也因为自私，我是男人，我理解。”说完这些，两人都看着海，都不吭声了，过了会，许度问，“你说呢？”然后迫切而焦虑地看着花立军。花立军看着许度，显然在思忖和矛盾着，半天才说：“我的第一直觉……阿了逃不过的。”不知为什么，许度就是在等这句话的，花立军的话音刚落，他的心就一下子被抽空了，他狠狠地揪住自己的头发，身子向前倾，突然想跳海。花立军体会着许度的痛苦，他拍了拍许度的肩膀说：“许度，我的观点让你没法接受，我常想，一个女人被N个男人K一次和被一个男人KN次有什么区别呢？阿了的事我当初就跟你玩了个阴险。在大学，我比你了解她，无数个男人追求过她，而且她很随便，算是一辆很漂亮的公共汽车。”许度问：“你这么说，是为了让我同情她还是让我仇恨她？”花立军说：“我是想让你对女人的那点家产不要太在乎。”

许度完全鄙视这个观点。

花立军还要说他的第二个观点：“许度，我认为，你当前头等重要的，是要像个男人，要宽容。你今天让我陪你来看海，算对了。男人就像大海这样，泥沙兼容。我想那个晚上，阿了是这个世界上最恐惧最孤独的人，这种心理阴影没有三五年根本抹不尽，处理不好，就是精神分裂症。这个时候你要站出来，护着她，拢着她，不仅不能丢弃，而且要更加爱她。”许度自豪地表白：“我在她出事后一直就是这么做的。”接着，他向花立军描述了自己在阿了出事后，为阿了做出的诸多牺牲和奉献。花立军说：“你这就对了。那你还痛苦什么呢？”“我也不知道！”许度一脸无辜地说。

“实际上就是你心里那一点点贞操观在作怪。在这件事上，你这点想法很奇怪，很自私的。亏着你还是个当代人。”

“是的，好像又不是。”

“很可笑的。你说你要是这样，你又何必去阿了那里，你可知道，到今天为止，你一直在救阿了，一直就是他妈的超人。阿了一旦知道你是这么想她，你的所有努力等于白费，你的拯救等于是谋杀。行侠仗义并不容易，要修炼的，要能忍得了下地狱，入火海的罪！”

许度点了点头。花立军说：“你要感谢这件事情，它让你心想事成，并且会使你成为英雄。真到那个份上，我花立军对你都另眼相看。我崇拜过四个人，专诸、荆轲、聂政，这三个人都是战国时期的大英雄，这不少一个人吗，那就是你！”许度能接受花立军的观点，他发现海一下子宽了不少。

五

“这以后你知道许度和阿了的关系怎么样了？”子尚问。花立军说：“我碰到过阿了的妹妹。”“阿知。”“没错。阿知告诉我，许度和阿了的感情非常好，快结婚了。”“事实如此吗?”“是的。幸福装不出来。我在百慕大超市遇见过阿了和许度，阿了笑容满面，你没看到你想象不出来，我看到我就想，这样的女人绝对是甜蜜的。我看见许度整个地搂着阿了，像一张幸福的饺子皮，这小子真的是艳福不浅。那时，满大街的人都在嫉妒他们呢。”“可是，他们还是出事了，而且你是见证人，但是你作了假证。”花立军低下了头。

六

7月10号晚上12点半，花立军接到了许度的手机，“你快来。”许度在手机里说，然后就挂了。花立军正在睡觉，他从“你快来”这三个字里能嗅到一种莫名的紧张和恐惧，他犹豫了一下，还是穿上衣服，连忙赶了过来。

敲开许度的家门时，迎面扑来一股苦涩而呛人的烟雾，许度站在烟雾缭绕的书房里像个饿鬼。他头发蓬乱，脸色铁青，光着上身，两条锁骨特别显眼。见许度把门扣上了，花立军严肃地说：“我正在帮人修车挣外快呢，一晚上好几百呢，这时候你把我喊来，就等于从我身上抢钱……”许度坐在那不说话，花立军用手把眼前的烟雾扇开说：“什么事?可别说你抢银行了。这个事算国家大事，你分给我多少我都不要，我这个人在钱上糊涂，但是对法律可不敢怠慢。”许度说：“立军，帮我撒个谎！……无论谁问你，你都说今天晚上10点钟，你和我在一起。我们来确立一个地点，在海边，对，你就这么说。”花立军看了一下手机，上面已是第二天凌晨了，他稀里糊涂地说：“没问题。”“你要说像了……”花立军笑着问：“是因为阿了吧?”许度蹲在地下，抱着头。“你肯定去泡妞了，最蠢的是被阿了盯上了。呵呵，男人都是这样，我也是。她要理解呀，男人喜欢女人，就跟女人喜欢衣服一样，总觉得少一件。”许度摇了摇头，脸上转眼间又出齐了汗。花立军感到了蹊跷，有点紧张起来。“是不是阿了?”他关切地问。许度抬起头，看着花立军说：“是公安局。”

有几秒钟，花立军完全是愣在那的，他说：“别闹。你没犯事吧，你也能犯事?”许度睁着血红的眼看着花立军，断断续续地把自己在旺口大堤下卡死阿了的事说了。花立军完全傻了。“这个事，你不该叫我来。”老半天他才这么说，语气里充满了哆嗦和抱怨，眼睑下面有一块肉，连连跳动了好几次。许度“扑通”跪下：“立军，救救我，一定要救救我。”他哀求，两只手向上举着，像是在哀求上帝。“不不不，这个事我捧不住呀。”花立军竟然后退了好几步。“哥，亲哥，你一定要救我，有人问你，你只要说晚上十点多和我在海边就可以了。求求你。”花立军摊开手说：“这是作伪证呀，到后来，我得到牢里去陪你你知道吗?”许度爬起来，从枕头下拿出一个存折说：“这里有五千块钱，你先用着。不够，我再往里加。”花立军先是斜着眼看了一下那张存折，等把那上面的一组数字都看齐了，然后推开说："你先别来这个，这事情要到最后才能说。她人呢？"

"还在大堤下。"

"混蛋！"花立军说，"送医院呀！把人救活，这个事不就变回来了吗，天呐，快走。"许度又跪了下来，他哭着说："没有了，我做过抢救，没有了，手全凉了……她真害人……"花立军好像被劈头砸了一砖，他紧紧抱着脑袋，"你去投案吧，真的。"他说，从指缝里看着许度："一旦投案，性质就会发生变化的。"许度说："不，我一旦投案，事情就说不清了，你知道，我什么背景都没有，我请不起律师，我也没有钱，我只有死路一条。"花立军仰天长啸："许度，这回你要害死我了，做你的朋友太危险了。"

七

在滚装船码头，许度随着一群韩国学生向这边走来了。他穿的是工装，手里提着一个包，胸前的企业 LOGO 很明显。眼看许度就要从检票口走过，有人说："许度！"许度吓了一跳，发现是席克后，他显得有些紧张。这时，席克旁边的另一个男人向许度出示了警官证，然后向前面做了个手势。许度看到，不远处有一辆警车停在那里。

他们在公安局多功能会议厅开始了交谈。席克说："你收到了花立军的信息。"许度有些意外，但他很快就镇定下来，他说："是的。我们原来有个约定。"席克有点尖刻地说："有点像暗号！"许度看着面前这个尖嘴猴腮的家伙，感受到一阵阵的讽刺和压力。"这个你认识吗？"席克问，手里拿着一截表带，说话时向许度亮了一下。许度认真地看了看，然后摇了摇头说："不……我从不……我不认识。"

"你带过手表吗？"

"带过，几年前的事了。早就不带了。我觉得很土！"

"你的表呢？"

"什么？你说我的表吗？早丢了，也不知道丢哪去了。"

"我觉得我们把它给找到了，这真有意思。"

"不可能。你真会说笑话。"

席克把许度和阿了等在北戴河游玩时拍的那张照片拿了出来，并且拿出了一张通过电脑处理的放大的那截表带的照片，许度立刻淌汗了。"我在阿了被杀现场找到了这截表带，如果这截表带是你的，我们想听听你的解释。"席克说。许度恍惚地看着席克，突然说："很滑稽！"席克点上烟，斜眼看着许度，他对许度这句模棱两可的话一点都不感兴趣。许度说："我的表带丢在那里，就代表我杀人了吗？""这么说你承认你把表带丢在了那里？"许度感到很懊恼，但是他只好点了点头。“关于表带丢在那里是不是杀人犯的问题，从理论上讲，你的解释我是能接受的。关键是，我们认为这截表带应该是7月10号晚上10点左右，也就是阿了被杀的那天晚上丢在那里的。”

“我已经说过，那天晚上我是受害人，我的爱情出了问题，我的女友就因为一点狗屁事不睬我了，去跟别人喝酒去了，当天晚上我们因为互相嫉恨早早就分手了，你们为什么不去问那个家伙，段哲喜，他就是我的情敌，他带走了我的女友，他最知道7月10号晚上10点阿了和谁在一起，他心里绝对有数！”

“可惜，在爱情上他比你糟糕多了，可是你并不珍惜，你们在旺口大堤下吵得没完没了。”

“怎么可能。”许度不屑地说，“我从不相信警察会发癔症。”

“你们吵得很厉害，阿了说了很多话，其中有一句话绝对刺激了你，你先是摔了手表，然后在怒不可遏的情况下杀了她。”

“我摔表？摔了那块表？”许度不可思异地问。“你们真的有想象力，你们破案全靠想象力不行吧？”

“是的。最终，我们还要借助一些证据，他们都是铁打的事实，谁也别想亵渎和逃脱。我们现在就开始。”

子尚拿出一只录音笔，播放了阿知和花立军的录音。在这两段录音里，阿知告诉许度，当天晚上10点10分，阿了打来了手机，手机里阿了在喊：“你摔！你摔！”听完录音后，许度流下了眼泪。席克说：“后悔了吧？”许度一副痛苦的样子：“是耻辱，我绝对没有想到，她一边和我谈恋爱，一边还和别人纠缠。这个可怕的女人。”

“这么说，这个和阿了吵架的男人不是你！”

“我真希望是我，那样阿了绝对不会死去，可是，那个时候我为什么要到海边去，我为什么没有去纠缠她，即使被她骂成是无赖、流氓又怎么样！10点10分啊，这个能让我痛苦一辈子的时间，它会像水银一样流淌在我的血液中……我活不长了……我真后悔……”

席克说：“还有让你更后悔的。”接着，席克播放了子尚审讯问花立军的录音。在这段录音里花立军交代了自己为许度做伪证的经过。许度不再说话，他凶狠地看着那只录音笔，我们完全相信，如果他眼里会发射激光的话，这只录音笔顷刻间就会化为灰烬。

席克说：“我们依法搜查了你的房间，在你的房间里，我们找到了许多侦探小说，E. A坡的《莫格街谋杀案》、E. 加博里奥的《勒富日案件》、松本清张的《女人的代价》、柯南·道尔的《血字的研究》。从小票上看，这些书都是你在阿了出事后才买的。你真是太累了。我们不会按照作家的方式去破案的，谁都知道，人的作案动机往往很简单，有89%以上的凶杀案件都属于直线犯罪，所以，我破案的技术含量非常低。那些书迷惑了你，它们交给了你许多无用的东西，耽误了你投案的时间。”许度看了席克一眼，他脸色灰暗，满眼绝望。“有些话题可以放松一下大家的心情和节奏。”席克说，“这块表应该是你们爱情的见证吧？”“是的。”许度用力地点了点头，我们看到有一柱泪水在他脸上短暂地停留一下就急速地滑落下来。

八

这块表是阿了送给许度的定情物，是阿了在一个春天买来送给许度的。阿了说过，不是所有的人都适合戴手表的，但是许度的手腕特别适合戴手表，很粗大，手表戴在那种手腕上就像是站在一个宽大的舞台上，让人安稳和放心，让人有成就感。随表送给许度的还有阿了本人。许度小心翼翼地精致地一层一层地揭露着阿了，当阿了修长丰盈的身体完全呈现在他的面前时，这个无用的家伙天旋地转，山崩地裂，几乎是像一根木棍笨拙地栽在阿了的身上，接着，他颤抖不已，完全不能动弹。这把阿了吓了一跳，她不顾一切地把许度搂在怀里，又掐又喊（这种方式，许度在阿了出事那天同样用过）。几乎死去的许度终于在一片花香和暧昧中醒来。接下来，他俩完全抛弃了自己，两个被爱情激荡不已的年轻人乱云飞渡，如胶似漆。作为见面礼，阿了隆重地奉献了自己，不折不扣地满足着许度。

这样的日子甜蜜而昏愦，许度每天都像一只完全脱水的葫芦，空泛地从设计室走到检验室，从检验室走到热绒车间，再依次走过揣工车间、检针车间……人们看到他脸色蜡黄，眼圈沦陷，嫉妒并幸灾乐祸着。因为，谁都不想让阿了嫁给工作在这样一个企业的男人，有人就发狠说，我要是开发区的那个老板，我就包了阿了，我一定要为这个女人倾家荡产。羡慕也好，嫉妒也好，这样的日子过得很快，不知不觉四个月就下去了。令我们高兴的是，许度的荒淫无度（花立军说的）和他的爱完全洗礼了那个事件，阿了像一只轻盈无比的蛾子，从那个阴影中破茧而出，她的笑声开朗起来，她笑时会露出一排又细又白又整洁的牙齿，那双大眼睛活力四射，照映着她那明朗如镜的心。可是有一天许度却突然发现自己快乐不起来了，他的心情像一只暴风雨来临前的蠓虫，潮湿着小小的翅膀，低低地飞着。实际上你想想就可以知道，许度的这种心情既有主宰也有来头，他和阿了之间的关系，早被他宗教化了，阿了痛苦绝望时他才会觉得自己是个品格高尚、臂力无穷的大英雄；当阿了快乐如初，他突然发现自己被架空了，自己的付出，自己在这件事情上的大度和宽厚，自己当初的誓言都失去了依托和意义。

他用一只手狠狠地抵着自己的太阳穴，手中吃力地夹着一支香烟，嘴上不停地说：“嘁！嘁！”我们谁也无法考证他嘴中发出这种声音到底有什么具体的意义，背后又隐藏着什么样的思想感情；但是我们可以感到，这个时候，确切地说，当阿了焕然一新的时候，他怅然若失，菲薄如纸，而当他听到阿了快乐的笑声如春燕一般穿行在他的耳鼓，他会更加狂躁和压抑。“为什么？为什么呢？”他问过自己，并勒令自己给出答案，但是他没有做到。最为糟糕的是，他一旦起了这种心情，就特别想让阿了到他那间小屋去，因为他迫切需要那种方式的爱。每每这个时候，只要许度打出“心情不好”的幌子，阿了都会赶来，然后按照他所想的给他。这样，许度的心情就会好得很多，就会把刚才还抑郁得不得了的心情忘却得一干二净。可是，一旦当阿了离开自己，甚至阿了离去的背影还在他的视网膜上，他就故态复萌。这一天，他再次拨通了阿了的电话，“晚上你来吧。”他说。阿了回答他：“不行呀！海潮乍起，我已在状况了。不行的。”“不！”过了一会，许度完全不顾阿了的解释，竟然毫不讲理地说：“我必须要。”阿了说：“你很怪呀！怎么不听话了，你不知道这个时候是不行的吗？”可许度固执己见，阿了只好说，晚上有几个男工约了她，许度的目光立刻呆滞了。那时候，经常有男孩或者男人以各种理由来找阿了吃饭，阿了一般都是来者不拒，她真的是太喜欢玩了。这一点，恰恰是许度的烦恼，因为那时，许度也经常邀请阿了，但阿了却能敏感地发现，许度邀请她的意图过于明显，为此，她往往是拒绝的。“不许去。”许度冷冷地说，语意坚定，他想到了过去那些男人，想到自己的委屈，有点报复地说。阿了并不知道这句话充满了多么大的隐患，她说：“你别调皮好不好，我答应别人了呀。”说完，阿了就关了手机。许度的心里“窟咚”一声，他突然感觉到阿了真的把自己抛弃了，在自己做出了重大牺牲后真的把自己丢在了一边。他坐在那愣了很久，耳朵里突然传来了阿了和那几个揣工喝酒嬉闹的声音，一种嫉妒立刻化为了愤慨，然后直冲头顶，他拨通了阿了的手机。“我想问你一件事。”他第一句话就这么说。当时阿了正在开心地大笑呢，听到许度的话，立刻戛然而止，她问：“什么事呀，你吓到我了！”许度冷笑着说：“我觉得你那天晚上被强暴了。”

阿了在那边久久没有回音，然后突然把手机挂了。

许度认为这就是一种默认，他痛苦，他嫉妒，他愤恨，他浑身痉挛不止，“该死的婊子。”他竟然这么骂。接着他又拨起了阿了的手机，他在拨手机时，手是抖的，以至于按键上发出凌乱的哒哒哒的声音。手机拨通了，他说：“我要知道真相。”阿了说：“呵！”这种语气词好像表示无奈，又好像是表示冷笑，许度正要问个究竟，阿了又把手机挂了。许度感觉阿了这样对待她，简直就是想让他疯，他又拨去了电话，可是阿了关机了。他满头大汗，呆呆地看着自己的手机，仿佛在看一块毫无生气的石头。他不知所措，击掌后悔没问阿了是在哪里吃饭的。他像一只被掐去脑袋的蜻蜓，在原地乱转，最后，他又去了那家扎啤屋。

在那里有不少情侣，勾肩搭背，十分忘情，这引起了许度的伤感和痛苦，他不停地喝，不停地抽烟，他觉得阿了一定会来电话。大约过了一个小时，阿了打来了电话，“你什么意思?”她怒气冲冲，“你怎么突然提起那件事，你以为我要瞒你吗？当初，我一提到这件事，你就捂耳朵，总是把话题岔开，现在为什么又要问这件事？你什么意思？你直接说。”或许是阿了的坚决和坦诚震慑了他，或许是别的觉悟在起作用，许度竟然没有接话，“啪”的一声把手机给挂了。接下来，阿了再也没打来电话。

喝到 11 点，许度晃来晃去地来到吧台买单时，发现阿了站在门口，她斜挎着一个款式古怪的帆布包，瞪着自己，脸色通红，眼里沉浸着一种晶莹。许度一阵的感动和心痛，立刻不安和内疚起来，他走过去，一下就搀住了阿了，他感到阿了的眼泪转瞬间就滴落出来。

两人向街心走去。前面我好像隐约地提到过，志远市的街道起伏很大，如果能做出 3D 效果的话，你能看出，它大多数是曲线形的，一道浪一道浪地向前走，很跌宕。在这种街道上走，人会产生许多奇怪的心理。“我知道你在想什么?”阿了终于说。“你……”许度突然捂住了阿了的嘴并且紧紧地拥住了阿了，因为阿了的到来，使他突然感到了自己的卑鄙和无聊，心里隐隐地痛和后悔还有感激，而阿了的泪水则不停地向外流，这让许度更加痛彻心扉，叫苦不迭。

过了一会，阿了的眼睛开始空洞起来，她好像是看着天花板。此时，许度显得极度温柔，他看不过阿了这个样子，表示担忧地晃了晃阿了的胳膊。阿了看了一眼许度，苦涩地笑了一下，说：“你是不是觉得我很快乐?”许度惭愧、自责，闭上眼睛，轻轻吻了一下阿了。

“我不快乐!”阿了叹了口气说。她温柔地整理着许度的头发。许度的头发是黄的，因为阿了喜欢。“我心里一直就有阴影，有伤疤。那个晚上让我刻骨铭心，恐惧像蛇一样游动在我的血液，什么力量都不能将它们驱赶。”不用说，许度很想知道那个晚上的真相，但是当阿了提及时他立刻又十分惶恐和不安起来。他想回避，确切地说他不敢面对那个晚上，面对那个可能，特别是这个充满爱怜和感动的时候。可是阿了却推开了他遮挡自己嘴巴的手。“他打我，撞我的头。”阿了的眼泪这个时候一下子又涌现出来，“我那个时候才知道什么叫冷酷无情，他要置我于死地。”许度想到了那天去看阿了时的情形，他发现阿了的两个膝盖是烂的，有深深的擦痕。“他让我跪下，”阿了说，声音越来越低，但是人却越来越激动，好像许度就是那个人，她不自觉地将自己的身子向外闪。“我说，不能站着吗？他不同意，用手掐我。他的两个手指真的太硬，像两只钢钩……我不能喘气，血向头上涌，我感觉我的血就是要从我的眼里喷射出来。”许度万箭钻心，他再也不允许阿了说了，死死地捂住阿了的嘴。

下半夜，阿了睡熟了，说了一些模棱两可的梦话；有几次打痉了，叫了一声，又睡了下去，然后死死地抱着许度的胳膊。

许度突然想到阿了那张痛楚的脸，想到阿了的眼泪，他深深地叹了口气，把一切都咽了回去，而整个人却像把上百斤的乱麻强行地塞进了一只小药瓶里，被严重地挤压着，堵塞着，鼓胀着。他不停地换气，一副严重缺氧的样子，直到第二天才平息下来。

这个礼拜，许度对阿了倍加关心，每天的盒饭都是许度亲自去打，然后送到车间，他不想再含蓄，他希望大家知道他们的关系，他认为这样可以缓解自己的压力，也可以让阿了尽快忘掉一个礼拜前自己给她带来的不快。19号，阿了和公司的几位检验员去山东百爱玩具厂学习，去的队伍中有男有女，阿了就不停地安慰许度，不停地向许度表白："你看，我现在已经改了多少，你不高兴的，我全改了，不和他们开玩笑，不和他们跳舞，即使是一起吃饭，也很快就回到你的身边。"许度想到过去一个清高得不可仰视的女孩，今天为了照看他许度的心情，如此迁就和承诺，真是让他感到无比的自豪和幸福。

阿了离开志远的两天里，许度不尽地思念，只要有时间就会打去电话。两人在电话里，甜言蜜语，放荡不羁，快乐无穷，时光被他们细分后尽情地吮吸和吸收，一秒钟也没有浪费。可是这种坚持并没有多久，那天，许度和几个设计师去老城头看货，经过旺口时，许度看到了那条旺口大堤。在他看见旺口大堤的一刹那，那条大堤突然变成了一条阴毒的蛇，在他的心口狠狠地蜇了一下，他浑身一阵痉挛，心情立刻像只没有放好的瓶子，突然落地打碎了。到了中午，这种心情日益强烈，那截坐在车上看去并不算太长的大堤，像一条木棍抽打着他的心，而那拐弯处按讲就是阿了出事的地方，像是棍上的一个钩子，在这条棍子棒击自己的时候，也在不断地撕扯着自己。最为厉害是，他剧烈地头痛，于是，一种无可名状的恨，一种发自内心的同样无可名状的痛苦，让他几乎失去了理智。中午，他没有去食堂打饭，而是蜷缩在自己的设计室里，打通了阿了的手机。手机打通以后，他先是说了一番诸如阿了"吃饭了没有？"之类的客套话（这种情况下，他还能装样，真叫人感到多余），然后问："晚上你不能单独出来呀！"千里之外的阿了当然是感激得不能行："宝贝，这话你说过多少次了，怎么可能呢。""阿了……"许度紧张得要命，他喘了口气，接着说："你知道吗？我现在最大的想法，就是杀死那个人，可是我不知道他是谁。"阿了显然没有想到许度会突然提到这个事，她缄默了一会，叹了口气，然后极其轻柔地说："宝贝，不要再想这件事了。"可是许度显然不想就此罢休，他把自己的两条腿高高地翘在桌子上："阿了……这么长时间了，难道一点线索也没有吗？""没有。他们没有找到什么线索，他们那天只是要走了我的短裤，然后再也没有下文。"短裤？许度心里一紧，忙将自己的两条腿从桌子上搬了下来。"你刚才说什么？"他问，"你说短裤？他们拿走了你的短裤？""是的。"阿了说："他们说送去鉴定。""为什么要你的短裤？""可能是为了查找指纹吧。"许度不问了，愣愣地看着窗外。阿了则在手机里呼唤他："你怎么了？"许度忙说："哦，来人了。"阿了忙丢了电话，而许度抱着自己的双膝，在藤椅上一直发呆到设计室来人。

下午，许度没和任何人说过一句话，他心不在焉，魂不守舍，头脑被一些模糊不清的影像交织着，纠缠着，乱成一团。下班后，他直接回到自己的小屋，先躺了下来，然后一下子就感到自己生病了。这期间，阿了从山东打来了几遍电话，他都没有接，他觉得自己还没有把思绪理清楚，还有许多问题需要甄别。他反复想着阿了的话，把阿了的话一个词一个词地排列，一个字一个字地拆解，一个逗号都不放过。当天空完全黑下来的时候，他的想象力突然像闪电一样的迅速和奇特起来：

那个男人先是不断地放肆地抚摩着阿了，接着一点一点地从容地去抚摩阿了的全身。阿了不敢动，因为她吓得半死，浑身痉挛，体若筛糠。这是对淫恶者最大的鼓舞。于是，那个男人，那只肮脏无比的手更加放肆，更深入……"啊——"许度大声叫着，将身边的台灯摔得粉碎，他紧紧揪着自己的头发，不停地摇着头，大口大口地喘着气，直到脸色苍白，大汗淋漓。

半个小时后，许度渐渐平息下来，他拨通了阿了的手机。阿了正在和一同事说话，他坚持要阿了到一边和自己说话，他问："阿了，你觉得我爱你吗？"阿了已经走到了另一间屋里，她把门掩上说："宝贝，又怎么啦？"许度叹了口气说："我还在恨，想杀了那个家伙！""宝贝！"阿了吻着她的手机。许度说："如果你认为我是爱你的，你能跟我说实话吗？""说吧宝贝！""那天，你的短裤上有精液吗？"阿了愣了一下，然后说："你想到哪去了。怎么可能呢。他……不行……"许度痛苦地直摇头。不管自己的想象多么逼真，但是那毕竟是想象，但是阿了却向自己展现了一个事实，也就是说，那个男人的确掀开了阿了的裙子，然后用自己的生殖器接触了阿了。他恨阿了，因为，他希望阿了能斩钉截铁地否定那个男人对她的强奸，更希望阿了能歇斯底里地吼叫："没有！没有！绝对没有。"声音越大越好，这个时候，他会相信的，他宁愿相信，所以他绝对会相信的，可是，现在阿了就这么愚蠢地不知好歹地描述了那个男人猥亵她的过程……他极力地控制着自己，他问："他是怎么放过你的？""他自己走的。"许度不再问，慢慢地放下手机。阿了在那边好像叙述自己如何反抗，如何被打的过程，但是他一句也没听清楚。

阿了是 27 号回来的，离开许度整整一个礼拜，实际上，她应该和她的同事在青岛呆得更长，但是她还是回来了，因为，他突然接不到许度电话了。

阿了找不到许度了。许度是外乡人，这个城市没有他的亲戚，于是阿了到设计室打听许度的下落。同事告诉她，许度去北戴河出差了，而且这趟差是许度主动要去的，而阿了清楚地记得，离开志远前，许度曾亲口跟她说，他会像一棵树等候在家里，他要守株待兔。阿了反复推理着这里的变数，最后预感到了什么，出了设计室她就哭了。她再次拨通了许度的手机，但仍然关机。她发去信息：树吗？兔子来了，快死了，是急死的。她找不到树！当阿了在志远度日如年时，许度在北戴河则如坐针毡。北戴河的夏日异常美丽，每一个角落都可以装帧入画，但对于许度来说，这些风景毫无生气，也没有意义，坐在海边，他几度想纵身一跳。他觉得这个时候死去会有一种通达的快感，而且唯有死才可以一了百了。他觉得自己这个想法很高明，就打电话给花立军。花立军说："到北戴河自杀还是很方便的。既不扰民，也很环保。我知道北戴河的楼层不高，我建议你可以选一个峭立、挺拔、人迹罕至的海岩，然后纵身一跃。"许度痛苦而诚恳地说："我真想死，我真想死，为什么？为什么？你能不能看到，我脑袋越来越大，越来越离奇，像飞艇。"花立军索性把出租车停在一边，他跟许度说："人说死得其所，你倒好，临死却不知道为什么。知道为什么吗？就一个字，就一个狗屁不如的字，爱！这个爱字，让无数人回头是岸，又让无数人万劫不复。我单跟你说前者，你用心想想，你不爱她你还会这么难受吗？你现在难受吧？心里装了一万条虫子，这些个虫子没有别的好姓，就姓爱，一点没错。"许度不停地摇着头，但这绝不是否定花立军的话。"许度呀，北戴河我去过，一个能让人坐地成仙的地方，我劝你犯一次病，找个人多的地方，面向大海喊几嗓子，这个主意不错，你可以试试。""还有别的方法吗？""你他妈不是东西，老是惦记谁动了你的奶酪，我看你就去嫖几个小姐吧……哎，还真的不错。你嫖她们时可以玩一些高雅的游戏，譬如把她们给绑了，然后高喊几声吓晕她们，然后再实施强奸式的做爱，我敢肯定，你心理保证会平衡起来。不过你如果钱带得不够可别问我借，我这几天赔死了！"

"我还是选择前者吧。"许度说，然后一口气跑到离大海只有三米远的地方，脱去上衣，一边拼命舞动，一边高喊，"啊——啊——"

海风强劲轰动，几嗓子喊下来，许度感到心窍渐次舒张，阴霾松动漂移，负荷分崩离析。大海突然崛起，几丈高的浪头，带着巨大的黑影，翻卷而下，其浩瀚和狂飙一下子就把人归零了。面对着磅礴而宽阔的海面，许度突然感到了自己的好笑，感到了自己的狭隘和恶劣，他扪心自问，她能有什么办法？她要么选择抵抗致死，要么选择保存生命。过了一会，他觉得自己压不住自己的理论和诘问，便接着给自己施加压力：如果阿了是自己的亲妹妹，自己会让她怎么做？难道自己会让自己的妹妹为了保全自己那个什么贞操抵抗到死吗？想到这里，他的眼前立刻闪现出阿了遍体鳞伤的形象，她睁着恐惧的眼睛，用自己的头盔狠狠地却是无力地砸着那个男人，那个男人狠狠地扇她的耳光，向地下撞击她的头，然后向大堤下拖，阿了拼命地抱着涵管，哭着，一点声音都没有地哭着……

许度一下子跪在地下，痛苦撕扯和咀嚼着他的心肺，他紧紧地揪着自己的胸襟，放声大哭，然后不断地扇自己的耳光，骂自己可耻、冷酷、自私、无情、没有道义、心胸狭隘、缺乏同情心，连畜生也不如。哭了一会，骂了一会，许度打开了自己的手机，手机刚打开，一个电话就打了进来，正是阿了，他忙按下应答键，对方没有回答，他自己竟然也没敢说话，连一个“喂”字都没有发出去。此时许度看不见千里之外的眼泪，阿了拿手机的手抖个不停，眼泪像瀑布一样急骤而下，密集而持续，她语调平静地问：“你死了吗？我快死了？”说完这句话，便关了手机。接着，许度翻阅了一下手机，有200多个电话记录，除了有两个是大哥从老家打来的，其他198个电话全是阿了的。其中还有43条短信：

——你在哪里？可怜可怜我，我找不到你活不下去的。

——你在哪里？为什么躲着我，回来吧，有什么问题我们一起商量。

——宝贝，我爱你，看在爱的份上收回你的残忍和麻木，我真的快不行了。

——阿度，我找你找得苦呀，我找遍了大街小巷，去了无数家扎啤屋，我想你呀，你能看到我在哭吗？你就忍心我站在大街上哭吗？

——许度，看到信息立刻回，阿知说，我脸上有死人的气色，你不能让我在死前看不见你。

——我在听歌，《怎么会狠心伤害我》，你听：怎么会狠心离开我，这一切到底为什么？怎么会狠心伤害我，可怜我爱你那么多……

——我知道，我们的爱情注定要被打折，注定要艰难无比，但我坚信它的永恒，因为我是认真的，我首先会爱到底。你回来后立刻给我打电话，我一切都为你准备好了。

……

四十三条信息，没有一条是责备，是怒怨，只有深深的思念、不尽牵挂和爱的倾诉和表白。阿了的这些信息让许度彻底崩溃，在返程的路上，他在手机里调出那首叫着《怎么会狠心伤害我》流行歌曲，反复地听，多次掩面而泣。他给阿了发去信息，告诉她自己到家的时间、地点：阿了，我的爱人，我回来了，你亲自把我领回家吧，我迷途了，当我知道你是那么宝贵后，那么纯洁后……当然，许度在心潮澎湃、情绪亢奋的时候还指天发誓，他要在志远市火车站广场和阿了浪漫约定，他要当着来自全国各地旅客的面高喊：“我爱你！”就是在这样的期盼、承诺和誓言中，火车互相扯动着，徐徐停靠在志远火车站，见玻璃雨篷飞了过来，许度立刻压低身姿，举着眼睛，通过宽大的车窗去看站台。

站台上熙熙攘攘，人声鼎沸，激情使许度产生着妄想：此时，迫不及待的阿了会提前到站台等他，一眼看见自己后，便像一只蝴蝶，飞舞而来，然后扑进自己的怀中大哭不已，委屈得简直就像一个不谙世事的小女孩。如果是这样，他就提前举行仪式（前面我说过，许度是准备在火车站广场拥抱阿了的），他会把阿了高高地抱起来，旋转几圈后向比肩接踵的人流高喊：阿了，我爱你！但是，站台上并没有阿了，出站口也没有，那些拿着旗子或举着牌子的都是旅行社和附近宾馆的人，他们叫唤得很凶，见谁喊谁，张牙舞爪，好像要把旅客撕开似的。许度只好来到广场，这可是他们约定的最后见面地点，可是两个小时了，也没见到阿了，他连忙拨通阿了的手机，但是阿了已经关机。又过了一个小时，许度失望地看着广场，广场像是被海啸了，刚才还人头攒动，这会人影如钉，干净而嘹亮。许度的心空空的，他收拾起自己的包裹，拖着疲惫的身子决定回到他那个家。

接下来又是三天，这三天，阿了的手机仍然处于关机状态，公司里也不见阿了的身影，坚忍着的许度终于感到自己要疯了，他请了半天假，从下午2点起就赶到了公路桥下，他决定在那里死等。

他等到了阿了，可是骑着车子的阿了却看也没看他，"嗡"的一声就过去了。许度连忙上车，一加油门，撵了上去。眼看就要撵上阿了了，阿了突然歇斯底里地大喊起来："滚开，不要在我后面骑车，不要在我后面骑车。"许度猛然想起了阿了的话。自从阿了在旺口大堤被打劫过后，她一听到身后有摩托车就会惊恐不安，就想大声尖叫。许度忙把车子停了下来，然后一阵狂奔去追阿了。刚跑了不到二十米，脚下突然一折，整个人改变了方向，头冲着大堤翻了下去。阿了显然从倒车镜中看见了这一幕，她把车子停下来，但仅仅停留了几秒钟，又开走了。

许度摔得不轻，他检查和感觉了一下自己的重要器官，都好用，便从大堤下面爬上来，一瘸一拐回到自己的车子旁。接下来，他每隔一分钟就给阿了发一条信息。凌晨2点多钟，阿了的妹妹阿知打来了电话，她说："你必须立刻回去，我讨厌死缠烂打的男人，恶心！"许度说："你……"阿知把手机关了。

许度从北戴河要回来时，阿了去了火车站，之前，阿知将她关在了房间，劈头盖脸地教训姐姐："朝三暮四，出尔反尔，你还没感觉到这个人很变态吗？他脑子里整天就那点事，我告诉你，别听他说他很开放，事实证明，他很在乎你的过去，他根本就放不下，扔不掉。男人个个装样，一碰到这事马上就龌龊，马上就变成了狭隘的小男人。我们为什么要这样迁就他？你迁就他的结果就是让他对你得寸进尺！我在这件事上不能不出山了，这个家伙需要冷静而不是纵容。你做好思想准备吧，分手，看你这个棉花糖样，分手就是救命！不信你等着。"

但是，思念这东西会让恋爱中的人失去意志和不知所措，阿了还是跳窗走了。在火车站，她远远地看着许度，亲眼看见了这个被爱情折磨得憔悴而虚弱的男人，她想冲过去，但是她还是停了下来，她说："许度，我知道你在想什么，你一直就在琢磨那个晚上，你和那些庸俗的人没有两样，你就是觉得我被强奸了。他们是可以庸俗的，而你不能，你是爱我的，这些天你也知道，我是多么地爱你，你怎么能这样去想我，不原谅我。"正是这些充满着诘问的心里话，再次激起了她的愤慨，她任性起来，愤然离开了车站。

此时，已经是第二天凌晨 4 点，阿知说："姐，睡会吧，赖猴已经回去了。"阿了叹了口气。阿知说："被你闹死了知道吗？我说过他已经走了，你以为他会带蚊帐呀！"阿了竟然坐了起来。阿知把姐姐按倒说："我同意了还不行吗？明天你去宽恕他吧。不过，你可要注意节奏和方式，别让这小子感到你投降得太快了点。"

早晨 6 点，阿了还是起床了，她快而有条不紊地将自己打扮了一番，然后出门往城里赶。当她骑着车子来到大桥下的时候，她傻了，她分明看见，许度斜靠在车子旁，正向这边看呢，很显然，这个人真的在这等了一夜。阿了心头一热，整个人立刻软了，但是，最后她还是一低头，把车子开了过去。

车子开出去快有一公里了，也没见有人撵上来，阿了把车子停了下来，然后打开了手机。阿了的手机刚打开，许度的电话就来了，阿了犹豫了一下，按下了通话键。许度说："我爱你！""谎言！"阿了说。多少天来，许度终于听到阿了说话了。站在桥面上的阿了泪水满面："我知道你在想什么？我不是以前的阿了了，我贬值了。你应该知道我说这句话的意思，所以你可以抛弃我了，藐视我了。在你的心里，我罪责深重，不可饶恕，我让你痛苦万分，你应该远离我，你做得多好，我看还不够完美，请继续。许度你听着，我不想连累你，不想让你为人言所困，我走，我选择离开不行吗？"许度叹了口气说："既然你这么坚定，我什么也不想辩解，不过，我有一件东西得给你，你收下后，我就走，你等我。"阿了听许度把手机关了，也把手机装进包里。她发动了车子，但想了一下，又熄火了。

许度很快就到了，他把车子停稳后，走到阿了跟前，然后"扑通"一声跪了下来。"起来！"阿了喊，"你要给我什么东西！"许度仰着脸看着阿了，指了下自己的膝盖说："就这东西。"阿了看着疲惫不堪，满脸憔悴的许度，一言不发，突然有泪水从她的眼里荡漾出来，她挥手擦去，然后骑车走了。快到城区的时候，阿了把车子停了下来，迟疑了一会后，她把车子掉了个头，向回开去。阿了回到桥面上时，她发现许度还跪在那里。来往的车辆很多，许多司机感到好奇，把头从车窗户里伸出来，兴致勃勃地观看。阿了的眼泪再次潸然而下，她把车子慢慢开到许度跟前，然后向许度伸过手去。

这个晚上属于苦大仇深的恋人，阿了和许度赤条条地搂抱在一起，一时也不能舍弃。"你还爱我吗？"阿了问许度，一脸的担忧和迷惑。

"我爱你。"许度说，很后悔，很感动，很真诚，很坚定。

"能爱多久？"

"是永远的爱！"

"你是不是希望我向你发毒誓！"

"不需要，我不是孩子。"

"我以下说的每句话如果有假将不得好死。"

“你别这样，不好！”

“你让我能怎么办？我知道诅咒发誓不顶用，但是可以让心站出来。”

“不要发誓，人说越是相爱，诅咒就越可能兑现。”

“这就太好了。我一定要发这个毒誓。”

“不要这样，我爱你！我已经说得太多了！”

“那天晚上我真的没被强暴。”

“相信，我全相信。”

“我用摩托车的帽子狠狠地打他。”

“我知道，你把帽子都砸烂了。”

“他是怕大堤上有人过来才走的。”

“我相信，不要再说了。那个堤上总是人来人往。”

“不，我一定要说，今晚我们一定要说清楚。”

“不要说了，我相信，我以后再提这个事，我就死！”许度说，不停地扇自己的耳光。阿了拼命阻挡着许度。许度说：“宝贝，你听我说，爱就是爱，爱必须要承担，要有骨骼，那天晚上别说你那么幸运，你就是被强暴了，我都没有任何理由去怪你，我不能去责备一个弱者，一个受害者，尤其不能去责备一个我深爱着的人，宝贝，我什么都不在乎，没有什么比你活着更重要，更有意义。宝贝，想到你……我真想再哭一次……”说到这，一种义气、豪情和不尽的忏悔涌上许度的胸口，他深度哽咽着，像喘不过气来，然后泪水从他的脸和阿了的额头之间挤了过来。阿了忙用手去摸许度的眼，她吃惊地发现，许度的眼里像有一孔充沛而旺盛的泉，这使她的手一下子被湿透了。阿了倍加感动，也流下了热泪，她不断地吻着许度。“宝贝，”她说，“谢谢你，谢谢你，不要这样，来吧，来吧，我要你发疯，我要你发疯……”

当一切都平息了，许度陷入了深思，然后搂着阿了像孩子一样哭了。疲惫的阿了动情地抚摩着怀中这个敏感而多情的男人，不断地吻他，然后轻声地说：“我们结婚吧。”阿了的眼前闪过两块不断活动的板子，她想，我们结婚了，这两块板子就会被牢牢地固定下来了。许度显得有些激动，又有些尴尬，他说：“你要允许我准备一些时间。”阿了叹了口气说：“我还需要你什么呢？有你就够了。”他们紧紧搂在一起。

和别人想象的不一样，阿了没有什么积蓄。所有的人都会这么想，如今的女孩，当然是指那些有绝色的女孩，很少见到愿意荒芜自己的，她们一定会充分利用和开掘，将自己的资源利用到极致。像阿了这样的美人胚子，又是在二十四五岁的光景，熟透而馥郁的气息定会招来无数的猎艳高手，手上没有几十万那就不对，连那个小镇子上的人见到阿了的母亲都会放肆地说：“你家阿了是人精一个，不会少钱的。”但是，阿了的确没有钱，也许她不善经营，也许她没找到一些开发的机会，也许招商的标的过高，反正她没有钱。她和父母谈到自己和许度的婚事时显得有点尴尬，她觉得自己工作这么多年了，好像在这件事上不应该再让父母投资。可是父亲却很高兴，阿了出事后，关于阿了的婚事他一直就这么担心着，现在，阿了竟然谈到了婚姻大事，这出乎他的意料，这至少说明，阿了开始走出了自己，有了明天，而这一点是做父亲的关键，是他忐忑不安之所在。他认真地兴致勃勃地听取了阿了关于许度目前经济状况和家庭状况的报告，然后一口答应，在城里买一套房，其他的陪嫁任阿了选。父亲是远近闻名的暴发户和吝啬鬼，这种决定让母亲都吓了一跳。阿了更是兴奋难拟，她当即就把这个消息告诉了许度。人的道义感原来是极为脆弱的，许度听到这个消息，兴奋得久久说不出话来，他跟阿了说："呵，呵……"接下来，阿了和阿知就如何举办未来的婚事商量了两天之多。姐妹二人飞蝗一般，来往于全市各大商场和家具店，常常为选一样东西吵得不可开交。吵到最激烈时，阿了会失口说："是我结婚又不是你结婚。"阿知便会大声叫唤："是你结婚也不行，这东西我就要看得舒服。"你看，生活真的就这样好起来了，为此这种吵吵闹闹的，也很让我们欣慰和幸福。

阿了在积极操办婚事的时候，许度则有点转圈，他总感觉到自己哪里不对，想来想去，还是钱的问题。是的，他觉得自己在钱上不能一点态势也没有，这让一个男人会很失体面，于是他打电话叫来了自己的大哥。他希望大哥能给他五千块钱，他想，自己一旦有了五千块钱，第一件事就是要跑到金店去，给阿了买一对耳环，他觉得阿了那两只美丽的耳垂真是朴素得太久了，让人心疼。

大哥说来就来了。大哥见到许度时就把大腿跷在二腿上，滋溜滋溜地抽烟，脸膛子赤红，火盆色，跟从炉膛里刚拿出来的一样。手指头粗大而畸形，手背上拱起的青筋像是山坳里的田垄。弟兄二人你一段我一段地谈家里的事，等把这个话题说纯粹了，许度就说自己和阿了的事，说着说着就把阿了的照片拿了出来。这是一张阿了在公司春节文艺晚会上的照片，真是漂亮极了，许度的虚荣心膨胀到了极点。可是大哥只是远远地看一眼，就继续抽他的烟。许度觉得大哥不便在自己的未来弟媳的相貌上表态，就谈婚姻的事，开口向大哥借钱。大哥比许度大十几岁，有点像日本民歌《北国之春》里唱的那个被叫着老父亲的家兄。小时候家里清贫，大哥的爱，使许度根本就没体会到童年的孤独、饥饿和时光难挨；上了大学后，许度的所有学费也都是大哥通过打猎、挖山笋和采茶攒齐的；如今大哥和别人合伙办了一茶厂，经济条件当然比以前好多了。"往后拖拖吧。"大哥慢滋慢悠地说，扑啦扑啦地掸着掉在自己膝盖上的烟灰，"他们要盖厂房，我要挺二十多万呢，你大嫂又从牛身上摔下来了，被医师抓了个理由，死命地剖钱，少不了要去两万多。"许度半天没说话，但是大哥好像并没有为许度的沮丧和意外而触动，继续嘬他的烟。过了几分钟后，大哥说："你在家就任性，那是黄口雀子，出来闯荡了，一个人说什么也不够用的，平日里把窗户打开了，多听听别人的。”许度不开心：“这些话我看在电话里说就够了，干吗要跑这么远的路来说呢。”大哥揉了揉眼，看着窗外不吭声。是逆光，大哥眼角旁的皱纹一根根地拢起，深刻而不含糊。屋里没有空调，电扇咯琅咯琅地转着，许度的头上脸上全是汗。这时，大哥在口袋里摸索着什么，过了一会掏出一只皱巴巴的信封来，“老四，这里有一封信件，你看看，看过就算了，不要声张，阿妈有话跟你说。”许度感到很奇怪，“谁写的？”他问。“你看看吧。”大哥说。许度把信拿过来，拆开信瓤子看了。

信封和信笺上面的字都是电脑打的，信不长，也就三层意思，第一，写信人自称是许度的好兄弟，为许度的堕落和不争气而惋惜；第二，说许度找了个女朋友，是远近有名的破鞋烂帮子，最近还被人强奸了，整个城市无人不知，整个公司无人不晓，人人避之不及，但许度如获珍宝，已让人笑掉了大牙；第三，许度不听任何人劝，一意孤行，非常危险。

许度一下就想到了段哲喜。他知道段哲喜一直在追阿了，在阿了身上用过的计谋能编成一本三国。不知为什么，阿了对他也说也笑也闹也愿意应邀陪他吃饭，但在爱情上就是没有感觉。许度和阿了的事情半公开后，许多人都表示祝贺和承认，但是段哲喜一直就跟自己过不去，平时，话里充满了嫉妒和揶揄，迁怒于此，在主任面前也没少上自己的烂药。他还跟许度说过：“我没放弃！”“这个畜生！”许度骂着，拨通了段哲喜的手机，但是对方却在通话中，他又接连拨了好几次，对方仍然在通话中。

许度拨手机时，大哥看出了名堂，就说：“你别跟朋友翻脸膛子，人家是为你好。如果真如信中说的，我看老四你是要寻思一下。阿妈接到这封信，几夜没睡，我们老许家几代清风嘹亮，这门亲事进不了山的，阿妈那身子已经够驼的啦，说什么也背不动那些闲话。”许度瞪着眼说：“别说阿妈背不动，大哥你也背不动，我出来几年后才发现，我们整个坝子都背不动。”大哥点上一支烟说：“这个事没有一个人说要跟你包办代替的，还是你说了算，不过，阿爸阿妈也好，堂子里的姐妹兄弟也好，还有你那些朋友，眼看着你不在杠子里了，都不会哑口的。你不听，那是有你的想法，我们都不会再说第二次。”许度又去拨段哲喜的手机，仍然占线，经过一番激动反而平静的他向大哥解释说：“阿了被人打劫是事实，但是被打劫不一定是被强奸呀！那个人打劫阿了时，被阿了用头盔砸烂了头，后来发现有人来，就跑了。”你听，为了强调这里的可信性，他显然编了一个细节，如“后来发现有人来，就跑了。”这个事，接着他又找出证据说：“那条路是一条连接城市中心和城郊的主干道，别说是夏天，就是冬天，一时也少不了行人，那个人吃了豹子胆也不敢那么从容地去强奸。说这种话的人，去这样想的人，都是傻瓜，脑子占线，不通来着。”大哥不想再说什么，他把烟尾巴搓碎了，装在自己的衣袋里说：“我下午就回去了，你好好的，别的我就不说了。”

许度没吭声，过一会，眼泪竟然流了出来。大哥也看见了，就说："别人说算个什么，关键是你自己心里柱壮就行，我回去和阿妈说，你真是要今年结婚，我再把资金重新排一下。"许度是挽留大哥的，可是大哥自己偷偷买了票走了，走时给许度留下了一张存折，三万七千元，大哥在留言上说："别让人家说我们不懂事，女方喜欢什么，你先买吧。"许度拿着这张存折久久没有吭声，他脑海中乱成一锅粥。

大哥和那封信像一块石头，在许度刚修复的地方又重重地击了一下，尽管他在大哥面前极力否定，极力辩解，但这种辩解，既是为了一种虚荣，也是一种自我安慰和仗胆，其实，他在看到那封信时就被彻底击垮了，那种为阿了的辩解，不过是一种挣扎而已。也就是说，他对大哥带来的那封信是基本认可的，他站在爱情的门口又止步不前了，而且对阿了还有了一种莫名的憎恶，他感到自己被骗了。

每年春节，企业都要举办文艺晚会，阿了每年都是开场舞的主角，今年照例选了她。同时，人事部还通知阿了，7 月份，有几个工人，为了赶制博览会礼品，在回公司的路上被困海岛，但是他们还是历经艰险回到了公司。公司决定把这个故事改编成小品，让阿了担当其中的主角，届时，中央二套会派记者来现场拍摄专题。阿了带着喜悦的心情把这个消息通过短信告诉了许度，但许度没有回音，此后再也联系不上了。阿了迷惑，她多次去设计部和许度家寻找，但是都没找到。阿了突然想到，去年她在演出时，许度好像对一个男演员抱着她旋转有些不快。想到这，她好像明白了许度不给自己回音的原因，便立刻找到负责彩排的领导，说了十几种理由，终于把表演的事给推了。从工会出来，她第一件事就是给许度发去信息，告诉他今年自己不参加任何演出了。她高兴地想，最多两分钟内许度就会给自己来电话。但是，一连两天，她也没接到许度的回音。于是，她做了一个决定，下班后，就在许度的家门口等。

夜里 10 点多钟，许度回来了，他在开门时顺手打开了灯，一束灯光立刻破门而出，然后把屋外的许多景物一一分拣出来，就在这时，他看见了阿了。阿了站在树下，一只手紧紧攥着包带，很生气的样子，目不转睛地瞪着许度。许度没有过去问候，他打开门，径直走进屋里。不久，阿了也跟了进来。进门后，阿了发现许度躺在床上，两眼空洞地看着天花板，显然是喝酒了，酒气一下子就把屋子充盈了，从外面刚进来的人会有一种很强烈的感觉。"为什么找不到你？"阿了问，站在那一动不动，影子就在离许度很近的地方。"忙！""为什么关机？"

"忙呀！""这么说我可以走了。""我真的很累。"许度说，翻了个身。

阿了气不打一处来，她冲过去推了许度一下，说："你什么意思？"

"没有呀，我忙！"阿了无可奈何又迷惑不解地看着许度，她慢慢退到墙角，咬着自己的嘴唇。屋里好静，许度好像要睡着了。阿了的眼泪慢慢地溢了出来，她带上门走了。阿了刚走，许度就坐了起来，他起身把门推上，然后坐在那抽烟。这时，他的手机突然响了，是阿了的，躲不过去了，他说："你好!""我不想听到你这种问候。""你想要我说什么呢?""你又犯病了，我想知道病因。你不能这样对我，你不能把我当磨刀石，你会把我磨死的，今天你要把话说清楚，我不想再耗，我一点力气都没有了。"我想这句话激怒了许度，他冷笑一声说："可以，你先回答几个问题再离开我吧。那天晚上你是怎么脱身的?""呸!"阿了把手机挂了。许度的怒火一下子就起来了，他又拨通了阿了的手机。"你到底有没有被强暴?"他问。"畜生!"阿了又把手机给关了。许度蹲在地下，捂着自己的脸。这时，他的手机突然又响了，阿了在手机里歇斯底里地叫着："我没有，我没有，你别侮辱我!"叫了几声，阿了再次将手机关了。

这种伤心病狂似的大骂和歇斯底里地大叫，对矛盾着、痛苦并莫名地怨恨着的许度来说却是一种安慰，他安静下来。过了一会，他突然想到是深夜了，忙打去电话，但是阿了没有接，他觉得自己很疲惫了，便躺在床上。两个小时后，许度的手机又响了，是阿了打来的："许度，我一直就在你的楼下……你真变了，在我出门的这么长时间里，你都没有出来看一下……你的心真狠，男人的心真狠。有人说，男人的心都是罂粟花，不能碰的，因为你，我觉得我到死才能相信这句话，现在我相信了。"许度忙爬起来，跑到窗前向外看，他没看见人，他只听到阿了低声哭着说："我已经知道，男人向女人求爱的过程就是下毒的过程，等毒性发作了，男人就走了，不是吗？许度，你凭什么要这样折磨我呀，别说那个晚上我侥幸活了下来，即使我被强奸了又于你有什么关系？那是我的事，我想一死了之，可是你偏偏要来爱我，对我的今生和来生大包承揽，海誓山盟，那时候哪怕我烂得只剩下了一段你也不在乎。可是现在呢，你步步紧逼，你早就做成了一个大牢笼，你成了一个翻手为云、覆手为雨的大法官，整天想着怎么审判我，而我只是一个可怜的囚徒，一只深陷泥潭的小羊……"阿了哭得一塌糊涂。许度猛地打开了门，他发现阿了在一个垃圾箱后面蜷缩着，他的心像被是刮了一下，募地疼了，连忙跑过去，把阿了一下掖进自己怀里。

"那天晚上是你原谅了她还是她原谅了你?"席克问，把烧出很长一截的烟灰轻轻地弹在烟灰缸里。

"我们彼此原谅了。"许度说，"看着她浑身脏兮兮的样子，想到这个当初在自己面前如此清高的女孩为了一份爱，走到这种乞求的地步，我突然为她伤心。"

是的，许度紧紧搂着有些战栗的阿了，也流出了眼泪，他在心里默默地发誓，再也不计较阿了的过去。阿了仰起泪脸问他："为什么要对我这样？为什么你变得这么快？你心里到底在想些什么？能告诉我吗？如果你真的觉得我配不上你，请你告诉我好吗？我会离开的，因为我现在没有什么奢求了，我知道自己的分量，我什么都能接受，我只求安静地度过余生。"对于阿了这番悲观阐述，许度痛心不已，他主动说："宝贝，我心里老出问题，是我的错！""那我们就分开一段时间吧？只要能让你快乐！或者彻底分开，我总觉得这才是我们最后的结局……"阿了说到这说不下去了，低下头，整个身子在战栗，眼泪大颗大颗地滴在她的衣服上。许度一下抱住阿了，紧紧地。阿了去拨他的胳膊，嘴上说："我也不再提结婚的事了。你如果觉得还没有准备好，我们就把这个事放一放。""不！"许度有些凄惨但又是悲壮地说，"我一定要让你体面地走进婚姻殿堂。"阿了看着许度的眼睛，它要在那里对答案。她看见许度的泪水潸然而下，她很感动，相信这个时候许度说的就是肺腑之言。接下来，我特别想删去一些章节，因为有些描写不宜观瞻，后来在我的母校吉林大学，我的一个文友跟我讨论这件事说，这个章节你删去会显得你很虚伪，同时，我根本就不相信，你会有更体面更含蓄的文辞能代替它们。就表达思想深度方面，你自己必须要接受这样一种叙述。

许度把阿了带进了他的浴室，然后，脱去自己的衣服，又脱去了阿了的衣服。淋浴室里马上呈现出了一黑一白的两大视觉色块。许度脱去衣服后，显出了山里娃那种强健和剽悍。阿了被深深地吸引着，在水柱从天而降的一刹那，她轻轻地趴进了许度的怀里。洗浴立刻被打断……忽然，许度突然大叫起来，他一边叫，一边猛烈地疯狂地撞击着阿了。她被许度的大叫吓住了。她一把抱着许度，"怎么啦？你怎么啦？"她惊恐万状地问。许度瘫在阿了的怀里，浑身发抖，双拳紧攥，脸色铁青，大口大口地喘着粗气。阿了为了让许度镇定，不停地抚摩他的脸，不停地吻着他的额头和嘴唇。我们可怜的阿了，她死都不会知道，这个刚刚为爱发完誓，现在开始和他做爱的男人，此时又想到了那个晚上，想到了那个男人强暴阿了的细节。这种想象不仅再次使他顿生痛恨、嫉妒、责怪、痛苦和迷惑，而且使他极度亢奋和精神分裂，如果不是阿了及时躲避，他完全能把这种爱的形式演变成一种复仇，最终导致阿了心受重伤。

"你这种心态阿了并不知道。"席克说，"这真可怕。"

"是的。"许度舔了舔干燥的嘴唇，"她一点都不知道，她沉浸在感激和幸福中。他觉得接下来一切都会好了，从此鸟语花香，云开雾散。"

"她真的错了。"席克同情地说。

"是的，我有时想离开她……"

"你为什么不这么做，你可以挽救两个人！"

"但是我想我完全分裂了，不能自主了，因为我爱她，我不敢想象我会把这样一个美女从我身边放走。"

"这是爱吗？"

"是爱。但也有肮脏的虚荣心和自私心理，还有很多很多……"

"阿了真倒霉！她应该知道自己的处境。"

"探长，你说得真好，她的处境一直很险恶。"

“尤其是要陪伴你。这种等候真是糟糕透了。”

“我想等着她的不仅是我已经完全病态的心，还有更可怕的事情。”

十

是的，这件事还没算完，此后，许度和段哲喜的一次聚会，把阿了又向深渊里推进了一大步。

晚上的时候，段哲喜打来了电话，邀请许度喝酒。许度想到了那封信，心里一沉，但突然又觉得不仅不能得罪这种人，还得要搞好和这种人的关系，便连忙赶到海鲜楼。段哲喜迎上来，又是拥抱，又是亲吻，然后解释自己请客的原因。原来一个企业主看中了段哲喜的一个产品创意，给了二千块钱，段哲喜就喊了几个人来祝贺。

酒散了，许度显然意犹未尽，他在段哲喜身边耳语，诚挚邀请段哲喜能和他一起到扎啤屋坐坐，他说他实在是喜欢那个地方，他对那个地方有依赖，他还充满诗意地说，他的魂就拴在那里，像个宠物，每隔一段时间，他不得不过去看看。段哲喜欣然接受。彼此心知肚明，许度希望能借这样一个机会改善一下两人的关系，许度自己也承认，他的确是在向段哲喜献媚。

到了扎啤屋，许度首先敬了段哲喜一杯。段哲喜把那杯扎啤干了，然后问：“有事吗？”“没事！”许度说，“心里闷，就是想找你坐坐。”两人立刻都认可了这种喝酒的理由，便你一杯我一杯地喝。有刚才白酒在前面跑，再加上这杯扎啤的渲染，两人很快就有了醉熟的意思。段哲喜拉着许度的手说：“许度，我不是你的情敌，这一点我必须跟你说清楚，你听到了没有，没听清楚，我可以重复。”许度朦胧状，这种被酒鬼们叫着“梅花酒”的喝法，让他有深陷囹圄的感觉。“我家祖辈几代都是海碰子，练出的就是开豁的胸襟，像海一样，像大海一样。”段哲喜夸张地挥了一下胳膊。许度竖了一下大拇指。“我知道你和阿了的关系已经到了什么地步，我自知自明。”“得罪！”许度向上抱拳，并猛烈地打了一个嗝，以至于整个身子都跟着晃动了一下。

“我必须接受这个现实，人要学会成人之美呀！”许度头抵着桌子，先握着段哲喜的手，然后摇它。“你和阿了结婚那天，我他妈的一定要喝醉，我一定要出洋相给所有人看，让他们笑场，我要用这样一个有创意的举动，为你的大喜日子活跃气氛。这个举动不得了，是一种自戕，是一种忘我的牺牲！”许度的心里面突然产生一阵委屈和感动，他哭了，呜呜地哭。领班的过来了，他认出了的许度，要求许度克制，因为这里是公共场所。段哲喜身子向后夸张地倾斜，手指着领班说：“你走开，我看着你走开，否则，我也哭，号啕大哭！”那领班连忙走开了。

哭了一会，许度把自己给控制了，段哲喜拍了一下许度的肩头说：

“是不是被我感动了？”许度说：“谢谢你的理解！”段哲喜拿了一串烧烤在手里挥动着说：“我段哲喜是聪明的。我的两只眼睛，跟反潜战斗机一样，别说能把你和阿了的关系给看透，就是你的困惑，你的矛盾，你的烦恼，你今天的这场醉酒，都清清楚楚地在我的眼里。阿了成了你的痛！”说到这，段哲喜用手指头点了点许度的胸口。许度突然拥抱了段哲喜，在段哲喜的怀里直摇头，半天才把段哲喜放开。

“我理解你。”段哲喜说，“不过这件事你要扛起来，你对她有承诺了吧，这就行了。”段哲喜向四周看了看，压低声音说，“别说阿了被人强奸了，就是做过鸡，你也把这口唾沫给捡起来，我支持你。”许度很感动，但是段哲喜的话是双面刃，他还是深深叹了口气，他想了再想，最后问：“哲喜，我对阿了的事一直很困惑，你觉得那天晚上阿了会被强奸吗？”段哲理颠着腿，沉吟一下说：“谁听说这件事，谁心里有数，那种情况……唉，这不能怪她，你就想开些吧，往好处想，往宽处想。”许度的心口越扎越紧，整个人在发呆。段哲喜又拍了一下许度的肩头，然后端起酒一饮而尽说：“来，让我俩的恩恩怨怨起于阿了也终于阿了吧。再说，我的性格你也知道，对女人特别挑嘴，别说被人强奸了，就是和别人谈过恋爱的我都不要。我从来就没瞒过你，打认识你，你就知道，我是一个口无遮拦的人，也是一个坦荡的人，一般是三分钟内必须让人把我看透。”

这是前后矛盾的话，许度苦涩地笑了笑，然后又叹了口气。

段哲喜语重心长地叮嘱说：“最近，公司里风言风语，大家都在谈论这件事，居心叵测的人比比皆是，你要扛住，这是你俩的事，不关天不关地，至于你家里的人，可能会很忌讳这个，不过你总不会说，我找个媳妇是被强奸的，只要别人不知道，这事就这样了，来，喝！”

许度突然感到一阵的烦恼，他一仰脖子把一大杯扎啤又喝了。喝完后，他拉着段哲喜的手说：“哲喜，你说得太对了，我心里很矛盾。”“别这样说，换我也矛盾，换雷锋都矛盾。”段哲喜伸出一个指头强调说，“这么大的事，关系到一个男人的尊严，关系到一个男人在别人眼里的形象，再远些，都让你不寒而栗，还关系到下一代的名声。当然，人的境界不一样，如果是我，我是肯定不会要这种女人。酒高了酒高了，我说这话，是酒话，请问，能让你怎么办？这个时候，面对这样一个事情，只能呼唤英雄，再说，估计你也没办法的，你……你小子上过人家床了吧，哈哈哈哈……”许度苦涩地笑了笑。“这就没办法了，对于她来说，你上她也好，别人上她也好，都无所谓，对于你来说，哈哈哈哈……高了高了，我是酒话呀，就等于写了欠条了，是要认账的！认就认吧，怎么还不是一辈子，结婚后，还可以谈这件事，我他妈就准备离五次以上的婚，不停地离，直到我说停止才可以。”

这个晚上，基本上都是段哲喜在说话，这是许度认识段哲喜以来第一次说了这么多的话，许度似乎有些相见恨晚的感觉，12点后，两人才向家里走。都醉了，家变得异常难找，好在他们年轻，在各家附近徘徊了近三个小时后都摸回去了。

早晨7点，许度给段哲喜打来电话，在这次通话里，他已经把段哲喜当成兄弟了，他透露了自己和阿了的许多细节，“我相信她的话，”他说，“我觉得，在那条路上，那个人不可能这么容易得手。”段哲喜说：“我想想我想想。应该是的，阿了被强奸的可能性不大。我同意你的观点。”许度却叹了口气，他的心情像是一只被死死踩在脚尖下的灰鼠在拼命地挣扎着。“怎么？还是不放心？”段哲喜问。“心乱如麻！”“这样吧，阿了出事后，不是在旺口派出所报案的吗？我有个哥们在那，铁哥们，一起喝酒，一起嫖娼，我帮你打听一下。”不知为什么，许度慌忙说：“不用，算了……这事就这样了。”

第二天上午，许度面色憔悴，坐在那发了半天呆，中午在去食堂打饭的路上，他叫住了段哲喜，他嗫嚅了半天才说：“……如果要了解这件事……通过什么渠道？”段哲喜忙说：“还惦记这件事呢？昨天我真是喝多了，说了许多无聊的话，这个事，就别提了。”许度说：“喜子，帮个忙吧，我不想冤屈她，也不想老是折磨自己。”段哲喜推了一下许度说：“收起来吧，早些年有个网络名词听过吧，叫见光死，你应该知道什么意思吧？人呀，半梦半醒之间最好活，水清则无鱼嘛。我看这个事就蒙上吧。对你，对她，对社会都有百利而无一害。”“不……我想……”许度反而更为迫切地说。段斜睨了许度一眼，叹了口气说：“这事还真有难度，你知道，调档案是犯纪律的。这年头，当个小警察也不容易。”许度只会说：“帮个忙吧，人情我为！帮个忙吧！”段哲喜神情凝重，半天才很响地咂了下嘴说：“我努力一下吧。”许度没有说谢谢，而是叹了口气。第二天，许度去伏家垒出差，刚上车，段哲喜打来了电话，许度忙说：“算了，不用了，我不想看了……”段哲喜却冷漠地说：“拿到了。”“那……”许度话到嘴边又咽了下去。

许度心里装不下段哲喜那句“拿到了”的话，很快就结束了手上事回来了，他在海边的古堡里约见了段哲喜。天气阴晦，海风成片成片地跌在浪上，一层一层地码高，又一起倒下，再码高，再倒下，坐在窗口等段哲喜的许度感到眩晕和恶心。不一会，段哲喜来了，外面好像有雨，他的头发是潮湿的。两个带着海怪面具的服务生来问茶水，许度胡乱地一指，服务生就离开了。段哲喜坐下后掏出一支烟给许度，许度摆了摆手，段哲喜自己把烟点上了，长长地吁了一口，然后看着憔悴的许度不说话，间或笑一下，也不知是什么意思。等茶水齐了，段哲喜指了指自己的胸口说：“不要看了？”许度头低着，认真考虑着段哲喜的建议，最后，还是向段哲喜伸出了手。段哲喜仍然端详着许度，当他确认了许度的态度后，慢慢地从上衣口袋里抽出两张纸来。显然，这不是笔录的全部，但仅有的两张纸上已经承载了最为关键的部分，而这关键的部分里又渗透了段哲喜的深入研究，那上面的画线部分，显然是段哲喜要重点强调的。

在这份笔录里，阿了声泪俱下，向询问他的警官详细描述了那个撕心裂肺的夜晚。她的确是被强奸了……

许度把那两张纸上的内容接连看了十几遍，脸上红一阵，白一阵，直到完全蜡黄。过了一会，许度慢慢地放下了那两张纸。那两张纸好像很重，许度把它们放下时，手重重地磕在桌子上。这时，段哲喜伸过手来，许度笑了一下说："我做纪念了。"然后，把那两张纸装了起来。"你要为我朋友负责。"段哲喜认真地说，满脸的严肃。"能做到。"许度说，捂着自己的脑袋。"我想单独待一会。"段哲喜听懂了，他站了起来，拍了拍许度的肩头，走了出去。出了城堡，这个可耻的家伙（对自己作品中的主人公妄加评论，是小说家的愚蠢行为，但是现在我完全可以给他这样定性）嘴角处划过一阵浅浅的笑，同时还表示讽刺地摇了摇头。他如果知道还会高兴的是，许度在这个城堡里一直坐到天亮。

这个夜晚，阿了也没有睡着，她在反复思考自己和许度的事情，仔细检查自己和许度相处的每个环节，他对许度的反复无常，似乎有些明白，又似乎不能理喻，最后，她觉得，如果是许度一直对自己那天晚上是否被强奸而苦恼并对自己出尔反尔，这完全是一种背叛，自己在这个时候必须保持矜持，这或许是一种武器。为此，她放弃了打电话给许度的想法，并且决定此后的几天都不打电话给他。第二天，阿了在百无聊赖和莫名的彷徨中接到了段哲喜的信息，他想在晚上约阿了出来喝茶。阿了想了想，答应了。

6 点半的时候，他们在一个叫着薪水的茶亭坐下了，段哲喜要了两瓶 RONSNY1992，然后先把阿了面前的杯子加满，再把自己的杯子加满。阿了说："我很少喝酒的。"段哲喜说："随意。我从来就看不起那些劝女人喝酒的男人，这种男人往往居心叵测，为此，我宁愿把自己喝醉。"阿了把包放在一边，笑着说："在女人面前宁愿或者说故意要把自己喝醉的男人也不是什么好男人吧？"段哲喜很尴尬，阿了哈哈笑了，声称自己是在开玩笑。在这方面，段哲喜的抗打击能力十分强，他有了这个台阶很快就调整过来，非要和阿了把第一杯碰了不可，阿了说："这里的气氛不适合这样喝酒，我们也学着浪漫些吧。"段哲喜只好自己多喝了一些。

一个小时后，两人把两瓶半酒都喝了。酒大多罐装在了段哲喜的肚子里，阿了就觉得段哲喜的眼珠子开始放卫星了。此时，阿了才觉得今天晚上，自己实在不应该穿这种衣服来赴段哲喜的约会。"段老师，"阿了说，下意识地抚弄了一下自己的胸口，身子也向上引了引，这样正好可以收回一些尺度："我想打听一下许度的事。"段哲喜的脸色顿时就很难看了，他说："你的这句话，我一直就等着呢，我知道你不会这么爽快地就答应来陪我喝茶的。呵呵，我的判断就这么准确。”段哲喜说着，一仰脖子，把一杯酒喝了下去。阿了不知说什么好，在那发呆。段哲喜把自己的酒加上说：“听说你们要结婚了？”阿了说：“你是许度的同事和朋友，我也一直很尊重你，你应该为我们祝福。”段哲喜点了点头：“你说得很对。但是，谁来祝福我？我不可以有这个机会吗？”段哲喜的情绪突然高涨和激动起来，并且可怕的看着阿了，有几道血丝生硬地绑在他的眼球上。阿了装着没听懂，她笑了笑说：“你结婚那天，我们同样会祝福你的。”“和谁结婚？”“搞笑，我怎么能知道？”“我和谁结婚谁倒霉！”“不会的，你很优秀。”“谁必定倒霉，因为我失去了我所爱的，她和许许多多的她都是我的无奈。”“段老师真会开玩笑。”段哲喜把杯中酒一饮而尽说：“是的，生活给我开的这个玩笑真是太大了。”阿了叹了口气，笑了笑说：“我觉得我找了一个很麻烦的话题。”“是的。”段哲喜说：“我不喜欢这个话题，我也不会满足你的要求。你应该知道，爱情自私而冷酷，一点调和的余地都没有，我根本就不会做你们的鸡尾酒。我不会束手就擒，我可以让他多发几球，让他先排名靠前。我完全能控制了这个局面，因为，他不懂得爱，他如果爱她，就不会怀疑她，猜疑她，就不会动摇，就不会躲避，不会反复无常，就不会无视爱他的那个姑娘的真心……我不能理解他的行为，一点都不能理解，我为这个姑娘伤心，为她蒙在鼓里而伤心，而我只好眼睁睁看着这个事情发生，只能做一个忧心如焚的局外人……”段哲喜真的流出了眼泪。阿了也流着眼泪。两人的眼泪各有去处，不说也罢。段哲喜突然握住阿了的手说：“阿了，我原来是那么懦弱，那么无能，我一直爱着你，默默地追求着你，我在表达事物时口若悬河，但是，在这件事上，我却不如一个经常目瞪口呆的人。我错了，我希望得到一个补考的机会，请允许我表白，我爱你。”阿了慢慢去挣脱自己的那只握在段哲喜手里的手，这时，段哲喜突然站了起来，他走到阿了面前，一下子抱住了阿了，然后去狂吻。阿了个子很高，她很快就控制住了这个局面，她冷静地一字一声地说：“放手，我喊服务员了，我喊起来很难听的。”段哲喜愣了一下，慢慢地沮丧地放开了阿了。阿了蔑视地看了一眼段哲喜，站到了一边。她的衣服被扯乱了，但她并不去整理，海风吹来时，她的头发和她的衣袂一起飘动和闪烁。她脸色苍白，但是在这样一个古堡里显得那么纯净和高雅。段哲喜突然感到很冷，他低着头说：“对不起，我酒高了。”阿了眼里泪光闪烁，她冷笑一声说：“不可能吧，谁不知道你是白酒二段，两斤的白酒，要抵上多少瓶红酒。”“喝多了。”“过去你在我面前一直不是很斯文吗？怎么啦？到底沉不住气了！”“真的喝多了！”“不仅仅如此，今天你给了我一个信号，我阿了可以任意索取和凌辱了，任何人都可以向我伸咸猪手了，你段老师也可以趁火打劫了。”“不不不！你误会了……”“你真该死！你这么想，你真该死！”“不不不，”段哲喜狼狈不堪，向自己手心啐了一口，然后啪地拍在自己的脸上。他打得很重，头猛烈地摇晃着，看上去像是只被重击的乐器。阿了不吭声了，站在那里呛着海风，有一线泪水，斜着蠕动在她的脸上。段哲喜可怜地说："事情原来能变得这么糟糕，真的对不起，我真会制造悲剧，但是，希望你能相信我对你的真情。我是真心的。这你能相信吗?"

"我只能给你透漏一个谜底。你的真心，过去我相信过，但是过去我也想问你，你这种 Nimrod 真的能和我结婚吗？我觉得你需要的，你乐此不疲的只是征服，而我所需要的是一生一世的依靠，这一点，真的太难为你了。"

段哲喜叹了口气说："这都是误会。在沟通方面，我好失败!"阿了说："我可以走了吗?"说着，却向前走了。段哲喜忙上前一步，乞求说："我们一起走吧。"阿了停下了脚步，段哲喜喊来服务生，把单买了，引着阿了往外走，迎面来了一拨人，阿了立刻露出了笑容，这样看上去，她和旁边的段哲喜又像一对情侣了。

许多作家都抵挡不住巧合的诱惑，我俗，自然也是。不过这是一场真实事件，我们谁也不可阻挡地就让它发生了。

段哲喜和阿了刚从薪水茶吧出来，迎面就碰上了许度和花立军，四个人一下子就怔住了。由于意外、愤怒和不解，许度的脸腾地就红了。阿了则死死地恨恨地看着许度。花立军显然不喜欢段哲喜，身子侧到一边点烟去了。这时，段哲喜推了一下许度说："你小子跑哪去了，害得我给你当保姆，这下好了，我把她交给你了。"许度好像缓过劲来，他满脸僵硬地一挥手说："进去，我们再喝一杯吧。"段哲喜一边下台阶，一边说："还喝，天呐，拜托，不要把人命闹到我的头上呀，你们三个喝吧，我走了。"说着，他打了个响指，喊停了一辆出租车。这时，一直恨恨地看着许度的阿了突然说，"等一下。"然后疯了一般地钻进了的车的后座。段哲喜踉跄了一下，摊开手说，"这怎么得了。""走，走——"阿了几乎是歇斯底里地冲段哲喜喊，段哲喜显得很无奈但心里很幸福地钻进了车。花立军看了眼许度，许度脸色铁青，咬着牙，低着头，一步一步，走进了茶吧。

N29138 的车在三环上风一般地狂驰，阿了仍然不觉得快，"再加速，加速!"她喊。"对，加速！飞起来!"段哲喜也跟着喊，"哈哈哈哈哈哈。"的哥又挂了一挡。"我们去哪里?"段哲喜快乐地问。"没有终点。"阿了说。"对，没有终点，把志远城给我们兜一圈，我们要视察，我们来了。"段哲喜振臂欢呼。"滚下去!"阿了好像才发现段哲喜在车上，她怒喝。的哥很意外，他看了下段哲喜。段哲喜向的哥自嘲地笑了笑说："必须执行，靠边!"

段哲喜下车了，然后把两百元钱放在副驾驶的前台上，"把这两百块钱跑完。"他说，然后看着出租车开走了。出租车刚冲出去一百多米，段哲喜发现，他丢下的钱被人从后车窗扔了出来，他连忙跑过去，但风很大，一下就把钱吹向了桥下。段哲喜愤怒地挥了一下手，好像要用刀把阿了划开一样，嘴上恨恨地骂着什么。

出租车开出去两公里后，阿了叫停了，她给的哥付钱时泪水滴在的哥的白手套上。

这是一个城市风景区，却是个死角，树木葳蕤而阴森，几只丹顶鹤的雕塑在树丛里显得孤独无奈，苍白无神。阿了下车后，走到一棵树下，不停地看手机。我想手机上面并没有许度发来的信息，在刚才的奔驰中，我们也没有听到许度的电话，阿了扶着树，嘤嘤地哭起来。等哭够了，她给许度打去电话。

许度和花立军在薪水不断地喝酒，一直都没说话，估计在阿了把段哲喜从车上往下撵的那个时节，他高兴地对花立军说："呜，这下好啦，我解放啦！哈哈哈哈！"他脸色苍白，而过去只要喝一杯酒，他的脸都会红得像火鸡的颈子。花立军敲着桌子说："你他妈就不是人，阿了就是破鞋，你也不能让段哲喜这个猪佬再穿一次，这是我花立军的观点。"许度突然趴在桌子上，摇起了手，花立军发现，许度哭了。花立军瞪了许度一眼，"现在你的眼泪有毒，"他说，"哭吧，把氰化钾都哭出来就好了。"许度手机响时花立军说："是阿了。"许度忙去看手机。花立军说："不要接！听我的。"许度看到了手机，果真是阿了打来的，心情痛苦而愤怒的他在矛盾着，就在这时，阿了的手机挂了。"她还会打来的。"花立军胸有成竹。但是，阿了再也没有打来。花立军说："你可以打给她了，你问问，她在哪，我估计段哲喜就在她附近。"许度好像对花立军的这种指挥有反感，他没有按照花立军说的去做，而是结了账，声称想回家，先自走了。走到门外，花立军走到电话亭拨通了电话，但是没打通，他跑回来说："刚才我打阿了电话了，她没接。"许度说："谢谢，自己先自走了。"

阿了一直就在那里，她等不来许度的电话，早已经是心灰意冷，一时间，不可思议的是，自己竟然感到很冷，她这才向小路上走。而那辆出租车竟然没走，一直就静静地停在那里。车内，的哥笔挺地坐着，手套又干净又白，整个人也像是一尊雕塑。见阿了走出来了，他按了一下喇叭。阿了的视力不是太好，当他发现慢慢驶向自己的出租车就是原来的的车时，她很感动。的哥为她拉开了副驾驶的门，她却坐到了后面。的哥并不介意。车子向前滑行时，的哥打开了车载音响，是《蓝色生死恋》，"谢谢，谢谢！"阿了不停地说，她在孤独的时候，被这音乐所抚慰，让她充满了感恩的心情，但是的哥并没有说话，仍然一脸严肃地开他的车，一直把阿了送到了厂里。

阿了去推自己的摩托车时，突然发现许度站在那里，她的心一阵温暖，她鼻子一酸，非常想哭，并想扑向许度的怀抱，但是不知为什么，她却强忍了自己的眼泪。这时，许度一步一步走了过来，他一下抓住阿了的车把，先是冷冷地看着阿了，许久才问："你准备去哪？"阿了很失望，她没理许度，只顾去推车，但许度手上的力气很大，她推了几次都没推动。"我在问你呀！"许度一字一句地说，脸色骤然间就变得铁青，声音很大，毫无顾忌的样子，浓烈的酒气从他的嘴里喷出来，几乎把夜色都稀释和瓦解了。阿了把被风吹下来的一绺头发扶上耳际，她说：“我不想在这里跟你吵架。放开！”许度松开了手，阿了把车子启动了，许度腿一跨，坐在了阿了的后面。阿了迟疑了一下，然后一加油门，向城郊开去。

几十分钟后，许度发现，阿了把自己带向了旺口大堤，就在那个阿了去年夏天出事的地方，许度叫停了。四处幽暗，浓密的夜色在风的吹拂下显得阴冷而诡异，刚才还炫目的城市灯火，已如遥远的天河，它们在远处微弱到麻木而懒散。脚下就是那段大堤，许度和阿了都深切地敏感着，一时间，这段大堤撑满了两个人的心，并且不断地蠕动和吞噬起来。阿了不由得打了一个寒噤，而许度则愤懑得很，他极力克制着自己，“你和段哲喜到底是什么关系？”他问，有些颤抖，声音被夜色放大了好几倍，又好像被重复了，阿了就觉得自己多次听到了这个声音，她看着许度说：“你无聊！”

“你一直就在骗我。”

“是吗？”

“为什么要骗我？”

“你想说什么你说吧，不说我要走了。”

许度抓住车把说：“我有话说，我说完你就走。”

“废话别说，我听够了！”

“我正式宣布和你分手了。”

阿了一怔，她直直地看着许度，愣了很久，然后冷静地说：“那好呀！不过，你不应该浪费我的油钱，这句话你在城里就可以说的。”见阿了发动了车子，许度伸手把车钥匙拔了。阿了说：“既然已经分手，为什么还不给我走？”

“分手前，我想亲口听你说出事情的真相。”

“你要什么真相？对于一个毫无关系的人来说，真相还有意义吗？别再浪费你的油盐了，收锅吧。”

“哼，就这地方，去年夏天的那个晚上。”

阿了狠狠扇了许度一个耳光，她说：“你去死吧，你真可恶。”许度有些意外。阿了几乎是咆哮地说：“你什么时候才能罢休？你是怎么给我承诺的？你下跪，你下贱无比地说，你以后再也不提这个事？如果再提你就死！你那时候多可怜，多么让我难以接受，但是我原谅了你，我是看在你信誓旦旦的份上才原谅你的，可是你又卷土重来了，你这个毫不讲信义的小人……你还是先兑现诺言吧，去死吧。”许度一把揪住阿了的胳膊，他问，“你说你没有被人强奸？你亲口这样跟我说过！”

“你希望我被人强奸吗？”

“我希望你跟我讲真话。”

“我的真话已经重复了无数次了，你去死吧！”

“你一直在重复谎言。”

“你想让我怎么回答你？就让我说我被强奸了？那又怎样？你不仍然和我分手了吗？”

“但是，你不应该一开始就告诉我你没有被强暴！在这件事上，你从来就不真诚。”

“我不真诚吗？你像是一根打着活结的细铁丝，处心积虑地套在我的脖子上，我每真诚一次，你就收紧一次，无情地不断地收紧，我知道最后的结局……畜生！还有什么一开始没告诉你。不是一开始，到今天，我都可以说，我没有，我没有被强奸，你有病！最可怕的是，你还要把我逼出病啦！放开我，你去死吧。”阿了去夺自己的钥匙，许度推开阿了，无不嘲讽地说，“我去了派出所。去了旺口派出所。”阿了傻子一般地看着许度，她知道这意味着什么。“我看到了那份笔录。”许度拿出那两张纸，在阿了面前晃了晃。阿了忙去抢夺，但是许度却把那两张纸收回到了自己的衣袋，他咬着牙，无不嘲讽地说：“在这上面，你实在不应该说那么多，说得那么详细。”阿了愣愣地看着许度，浑身战栗，脸先是红着，然后就像纸一样的白，两行泪水，唰地就下来了。半天她才说：“你打听我了？”“这是我必须要做的事，因为我一直就善于被人愚弄着。我不应该清醒吗？”许度冷酷地回答，还显得有些得意。

“你凭什么打听我的隐私？你有什么资格？你经过我同意了吗？你不觉得你这样做特别冷酷，特别不近人情，不够男人！”

“我有知情权，因为我是你的爱人。”

阿了摇了摇头，伤心欲绝地说：“我的爱人在这件事上不会有知情权，他会永远忘却它，模糊它，可怜它，因为这件事不利于两个人之间的交谈，不利于他们去沟通，会让他们久久地伤心，有的人因此会死去……”说到这，阿了有一种气绝的样子，又不停地摇了摇头。

“我不这样想。”

“所以你做了，所以所有的都将死去。”

“你别这样说。”

“我不会向你撒谎，我现在说的，都是我以前计划好的，谁揭开它，谁就死在这个事件中，你看看我的眼睛，这里有我的决心，矢志不移。”

“我管不了这么多。”

“你不是要全面包办我的吗？包括一生，你真的会用诗来粉刷你的爱情。现在怎么了？又不爱了？”

“你看呢？”

“不爱我，为什么要同情我，傻子都会想到，那样一个夜晚，我的仇人自然是蓄谋已久，加上是惯犯，我不会那么侥幸，我必被凌辱和糟蹋。你是一个多么聪明的人，你不会想不到，可是你竟然奋不顾身地来到我身边。当初我怀疑过你，甚至蔑视过你，我觉得你最大的可能是趁火打劫，所以我对你的帮助一直保持警惕，一直未被你的真诚所打动，后来我屈服了，因为我也天真，我相信，如果凡事都有万分之一的可能，你就可能身居其中，那么伟大，像神一样会施舍、宽宥和饶恕。但是，我还是中计了。”“中计?”“是的。你以为我冤枉你了吗?”“哼，是侮辱，不是冤枉。”“那就算是侮辱，现在看来，这个词用在你身上还能算是巧合吗?”“该死的婊子。”谁也想不到许度为什么要这样骂，但同样出乎意料的是，阿了对这句话并没有剧烈的反应，她只是冷笑着看着许度。这显然刺激了许度，他咬着牙说：“我要知道那天晚上的全部过程。”许度浑身颤抖着，这让阿了有些害怕，她按了阿知的号码。同时，他看见，许度拿出自己送给他的那块表。并且在地下找着什么。阿了知道他找什么，她指着堤旁的一块巨大的石头说：“你摔吧，你摔!”许度高高地举起手，将那块表狠狠地摔在一截涵管上。阿了伤心而绝望地看着许度，默默地关了自己的手机。“你开始吧，我要听直播。他是怎么干你的?”许度异常凶狠地说，嘴唇在颤抖。“什么？你说什么？这种话也能出这你的嘴，这种话……你……我什么都不想说，你不是有笔录吗?”阿了的手也在不停地抖，嘴唇顷刻间就灰白起来。“不，婊子，我要你说。”“既然是决定分手了，你为什么还要打听这件事？那可是我的隐私!”阿了突然出奇的平静。“我好奇，我想知道。这个欲望一直折磨着我!”“我只能告诉你，你所猜想的都是正确的，你很聪明，我祝贺你!”“哼哼哼!”“你不用这样笑。我告诉你只是让你不要再受这件事折磨，算是还你的人情。但是我也要说出我心里的话，他强奸了我，但是他没有杀死我，不管当时发生了什么，又因为什么，他都没杀死我，可是，你强奸了我，也快把我杀死了。我看见他腰上有一把刀，但是一直都没向我举过，而我却看见了你举在我头上的刀子，锋利得能割断一切的刀子，你这个货真价实的屠夫，变态狂!”许度狠狠扇了阿了一个耳光，阿了想冲上去，却被许度推到一边，阿了不敢相信地极度委屈地看着许度，而此时的许度则冷静得十分吓人，“这么说他真的强奸了你?”他问。阿了冷笑一声，咬牙切齿，充满仇恨地说：“不是强奸，是做爱。”许度脸上的肌肉跳动了一下，然后死死地僵硬在那里……

“你没法和他比。”

许度的眼睛几乎是鼓突着。

“他有一种赏心悦目的征服力。”

许度好像在笑着，又像是在哭着。

“还有呀……”

“你很开心吧?”“是的，开心。”许度扑上去，他显然是想捂住阿了的嘴巴，结果却扼住了阿了的脖子，就在这时他看见阿了的眼泪一下子就滑落下来……

九

庆功会定在9月18号召开，乌铜副局长打来电话，说李局长在烟台开会，17号晚上一准回来，当天不要让欧阳席克出差，他要亲自给席克挂红花。而子尚却向乌铜局长报告了一个不好的消息：犯罪嫌疑人许度和做伪证的花立军在押解的过程中逃脱，两人出城后各奔东西，目前正在追捕。

一年后。7月17号夜11点。旺口大堤。当日天气晴朗。

一辆粉红色的踏板摩托车下了大桥后，直向旺口大堤开来。开车的是个姑娘，长发飘逸。三年间，在旺口大堤连续三次发生抢劫强奸杀人案，可以说妇幼皆知，但是，今天晚上，在这样一个深夜里还是有一个女孩敢这么往家走，这让人匪夷所思。当然，我们希望她能平安到家，但是，既然是来说案件，就要拿一个典型说事，所以，这个女孩已经出现在我的作品里了，她必须要出事。

这个女孩刚离开大桥五十米，一辆摩托车从桥下突然开了出来，然后悄悄地尾随女孩而去。开车的人个子不高，但身材魁梧，穿雨衣，戴头盔，从眼罩中，我们分明能看到他是蒙面的。

不一会，蒙面男人的车子提速了，不时地呈S形向前飞驰。当女孩的车子开到那片小树林时，蒙面男人高速冲了过去，一下子就把女孩从车上撞得翻下了大堤。见女孩翻下大堤后，蒙面人先是不慌不忙地将自己的车子停下来，然后轻轻地拉下了自己的头盔。就在这时，意想不到的事情出现了，一个黑影突然从石头后面跳了出来，他挥舞着手中的刀子，狠狠地向蒙面人刺去。转眼间，蒙面人连中数刀，他躬着腰，踉跄着，向后退了好几步，接着一口鲜血吐了出来。这时，那个黑影举着刀又冲了上来，蒙面人也拔出刀，只是向前一送，黑影便“啊!”的一声倒在了一边。这时，刚才被撞下车的女孩爬上堤来，她一下子骑在蒙面人身上，“哗啦”一声亮出了手铐，就在这时，蒙面人一个翻身，将那个女孩压在身下，然后高高举起了刀子。女孩一边去擎蒙面人拿刀子的手，一边高喊：“师傅!”话音刚落，有人打枪了，“啪!”“啪!”“啪!”蒙面人的头颅顿时爆裂。

开枪的是欧阳席克，他见蒙面人中弹，便提着枪从树后跑了过来。

这时，女孩子也把头套给摘了，原来是杜子尚。此时，子尚和席克一起向那个黑影跑过去。当席克打开手电筒时，他们都惊呆了，这个黑影原来是负案在逃的许度，此时，他伤势很重，大口大口向外吐着血。手里紧紧攥着阿了给他买的那块手表的表膛。他看着席克，极力想说些什么，但是一句话也没说出来，最后，他把那块表高高地向上一举，头歪向了一边。席克将许度手里的那块表拿下来时，子尚也揭开了蒙面人的脸罩并摘去了他的假发。

是花立军。

美丽男生

1

来者叫索朗，长了一对牦牛眼，那大一蓬胡子，能叫人想到一句台词：满脸都是头发。索朗是中央电视台《我等你》栏目的志愿者。

这个栏目我看过，倪萍主持的，是个寻亲节目。节目现场有一道门，红色的，不到 20 公分，随着找到的亲人越来越多，这扇门就越发显得神奇和扣人心弦，因为，它打开的那一瞬间，所有的谜底都会被拆穿；无论有多少怨恨、委屈、相思和怀念都会得到宣泄和平息。那天，当一个男孩急切地扑入生父的怀抱时，我兴奋得全身战栗，因为这个男孩已经与家庭失联了 23 年，过度的思念使他开始抑郁，也使她的母亲终究没能熬过今春。那时，我的心中充满了莫名的感激，我甚至期望我是哪个父亲，又是那个儿子，那时我会怎样？

人生到底会有多少遗憾已无法计数，也无须一一补足和弥合，但有些重逢意义非凡，它会让我们由此幻想，一切可否重头再来？如果是那样，难道不是一种最大的修炼和圆满。

总之，这种节目太让人下泪，我几乎看一场发一次神经。太太每每见我哭得像根水萝卜，就会默默地坐在我的身边，一边给我递纸巾，一边在我脸上乱找。

为什么找我？我问。心里既迷惑又兴奋。

索朗说，求助者叫贝思婷，我们是受她的委托来找您的。

我惊愕。太太则低下头，然后默默地走开了。

2

历史是最容易失鲜的，你把它从昨天拿到今天，它就会出现重影。这个重影的部分就是我们通常说的折旧和皲裂。所以，现在你让我来描述贝思婷，我就会变得很谨慎。因为，作为当事人，我描写得越清晰可辨，越显得虚脱和修饰有加，越有一种完全失去的恐慌。为此，在我的印象中，这个女孩始终就是一个影子，她在我 20 岁的时空里，一直向我走来。

是的，那年，我尚青涩，已在一个叫着冻头的乡下小学当了一年半的代课教师。

冻头小学离我父母的那个村庄只有十几分钟的路，当中有一条很长的大堤。放学后，我在大堤上一边慢慢地走，一边看报纸。这时，忽然听到有人喊我。“王越。”又喊一声：“王越——”我忙转过身去。这时，我看到，一个姑娘气喘吁吁地跑了过来。

姑娘 20 多岁的样子，上身穿军装，裤子是深蓝色的，很宽大，姑娘跑动时就有点像在水里扑腾。跑到近前，姑娘也不说话，也不看我，只是将一封信往我手里一塞，然后转身就走。姑娘转身时，脸是红的。我的脸也热了起来。这个姑娘我见过。

是年前，中心校召开全公社民办小学年终表彰会。当时，整个会场像只大蜂箱，可她一句话也不说。她就坐在窗口，很安静。窗外的雪色非常明亮，她身影的边缘被一些光线渲染到半透明，显得很神秘。我离她并不远，但是我没敢看她。我怕看她一眼后就会被她看不起。这真是一个非常奇特的心态，我也不知道自己为什么会这样想。

尽管在会上，我们没说一句话，甚至连一个眼神的交流也没有，散会后，我心里却甜丝丝的，好像跟她有了什么约定似的，在回去的路上走得很快，很带劲，满头都是汗。当天晚上，我仍然在想她，久久地不能释怀。此后，在思念这个女孩的时候，我还设计了许多能和她忽然邂逅的场景。那些场景极富有戏剧性，都很成功。但是，这种想象越机巧，越逼真，越让我失落和颓唐。真是感谢老天，为此而不能自拔的我，在半年后一个倾盆大雨的下午，竟然一下子就忘了这个女孩。那场大雨真叫诡异，或许是这场大雨让我感到了什么叫自不量力。

所以，今天，当这个女孩突然出现在我的面前并向我递上一封神秘的信件时，我会怎么想。我当然想入非非。一时间，我感到周围的空气都被我的手握得滚烫，脚下则发出了一次又一次千真万确的晃动。我目不转睛地盯着姑娘。姑娘的影子像是一粒美妙的汉字，先是在远处不断地变化着，然后渐渐少了笔画，直到越来越模糊。

等彻底看不见姑娘时，我连忙打开了信封。信封里有几张折叠起来的纸条，很整齐。这种被折叠成糕片一样的小纸条我见过，在高中时，往往是男女同学过往私密的载体。为此，你可以想象出我打开纸条时的心情。然而，当我把这些纸条都打开时，心里像是养了一湖鹤，扑啦啦地都飞走了。

当晚，我去了架子家。他就住在一个叫岔口的邻村。

是上个星期三的事，架子来了。别看架子比我大 3 岁，因为老留级，他不仅是我小学同学，也是我最好的朋友。所以，对于他的到来，我还是很高兴的。

架子来时，身后跟着一个男孩。不大言语。很漂亮！身条子板正，面皮子白皙，两只眼睛明晃晃的。一笑，一塘荷花开。

男孩叫知了，架子的高中同窗。晚上，架子没有走，大哥和大嫂一起陪他喝酒。架子喝过头了，哪还能往家去，摸上我的床就睡了，而我则开始细致地照顾起他的朋友来。

我为知了打来洗脚水，为知了倒洗脚水，为知了找枕头，为知了吹灯。到了半夜，我刚把自己的被子裹严实，又出了状况。知了先是有些压抑地呻吟，接着发起了高烧。我忙去推架子，可架子像一块只会打鼾的石头。无奈，我先是按照从大姐那学来的物理退烧法，用湿毛巾敷在知了的额头上，然后又求来医生，这才把知了的高烧压了下去。

今天，姑娘送给我的纸条无关男女，就是架子的同学知了写的，完全是因为那天晚上的事。纸条上的话充满了激情，感恩戴德的。有些话甚至说得很大，很虚，一点也不像出之于那个男孩的口。从一张纸条的最后几句话我才知道，知了的大名叫贝多知，送信的女孩叫贝思婷，跟知了是堂亲，别看年龄仿佛，却比知了大一个辈分。

看完这些纸条，我理应明白缘由了，也应该释然和平静了，但是，我心中竟然又多出了一些想法：知了既然像信中所说，把我当成恩人，为什么自己不来送信？如果是羞于此举，为什么不让架子代劳？那么贝思婷传书就可能是一种通假和借代。还有……

你看你看，你爱一个人，你的思想就会变成妖怪。

我把这件事原原本本地跟架子说时，架子非常意外，他先是愣愣地看着我，然后沉默、用食指难看地不停地捅自己那个并不算大的鼻孔，好像我的话都放在了那里，他一心想从中挖掘出什么似的。另外，他还不时地斜睨我，不时地干笑。

架子的反应让我很得意。我知道他在为我高兴，当然也有些小嫉妒。别看架子大大咧咧的，有这样一个女孩喜欢我，他不会无动于衷。在农村，他毕竟是个早就到了娶妻生子的年龄，前天他还跟我说，他有时一夜两次跑马，梦中，跟他睡的都是那些老妇女。真够恶心的。

我直言不讳地说，我觉得她是在向我表达什么。如果是这样，怎么办？我还把那次在中心校和贝思婷见面后的内心秘密全盘托出，我说，我太喜欢她了，真是太喜欢了……

说到这，我都有些神神叨叨的了。同时，我急切地等着架子回答。我那个样子，像是一锅沸腾而高涨的热水。同时，我脸颊滚烫。我为自己说出这些话确实有点不好意思。

可是架子仅仅是笑了笑，没有做任何表态和剖析。这有些反常。在我面前，架子是一个最会装老瓜的人，一向好为人师。

就在我疑惑的时候，架子开口了。他说，我跟你说三点，第一，这件事和那件事，一粒米的关系都没有。

架子明明要说三点，可是他只说了一点就不说了。脸上的表情是极为不屑的，甚至还有些嘲讽。

接下来的日子里，架子的这种表情恶心了我好几天，直到我把贝思婷送信的事忘得干干净净。

3

我和索朗聊天的这个地方叫“旧社会茶吧”，此时，我感到自己脖子上全是汗，因为，索朗已经把事情谈得更为具体了。他向我细致地比划着说，她想在节目现场见到你。

我问，为什么要在那里见面呢？

索朗笑了笑说，这除了完成求助者的心愿，还有，节目本身也需要戏剧性和意外。

我也笑了笑说，是吗？你们有戏剧性了，我怎么觉得是在对簿公堂。

索朗笑了，我也笑了。索朗笑起来真像一头在呼唤同伴的牦牛。

我问，她的目的是什么？

索朗说，她想问问，当初，您到底是因为什么抛弃了她。

“抛弃？”我脱口而出，我觉得这两个字非常刺耳。这种要求真是贝思婷提出来的？我问。

是的。索朗肯定地说。

我笑了笑。因为这种要求有点像胡搅蛮缠，贝思婷做不出来。我说，即使是这样，我看也没有必要了，因为当初我们把这件事都说得非常清楚了，她本人也无异议。

我刻意将以上的话修饰得像外交辞令，说起来时，也极力把持着自己，这样让我看上去显得很淡定，很大。但是，我的派或者说范并没有压住索朗，他向我耸了耸肩，一脸的倔强，而他的目光则像一把尖细的藏刀，把我的那些旧事划出了一道道口子。

4

爱情是一件暗器，你如果听到了它的声响，就有可能被它射穿！

——王　越

写下这句格言时，我已经苦恼很久了！

这是星期三的傍晚，因为母亲还在做晚饭，我出去溜达了一会，顺便想想学校的事。再过几天，中心校要举办现场教学评定会，为了这个事，我已经不安了很久。我正在溜达时，忽然听到有人喊我。

王越，家里来亲戚啦——

喊我的是我的童年伙伴，叫箕斗。我刚才出门时，他正和大哥在谈昨晚一场牌的输赢，这会出来喊我，估计是大哥的委托，只是这个时候不知家里来了哪门子亲戚。

回到家时，我立刻怔住了。来客竟然是贝思婷，此时，大哥、大嫂子正在和她说话。

看上去，嫂子和贝思婷非常亲密，说话时，一直拉着贝思婷的手。见我进屋，嫂子就告诉我，贝思婷刚到，又说她们之间早就认识。嫂子这样说时，贝思婷看了我一眼，脸上红红的，然后低下眼帘，专注地听嫂子说话。而我的心立刻跳到狂乱。

贝思婷教书的那个学校和我们小庄相距 20 多公里，按照这个距离，贝思婷必须提前一节课才能在这个时候赶到我们村。提前一节课，走这么远的路，又是一个姑娘家，她这个时候来我们家干什么？

很快，饭菜上桌。母亲对贝思婷的到来，显得很高兴，不仅亲自上菜，上菜时，还一路小跑，而那场饭最终成了大嫂和贝思婷的怀旧小聚，他们一直在说话，大嫂像是开了一个废话作坊，弄得贝思婷应接不暇。看他们谈得那么热闹，一旁的我有些失落，并由此得出结论，贝思婷来我们家作客，完全是因为大嫂。

晚饭后，哥嫂要回自家去了，让我意外的是，大嫂并没有带走贝思婷（我原以为大嫂会把她的同学领回家过夜的）。她和贝思婷亲热地告别后，便向院外走。那时，我正在院子里站着，已经从我身边走过去的大嫂忽然停了下来，她微笑着向我招手，又小声地说，你来。我走近大嫂。大嫂看了一眼前屋的灯光，神秘地说，王越，她可不是找我和你哥的。说完，神秘地一笑，和大哥一前一后地走了。

听了大嫂的话，我愣了很久。

当晚，我和贝思婷有过独处的时候，那期间，她显得很被动，都是我在无话找话。她说得最多的就是，她这次来，主要是想听听我是怎么准备教学评定会的。她反复地说，结果把这个理由说得极为苍白，于是，在更多的时候，我们之间都会出现沉默。而在大段的空白中，我发现她经常会偷偷地瞄我，当我去分辨时，她的眼神儿则像一条条受到惊吓的小鱼，迅速藏入茂密的草底。

此后，贝思婷每隔一段日子就会来一次。最初几次，她还说些无关紧要的理由，譬如我此前谈到的那个教学评定会，但是，就这个话题，我俩谈着谈着就“穷途末路”了，因为这种评定会，就是走过场，我俩都轻松过关了，其中既无冲突，也无悬念，实在不值得花费口舌加以讨论。既然唯一能将我俩扯到一起的话题失去了，再来找我时，贝思婷就索性不再做任何说明了。但让我不能理解的是，每次到我们家后，她并不粘我，而是一步不落地跟着我母亲。我母亲忙什么，她就忙什么。当然，这期间，她仍然会不时地用眼角瞄我。她瞄我时，眼里会有一道道神秘的光，这光水灵灵的，像来自一口深不可测的井。

你完全能想象得出，青春正酽的我怎么去拒绝这样一个女孩的眼睛，怎么能受得了这些光的烤灼。我开始失眠，心中的情愫如万丈青苔，无法遏制地疯长和互相缠绕。尽管我还不能最终确定贝思婷是否真的喜欢我，是否为我而来。你看，我这么说，你一定会笑话我，骂我蠢笨之极。但情况就是这样，——一个爱你的姑娘，为什么不愿与你独处，为什么一次表达都没有？

正当我的心智被贝思婷搅动到完全昏乱的时候，大嫂又出场了。那天，大嫂一脸严肃，口气肯定地说，王越，你要想清楚了，她可不小了，25了。她和你哥，和我都是同学。

5

大嫂的话对我影响很大，尤其是贝思婷的年龄的确让我有些纠结，可是，这个女孩已经像一根软软的钉子，牢牢地嵌入了我的心，再想把它拔出来，真的是太难了。我第一次尝到了欲罢不能、迷惘焦虑的痛苦。我开始征求各方意见。

在这件事上，母亲态度很温和，她的意见分为两部分，第一，尊重我的选择。第二，她也认为贝思婷年龄太大了。母亲说，女大五，赛老母，这件事要说出去，老王家的门帘子收不起来。母亲还说，我跟这丫头通过腿，冰凉。女孩子腿凉不好，将来生孩子是个阻拦。母亲还说，这丫头话太少，人常说，不怕挡路的叫唤狗，就怕门后的哑巴郎。

话说到了这个份上，母亲的态度就算相当明朗了，可是，母亲竟然又把她先前的话重复了一遍，什么自己的事自己做主，什么一切尊重我的选择等等。我苦笑。记得母亲杀鸡时总喜欢念叨：小鸡小鸡你别怪，你是娘家一道菜，今年早早死，明年早早来。现在，我终于知道那些鸡在挨刀前是怎么想的了。

架子是我好哥们，这件事弄成了这个样子我当然要找他。

我把这个事情的棘手处说给架子听后，像上次一样，他显得很吃惊，满脸的错愕和疑惑。这个我理解，因为这阶段我确实没有把我和贝思婷的频繁接触跟他说过。接下来我发现，他在我的问题面前显得很犹豫。他的回答基本上就是，这个我也说不好。这个你自己掂量。对了，我来时，还有一个非常重要的问题，那就是贝思婷的年龄问题。我不相信贝思婷有25岁了，这里一定有可以打折的部分。我甚至想到当年在学校时，大嫂是不是和贝思婷有过什么过节，为此，我想请架子能从知了那打听一下。对于我的要求，架子显得很为难，他说，你别让我在人家锅里摸饼好不好。这种事最好还是自己上手。他说这些话时，脸上的肌肉是扭曲的，显得很不自然。

架子的袖手旁观让我很失望，这个时候，我感到自己好孤独，好可怜。

就在这天晚上，贝思婷又来了。

晚上，家里的饭菜很简单，这和贝思婷第一次来我家时已经不能相比。吃完饭后，母亲说邻村有电影，出了门。我知道，母亲是想为我和贝思婷留时间。接下来，我觉得哥嫂也会这么做的。可是他们并没有离开的意思，大嫂竟然还向贝思婷发出了邀请，让贝思婷跟她一起去看电影。当贝思婷婉言谢绝后，他们仍然不走，不停地和贝思婷说话。就在这时，外面突然传来了一连串的叫喊声。

王越，你对象在外面等你呢！

王越，快出来啊！你老婆在外面都等急了。

……

我惊呆了，并气得浑身发抖。我第一个反应就是，这必定是大嫂的安排，母亲或许也参与了。我担心地看了看贝思婷，她就站在门口，这声音对她来说会显得更为清晰和刺耳，令她无地自容。我发现，此时的贝思婷有些走神，头向下略低着。也就在这个时候，大哥大嫂走了。

大哥大嫂一走，我和贝思婷立刻就被冻结在了一种令人难捱的寂静中。这样过了一会，我说，我们一起看电影吧。我用了“一起”这个词，然后十分肯定地看着贝思婷。我这种突然而至的坚强，自然是出于内疚或道歉，也是出于一种表白和补偿。听我这么说，贝思婷淡淡地笑了笑，然后抬起头，看了看我说，你去吧。我把大妈的锅刷刷。

这是贝思婷第一次正视我。她的眼睛原来那么大，那么清澈而美丽。

贝思婷在洗碗筷时，我并没有走。我站在她身后，心里乱得很，不安得很，一时间，我感到自己的额上汗涔涔的。此时，我非常想做出自己的解释，或者当着她的面狠狠谴责这种卑劣的行径，以表明我的清白，但是，我张了几次嘴巴也没能说出口。我也特别希望她能问我，那样，我也可以把这个事情说得很清楚，而她一直在刷碗，没有一点停下来的意思。正在我不知所措的时候，她忽然不动了。停顿了几秒钟后，她说，你还是去看看大妈吧。我来时，路上的草好深，有许多地方被小孩打了结。见我不为所动，又催促，快去吧。这么说，锅里又响起了稀里哗啦的声音。

我赶到邻村时，电影还没有放，原来是发电机坏了。此时，在一片错乱的手电筒光柱下，一个女放映员正在修电机，周围站了一大圈人，都在伸着脖子看，箕斗也在其中。我冲过去，一把将他扯到了一边。

箕斗在我把他往外拽时，已经意识到了什么。他一边告饶，一边嬉皮笑脸地说，千万别怪我，你大哥让我喊的。他又强调，我要撒谎，死得有关门没开门的。

箕斗与我无冤无仇，他的话由不得我不信，我松开了手。

这件事发生后，我一直很忐忑，我觉得贝思婷不会再来了，对于她来说，这件事除了让人难堪以外，不啻就是一种提示和驱逐。但令我意外的是，星期六一到，她又来了，而且神色淡定，好像压根就没那回事。我终于明白，在这份感情上，什么都挡不住她，除了我。而我却开始动摇了。

那天，当我听说这一切都是大哥安排的，非常意外，也很震惊。我怎么也没想到，对这件事一直没有公开表态的大哥竟然揣着这么一把刀。还有，如果大嫂的态度只能让我犹豫的话，大哥的决定就成了一种判决了。因为，父亲去世得早，家里的大事基本上由母亲和大哥定，而往往是，母亲都听大哥的。说实在的，我从心里也怕大哥，这里既有兄弟间的恩情，也有那种长兄如父的尊重。

此后的几个礼拜，我的日子非常难熬。这不仅因为，家里的主要成员都反对这件事，庄子上的老老少少也都知道了，各种议论掠着树梢子飞，比蜻蜓蝴蝶都多。那些沾亲带故的，见面后也不客气，说什么，要知道漂亮女人是什么，不要光站在青菜地里看，要扒在腌菜缸上瞧。教育我不要白喝了墨水，算不过来账。我的学生也知道了。被我打了几教鞭的那个男生，在放学的路上边哭边骂，说我被小妈喂奶喂多了，昏了头。这个小妈自然就是贝思婷了。

我内心的波动越来越厉害了。我想，如果大家都不支持这件事，就有点不成体统、不合法，我的选择就可能是错的。为此，这期间，当贝思婷再来我家时，我开始下意识地回避她了，有时，当她从前门进屋时，我就会从后门走开，躲闪不及时还翻过墙头。

6

星期天晚上，架子来了。

架子显然是喝酒了，脸红红的，像颗秋枣。进门后，他没有像往常一样往床上一躺，而是拖了一条板凳放在屁股下，然后正襟危坐地说，我是受贝思婷的委托来跟你交底的。

架子的话让我很吃惊，因为，架子从来就没有跟我说过他认识贝思婷，我觉得这里最大的可能，就是贝思婷找了知了，知了又托了架子。

我问，是知了找你的？

架子说，这个你就别管了。我问你，你到底喜欢不喜欢人家？

事情变得直接和简单了，我也不用委婉了，我叹了口气说，当然……

架子说，那好。贝思婷让我带话给你，你要愿意的话，今年就结婚，日子你定。

架子的话让我又幸福又不安。幸福的是，这个让我朝思暮想的女孩，果然愿意嫁给我，这也没有枉费我多少天的相思。不安的是，且不说我们的事几乎没有人支持，就婚姻本身而言，也有点太快了。我沉默起来。

我的沉默好像一下子激怒了架子，他说，哎！在这件事上，你就别屙不完、尿不净的好不好？同意就说同意，不同意就蹬蛋。

“蹬蛋”是家乡土话，就是彻底完结的意思。

架子的语气是咄咄逼人的，一副不容置疑的样子，把我一下子就抵到了死角，于是，我说出了自己的压力。为了表明我是真诚的无奈和无辜的，我一边说，一边叹息，一副可怜兮兮、活不下去的样子。但是，架子很不满意，他歪着他那颗奇丑无比的脑袋，盯着我的两只眼睛说，你别绕。干还是不干？

我无力地摇了摇头。

这时，架子两手一合说，这不就结了吗！又问我，你是自己去说，还是我去？

我又无力地摇了摇头。

架子说，那你写吧。

我不能理解架子的话，昏昏沉沉地看着他。架子说，我的话她不会信的。看到你的信，她就死心了，可懂哩？

于是我犹豫了一下，写道：

思婷，感谢你对我的赏识，希望你能找个好人，永远幸福！

信写好后，我检查了一下，又把“思婷”改成“贝思婷”，然后将信给了架子。

架子把信拿过去看了看，叹了口气，笑了笑说，唉！你说你多虚伪哩，你就说我不干了不就完了。这么说着，突然把纸条撕了。我正诧异，他说，我跟你说，现在的贝思婷，智商还不如一只猫，你这样写，她根本就看不懂的。可怜可怜她吧，就不要让她做你的几何题了。

我不可理喻地看着架子。

架子语重心长地说，这样说吧！这种事你得做死，拿刀子比划几下子是不行的，要真扎，真攮，要见血，这才能解决问题，可懂？

架子的话让我浑身一阵战栗。

架子根本就不管我的感受，他给我提了几个关键词，第一，一定要写到“分手”两个字。第二，一定要说清分手的主要原因，那就是年龄问题。说到这，架子显得很神气，他说，你知道贝思婷为什么一直就没有向你表达过吗？

这个问题的确是我经常想的问题，今天架子提出来了，我特别想听他怎么说。

架子说，那就是因为自卑。自卑什么？就是因为年龄。所以，在这件事上，你根本就别指望贝思婷先开口。在你面前，她就像个要饭的。她唯一能做的，就是不断地向你家跑。她的心都在来来回回的路上，你可懂呢？所以，你这封信，只要提到年龄，她就夹尾巴了。

我没想到架子能用“夹尾巴”这三个字来形容贝思婷的卑怯心理，我忽然为贝思婷感到了一种不公，心里很难受。

就这样，断交信当天晚上就由架子送到了那涧，此后，贝思婷果然没有再来。第二年春天，我参加了喊城县委组织部和人事局联合举办的乡镇干部聘用考试，从此离开了冻头小学。

7

中央电视台。《我等你》栏目休息室。

这些年，我在政治上进步不大，甚至是碌碌无为。因为，我的心中缺少政治家的那种硬度和刚性。我知道到中央电视台来说自己年轻时的爱情不合适，我还把它称之为“对簿公堂”，但是我还是经不住“牦牛”的劝说，跟他来到了北京。我们先是在八里庄附近的一个叫锦江的大酒店住了一晚，接着就来到了《我等你》栏目的休息室。当我身临其境时，我突然感到了一种前所未有的压力和不安，也就是转眼间，我彻底反悔了，但是已经晚了。

在休息室里悬挂着一台液晶电视，这时，电视上，贝思婷已开始和主持人倪萍对话。

我不相信那封信，不相信他和我分手的理由。

为了这个疑惑，你找他找了30年？

准备找一辈子。

你成家了吗？

没有。

两边的嘉宾席上传来了嗡嗡的议论声。

傻妹妹，你为什么至今还没成家？

等他。

贝思婷说完这句话后，眼泪狂涌而出。

这时，索朗看着我，满眼都是话语，而我则哭丧着脸，向索朗可怜地摊开双手。索朗说，成全一下求助者吧，也成全一下节目组吧。我们都会感谢您的。

索朗的话让我一下子激动起来。这分明就是在要挟我，我可不想成为一种提高收视率的工具。同时，我觉得贝思婷是故意要让我在全国人民面前出洋相，是要当众把我的五脏六腑都挖出来。如果还有其他图谋的话，那真叫可恶。想到这，我突然站了起来，然后不顾索朗和众多工作人员的苦苦劝阻，大步流星地走出了休息室。

8

亲爱的读者，在本篇小说的一至七节中，我和贝思婷的爱情故事都是真实的，我让架子送出去的那封断交信也确有其事，不过，《我等你》栏目组找我的这件事是虚构的。

和贝思婷分手后，我们再也没有见过面，连一个字的交流都没有。我只知道她早就离开了那涧。在这方面，架子也很怪，他跟我在一起时，从来就不提贝思婷。所以，我至今也不知道贝思婷在哪里。今天，我之所以有这种“奇思妙想”，确实是因为中央电视台《我等你》这个栏目的播出，同时也因为架子的一个电话。

那天，架子打我手机，说，王越，知了死了。我心里一疼，问，怎么死的？架子笑了笑说，谁知道，死就死了，可能是大限到了！

见我久久没有说话，架子在那边又说，我俩一起去那涧吧。知了有三个孩子，家里穷得一碗汤一碗汤的，我们去看看能不能帮帮他。我接受了架子的建议。

现场有花圈吗？我问。

架子说，要那些花哨做什么。给钱吧。我少些，你多些。还有，她大女儿也快毕业了，你腐败一下，在你们水利局帮她安个好位置。

我没说什么。我心里拿不准的不好再说。

这时架子又说，我在小市场卖花生，你开车过来接我吧！

我在水利局当局长已经有三个年头了，听惯了下属们用后颚发出的声音，那样会显得很虚弱，很卑微，架子用这种口气跟我说话，我有点不太适应，但是我还是答应了。

放下手机，我拨出了一个手机号。这个手机是朱大字的，当年，他和我一起被录用为聘用干部，又比我早半年调进喊城县教育局。20 世纪 90 年代，他跟我说，我投机倒把去了。接着就下海了。现在干大发了，已经是喊山科技园老总了。我打他手机是因为现在公车使用管死了，派出很麻烦，要撒很多谎。朱大字正在跟我谈科技灌溉项目，这个时候用他还不是个声声应。

果然，手机挂了不久，朱大字就为我派来了一部宝马 X6，还搭了一个女司机。女司机很漂亮，眼睛一闪一闪的，跟电动车窗样。如今，这些花里胡哨的东西都有可能会被列入贿赂大账的，我便辞了女司机，自己开车走了。

在小市场，我很快就看到了架子，此时，他正和一个男人说话。那男人又矮又胖，肚子像是打了结头的麻包，颤巍巍地悬挂在裤袋外面。脑袋很尖，头发花白，脖子和下巴被一团赘肉包在一起，很难分出部位A和部位B。

看上去，架子和这男人很熟，说话时声音很高，手势打得跟溺水的样，笑得嘎嘎的。因为我有些近视，等车子到了近前才看到，和架子说笑的是街头买卤菜的尤大，人称油葫芦。这油葫芦在小街摆卤菜摊有好些年了，左边的面部神经有些问题，脸颊向下掉，看人时会发愣怔，经常愣怔到一抽一抽地流哈喇子。我恶心他这一点，在他家买过一次卤菜后，就再也没去过。

见架子聊得起劲，一副没完没了的样子，我按了下喇叭，并挥了挥手。架子便声音很大地说，我的车来了，我的车来了！说着向我跑来。架子拉大旗作虎皮的熊样让我哑然一笑。

喊城和架子住的那个村庄不远，但是，这些年来，我们见面并不多，有时，两三年才能见一面。架子的生活状况一直不好，婚姻是包办的，在有了第三个孩子后，就和老婆离了。此后，他去深圳打工，苦了些钱，这些钱的基本去向是嫖娼、临时同居和供三个孩子成家（这可是他自己说的）。等孩子都成了家，他也一文不名了。听说现在已经回到了家，因为腰摔伤了，里面加了钢板，一直没出去找工作，不知道一个人怎么生活的。

令我欣慰的是，虽然又有一年多没见了，这家伙看上去气色还不错，腰杆子直直的，小眼睛眨动时还是那么欢实。架子认定了是我，也没有久别重逢的兴奋感，也没有惯常的那种亲热和寒暄，只是没轻没重地一屁股坐在副驾驶位置上，然后扭过头，向车内看了看，以教训的口吻说，显摆什么，就不能借辆破车开开，当心把你一捋到底！我说，借的。架子笑了笑。他不相信。

贝思婷……贝思婷会来吗？我问。

我这次来，除了吊唁知了，当然想见见贝思婷。这个心思我本来是准备藏起来的，反正到了地点也就知道了，但不知为什么，我还是说了出来，好像我一问，她必定到场一样。

听我这么问，架子打着哈气说，不知道。

近期可有联系？

没有。

这些年你们都没有联系？

架子急了，说，前面，她是你老婆，后面，是别人的老婆，我在这里当什么猪食。

“老婆”这个词很刺耳。我说，考！什么叫老婆啊！我俩的那点事你还不知道。架子的鼻子似乎会咳嗽似的，发出了一连串的吭吭声，然后笑着说，算了吧！你看你一脸的金瓶梅，贝思婷又那么老实，你会饶了她。我有点恼怒，直视着架子的眼睛说，我可以跟你打个断手赌！架子软了，忙笑着说，好啦好啦。我信了。我的心情难以平复，一脚就把车子踩出了十几米远。架子安抚我说，知道你，胆子小，又怕担责任，谅你也不敢。

我不想理架子，我在心里骂，没心没肺、没高没低的货，离婚了才万分正确!

9

两个半小时后，我们赶到了那涧。出乎意料的是，在知了的丧事上，贝思婷并没有出现。

知了的灵堂就设在一间普通的平房里。面对披挂了许多塑料花朵的冰棺，我和架子显然都想到了很多。我哭得很伤心，很冲动，有点控制不住的样子。我在哭时，架子也流泪了，他不断地去捏自己的鼻子，像是在玩一块湿漉漉的面团。水晶棺里，知了安静地睡着，好像随时都会起来跟我们话旧似的，这让我感到时间很难挨，于是，上完账后，我和架子就离开了。

从知了家出来后，站在这个曾经有过贝思婷的村口，我心里空空的，脚下似乎也粘粘的，我说，去看看贝思婷的父母吧。架子看了我一眼，明显犹豫了一下，然后心不在焉地说，她父亲不在了。我说，她母亲呢？架子又犹豫了一下，然后挥了一下手。

架子很快就把我领进了一个院落。这院子十分破败，很乱。这般情景让我感慨万千。我简直不能相信，当年，这种院子里也能生出贝思婷这样绝色的女孩。

我们走进院子后不久，一个胖老太和一个 30 多岁的女人迎了出来。年轻的女人显得很激动，开口就喊架子为架子哥。架子忙向我做介绍。原来这胖老太就是贝思婷的母亲，年轻女人则是贝思婷的妹妹，叫思菡。我一怔，我没想到这个年轻女人就是思菡，当年我见过她，她对我可没有什么好印象。

我们很快就被母女俩引到堂屋坐下。我们刚坐下，架子好为人师的老毛病又犯了，他一边毫不讲卫生地乱吐唾沫，一边教训起思菡来。他教导思菡要如何照顾好母亲，如果有事，怎么及时告诉他，这个时候田里的庄稼该怎么打理等等，那口气都是一家之主的样子。接下来，在我和贝思婷母亲聊天的过程中，他毫无教养地随便插话，并多次把话题抢过去。他说话的声音很高，一副要把贝思婷母亲吓住的样子。

在架子大呼小叫的时候，我的目光则在墙上四处搜寻着。这时，静静地坐在一旁，一直没有说话的思菡，忽然小声地有点亲切地问我，找相片吧？

我一愣。我不知道她是怎么看出我心思的，便尴尬地笑了笑。

这时，思菡走到一个破柜子旁，并很快找出一只相框来。像框里的照片显得很混乱，由于屋里潮湿，大多有了霉点。忽然，我在一张集体照上看见了贝思婷。

这是贝思婷中学时代的照片，没有我刚认识她的时候漂亮，表情明显有些羞涩和紧张。

我在看贝思婷照片时，我觉得思菡一直在观察我，于是我不好再专注下去了，就把相框放在了一边。

这时，架子又催着要走。我忙问，……思婷在哪里工作？

思菡说，大姐没有工作，在家。

贝思婷母亲说，就在喊城。

我非常诧异地看了一眼架子。

这时，思菡又说，84年就过去了，一直就在那场子。

我再一次看了看架子。

按照思菡的说法，贝思婷几乎是和我一前一后到的喊城，如果这么多年一直就生活在那里，架子怎会不知道？可是，这么多年来，他一直就没跟我说过，而且，我在来的路上还问过他。

离开那涧后，我们的车子沿着一种叫作“村村通”的水泥路向前行进，这期间，我和架子都没有说话。我心中五味杂陈。我暗暗发誓，架子必须要向我解释或者道歉，否则几十年的情谊到此结束。可当车子开上国道后，我的心又渐渐地平静了下来，我似乎一下子就理解了架子。我终于打破了车内的沉寂，深深地叹了口气说，我不怪你……

我的这句话，外人听来自然是无厘头的，架子却笑了笑说，你凭什么怪我。我考！

架子的话近似于无情，又近似于无赖，却一下化解了我对他的愤懑。我又深深地叹了口气。这时，架子笑着说，好啦好啦！别以为贝思婷是个受害者，吃了大亏，我曾经就说过，你在这件事上也没有占便宜，贝思婷心里早就平衡了。

我知道架子说的“你也没占便宜”是什么意思，无非就是指我和查媛媛的事，其实，在贝思婷的心中，这件事从来就没有平衡过。

10

在本小说的第6节，我提到我参加的一次考试。那年，我21岁，录取后分配到了折子坡。

接到报到通知的当夜，我失眠了。按照我母亲的说法，从我父亲这一辈往上数，在整个家族能够延续下来的记忆中，没有做官的，从我母亲这边数也是。另外，这个村子是1921年有的第一户人家，至今也没有一个人做官的（生产队长不算，因为不吃皇粮）。所以，我能被国家录用为干部，这不仅是两个家族的喜事，也是全村的喜事。就我个人而言，意义更为重大，因为，自此我就算跳出了农门。我至今还能记得这样一个场景，是夏收季节，我正在前屋复习功课，在田里挑麦子的父亲回来了，他一进门，就像一根软软的皮条斜靠在门上，接着将手里的扁担往地下茫然地一丢，然后无力地看着我，大口大口地喘息着说，好好考啊！来世就是托生狗，添人屎盆子，也不要翻土旮旯头子。

为此，初到折子坡上班的头几天，我一直是兴奋的，心中充满了荣誉感，也对未来产生了诸多幻想。但是，不到一个月，我就傻眼了。

折子坡是全县最偏远的公社，离最近的小集市也有十几公里，离喊城有 80 多公里。公社机关被一个大院子圈在山顶上，看上去孤零零的，更像是个破烂的羊圈。公社四周都是荒山，平时，除了开会，很少有人来。办公条件更差，我住在一个不到 4 平方米的屋子里，屋子有两扇窗，一扇是用残砖封堵的，一扇蒙着塑料布。平时，我要备两种灯，上半夜还是有电灯拉的，下半夜只能点煤油灯。公社没有代销点，没有食堂，我们下队回来，经常用煤油炉子煮面条充饥。

枯燥、乏味、寂寞、荒凉，很快就消除了我初来时的兴奋和新奇感，我开始怀念在小庄代课的日子，开始想家。这种怀念，像是一种可怕的酶，在我体内，不断地稀释和分解我的斗志和理想，最后，我开始厌倦和后悔起来。我想到了逃避甚至是辞职。

回到小庄时，我特别想把自己的苦处跟母亲说，希望母亲能理解我，支持我辞职。但是，我每次回家，母亲都会有好消息告诉我，譬如，一向不跟我们家来往的大表姑，上个月十六，为我蒸了一锅点了洋红的大面牛，说是为我庆生。其实，我是属兔的，生日也不是那一天。譬如，上门请喝闲酒的庄邻越来越多，大哥大嫂整天都应付不过来，一打酒嗝，隔一条河都能听到。还有生产队量地，量到我们家时，尺子一下子就歪了许多，等等。母亲每每说到这些时都一脸的兴奋，在她的瞳里，我闪闪发光，非常庞大。每到这个时候，我那点苦处就不好意思再说出来。我安慰自己：我这个职位，箕斗他们能得到吗？另外，我还年轻，所有这些都是短暂的，也许明年我就能转正，就会被选拔到县城去工作。

在折子坡，如果说虚荣和幻想是我尚能待下去的动力，接下来的一件事，就把我的这两根柱子一一折了。

我是一个男生，却被分到了计生办，在一个 30 多岁的妇女主任后面当干事。妇女主任姓唐，离婚了，有点姿色，家住在山下中学里，但晚上很少回去。我发现，自从见到我的第一面起，唐看我的眼神就不对，后来这眼神越来越怪，布置工作时，她的身体会跟我贴得很近，近得能听到她肚子里走水的声音。

糟糕的事因此而来，原来，这里的“皇帝”、公社书记邱子当早就被唐迷住了，为此，当邱子当在会上看到唐偷觑我时（唐在不同的场合经常会下意识地觑我，别人跟我说过），我的日子就够呛了起来。

很快我就成了那个大院里的万事忙、垃圾桶，凡是别人不愿干的，又跟我一毛钱关系都没有的事，邱都会安排我干。凡是我经手的事都难入邱的法眼。邱跟我说话时，总是半个眼珠子往外，脸上用探测仪扫也见不到一丝表情。嘴角则一时微微向下，一会微微向上，如同愤怒，又如同嘲讽。而且，越是唐在的时候，他训斥我的声音就会越大，挖苦我的语言就更有艺术含量。我每天只要听到他的声音，浑身就会一哆嗦并伴随着耳筋疼。我感到，在这个人手里，想活，分分秒秒都难，想死，只需要他用脚尖在地下轻轻地一抹。我之所以这么想，是因为作为招聘干部，将来转正、回城或者升迁都需要公社一把手出意见。

这期间我去县城办事时找过大姐，那时，大姐是县水泥厂医务室的一名普通医生，大姐夫是销售科的一名销售员（也很窝囊，看上去比我还受罪）。听到我的遭遇，大姐往往一句话也不说，脸上阴沉沉的，最后陪我叹几口气，再讲一些言不由衷的鼓励我的话就算完。而这些鼓励的话，对于我来说又能起到什么作用呐，我再回到折子坡时只能感到更绝望，感到那里的夜像只巨大无比的鳌子，让人一秒钟也难以坚持。

那天，外甥女二月打来电话，说她妈让我回去一下。于是，我趁到喊城送材料的机会，去了大姐家。

大姐见到我就笑了，是那种喜不胜收的笑。在我印象中，大姐家的日子一般，烦心事多而混杂，平时皱眉的时候多，所以，大姐今天这么笑让我感到很反常。大姐说，有好事报告小兄里（弟弟）啊！大姐用“报告”二字让我感到非常奇怪，但是，我还是被大姐溢于言表的情绪感染了，我问，什么事哦？我问大姐时，声音很小，显得小心翼翼的。

大姐也不急着回答我，只是坐下来和我细细地说。

事情很简单，很快就被大姐说明白了，原来，分管农业的查副县长看上了我，有意选婿。

我的心一下子就狂跳了起来，由于强烈的诧异和高度兴奋，脑中一片空白。

这时，大姐笑眯眯地慢腾腾地从括包里拿出一张照片来。照片上是一个姑娘，十八九岁的样子，长发，丹凤眼，眼线长而灵动。瓜子脸。俊俏。

大姐说，人家等着回话哩，你表个态。

听大姐这么说，我才从一片愣怔中清醒过来。我看着大姐，没有回答大姐的话，最后我回避了大姐的目光。

我心里很乱，因为到折子坡后，我一直和贝思婷保持着往来。

11

你们还记得那封断交信吧？那天，我让架子把断交信送走后，自己立刻哭倒了嗨。

天快黑时，架子回来了。此时，我特别想知道贝思婷看到断交信后的反应，但是，我又不敢主动打听。我能想象到贝思婷看到信的样子，我怕自己受不了。可是，我不问，架子竟然也不说，我终于坚持不下去了，乘他用水瓢在水缸里舀水喝的时候，搭讪说，信送到了……架子或许是太渴了，没有接我的话，我又问，她……怎么说？这时，架子把水瓢往水缸里一扔，笑着问我，你想呐？你自己想。

我低下了头。

这时，架子忽然换了一个轻松的口吻说，好在是老大姐，想得开。她说了，本来就不配，是自己自作多情，该放下了。

架子的转述让我稍得安慰，但是，这种安慰像一阵风，掠过之后，很快就被一种尖锐的刺疼感代替了。我知道，贝的这些话说得越轻松，委屈和压抑就越大，还有，从现在起，难道我就和这么好的女孩分手了？

这时，架子拍了下我的肩膀说，放下吧！早死早托生。

我吸了一下鼻子，我觉得有些眼泪因为慌不择路，流进了我的鼻腔。

一晃一个星期过去了，这个星期，我的身体被一种莫名的东西一圈一圈地裹扎着，一点都打不开不说，人还时常发呆。尽管一切都结束了，但是那个那涧的姐姐，那个从不愿意和我多说一句话的贝思婷，那个在过去的日子里，全靠来回奔跑，全靠一双抑郁的大眼睛来表情达意的姑娘，像一只顽强的竹笋，在我的心中不停地生长着。我开始疯狂地越发疯狂地想她。我一度消瘦到能随风滑行。在我最想念贝思婷的时候，我曾决定在半夜里跑到岔口，然后半蹲半跪在那里，紧紧地牵扯着架子的衣袖，声泪俱下地说，我后悔了，请你能去告诉贝思婷，我还爱她，我们重新开始吧！我甚至想在一个狂风大作，洪水泛滥的雨夜，奋力游过波涛汹涌的那涧，再翻过贝思婷家的那截高高的墙脊上插满了荆棘的院墙，一把抱住贝思婷，然后放声痛哭，互述衷肠，一定终身。但是，这些不过都是一些自我解脱和减压的想法而已，我终归没有做到，我只能在苦苦的煎熬中盼望着下一个黑夜的来临。

下个月的 17 号，中心校准备举办全公社民办小学运动会，筹备会则于本月 12 号在中心校召开，参会人员限定为各校领导或校方代表。我是一个从不会主动的男人，平时，无论向谁提要求就会脸红。但是今天，我却向校长提出了想去参加筹备会的要求。我提出这个要求时，冲动得连理由都没有想好，等校长有些疑惑地看着我时，我才急中生智地说，班里有几个学生是可以为小庄学校争到好名次的，我想通过这个会议，侦查到一些情报。我说得振振有词，校长虽然感到有些勉强，还是答应了。

我积极过头地要参加会议，不过是想见到贝思婷，这点我想你们也能猜到，但是在会上，我没有见到她。

散会后，我心思低低的，一点都不想回家，中心校附近正在放映电影《家》，于是我买了一张票坐了进去。这是一种黑白电影，爱情的戏份很多。尽管看的是别人的爱情，心里却有一种深入其内的痛切感，这种感觉令我不时地想流泪，但有煞风情的是，在电影放映的过程中，我身后的两个女孩一直在说话，我正在为此而懊恼时，忽然我听到了贝思婷的名字。是的，一个嗓音有些嘶哑的女孩分明在说，我姐病了。好几天了。

电影散场后，我做出了一个超出性格底线的举动。我追上了那两个女孩，并勇敢地向她们打听了贝思婷的消息。那个声音沙哑的女孩就是贝思婷的妹妹，叫贝思菡，我好像听架子说过，贝思婷有个妹妹，正在喊城跟大姑读书，现在看来就是她了。此时，当我表明了自己的身份后，思菡一边不停地打量我，一边下意识地向后推。好久，她才用很土很难听的方言说，你怎么搞的呀，我姐眼都肿莫缝了（看不见了），书都不能教了。你是怎么搞的呀！说完，嘴角向里一拧，像是要哭了。我正要说什么，她一转脸，拉着朋友快步走开了。思菡比我小不了多少，她看我的目光中充满了埋怨和鄙视，所以当她走远时，我感到自己特别渺小和无用。我彻底崩溃了。

回到家，我就找出了纸和笔。很快，那一张张纸就如一口口深而干涸的大坝，储满了我的内疚、疼痛、不安和悔恨之意。

写完了这封信，我就快步向岔口走去。我知道架子看到这封信后会如何嘲笑我，也知道架子一定不会再为我去那涧送信，因为这是一件让我自己都感到失却信义的事，更不符合架子的性格，但是，这些都没能挡住我的脚步，我在那些野草迷乱的小道上健步如飞，简直就像一个慷慨赴死的大英雄。

事情要比我想象的顺利，架子愿意送这封信，不过他终究还是表达了自己的态度。他一边笑，一边摇头，接着又是一边笑一边摇头。架子的笑和别人不同，架子对某件事有好感时，脸上是毫无表情的，而他的笑里往往有不信任、嘲讽、蔑视和愤怒的成分。这一次不会变了吧？他问，小小的眼睛里充满了泥沼般的疑虑。我狠狠地点了一下头。他又笑了笑，但并不看我。他的这个样子让我很不自在，很心虚。

第二天，架子就把信送了出去。这封信送出去后，我想象着一个浪漫的情景：贝思婷接到信的当天，必然会连夜赶到我家，然后当着众人的面，一下子扑到我的怀里，委屈得放声大哭。届时，我自然会陪她大哭。母亲、大嫂、大哥和全村的人也会在一边默默流泪。天上还会下起滂沱大雨，以渲染这种类似于破镜重圆的悲壮情绪。可是，信送出去很久了，那涧那边也没有什么动静，大约过了20多天，贝思婷才在架子和知了的陪同下来到我家。最让我不可思议的是，贝思婷见到我后，一点激动和被痛苦洗劫的样子都没有，还是那么冷静，那么矜持。她这个样子使我不得不想，过去的一个月发生的事情是不是一场梦。

不久，我考取了聘用干部并被分到了折子坡。在折子坡，正当我分秒难挨、万难齐全的时候，贝思婷出现了。她出现在折子坡的当天上午，我正在从小庙队回公社的路上。那天，太阳不知怎么那么大，那么毒辣，好像一直在追着我对准我烤灼，当时，已经精疲力竭又热又渴并万分沮丧的我，觉得自己一定会死在那条滚烫的山路上，就在这时，一场倾盆大雨不约而至了。所以，当我突然发现贝思婷站在公社门口等我时，我感觉到了一种寓意。

接下来，贝思婷每个星期都会来看我，并为此吃尽了苦头。折子坡离那涧有70多公里，为了能保证每星期和我待足7个小时，贝思婷一般会在星期天早晨5点出发，上午9点到折子坡，下午4点再到十几公里外的一个小汽车站赶最后一班车。久而久之，对我来说，星期一到星期天上午9点这个时间段就变得十分难熬，那时，我像一个在沙漠里干渴了很久的孤魂，每时每刻都面朝那涧，全神贯注地倾听雨季到来的声音。

12

大姐比我大23岁，平时我和大姐之间的交谈，既像是姐弟，又像母子。那天，我们在二月的屋里从上午9点一直聊到吃中饭。

大姐说，我们姊妹8个，6个在土里刨食，我虽然说进城了，也只是个小医生。一筐桃子就看你一个红了。

大姐说，在庄子上，我们老王家女孩多，男孩少，一直被人欺负。你头上能顶一绺子乌纱，那些烂心的就不敢再小看我们。

大姐说，妈一辈子好强，把脸看得比天安门还大。我们能和政府里的人做成亲戚，她心里可如意呢？

大姐说、大姐夫说、外甥女大月、二月也说，在厂里，我们家只能拣最苦最累的工种干，你要能在县委大院找把椅子，这几门子都有盼了。

……

我在小庄代课时，大姐就带话过来，说，哪怕是在城里娶一个卖冰棒的，也不可在乡下成亲。我和贝思婷的事情，从来就没有跟大姐说过，而且我要求母亲和哥嫂也不要跟大姐说，所以，今天大姐的话就显得很客观，更有鼓动性。当大姐问，小兄里，我这样可是为你好呐？我发自内心地点了点头。

我问，她现在……在哪里……

大姐听我这样问，马上高兴了，笑眯眯地说，你见过。就是我们医疗室的。

我纳闷了。

我去过大姐的医疗室，那里除了大姐以外，有两个男医师、两个女医师和一个女护士。其中，两个女医师和我大姐年龄仿佛，那个女护士年轻些，但面部残疾，其状惨不忍睹，看上去，像是被牛蹄子踩上了：先是在额部偏左的位置踩了一下，接着又在右脸颊上踩了一下。我第一次看到这个女护士时，她正在给一个病人找静脉，我还不无幽默地想，今天，那个病人的静脉绝对没有了。我还多此一举地想到了这个女孩的婚姻，为她算定的结局就是一只木鱼，一炉香。当然，谁要是娶了她，必定也挨过牛蹄子……

就在这时，大姐向我交了底牌：照片上的女孩就是我在医疗室看到的那个姑娘，叫查媛媛。

听大姐这么说，我立刻傻了，同时感到自己的脸颊又热又胀，像是刚才被谁重重地打过一记耳光，一种巨大的失落和羞辱感在心中不断地翻滚。我觉得大姐必定是疯了。还有我的姐夫和我那两个外甥女，竟然也如此怂恿和蛊惑这样一门亲事，简直就是别有用心，自私透顶，倒买倒卖，此刻，我就是点燃一堆词汇也烧不尽他们的自私和卑劣。

屋里静了好长一段时间。

屋里静了好长好长好长一段时间。

但令我感到龌龊的是，这个时候，大姐先前那些打动我的话，竟然又像小虫子一样翩翩飞来，它们张着一对对小小的彩色的翅膀在我的心田盘旋、吟唱，发出近似于一丝清风掠过柳叶的声音，这让我的呼吸渐渐平缓下来。

这时，大姐说，这丫头就这点短处，其他样样好。勤快，脾气温和。说是高干子女，一点架子都没有。平时，倒巧的事跑得远远的，吃亏的事，伸手就接了过来。还不讲究吃穿。业务上更不用说了，不管多细的血管，一针就能挑出来。

大姐真可谓巧舌如簧，一口气用了那么多溢美之词。一时间，它们像一层层迷雾，挡住了那个查媛媛的脸，也让我的心尤为迷乱。

见状，大姐向我进一步摊牌：查家是托厂长来说的，条件不遮不掩，三步走，定亲，调动，结婚。说是三步，对于你来说，是一步登天啊！嘻嘻……

吃完中饭，我就在大姐家睡了。摊上这么大的事，我居然睡着了，还做了梦。我清晰地记得，窗外传来一阵阵脚步声，那脚步声不知是人的还是畜的，纷乱难辨。

我醒后，大姐知道我要走了，她为我打好了洗脸水，又准备好了雪花膏。这期间，我估计大姐会再做我的思想工作，结果她一个字也没提。不过，当我走到院门时，她喊住了我，然后把查媛媛的那张貌美如花的照片放在了我的衣袋里。

13

我特地从书店买了一本《周公解梦》。这个离我一千多年的周公旦说，如果在梦中能听到可以辨析的声音，通常表明意外事件或疾病的发生，也可能意味着遭受损失甚至更大的灾难。

这种解释对于我来说无疑成了一种诅咒。从大姐家回来的一个星期，我神魂不定，坐立不安，查媛媛和贝思婷像两枚西瓜球，在我脑子里乱转。它们转动的速度很快，我感觉自己谁也抓不住，又感觉自己谁也不想抓。那天，贝思婷来电话。我忽然发现自己对她的电话失去了兴奋感，以至于我磨蹭了好久才拿起话筒。贝思婷在电话里小声地不安地充满歉意地说，因为期末考试，这个星期不能来了。我先前说过，在折子坡，我就像沙漠里的一个干渴的孤魂，贝思婷就是我日日渴盼的雨季，但是那天，我对她的这个电话一点遗憾都没有，而且还有轻松之感。第二个星期，当贝思婷打来电话时，我竟然撒了谎，说自己在下队，请她不要过来。后来，这种谎话我又说了 3 次。这是星期四上午，我正在广播室和黄秘书聊天，贝思婷突然出现在了公社门口，我吓了一跳，转身就逃了。当夜，我没有回公社，在下面的狗套子队住了一宿。

我在回避贝思婷的同时，也在回避大姐，这期间，大姐打了好几次电话我都没接。我这样做，是因为我还没有勇气将自己交给任何一方，尽管在我的内心，角力的双方已经失衡。

3 月 12 日，这是贝思婷和我连续四个星期都没有见上面的日子，架子来了，并在公社门口堵住了我。我知道架子是为贝思婷来的，但是想躲已经来不及了，只好把他带到了自己的卧室。

出乎意料，架子找我是想从公社磷肥厂倒买些磷肥出去，与贝思婷毫无关系。当然，我帮不上这个忙。架子立刻把我奚落了一顿，说我混得太差。这还不解气，“视察”了我的办公室后，又嘲讽我说，你太讲究虚名了，跑到这个破庙里当小鬼，就落个好听啦……直到我把他带到小集镇上喝上了酒，才堵住他那张臭嘴。

其实，在和架子喝酒期间，我是希望他能主动提到贝思婷的，这样，我既可以了解一下这阶段贝思婷的反应，也可以借此谈谈我的纠结和痛苦。可是，他把一壶酒都喝到八两了，也没提贝一个字。我终于忍不住了，就把大姐催我相亲、我和贝思婷多日未见以及由此引发的内心混乱与痛楚一一说了出来。当然，我保留了两个部分，一是查媛媛的家庭背景，二是查媛媛的形象，我怕架子借题发挥，骂我攀高枝。

架子听我说完这些，忽然不喝酒了，他点上一支烟，然后在那默默地抽起来。他的脸上有花生皮，我没敢提醒他，更不用说出手帮他抹去了。

等我又叹了一口气，他说话了。

你说人家比你大，提出分手，这是可以的。你接着又给人家写了封悔过书，这就错了。就比如杀鸡，杀了第一刀也就算了，你偏不让它死，再给一刀，残忍不残忍呢？

我想辩解，但是，在他的这个“杀鸡”的比喻面前，我感觉自己筋骨松软，实在打不起精神。

这时，架子笑了笑说，王越，我那天把你的忏悔信送给贝思婷时，你知道她是什么反应吗？

我看了架子一眼。

架子说，她哭了！你一定觉得她是被你感动的吧？不，是害怕。

架子的话让我有点不可理喻。

架子绘声绘色地说，她一边哭，一边说，我知道，王越一定是被我逼急了才写这封信的。他一定很苦。我做得太不应该了。

我低下了头。

架子说，你把事情做到了这个熊样，贝思婷竟然还为你心疼，竟然还谴责自己，真是太多余了。架子不无嘲讽地说。但是她的担心是对的，是非常准的。

我懂架子的话。我之所以写那封忏悔信，是因为贝思婷因情而病的消息像墙一样压住了我。在这种负荷下，我实在挣扎不出来。我只有那么做，才能喘上一口气。

就是这样，架子说，她还是相信了你，还是低三下四地回到了你的身边。她低三下四的样子，我一点都看不下去，我到现在都不明白，贝思婷为什么偏偏在你面前那么作贱，连一刀火纸钱都不值！我想不通，一点都想不通……

说到这，架子显得很激动，也很委屈，两眼死死地盯着天花板看，一副努力克制的样子。

我嗫嚅着说，我也累啊……我……

架子笑了笑说，你就别说你的难处了。我大说过，一亩旱田种八分，两分必撒荞麦种。你知道你的荞麦种是什么吗？就是你这个破干部身份，就是你这个了不起的前程，说白了，让你娶一个比你大五岁又是农村户口的女人，你总归是不情愿。这就是你肚子里的那块五花肉。你是永远都不会跟贝思婷说的。

架子的话像一根竹竿，一直捅到了我的心坎。

我有过许多和贝思婷独处的时候。有一次，公社大院里的干部都下队了，卧室里就剩下了她和我。我躺在床上，她贴在我身旁坐着。像往常一样，她很少说话，只是在认真地看一张报纸。但是，我能感受到她的手在微微颤动，能感受到她急促而异常的呼吸，此时，只要我轻轻地碰她一下，她就会像一堆细沙，细腻而柔顺地散落开去。但是，我冲动了半天，竟然连一个握手的举动都没有。不知为什么，每当我想靠近她时，我的心里都会伸出另一只手来，然后紧紧地拽住我，令我不能越雷池半步。今天，架子把我的这只手找出来了。

我有些恼羞成怒，是抵抗也是推诿地说，即使这样，又有什么错吗？君子还固本呢？

说完这句话，我就后悔了。我感觉这句话说得太无情，甚至有些无赖。

果然，架子像口小钢炮，一下子就被我点上火了，他说，那你还在我面前绕什么花线？啰嗦到现在，不就是想让我再送一回断交信嘛，不就是想让我帮你拿刀子在这个傻女人身上再来一家伙嘛。不可能！

架子说到“不可能”三字时，声音很大，打雷一般。说完，他厌恶地看了我一眼。我也厌恶地看了他一眼。接下来，架子又做出了一个惊人的举动。他咧开大嘴，亮出一副大黄牙，咔嚓一声，就把酒瓶盖咬开了，然后咕咚咕咚倒了半碗，一仰脖子，喝了下去。我也倒了半碗，也喝了下去。

对于我来说，一口气喝完半碗酒，简直就是找死。第二天醒来时，黄秘书告诉我，是架子用板车把我拖回公社的。

14

接下来，贝思婷和我突然失去了联系。没有电话，人也没有再来。疑惑中，我心里的那种对架子的失望之情，渐渐转为了感激。我知道，在我进退维谷、马陷泥泞之时，无论多么原则，架子都不会从我身边走开。世界上不会再有这样一对朋友，从来就没有过一次相同的观点，甚至互相看不起，讥讽、嘲笑，当众奚落更是不断，但是就是不能分开。这对朋友无疑说的就是架子和我。

今天是计划生育宣传日，邱书记却让我跟他一起下乡。邱书记在前，黄秘书第二，我尾随。当三部自行车从公社院门口鱼贯而出时，我既兴奋又有些受宠若惊。因为，老邱从来就没有带我下过乡，平时，在他眼里，我好像是一个尖尖的东西，刮风的时候就拿来顶顶门，没用的时候，怎么看都显得多余且缺少安全感。

中午，我们在朱家畈吃饭。因为书记下来了，饭桌上丰盛了许多。此地酒风重，饭桌上劝酒是难免的，当我想表现一番，以改变一下邱对我的印象时，邱却黑着脸，把队长给我斟的酒倒在了他的杯子里，然后郑重其事地说，他们都是公社的干才，将来是要接班的，你可不能把他们喝倒了。队长听邱这么说，忙向我连连道歉，软得如一截裤带。

如果说邱的这些话已让我意外的话，吃饭时，邱的另一个举动让我完全错愕了。中午是有肉的，那肉块有些大，邱就把那肉夹成两半，肥的放在他的碗里，瘦的放在了我的碗里。

吃完饭，邱和队长蹲在田头聊庄稼去了，黄秘书和我站在树下等候，这时，黄秘书突然轻轻地拍了下我的肩头，微笑着看了看我。我问，什么意思？

黄秘书说，苟富贵，无相忘啊！

什么意思？我再问。

黄秘书向不远处的邱书记看了看说，昨天我跟书记到县里办事了，查副县长召见了书记和我。提到了你。

提到我？我很意外，脱口而出。提到我干什么？

黄秘书撇撇嘴说，别装了，以后不要忘了我们这些滚稻草铺的弟兄就行了。

这个黄秘书是全地球最虚伪的人，平时，凭借是邱书记的秘书，见谁都颐指气使的，对我从来就没有过笑脸。说什么不要忘了一起滚稻草铺的弟兄，上个月，我们在防洪大堤上值夜，他占了两床被，我只好盖草包皮。但是，他今天这个有点献媚又有点嫉妒的样子让我十分平衡。我第一次感到，人一旦有了靠山，你对面的人就会又歪又斜。甚好！

下午，我和邱书记刚回到公社，广播室就有人喊，王干事，有电话找你。

我心里一紧。我估计是贝思婷，因为我们已经又有一个多月没有联系了。但广播员告诉我，是大姐找我。

我回了电话。电话里，大姐直逼我和查媛媛的事，要我务必于这个星期做出最后决定。大姐的语气一点都不好，以往说话中，那种带点商榷的口气全然没有了。大姐说，这个星期就来我家，好歹把事情团一下。这年头大树枝子多的是，你再肉（磨蹭），人家就飞了。我知道，这个事到了我非表态不可的地步了。我本来还想支吾一下，结果嘴上还是说，哦。

星期六，我离开了折子坡，但是，我没有去喊城，而是去了浮头公社，因为我的初中同学、好朋友、和我一起被录取为乡镇干部的朱大字就在这个公社当团委书记。

在浮头，我听到了一个十分意外的消息，朱大字早在半年前就调进了喊城教育局，做了教育局局长未来的乘龙快婿。现在在教育局中教科工作，已经官至股长。

我不敢相信这是真的，进了喊城我就给教育局打了个电话，电话很快就转到了朱大字的办公室，朱大字以他高亢而快乐的笑声证明了这件事。就这样，带着一种惊诧、羡慕和莫名的嫉妒，我走进了朱大字的办公室。

朱大字明显光鲜了，整个人像是刚从花生壳里剥出来的样。他满脸春风，神采飞扬，穿着一件我从来就没有看过的咖啡色猎装，笔挺的，一件白色衬衫也是笔挺的，脚上的皮鞋是高跟的，和我们一起在喊城党校培训时相比，整个判若两人。我心里自卑起来，下意识地将腿向桌子后面挪了挪。我的皮鞋已经被雨水锈蚀了，显得很旧，很硬，如同一条腌制过头的咸鱼。裤腿上溅着许多泥点，有一种很旧的感觉。好在朱大字还是在学校的那个样子，说起话来摇头摆尾，无法无天的。对我也没有一点小看蔑视之色。他先是问到我的工作，接着问到我的婚姻。

我主动要求朱大字把门关上，然后把我和贝思婷以及大姐逼婚的事情说了。

大字说，这个关键在你。

我满腹愁云地说，我很为难……

大字笑了，说，都丢不掉是吧。

我叹了口气。

这时朱大字把一只手搭在我的肩上说，都是一锅出的，我把你当兄弟说话。王越，政治无良！你真以为我们这些老农民的后代靠实干就能走出浮头，能走出你那个斑鸠蝗虫都想死的折子坡？不行的！你我没有靠山，就活该在那里干一辈子，永远都走不出来……

我下意识地点了点头。朱大字立刻来劲了。他有些神秘地说，你知道当初老岳母找人向我提亲时我是怎么想的吗？就一个念头，同意！我的理论是，老婆可以换，命运难改变。有马先骑上再说，顾不上它是瘸的还是瘫的。说到这，他又说，你知道吗？我们那一批，凡是长到你我这样漂亮的，都走了这条路！所以，这门婚事你一定要答应。答应了，你进了天堂，不答应知道是什么结局吗？那就不是在折子坡干一辈子的事了，而是你还能不能干下去的事了。

在朱大字说这句话时，我分明看到，我的小臂上由小到大，出了一层鸡皮疙瘩。

这时，朱大字又嬉皮笑脸起来，他压低声音说，这么在乎那张脸干什么。女人蒙上脸，下半身都是一样的，但是，你要是在这件事上蒙上了眼，下半生就不一样了。说到这，他推了我一把，我看你就降了吧，将来，我还指望你这个县长女婿拽一把呐！

和朱大字的这次相见，彻底改变了这件事的曲线，当晚，我就接受了大姐买来的两张电影票，和查嫒嫒走进了电影院。

15

车子在我的伤心处走得很慢。她成家了吗？我问。

架子说，你想让人家为你殉葬？

架子的话说得很不好听，我沉默了。

这时，架子从抽纸盒里扯了一大卷纸，连捏带擦地弄着鼻子说，你和查嫒嫒结婚两年后，她就出门（结婚）了。

我心的一侧好像被什么撕了一下，有一种尖锐而犀利的疼。

架子显然看出来了，他奸笑着说，你也值了！

那次在折子坡下面的一个酒馆里，已经决定从这场爱情中逃离的我，特别希望架子能把我的心思告诉贝思婷。不知您可否记得了，当时，架子是拒绝的。可是，当贝思婷再也不来折子坡时，我坚信是架子帮了我。而实际情况是，当时，我的朝三暮四彻底惹恼了架子，他并没有把我的想法告诉贝思婷，倒是大姐找到了她。

大姐是在那涧小学和贝思婷见面的。见到大姐，贝思婷的脸就红透了，一直对这份感情自卑而心虚的她，竟然一句话也说不完整。气势汹汹的大姐看贝思婷是个老实姑娘，又怕成那个样子，便不再难为她，只是温言细语地跟贝思婷说明了自己的来意，请贝思婷能理解老王家的心情，放弃这段恋情。大姐还说，她们水泥厂有许多优秀的小伙子，如果贝思婷愿意，大姐愿意多事。大姐还吹嘘，她在教育局有许多朋友，如果贝思婷以后想转正，她都可以帮忙。

贝思婷感谢了大姐的好意，但是，在我调到喊城不久，她也来到了喊城，然后住进了她大姑家，为此，她被自己的父亲打了一顿。在那涧，大家都知道，贝思婷的父亲解放前在外乡当过中学校长，一辈子心善手善，大人小孩都称他为老夫子。在他眼里，贝思婷就是一颗夜明珠，从小到大，别说是打，就连笑都不敢大声，生怕伤了她的釉，——在贝思婷父亲的心里，女儿就是一件价值连城的瓷器。可是那天，她父亲下了狠手，据说一根手颈粗的竹竿子都打成了丝，我想她父亲打她时，手上一定有了我的魔性。

是的，因为贝思婷在喊城住下后，再也不愿回到那涧，期间，包括架子在内的无数人都劝过她，学校也派人以最后通牒的方式来挽留她，结果都没有成功。架子感到不可思议，他问过贝思婷，你这么做到底图什么？贝思婷没有回答架子，她只求架子帮她一件事，证实一下我找的对象是不是一个满脸残破的姑娘。对于这个要求，架子像当年拒绝为我打听贝思婷年龄一样，婉言推辞了。但贝思婷很快就把事情查清楚了。她哭了整整一个星期。架子闻讯来劝她说，哭什么呢？你心里应该平衡才对，他不受到报应了吗？见过王越的人，哪个不说他是个美人胚子，现在好了，娶了个妖精，看他以后怎么出门。听架子这么说，贝思婷哭得更伤心了，她悲痛欲绝地说，说我年龄大了，我认，说我们有城乡差别，我也认。可是，你凭什么要找一个这么丑的女孩啊？这不是欺负人吗？这不是糟蹋自己吗？他们一定是骗了他，他太年轻了，什么都不懂。他们就一起给他下套子，他太可怜了。他一定会醒悟的，一定会逃脱的。

事情要远比贝思婷想象得阴险，我很快就和查媛媛结婚了。可是，贝思婷仍然待在喊城，仍然在坚守她的判断，直到两年后，听说我有了孩子，她才接受了大姑的安排，嫁了人。

男方是什么人？我问。

架子说，你见过。

我很疑惑。

架子说，就是那个卖卤菜的油葫芦。

车子渐渐慢下来，最后停在路边。架子问，怎么啦?

我没有说话。我趴在方向盘上，觉得自己完全失重了。这时，架子为我点上了一支烟。或许是血液中的尼古丁起到了缓冲作用，我渐渐平静下来。见我头上出满了虚汗，架子笑了笑，摇了摇头，一脸嘲讽地说，怎么？一朵鲜花插在卤肉上让你伤心了，呵呵，算了吧！

我想去看看她。这时，我坚定地说，咬着牙。我感到贝思婷非常可怜。我特别想哭。

架子看了我一眼，拿出了手机。我知道他要给谁通话，心里顿生悔意，便叹了口气说，算了吧……现在上门，会让她多心的。

什么意思？架子问。

我茫然地看着窗外，叹了口气说，我不想再伤害她了。

架子笑了，声音很大，大到怪异，他说，水利局局长，你就别玩水了，自作多情个吊，那都是几十年加几十年的事了。我跟你说吧！贝思婷的日子比你过得好。买了四套房子，三个儿子一人一套，自己住的那一套，三层空间带大院的。贝思婷也不是以前的贝思婷了，嘴一时都不歇，特别能忽悠，你我加起来，也说不过她。烟酒都来，一天两酒。你看过油葫芦吧，那胳膊，那拳头鎏子，人往那一站，跟拎着两把大锤样，别说小街上的人，就是小街上的鬼见他都躲。但是，见到贝思婷怎么样呢。只要贝思婷吼一声，魂飞到二梁上，死得比喝敌敌畏都难看。

架子的这些话如狼似虎，一下子就把我吓倒了。我缄默了。

这时，架子却拨通了贝思婷的电话，我突然觉得不妥，忙去制止，但晚了，架子已经撇着难听的普通话喊起来了：家里来亲戚啦！中午，喊山县水利局局长到你家作客。

我忙捣了一下架子。

看来，贝思婷答应了，架子收线后跟我说，搞定！又把大拇指一竖说，贝思婷说了，中午请我们喝五粮液。

看架子一片欢天喜地的样子，我心里却很失落。我觉得，当听说我要出现时，贝思婷应该很不安很为难很伤感的，推脱和拒绝也在所难免，没想到她如此大方，一副无所谓的样子。既然如此，我还有什么放不下的呐。于是，我再次发动了车子。

一个小时后，喊城出现在了我们的眼前，就在这时，架子的手机响了。手机里好像是一个女人在说话。我看到，架子在接听手机时，脸色越来越凝重，最后他示意停车。

我把车子停下后，架子一边不断地对着手机说话，一边下了车，然后在离车子很远的地方站着。

架子显然在和对方争执着什么，同时，他的话似乎经常被对方打断。这让他有些无奈，不停地搓着脸颊，最后，他好像妥协了，边说边走回车子。

见架子钻进车子，我小声地问，是谁？怎么回事？

架子把手机放在了我的耳朵上。我听到，手机里有一个女人在抽泣。我正要分辨时，架子却把手机拿了回去，接着就挂掉了。

是贝思婷？我心情复杂地问。

架子没理我。

你跟她说什么了？是为了知了吗？我又问。我觉得贝思婷应该去看看知了的，或许现在她内疚了。但是，听我这么问，架子摇了摇头。

我忽然意会到了什么。我想叹口气，但是我忍住了。

车窗外，四处斑驳，一片片秋色在阳光下略显游离和残破，我想这缘于采撷也缘于付出吧。

下面，我们……该怎么走？我心思散淡地问架子。

架子说，送我回岔口吧。请你喝 8 块钱一瓶的老烧子。

我沉默了一下，发动了车辆。奇怪的是，我这车子向来就是一把火，今天却点了好几次才发动起来，等向前滑行时，它则痉挛般地抖动着，恰如一声声的抽泣。

我打开了车载音乐。这是一首迈克杰克逊的歌曲叫《Stranger in Moscom》。一年前，我在北京看过著名舞蹈家黄景行的作品，黄先生就是用这首歌为他的舞蹈《我 & 我》做的背景音乐。作品说的是一对相爱的人，生前有许多误会，并因此分手。男生死后，女生非常思念，常到老地方静坐。男生也很后悔，特别想解释以往，于是就来到人间。然而，无论男生如何努力，也不能与女生做到一点点的接触。因为，生死岂能重逢！于是，男生只好沮丧地回到了天堂。当男生将手中的玫瑰抛向人间时，漫天的花瓣让一直在老地方守候的女生忽然间有了生死感悟……

这是一曲能穷尽感伤和沮丧的音乐。今天，我没能见到贝思婷，心里很失落，特别想借戏一哭，但是，当音乐想起时，我却怎么也掉不下一滴泪来。而就在这时，我发现架子哭了。我吸了口气，问，猪，你怎么啦？架子不说话，两眼愣愣地看着远方，泪水在他的眼睛里扭曲了一下，便向一侧迅疾地滑落下去。我忙去为他拿烟，他却抢先把烟盒拿到了手。

车内很快就被烟雾充盈了。烟雾中，我感觉架子拿烟的手在微微颤抖。

其实，架子的眼泪是甜的还是咸的，我心里明镜似的，他也不需要在我面前装到底。此前（我是说贝思婷认识我之前），他是如何追求贝思婷的；此后（我是说我和查媛媛结婚后），他又是如何追求贝思婷的，我都一清二楚。只是，他对贝思婷，犹如当时贝思婷对我，因为自卑，总是说不出口而已。这说起来可笑，这怎么会是架子的性格呢，但是，几十年来，架子就是这样对贝思婷的，在我面前，他一直很吊，但在贝思婷面前，他就是个小玩意儿，包括现在。那时，我还计较过他，嘲笑过他，现在看来，架子有错吗？没错，架子才是男人，是真男人，他在爱情上尽心尽力，包括为了成全我而做出的诸多牺牲，这一点，我自愧弗如，可以被一脚踩到泥里。

知道刚才贝思婷为什么哭吗？这时，架子突然问我。

我点了点头，又叹了口气。我知道，为了30多年前的那场爱，贝思婷付出的眼泪太多，她过不了这个坎。其实，事事都是公平的，这些年，我也难于回顾这件事，也是每想必痛，不过，有一副药倒是可以缓解的（说聊以自慰也可以）。我总觉得，年龄差距和城乡差别还是可以说服贝思婷的。

在我点头时，架子笑了笑，然后清了清嗓子。我怕这货乱吐痰，忙按下电动车窗。谢天谢地谢祖宗，架子咽了回去，自理了。我正在恶心，架子说，她夸你了！

架子的这句话和他问我的话根本就对不上，但是，一个女人带着眼泪夸你，肯定会让你浮想联翩。我有点兴致勃勃地问，她说什么？

架子看着窗外没有回答我。

等我又看了他一眼后，他说，其实，王越如果不找她，也能当这么大官！

16

今天。

我给中央电视台《我等你》栏目组打去了电话。接电话的是个女孩，声音软软的，如绸缎一般，她问了我如下几个问题：寻找什么人？和求助者是什么关系？性别、失联时的年龄？特殊生理记忆？有否DNA样本检验……

我说，都不是，我找的是Scenario。

先生您说的是……

显然，女孩的英文水平一般。我进一步解释：我想寻找31年前的一个情景。

时间：1984年11月22日上午11：45。

地点：冻头小学和小庄之间的一段堤坝上。

情景：一个20岁的男性代课老师，边走边看着一张《中国少年报》。这时，一个女孩从远处跑来……

电话立刻挂断了，“咔”的一声，像崩断了一根弦。

苏米粒的符码

马航 MH370 失联了，人们都知道那些生命不存在了，
但是还在寻找。苏米粒失联后，金然一直知道她存在……

当天，所有的人物都会出场

1

金然调整了一下呼吸，开始打父亲顾晓红的手机。

出乎意料，父亲非常高兴，不仅愿意参加庆典，还要把集团的几个高管都带来，同时，对金然的现在和未来都有了态度。金然说，目前，公司规模还不大，只有几十名工人，两三台机器，黄金季，大师傅还得外请。父亲就说，企业不论大小，只论长短，有第一步才有万万步。金然说，业务还算饱和，产品线很长、很丰富。父亲说，企业要做大，总归不看产品，要看品牌。说到这，父亲又说，这一次，我把肖雨兮也带去吧，我们的 Chief Executive Officer，分管企业文化，很厉害，我可以让她给你们演示一些 ERP 方面的课件。金然很高兴，就说，好！好的好的。

一切顺利，一切准备就绪，可是，就在这个时候，苏米粒失联了。

在去机场的路上，金然的心情极为沉重。等到了机场，他的心里又落了一层霜。

在机场出站口，金然并没有看到一支庞大的前来观摩庆典活动的队伍，也没有看到那个在父亲嘴里被称为“很厉害”的名叫肖羽兮的首席执行官。当一个老男人拖着一只不大的旅行箱向这边走来时，金然在心里惊呼，哦！我的父，你也会老了。想到这，他鼻子一酸，上前一步，伸手接下了父亲手里的拉杆箱，自此，金然才把心思从苏米粒身上转移开来。

庆典活动于上午 10 时举行，仪式结束后，金然陪父亲参观自己的公司。在整个参观的过程中，金然发现，父亲脸上的表情一直很凝重。在切纸车间，当生产厂长向来宾汇报工艺流程时，父亲更是心不在焉，不时地瞄自己的 iPhone6。

参观完切纸车间后，金然小声地说，才下飞机，太累了，剩下的几个车间就不要参观了。听金然这么说，父亲沉吟了一下，点了点头。于是，金然把父亲带进会客厅。

在会客厅，父亲脸上的表情仍然很凝重，眼神也是茫然和困惑的，等金然把一杯水端到他面前时，他才勉强地笑了笑。

事业有成了，个人的事情怎么样啦？这时，父亲忽然问。父亲这么问时，原先紧锁的眉宇才舒朗了许多。

金然忙笑了笑说，嗯，谈了。

父亲显得高兴，哪里人？他问，去过人家了吗？

金然告诉父亲，恋人叫苏米粒，在上海工作，原来是沃尔沃 S60L 和宝马系列车的车模，现在是助教。

人怎么样？

听父亲这么问，金然打开手机，那里有一张苏米粒的照片。

父亲接过金然的手机，先是眯着眼看了看，接着，又从衣袋里掏出一副眼镜戴上。看了好大一会后，他点了点头，脸上带着满满的笑意。

记忆中，从小学开始，金然就没有看过父亲这么笑了，此时，他大有一种想走过去抱抱父亲的感觉。

吃过中饭，无论金然怎么留，父亲坚决要回南京了。见父亲态度坚决，又是一副心不在焉的样子，金然不好再坚持，只好让办公室订票。

送走了父亲，金然的心又回到了苏米粒身上。正当他准备向海子打听苏米粒的下落时，手机又响了。此时是他送走父亲后的第二天下午，打自己手机的，是大哥顾宝明。顾宝明告诉金然，父亲病危了。金然刚想问原因，大哥就把手机挂了。

2

金然赶到南京鼓楼医院时，正遇上大哥顾宝明，金然问，怎么回事？

还问我。顾宝明没好气地说，我问你。都跟我爸说了什么？顾宝明的当头一炮，让金然吃了一惊，同时，内心之火“砰”就窜了上来，你什么意思？他没好气地回。顾宝明步步紧逼：你又和老头吵架了吧？

什么叫“又”？

老头去北京前还开开心心的，怎么回来后就不快活啦？

你如果没惹他，我绝对不会惹他。

顾宝明瞪了金然一眼，然后急步走开了。这时，金然一怔，他发现大哥手里分明攥着的是黑纱。

原来，顾晓红从北京回来后的当天就得了脑溢血，当天晚上就去世了。

处理完父亲的后事，金然的心里虽然装着苏米粒，但是他没有立刻回北京，而是去了老家昆山，——在南京西方寺殡仪馆里，母亲金妮拉着父亲的手哭得几死几活的样子还历历在目，这让他感到，父亲走了，母亲的天就塌了。

回到昆山的家后，金然进门就去了中堂。顾家的中堂内原来供着一尊毗卢遮那佛像，这尊佛是父亲顾晓红做生意后从南京毗卢寺请的，母亲乐意称这尊佛为小香火，和丈夫常年敬拜。平时，母亲大多在佛堂里，或看书，或诵经。母亲参佛时，无处不流溢着清雅和宁静。

金然走进佛堂时，母亲果然在，但是，金然却发现了变化。那尊佛像不在了，屋内的檀香味也没有了。原来供佛的地方放了一张单人床，此时，母亲静静地坐在床上，身边放着一本修灵笔记。

金然不便去打听母亲的这种变化，因为他回来的目的是要安慰母亲。好在经过一番交谈，金然发现，母亲远比他想象的要平静，在他试图劝慰母亲时，母亲则说，不要担心，天塌不下来。又似无限感慨地说，解脱了。好啊，一切都解脱了。

母亲的淡定和冷漠以及母亲的话都让金然有些茫然。

在昆山，顾家的府邸可谓巨大，主楼四层，前后两院，另有一园一池。平时，府里配有花师、环卫工各一名，厨师一名，佣人一名。佣人叫小鱼，是个苏北女孩，快人快语，泼辣而又心细，金妮很喜欢她，平时，一步不落地跟着金妮。这次回家，金然却发现家中换了佣人，小鱼呐？他问母亲。金妮明显在分神，金然的声音半天才送到她的耳朵里，此时，她好像被吓了一跳，愣了一下，然后才说，哦！走了。说到这，金妮再也不说话了。

天边起了乌云，顾家的院子好像一下子就小了许多，四处的光线也暗了下来，母亲的半边脸渐渐地就被一层黑影吃了。

不一会，顾宝明来了，手里拿着顾晓红的遗像。进门后，就把遗像挂在哪间屋里这个事和金妮商议了半天，但是，金妮以圣教徒不拜偶像为名给拒绝了。然后，娘三个静坐起来，期间谁也不说话。就这样沉寂了好大一会，顾宝明声称有事先走了。

晚上，白天发生的那些事和夜的清冷让金然难以入睡，他把小鱼的手机号找了出来。

金然打通了小鱼的手机后，小鱼声音很大却很警觉地问，谁？

金然报出了自己的名字。小鱼惊喜异常，她大声地说，啊——，二哥二哥二哥。哈哈，怎么是你呀。

金然问，你怎么走了？

小鱼略有点羞涩地笑着说，婚过了！嘻嘻。不好意思啊！找的那个家伙挂不到墙上去，没好意思跟二哥说哟，嘻嘻……

金然算明白了，说了一些祝福的话，还说一定会补上自己的心意，小鱼很高兴，声称，只要是二哥给的，给多少要多少。

情绪完全活动开了，金然说，小鱼，二哥跟您聊件事好吗？

小鱼高兴地说，二哥，你说你说你说。

金然略沉思了一下，问，这些年，我父母的关系怎么样？

小鱼听金然这么问，先嘻嘻了两声，然后明显支吾了一下，二哥在哪？她忽然反过来问。

金然说，我爸去世了。我在昆山。

小鱼感到很意外，问了一些顾宝明去世的情况，金然都给她一一说了。等说完了这些，金然又说，这次回家，我心里有一种感觉，很异常。

这时，小鱼叹了口气说，二哥，既然你问了，我就跟你说了吧。他们……一直不好。我离开南京前，闹得可厉害了。

因为大哥吗？金然问。

嗯——，不是不是。

听小鱼这么说，金然就向深处想了想，但是，他很快就否决了。从记事起他就知道，父亲顾晓红虽然自负、高傲、霸道，说话做事不大兼顾别人的感情，但是，一直很正派，不像市里的一些大商人，有了钱就乱花迷眼，做下一件又一件出格的事。于是他问，因为大伯？这些年，溧水的大伯经常上门借钱，借去的钱又多是赌了，为此，金妮一直很不满。

对于金然的这个问题，小鱼没有解释，她自顾自地说，其实，阿姨一直怀疑顾叔这个那个的，其实这种怀疑是准确的。那个女人确实存在，就是顾叔办公室的。叫肖羽兮。我还见过。

金然不说话了，他突然觉得自己的胸腔向里急剧地收缩起来，这使他在几秒钟内竟然忘了呼吸。

这时，小鱼又说，二哥，还有一些事。我觉得我应该说。

金然充满感激地说，谢谢你。

小鱼说，其实，她跟你大哥也不好，——我看到过。我觉得这个女孩很坏很坏。其实，她是有计划的，我看得非常清楚非常清楚。

金然有点尴尬。他清了清自己的嗓子。他觉得嗓子有一种软绵绵的东西堵在那里，这使他很想吐。

小鱼似乎体会到了什么，她说，二哥，他下夜班了，我去开门，回聊。说着就挂了手机。

3

一夜未眠。

在回北京的动车上，金然的心中非常难过，非常乱，一种羞辱感像杂乱的海藻，紧紧地缠绕着他，令他无法呼吸。他在想那个肖羽兮。这到底是什么样的女人呵！要寡廉鲜耻和居心叵测到什么程度才能把一个家族引向如此混乱和黑暗。此时，金然是那么憎恶和鄙视这个女人，感到自己的十个指头像是十把锋利无比的刀，每一把都在发出金属的蜂鸣声。

动车在津浦线上像幽灵一样轻驰着，看着窗外或轻或重的风景，金然特别想流泪，特别想苏米粒。这个时候，如果苏米粒能从车厢另一头走来，他一定会跑过去，然后紧紧抱住她，向她大声哭诉家族的不幸、自己的不幸，让苏米粒来劝慰自己，来帮自己整理凌乱和受伤的羽毛，——现在，他感到自己是那么脆弱，那么需要别人的抚慰，哪怕是半句话和半个指头的温度。

想到这，他一边努力控制自己伤乱的情怀，一边掏出手机。

这些日子，由于家里接连出事，他那种因为苏米粒突然失联而引发的内心焦虑得到了转移，现在，或者说就是刚才，这些情绪因为思念和情感上的需要，一下子又强烈起来，鲜明起来。

在手机上，金然一一查看了自己的电话记录、短信、微信、微博和 QQ 空间，它们仍然像是一片片死海，没有一丝一毫有关苏米粒的信息。被劫持了？出国了？换手机了……

金然忽然想起了苏米粒所在的紫金猫艺术公司，但是，金然手机里没有这个公司的联系方式，因为，苏米粒从来就没有告诉过自己，于是，金然点开 wlan，在搜狐网里搜索起来。

搜索了一番后，金然没有查到紫金猫艺术公司，不过，他找到了三个以紫金猫开头的单位，一个叫紫金猫 51 町有限责任公司，一个叫紫金猫快递公司，一个叫紫金猫上海电商协会。金然首先把紫金猫快递公司排除了，然后给剩下的两个公司分别打去电话。两家公司很快就给了答复：从未开展过车模培训业务，也从没听过叫苏米粒的人。金然茫然了。就在这时，对方做了提醒：或许这个公司在国内还没有登记。也许是掮客党或骗子。

让金然敏感和慌乱的是：在自己和苏米粒共同经营印务公司期间，苏米粒的所有投资或许就是借鸡下蛋。而最为糟糕的是，为表达自己满满的爱，他将自己所有的卡号和密码都给了苏米粒。现在，要想让这些资金过户，只要在那蓝色的键盘上轻轻一按即可完成了。这么想着，金然脸上的汗水一下子就流了出来。他的手指像是通了电流，在键盘上飞快地操作着，很快，他长长地舒了口气，网银查阅结果，近期，他的几个账户都没有资金往来。金然的脸一下子就红了，刚才的恐慌和焦虑，或者说对苏米粒的猜疑让他感到了一种亵渎和龌龊，也令他感到极为惭愧和羞臊。几年来，他和苏米粒相爱得不容易，苏米粒是他的贵人。

无须看完的问讯笔录

金然和苏米粒同读于北京商学院，是在大学社团认识的。

那天，社团为即将离校的大四学生举办了一个演讲会，演讲会主要围绕社会实践发题。金然的演讲题目是《一个人的无极和八卦》。金然的开场白是：勇敢的人，心相无极，懦弱的人，处处八卦。他神灵活现地说，我们走出校门就走进了超市啊！那是社会的功劳！她这个母亲，他这个父亲，它这个无限丰饶的家伙，早就我们准备好了一切。非常非常丰盛，非常非常繁华。只是，需要我们自己去采撷！需要勇敢者！他振臂高呼，我的孤胆英雄们，走过去！快！只要你敢走过去，那里必然有风景，Unique scenery（独特的风景）……

笃信社会的圆满和善意，推崇独立和坚守，提倡自己行走和采撷，这不是人们常说的正能量又是什么呐！辅导员非常满意，她带头鼓掌，应邀参加演讲会的学部领导随即鼓掌，继而全场掌声雷动。那天，苏米粒也在场，她也鼓掌了。她鼓掌时，很卖力，所有的指尖都在颤抖。看金然时，两只眼睛闪闪发光。随即，事件升级，那天，学校上大课，下课时，苏米粒离金然至少还有两个身位，但是，她怀里的一大堆书竟然全掉在了金然的面前，看上去，完全是像被金然不小心撞到了一样。于是，金然主动为苏米粒捡书，于是两人一起走下大礼堂的台阶，一起沿着实验大楼的绿荫大道走了下去。

一个月后，苏米粒成了金然的恋人。

尽管有了拥抱、接吻，也有了风月之事，金然还是有点迷糊，他的幸福里闹起了虫子，整天蜇得他有些犯晕，他不可思议地问，难道就因为一次演讲？是的是的，苏米粒有点调皮地说，有时，夸夸其谈的人会给人一种安全感。金然问，你真的需要我这种冲动？需要需要。苏米粒毫不吝啬自己的喜悦之情，冲动的男生才显得有欲望，有独立精神。你知道吗？我被你的自信和一往无前的样子迷坏了，你这家伙，你这个家伙啊！你让我痉挛，你不可一世的样子害死了我。金然蛮感动的，手指抖得像在弹一怀琵琶。苏米粒又描述了她的未来，那时，斜阳把一条街都照得通明，你挑着炊饼挑子往家走，我则在二楼为你晾衣服。风也轻佻，鸟也轻佻，我的腰带在栏杆处飘得纷纷扬扬，惴惴不安的。说到这，苏米粒把自己的双臂吊在金然的脖子上，撇着金瓯调，撒娇说，我的大郎，到时候，奴家可就辛苦您了。这个比喻让金然有点不太舒服，苏米粒推了他一下说，想什么呢？我只羡慕小潘那种生活状态，与西门庆一点关系都没有哦。

这分明是笑话，金然忽然感到自己狭隘了，也就笑了。不过，苏米粒说她羡慕潘金莲的那种生活状态，他相信，因为，苏米粒反复跟他说了，将来她就想在家做个抠脚婆，丈夫在外苦大钱，自己坐在门口，一边搓着白嫩的脚丫子，一边来个望郎归。那或许是天下最幸福的女人。

对于金然来说，苏米粒的这个理想大小只相当于鼠标那么高，而且楚楚动人，他完全认可，为此，他连连说，No problem，No problem。于是，他在八里庄租了间有里外的房子，两人迫不及待地搬出了校园，开始了同居生活。彼时，苏米粒多在家。“坐在门口搓脚丫”不过是一种比喻，一向新潮和讲究的苏米粒当然不会那么做，不过，看得出来，她确实很享受自己对金然的自信和期望，每天很少出门，大部分时间都蜷在床上，听音乐，看《盗墓笔记》，也看新派诗人的新诗，上网淘宝，哼唱自己喜欢的昆曲，或在电视机前埋伏到深夜，等“非诚勿扰”或者“8090”；因为还有些专业课没结束，间或，她也会去学校转一圈。

在苏米粒怡然自得时，她的大靠山金然则不食诺言，轻盔轻甲，一头扎进了社会，开始了他的伟大创业（金然常常这样说）。但是，社会才是六棱镜，三角刀，金然只在其中走了几个月，就试到了它的深度和锋利。于是，他在积水潭开的意式披萨店倒了，在呼家楼开的创意玻璃店倒了，在潘家园开的创意卡通餐倒了，在三里屯开的疯狂吃货店也倒了，而这些，都是要赔钱的。就这样，他赔光了自己的钱，赔光了好友海子的钱，接着又赔光了苏米粒的钱。

那天，金然去考察跳蚤市场，等他回到出租房时，发现苏米粒不在了。

出租房的一侧有一个铁皮扶梯，平时，金然回家时，必须经过这个铁皮扶梯才能到二楼。这个距离很短，但是金然很享受，因为，当他走上这个铁皮扶梯时，出租屋里很快就会发出一阵悦耳的声音，亲爱的，来啦——，接着，门后就会闪出一张俏丽的脸庞，那是苏米粒的。这个调皮到有点万恶的家伙，会像猫一样虚着眼，不停地舔着舌头，故作垂涎欲滴状和淫荡状。有时，干脆什么都不穿，箭鱼一样修长的身体只裹了一条薄薄的褥子，等金然走进来后，她就会砰的一脚将门踢上，然后跳起来，用两条腿紧紧夹住金然的髋，再伸出胳膊勾住金然的脖子。整个人挂在金然的胸前时，犹如一只雪白的充满魅惑的狐。为此，每次走上铁皮扶梯，金然都会故意加重脚步——他为苏米粒充满花样的迎接方式而着迷。

金然以为苏米粒睡过头了。是的，这阶段，金然发现苏米粒越来越慵懒和疲惫了，他向她叙述事情时，往往不到完全说清楚就会被她打断。

门推开了，金然发现，屋里和床上都乱成了奇葩，而苏米粒那平时不离身的小包包也不在了，不用说，苏米粒出门了。金然掏出手机打了过去。

苏米粒果真在外面，显然是个大场所，四处的人流声像是电流声，嗡嗡的。

苏米粒很开心，她在那边尖着嗓子说，我在鸟巢这边撸串呐，嘻嘻……

金然一用力把手机摁灭了。

两个小时后，苏米粒蹑手蹑脚地回来了。金然没好气地问，现在怎么啦？出去也不说了？

苏米粒也不解释，她嬉皮笑脸的，先是轻轻地抱住金然，然后用嘴巴不停地拱金然的脖子，接着，又是闪猫眼，又是扭小腰的，并拿出板栗给金然吃。苏米粒态度很好，事情也不大，金然也就不气了，但是，当苏米粒去洗澡时，金然却在苏米粒的风衣里看到了一张表格。

这时，苏米粒在里面喊，亲爱的，本宫要更衣哦。金然没有回应，他把门砰的一掼，走了。

晚上9点多钟，金然从外面回来了。苏米粒很不开心地问，打你手机了，怎么不回？金然往床上一躺，半天才回答说，静音。

苏米粒走过来，她看了看金然，问，让你拿衣服，怎么跑了？金然说，没听见。苏米粒又看了看金然，满眼的狐疑。

当晚，金然没跟苏米粒说话，接下来的两天，也都阴沉着脸，话也是越来越少。那天，苏米粒见金然戴围巾了，就早早地堵在门口。等金然走了过来，她一推金然说，什么意思你？你这样还不如杀了我。说到这，她嘴撇着，眼泪滴溜溜地要往下掉。

金然以怪异的目光打量了一下苏米粒，冷笑一声说，苏米粒，我喜欢你绝对不是因为你会撒谎。

金然的这句话让苏米粒一头雾水，她愣愣地看着金然。

金然又冷笑一声，问，那天，你真的去鸟巢撸串了？

嗯，你什么意思啊？

金然突然指着窗户，大声说，你明明去了人才市场，为什么说撸串。

苏米粒低下了头，但是，她很快就有点不屑和无奈地说，干嘛这么躁，多大的事儿。那好。我错了。我是去找工作了。这又怎么啦？

听苏米粒这么说，金然翻身下床，抬腿就往外走。苏米粒身子向前一挺，想挡住金然，却被金然避开了。

离开家不久，金然就收到了苏米粒的信息：

亲爱的，我错了。我不该撒谎，出门不该不给你发短信。我数罪并发，你起诉老婆吧。

过了一会，又来一条：

知道你这是爱妾，以后不敢了。做王的不可生气哦！萌萌哒！

这条信息让金然的心里更为沉重，因为苏米粒没有理解他。其实，这根本就不是出门有没有给他打招呼的问题。当初，他在苏米粒面前有过承诺，自己去干大事业，让苏米粒在家做全职太太，但是，自己却接连遭遇了失败。自此，苏米粒去人才市场只能说明一个问题，那就是对自己有点失望了，他那些承诺就显得有些尴尬或者说有些戏谑的意思了。这是很伤他自尊心的，尤其是在这个时候，也是最让他懊恼的。

接下来的两个星期内，他本想让自己在这件事上宽容些，不要再跟苏米粒计较，因为，这件事实在不值得小题大做，但是，他总归无法摆脱自己的魔障，他就是觉得在他最困难的时候，苏米粒不该瞒着自己另找出路，这是内心失去了安全感的表现，是一种动摇，说叛变也可以。他由此想，一个女孩子家，血液里的物质基因一旦作怪，什么事情都可以发生。

为此，尽管苏米粒在这件事反复道歉，并在床上多次“舍身”缓和，但是，他总是提不起精神，脸上也失去了笑容。过去睡觉时，两人胸腹相济，像是两只紧紧搂在一起的蚂蚱，现在多是肩夹对着肩夹，如一对包坏了的被扔在两边的水饺。

这样的日子太压抑了，那天，当苏米粒求欢不成，她叹了口气说，这屋里的黑。怎么这么黑。

苏米粒希望自己的感喟能唤起金然的同情心，可是金然一点反应都没有，苏米粒终于爆发了，她一推金然说，你凭什么这样对我？你到底因为什么生气？是因为我去人才市场没跟你说实话，还是因为我去找工作了？没说实话我道歉了。找工作怎么啦？社会这么吝啬，在家蹲着会有人送红包？还有，你把店子开砸了怪我吗？我又怪过你吗？所有的原因就一个，嫌弃我！你这个混蛋！告诉你，我会独立的，我不会再依靠你了。

金然没想到苏米粒竟然看出了自己的心情，这让他有一种被戳穿的羞臊感，同时，苏米粒说自己嫌弃她，分明是诬陷，又让他很懊恼。他突然从床上爬了起来，然后冲向灶台，把灶台上的所有东西都摔碎了。接着，他蹲在一片稀烂之中，抱着头，呼呼喘着气。

相反，发了一通火后，苏米粒倒舒服多了，她钻进被窝说，气吧，狠狠地气，气死了好。不想要了。

在地上蹲了一会，金然反而冷静了，他觉得自己确实有些过了，当初自己开那些店铺时，苏米粒还是表示过担心的。苏米粒认为，做生意要循序渐进，要有看市场的意识，不能有“赌玉”心理，更要量力而行，不能凭借想象，但奇怪的是，苏米粒说得越有理，他就越觉得是对自己的冒犯和蔑视，就越想固执己见，最后，当然是苏米粒做了让步。而当自己接二连三失败时，苏米粒做的最多的事，就是如何宽慰自己，如何证明她还那么相信自己，爱自己。困难之中，苏米粒对自己也没有过高要求，那天，苏米粒打自己的手机，想要一个华司蛋挞，因为自己身上的钱真不多了，就给敷衍了，回家后，面对两手空空的自己，苏米粒先嘟噜着嘴巴，表示了一下委屈和遗憾，不过，她马上就开心地说，算啦算啦，我们盛装吃玉米棒，一粒一粒吃……

金然回到了床上，他想把手搭在苏米粒的腰上，苏米粒却让开了。

第二天，金然起床后，提着箱子准备出门。苏米粒说，站住！去哪里？金然说，去苏州，谈项目。苏米粒不再理金然，任他出了门。

2

金然并没有去苏州，而是去了昆山。

金然的父亲顾晓红是做防腐工程的，他旗下的中国万三防腐工程集团具备中国工业防腐施工一级资质，其总部就设在南京。集团规模为华东地区最大，市场已经覆盖整个亚洲地区，近年来在欧洲也有生意。作为集团总经理和行业大咖，顾晓红更是身价亿计。

顾晓红有一女两男，女儿八岁夭折，大儿子顾宝明和二儿子金然就成了他的主要继承人。在性格上，顾宝明像母亲金妮，金然则很像父亲顾晓红，为此，顾晓红更喜欢金然。而具有讽刺意味的是，恰恰是和自己血气最像的金然，从小就极为叛逆、倔强，绝难降服，对顾晓红的严厉管教可谓是深恶痛绝。当犯了家规，只要顾晓红一声怒吼，老大顾宝明会立刻跪下，而且，要他跪在长刀上，绝不敢换短刀，但是，金然则是打断小腿，胳膊撑，宁死不屈。

如果说，小时候对父亲的抵抗是因为叛逆，长大后，确切地说，上了中学后，伶牙俐齿的金然开始公然挑战父亲的尊严。他不屑父亲的生意经和光荣的发家史，不屑父亲的谆谆教导，不屑父亲对自己的教训，在家里更看不惯父亲那一副救世主的样子。在家庭聚会或亲友聚会上，当父亲大讲自己充满传奇般的创业经历和伟大成就时，他则大谈靠个人打拼起家的保罗·乔布斯、菲尔·奈特、曾宪梓、李嘉诚，还谈到最近很火的马云。金然所极力渲染的都是中外企业大亨，夹在这些名人里面，父亲会显得无聊而多余，那些硕果也如偷来的一般。

家境显赫，荣耀需要传承，为此，母亲金妮从金然上中学起就向他灌输一个理念，顾家的产业早晚要有人接力，这个责任自然要落到金然和他哥哥顾宝明的肩上。对此，金然说过一句十分经典的话，我不是候鸟，不要等我回来。为了准确而坚定地表达自己，从初三开始，金然就从来不在同学面前提自己的家庭，更不提自己的父亲和他那个空气里都飘着巨大的牛逼的万三集团。总之，他不想让人感到自己是一个生在猪油里的小崽子，他渴望一个完全自我的空间，唯恐被显赫的家世遮蔽了光环，那时，即使是自己拼命打捞的，也成了家里的施舍。到了大学，他从学长那里亲眼目睹了踏入社会的艰辛，深深知道殷实而富有背景的家庭、能力超凡的父母才是一个大学生走向社会的重型装备，但是他没有妥协，为此，与他深深相恋的苏米粒，至今还相信他的父母不过是一个普通的产业工人，而且，母亲因为多病，早早就下岗在家。

在昆山深居简出的母亲确实长期生病，看上去永远都是一副暮春的光景。近一个月来，她多次打金然手机，希望他大学毕业后即刻回家，并再次表达了想让金然到南京的心愿。母亲还说，你爸心里只有你，他想和你好好谈谈。金然知道母亲说的这个“心里只有你”是什么意思。别看大哥顾宝明整天粘着父亲，跟前后轮一样，父亲并不看好他，老头子毕竟是一个能把一本书啃得满地掉字的老大学生，他怎么能看得起那种玩物丧志，不思进取，寻花问柳，把离婚当着习惯性流产的混混。在过去的日子里，或者说在昨天和苏米粒吵架之前，金然对于母亲的再三呼唤毫无兴趣，但是，这一次他却有了动摇。一方面，近期苏米粒的表现让他感受到了一种巨大的压力；另一方面，创业的失败让他很沮丧，很疲惫也很迷惘，有了一种走投无路的感觉，心里忽然就产生一种想逃想找口岸的欲念。为此，他想回去听听母亲到底怎么说，看看父亲是不是真的像母亲说的那样那么需要自己，在乎自己。如果自己在父亲心中的位置真的很重要，又能让自己在重要的岗位上一展身手，自己还是可以做出妥协的，再说，向父亲稽首总归不算丢人。还有，他认为在苏米粒出现动摇和对自己的能力表示怀疑的时候，也应该揭开这个家族谜底了，你想，某一天，如果苏米粒突然发现自己的恋人竟然是亿万大咖的儿子，那会怎么样？轰！一定会像中了巨炮，被完全震倒。想到苏米粒又是惊讶，又是兴奋，满脸通红，丑态百出的样子，金然哑然失笑。第三点也是最为现实的一点，称它为下下策也可以。这次回家，他想筹集些资金，尽管他还没想好以什么方式来筹集，以什么体面的理由开口。

出乎意料，金然赶到昆山时，父亲和大哥竟然都在家。

见金然走进院子，金妮早早就迎了上来，她张开双臂，像一片温暖的荷叶轻轻地包裹着金然，不停地说，宝贝儿子回来了，宝贝儿子回来了啊！

此时，父亲和大哥正坐在客厅聊着什么，见金然走进屋子，大哥欠了欠身子，但是终于没有站起来，只在嘴上半是吆喝半是敷衍地说，吓！大企业家回来了。父亲则看了看金然，没说什么。

大哥的话里充满了嘲讽，父亲仍然是那么的矜持和冷漠，这让金然感到非常失望和失落，他忽然就高傲起来，脚下略忸怩和迟钝了一下，便声称有些累，上楼去了。上楼时，金然发现父亲端起那把巨大的茶壶，狠狠地喝了一口。这个动作金然熟悉，往往是在表示不满和压抑。

中午，金妮拿出了一瓶五粮液，但是，父子三人都没喝，于是小鱼直接把饭端了上来。在顾府，只要顾晓红出现在饭桌上，气氛就会显得很压抑，今天也是如此。

半个小时后，顾晓红已经吃得很满意了，他脸涨得通红，眼睛也懒得动了，呆滞在那里，卡壳似的，斗大的肚子则像一团微微颤抖的果冻，向一边慢慢地松懈下去。这时，小鱼用碟子端着一条白毛巾走来，顾宝明忙站起来，他从那盘子里飞快地拾起毛巾，先是用自己的脸试了试，然后毕恭毕敬地递到了顾晓红手中。当顾晓红把脸擦完，他又把一双筷子递了上去。

金然暗暗叫苦，从记事起他就知道，父亲喜欢饭后剔牙，剔牙时不用牙签，而是筷子，没想到都这些年了，这个怪癖或者说是恶习还没有改掉。这会，筷子在他的嘴里搅动着，肉嘟嘟的腮帮被或高或低掀动起来时，那些似白似红的牙龈和看上去有些糜烂的扁桃体都会暴露无遗，这能使人想到当众脱裤子。

金然感到忍无可忍，站起来就要走，这时，顾晓红说话了。

我不喜欢夸夸其谈的人，不喜欢好高骛远和不切实际的人。下个月就回来，有些事，你妈会跟你谈。

顾晓红的话让金然感受到了一种蔑视和伤害，他冷笑一声说，对不起，我就是您说的这种人。既然您都不喜欢，我看就不用谈了。

这时，顾宝明把一杯水和一瓶降压灵拿到了顾晓红面前，顾晓红一边服药，一边耷拉着眼皮，一字一顿地强调说，不是我要跟你谈，是你妈说，你要找我谈。

金然感到很意外，惊讶地看着母亲。但是，他很快就原谅了母亲，不用说，这一定是母亲在两头编好话。

这时金妮开始责怪顾晓红：你要让小孩回来就直接说，加那么多废话干什么。

顾晓红沉吟了一下，揉了揉鼻子说，金然，我这样跟你说吧。我的万三集团不缺你。北京也不缺你。据说你在北京开了不少公司，怎么样，开得很大吧？开得很大吗？这就说明全中国都不缺你。你狂傲什么？

金然没想到父亲对自己在北京的惨败如此了解，这让他很诧异，很羞辱，他愣愣地看着父亲，胸腔激烈地起伏着。

金妮冲顾晓红喊，你又说什么废话！你怎么又说废话了？

金妮的喊叫根本就拦不住顾晓红，顾晓红说，别人有儿子，总会说，我儿子如何如何，唉！你这个样子让我怎么说呢？

那就别说。免得伤了你，我更不安。

金妮喊，金然，金然，你少说两句。

顾晓红说，你以为我还会提起你？我羞于张口吧？

金然说，那你就永远别说。

顾晓红突然将手里的药瓶砸向金然。金然绝对没有想到父亲竟然会向他扔瓶子，他一脸错愕地看着父亲。

这时，顾晓红用手点着金然说，还敢看不起老子。我让你跟我苦学十年，也只会爬着走。想不想试试?

金然冷笑一声说，你去吓唬你手下员工去吧，我不想在你面前爬。

顾宝明大声喝斥，金然。金妮也大喊，你给我上楼。金然转身向楼上走去。

3

昆山探母，金然一无所获，十分沮丧，而更让他烦恼的是，回到北京后，他发现，只要他前脚走，苏米粒后脚就离开了出租屋，而且，也不再忌讳说找工作了，每天回来得都很迟。为此，两人开始争吵。在争吵中，苏米粒对自己也不再“打折”，论辩时，牙能露出来的都露了出来，连一个形容词都不让。两人动手时，只要金然手上重一点，她就会大哭大闹，像彻底翻了一架大车，有时干脆摔门而去，几天都不回来。

深感自己对苏米粒失去控制力的金然有点懊恼和恐慌，他和海子通了电话。现在，大四学生大多出去实习了，海子一副自欺欺人、聊以自慰的样子，他自称自己的求职档案已经投了出去，爱待见不待见，整天哪也不去，就在家玩电脑。接到金然的手机时，他正在网上和两个女玩家玩一种叫《帝国时代 2》的游戏，听金然说，世界完全蛋疼了！这才放下耳机。

他懒洋洋地问，你丫说什么蛋疼?

金然说，全世界就我蛋疼。你来吧，我家潘金莲出状况了。

海子两眼盯着屏幕，不停地晃着手里的鼠标说，我考，水浒又不是我写的，我管不了。

金然烦恼地说，你少堕落半小时好不好? 马上来。

海子说，好吧。

也就是这两年，北京城突然时兴茶吧文化了，有默剧表演、微型剧表演，也有相声表演，更多的是招进了驻店歌手，由他（她）们嗷嗷地唱，也不在乎客人听不听，只求个文艺气氛。什刹海和后海两边到处都是这种茶座，金然和海子约定后，自己先在一家名叫回头卿的茶吧坐了下来。

刚坐下，海子来了。这是 11 月下旬，北京已经很冷了，海子就穿一套皱巴巴的西服，往店里走时，头缩着，腰佝偻着，脸上被风吹得紫红，一副要流鼻涕的样子；还玩着手机。细长的手指如鸟的喙，在手机上飞快地啄着，像是要从那些按键里扣出虫子似的；人瘦得四处见骨头，看上去像只穷困潦倒的耗子。

海子刚坐下，金然就一脸不屑地嘘他，唉，装什么装，就不能多穿一件呀！

海子不理金然，继续在手机上扒拉着。

平时，海子大凡跟金然出来玩，买单都不积极，有时，干脆装佯，偏偏又喜欢乱点东西，金然怕他祸害自己，忙拿过价格表点了几份。等这几样东西都上来了，海子才将手机收起来。他一边喝着咖啡，一边看着金然说，我考！脸色这么差。自撸了吧？

金然没兴趣接海子的这种话茬，他用力地抹着自己的脸，叹了口气说，和米粒闹得不可开交。

知道。海子说。

你怎么知道？金然这样问时，额上竟然现出了抬头纹。

海子说，我就是知道。

你见过苏米粒？

海子大口大口地吃着皮萨说，说说别的。

金然知道海子是在卖关子，他瞪了海子一眼。

海子表情沉重地却满脸坏笑地说，在这件事上，我怎么做才能是个告密者又不是犹大呢？

金然把海子手里的披萨夺下，往旁边一放说，知道我最看不惯你哪两点吗？

海子笑了笑，把金然夺下来的那块披萨捡起来，一边吃着，一边笑着说，就两点啊！真是大人大量。

金然说，第一，都大四下半场了，还玩游戏！这是长不大的标志啊！你该不是想在北京做胡同串子吧？

海子嘻嘻地笑着说，你当什么爷，我老头和老妈不过是微微一笑。

海子的父亲是煤老板，这可能是海子最有恃无恐的地方，也是金然最看不起海子的地方，当海子这么说时，他摇了摇头，很无奈地说，真是一窝家雀。

海子笑着说，你别骂人啊，骂人脸上长雀斑。

金然说，第二点，就是你的表达方式。能不能直接把话说完啊？你分几次说话，会给人一种讹诈和居心叵测的感觉啊。我问你，你是不是看到米粒了？利索点说，来个直线的。

海子撇着嘴，点了点头，一脸故作高深的样子。

金然愣了一下，他有点不相信。

见金然一头一脸地都是疑问，海子伸手做出个“八”字说，传媒班的璐璐你知道吧？就是看上去颜值很高很贱的那个三八。物质女哦！听说，我们班里的男生都上过她，不仅如此，她还是中文班的福利呢。我也想在她身上试试身手。

金然身子往后一仰，击了一下掌说，真让我大吃一惊。现在看来，你真是个既啰嗦又龌龊的家伙。

海子笑了笑说，你别打断我呀。那天，我约她到南锣鼓巷去喝茶，看上去那么傻的她竟然转眼就识破了我，没来，哈哈哈……

金然早就不耐烦了，加上对海子说的这件事很恶心，把脸转了过去。

海子说，就在你把脸转过去的时候，我要说到她了。

听海子这么说，金然果然把脸转了过来，他目不转睛地看着海子。

海子说，米粒找到了一份工作。在茶座里。唱歌。

这个消息让金然的脸蓦然一红，他先是慢慢地低下了头，然后把脸转向了外面。

海子显然被金然这个样子吓倒了，他拉了拉金然的衣袖。

金然没有理海子。

4

南锣鼓巷是北京一条有名的商业街，与元大都同期，不宽，但很长，在这里可以找到原汁原味的北京文化，也可以感受到生动的都市梦幻。无论是白天还是晚上，这里的人都很多，黑头发的，黄头发的，还有蓝头发的，比肩接踵时，如刚出的一锅爆米花。

金然在巷子里来回了几次，被游人撞得肩膀疼，也没找到苏米粒。

到了晚上 9 点，金然再次走进了南锣鼓巷，然后在一个叫祈雨芭蕉的茶座坐了下来。他找到了苏米粒。

此时，偌大的茶座里已经坐满了人，除了舞台，室内的光线非常昏暗。烟雾缭绕之中，苏米粒正在两束斜射下来的聚光灯下忘情地唱着。穿得很暴露，妆化得也有些夸张。打了腮红。用的是一种叫着 3ce 的口红，这种口红为韩国产，十分艳丽，加上一双网状手套，整个人看上去显得不合时宜而又充满了妖异之感。

苏米粒的这个形象，让金然从一种强烈的陌生感里，好大一会才缓过劲来，他向女服务生打了一个手势。女服务生连忙走了过来。

很快，这个女服务生就把两只花篮送上了台，并报出了送花者的台号和送花者的姓氏。

为艺人一次送两只花篮还是少见的，这显然感动了苏米粒，她向金然坐的位置优雅地鞠了一躬，并声称很荣幸，承诺要把下面这首歌唱得如何如何动情。就在她准备转身时，她愣了一下，脸上的华丽转眼就失去了一半，不过，仅仅是几秒钟，她的脸上又带上了笑容，脚下来了几个小狐步，便开始了她的演唱。

这首歌唱得不好，唱的是王菲的《又见炊烟》，听起来倒像是邓丽君的《雪中莲》。因为一曲两调，唱罢之后，无人喝彩。全场正在寂寥时，角落里传来了一阵有节奏的掌声。鼓掌者正是金然。由于全场冷落，这掌声就显得很刻意，很有点哗众取宠的意思。

掌声刚落，两个服务生一下子将 10 只花篮都送上了舞台。当主持人高声宣布，说有客人愿为卓娅姑娘送上十只花篮时，全场一片掌声和唿哨声。因为场子里动静太大，连店内的老板都出来鼓掌了。

苏米粒再次向金然坐的那个方向鞠躬，并说了感激的话，但谁都看出，她的表情显得很僵硬。

又一曲唱罢，场子上掌声随即而起，而且更响，更激越，充满了企图。果然，在掌声和唿哨声中，有人惊叫起来，原来，4 个服务生将 20 只花篮送上了台。显然是花篮已经用完，这 20 只花篮中，有两只是用花盆代替的。

这时，令众人诧异的一幕发生了，苏米粒突然丢下麦克，然后在众人错愕之下，快步走出茶吧。

在茅盾故居门前，金然追上了苏米粒。

是苏米粒先站住的，她等金然走到自己近前，一推金然问，你凭什么来砸我的场子？

金然一摊手，表示很无辜地说，不对呀！我是给你捧场吗？您现在不是需要男人……的热望和热捧吗？

苏米粒甩手打出去两记耳光。这两记耳光打得又准又深切，让金然像球一样在地上颠了好几下。一阵愤怒在金然的心中骤然升起，他猛然抬起了手。苏米粒忙缩起了头，闭上了眼。但金然这一耳光并没有打下来。

金然下不去手，苏米粒却再次扑了上来，她一边推搡着金然，一边嚷，你给我滚！是的，我需要男人，很需要，就是不缺你。滚！滚！说到这，她猛地推开金然，快步离开了。金然一挥手，在后面喊，去哪啊？苏米粒不理他，只顾快步地走。金然撵上去，苏米粒站住，咬牙切齿地对金然说，你再敢跟着我，我就报警，让你那些尊严统统见鬼。说完，又快步走开了。但是，金然还是撵了上去，并再次挡在了苏米粒面前，他亮出自己的手机说，你看几点了。金然的手机是山寨版苹果的，大屏已摔裂了，金然按亮屏幕时，显得更加陈旧。苏米粒看了下金然的手机，一甩头发说，那我报警了。金然忙做出了一个停止的动作，呼哧呼哧地喘息着说，听我说。我，——金然，接受这个现实了。今晚，只要您回去，今后您想干什么就干什么？只要不当这个卓娅就成。

苏米粒冷笑一声说，你有什么资格设计我的生活？你话里有病句你知道吗？我为什么不能当卓娅？把这句话从你的破辞典里扣掉。

金然手指天空，突然咆哮，因为我还爱您——

金然愤怒时，像一道闪电，直直地立在那里。可是，苏米粒冷笑一声，还是走了。

眼见着苏米粒消失在不远处的斑驳而浮华的夜色里，金然在一棵树下颓然而坐，他点上一支烟。在这支烟即将抽完时，金然给苏米粒发了一条信息：

我，——金然，接受这个现实了。今晚，只要您回去，今后您想干什么就干什么？只要不当这个卓娅。因为，我浑蛋，我还爱您——

久久的，苏米粒没有回信，就如一阵清风消融于皑皑云幕。金然忽然感到了失重，很想哭。

就这样，又神情倥偬了一阵，金然决定回家。他没有坐地铁，也没有打的，而是步行回到了八里庄。

金然走进出租房时，已是夜里12点。当他把门推开时，整个人愣住了。

屋里充满了热气。煤气灶上的铝锅里也很热闹，煮的全是方便面。餐桌旁的方便面袋子则堆成了小山。此时，苏米粒正趴在桌子上，狼吞虎咽地吃着。她的吃相很难看，一绺头发吊在眼前，嘴角上还粘着一小截面条。当她咀嚼时，那截面条就像在痛苦地蠕动，而她的面前还放着五个碗。其中，两只碗是空的，看痕迹是刚吃完留下的，另三只碗则盛满了面，由于水分被吸收了，看上去像是三团浆糊。

很快，苏米粒把碗里的面吃完了，当她伸手去端面前的面碗时，被金然抓住了手腕子，金然说，这东西也能撑死人。

苏米粒挣扎着，骂着，滚！撑死拉倒，省得你去败！

争夺中，有些面汤泼到了苏米粒身上，苏米粒将手里的碗愤然摔了，然后扑上来推搡金然，你给我滚出去。你把送花的钱给我要回来，快去！去！说到这，苏米粒哭了，她紧紧揪住又像是抱住金然的胳膊说，你秀什么财气，你土豪金啊！一首歌才挣几个钱，我问你，我一首歌能挣多少钱。滚，你给我滚！你把钱给我要回来……

任苏米粒怎么推搡自己，金然就是不动。苏米粒累了，就趴在床上哭了。苏米粒哭得很伤心，一副痛不欲生的样子，但是金然却觉得是件好事，果然，一个小时后，他和苏米粒已经在被窝里紧紧相拥。

就在一个小时前，他们还彼此充满了埋怨、憎恶和绝望，现在他们什么都不说了，他们的所有解释都在彼此的身体里。

苏米粒的手指在金然的身上游动着，先是额头，颧骨，然后是耳垂、脖子和宽宽的肩头。当苏米粒的手游动到金然的肋骨时，苏米粒忽然一阵战栗，接着，金然感到有大粒大粒的泪水落在了自己的脸上。刚上大学时，金然可是个一身横肉的家伙，人们都喊他为贪嘴的水獭。现在，尤其是近几个月，金然忽然就消瘦了。这个，只有肌肤相亲的人才能真正地感受到。

金然把手搁在苏米粒的脸上，似乎要挡住那些眼泪，但是，根本就无济于事，那些眼泪竟然越过金然的指缝，一直向下流淌。金然笑着说，亲爱的，知道吗？你摸到的是骨头！

好像再也不喜欢金然的这些华而不实的比喻，再也不喜欢这种无厘头的自信和狂热，苏米粒不断地摇着头，然后趴在金然的胸脯上细声地哭了起来。

5

过了几日，苏米粒离开了南锣鼓巷的那家茶吧，又找了份新工作。与此同时，金然也找了份工作：在大力广告公司当文员，其实就是销售员。

在大力，业务员做不上几个月就走人了。金然则非常珍惜。在过去的一个月里，按照公司计划，他死盯了几个客户，虽然一一败北，但他的情绪毫不受其影响，整天乐呵呵的。还经常和同事们热烈讨论失败的案例，大谈自己与客户交手的经过。那副侃侃而谈，坦然自若的样子，哪像是一次生意没拉到的人，倒像是一个故意把失败当诱饵的商业导演。在见习期，拿不到业务单只有几百元钱的工资，但是，他仍然把自己打扮得非常酷比，剃了一个鬼头（就是那种四圈没毛，当中拔尖的头型），穿黑色西服，洁白的衬衫塞在裤子里，加上两条长腿以及亮得跟狗舔过似的皮鞋，整个人神气得像是到中央台赶频道。按理，一个失败者的神气会让人感到厌恶，因为这可能就是一种虚张声势，存心把公司当吧泡，但是，有一个人却开始注意了金然，这个人就是大力公司的水总。他喜欢这个越挫越勇的小伙子，也欣赏金然在进行广告公关前做的计划、方案，更欣赏金然的临场发挥能力、口才和死缠烂打的精神。水总说，你做我的市场助理吧！金然一拍巴掌说，呵呵，我们想到一起了。水总笑，显然，他还喜欢这个小伙子的幽默。

那天，金然领到了他的第一个月工资，1500 元。他很得意，苏米粒一进门，他就迎了上去，声称自己的才气在外走了光，开始掘金了，如今要浑家点验点验。他毫无顾忌地有点俗气地不停地拍打着那打很薄的钞票说，这仅仅是开始啊！将来，我拿钱的手会越来越小，您点钱的机会将会越来越多。我们可能还会聘请点钞师。苏米粒说，用点钞机就可以了。金然斜着身子，颠着腿，抖着手，夸张地说，那谁来羡慕我们呢！谁来欣赏我们呢？您说，谁？哈哈哈……

金然笑，苏米粒也笑。苏米粒笑时，心里却掠过一阵悲凉，她分明听到，金然的嗓子已经哑了，发音时，似乎有一种细小的哨子在吹，这或许就是为这 1500 元钱喊的。为此，她悄悄地将一打钱塞在了被子里。

离开南锣鼓巷后，苏米粒在北京东方散打俱乐部做了武林宝贝。两个星期前，苏米粒跟金然说过这个事，金然还问过，什么叫武林宝贝？米粒告诉他，就是现场引领。看过运动员比赛吧？举牌子的。为了不伤金然的自尊心，苏米粒还说，一个月就几大张，见习生喽。

现在的工作，根本就没有几百元一个月的，但是，金然觉得为人家举举牌子，实在是太低廉的劳动，又是见习生，拿多了真有点寄生虫的意思，就宁愿相信了。其实，苏米粒一个月有 6000 多元的收入，如果有“外带”（替别的队和别的国家队做引导），还有额外收入。上个礼拜，散打队的涂教练就为苏米粒安排了一次外带，是墨西哥代表队的，人家出手阔绰，伸手就给了10000元小费，相当于苏米粒一个月的工资，今天，她是准备把这一万元拿出来让金然高兴一下的，但是，见金然把他的1500渲染得这么大，这么肥，就藏了起来，她真不忍心伤了这个刚刚有了点自尊心的孩子，她更怕上次的冷战重演。

但是，伤着我们的，往往是生活的本身，这一点，谁也难以预料和逃脱，更何况是金然和苏米粒。在无限宏大面前，他们算什么，只能算是小妖。

星期五，苏米粒说，晚上有彩排，迎接19号中日对抗赛的。金然严肃地说，中日之战非同小可，您去！苏米粒笑了笑走了。

晚上9点时，金然发去信息，问，走台要多久？散了吧？苏米粒回，快了。10时，金然又发信息，往回走了吧？苏米粒回，嗯。还说，几个宝贝送我。11时，苏米粒还没到家。金然顾忌那条路灯稀疏的巷子，骑上自行车子就迎了过去。

自行车是金然花了80元买的，没铃铛，盖瓦也开裂了，还用铁丝吊着，走起来时，东一下，西一下，狗甩舌头似的。等骑到巷子当中时，金然一脚踩空，才发现链条掉了。这些链条无厘头地堆成了一坨，如哪个浑蛋当街拉稀似的。金然看了看，宽容地笑了笑，推着车子向前走。金然刚走几步，便兀地站住了。

不远处就是巷口，金然看到，一辆大奔正停在那里。此时，一个戴着红围巾的光头男人正从车上把几只手提袋往下拿。"光头"旁边站着一个女孩，金然眼神不好，他觉得这女孩像苏米粒，这会终于分辨出来了，就是苏米粒。

苏米粒从"光头"手里接过几只袋子时，"光头"展开了双臂。苏米粒领会了"光头"的意思，她笑着推开了"光头"，然后快步向这边走来。

见苏米粒快走近了，金然把自行车猛地推倒在路边。自行车倒在路边时，发出的是一种稀烂的声音，这把苏米粒吓了一跳，等她看清是金然站在那里时，她下意识地回头看了看刚才大奔停靠的位置。这时，金然说话了，他说，其实，不经过这条巷子，也能把你送到家门口。苏米粒瞪了金然一眼，带头向前走了。金然跟在后面，嘴里不时发出类似于冷笑的声音。等金然又一次冷笑时，苏米粒突然将手里的几只袋子摔在了地下。但是，金然走过这些袋子时，不仅没把袋子捡起来，而且看都没看一眼。走在前面的苏米粒显然察觉到了这一点，她只好转身回来。

回到家，吵架自然难免。吵架前，金然做了一点功课，他首先打开手机的流量，在百度的搜索栏里输入了"武林宝贝"几个字，继而，他看到了江苏台的昆仑决栏目和河南台的武林风栏目，在这两个栏目里，他第一次看到了武林宝贝的样子：都是美女，上身仅有胸罩，下身只有三寸宽的布条遮着，走起来时，摇肩甩腚的，一副要掉进窨井里的样子。

掌握到了这些，金然收起手机说，我曾经说过什么？我说，我喜欢你苏米粒，绝对不是因为你善于撒谎。为此，我们闹了几个月，好像是打了个平手。现在我该怎么说呐？你不仅喜欢撒谎，而且在生活面前毫无信念和主张，是一个极容易为了虚荣而失去操守和人格的人。

金然说话时，苏米粒根本就不看他，只顾在那整理刚从外面收进来的一堆衣服。

金然觉得苏米粒这个样子就是狡辩和挑衅，他问，不说是中日大战彩排吗？是男女大战彩排吧？

苏米粒停了下来，她看着金然，声音不大但很郑重地说，你个混蛋！

金然说，好！不说是武林宝贝送你吗？那个“光头”就是您的宝贝？

苏米粒站直了身子，义正辞严地说，滚！

金然提高声音说，不是说就举举牌子吗？需要那大力气吗？什么都脱光了？那是淫荡！

苏米粒大叫一声冲了上来，她一边去撕扯金然，一边大骂，你敢侮辱我！你这个流氓，混账，我……

金然紧紧地抓住苏米粒的两只手说，不要再演戏了，我脑子不够用的，看不懂你的分场。说着，一用力把苏米粒推到一边。

苏米粒站稳后，委屈而愤怒地说，好啊金然，你开始推我了是不是？好！好！

金然大声喊道，他都能抱您，我推您一下怎么啦？

苏米粒说，畜生！你看到他抱我了？

金然说，敢不敢跟我说他是谁？

苏米粒说，你敢不敢去找人家？

金然一脸嘲讽地问，他是中南海的？

苏米粒说，我配不上。我只能配你！

金然说，呸！您也配不上！告诉我，他是谁？

苏米粒说，我们的教练，姓涂！你去找他吧。俱乐部现在正缺沙袋。

金然不再理苏米粒，他大步走进了卧室，然后像只充满气的枕头，往床上一横，就睡下了。金然睡下时，苏米粒走了进来，然后挨着金然默默地坐下来，默默地流泪。过了一会，她见金然无动于衷，就推金然，打金然，骂金然没有良心。见金然还是不动，她就诉说自己的辛苦，反复解释今晚上那个涂教练送自己的原因。金然说，别说了，再说，电子秤都秤不到你了。苏米粒三下两下拽下金然的那两只臭味相投的袜子，狠狠地砸在金然的脸上，然后走开了。

第二天，天一亮，金然就出了门。当他走到地铁电梯口时，苏米粒撵了上来。她伸手将金然扯到一边，问，去哪？金然感到苏米粒的手在微微颤抖，他很开心，他要的就是这种怕。他说，吴家花园 46 号。

金然说的这个地点就是东方散打俱乐部所在地，苏米粒冷笑一声说，我警告你，你敢进六号线，我就离开北京。

金然猛地推开苏米粒的手，转身就走。苏米粒再次冲上来，她挡在金然前面，问，你真不在乎我俩的感情？说到这，泪水从她的眼里流了下来。金然一字一顿地说，我即将做的正是为了这个。说完，推开苏米粒，走了。苏米粒在后面哭着喊，你去吧！你去吧！

6

去散打俱乐部时，金然带上了海子，一走进训练大厅时，他就认出了涂教练，此时，涂教练正在踢沙袋。一腿下去，随着“通”的一声，沙袋上立刻就会出现了一个槽。涂教练上身赤裸着。人体共有639块肌肉，一般的人只能凭借想象才能感受到，可是在涂教练身上，这些都是真的。金然迟疑了，但仅仅萎靡了一下，便走了过去。走到涂教练面前，他问，你就是涂志阳？我是苏米粒的男朋友。平时，金然跟人说话，开口闭口，逢人就称“您”，这次没有，话里攮了八斤苞米茬子似的。

涂教练马上笑着说，哦！欢迎！说着伸出了手。那手很宽大，假的一样。金然没有接。站在旁边的海子则从旁边跑过来，握了握涂教练的手。

请问，有事吗？涂教练问，人越发得和蔼可亲。

这反而抑制住了金然，他虚张声势地打了一下沙袋说，我们谈谈吧。

涂教练看了看金然，说，请。说完，带头向前走去。

涂教练的办公室在28楼，很大，也很简易。几十平方的办公室只有几大件：一张掉漆的桌子，一把高背木椅，一张黑红各半的台球桌。四面的墙上贴着各种训练计划和值班表，看上去满满当当的。走进这么大的办公室，金然突然觉得自己小了很多，浑身上下都有一种跑冒滴漏的感觉；手腕也疼了起来，这显然是自己刚才拍打沙袋的缘故，当涂教练为他端过来一杯水时，他已经显得很木讷了，最后，当涉及本次来的目的时，他只说了两句话，一是感谢俱乐部对苏米粒的关心。二是，大学生并不容易哦！最后一句是他在走出涂教练办公室时说的。

出了训练基地，海子一边走，一边不时地看金然。等两人走到银锭桥时，海子终于忍不住了，他满脸苦笑地问，哎哎，今日你丫找人家到底为个什么哩？金然没理海子，他也在懊恼。他是准备来暴打这个涂教练的，这样才能让自己通体舒泰，才能达到气气苏米粒的目的，结果却大相径庭。不知为什么，见到这个涂教练，他一下子就软弱了许多，不仅为苏米粒说了好话，还有点向涂教练献媚的意思。从散打训练基地出来后，金然并没有回出租屋，而是住到了海子那里。

海子的住处很乱，是那种四处开花般的乱，踩上反步兵地雷似的。另外，电脑过度使用发出的胶皮味，没有及时洗的鞋袜和衣服的酸臭味，臭豆腐味，方便面里的那种添加剂味，反复混合和交融，使海子的小屋像个臭哄哄的獾子洞。金然死死地捂着鼻子说，这是哪啊？毒气室吗？海子说，胡说什么，你丫两天一住就舍不得走了。金然想吐，但忍住了。

就是在这样一个“洞穴”里，金然呆了三天。在这难挨的三天里，金然在等苏米粒打来电话，或是道歉，或是暗示道歉，都可以。但是，一个礼拜都下去了，苏米粒也没打来一个电话。他又查了一下微信群和苏米粒的 QQ 空间，希望苏米粒能在那里有个什么含蓄些的留言或者感慨，也没有。金然无奈了，加上这几天的冷静，心里也平息了许多，于是就回家了。

金然一走进出租屋就看见苏米粒，此时，苏米粒一动不动地坐在床上。眼圈有些青，人憔悴得很，鼻子旁边有一个鼓起来的红豆豆，像是有一粒火星子溅在那里。她的腿边放着一只帆布箱子，加了锁。金然立刻紧张起来，因为，苏米粒分明摆出的是一副要走人的架势。但是，想到自己在这件事上受的委屈，他马上又强硬起来，于是，昂着头，直直地从苏米粒面前走了过去。

就在这时，苏米粒说话了：我搬出去住了。金然故作无畏地说，那是您的权利。说着，走进了卧室，然后在沙发上坐了下来。

屋里静了下来。过了一会，金然听到苏米粒出了门，接着是下楼梯。声音很大，这声音响到楼梯中间时，忽然停了下来。金然听出来了，但是，他心里一硬，还是没有撵出去，又过了一会，那声音就一层一层地淡了，渐渐地远去了。

苏米粒搬出去两天后，金然去找海子喝酒。喝酒时，他只顾大一杯、小一杯地走量，也不说半个文字。见金然的嘴唇开始发乌，海子把酒瓶夺了过来。海子把酒瓶夹在自己的两腿之间说，好啦好啦！我去帮你找她。

海子没有食言，两天后，他来向金然汇报。他说他找到苏米粒了，就住在学校里，不过，情况不是太好，现在，苏米粒委托海子来传话，说决定和金然分手。海子说，女人说跟你分手，可是有真有假的……

金然听得懂海子的这句话，无非是想让他低一次头，好给苏米粒一个台阶下，哪知，没等海子把话说完，金然就拨通了苏米粒的手机，他说，同意！海子一把抢过金然的手机，然后不停地看着屏幕，像是金然的话还留在那里似的，最后，他几乎是喊着说，我考！你丫蛋疼啊！你怎么会这么说？

金然摊开双手，一耸肩，笑了笑说，我该怎么说，我该求她吗？

海子尖着嗓门说，那也是应该的呀！你知道吗？你去找那个涂光头的第二天，人家就把她辞退了。

海子的这句话让金然一愣，他点上一支烟。

海子说，怎么办？你丫要是死要脸，我再去。

金然不理海子，只顾大一口、小一口地抽着烟，半天才说，算了。其实，她很累了。我也是。就这样吧。

说着，他把烟蒂拧灭了。

一个月后，苏米粒离开北京。

7

金然病了。一病就是三个星期，等手腕上稍感到有点力气了，他给水总发了一条辞职信。他知道，自己已经脱岗 20 多天，是注定要被炒了。结局既然是现成的，又何必等到别人先动扫帚呐。

辞职信发出去的五个小时后，水总回信了：回公司谈。

金然来到公司，水总说，公司有点小变动。

金然知道水总的潜台词，他微笑着，极其淡定地说，水总，没事，我都准备好了，其实……

水总在金然说到这里时，示意暂停，他说，公司决定停下来了。好像觉得表达得不到位，又笑着说，就是关门了。

金然感到很意外，但是他没问为什么。经过这么多的事，金然感到世界上的事，仅靠一问一答是难知根底的。

这时，水总扭过身去，将文件夹里的几张纸拿了出来，然后看了看，递给了金然。

金然接过水总递过来的纸看了看，心跳突然加速了，等他再看一遍后，心跳得更厉害了。这是几张大力广告公司的资产处理表，遗留资产的变卖造价为 12.3 万元。

这时，金然问，水总，公司做得这么好，为什么要停下来。

水总用手指头将桌面上的一滴水用力地抹去，然后说，不妨跟你说说我这个人。接下来，水总就跟金然谈他自己。谈了很多，箍桶一般，绕了好多圈子，金然帮他概括了一下，也就几十个字：原在中央某部工作，后在别人的名下注册了公司，再利用该部的资源开展业务。现在上面在抓干部纪律，只好回去坐办公室。

其实，金然根本就不关心水总说的这些。他说，水总，……我想把您的公司接过来……金然说到这，脸涨红着。

金然这个要求好像让水总很意外，他看了金然几秒，然后笑了笑说，你稍等。说着，他走了出去。

不一会，水总回来了，他进门就说，好啊！可以的。

金然笑了。他有些激动，搓了搓手。

这时，水总又说，价格都在表上。不过，我们有师徒情，可以打折。

金然笑了笑说，水总，我想把整个公司都接过来，包括公司名称。

水总一愣，接着，微笑着摇了摇手。

为什么？金然问。

水总说，金然，我根本就不怀疑你的能力。只是，公司过户涉及诸多法律程序，对你我都不是一件好事。而且一旦摊上事，你背不起来，我也扛不住。还是注册一家公司吧。不难，现在提倡集中办公，两个小时的事。

金然觉得水总的话不无道理，点了点头。

水总一拍桌角说，就这一堆，打包价，四万五，算我割胸脯肉给你了。

要说这一大堆东西，才四万五，真不贵，不过，就目前而言，这四万五对于金然来说也是个拿大顶的数目。

水总看出了金然的犹豫，他又拍了一下桌角说，再送你一程。公司已经预缴了一年的房租，我们不要了，就算为你打工了。我的客户资源你都可以拿过去。上个月，公司跟花溪建工有一笔印刷业务，刚谈过，利润 150%，也给你了。还有，新公司的注册资金我可以先帮你垫付，等批下来后，我再抽回。

金然的眼前立刻明朗多了，也很感动，因为这样一来，自己无疑就成了甩手掌柜了，不过，他还是说，我考虑考虑好吗？

水总说，这个不用问我，你问你自己就好。

离开公司，金然就找到了海子。他把这天大的好消息（他是这样认为的）说给海子听。他说，跟老水跑了这么长时间，我有过黄金结论。开广告公司并不难，只要有口才，有创意，有主张就行。而这些，我都具备。接着，他又对公司的未来做了具体描绘。他口若悬河，滔滔不绝，他把自己描绘成了中国广告界最大的潜力股，同时，也对海子的副总地位进行了描绘。

海子在一片提前到来的赞美声和恭维声中，两眼奇特地睁大着，整个人像只在阳光中金光四射的蛤蟆。

那就这样，我们成交了！副总阁下！金然最后跟海子说，并向海子伸出了一只手。

像是被人邀请跳楼一样，海子一边连连摆手，连连后退，一边说，你丫别闹别闹！我可以尽情地赞美你，我可死不起，呵呵。海子的拒绝让金然很不舒服。海子显然看出来了，他嬉皮笑脸地说，给你出一妙计，算我投资了。

海子的计谋是，让金然再和水总磨一下，缓付那四万多块钱，等第一笔业务产生利润后再说。

金然心里最硌的地方就是这笔钱，他之所以鼓动海子加盟，就是希望海子能先挺出这笔资金，等业务产生后，再还给海子，现在，海子出了这么个计策真是万般的好。

8

洲际导弹文化传媒公司如期开张了。第一笔业务就是水总送的那笔广告单。

公司还没有设计人员，金然到中关村买了两本大黄页，按照大黄页上的登记的地址，开始分别联系设计和印刷单位，不到半个月，就把这项业务搞定了。

那天，金然在京东印刷厂的包装车间，看着一堆堆由自己亲手组织生产的广告产品，不由得笑了，他知道，这一单就有 12 万元的利润。除了还清水总的，自己还能赚 7 万多。

下午就送货吧。金然对销售厂长说，口气是命令似的。

销售厂长姓成，五十多岁的样子，听金然这么说，他满脸带笑地说，没问题。您先到财务科结账吧。

金然说，没问题。先送货吧。货到款到。

成厂长满脸带笑地说，请金总谅解，厂里规定，不结账开不了出门证。

金然不高兴了，立刻发了一通火。他严厉批评了成厂长他们的经营理念，他认为，这种对客户不信任的行为其实就是企业的隐患。成厂长满脸带笑，点头哈腰地说，知道，我们都知道。请原谅，请原谅。

金然这才感到，这个成厂长就是高速路口的收银员，满脸的笑只是一项制度，即使你把他吊死在树上，笑意都不变。金然心里慌乱起来，因为，他做的是白单，卡上的钱只够他来回跑路的。不过，事情既然出来了，惊悚也不是事，于是他故作镇定地说，这样吧。我跟我的财务总监说一下，马上解决这个问题。成厂长马上说，麻烦了，麻烦了。然后离开了。

成厂长一离开，金然给花溪建工打去了电话。要求花溪建工立刻把印刷费打过来，然后再行发货。金然的要求很快就转到了花溪的财务总监那里，财务总监不说话，只批了四个字：按章办事。什么叫按章办事？金然问。接待人客气地解释：不验货就付款，是违规的。

这个理由让金然心里的那个小算盘摔得到处掉珠子。顿了顿，他又给水总打去了电话，希望水总能从中疏通一下。水总笑了笑说，你真摸错门了。那个厂我们接触过，笑脸迎贼，笑脸打贼！欠他半只菜包子得扣你一年。你就认了吧。

金然嬉笑着说，水总，把我垫了吧。一个小时的事。您这边把货款打过来，我那边把货往花溪一送，就……

水总以十分诧异地口气说，我怎么被你套上了？唉。不行啊，我俩的事情就到这里啦。说着，把手机挂了，那声音跟刀切大白菜一样。

金然傻了，脑子里被刷了屏似的，一片空白，耳边又如飞来了几多蝇子，嗡嗡地响，去衣兜里摸烟时，手一个劲地抖。

金然到底没有把烟点上，因为这里到处都是禁止吸烟的标志，但是，烟草的味道却让他平静了一些，于是，他打了海子的手机。他说，海子，我要是死了，您会被谴责一辈子的。

海子正在睡觉，他猛地爬起来，大声地说，我考，你丫神经什么。

金然就把自己的窘困和绝望说给海子听，海子说，那你去死吧。金然说，您妈您一定要在半个小时内给我想出办法来，否则我死您门口去。

海子说，大哥，要死到金水桥死去好不好！你丫知道不知道，你就是只没有螺丝的轮胎，早晚得掉。你现在存心把我往洞里拖，这么大窟窿，我死几回才能填上。

快找您老爹呀，他抓一把炭灰就够了。

你丫的你为什么不找你老爹啊！

我和老头早断交了。他不过就是个修机器的，我跟您说过多少次了。

海子好像很烦了，他说，别烦我了，这个事我扛不住。说完把手机挂了。

金然求海子，不过是蚂蚱下油锅前的一蹦跶，海子说不能帮，他又能怎样，他至今还欠海子三千多元，那还是开店时落下的窟窿。他淌汗了，大颗大颗的汗珠从他的额头和脸颊往下落。就在这时，他的手机又响了，金然一看是海子的，他哭丧着脸说，逼！要是安慰我的，就闭嘴吧。海子说，你丫丫的，给我账号，我喊你祖宗了。

9

为金然解围后，海子对金然说，你丫放过我吧。你放过我，我以后在地安门置地供你。金然把一沓钱往海子的电脑桌子上一拍说，还清所有的，这是剩下的，我兄弟俩五五分。海子大睁着眼看着金然，像是意外，又像是尴尬，脸上的表情极不自然。他说，你讹上我了……

金然撅出一根指头说，如果您想装，我这样说：剩下的这笔钱，一半给我，一半用来买您的义气和洲际导弹文化传媒公司副总的位置。如何？说着，他把那堆钱兀地推向海子。那钱分为三打，推到海子面前时，有一打倒了下来，正好落在海子的手心里。海子像是被烫了，浑身一哆嗦。金然见状，又推了一次，那三打钱就全部倒在了海子的怀里。

海子哭不像哭，笑不像笑地说，这不好吧……

金然不接海子的这句话，他说，做了副总后，铤而走险的，我来做，您呐，出出点子，用尺子量量钱就成。您不就爱玩个《越狱》和《逆战》吗？对于副总来说，这个时间有，而且不算公司成本。对了，从下个月起，我每月给您买一套游戏装备……

海子把脸转到了一边，一丝笑意像血丝一样从嘴角处渗了出来。海子的这种表情，金然太熟悉了，那就是同意了。

两人合作正式开始。

这是海子上班的第一天，金然召开了洲际导弹文化传媒公司扩大会。所谓的扩大会，也就增加了代账会计一人。会上，金然讲解了公司的理念、方针、差异性和宏伟蓝图，确定了下一步的工作重点，那就是立刻为公司召进一批创业精英。对此，与自己的业务毫不相关的代账会计非常兴奋，她一口气发表了三到四点看法，而且生怕别人抢了话头，语速特别快，以至于金然不得不将自己的茶杯往一边移了移，因为他已经感觉到了该女的唾沫的冲击力。而海子则一言不发，只顾低着头玩手机。

会议散后，海子没有马上走，等代账会计走了，他说，我不看好你的精英计划。金然一愣，他看了海子一眼，问，会上为什么不说？

海子不屑地说，跟她说这些干什么。

金然知道这个“她”是指代账会计了，他有点意外。他没想到海子这么城府，心里还装着张高矮分明的等级图。他说，谈谈你的理由。

海子认为，目前，公司底子薄，当开一段时期的皮包公司。对于拉到的业务，可以通过转包，做起来再说，待完成了资金积累，再考虑扩大营盘也不迟。

开会时，海子作为副总，一直在玩手机，这已经让金然很不悦，现在，他又对自己的决策表示反对，这就让他更不高兴了，尤其是海子突然表现出来的城府（金然觉得更像是奸诈），让金然感到了一种极不舒服的压力。他歪着头说，先生，关于欺诈、失信、买空卖空这些商业禁语，如果要找一个词来做皮囊的话，没有比皮包公司更合适的了。

海子苦笑着说，欺诈、失信，我考！我没有这个意思啊，我……

金然觉得海子明显在抵赖，这是他最看不起的，他无情地说，你已经说得很明白了啊！海子不说话了，摇了摇头。

金然说，要说拿什么为公司开张，我以为就是信任，这是公司的大起步，大格局。

海子有些不满地说，你丫扯远了吧。你蹦极了你知道吗？

那我就来跟你谈谈人才的问题。金然说。然后，他大讲皮包公司的破落性和投机性，讲人才在一个公司的重要意义，剖析人才与公司成本的关系等等。

在金然“阐述”期间，有几次海子张了张嘴，但是金然的语言太密集，他插不进去，就索性玩起了手机。

这时，金然终于结束了自己的演讲或者说教育，他喝了口水说，这件事就这样了，好不好？

海子不自然地笑了笑说，你是老总，你也说到现在了，你说了算。海子的阴阳怪气让金然很反感，他摇了摇头说，我知道您不高兴。

海子说，我说我赞成了。

两人立刻无话了。

金然确信自己没说服海子，这让他有点失败的懊恼，但是，他不想妥协，他觉得自己作为老总，该霸道的时候就必须霸道，如果形成了下属一反对，自己就妥协的习惯，以后的工作将寸步难行。于是，他打破沉寂说，那我俩再讨论一下招什么人的问题。

海子不吭声，仍然在玩手机。

金然说，你先发表看法吧?

海子说，我投票，我计票，我唱票，我举手。你说吧。

金然说，您这是赌气啊，这就一点意思都没有了。

海子笑着说，我赌什么气啊！我说什么都对不上你的暗号啊！

金然沉着脸说，您说。只要有价值。

海子沉默了一会，把手机往桌子上一放说，既然坚决要求招人，那我建议先招一些实习的大学生吧。

金然的脑子嗡的一声，他感觉海子的思维和自己相差得太多，他强作笑颜问，是高见啊！为什么?

工资可以开低些。还可以打擦边球。

什么擦边球?

可以以见习期为由，暂时不跟他们签合同，这样，主动权就会掌握在我们手里。招聘人员一旦干得不好或者公司出现了问题，就可以随时炒鱿鱼。

金然愣愣地看着海子，然后为了掩饰自己的鄙视和无奈，他连忙点上一支烟。

金然简直不能想象：一个连社会之门还没有看到的大学生能说出这么老道、这么功利的话。此时，海子在他的心里是那么的陌生，那么的丑陋和猥琐，他还由此想到海子父亲那张市侩的脸，想到海子祖宗八代的自私自利和玩世不恭。

海子分明看出了金然的反应，他马上说，只是说说啊！

金然终于忍不住了，他说，什么只是说说，您就是这么想的。这都是些什么想法啊！您整天含着奶嘴子不出门，是不用见那些见利忘义，心怀不轨的老板的，我实习过，我见过他们的种种伎俩。所以我们当老板了就不能这么做，这不是公平不公平的问题，而是有没有职业良心的问题，尤其是对刚到社会上试手的新人。

听金然这么说，海子又低头玩起了手机，一张脸，生铁疙瘩一样。

海子的这个样子让金然内心的火头越来越高，但是，他打了一个嗝后，还是慢慢地平息了自己。他忽然想到，海子是自己请来的，实在没有必要请张佛像当箭靶。于是，他做了些妥协，三天后，他从人才市场招了一个熟练的设计师，同时招了两个实习生。

10

公司的第一笔生意是别人给的，现在，公司的框架有了，人员也到位了，金然决定亲自下海捞鱼了。很快，他就得到了一个消息：下个月28号，车道沟总工会准备举办一场大型广场舞比赛，届时，将有30个社区参加，规模非常大。金然立刻带着海子赶了过去。

在去车道沟的路上，海子提了个建议，他认为这种事应该先从外围着手。他还为金然指了条路，说学部里的辅导员就是北京人，可以请她帮个忙。海子说，别说是这么大的事，就是一块布，你打招呼和不招呼，颜色都不一样。要不先不去车道沟，晚上请辅导员搓一顿再说。金然说，我们为什么要放弃一次冒险的机会呐！又说，自己的事为什么要让整个北京城都参加呐！光明正大的事，干嘛硬往窨井里整呐！我看我不请客，能不能把事办成。

海子脸上的表情奇怪地扭曲了一下，不再说话。

在车道沟，接待金然他们的是大赛组委会的组长，姓句。五十也像，六十也像，非常客气，一看就是个老好人。没说话就笑，说话时，笑意就会顺着满脸的皱纹向外跑。他先把活动的情况向金然和海子汇报了一遍，然后请金然和海子发表看法。在来的路上，金然已经把这个事过了一遍，心里也有了思路，听句组长要自己发表看法，他立刻侃侃而谈起来。

金然在阐述自己的创意方案时，句组长听得特别认真，一边记，一边点头，还不断地喊工作人员给金然和海子加水，等金然结束了发言，他握着金然的手，感慨地说，80后不得了，你们把时代都逼老啦。说完，哈哈大笑。

笑完后，句组长开始和金然协商任务，请洲际导弹文化传媒公司在十个工作日内把效果图拿出来，其中，需要设计59张平面图，四个分会场3D图，加渲染。所有设计稿均需彩打。金然非常兴奋，好不矜持地表达了对句组长的感谢，并承诺只会提前不会滞后。好好！句组长连连说，80后不得了，不得了！哈哈……正当句组长准备和金然再次握手，以表示合作成功时，坐在一旁玩手机的海子说话了：句先生，签个合同吧。

海子冷不丁的这句话，把金然吓了一跳。句组长好像也感到很突然，脸上的笑意立刻就没有了，他啧了一下嘴说，先做吧，毕竟是第一次合作对不对。

海子还想说什么，金然握住句组长的手，抢过话头说，就这样吧。请句组长放心，我们不会让你们失望的。

句组长又哈哈大笑了。

出了句组长的办公室，金然和海子谁也不说话，只顾低头走路。其实，金然出门后就想跟海子说，别把自己当根葱，句组长身后也不知有多少家广告公司在排队呐！但是，他终于还是没有说出口，他怕自己发火，怕自己会指着海子的鼻子大骂，你个没皮没脸的山西佬，我警告你：你这种瞻前顾后，鼠目寸光，小肚鸡肠的做派会坏了公司大事的。他决定让结果来证明自己迅速卡位是多么的正确。所以回到公司后，他再也不提那天的事，只是迅速下达了设计任务，让大家分头干活。

一个礼拜后，所有设计稿都打印了出来，当女设计师左静把装订好的设计稿送给金然看时，金然勃然大怒，他将所有的设计稿全部扯烂，然后扔在了外面。

原来，金然为了以一个全新的形象展现公司的实力和诚意，一举夺得这笔业务，要求每种图做三套，以供选择，同时要求，所有的设计稿必须用相片纸打印，并要求到专业装订公司分切装订。现在，出现在金然面前的设计稿纸仅有一套，而且是黑白打印，装订也很粗糙，是会计用大针穿线完成的。

与你没有一个字母的关系。金然说，你把副总喊来。

先前，金然发火时，左静以为是设计质量出了问题，又羞又怕，眼泪都要下来了，现在，听金然这么说，连忙跑了出去。

不一会，海子进来了。金然把这个事提了出来，希望海子能给予解释，因为在会上，当金然安排这项工作时，海子是答应的。

海子说，原因只有一个，我不希望公司冒险。全公司连天加夜地做设计，3D这一块还花钱请别的公司代做，到时候，如果对方不采纳，我们就是义务劳动。

金然说，海子，此时，我的心中纵然有一千句，一万句的话，也不说了。我只希望您能贯彻公司的决定，把这批作品不折不扣地做出来，可否？

可以。海子说，脸上很不好看，也不看金然，玩起了手机。

现在，金然算是看出来了，只要海子玩手机，就说明是在否定自己，他的火一下子就上来了，他说，海子，这不是游戏厅啊！

海子抬头看了看金然，笑着问，你什么时候撵我走？

金然不说话了，点上一支烟，冲着窗户，狠狠地抽了起来。海子立刻做出了连连咳嗽的样子，然后走了出去。金然冲着海子的背影，狠狠地瞪了一眼。

半个月后，结果出来了，这笔大单被鸿翔广告公司拿走了。

那天，公司刚好在开业务会，大家正在为一个创意方案争得要互相撕脸，这个消息传来后，会议室立刻就安静了。但是，面对残局，没有人表示愤怒，没有人表示委屈，也没有人指手画脚说些不着调的屁话。同时，金然还发现，大家都刻意不看他。这种规避自有深意，金然感受到的是：同情、可怜、怀疑或者是嘲讽。这种感觉让金然很不舒服，很伤他的自尊心。此时，有点难堪，并感到孤独和不安的金然，多希望有人能站出来，然后振臂高呼，喊上一两句荡气回肠的口号，哪怕是发发神经也行。这么想着，他看了眼海子。这会，海子半躺在沙发椅上，身子和眼珠子都不动，被人投了毒一般。

海子的这个样子，让金然感到自己的衣袖和裤腿都是空的。于是，他不指望了，便站起来，先冲大家啪啪地拍着手，然后满脸带笑地说，喂喂喂，振作起来，振作起来。我们难道没有收获吗？NO！这笔业务毕竟把我们带入了实战，再说，公关本来就是软效益嘛，人家拿到了，我们没拿到，说明我们跟进有问题，这个现实我能接受。

海子说，那个鸿翔广告公司就是句组长的战友开的，这个你能接受吗？还有，我们的设计稿大都被鸿翔广告公司拿过去做参考了，有的干脆就是照搬，你能接受吗？

金然先是一愣，但马上就笑着说，被人剽窃也是一种彰显嘛！我认了。

11

金然真的能咽下这口气，认了这一刀，当然不能。因为，颗粒无收他能接受，但被骗不行。当天下午，金然决定单枪匹马去会那个句组长。他说，小毕杨子，策呢？这是昆山话，骂人的，很脏。

这个句组长原名叫句以为，是当地区文化局的一个副局长，活动结束后，已回本单位。这些，金然都摸清楚了，为此，金然很快就找到了他。

进门之前，金然做了预案，他知道，这个句以为和自己见面后肯定会早早伸出手来，以表示忏悔和心虚，然后再满脸摊笑地假惺惺地邀请自己上坐。届时，自己一定要拉下脸来，绝不和他握手，先给他一个大大的难堪，然后再声色俱厉地声讨。

这么想着，金然就走进了句以为的办公室。此时，句以为正在茶几旁洗茶，抬头看见了金然，他愣了一下，然后问，找谁？金然一下子就火了，他简直不敢相信，这个半个月前见到自己还熟得滚烫的句组长，现在竟然会这样问自己。他说，我是广告公司的。他这么说时，脸色苍白，嘴角微微颤抖着。句以为的脸上照样一丝笑容也没有，他一边继续洗茶，一边问，你哪家广告？金然突然大声说，你别跟我装啊！

句以为被吓了一跳，他愣愣地看着金然，惊恐万状地问，你谁？怎么骂人啦？句这么问时，脸显得很肿，泡过福尔马林似的。

金然说，骂你？好，那这一句你先赚着。你回答我几个问题，第一，你是国家公务员吗？你回答说是，那我问你，你为什么这么可耻？第二，既然不想让我做这笔业务，为什么要我们回去没日没夜地设计？你说，就是想利用你们。喂！

你这叫出卖和诈骗！如此缺德，一定烂了不少年头了吧？第三，把我们的成果给了别人，叫不叫卑鄙？叫不叫偷窃？你回答说，偷你算什么，还没有抢呢……

句以为终于缓过气来，他手指着金然说，你马上给我出去。出去！

金然往句以为的位子上一坐，猛地拍了一下桌子说，你给我出去！

句以为没想到金然会坐在他的办公椅上向自己发火，整个人傻了一般，半天才说，相信不相信，我马上就报警，相信不相信？说着，他把手机拿在了手中。

金然说，还有第四，你和鸿翔广告公司的老板是不是战友关系？你们是同一个战壕的战友就在同一战壕骗人是不是？你这是把国家的资源当成了自己的资源，然后共同分赃。

句以为把手机慢慢放了下来。他愣愣地看了金然半天才说，小伙子，一个人可要为自己的言行负责啊！

金然说，你让我负什么责？谁为我们负责？你们真会演戏！我太相信你们啦！他重复着，太相信了。他重复这句话时，眼里是晶莹的。

这时，句以为好像有所触动，显得从容和平静了许多。他点上一支烟，说，小伙子，你误会了。又说，我想起来了，你就是那个什么巡航弹广告公司吧……

金然猛地站起来，愤怒地打断对方说，什么巡航蛋？我代表中国洲际导弹文化传媒公司向你正式提出赔偿要求。

见金然很激动，句以为忙做了一个让金然坐下的动作。金然没理他。句以为又端来一杯水。金然也没接。

这样，两人就对峙了一会。最后，句以为打破沉默说，小伙子，首先，我对你表示理解。不过，这项工作已经结束了，我也早就离开组委会。你现在提出赔偿问题，对于我来说，有些突然。这样，你先回去，我和相关部门沟通一下，看可有什么好的解决办法，然后再通知你。可好？

金然知道这是句以为的缓兵之计，有些后悔了，觉得应该把海子带来。

你看可好！这时，句以为又问，开始呷茶。呷茶时眼珠子一帧一帧地转，有点想往金然身上去，但发现金然看他，就死死地定在那里了。

此时，金然的心里忽然虚弱起来：尽管自己嗷嗷的，但是就如何让对方赔偿，来时并没有想好。于是，他走出了句以为的办公室。

从车道沟回到十里堡，花去了金然两个多小时。回到公司后，一进门，金然就看见海子站在院子里发呆。金然心里一喜，他想把今天大战句以为，令其妥协的事情跟海子说一说。这件事太解气了，他相信海子听到这个消息后一定会很兴奋，一定会对自己刮目相看。这么想着，他悄悄走过去，然后一拍海子的屁股。

金然这一拍，把海子吓了一跳，把自己也吓了一跳。海子原来那么瘦，那圆圆的竟然不是屁股，而是鼓出来的裤子。

被人无端拍了屁股，海子很恼火，脸都红了，尽管金然的手已经拿开了，他还是在自己的屁股上狠狠地一拨，然后说，够了！真是。

海子的态度让金然有些懵懂，他问，怎么啦？大件丢了？

海子往石凳上一坐，用手连连做了几个狗刨的动作说，你来你来你来。

金然就坐在海子的对面。

原来，就在半小时前，当地派出所和广告协会先后打来了电话，这两个电话都是海子接的，海子被吓得不轻。

派出所要我们过去谈话。这时，海子说，在金然脸上找着什么。

为什么？你答应啦？金然问，一脸的诧异。

海子说，你以为我子弹呀，谁扣扳机我都跑。我这不在等你嘛。

然后呢？

派出所说，冲击国家机关、干扰国家机关工作人员正常上班的，当以破坏社会治安罪和公共秩序罪论处。

金然明白了，他把脸慢慢地转到了一边，腮帮上渐渐地就鼓突起一个小团团；由于使命握拳，手臂上的青筋高高地暴露着，同时，嘴里发出一阵阵搓牙的声音。

原来，打电话过来的是该协会的秘书长。该秘书长向海子逐条讲解了广告人的职业操守和行为准则，解释了广告业务形成的具体程序以及违约责任的追诉年限和范围。还提到了每年一次的广告等级评定和考核工作。秘书长指出，对那些在广告业务中，有明显违规操作和口碑很差的广告公司，不仅要限制其参加等级评定，还会在业内发出问责通告。

对了！海子像是被人浇了一桶冰水，一惊一乍地说，这个秘书长还说了，他们在地税局调阅了我们的缴税记录，说我们的业绩和我们的注册的规模不符，要我们考虑一下。

金然冷笑一声，接着又冷笑一声。突然，他手指着门外，大声咆哮说，他一个广告协会凭什么查我的销售业绩，要查也得工商部门啊！他这是作死啊！

海子被金然吓到了，一句话也说不出来，站在那飘飘的，碰一下就要倒的样子。

这时，金然问海子，我问你。我们的设计成果被人剽窃了，该不该找人赔偿？

海子恍然大悟，他双手抱头，说，天哪！

你说该不该赔偿？金然问。

海子苦笑说，赔偿个头啊！识点谱好不好。你说你的东西被剽窃了，你注册了吗？你申请发明了吗？我们设计的那些东西往人家作品里一加，就如把自己的一块肉塞进了别人的包子里，能说得清吗？

金然不说话了。

沉默许久，海子忽然苦笑了一下说，我倒觉得这是个机会。散了吧……广告协会虽然有些恐吓的意思，不过，我们的业绩真的不敢恭维……真的……

金然突然站起来，一句话也不说，沉着脸向自己的办公室走去。

12

这些日子，金然的睡眠极度不好。这件事给他带来了从来没有过的迷惘感和强烈的挫败感，几乎使他一夜之间就否定了自我，并产生了卸包袱的想法。但是，经过几天的思考，他还是放弃了。他深深地感到，这只包袱丢不起，那样的话，父亲顾晓红的嘲弄就是对的，苏米粒的出走就是对的，海子的动摇和阴阳怪气就是对的。还有，他不忍或者说羞于看到几个员工因为失去工作，黯然离去的眼神，也不想用这种结局来表示妥协，——他鄙视他们！于是，那天晚上，他突然把自己的所有衣服都脱了，然后在屋里裸奔起来。当他精疲力尽，一头栽在床上时，他完全亢奋了，他觉得自己甩掉了一切，要从头再来了。欧——，他叫了一声，欧——，他又叫了一声。

第二天上午，金然去了火器银桥，先是在邮局找到了邮政大黄页的广告代理公司，然后花了 2000 元买了一块小“补丁”，在大黄页上打上了洲际导弹文化传媒公司的广告，还留下了自己的手机号码。

这段时间，海子和金然说话很少，一天也就二三句，还包括语气词。那天，金然甩脸而去，一是恨海子替句以为之流说话，和不地道人沆瀣一气。二是，因为在自己最需要海子助力时，海子竟然蛊惑自己散伙。这种懦夫的行径，与变节和投敌无异。尽管冷静下来后，金然觉得海子当时的分析和劝阻是对的，但是，他就是不想再和海子多呆一会，他觉得这个人浑身上下充满了负能量，让人泄气，是个地漏级人物。

而海子呢，他觉得自己在这件事上无大错，要说错，那就是在金然的自以为是和幼稚莽撞方面，自己显得太含蓄。那天，金然没有听完自己的话就把自己扔了，让他很不高兴，这些日子，他拿住了要等金然来向自己道歉，现在看来门都没有。于是，他开始考虑如何妥协了。

下午，他找了个借口，去了金然的办公室。见金然正在从大黄页上抄录着什么，他笑着问，东一头，西一头的，又做什么大案呢？

海子的这句话完全是一种幽默，不乏讨好的意思，见鬼的是，金然却从中听出了嘲讽，他笑着说，海子，不要阴阳怪气的好不好。我不想用友情来绑架商业伙伴，你如果觉得厌倦了，本不住了，就 Go their separate ways（分道扬镳）OK！

海子没完全听懂金然说的这句英语，但是，他能感觉这不是人话，毫无善意可言。想到自己的绥靖行动成了这个结局，金然有些失望，又有些尴尬，更是坐也不是，走也不是，脸上的表情奇怪而又难看，吃了半碗芥末一般。

此刻，金然感受到了海子后背上的芒刺，很解气，觉得自己达到了目的，便不想把事情再往过分里做了，他说，这些天我一直在撒喂子。海子没钓过鱼，不知所云。金然说，站在岸边等着吧。

这么说着，他的手机突然响了。金然打开手机和对方聊了起来。聊完后，他面有喜色，他说，呵，鱼向我们游来了。许多鱼！

海子被金然感染了，自然也不纠结了，就问发生了什么事。金然告诉海子，这些天，他在大黄页上打的广告见效果了，刚才的手机是一个叫徐瑶的女警官打来的，她自称是北京武警总队宣传科的，也是水总的好朋友。徐瑶说，为了贯彻中央军委的指示精神，总队急需印制10万册学习资料。开本为正度16开，封面为300克铜版纸，160个p，内芯为70克轻型纸。

说话间，金然拿过一只计算器拿来，待把上面的按键几乎都戳了一遍后，他兴奋地说，一本能开出5.8元的利润空间，交货后我们即有58万的净收入。说到这，他把计算器往前猛地一推，这叫什么，这叫一夜成神！

在金然激动得语无伦次时，海子却显得无精打采，心有旁骛。他低着头，用小拇指在轻轻刮着嘴角，目光十分空洞：

如今，日耳曼、晨光、新大地、七彩等这种资产千万计或亿计的印刷厂，像陨石一般落在北京的各区，看上去巨大而显赫。在这些行业巨擘的脚踝之下，巡航导弹文化传媒只能算个小尘埃，为什么人家光明大道不奔，偏要到小巷子里来找你这个小屁孩。最主要的是，作为这样一个大单位，是有固定业务单位的，找到你，那得需要多么走投无路和目光短浅。这些都是分明的，但是，海子真的没有勇气再说些什么了，尤其是这个时候。此时，他眼中的金然显得是那么如饥似渴，那么好战，且像一个敢输前后轮的赌徒。

这时，金然的手机又响了，金然对海子说，接。你接。

海子迟疑了一下，把金然的手机拿了起来。

手机音量开得很大，当金然听到对方在催促签约时，他颠着二郎腿，像一个交响乐团的大指挥家，猛地一挥胳膊说，同意。让他们把合同电子版发来。海子沉吟了一下，却对手机说，今天下午，我们想到你们总队看看……顺便把合同签了，您看好不好？那边，徐瑶明显迟钝了一下，但随即笑了，她说，什么时代了都，这样的程序会干扰洲际导弹命中率的，哈哈哈……

海子不笑，他不管金然在旁边一个劲地向自己做停止的手势，仍然坚持自己的观点。

徐瑶显然是屈服了，说，那就给你们省点打的费吧，明天，我科去两个人，带30%定金，在你们那签。

海子向金然挤了挤眼，冲手机说，这可以。

刚才，海子在打电话时，金然还是很恐慌的，他生怕海子把对方说恼了，现在，听说对方愿意带订金签合同，也就不想说什么了。

第二天，金然和海子都把自己打扮了一番。那西服领带一上金然的身，整个人立刻就被放大了，家族气质纤毫毕露，当然，这一点别人看不出来。海子勒上领带后却难见光鲜，拖拖沓沓的，倒像是谁在遛狗。捯饬齐整后，两人早早就来到了公司，海子一屁股陷进沙发里，照样玩他的手机，金然则在办公室里乱转，来来回回地蹭脚尖子。可是，都是上午 11 点多了，对方也没有人来。金然忙掏出手机，准备按徐瑶的号码，海子说，再等等。她会打的。果然，海子的话音落下不到两分钟，金然的手机就响了。

手机正是徐瑶打来的，她首先道歉，然后说，因为上午有中央首长到总队视察，计划变了，明天上午一定派人过来。金然如释重负，一个劲地说，好好好！过了半个小时，金然的手机又响了，徐瑶在手机里说，金总，有件事拜托贵公司哦。金然忙不迭地说，您说您说。徐瑶解释，因为要迎接“雷锋纪念日”，总队营房准备做一次全面整修和装潢。上个月，材料科进了 300 桶立邦乳胶漆，点的就是今天送货，没想到首长要来，月坛北街和南礼士路全部戒严，货就送不进来了。贵公司可否先替我们收下来，等接待任务结束了，我们立刻派军车过去拉。金然大声说，啊呀，可以可以。这时，徐瑶又说，对了，他们是货到付款。不过，我们也谈妥了，我方没验货前，是不可能给全款的。那么半款就是 127500 元，请你们先垫付 12 万，明天总队去人时，把印刷款和你们垫付的款项一起带过去。站在旁边的海子忙向金然摇手，金然装着没看见，大声地说，没问题，绝对没问题。

按了手机，金然很不高兴地说，怎么又开演了！您不要这么患得患失，鼠目寸光好不好，12 万和 55 万，孰轻孰重？

海子无限冤枉地举着手说，我根本就不是这个意思……

金然立刻打断说，有货在我们手里还怕跑了不成。再说，我们连这点担当都没有，怎么赢得别人的信任？见海子要说什么，金然突然发火说：够了！你闭嘴吧你！

海子很难看地笑了笑说，呵，该闭嘴了。

海子这么说时，金然忽然觉得自己有点过了，他想缓和一下，合计之间，海子却走出了办公室。

当天下午，海子失踪，金然打了无数个电话也没有回应，发了几条信息也没有回。这正是武警总队的货要进公司的时候，金然非常恼火。他知道，海子显然是想通过这种方式来向自己表示不满了。另外，中午时，金然和海子聊过，因为公司拿不出这笔垫付金，他答应自己先出去转些账，海子也要拿些，现在看来，海子根本就不想拿这笔钱了。又过了一个小时，当徐瑶说，货物已在路上时，金然决定不再指望海子了，他在东四临时租借了一间仓库，又说服了代账会计、女设计师和那两个实习生，鼓动他们一起融资，终于把徐瑶警官的货接了下来。

望着堆积如山的乳胶漆，金然的心平静了许多。

一个星期过去了，徐瑶那边还没来人提货。金然想打徐瑶手机探听虚实，又觉得这是在催人家。好事都做了，何必因为几天时间而给人留下不良印象呐。于是，他放弃了。

这是货物入库的第十天。出租仓库的学校派来了一个人，要求金然交租金。当金然把租金交完后，他有点按捺不住了，于是和北京武警总队取得了联系。

接电话的也是个女警官，她肯定地有些冷漠地说，什么徐瑶，没有这个人。说完就把电话挂了。金然一怔，连忙和水总通话。水总显然没有过去亲切了，回答也极简，没有。不知道。根本就不认识。想到这个姓徐的女人是打着水总的旗号和自己联系的，金然愤怒地问水总，她不认识您，怎么会说是您的朋友？

水总慢慢腾腾地说，本座的手机是上大黄页的，任何人都可以自称是我的朋友，也就是说，任何的人都能借此玩你，不就看你 IQ 了吗？

听水总这么说，金然才知道自己气昏头了，说出去的话显得很不礼貌，也很无厘头，但是，水总回的话也很难听，他也就不想道歉了，便空灵地哦了一声，当即挂断了手机。

对于洲际导弹文化传媒公司来说，被人一勺子套去了 12 万元，这可不是个小数目，一向自诩为变形金刚的金然走起路来也有些晃了。那天，他坐在办公室，一连抽了 7 根烟，直抽得舌尖发麻，有一种想休克的感觉。此时，他心里的景象骤变，一如兵荒马乱。想到海子之前对自己的提醒，他很懊悔，想到海子在自己最困难时，撒丫子走人，他又鄙视又气愤。于是他给海子发了条信息：

我们是有合同的，我保留起诉你的权利！

海子没有回音。

与金然的慌乱、焦虑和愤怒相比，员工们则淡定得多。三个设计师、一个代账会计，哪里也不去，按时上下班。上班时，两个男设计师面色红润，精神焕发，两只手在键盘上飞快地拨动着，把 104 粒键盘打得直冒火星子。金然看过海子玩《逆火》，从两个男设计师的手法和脸上表露出来的鬼祟之情，他知道这是在玩游戏。那个女设计师左静倒还敬业，在电脑上全神贯注、孜孜不倦地修改着设计稿，不过，这些设计稿都是上次被句组长否定的，已经没有任何用途了。他（她）们之所以这么淡定，只有金然明白：他们融资了，他们在等待。他们多等一天，他们的投资就会多长一点，直长得肥头大耳，

承诺返本还息的日子已经过了一个星期，那个腼腆的一说话就脸红就忘词的左静不请自到地坐在了金然面前，此时，她往日的羞涩和卑微全然不见了，脸上

的表情也极为淡定、从容，并有一种强烈的压制感。她口齿清晰地跟金然谈她的投资，直言不讳地向金然讨要她的本息，并请金然务必在本月 23 号前结清她的账。她一脸严肃地说，为什么呐？22 号我表妹要来这边玩两天。她是个吃货。金然想，什么货能在两天内吃掉 1 万多块钱。你这个把尾巴藏得最深的妖！他说，好嘞！金然说这两个字时显得清亮而轻松，而且满脸带笑。

应该说，事情糟糕到这个程度，金然还是自信的，因为，他手里还有货。他算了一下，那货他是按照半价拿下来的，如果按照全价出手，即使打 7 折，自己也还有的赚。

下午，北京突然刮起了沙尘暴，一转眼，整个北京城都被颗粒化了，看上去，就像一幅印象派作品。金然出门了，他把自己裹得像阿拉伯刺客，然后乘上 324 车赶到了西三环的丽泽桥，那里有好几家建材超市店。下车后，金然一家一家谈，最好，一家叫着晶莹建材超市愿意接受金然的 300 桶乳胶漆，不过要验货后才能接受。金然满口答应。

为了尽快让这批货出手，金然要了一辆出租车。一上车，金然就说这 300 桶乳胶漆的来历。他希望店老板和那个出租车司机能对他的遭遇表示同情，能和他一起，痛斥那个道德失范的骗子，但是，让金然毛骨悚然的是，在自己整个叙述的过程中，这个店老板和出租车司机竟然一句话都没搭，他们面无表情地坐在车里，好像是两座冰雕。金然忽然感到很冷，很无聊，他不说了，把牙咬得紧紧的。

下车后，金然立刻买了一包中南海给店老板，店老板拒绝了，他说，咱不来这个，验货吧。

店老板是个不苟言笑的人，等他看过货后，笑了。

金然问，哥，货不错吧。850 一桶，我给个 9 折。

店老板围着那些桶又转一圈，然后从衣兜兜里掏出手机，在条形码上扫了一下，又笑了。

金然说，哥，你……你什么意思？8 折也行啊！

店老板又微笑着摇了摇头。

金然知道店老板在耍奸，心里很鄙视，也很慌乱，因为这些货存一天就要交一天的房租；公司要发工资；几个员工还在等自己兑现融资的本息……金然突然感到自己很疲惫，他一挥手说，大哥，您看，您看您看。

那店老板在金然说话时，一直就没有消停，不时地用手机扫描乳胶漆桶上的条形码。这时，他站直身子问，多少钱一桶？

金然说，850，先打 9 折，现在是 8 折，680 一桶。你算是捡漏了。

店老板叹了口气。

600。金然说，心里慌慌的。

店老板摇了摇手说，60我都不要。

为什么？金然问，心里有一种极度不好的预感。

这时，店老板打量了一下金然，说，全是假的。

为什么？金然再次问，像是从水里向上爬。

店老板说，扫不到价格和产品代码。

金然感到脑子里突然冲进来一股乳胶漆，接着就完全凝固了。随即，脸上的汗大把大把地流了下来。

这时，店老板脖子一缩，走出了屋子。店老板走后，金然先是站在那，然后一下子坐在一桶乳胶漆上。此时，他感到整个世界都是冰凉的，而自己正站在这个世界的中心。

就在金然完全冰冻在一个令人窒息的时空里时，那个店老板又回来了。他看着金然，几秒钟后才冷冰冰地说，一万五。

13

海子走了，顺便将多年的友情也一笔勾销了。公司的资金链因为自己的轻信和天真彻底崩断了。那几个过去看到自己诚惶诚恐，毕恭毕敬的下属，眼下都成了自己的债权人，并由他们为自己挖掘了一个巨大的天坑。当初，自己被句以为之流耍弄时，想过卸包袱走人，现在，在这个巨大的天坑面前，自己连丢包袱的的资格都没有了。至此，金然想到了那次裸奔，他发出了一阵阵苦涩的笑声：那是一种多么具有象征意义的行为啊！宣告了一无所有的过去，也宣布了一无所有的未来……

在被骗后的这些日子里，金然每天就这样自怨自艾，自修竹片自鞭挞，那时，他双目如赤，印堂发暗，目光中充满了迷惑和绝望。浑身上下被一种前所未有的孤独感和削弱感所紧紧缠绕。

国庆节来了。北京城欢声笑语。金然决定去慕田峪长城走走。

相对于八达岭长城，登慕田峪的人要少得多，或许是因为慕田峪要比八达岭更为险峻。金然感到，自己在那里一定会得到一种释放，或许在更高的地方还能看到一些熠熠生辉的暗示和转折。为此，一坐上出城的车，他就在微信群里冒了几个泡泡：慕田峪！一定会有，一个，转角，——是为我准备的！

这句话虽然有些虚张声势，或者说有一种自欺欺人、聊以自慰的意思，但是，金然还是体会到了一种力量和冲动。对！是冲动！对于金然来说，冲动就是他的任督二脉，一时也不可缺少。想到这，他强打精神，让自己的两个手指在前面的椅背上做了几次跃动，类似于芭蕾舞的那种勾崩腿的动作。

出乎意料，今天登慕田峪的人很多，从旅游团打出的小旗子看，大多是来北京参训的外地学员。

望着成群结队的游客，金然忽然有了一种孤雁弥留的伤感，顺着长城上行了几公里后，他便在烽火台的一个阙口处坐了下来。

这里的视角很大，仰视过去，可以把长城的五次弯曲尽收眼底。这时，金然忽然发起呆来。离这最近的一座烽火台出口，有一个穿着红色风衣的女孩正沿台阶向下走。人头攒动之中，那女孩像一枚滚在秋日里的红豆。

金然苦笑了一下，因为，他觉得这粒“红豆”很像苏米粒，苏米粒喜欢招摇和显摆，橱柜里就有这件红到绚烂的红风衣。金然由此而想，这个女孩如果真是苏米粒，他一定会从脚下的这座烽火台口纵身而下，因为，此时和苏米粒相遇，就该什么？就该日命运他姥姥的。

想到这，金然下意识地向脚下看了看。该烽火台孤悬在悬崖之巅，百米处应该是这悬崖的半腰，那里，一棵叫不出名字的树由于无人能及，长得无忧无虑，愣头愣脑的。如果从此坠落，一定会死得非常圆满。好在远处的那个女孩不过是像苏米粒而已，金然心里凄凉了一下，目光就分散了。而半个小时后，当金然再次转过头来时，他惊爆了，此时，苏米粒正站在他的面前，穿的果真就是红风衣，风一吹，像一朵怒放的花蕊。

你好！你怎么会在这里？苏米粒问，满眼都是意外。

金然的眼睛睁得更大，这时，他身子一颠，从阙口处跳了下来，然后笑着问，怎么是你？

苏米粒告诉金然，她们公司组织一批车模到北京集训，今天她是陪几个闺蜜来玩的，结果走散了。

金然向四处看了看，问，现在呢？

苏米粒说，这几个小妖，竟然先回宾馆去了，真作。

金然说，哦！哦！这么说时，他打量了一下苏米粒。他发现苏米粒的变化很大，身上的每个部分，包括神情，都好像被那种工业小扳手拧过一样，整个人显得是那么紧凑和稳。金然的心里忽然有了一种嫉妒之情，尽管非常莫名。

在八王坟站旁边，有一个叫仙人角的茶座，这在北京地区算是最贵的消费场所之一了。金然把苏米粒带了进来。

点菜时，过来一个女服务生，四十多岁了，体型有些扭曲，根本就站不直，像一只吹岔气的玻璃瓶子。

金然看了看她，又向别处看了看，然后一边在菜单上找字，一边漫不经心的地说，都换人了呵。

女服务生有些羞涩地笑了笑说，现在，年轻人哪还愿意干这个。尤其是那些脸蛋子漂亮的。

金然不理她，刷刷刷就把菜点完了。等女服务生走了，金然耸了耸肩说，还记得吗？我们刚到北京时，别说这种店，就是北太平庄的那些小店，用的都是俊男靓女，可是现在呢？

苏米粒正在脱风衣，她笑着问，怎么，有变化啊！没有美女也吃不出口粮味了。

金然忙笑着连连摆手，表示自己被对方误解了，接着他说，社会本来是有区隔的对不对？你文化程度低，就该干些简单的工作，拿2000块钱的工资，你文化程度高，就该去金銮殿朝圣，使钱时用斗量。现在都被打破了。只要你脸蛋子漂亮了，不管你认识几个字母，男孩子可以去煲鸭汤，女孩子可以去煲鸡汤，喂，您说这社会到底是物资的，还是精神的。

苏米粒把围巾整齐地叠放在风衣上说，是神经的。

两人大笑。笑完后，金然悲怆地说，我们竟然步入了人类的黑洞时代，那些道德啊！规则啊！变得无所适从了。

苏米粒用护手霜反复地擦着手说，可怜可怜它们吧！我说的是道德和规则，公序和良俗。

两人又笑了。这时，服务生开始上菜了，在金然对单子的时候，苏米粒下意识地看了看金然。金然今天很憔悴，胡子也有好久没刮了，显得下巴更瘦，衬衫的领口也脏兮兮的。苏米粒用手护着脖子，轻轻地咳了一下，然后把目光从金然的身上移开。

饭菜上档次，场面又尽显大气，这忽然就激发了金然。从用餐到喝咖啡，整整两个小时里，大多是金然在说。金然说话的声音很大，笑声也很大，动作的幅度更大，激动时，每每像站在奥地利金色大厅的指挥家。他谈自己的管理模式，谈自己的企业文化，谈公司的蓝图，怎么也停不下来的样子。直到苏米粒说她要回宾馆的时候，他才停下话头。

出于关心，金然问了问苏米粒的情况，苏米粒告诉金然，目前，她供职于一个叫紫金猫的艺术公司，总部在台湾，在上海有办事处。相对于金然的激情澎湃，苏米粒在谈自己的公司时显得很平静，但是，你会感到一种内在的震撼力。这让金然有些自卑和不安，因为，他知道自己刚才都说了些什么。

留个号码吧。金然说，上海的。

苏米粒平静地看着金然的眼睛说，不用记。还是老号码。

金然感到很意外，但是，他没有再说什么。

苏米粒则说，我怕自己丢了。苏米粒这么说时，脸上带着一种淡淡的笑，这能使人想到一杯苦丁茶。

金然想送送苏米粒，他说，我送你去宾馆吧。他说这句话时，眼睛里有一种只有女人或者说只有苏米粒才能觉察到的温情和乞求，但苏米粒谢绝了。金然马上意会到，苏米粒的身边一定是有人了。苏米粒也许看出了金然内心的黯淡，她微笑着说，你累了，不忍心打搅了！这种解释对于金然来说毫无意义，金然越发地有些低落，他故作幽默地说，尊敬的公主阁下，我可以陪你移步到门口吗？苏米粒笑了，点了点头。

金然和苏米粒一出仙人角的大门，一阵风就将两人裹挟了。苏米粒好像晃动了一下，金然便去扶了一下，就在金然搀扶苏米粒的时候，他发现苏米粒满脸都是泪水。

金然心头一热，忽然也有想流泪的感觉，但是，他立刻叫停了自己，他拍了拍苏米粒的肩头说，我很好，呵呵。

苏米粒拭去眼泪，笑了笑说，自作多情了吧？我是为你的事业高兴。金然觉得苏米粒的这句话有点像此地无银三百两，他很享受，不去揭穿她。

这时，一辆的士滑行过来，金然正要招手，苏米粒却制止了金然，当的士走后，她便站在那，看着金然，脸上泛着潮红。

金然微笑着看着苏米粒，很西式地耸了耸肩，并摊开双手，表示着自己的迷惑。

这时，苏米粒有点羞涩地说，我的大英雄，能舍得一件事吗？

金然心想：只要不借钱都可以。嘴上却说，您大胆说。

苏米粒笑了笑，仍然显得很不好意思地说，我手上有一笔资金，不多，15万，在你公司投资吧。

金然一怔，先是满眼意外地看着苏，接着低下了头。

苏米粒说，当然，如果嫌弃，就算了。

此时，金然完全纠结了，一方面，他感到很惊喜，苏米粒在这个时候要投资，对他来说，无疑就是人工降雨；另一方面，他又很不安，因为，公司完全陷进了泥潭，而苏米粒投资的动因显然是因为自己先前的炫耀，现在看来，那等于就是一种欺诈。当然，他心里也有些疑问，不过，这种疑问，转眼间就没了。

为此，他忙笑着问，不怕血本无归？苏米粒问，你什么意思？金然又很西式地耸耸肩说，海子有句名言，您不妨听听。海子说，我一向不靠谱。

我相信！苏米粒说，然后哈哈大笑起来。在金然有些尴尬时，她说，不过，枣子烂了，核还在，核烂了树还在。我不怕你。

金然伸出一只手，于是，两只手紧紧相握。当两只手握到一起时，金然感到自己的手有些颤抖，而且全是汗。

14

金然之所以接受苏米粒的投资，还有一个原因，他坚信，用这笔钱把公司的亏空填补后，他一定会在一个月内找到一笔大单，两个月即可实现翻番，为此，在得知苏米粒回到上海后，金然发出去一条很长的短信，其中，除了表示感激，就是承诺，他说，您的眼力不错！您一定是看到了熠熠生辉的东西，其实它就在那里，一直等着我们！说到这，他具体化说，两个月后，也就是5月1日，我会将您的本金付清，同时，加上您的利润，当然，我们应该叫它为您眼力的余额，是视线所及的效益。

三天后，苏米粒回信：真正的利润是一种叫放心的东西。

这句话很好理解，但让金然想了半天。接到这个信息的第二天，金然果断辞退了那三个员工，最后只留下代账会计、自己、一枚公司公章、一枚财务章和两枚法人私章。

毋庸置疑，苏米粒发给金然的信息是在表示信任，也是在提示，为此，金然感到了一种巨大的压力，他深深地感到，要想在两个月内找到一笔大业务，兑现自己的诺言确实很难。他有点焦急，不停地吸着气，好像吃了很多尖椒一样。

星期一，上午10点左右，金然刚打开公司的门，两个女孩就跟了进来。

金然马上严肃地说，哦！我们不招人。

一个背肩包，留蓝色盖瓦头的女孩说，我们来自798艺术区。想请贵公司帮助策划一个SPACE和BLOG项目。

金然的两只眼睛，灯管爆丝一般，哗的一亮。他说，请。

原来，这两个姑娘是阿廖沙文化创意产业公司的，公司在718大院内签租了一个1000平方米的综合办公区，目前想对该办公区进行装修和空间设计。设计费就达120万元，装修费用另计。

这笔单子对于只有两个人的洲际导弹文化传媒公司来说，绝对是铸金身，当然，难度也极大，因为金然从来就没有接触过这种叫着SPACE和BLOG的网络空间设计艺术，但是他却很淡定很自信地说，哦！这是小活，我们会按照最新的创意理念给你们做。其中，CIS部分，一个星期交出，SPACE和BLOG部分以及施工计划，半个月送达。

事情就这样谈成了，金然把这笔业务很快就转包给了新大地公司，两个半月后，业务收底，虽然利润没有想象得那么多，但52万的收入对于金然来说就是天文数字了。看到自己在工行开设的988收入信息后，金然立刻打了苏米粒的手机。他说，我想去上海。

苏米粒像是被吓住了，半天才问，为什么？

金然说，我想兑现我的诺言。在苏米粒有点迷惑时，金然把最近得到一笔意外横财的事告诉了苏米粒。“啪”“啪”，金然听到苏米粒在那边为他轻轻鼓掌。

金然说，赚了52万。我们五五分成，再把您的本息结清。

苏米粒淡淡地说，你真应该到一些大的企业看看了；另外，多参加一些创业畅想会，接触一下新型创业理念。

金然不解。

苏米粒说，什么叫五五分成哦。你这是绿林语言啊。你呕心沥血，我只动动嘴，就五五啦！你难道和别人都这么干的？

金然觉得有理，但是，他还是不服输，和苏米粒辩论起来。苏米粒说，在大学，你是辩论冠军，我不跟你比嘴，我只想告诉你，生活就在那里，不需要辩论。

金然想着苏米粒这句话，然后问，我说过我要去上海的。

苏米粒显然是在翻动台历，她说，我过去。

金然笑了，鼓掌。

这一年的北京特别神奇，2 月 25 号这一天，苏米粒前脚走过德胜门，后脚就跟来了一场雪。那雪没头没脸地下，整个北京城在雪色里一点一点地膨胀，直到城市的所有线条都变得柔和而舒缓。

这次和苏米粒相见，金然有两个天大的收获。

那天，苏米粒到北京后，刚住进宾馆，金然就谈到了还款和分成问题，苏米粒不急着表态，洗漱一番后她说，我想滚个大雪球。金然明白苏米粒的话，他说，我可不是天天都有好运的。苏米粒说，这可不像你金然说的话。金然说，我们不需要辩论，生活就在那里。因为金然重复了苏米粒在手机里说的话，两人都笑了。

不过，苏米粒没有说空话，她很快就说出了“滚雪球”方案，那就是把洲际导弹文化传媒公司改为环太平洋印务公司。

苏米粒的理由是，现在的广告生意越来越难维系，过去，政府广告最好做，一个人说了算，一大帮人跟着赚。现在不行了，五千元广告就得招标。企业广告也进入了微利时代，小企业主的广告意识还很淡薄，要的是见刀就死，不愿在吆喝上花大钱。大企业都有自己的企划部，在那里集合了一大帮很吊很吊的人，他们对广告的理解比广告公司还透彻，在安排广告计划上，也更为理智，再说，许多价格都列在互联网上，你加一分钱，他都要盯着你的眼睛，盘问你半天。在那种刁钻而充满怀疑的目光下，你会感到苦钱真无聊。

金然的心一向很大，也同意苏米粒为他做的分析，但是，要改广告公司为印务公司，他还是吓了一跳。因为多次转包印刷业务，金然对印刷厂有过了解，那不可是一般人能做起来的，要厂房，要机器，要技术人员，要员工，要一套企业管理程序。还有一笔巨大的投资。

苏米粒说，这些都不要你操心，等你把公司注册下来，会有人上门跟你谈厂房、谈机器、谈业务的，就如那天会有两个来自 798 的美女找你谈空间艺术设计一样。

金然恍然大悟，他稍矜持一下，突然将苏米粒紧紧地抱在怀中。接下来，两人再也不用任何言语，热吻、滚落在地毯上、一次又一次拥有对方的身体，这还不算完，苏米粒在莫名其妙地痛哭一番后，率先向金然道歉，说出了许多后悔和思念的话。金然在苏米粒说出这些话后，既感动，也很难受，也哭成了汤，接下来，金然尝试着向苏米粒求婚，出乎金然意料的是，好像是早就迫不及待了，苏米粒马上就答应了。

金然的内心立刻有了一种起死回生、功德圆满的感觉，他吻着苏米粒，轻轻地说，不要走了，我没有那么坚强。我需要你。你把孩子的名字都起好了，它需要你的哺育。

金然用孩子来深情比喻未来的那个环太平洋印务公司，来表达心中那种难以割舍的心情。说到这时，他将脸深埋在苏米粒的胸前，完全像是一个孩子。苏米粒轻轻搓揉着金然的耳垂，轻声地说，你又冲动了！你冲动时，从来就不问生活在哪里。

这句话充满了哲理和总结性，金然渐渐收敛起来。等他的情绪略略平复了，苏米粒说，我在紫金猫是高管，还有三年合同呐，能说走就走吗？我总得给人家一个理由吧。

如果没有爱，什么都不会在乎，现在，爱又回来了，所以金然就十分在乎苏米粒的生存空间了，他说，需要什么样的理由呢！我们的未来难道不是最大的理由吗？还有爱！

苏米粒吻了一下金然说，亲爱的，我都知道。不过，按照现代管理理论，如果真想把企业做大做强，是不能开夫妻店的，不仅如此，连兄弟姐妹和亲朋好友都是不能启用的。

金然叹了口气。因为他想到了自己和海子的合作。

还有一个最为重要的。这时，苏米粒又说，印务公司刚刚建立，需要大量的资源。这些资源都在我心里装着，在北京我无法调配，但是在上海，我就会得心应手，我这么说你能懂吗？

金然是懂的，但是，他没有表示首肯。这时，苏米粒又说，我们争取一年还清贷款，两年完成资本积累，三年进入北京市星际行业，到那时，我的合同也结束了，就可以回来安心当你的老板娘了。等公司做到千万产值了，我们就到澳洲去，好不好？

第二天，金然去北京站送苏米粒。这次，他特别舍不得让苏米粒回上海，他心里很乱。快上车时，苏米粒忽然走回来，她一下抱住金然，嘴巴贴在金然的耳边说，我的大郎，你这个样子让我好心疼。放心好吗，我不屑于外面的花花世界，更看不上权贵和大款。一身的梨花，只等一个人。

金然很感动。

14

那天，当苏米粒和金然在北京南站分手后，诸多商机纷至沓来，并被金然一一收入囊中。厂房和办公区很快就在大石埠子解决了，这地方原先是酱油厂，国营的，倒闭多年了，一堆一堆的，到处都是烂缸底子，野草藤子从窗户眼里向外爬，疯了一般。但很宽敞，拾掇后，金然觉得能跑马。机器也陆续到了，两个月内，仅大机器就上了三台，尽管是旧的，但其中两台都是德国海德堡的，每台的收购价还不到 5000 元，就等于白捡了。在业务上，起步非常快，头半年，车间连几厘米长的小广告都印，半年后，票据、报表和宣传单页基本上就进不了公司了，上产品线的都是大型画册、楼书、挂历、杂志和 5000 册以上的书籍。

这是环太平洋印务公司成立的第三年的春天，听着车间那两台海德堡印刷机发出的刷啦刷啦的吐纸声，看着仓库里堆积如山的印刷品，嗅着弥漫在厂区内的那种浓郁而带有些汽油味的墨香，金然非常激动。晚上，他打了苏米粒的手机，邀请苏米粒来北京，说有要事一议。苏米粒说公司最近很忙，走不脱，能不能在手机里说，金然说，我去上海找你。苏米粒想了想说，这样，我后天到苏州谈一个项目，我们在苏州见。金然答应了。

在苏州索菲特大酒店，金然和苏米粒见面了。这次见面，金然向苏米粒谈到两件事，一，他决定在 4 月 23 日为环太平洋印务公司举办一个大型庆典。苏米粒惊叫，呀！这一天是我的生日啊！随即她领悟到了什么，拥抱了金然，说，谢谢老公如此用心良苦。金然接着说了第二件事，希望苏米粒在这一天正式和紫金猫解约，和环太平洋的老总金然签订婚约。苏米粒搂着金然，幸福地说，My god，这是谁的创意啊！多么精妙和神奇，苏米粒同意了！她说这句话时，流出了眼泪，她吻着金然说，谢谢您，谢谢我的老公，你真能干！我累了，你不知道我多累，我要回来了。

接下来，他们就谈到了见双方父母的事。苏米粒想在这一天让双方父母见面。金然则有些迟疑。

创业的这三年，金然和父亲没有任何联系，每年也只有春节才回去一次。家宴上，他和父母亲从不谈自己的事业，母亲金妮还向金然打听过一些事情，譬如你在北京到底做什么？手底下有没有帮手？一年下来能不能积攒万把块钱等等。父亲顾晓红则从来没有当面问过金然的事，他对这个儿子越来越冷漠，至于他干什么，他一点兴趣也没有。饭桌上也是，大家照样很少说话，吃完饭，金然又怕见到父亲用筷子剔牙的场景，往往饭碗一丢就上楼了。倒是母亲和金然深入地聊过一次，母亲说，他是你父亲，你们总不能一辈子就这样下去。你爸说了，集团在北京有许多办事处，他的许多生意上的老朋友也都在北京，你要真想留在北京创业，他愿意给你打招呼。金然还在心里气父亲当初嘲讽自己的那些话，也在铭记着自己发过的誓言，他说，我做的是小生意，也是冷门，他不懂，他也帮不上。

现在，一切尘埃落定，环太平洋印务公司已经完全证明了他，但是，当初是发誓也是打赌，如果自己赢了，打赌的另一方却不知道，这种赌局设得又有什么意思呐！

这时，苏米粒说，这些年，你从来不在我面前谈你的家庭，尤其不谈你的父亲，尽管你没有向我做过任何解释，我也知道，你和你父亲的关系并不好。我想你们谁都没有问题，问题就在于，你们没有找到一个沟通的点。现在，这个点找到了。你想，哪个父亲不希望自己的孩子有成就呐，至此，万事皆休，何况那口气。

苏米粒的这些话说得很平常，没想到，金然听后却放声大哭起来。最后，在苏米粒的几度安慰下，他才平静下来。他接受了苏米粒的建议，同意邀请父亲来参加企业庆典。不仅如此，他对苏米粒说，他还想见海子。他说，如果能和这货相见，我会先带他到厂区走一走，然后再把一沓钱摔在他的脸上。那是他的投资，他逃跑时没好意思带走，我要让他知道，我不会要苟活者的银子。

这时，苏米粒抬起头，极其温柔和诚恳地说，亲爱的，你应该去见见人家。

苏米粒的语调让金然感到一种异常，他无端猜测着。

这时，苏米粒笑了笑问，三年过去了，你真以为慕田峪相见是一种巧合吗？

金然一下子警觉起来，他愣愣地看着苏米粒，脸上的表情越来越阴晦。他知道苏米粒说的是什么意思了。他感受着一种蒙骗给他带来的否定感和羞辱感，并因为无地自容而想发怒。

这些，苏米粒都看在了眼里。她向前倾了倾身体，先是用两个指头轻轻地勾住了金然的中指，然后，把金然的手整个地抱在自己的胸前，无比深情地极度不安地看着金然，有点撒娇地说，大郎，别这么狰狞好吗？你让小潘害怕了！

金然敷衍地笑了笑，把自己的手从苏米粒手里的那一片温热中慢慢抽出来，然后抽出一支烟来。苏米粒见状，伸手把金然嘴角上的烟轻轻地摘了下来，她说，亲爱的，细想一下，他难道不是我们的恩人吗？

金然又把烟拿了过去，这次，苏米粒没有再去阻拦，任由金然把烟点上。她只是抓住金然的一只手，仍然深情地看着金然。金然被一种强烈的情绪所裹挟，整个人显得特别僵硬，面部似乎在冒着冷气。

这时，苏米粒说，说一件开心的事吧！听吗？

金然全然没有听见苏米粒在说什么。外面，华灯四起，苏州的夜景真美，此时都为枉然，因为都不在金然的眼里。

这时，苏米粒伸过手去，再次把金然嘴上的香烟摘下来，轻声地说，我怀孕了！

金然一惊，愣愣地看着苏米粒。

金然不可能是主人公

1

动车上，金然报警后，又按出了一串手机号码。

这个号是海子新手机上的。10 天前，在苏州索菲特大酒店，金然和苏米粒见面后，苏米粒把这个号码丢给了金然，金然知道苏米粒的苦心，但是，他还是不能原谅海子，所以一直就没用过这个号码。

现在，按照这个号码，金然接连给海子打了十几遍电话，但海子都没回。金然想了想，发出一条信息：苏米粒失踪了。20 分钟后，海子回信了：收到。金然回信：13 点 53 分，来南站借我，G112。

下午 14 点 10 分，海子和金然在北京南站第 2 出口见面了。见到海子的第一眼，金然就被雷倒了。过去的小黄毛没有了，改了一个韩剧里男主人公常见的发型。一张小脸，半坡头发，正面一看，就剩一只眼，如比目鱼。4 月的北京照样要死不活地冷，可海子的上身只穿了一件呢子夹克，脖子里胡乱塞了一条围巾。人本来就瘦，还穿那种能把人绑暴筋的牛仔裤；鞋子是军系的那种大头鞋，这样，他的两条腿就显得若有若无的；戴着一副女孩手套，胳膊里夹了本厚厚的日语辞典。见到金然，他脸上明显有些尴尬，勉强地笑了笑，伸手将金然手里的皮包接了过去。此时的海子是装的也好，是献媚也好，金然也不想去计较了，他向四处看了看，说，找个地方坐坐吧。于是两人坐进了站内的一家肯德基店。

坐下后，海子把胳肢窝里夹的那本书往桌子上一丢，就忙着往吧台跑，不一会，就把两杯咖啡端了上来。这时，金然忽然发现海子手腕上有刺青，他说，嚯！潮啊！文身了？

海子坐下来，笑了笑说，社会太强大了。

金然在心里笑，因为他看到了一个场景：公路上，一头大象走来。一只蛤蟆为了自卫和彰显领地，用劲鼓胀着肚皮。由于用力过猛，眼珠子都要崩了出来。但是，现在他没有这种戏谑和嘲讽的心情，舒缓了一下，便开始谈苏米粒。

一番对话下来，金然的心里冰冷冰凉的，这些日子，海子根本就没有和米粒联系过。对于金然的所有问题，他都一概不知，坐在那，两手难看地夹在裤裆间，傻傻地看着金然。

金然见海子毫无作为，他提供了两条寻人思路，一是通过卫星定位系统，确定米粒手机的位置；二是拜访米粒的学校，找到米粒老家的确切位置。

金然说，卫星定位交给你，我回公司把手上的事处理完后，就去米粒的学校，然后去绵阳。

对于金然的安排，海子明显有难处，他支吾着，用手不停地掠着额前的头发。最后他忽然问，你对她失踪怎么想？

金然没有回答海子的话，他向远处看着。他向远处看时，嘴半张着，眼睛眼见着就红了。最后，他摇了摇头。此时，金然显得非常虚弱，胡子也长了出来，手臂也好像更细了。金然的这个样子，让海子沉默了很久。

又有动车停靠南站了，许多客人纷纷从肯德基门前走过，四周立刻显得嘈杂起来。

这时，金然站起来说，海子，拜托了！说着拿起包，就向外走了。海子随后跟了上来。走了几步，海子突然隔着面前的几个人说，那个……哎……

金然就站住了。

海子说，……绵阳暂时就别去了。

金然愣了一下，然后向海子一步一步地走过来。等金然走到了海子面前，海子似乎想解释自己的话，他说，你太累了……

金然盯着海子的眼睛说，海子，您一定知道米粒的下落。

海子好像一下子释然了，他振作一下，叹了口气说，金然，我心里有个谜。

金然忙把海子拉到一边，他说，你问。

海子问，你有没有做过对不起米粒的事？

金然一字一句地说，没有。

海子撂了下头发，眯着眼，一副不解地问，那你们之间到底发生了什么？

金然急切地说，她在哪？快告诉我。

海子犹豫了一下，还是告诉了金然。原来三天前，苏米粒来北京找过海子，她把一只拉杆箱扔在海子家后就匆忙离开了。

海子说，她非常不好，像是得了一场大病。我问她发生了什么事，她一句也不说。对了，临走时，她还一再跟我说，不要把她来过北京的事告诉你。

金然愣愣地看着海子，半天才问，她在见你的几个小时里，身后有什么人吗？

海子摇了摇头。

她说过去哪里吗？

海子又摇了摇头。

2

回到公司，金然先开了个碰头会，了解了一下最近几天的业务进度，一散会，他就回到了办公室，然后把目光放在了那只拉杆箱上。

这只拉杆箱就是苏米粒丢在海子家的那只，此时，它靠在沙发旁，在一片光晕下显得很安静，但是，金然怎么看都觉得这只箱子上有一双眼睛，正在默默地注视着他。他浑身一阵战栗，于是，他关上门，再次把箱子打开。

这一次，金然先是将箱子里的各种书籍和笔记本一件一件地捡出来，然后，又一件一件地放回去，如此几次，最后，他把一只缺了半个角的蓝色笔记本拿了出来。

笔记本记载的东西和箱子里的存放一样，非常混乱，上面有一些莫名其妙的图形，有一些半英、半汉的句子，有圆珠笔画的排线，也有写完后再用墨水覆盖的重重的痕迹。有从前往后记的，有从后向前记的，有从一角起笔的，还有倒着写的。由于笔记本是苏米粒的，金然看得很认真，他坐在那，一张一张地翻着，但是，他的视力终于被笔记本上的那些“天书”和无数诡异的线条所削弱了，他感到了疲倦，顺手把本子扔到了一边，然后点上了一支烟。

抽了一会烟，金然又把那只笔记本拿了起来。这一次，他只浏览了两遍，就把目光定格在了一张纸上。这张纸上尤其混乱，不仅出现了多种线条，而且出现了多次书写和覆盖。终于，隐藏在密密麻麻字句里的一句话引起了金然的注意，他忙拿起笔，像做手术一般，将那些字一粒一粒地捡了出来。

2011 年 3 月□□日，虽然不是第一次，□□很难过。

金然算了一下，这一年，他已和米粒分手。这个月份，这个日子，米粒正在她说的那个上海紫金猫艺术公司做车模。那么，这里提到的“不是第一次”显然不是跟自己。

金然的脸骤然红了，因为羞辱，也因为愤怒。

这种情绪一下子把他的全身都调动起来，接着，他从那些纷乱的字海里又捡出几句话来：

这就算卖了，□□□就成卖方市场。

怎么会用筷子剔牙，可以上达人秀□□

盯着这几句话，金然发了一会呆，然后他给小鱼打去了电话。电话打通后，他和小鱼八卦了几句，然后说，小鱼，发一张照片给您看。说着，把苏米粒的照片发了过去。

是的，就是她就是她。小鱼在那边说。

金然问，是谁？

肖羽兮呀。

您确定？

确定确定。

……

二哥。怎么不说话？怎么不说话？

哦！没事了。

挂了手机，金然一下子瘫倒在椅子上，几秒钟后，他再也感受不到了自己的身体。

也不知过了多久，金然的手机突然响了。

手机是海子打来的，海子显得很兴奋，他大喜过望地喊，金然，重要线索啊！我在人大碰到了璐璐，就是那个物质女呀。她有米粒的下落。

……

你丫人呐？

金然冷冷地说，不用了。

为什么？

……

为什么啊？你丫说话。

这是个……婊子。

海子喊道，丫的你疯啦？怎么啦？

金然把手机挂了。

庆典后的环太平洋印务公司显得更为激情，更为生动了。厂区内播放着周杰伦的《三节棍》，庆典期间悬挂的彩旗、条幅以及制作的电子屏都还在，看上去红彤彤的。厂区门口，两辆大卡车正在排队，那是来拉货的客户。车间内外，工人们见面时满脸带笑，一副血脉偾张的样子。这就是几年前金然心中的梦想，是他急于向他的父亲顾晓红，向他深爱的女人苏米粒证明的东西，可是现在，它们在金然的眼里却是模糊的，轻的，薄的，毫无意义的，是令他羞耻和作呕的。同时，过去那些在脑海中不断漂移的东西，此时也一一出现了，并开始向他一起发问和深究，譬如，当初，苏米粒拿出15万元投资时，他的心中就有过嘀咕：一个女孩出去不久，就有这么一大笔钱，给人的感觉是，把骨头都拿出来称了。但这种念头像只猥琐的蟑螂，一出头就被他碾死了。你想，一个人在即将饿死时，别人为你送来了口粮，这是大恩大德啊！你不予回报也罢，还要问问这口粮是自家田里刨的，还是翻墙偷的，岂不有些神经和恶心？公司运转后，大凡碰到羁绊和沟坎，只要求到苏米粒，那是要风刮到十三层，要雨下得满地滚，没有不顺利的，没有失手的。对此，金然也做过评估，觉得这等能量，需要多少积累和付出啊！但是，他终究没有做过一次发问：他不得不承认，在巨大的利益面前，他是渺小的，好像没有这种斤斤计较的资格。

金然再次打开手机。他先查了下自己的几个账户，发现无任何异常后，接着，他又给银行打去了咨询电话。他说，我公司有一股东，现在出了问题，她会不会以股东的名义冻结公司账户。银行很快就作了回答，不可能，因为冻结公司账户需要几个关键性动作：召开董事会；形成文件；持董事会持决定向银行提出申请。金然舒了口气，然后在手机上编写了一段信息：

您说，不用辩论，生活就在那里！

不！原先的生活早就生了蝇子！

你这个习惯撒谎的婊子，阴险而丑恶的婊子，淫荡而无度的婊子，永远都不能饶恕的婊子……

过去的都为虚拟，未来的才会真实

6 年后的一个早晨，大约五点钟左右，人们在澳洲新麦克华人区 Q6 座的一家叫着《舌尖上的恰那》(Shejianshnag) 的中式餐馆里看到了苏米粒，她的对面坐着的那个烫着披肩发的男人是金然，挨着金然坐的是海子。海子穿上了吊带裤，戴了鸭舌帽，看上去吊吊的。一侧的长椅上，一个长得很像金然的小女孩长正在玩游戏机。才五岁的样子，游戏机已经玩得很熟，在她手里哇哇地叫个不停。此店由苏米粒主营，金然和海子都有股份，此时，三人谈笑风生，正在为餐厅新的一天安排业务。他们的生意非常好，可以用风生水起来形容。

因为怜惜和牵挂，以上的情景就是我为三个年轻人安排的结局，当然，也是我个人的假设和愿望，这似乎是生活常理，你想，金然又有什么不可以原谅苏米粒的呐。

海子帮金然分析过，首先她不是骗你，如果她是为钱卧底，你现在就是一文不值的穷光蛋，还有，先前，她为了救你，给了你 15 万，说好的是投资，但是，在你旗下滚来滚去，肚子都滚大了，至今也未参与过你的分羹；临离开之前，她有充分的时间编织理由向你套钱，然后连毛带皮，悉数卷走，然而，她也没那么做。这样的骗子是不是太仁义了点；她必然不知道你和你父亲的关系，你们不同的姓氏，以及你一直向她隐瞒的家境，使她失去了这个联想；她唯一的错误就是跑错了地方，在和你分手后，误飞到了南京的上空，然后一头撞进了你父亲和你大哥的围栏；她唯一的可能，就是在人格上一错再错，利用你父亲和你大哥对她的包养，来为她未来的丈夫多套点资金，多占用一些资源，等你成功后，才全身而退，和你远走高飞。

顾晓红死后，金然的母亲把几把钥匙和顾晓红早就写好的遗嘱给了金然，这些都使金然有机会了解到了更多的真相。

在父亲的密码箱里，金然看到了这些年苏米粒从父亲手里骗走了多少钱。在北京办事处的一些档案里，他看到了苏米粒为了环太平洋印务公司动用了父亲和大哥多少资源。譬如廉价租赁厂房、廉价收购海德堡机器、拿到一笔又一笔大单，摆平工商、消防和质检，避开黑社会的刀尖和砖头……

当然，每让这对父子出一次手都是一次交易。那时，全身赤裸的苏米粒会满足顾晓红和顾宝明父子俩的要求，在不同的床上，还要假装非常爱，非常享受……

呵呵，实际情况是，金然没有接手他父亲的万三集团。他转让了环太平洋阳印务公司，然后还清了海子的钱，给了母亲一部分，寄给苏米粒在绵阳的家人一部分，剩下的都揣在身上，然后去了湖北仙桃。在仙桃市的西垸森林公园，中国电商联盟的各路高手正在那里扎堆秀脸，意欲集思广益，招纳贤良，在华中地区打造出一个超大级电商平台。上个星期，金然抄录了一条由“PC＋手机 APP＋微信＋二维码营销＋线下 020 宣传＋支付宝”等环节组成的七网合一数据链，此去鄂地，他想把这个大数据链上的每个环节都弄个明白，然后再和过去的日子彻底撇清，和未来的日子较一次真。

再说海子，真让亲友急到“嗨”，至今仍然不想在社会上谋取职业。过去的理由是，再玩一年，再玩一年。现在的理由是，读完这个再说，读完那个再说。是的，这个家伙读完了研究生后，又开始进入到了博士阶段学习。

而我们的苏米粒则完全不知去向。

彩霞的糖

靠山坪到葫芦县城有一条路，约十五华里，靠山坪就穷在这条路上。由于修不起这条路，靠山坪人感到什么都比别的村慢一拍，这条路像一条硬化的动脉，让靠山坪的活力怎么也沸腾不了，也使靠山坪的许多事情变得复杂起来。你譬如说彩霞和赵欣的恋情，一拖就是三年，那个赵欣打高中毕业回乡后，活脱脱就像只拉秧瓜、没掺喊的饼，又蔫又死板。庄稼种得不好，又不愿出去打工，还敏感得要死，把张脸面皮子看得比他家老坟头上的那锹土都重要。彩霞吃过晚饭就去敲他家的窗户，然后把他带到村东头涧湾旁边的那丛野苇地里。

眼看半个时辰都过去了，彩霞问，你头抬得这么高，看什么呢?

赵欣本着脸说，看月亮。

月亮圆溜溜，亮晶晶的，有点像彩霞的眼睛。

又过了半个时辰，彩霞又问，你还看月亮吗？赵欣说，我看苇子呢。我怕上面有蛇。彩霞说，你能不能看看我？赵欣把脸转向一边，并没有看彩霞。彩霞叹了口气说，我知道三哥说话让你受不了，可你也太不主动了吧。赵欣突然发火了，他说，彩霞，我不会向谁下跪的。你三哥是个什么东西，不就是个村民小组长吗，整天跟在那个庸俗透顶的胡西平后面跑，脊梁骨都快拖到地下了。我从来就没有看起过他。看来，泪水早就在彩霞的眼里鼓胀了，到了这个时候就呼地全淌了出来。她转身走出了那丛野苇子地，可走到了野苇子夕面那条洁白的小路上时她又站住了。实际上，像这种情况不只是一次了，每次都是赵欣把彩霞惹生气，结果又都是彩霞来迁就赵欣。

外面早就起了风，风吹着彩霞的纱巾和长发，月色朦胧下的彩霞像一个要飞的仙女。这时，赵欣慢慢走到彩霞身边，但他嘴上却没有一句讨人喜欢的话，尽管如此，彩霞也算得到抚慰了。她说，你的膝盖就这么硬，活该我向你下跪？赵欣不言语，一副无动于衷的样子。

彩霞说，你也别逼我，逼急了我就走，不是你，我早去打工了。小斗能走，我也能走。赵欣说，你敢！彩霞心里一热，扑哧一声笑了。她知道，不管怎么说，赵欣还是舍不得她的。于是他们就和好了。彩霞几次暗示赵欣可以向她做深入表示，可赵欣却纹丝不动。彩霞很失望，但在心里委屈责怨了一阵后，就平衡了下来，她觉得自己喜欢的不就是赵欣这份大男孩的纯洁吗。

快到村前时，彩霞说，赵欣，有两件事你选择。第一项，你把我抱上塘埂；第二项，你明天叫人到我家提亲。

赵欣听彩霞这么说，就像听到彩霞叫他上刀山一样，他叹了口气，索性蹲在地下不走了。彩霞显得很无奈，她走过来，拍了拍赵欣的头说，走吧走吧，不难为你了。说到这，彩霞自己叹了口气。因为她上午听人说，她三哥李飞正在想她的心思。

就在今天晚上，彩霞的三哥李飞正在百户村喝酒。他是特邀，主客是县委组织部干部科科长和两个从大市分下来搞扶贫的大学生。主陪是大齐乡副乡长曾世茂和百户村村主任胡西平。

酒喝到胡言乱语时，曾世茂和胡西平出去小解，彩霞的三哥李飞忙跨上前一步去为曾、胡二人开门；这时，胡西平却捏了李飞一下，示意李飞跟他们一起出去。能让自己这个村民小组长和大乡长、村主任一起去撒尿，李飞有点受宠若惊，他快跑几步，在前面为曾、胡二人带着路。

胡西平说，曾乡长，你关心的事，也正是我们关心的事。这个事已被我们纳入了全村 2003 年的议事日程。

那就好，那就好。曾世茂说着；把裤子弄整齐了，向回走去。李飞见了，忙要冲过去带路，被胡西平一把扯住胳臂。胡西平说，李飞，我跟你讲一件事。李飞看着胡西平，眨巴着小眼睛。胡西平说，李飞，我为你高兴呦。你也知道，平时，各个村的村民小组长想见曾乡长一眼，还带曾乡长愿不愿意下车呢。就是见到了，也是一张关公脸，不熊人不说话。偏偏对你就不一样，就你这个加入村委会的事情，曾乡长就过问了十几次，全乡这么大，那么多的事，你这个事还算得上是事吗。李飞千恩万谢地说，胡村长，在你跟前，我就跟你家小十一样，这个事，我心里透明哇亮的。这还不都是你老关心的结果。胡西平说，客气话就不要说了，我跟你谈个要紧事。李飞为表示虔诚和恭敬，忙上前一步，几乎把自己的耳朵入进了胡西平的嘴里。他听胡西平说，曾乡长的爱人去年出了车祸，一句话也没来得及交代就咽气了，讲起来也怪可怜的。丢下一个孩子正在念书，没有人照看，这也是曾乡长的心病。这个……

胡西平在绕来绕去的时候，李飞在猜测胡话里面的意思，这当中，他想到过自己的妹妹，但他觉得差距太大，不可行，于是就竖起耳头听胡西平的下文。

胡西平说，彩霞今年有十七岁了吧。好像比我们家小十小两岁。

李飞心里一喜，忙说，跟你家小十同年，都十九。脚下踩一年就算二十。

胡西平点了一头说，李飞，我想做一件好事。

李飞心里一喜，他迫不及待地问，是你的意思，还是……胡西平说，有我的意思，也有曾乡长的意思。这个话题是怎提起来的呢。去年秋半天，曾乡长不是去看淮南豆腐节的吗。你彩霞在台上演凤阳花鼓，曾乡长边看边说，我们靠山坪就是出才，我看这个丫头比刚才下去的陈红还俊巴呢。

李飞的脑子顿时就向五彩缤纷的那个方向飞去了。

胡西平进一步，渲染说，你别以为曾乡长只会当官。过去，人家是做生意的，仅加工厂就开了两三个，家里至少有几百万，在葫芦县城里，不说门点，单说商品房就有四处。说到这，胡西平在李飞前伸出四个又粗又短的手指头。

从胡西平家出来，李飞驾云似地往家走。一到家就把这个事给娘老子说了。李飞妈不相信是真的，喜得合不拢嘴，几十年都没红润过的脸颊也由于兴奋，也红了起来。李飞老子平时话少，听了李飞说的事，显得很平静，也不表态，也不言语，坐在那闷着头抽烟。倒是彩霞的大姐有点看法，他坐在床上，一边纳着鞋底，一边说，我看不好，我们家彩霞，是有疤还是有麻。里外三面新的小伙多的是，一定要去填那个房。当乡长又怎么样，这年头挨骂最多的就是这些干部。整天坐在办公室，除 TJk 十分打得好，就没见着还有什么好的。

李飞一听大姐的话，火一下子就上来了，姐弟二人叮叮当当疆顶了起来。大姐是回娘家观亲的，见弟弟在话头上向自己要强，她夹起自己的包裹就走了。老娘忙上去劝阻，父亲则一动不动地坐在那里说，也真有出息，闹家窝子能有多大，言高语低的算个什么。大姐不听，一直向村外去了。

彩霞从外面回家后；正赶上全家在闹情绪，彩霞不知道发生了什么事，也不想多问，就从李飞面前大步走了过去，然后一头扎进自己屋里。这时，李飞喊，彩霞，你出来，我跟你讲一件事。父亲心里有气，就大声说，明天再讲。李飞见彩霞不出来，又喊，彩霞！彩霞！

父亲的声音更高了，明天再讲！

第二天，彩霞去给耕田的父亲送饭，父亲把犁子丢在一边，蹲在田埂上，一边吃饭，一边和女儿拉起呱来。父亲说，彩霞呀，庄子上都说你和赵欣……有没有啊？

彩霞看了眼驼着背，头发花白，一辈子老实巴交的老父亲，心里一点也不想撒谎，就点了点头。

父亲一边使劲地吃饼，一边说，赵欣这孩子厚道是厚道，就是不活欢，见到人连打个招呼都不会。

彩霞说，要什么活欢，他不抽烟，不喝酒，不上麻将桌，就喜欢看书，有什么不好。

彩霞是第一次当着父亲的面夸自己的意中人，见父亲老看自己，她的脸红得真如彩霞一般。

父亲说，在农村看书就是闲人，哪能弄上饭吃呀。你看，一人秋，靠山坪小年幼的都去城里挤火车了，有到上海的，有到广州的，上 T 就能拿到油盐钱，他任哪不去，在家看老灰哪行呢。

彩霞把脸转到一边，嘴撅了起来。父亲不再说了，嘴里吧唧吧唧地嚼着饼。彩霞转过脸来问，我爸，你说这些是什么意思嘛？

父亲说，你也不小了。

彩霞就眼睁睁地看父亲，等他下文。可父亲就说到这，再也不说话了，咯叽咯叽地咀嚼着饼，像嚼牛板筋一样。彩霞憋不住了，她问，昨晚上你们是怎么了？大姐不是说过到十八再走的嘛？

父亲说，你三哥和你大姐吵架了。你大姐也任性。

彩霞气愤地说，我爸，三哥你也管管，干那个小组长有什么意思。到处吃，到处喝的，还不都是队里的钱。庄子上的人背后都把他脊梁骨捣碎了。

父亲说，是为了你的事。

彩霞看着父亲。

父亲说，胡村长说的，曾乡长想跟我们做亲。

彩霞心里紧张起来，她问，跟哪个？

父亲终于吃完了最后一口饼，他拍了拍手上的饼渣子说，你哥讲给你提亲。

彩霞脸红了，他忙说，不可能。

父亲不再言语了，摸出一支烟抽了起来。

彩霞问，我爸，你说我三哥知道不知道我和赵欣的事。

父亲不说话，彩霞就看着父亲，一副非等父亲说话不可的样子。父亲却站起来，向自己的犁子走去。那牛看见主人来了，便抬起头，抓紧咀嚼嘴里的一口草。

彩霞就气呼呼地坐在田埂上。父亲边拖着犁子向前走边说，去吧。彩霞不理父亲，继续坐在那里。父亲拉了一声耕田号子又说回去吧。彩霞还是不动，她越想越不安，越想越烦躁，越想越气。

中午，彩霞的三哥李飞来家吃饭，身后跟了一个三十多岁的女人，也是大齐乡的副乡长，叫王道彩，管劳务输出和计划生育的，得不好看，彩霞觉得她像只冬瓜蛋子。吃饭的时候，彩霞发现这女人老往自己脸上看，心里打悠悠一般，慌慌的。

吃完饭，王乡长来到彩霞的房间，无话找话地跟彩霞套近乎，彩霞打心里佩服这个女人，认为她很有学问，说的话让人听起来又新鲜又容易懂。最后，王乡长向彩霞透露，乡政府正在招商引资一家玩具厂近日就要开工。这个消息对彩霞诱惑不小，她当即要求王乡长能把自已的名字报上去。王乡长说，名额比较紧张，我回去努力一下。

晚上，彩霞找到赵欣，她兴高采烈地把乡政府要招工的事告诉了赵欣，没成想赵欣的脸子就像做泥人的手中的那团泥，一下子就被拽得老长。彩霞见赵欣这副样子，大为扫兴，深深地叹了口气。姆说，到乡政府打工，又不是万水千山……

可赵欣并不为之所动，仍然是一副不高兴的样子。

彩霞说，不说这个了，不说了。哎！我明天去看看总行吧？

这时，赵欣突然抓住彩霞的手颈子，继而把彩霞紧紧抱住。彩霞一点思想准备都没有，在赵欣抱住她的刹那，她就像被过了电一样，浑身上下抖个不停。这是她三年来一直所希望的，但赵欣从来就没有给过她这种满足。但是，随着赵欣的喘气声越来越粗，把她抱得越来越紧，她又害怕起来。她怕赵欣发疯，赵欣真要是想干什么，她真不知道如何是好。好在赵欣激动过一阵后就平静下来了，然后那两条紧裹着彩霞的膀子上的力量开始渐渐减弱，直到慢慢地把彩霞松开。彩霞又后悔起来，她怪自己没有恰如其分地鼓励赵欣，但是她太了解赵欣了，她能理解他此时的胆小和理智，她为自己刚才体味了一次被爱和被担心的感觉而十分激动和满足，她的心里流过一阵暖流，她感到是金黄色的，像绚丽的朝霞。于是她说，你放心！她在说这句话时能感到自己铁一般的决心，能体会到有一种神圣无比的东西在她的体内狂奔不止，升腾无限。

三天后的一个上午，李飞告诉彩霞，乡玩具厂正式招工了，负责人就是副乡长王道彩。王乡长要彩霞速到乡政府报到。听到这个消息，彩霞矛盾起来，在屋里直转。外面的手扶拖拉机在噔噔噔地响着，李飞站在手扶拖拉机上喊，彩霞，一车人都在等你呢。彩霞心事重重地走出了家门。

到了乡政府，王道彩副乡长把彩霞留在了自己的办公室，她一边为彩霞倒水，一边向彩霞那鼓荡荡的胸部看。彩霞感到又奇怪又难受，她想，你还能没有吗？哪有女人看女人这个的，要是赵欣看还差不多。这时，王道彩说话了，你这个事把我难为死了！名额太少，第一轮没有你的名字，后来我向曾乡长做了汇报，曾乡长对你有印象，对这个事十分关心，特地到厂方领导那为你批了个名额。不说这个了，问题解决了，向你表示祝贺，你被录取了。听完王道彩的话，彩霞本想说一些客套话，但又不好意思说，就笑了笑。同时她在想，这件事怎么和曾乡长扯到一起去了呢。这时，王道彩又说话了，彩霞，我跟你谈一下工作问题。目前，新工人正在培训，根据乡政府的决定，你就不要参加培训了，乡文化站还缺一个人，曾乡长指名要你过来，这两天你先熟悉一下工作，具体的事情我们再谈。彩霞忙问，王乡长，厕……厕所在哪？王乡长忙拉开抽屉，一边向外拽手纸，一边说，我带你去吧。彩霞说，我自己去我自己去。

出了办公室，彩霞撒腿就向乡政府的院门跑去。

蹲在乡政府植保站墙角处的李飞，见彩霞从乡政府的院子里跑出来，跟后就撵，他一边撵，一边喊，你给我回来！回来！彩霞在学校时是体育尖子，李飞根本就追不上她。

彩霞前脚到家，李飞后脚就赶到了。他呲着牙，喘着粗气，指妹妹的鼻尖子大声说，你这么大丫头，怎么不知道好歹。你跑什么想死啊！你给我回到乡政府去。彩霞见三哥一副气急败坏的样子伸手把父亲用来剥玉米粒的铁刺子攥在手里，大口喘着气，不屈不挠地看着李飞。李飞不敢上前，气得直哆嗦，手指着彩霞，半天也说不出一句话来。最后，他转身出了家门。彩霞在他后面说，去跟我爸他们讲去吧，我才不怕你呢。

李飞果真是去找父母告状的，他大步流星地来到田里。父母亲正在和泥护田埂，李飞把刚才发生的事添油加醋地说了一遍，母亲当时就气得坐在了地下，嘴里骂个不停，都是最难听的脏话，好像彩霞不是她生出来的一样。父亲也有点气，他把手里的活一丢，双手背在后面，阴沉着脸向家走去。

回到家，父亲往门坎上一蹲，从皱巴巴的烟盒里掐出一支烟点上，背对着彩霞说，胡闹什么？哪有人不往高处攀的，乡政府以往来说，就是一个衙门，人家把脑子想坏了也进不去呀，乡长亲自叫你去，这上哪找去？彩霞说，我爸，你也相信，那是圈套，是三哥和他们一起做的圈套。

父亲不吭声了。

一转眼到了二月，乡里召开了全乡春油菜点播会议。散会后，胡西平把李飞拉到一边说，你的事村委会已经讨论了，材料都在曾乡长手里。李飞心里一喜，连忙点头称谢。胡西平说，那个事不能由它夹生，有些事当哥哥的要负起责来，曾乡长总不好把这种事挂在边当工作讲对不对。李飞点了点头。

中午，在乡政府食堂开了五桌。酒至半酣，曾乡长从包厢里走出来，亲自到大厅里来向基层干部们敬酒。走到李飞面前时，曾乡长说，我们有些基层干部还是很出色的。听说李飞在当地的口碑就很好，很有群众影响，这样的干部，你们大齐村要考虑，我们乡也要考虑呀。来喝酒。

众人一起举杯，许多人把目光扫了扫李飞。李飞被曾世茂夸得似懂非懂又十分兴奋，他想，村里考虑自然是指要我加入村委会的事，乡里考虑是什么意思呢？他想起来了，他听王道彩说过，乡里正准备配一个综治办主任……想到这，李飞的心狂跳不止，兴奋得连食欲都没有了。

从乡里回到家里，李飞眉飞色舞地把今天曾乡长当着全乡村级干部的面夸自己的话向父母亲说了一遍，母亲高兴得一个劲地笑，父亲刚把一口烟吸到嘴里，听到这话就咳了起来，半天才止住。李飞趁热打铁，话锋一转说，我爸我妈你们都在这，彩霞的事我要当家了。今天我亲自跟她说。父亲说，要说就慢慢说，别跟火烧连营样。李飞跑到彩霞屋里，果然嬉皮笑脸地说，彩霞，想必你多少也听到些风声了，总之不是坏事，谁也不会把自家人往火堆里搡。彩霞在缝纫机上做衣服，听李飞说这断胳臂少腿的话，就故意把缝纫机踩得咯哒哒响。

李飞说，彩霞，三哥我也为难，谁让我们家妹妹这么冒先呢，乡长让村主任来做媒，你叫我怎么办。

彩霞说，我已经谈了。

李飞说，跟那种人有什么好谈的，一罐子不响，半罐子叮当的货色，是文能安邦，还是武能卫国？

彩霞把手里的衣服往旁边一丢，坐在那气呼呼地不作声。

李飞感慨万千地说，我们这一门子弱，哎，将来我这个当哥哥的也指望你做个靠山呢。

彩霞说，别说了，我都懂了。婚姻自由，我的事我自己当家。说完，往缝纫机上一趴又咯噔咯噔地踩起了机子。

李飞苦恼死了，他跑到胡西平家。胡西平刚喝过酒，脸色白花花的，正在用一根女人的发卡东一下、西一下剃牙，满嘴都是臭哄哄的酒气，听李飞这么一说，就冷笑一声，两眼看着门外的两只鸡说，什么婚姻自由，如今有权有钱的人才婚姻自由。她也能说出口。

这句话让李飞听得别扭，但又不好说什么，就往自已嗓子里咽了口唾沫。

胡西平说，也不瞒你，曾世茂马上就要抹正，一个人挎两把刀乡长和党委书记一肩挑。还有，你在下面不知道，曾世茂的班底子不在葫芦县，在哪？在省里。现在摔的是市长的坯子，是省部级领导的坯子。在这方圆几百里，曾可以吃黑白两道，风往那边刮都要看看曾的眼色。说出来你不相信，现在的县长，曾叫他干什么他就得干什么。现在的组织部长过去是体委主任，眼看要下乡挂职，曾世茂一句话就让他去了组织部。

这些话好像都没使李飞信服，他有点走神地看着胡西平。胡西平就说，你别以为曾世茂到我们大齐乡是来稀罕这个破乡长的，他要的是这咽喉要道的便利，他有四个股在下面，你知道不知道？这个事情你哪能把它给办砸了，开玩笑！

李飞一听心里不快乎了，他暗暗骂道，你们还能抢人吗？怪不着你胡西平整天就趴在曾世茂屁股上舔呢。但在嘴上李飞却说，猴子不上树，多敲几遍锣吧。胡西平说，这话说得我爱听，要快，你不能把我这个大红媒弄得没有名分了是不是？李飞姐在心里骂，你女儿小十不在外做鸡的吗，你把她叫回来，捆捆扎扎，送到曾世茂床上你不就有名分了吗。

李飞出门都走出很远了，胡西平又喊住他说，我都打听了，你们庄子上有个叫赵欣的，一箩筐鬼都出在他身上。过了几天，胡西平到靠山坪来了，他把乡里刚下来的一份通知给李飞看。通知上说，三县之交的合结大坝水电站开工，靠山坪贪了二十个工，其中有赵欣。接到通知后，赵欣不愿意去，通知上却说，凡是不服从派工的，每户每天交一百元，用于支付别人的工资。工期是两个月，一天一百，六十天就是六千，赵欣家交不起，又找不出什么好理由，赵欣只好答应上工地。

一快要到乡政府集中那天，彩霞去看赵欣。见到赵欣她就哭了，她知道这又是圈套，是因为自己才害得赵欣上工地的，但是她又不能把这个事说破，那样，赵欣不仅伤心，而且更为自己担心。赵欣见彩霞在自己面前哭成了泪人，反而更安心了，他说，两个月也快。

赵欣一走，胡西平又把彩霞的亲事提到了桌面上，并正式和王道霞副乡长一起来李家提亲。当时，李飞和他的父母都点了头，但彩霞坚决不答应。胡西平找李飞谈话，他板着脸斥责说，你怎么能把事办成这个熊样呢，你妹妹不同意这门亲事，纯属你李飞的态度和水平问题，就是你的责任！胡西平的话和颐指气使的样子让李飞感到了一种屈辱，他万万没有想到胡西平会冠冕堂皇地把这种事和自己的工作能力联系起来，他涨红着脸说，我没有责任。

胡西平问，你说这话有没有考虑？李飞说，我考虑了，嘻！不就是一个进班子事吗……见李飞把这张纸捅破了，胡西平反而改变了态度，沉默了一会，他说，好啦好啦，都别急，让我们慢慢来。

胡西平走时李飞没送他，但李飞的心里是不安的，胡西平和王道彩都走出村子了，他还愣愣地站在那里。这时彩霞从屋里慢慢走出来，她走到李飞的身后，从后面抱住李飞大声地哭了。李飞说，好啦，一切就算结束啦。

事情到了这里并没有结束，逢会那天，彩霞到城里买衣服，刚出百货大世界就被三个小伙子逼到一家大酒店的后面。彩霞没见过这阵势，吓得面如死灰，魂飞魄散，她惊恐万状地看着三个小子，光张嘴，就是说不出话来。这时，一个留着小平头的年轻人调笑：彩霞你听着，曾世茂是我们的好哥们，要跟他结婚的女人比你这件褂子上的花点子都多。大哥喜欢你，这是你的福分，你别不识抬举。

另一个长头发小伙子掂着手里的短枪说，我这是五连发散枪，得罪了你家曾乡长，它可不答应。砰砰砰！一发到这里，一发到这，另两发到这这……

小伙子在彩霞两个乳房上比划了一下。另一个满脸紫疙瘩瘢小伙子把长头发推到一边说，别胡来。彩霞妹妹，你也别怕。我们也是无意中听到你和曾哥那档子事的，他的确很喜欢你，但听说你老是刁难他，我们有点不平，所以才找你谈谈。下个星期五是个好日子，我们几个哥们到你家去玩玩，把这件事定下来算了，你看好不好？

彩霞直点头。三个小伙子互相看了一眼，并会心地一笑。紫疙瘩掏出一卷钱来，他对彩霞说，这里是1000块钱，你先拿着，算是曾大哥给你的买衣服钱。来，接着。紫疙瘩说着，把钱送到彩霞面前。体若筛糠的彩霞毫无反应，任人把钱塞进了自己手里。

三个小伙子走了，彩霞再也站不住了，她像是纸扎的一般软地瘫了下去，半个多小时以后她才平静和清醒过来。她想不通，就在心里一遍又一遍地想，你这么大的乡长，怎么还干这疆事呢？突然，她发现自己手里有一卷钱，她想了想，终于想起来了是那三个小伙子塞给她的。她骂自己，天哪，你怎么能接人家的呢？你该死啦！这怎么办？她连忙爬起来，跌跌撞撞地向大街上跑上了大街后他才发现，大街上搅了蝌蚪窝似的，黑麻麻的尽是人头，根本就看不见那三个小伙子的影子。于是，她打个马自达，到城南停车场，然后在那里乘上了下乡的中巴车。

中巴车上那个买票的女人，一路上象塞包馅子似地不停地向车壳子里塞旅客，直到大家把身体的每一个部位都交叉在一起，都严严实实地吻合起来了，她才停止了叫喊。

坐在车上，彩霞的脸一直向着窗外，整个人像木雕一样。在城里大酒店后面发生的事情，像噩梦一般地在她的脑海中一遍又一遍地演着，令她浑身冰凉。直到那个卖票的女人用沙哑的嗓门喊，靠山坪路口到了，她才缓过神来。下车后，她一边高一脚低一脚地向庄子上走，一边想着如何把这 1000 块钱还掉。想到这，她伸手去掏那些钱，她兀地站住了，脸上的汗水哗哗地往下流了起来，接着，她一下子瘫到在地下。那钱不知什么时候被人偷走了。她爬起来，疯了一般地去撵那辆中巴车，等她跑到山岗时，那中巴车只剩下一点影子了。

彩霞回到家就病倒了，一病就是三天。上午，胡西平找到李飞，先主动递了一支烟给李飞，然后笑着说，李飞，你这个人真滑稽，这是大好事吗，就是不让我做大媒也不能瞒着我呀。李飞摸不到头脑，就问，什么事？

胡西平压低声音说，曾乡长的亲事。你妹妹同意了。李飞吃了一惊。胡西平贴近李飞的耳头说，你妹妹自己跑到城里和人家会面的。连见面礼都收了，整一万。后天王副乡长就来正式提亲了。

李飞的头一嗡一嗡的，他稀里糊涂地点了点头，然后和胡西平心不在焉地谈了几句改地栽树的事情，就分手了。见胡西平走远了，李飞撂开腿向家跑去。

跑到家，彩霞已起床了，正在梳妆，看上去很虚弱。李飞几步走到妹妹跟前问，彩霞，那个事你爷应了？彩霞站在那没动，泪水顺着脸颊往下流，流到下巴上时就噼里啪啦地往下掉。李飞又逼问，你拿人家钱了？彩霞低下了头。李飞跑到彩霞的对面，看着彩霞的眼睛问，你拿人家多少钱？是不是 10000 块钱？彩霞突然哭着骂，不要脸，他们真不要脸。李飞问，钱呢？彩霞哭声更大了。李飞往地下一蹲说，什么都别说了，后天王乡长来提亲。

下午，彩霞坐了近两个小时的车，赶到电站时天已黑了。当时赵欣刚吃过饭，正准备和工友们一起去看电影《英雄》，走到工地一角时被彩霞一把扯住胳膊，赵欣的脸被吓得通红，一看是彩霞他又惊又喜。

彩霞把赵欣带到电站旁边一个最深的山坳里，她问赵欣，你到底喜不喜欢我？赵欣看彩霞很激动，就紧张地问，家里出了什么事。彩霞说，你别问，你要是真喜欢我，今晚就跟我回去，叫你家托人我家去提亲。赵欣说，你先告诉我，家里到底出了什么事。彩霞哭了，一个劲地哭，把赵欣的心哭得慌乱慌乱的，浑身像要散架一样。他有点恐慌嗓音发颤地说，肯定是出大事了，我就知道你三哥会逼你的，他见到上面来人就拖尾巴……我知道我俩的事到终就要烂在他手里。

彩霞则使劲地摇头，然后把这些天发生的事全告诉了赵欣。赵欣听说彩霞在县城被人武装逼迫时，他显得很恐惧，手不停地抖，头上的汗都出齐了，接着他蹲下来，用手不断地揪自己的头发。彩霞抱住赵欣，她说，赵欣，你要是男人，今晚我就给你……你！

听见没有？赵欣仍在发抖，他不敢看彩霞，半天他才说，这不行。这样会出事的。

彩霞说，那你回去，你回去他们就不敢动我呀。你知道我现在多落单吗？

赵欣好像被吓呆了，摇了摇头。

彩霞不能相信地看着赵欣，然后一下把他推开，转身跑开了。对于彩霞的离去，赵欣一点反应都没有，几分钟后，他才清醒过来，然后撒腿向山坡上追去。

赵欣追到小火车站，最后一班慢车已发出了，他看着远去的火车屁股，心如刀扎的一样。

两个月后，赵欣从工地上回到了靠山坪。回到家后，他就向彩霞家的那扇枣木大门看，然后又假装选绳钩子在彩霞家四周转了好几圈，但都没见到彩霞。他不好意思到彩霞家问讯，甚至不好意思向村民打听，终于有一天，他老子告诉他，你没惹那个祸是对的。彩霞早就离家出走了，是骗了人家财礼钱以后走的。为了这个事，他哥哥被人家打了，连队长也被拿掉了。不是胡村长拦着，三间茅草屋子就被人点着了。

赵欣问，家里也不找？

父亲说，李飞跟他大姐出去找过。都是痴心妄想，嘁！外面早有了汉子啦！你哪找去。话又说回来了，这种破破烂烂的熊丫头找回来干什么？丢人现眼呀？现在好笑，彩霞那个老子见人就哭，她妈呢，见人就骂自己女儿，哎呦，那骂得可难听了，上不了筷子！

赵欣听到这个消息，找了一个谁也看不见、听不见的地方，狠狠地扇自己的脸，一直把自己的脸打得发麻发木才住手。

实际上彩霞并没有跑远。那天夜里，彩霞从靠山坪跑出来时正赶上下雨，车站里到处都是出去打工的农民工。彩霞穿得薄，先是随了雨，这会又赶上夜深气温下降，她被冻得浑身发抖，于是就一个劲地向候车室的拐角挤。拐角处有几个出外打工的女孩，见彩霞长得又喜气又挺拔，就和她说话，他们都喜欢彩霞说话，半个小时后她们就成为好姐妹了。

车到南京浦口站，几个女孩把彩霞带到了一家服装厂宿舍住下。第二天，几个女孩当中最大的小路姑娘找到她们的班长，详细地介绍了彩霞的情况，彩霞被留下来了。

培训了15天后，彩霞上岗了，占了个心灵手巧和俊秀清纯的便宜，彩霞竟然没有被分到车间，而是在许多女工羡慕的目光里走进了画样室。

漂亮女人的故事没完没了，在培训时，那个孬种班长就盯上了彩霞。彩霞在画样室上班时，他就在彩霞的身边转，老师傅给彩霞讲课时，他就盯着彩霞的脸看，有时还指手画脚地插上两句，直到引起彩霞的注意，看他一眼为止。老师傅很讨厌这家伙，但好像很怕他，一副敢怒而不敢言的样子。而一当老师傅离开画样室，他就肆无忌惮地跟彩霞调情。开头的时候，彩霞有点害怕和顾忌，时间长了，彩霞倒是有点喜欢他那副油嘴滑舌、玩世不恭的样子了。他一说话，彩霞就想笑，他就狗脸胜地再说，一直说个不停，彩霞就一直笑个不停。有一天，服装厂老总听到彩霞的笑声，轻轻地推开门向里看了看，然后走开了。

下午，班长被当老总的父亲扇了几个耳光，然后提前结束社会调研回学校去了。彩霞被调到了缝纫车间，做三班倒，当计件工。一个月下来，累死累活的彩霞没拿到500元，除了房租、吃饭所剩无几。灰心丧气的彩霞有点想家了。她想到了赵欣，心里一阵阵后悔，她责怪自己那天晚上不应该跟赵欣说自己在城里被人逼迫的事。按照赵欣的性格，这无疑就是在恐吓他，而在那种情形下要他回来也是难为他的。想这想那，想了整整一夜，彩霞决定明天就把工作辞了，然后回到靠山坪去。但一想到那再也说不清的10000块钱，想到会有人没完没了的纠缠，想到那三张杀气腾腾的脸，想到赵欣的无奈，父亲的张皇失措，三哥的凶眉怒眼，母亲的无理谩骂，她长长地叹了口气。她感到自己突然像一片凋零的叶子在一阵又一阵寒风中飘荡着，再想回到树上就很难了。想到这，她伤感地出了一身的鸡皮疙瘩，泪水就没完没了地流了起来。

第二天，彩霞发现自己生病了。在小路大姐的交涉下，车间准了她两天假，但也有条件，休一天扣30元钱。彩霞第一次感到了城里人的刻薄和无情。心灰意冷之下，她的病情又加重了。一个礼拜后，小路大姐吞吞吐吐地告诉她，工厂把她辞退了。彩霞没想到城里人这么不讲理，伤心地哭了。小路也陪彩霞哭了一阵，然后对彩霞说，你先别走，房租费我们几个帮你交，我有个表哥在灯泡厂打工，抽时间我带你去找他，看能不能在那里找份工作。彩霞直点头。星期三那天，早晨起来时，彩霞闻到了一阵阵花香，这种花香远不如靠山坪的花香纯正、浓郁，但因为是久违了，彩霞仍然感到亲切兴奋。加上阳光明媚，彩霞忽然有一种想出去走一走的冲动。于是，她简单地梳理了一下，顺着一条立交桥下的石子路向东走去。到南京都一个多月了，彩霞还从未到市里转过，这一出来，看到那么多小车，有那么多的人，她的心豁然开朗起来。她走到一处市内公共汽车站站台时，看到一块巨大的广告牌，在那是上面，韩美女金喜善正拿着手机向每一个人微笑。彩霞稀奇得直想笑，她想，怎么能把一个人的照片放这么大呢，也不知要多少钱。

她站在广告牌下站得太久了，加上她那副惊奇痴迷的神情，惹得行人都向她看，她终于发现了这一点，忙走开了。她向前面看看，准备找一家商店转转，她一抬头，忽然又看到了一块广告牌。那广告牌在前面的楼顶上，是濮存昕做的公益广告。由于广告牌大，从这看去濮存昕的面部轮廓十分清楚。彩霞发起呆来，她怎么看都觉得濮存昕象赵欣，那个鼻子眼睛，那个味道简直像极了。这么想着，她的双脚向前挪动了。连连过三个街道，也没有走到那块广告牌下。可那个濮存昕却一直在看着自己，就如赵欣一直在看着自己。彩霞擦了下头上的汗，继续向前追。当她又过了两条马路，再绕过一个公园后，她终于走到了那块广告牌下。广告牌是树在医院楼上的，要看清它必须把头仰起来。彩霞往后退了几步，然后在花坛上坐了下来，目不转睛地看着画面上的濮存昕。看着看着，她叹了口气，她想到，自己当初看到赵欣时，赵欣就是这个样子，脸上有一种淡淡的忧郁，所以和赵欣在一起，她总有一种责任感，她总觉得赵欣不像她的恋人，更像个孩子，那么需要她的保护，需要她的怜爱。她默默地说，赵欣，你能知道我在这里想你吗？

这时，一个穿白大褂的中年女医师走过来，她弯下腰轻轻拍了一下彩霞的肩头问，小鬼，怎么啦？彩霞一惊，她连忙站起来，擦着眼泪走开了。一直到晚上11点，彩霞也没找到回去的路，她又紧张又疲乏，浑身出满了汗。看着街道上的人越来越少，她向一家肯德基店门口走去，因为那里明亮，而且人来人往。

走到肯德基店门口时，她坐了下来，两眼茫然地看着匆匆而来、匆匆而去的人们，心里直想哭。这时，她突然听到有人喊她，彩霞！彩霞！彩霞不敢相信自己的耳朵，她马上答应了一声，然后一下子站起来，向四处张望。她看到一个姑娘向她走来。姑娘穿着蝙蝠衫，脖子上挂着一只小手机，下面穿一条厚裙子。脚上穿的粉红色皮鞋又尖又亮。头发是刚煽的，金黄金黄的。身后背着一只棕色包。走近彩霞，姑娘笑着问，彩霞呀，你认不出我来啦？哈哈哈……

彩霞轻轻地摇了摇头，姑娘抓住彩霞的两只胳膊，摇着说，你傻啦，我是小十呀。哈哈哈……

小十高兴地又蹦又跳。彩霞一下子抓住小十的手，一边笑，一边擦眼泪，就是说不出话来。

小十是百户村村主任胡西平的大女儿，是彩霞初中时的同学，两人都是学校花鼓队的，那时小十家比较富裕，性格又比彩霞外向，住校时经常照顾彩霞，所以两人十分要好。初中毕业后，虽然说靠山坪和百户村相隔不远，彩霞和小十却很少见面，加上彩霞看不惯胡西平当上村主任后的那种张狂和傲慢，两人见面就更少了。前两年彩霞才听说小十出去打工去了，给家里挣了不少钱，胡西平家都盖了几处平房了，就挺羡慕的。彩霞妈却说，那都是脏钱，从洞里扒出来的。为此，彩霞还和满嘴脏话的妈吵过一回。

小十把彩霞带到自己家。这是一间两室一厅的房子，小十在学校时就爱整洁，这屋子被小十拾掇得很漂亮。彩霞东看看，西看看，感到又新鲜又羡慕。她问，小十，这房子是你买的？小十一边为彩霞张罗饭菜，一边回答说，是的。彩霞问，你在哪工作？小十把饭菜往彩霞面前一放说，先吃饭，吃完饭讲讲你的情况。吃饭的时候，彩霞就把自己到南京打工的经过跟小十说了。最后她说，小十，你在南京熟，能不能给我找个工作？小十想了想说，吃完饭就在我这睡吧，你那个什么服装厂就不要去了，那也不是人呆的地方。不就几件破衣服吗，也别去拿了，我给你买几件；至于工作吗，你先在我这住两天，就包在我身上了。

听了小十的话，看着小十那张漂亮的脸，彩霞十分感动，她似乎又回到了和小十在学校的时光。

第二天晚上，小十来到了月亮城休闲中心上班。胖胖的妈咪见到小十就满面愁容地说，小十呀，你要给妈咪分忧解愁呀。小姐老是安排不过来嘛。你看，今天刚上来的客人就都走了，店再大也经不起客稀呀。小十就把妈咪带到音控室一角，把彩霞的情况说了。妈咪一听小十说的这个女孩不仅年轻漂亮，而且还是个处女，眼里便发出熠熠的光来。她迫不及待地问，人呢？今晚就来吧，找个人为她开个苞，就算开张了。小十说，这事可急不得，这份活妈咪得让我来为你慢慢做。做成了，不仅是月亮城的广告牌子，也是我的接班人。我也该歇歇啦。妈咪说，呦！怎么啦？妈咪这几年都白往你身上抹羊油啦，她来你也不能走，珠联璧合的大戏，说什么也不让它少一折子。这时，一个小服务生来找妈咪，说有客人点清清，妈咪就对小十说，你去吧。小十拿起自己的包就走开了。

进了包厢，醉醺醺的姚老板就把小十搂在了怀里。小十说，你带来几个？超过五个，我今晚白陪你。姚老板说，就我一个，多一个算我孬种，不是一条好汉。我将以一当十，干你个人仰马翻，哭爹喊娘你白陪吗？小十推开姚老板说，滚！天天还跟我吹什么自己过去是搞艺术的呢！你这就不像文化人说的话？你以为你有钱就可以到这里杀猪宰羊呀？没有品位的男人，我还不稀罕呢。姚老板说，有个性。

接连几个晚上小十都是12点以后回来，彩霞很纳闷，她问小十，做啥呀，要这么辛苦？小十一边稀哩哗啦地洗澡，一边说，做公关，工资高，再不辛苦，天下哪有的事啊。彩霞问，做公关好玩吗？小十说，没有什么神秘的，人人都能做。彩霞说，我能跟你去玩玩吗？小十说，可以。彩霞挺高兴的。

晚上，小十把姚老板喊来说，我不会白拿你的臭钱，今晚我表妹阿霞来陪你。但你要照我的做，到时候你要是自作主张，前面的费用就算全结清了。

姚老板两眼睁得大大的，脸莫名其妙地红了。

九点的时候，小十把彩霞带进了包厢，她对彩霞说，我下班了，太累了，在这陪我坐一会吧。彩霞很高兴，就在沙发上坐了下来。有点不适应包厢里的气味，不时地皱鼻子。像看即将出售的鲜货一样，小十看眼彩霞说，慢慢你就会适应了。这时，服务生送来水点心，并开了电视，包厢里马上热闹起来。小十说，彩霞，唱首歌吧？彩霞说，在这里呀？那不好意思，人家会说的。这时门突然被推开了，姚老板伸出半个头来，见到小十惊讶万分，他说，呀！这不是胡老师吗，你怎么在这里？小十也很意外地说，是姚老板呀，快进来快进来。姚老板说，我就不进去了，我在找个朋友呢。本来说好一起走的，不知道哪去了。小十说，又不是三岁两岁，还怕摸不回家呀。进来吧。姚老板显得很为难，但还是坐了下来，正好就坐在彩霞的身旁。这当口，彩霞看了看姚老板，觉得他最多有四十岁的光景，彬彬有礼，俊朗而潇洒的样子，有点像一个韩国电视明星，但彩霞叫不出名字。她在心里暗暗佩服小十，没想到她在短短的几年里就混到了这种地步。想到这，彩霞的心里有一种强烈的自惭形秽的感觉。

小十向彩霞介绍了姚老板，说姚老板是在日本学的建筑，本人是硕士生，回国后就在南京创业，手里有一个近亿元资产的大公司。小十在介绍姚老板时，姚老板显得很谦虚，不时地摇手，并恰到好处地向彩霞点头微笑。彩霞有点不好意思。

三个人坐到十点，小十唱了几首歌，姚老板用日语演唱了《北国之春》和《我只在乎你!》，又用英语唱了两首歌。彩霞不相信这是真人唱出来的，不时地向姚老板看，然后和小十一起为姚老板鼓掌。

回到家，小十从包里拿出 200 元钱来，先扣下一张，然后把另一张给了彩霞，彩霞很纳闷，就问，这是干什么？小十说，公关费呀！彩霞的脸腾地就红了，她不能相信地问，公关费？我公关了？

是呀，是那个姚老板给的。

见彩霞仍然是一副匪夷所思的样子，小十说，拿着吧，这是你应该得到的小费。在那里，我们陪他坐，陪他唱歌喝茶，就是公关，就是工作。然后他付工资，我们走人，就这么简单。

彩霞不能相信这个事实，她分明记得，临走时，也是那个姚老板付的账，妈呀！这人别脑子有毛病呀！

这时，小十的手机响了，小十看了看，钻进了卫生间，并带上了门。躲在卫生间里，小十听到姚老板在电话那头说，上帝呀，我快疯了！

晚上，彩霞久久难眠，她怎么也理不清这里到底是怎么回事。

最后她想到了钱，就算了一笔账，坐一个钟点就给 100 块钱，这要是陪客人坐一年得挣多少钱呀！

第二天晚上，小十又把彩霞带到了月亮城，这次彩霞接待的又是姚老板，先是三人一起坐着说话、唱歌。过一会小十的手机响了，小十忙走出了包厢，就再也没有回来。

包厢里就剩下姚老板和彩霞两人了，彩霞有点紧张，把两个胳膊抱得紧紧的，但她发现姚老板一直就规规矩矩地坐在那里，稍有举动也显得很有教养，就放下心来。过了一会，当姚老板去拿点心盘子里的松子时，她还怕对方吃力，把点心盘子向前推了推。

快散场时，彩霞的心砰砰砰地跳起来，她不知道自己今天的公关合格不合格，姚老板还会不会付工资。她到现在也不相信昨晚小十说的那些话。这时，她却发现姚老板把钱夹拿出来了，然后从中拿出300元钱来，他说，阿霞，这是你的小费，不成敬意，谢谢你陪我坐到现在，来，拿着。彩霞的脸红红的，她伸手去接钱时，手抖个不停。这时，姚老板伸出手来说，再见。彩霞握住姚老板的手时，觉得那手肉乎乎的，那手指上的大方戒把她的手硌得很痛。

回到家，小十欢天喜地地跟彩霞说，老板表扬了她，说她带去的表妹公关做得很棒，决定接受她的请求，聘请彩霞到公司做专职公关员。说到这，小十问，彩霞，你个人意见呢？彩霞脸红红的，点点头。

彩霞到月亮城的第十天晚上，她哭着跑出来，妈咪忙喊来正在陪客人的小十，在门口拦住了彩霞，彩霞脸色苍白地说，那人耍流氓。

是谁？是不是姚老板？

不是。姚老板到新加坡去了。晚上回到家，小十开导彩霞说，像你这个脸蛋子，你在哪里碰不到流氓？在外面碰到流氓算你倒霉，在这里碰到流氓算他倒霉。

谁把流氓耍到家了，谁就把钱包掏光了，只要他有能耐，就让他来吧。

彩霞没听懂。

小十就换了一个角度说，公关的环境就这么复杂，什么样的人都要对付，关键是自己如何摆脱和应付。说到这，小十把200元钱塞到彩霞手里，她说，这是那个流氓给你的。

彩霞不敢接。小十说，有毛病呀？这是你的工资，是那些王八蛋给我们的压惊费，不拿白不拿。

彩霞把钱接了下去，果然觉得平衡多了。

小十说，彩霞你听我讲，凡是到月亮城的人，大多是神经病，有的还是变态狂，我们做公关的，光荣就光荣在，我们就像一个临时港湾，供他们停泊，然后让他们渐渐地稳定下来。这样，公司才会有利润，我们也才会有大把大把的钱赚，你看，我们的作用一点都不比那些教师呀，医生呀，还有什么艺术家呀，对不对？

小十的思想工作有了效果，彩霞又去月亮城上班了，半个月下来风平浪静。小十找到妈咪，说自己想回家看看。妈咪正为小十能把彩霞调教到这一步而高兴呢，便欣然允诺。

小十回到家乡时正值柳絮如烟、繁花似锦的四月，绿茵茵的庄稼地里到处都是修田剔草的人。本来是很疲惫的，但见到满田的人都站起来向这边看，小十忙把腰给挺直了，把精神气运到脸上。只见她，肩上背只小包，手里拖了只拉杆包，鼻子上架了副墨色眼睛，俨然就是一个回乡省亲的什么明星。

这时，彩霞的三哥李飞正蹲在田头和村民谈育春秧的事，见田冲里的人都向南边看，他也把脸转过去。他一眼就认出来了，走在田埂上的妖精正是过去常到她们家等彩霞上学的小十，他又把脸转了过来。这时，不远处几个女人已经指指点点地说开了。

小婊子呀，卖完了，回来家交钱了。作孽！是我家丫头，我请你们帮我埋。

他们家上几代不都是这样，到处贱买贱卖的。

你们说话我不喜欢听，不卖怎么盖楼，把裤子脱掉盖呀？

几个女人笑开了。

李飞忽然想到了彩霞，一下子站起来，沿着一条歪七扭八的细田埂，匆匆忙忙地走了。

小十刚到家门口，就被她的母亲和几个姐妹簇拥起来了，过分激动的还劈开嗓门叫了起来。家里正在盖两层楼，胡西平蹲在水泥桁条上和泥瓦匠说着话，看见女儿回来了，他慢慢地走下了楼。

吃完饭，胡西平单独问女儿，小十，你在外面到底做什么？因为胡西平最近收提留钱时和刘瘸子老婆干了一架。刘瘸子老婆发疯坐在村头指名道姓地骂胡西平家脏，脏得连靠山坪的几眼井水都不能吃了。胡西平为要那张脸，指着刘瘸子老婆脸问，我用你家锅洗脚了，我哪里脏了，你才脏呢。刘瘸子老婆一跳一跳地骂，我是脏，我再脏也不会拿女儿换油盐钱。胡西平彻底听懂了，甩开大手把刘瘸子老婆的脸打得噼里啪啦的。刘瘸子一直躲在自家猪圈里看老婆骂村长，这一会见老婆被打了，几下就瘸到了胡西平跟前，用他那牛腿般的胳臂夹着胡西平，抡起蒲扇般的大手掌，也把胡西平的脸打得噼里啪啦的。同时，用他那条好腿，照胡西平的命根子处就是一下子，嘴上还骂，长的是什么东西，养的是什么东西？胡西平到乡里告状，乡里就给了这个基层干部一次面子，派出所来了两个人，坐在刘瘸子家大声吓唬了半天，直到刘瘸子的老婆被吓得嘴里向外冒白沫，派出所的人才走。今天见女儿来了，他那命根子处就隐隐地痛起来，于是他也就想起了这个窝心火的事。

小十说，不都跟你讲过了吗，我在一家公司跑业务呢，拿提成。胡西平看了一眼小十，点了点头。他吸了口烟说，我们这里，是不能见女孩子出去的。既然是出去了，就不要给人家留话把子，留话把子就是留刀把子。你看靠山坪李大眼家的彩霞，拿了人家财礼，又跟另一个人跑了，靠山坪的人提起这事就一大口一大口地吐唾沫，唾沫子能吐到哪个脸上？都吐到她亲娘老子脸上去了。现在的传说可多了，有人说，彩霞早怀上别人的犊子了，骗一家钱，是到外面为另一家子养孩子去的；有的说，李大眼为用这笔钱，故意把彩霞藏起来了，唉！说什么的都有。小十问，那个赵欣呢？胡西平说，彩霞走后不久，这倒霉孩子到信用社贷了款，买了部手扶拖拉机。然后四下里去帮人买化肥，送种子，苦点零碎钱。他买机子时就有人劝他，平时里，靠山坪到葫芦城那条路，人走上去都歪，拖拉机还能开？这熊孩子轴得很，硬是把机子买回来了。好了，翻了，夜里翻的，人被砸在车下，等有人看见，死得跟鱼一样。

小十的眼里泪丝丝的，她在上中学时暗恋过赵欣，她觉得赵欣像古书中常说的那种书生。

见女儿有点伤心，胡西平就岔开话题说，在外面总不是事，家里想要的也都有了，眼下也没有什么要花钱的了，午季就回来吧，你回来以后……胡西平在说话时，小十打开了自己的密码箱，从中拿出一万元钱来，然后往胡西平手里一拍说，爸，乡下干部配手机也不是什么稀奇事了，你也买个手机吧。另外，再给家里装一部电话，一来我在外面跟家里联系方便，二来你们可以收费。我睡了，公司忙，我想明天就走。

钱好像放了光似的，一下子就把胡西平的脸照大了，他先把自己正要说的话咽了下去，然后又咽了一口唾沫说，明天回去别忘多添点衣服，你怎么就穿这么一点点。

小十回到了南京，把赵欣的事跟彩霞说了，彩霞哭了一夜，一直伤心了半个多月才缓过劲来。

这天，姚老板风尘仆仆地来了，见到小十和妈咪就说，我手里的三个大项目26号就要动土，到时候，参与投资的日本客人、我国台湾客人还有市委、市政府的头头脑脑们都到，为了图个开门红，我想包阿霞。

小十说，也不瞒你，阿霞还生得很呢。这开苞的规矩你也不是不知道，对方要是不愿意……

姚老板说，我不相信。

妈咪在旁边说，姚老板，半个人你要不要？

小十吃惊地看了眼妈咪。

姚老板摇着头说，没听说过，什么叫半个人？

妈咪说，把她迷糊了，送到你房间去，敞门入场，任你摆布，这样不更刺激吗。你看呢？

她醒了以后怎么办？

你早该到剪彩现场风光去了。嘻嘻嘻……

姚老板咂了咂嘴说，她要说我骗奸了她怎么办？假如她要是在电视上认出了我……

妈咪说，讲这种话的人不像干这种事的。你要这么讲，刚才就算我陪你拉闲呱了。我买单。

姚老板被刺激了一下，他想了想，从衣兜里拿出一只厚信封来，他把信封交给小十说，清清还是帮我做做工作吧，我手机开着。

见姚老板走了，妈咪和小十一起去点信封里的钱，整6000。小十和妈咪互相惊讶地看了一眼。

晚上，小十和彩霞作了一次长谈，从谈话中小十知道，彩霞已经适应了月亮城的环境，甚至连客人的性骚扰也能应付了。小十趁热打铁，就说那些男欢女爱的事，并假设了一个条件，问彩霞能不能再向前走一步。彩霞连连摇头说，绝对不行，我只做平台。小十语重心长地说，彩霞呀，也不瞒你，我早就挣到50万了，你每天只做一个平台，多少天才能挣到我这么多钱。我们出来又是为什么？在别人眼里我们又是什么？彩霞问，是什么？我们不是搞公关的吗？小十说，谁不把好听的留给自己呢。可别人呢。在别人眼里，我们讲喝红汤的，是鸡，是婊子。我这么说难听了点，但是，自从我们走进月亮城那天起，我们就把这招牌挂在脖子上了，现在已经长到肉里啦，就是再锋利的刀子也刮不掉。还有，我上次回去，大人小孩看的神情全不对，那眼个个都是六边形的，他们的心思我全明白了。我们这些女孩子只要走过靠山坪东边那条路，就算是把裤头子到脚脖子啦。还有，我讲出来你要把持住，靠山坪和百户村的人指定我俩就是做鸡的，尤其对你，什么话都有，一句比一句邋遢，你就是打着十三盏探照灯，成年累月地探照，也扒不出一句好话来。

彩霞的脸一下子红了，头上一层层地冒汗，这么多天来，在她心里堆积了一层又一层摇摆不定的东西，现在都得到证实了。她的心里涌动着一种羞怒之情。

小十对此毫无察觉，她说，来到这里，走这一步与不走这一步，名份都是一样的。但收入却是天壤之别，这是最简单的数学，你就是再讨厌它，也能算得出来。

彩霞无动于衷地抑或是说带有强烈抵触情绪地说，我不能走这一步，就是为了赵欣，我也不能走这一步。

彩霞的态度让小十有点害怕，她一把抓住彩霞的手说，你怎么这么吓人，该不会明天就走人吧。

彩霞这才意会到了自己的情绪，她说，不会的，至少到月底我还会在这里。

小十点了点头，然后又问，今天是多少号？

彩霞躺下说，我也想不起来了。

这几天，姚老板不停地给小十发手机短信，小十实在顶不下去了，就和妈咪商量了一下，约姚老板到月亮城来。

姚老板自己开着车，兴冲冲地来了。妈咪和小十对姚老板说，给你重新找一个吧，才十六岁，中专学生，还是个城里姑娘。人家愿意，价钱也合理，1500块钱就搞掂了。

姚老板说，城里的女孩一身汽油味，我就喜欢彩霞身上的那种泥土香，除了她，就别跟我谈了。

晚上，姚老板住进了月亮城休闲中心宾馆的205房间。12点半，随着一阵急促的脚步声和呼哧呼哧的喘气声，两个服务生用被单把一个人抱进了205房间。姚老板见抱进来的果真是彩霞，他从花瓶底下拿出200元钱来，两个服务生一人拿去一张，得意洋洋地走了。

关上门，姚老板走到床前，他附下身去，在彩霞的嘴唇四周闻了闻，他闻到了一种芬芳，他心里明白，今晚彩霞栽在了麻丁香上。这是一种从菲律宾偷运过来的无色药剂，喝了它，半分钟就不属于自己了，此后，没有五至六个小时都难醒过来。

姚老板笑了，他按捺着内心的激动，轻轻地从容地揭开了彩霞的衣扣，随着第一个纽扣从纽眼里脱落，姚老板的心就狂跳起来他万万没有想到——个农村女孩的肌肤会如此细嫩，如此富有弹性，那上面有一层光晕，这使姚老板想到了佛，想到了那种令无数人膝下松软的闪烁。当他用颤抖的手解开第三、第四颗纽扣时，他惊呆了。

姚老板在一阵阵眩晕中，轻轻地无比谨慎地揭开彩霞的衣服，顿时感到有一种东西在推他，在震慑他，他往后退，再退，他的心中，有一股股热流也正在退潮，他知道，这是他自从见到彩霞那天起就开始积聚的邪恶的欲望。而那一幅幅画却在他眼前叠印和交错起来，那是里贝拉的《圣伊涅萨》、戈雅的《着衣的玛哈》、罗姆尼的《祈祷》、安格尔的《泉》……

他坐了下来，心中一阵阵后悔，恨自己忘了带数码相机，忘了带摄影机，还恨自己忘了带画板，带颜料，尽管那块画板已在自已的阁楼上闲置了八年，但这不影响他用全部的热情来表现面前这幅伟大的油画。

两个小时下去了，在这两个小时里，姚老板就那么呆呆地坐着，眼睛一时也没有离开过彩霞的身体。在这两个小时里，他的心中有一只火炬，一直在熊熊燃烧，令他圣洁而充满理性。

这时，他忽然觉得这灯火有点微弱了，他向彩霞走过去，用那洁白的被单将彩霞的身体裹了五分之一，这期间，他的手接触到了彩霞的身体，他的脸骤然红了，谁都不会知道，一种神圣的感觉和一种生物的冲动突然在那只火炬接近残灭时，一起来到了姚的心中，并开始了疯狂的决战。这是一场多么残酷的厮杀啊，这是一场多么难挨的鏖战啊，终于，他开始咬自己的手臂了，他在心里说，你看看，肮脏的东西，你睁开眼看看吧。这是一个你能侮辱的身体吗？这是上帝的杰作呢！这是由一双神圣无比的手雕刻出来的杰作，你敢毁灭他吗？你就试试吧，胆大的淫贼，无耻的恶棍，你想往神器上泼污你就干吧。你会受到诅咒的，是最灵验最可怕的诅咒。刀劈斧剁，碎尸万段，在劫难逃！他坐下来了，他冷静了。

又有一个小时过去了，姚老板脸色苍白，形容枯槁，他被自己折磨得生死不能，他被自己的战争拖垮了，耗尽了。他像一间空空如也的仓库，更像一条干枯发灰的河道。

麻丁香是小十放的，剂量要比原定的少。

彩霞醒来时，两只眼不是慢慢睁开的，而是像窗户一样，一下子被谁推开了。这把毫无准备的姚老板吓了一跳，他从椅子上猛然站起来，心中闪过一个要逃的念头，但不知为什么，脚下却像被钉上了钉子，致使整个人怎么也动不了。而此时彩霞也一下子坐了起来，她看了看完全赤裸的自己，又看了看呆若木鸡、一脸难堪的姚老板，嘴唇一个劲地颤抖，一句话也说不出来。泪水却像瀑布一般在脸上不断地披挂而下。

姚老板开始向后退了，一直退到门把手上，彩霞叫住了他，彩霞说，你过来。你不能走，你过来！过来！彩霞的声音像不断加速的火车发出的那种声音，在姚老板耳边轰鸣，迫使姚老板一步一步走到彩霞的身边。彩霞就打他，狠狠地打，打累了，手打痛了便放声大哭。而此时，姚老板希望彩霞在打过他以后再能骂他一顿，用那种最侮辱人的语言骂他，然后就放他走，彻底结束三个多小时来的地狱般的生存。可彩霞一直在哭，竟连衣服也不穿，她似乎忘却了自己身体的存在，忘了屋里离他不到一米的地方还站着一个男人。而谁又能知道此时的彩霞已绝望透顶了呢，在她心里，身体已不重要了，已没有任何遮挡和修饰的价值了，那曾是她的骄傲，是她的一件宝贝，可今天连一张废纸都不如了。姚老板端起两只手，诚恳地说，阿霞，你听我说……

一只枕头飞了过来。

姚老板仍然端着手说，阿霞，实际上……

又有一只枕头飞了过来。

姚老板不再申辩了，由彩霞继续哭下去。彩霞就一直哭，最后哭得筋疲力尽，奄奄一息，就像一枝脱水多日的花。这个时间里，姚老板想过娶彩霞，他在心里说，彩霞呀，如果有可能，我一定要娶你，主动权全在你手里。

直到第二天下午3点，彩霞穿衣服了，然后坐在床上抽泣。

姚老板说，我们……谈谈吧。

彩霞说，你去死吧。

条件你提。

你去死，你一定要死！一定要死！

谈判无法进行下去。

天又黑了，外面红红绿绿的灯影从窗口的缝隙中挤了进来，205房间的灯火自然饱和起来。

姚老板说，你提个要求吧。

彩霞没吭声，但她的牙却在咯嘣嘣地磨着，听起来像磨刀，这让姚老板有点不寒而栗，毛骨悚然。

姚老板马上加上筹码说，我可以答应你的一切，你尽管提。要钱还是要房子。如果想要汽车也可以。

彩霞明显没有开始那么激动了，她默默地坐在那里，她的双眼肿得很厉害。看她眼中的泪水又聚集起来，并最终向下流淌，姚老板的心中涌起了一种万般怜爱的情愫。

姚老板明显很冲动地说，你提吧。所有的条件都可以。

彩霞抬起头来，看着墙上悬挂的一幅英国画家康斯太勃尔画的风景画《代丁汉的船闸和磨坊》。

姚老板也把目光转向那幅画。

彩霞说，我们家比这还漂亮呢。姚老板说，我相信。

彩霞说，可那里太穷了。穷了就要被人欺负。

姚老板低下了头。彩霞也低下了头，一串泪水顺着她的脸颊往下流。

你给我修一条路吧。彩霞突然这么说。

姚老板没有听懂彩霞的话。

彩霞说，从我们靠山坪到县城有一条路……

姚老板问，这路怎么啦……是你家的吗？

彩霞摇了摇头说，就修这条路吧，这条路不好走，还摔死过人。姚老板怔怔地看着彩霞，眼睛模糊起来。

天气预报说今天是个大晴天，所以彩霞的三哥李飞一早就到田里揭小秧田里的塑料皮去了，一忙就忙到上午九点。这时本家亲戚扛着大锹从塘口走来，见李飞撅着屁股在那忙，就说，李飞，你可知道，彩霞回来了。李飞呼地直起腰来，惊喜地问，这个死丫头什么时候回来的。亲戚说，刚到家。李飞忙上田埂找鞋子。亲戚向四周看了看，把大锹往泥里一蹾说，李飞，我跟你讲一件事。李飞一边手慌脚乱地穿鞋子，一边看着亲戚。亲戚说，这丫头是跟胡西平家的那个小十一起回来的。有个男的送她们，车子开到路口陷到泥里去了，小十招呼我们去推，我看到你家彩霞就坐在车里。李飞的脸色一下子变开了。亲戚接着说，这才几个钟头，满田满洼的闲话都传出来了，说彩霞出去被人包小了，现在回来是显摆的。你家彩霞跟她在一起，

又能干什么呢。李飞问，他们人呢？亲戚说，小十回自己家去了，那个男的在自己车里呢。长得跟鬼一样，男不男，女不女的，你看，那头毛都留到这，简直不像个人。李飞气得只用鼻子来回呼吸了。亲戚又说，这个事你要管管，可不

能由马信缰，这靠山坪的一门李，头上可顶不动这一盆脏水呀！

李飞三脚并着两步往村子里走，刚踏进家门就看到彩霞和父母亲在说话呢。见三哥回来，彩霞忙站起来打了招呼，李飞没搭脚他一边往后院走，一边冷冷地说，你来。彩霞看了看爹娘，向后院走去。

到了后屋，李飞上上下下打量了一番彩霞，气不打一处来增说，你看你这穿的都是什么玩意？还像人吗？彩霞看了下自己身上衣服说，这是才从中央门商场买的，怎么啦？李飞说，我不跟你说这个，我问你，这么长时间，你是不是和小十在一起。彩霞点了点头。李飞问，你知道小十是干什么的？她不是干净的人。

彩霞把脸转到一边。

李飞又问，是不是一个男的把你们送回来的？彩霞说，是的。人家是老板。李飞说，不对，那是个嫖客。说到这，他用手狠狠地戳了一下彩霞的脑袋说，你家败了你知道不知道？你把我和我爸的脸丢尽了你知道不知道。我再问你……

彩霞擦了下眼泪说，别问了，我走。李飞立即说，那你走，快走，慢一点，我砸断你的狗腿。丢人！彩霞说，我没丢人。李飞说，滚！彩霞转身就走。

到了前屋，父母亲一起站了起来，母亲问，彩霞，你三哥跟你什么啦？彩霞强忍着泪说，说个小事，我走了，我带姚老板到村里谈事去了。父亲说，这都晌午了，谈什么事，叫人家来家吃饭。彩霞泪快要出来了，她摇摇手，头一低出了家门。父亲弯腰把鞋子一拔奔后屋去了。

小十到家时，家里的两层楼已竖了起来，加上今天小十又回来了，全家人喜气洋洋的。在楼上，胡西平跟小十说，弄那么张扬么，自己打票要几个钱，还要小宝车送，不让人说闲话吗？小十说我是搭车，人家是专门送彩霞来的，是个大款。胡西平眨了眨自己的老烂眼问，彩霞跟人家了？小十说，就那么回事吧。胡西平用哼了一声说，这一步，我早就为她算到了。这丫头，一身妖气。小十说，爸，你说话怎么这么难听？胡西平边向外走边说，我懒得糟蹋她，还难听。正在这时，有人喊，小十，靠山坪的彩霞来看你。小十忙抢在父亲的前面冲到门口，她看到彩霞和姚老板正向自己家走来．

中午，彩霞和姚老板在小十家吃饭。吃饭的时候，小十妈没上桌子，她端着饭碗在门口挡住了那些看热闹的妇女。有人问，这男的是什么人？是不是小十……

小妈忙说，不是不是，这个男的是彩霞带来的。是个大款，你看那手上戴的戒指就够你带一门媳妇的。这一回，我们家小十是搭他们车回来的。有人问，彩霞该不是被那个男的包了吧？小十的母亲就一个劲地笑，脸上一副想当然的神情。又有人问，这个大款是来干什么的？小十妈压低声音说，这大款先前答应彩霞的，说是要把靠山坪东边的那条路修起来。有人惊呼，我的个乖乖！这李大眼家女儿这么值钱呀！旁边一个妇女挺嫉妒的，就撇了撇嘴说，什么值钱，那也不是一夜卖的价。另一个妇女把筷子搭在碗上，忧心忡忡地说，按说靠山坪东半边那条烂肠子路早就该修了，只是用这种钱修路不吉利呀。路可是要给子孙万代走的。

在饭桌上，胡西平果然婉言拒绝了姚老板的好意。刚才，姚老板在谈这个事时，彩霞很兴奋，她觉得自己总算为村里做了一件体面的事，她并不想从这件事上得到什么荣誉，她只希望通过这件事，能得到大家的理解，能消除这么长时间来靠山坪人对她的猜测和误解。她认为胡西平听到这个消息，肯定会很高兴的，说不定他会拉着自己的手，激动地说，彩霞呀，这一下我们可算看清你了，你是在为我们靠山坪，为我们百户村，也是为我们全大齐乡做好事。呀！她万万没有想到，胡西平能把这种好事推掉。

吃过饭，彩霞越想越气，她撵到屋后，拦住正要往茅厕棚子里钻的胡西平说，哎！我问你……

胡西平被吓了一跳，他有点不高兴地说，哎什么哎，我打树丫子里出的？没有姓呀？彩霞不管这一套，她问，到底为什么？胡西平把嘴里的烟把子噗地吐掉说，不为什么。就是那条路你不能修。不能用你的钱修。靠山坪东边的那条路可是要给千秋万代走的，有一点不吉利，我这个村长都交代不过去。说完，胡西平钻进了棚子。

彩霞都明白了，头上像是被浇了一盆凉水，呆呆地站在那里。这时，她忽然听到一阵阵很大的撒尿声，她连忙走开了。她决定陪姚老板去找乡政府。

第二天，彩霞带姚老板到乡政府去。车子开到乡政府门前，彩霞看到村长胡西平和乡长曾世茂正说说笑笑地从信用社大门往外走，看到彩霞下车，胡西平草草地跟曾世茂打个招呼，顺着墙根就躲开了。

正如胡西平当初吓唬彩霞三哥李飞时所说的，如今的曾世茂全身揣了乡长和乡党委书记两把刀，脸也大了，腰也粗了，见到乡里来了部灰色雪铁龙，竟然看都没看，就回到自己办公室去了。

接待彩霞的是王道彩副乡长，会谈是在会议室里进行的，明白了彩霞他们此行的目的后，王道彩十分感动，她连连说，你们喝茶你们喝茶，我去叫书记来。

实际上，会议室和曾世茂的办公室是一间房子，只是从当中隔了块木板，这边咳一声，那边都听得清清楚楚。

转个弯到了曾世茂的办公室，王道彩像报喜似地把彩霞他们的来意向曾世茂做了汇报。她激动地说，曾书记，这些年来，靠山坪那条路就是我们乡最大的心病，是我们乡干部挨群众骂的根。靠山坪穷在那条路上，全乡经济工作的步伐也慢在那条路上。今天，山坪的彩霞富了不忘家乡，要用自己的钱为乡亲们修路，这是一种奉献行为，我们应该把她作为一种典型来重视和宣传。

这些话，坐在会议室里的彩霞和姚老板听得一清二楚，彩霞里一热一热的，很想哭。姚老板也舒了口气。

办公室里，王道彩高兴地说，姚老板就在会议室坐着呢，曾书记过去一下吧。

王道彩只顾高兴了，她没发现，在她汇报的时候，曾世茂的脸上一直就没有表情。听到王道彩说到这里，他抬起头说，向客人传达我两点意见。第一，靠山坪的路，既没安刀子，也没埋地雷，还能走，无需他们担心；第二，靠山坪自古民风淳朴，我们不能用一个外出打工妹没日没夜挣来的钱修这条路，我们谁也担当不起这有伤风化的名声。

王道彩里一下子就明白了，她对此很有看法，脸色刷地就摔了下来，坐在那里动也不动。这时，彩霞突然闯了进来，她眼里含着洞花，气愤地问，你这么大乡长，怎么这样说话？

曾世茂问，你是谁？彩霞说，我是靠山坪的彩霞。我知道你为什么要这么说，我也知道你说这些话是什么意思。人要凭良心，你这么大乡长要凭良心。由于激动，彩霞说话时都变音了，把大乡长说成大像章。曾世茂义正严辞地说，我不认识你。我正在国家机关办公，你要是妨碍公务，我马上叫乡派出所来，也可以打110，就看你喜欢哪个单位了。彩霞不敢吭气了，站在门口，气愤地看着曾世茂，泪水一层层地翻出眼帘。这时，王道彩站起来，她扶着彩霞的胳膊说，小李别气，走，我们到会议室去。彩霞转身向外走去。

一个小时后，姚老板的雪铁龙开进了葫芦县县委大院。县委办室的杨主任听完彩霞的介绍吃了一惊，他忙去找直接抓全县招商引资工作的张书记。不到两分钟，张书记快步来到县委办公室，又是寒暄又是握手，亲亲热热地把彩霞他们请到了自己办公室。

在张书记办公室，姚老板亲自介绍情况。不愧是硕士生，也不枉是走南闯北的商人，就这么一件修路的事，往上，姚老板把它跟国家联系在了一起，对下，又把它和南京一小时经济圈挂上了钩，现在则又和拉动葫芦县一体化经济、建立新型农村模式糅合在了一块；而且条理清晰，层次分明，阐述得当，表达到位；加上姚老板那富有磁性的男中音，连彩霞都听呆了，一愣一愣地像看电影的样。

张书记喊来杨主任交代了三点：一，中午县委全体领导班子在本县最豪华的西克姆大酒店陪同姚总及李小姐吃饭；二，把县委招待所最豪华的套间留给姚总；三，下午开全乡乡长及乡党委书记会议。

杨主任把姚老板和彩霞请走后，张书记大步流星地来到组织部长办公室，他对组织部长说，大齐乡的曾世茂，不是什么好东西。这样的干部也配选进乡党委班子。

组织部长抗打击能力非凡，坐在那一个劲地笑。张书记就说，你别笑，你也不是什么好东西。组织部长的笑声更大了。

中午吃饭时，已经戒酒一个多月的张书记首先站起来，恭恭敬敬地向姚老板和彩霞连敬了几大杯酒，接着，其他人没有一个敢怠慢的，纷纷起来敬酒，也都是满满几大杯，把姚老板喝得心惊肉跳。张书记一边用公筷给彩霞夹菜，一边和蔼可亲地说，听说李小姐还是我们本地人呢，有什么困难和要求都可以向我提，我保证让你满意.

这可是本县最大的官和自己说话呀，彩霞心里很感动，她想了一下说，我有一个好姐妹，是和我一起来的，现在在乡下，我想把她接过来。彩霞说的是小十，张书记立刻答应，并叫小车班马上出动。

下午，全乡乡长和乡党委书记会议在县委大礼堂召开，今天一反常态的是，张书记第一个来到会场。不一会，曾世茂和两个乡干部说笑着走进来。从曾世茂走进会议室的大门开始，张书记就盯着他看，把曾世茂看得直眨眼。

人一到齐，会议就进入了正题，首先由各乡汇报乡镇企业进展情况及招商引资情况。临到曾世茂汇报时，曾世茂一边抖着腿，一边叼着烟说，过一下。我还没考虑好。说着，腿抖得更厉害了，而且整个身子都晃了起来。张书记突然指着曾世茂说，曾世茂，你再晃，你再晃，再晃我让你就地趴窝！

屋子里一下子静了下来，曾世茂大吃一惊，忙把身子坐正了，趿拉着眼皮，不敢看张书记那张脸。

张书记点上一支软壳大中华，吸了一口说，目前，招商引资是全市最大的中心工作，不容易啊！从去年三月份起，我亲自接触了个大老板，我是热情相待，好话说尽，到最后一个也没留下来。而就有人能做出这样的怪事，一个南京来的大老板，找上门来要求为我们修路，却被人拒之门外。这叫什么？

曾世茂全明白了，他点上一支烟，由于紧张，也由于气愤，两只手不停地抖着。

张书记用手指头重重地点着桌面说，这种行为，客气一点讲叫腐败，不客气地讲就叫渎职犯罪！

大家把目光一起投向曾世茂，但又马上转到一边去了。

张书记说，我这里有许多人民来信，都是反映你们这些乡干部的，我申明一下，对于下面反映上来的问题，我看不见，抓不到手腕子，我暂不挂账；不过，我是主管全县招商引资的，谁要是在这上面跟我唱三句半的大事，你就是狗官。看我敢不敢动你屁股底下的那张椅子。

曾世茂一头是汗，几口就把手里的烟抽到了过滤嘴跟前。

张书记说，曾世茂你听着，靠山坪到城西的那条路就交给你办了，如果投资方不修你就修，乡里没有钱，拆你家东山墙。

晚上，县电视台、县广播电台先后播发了一篇新闻，新闻稿很长，新闻标题叫《靠山坪的彩霞》。播音员充满感情地说，靠山坪的彩霞绚丽而多彩，它给靠山坪人带来的是和煦的阳光，是辉煌的前景，璀璨的未来！播音员还说，鉴于靠山坪的李彩霞为靠山坪所做的贡献，县共青团、县妇联、县工会、县青少委、县文明办准备分别授予李彩霞同志优秀共青团员、三八红旗手、先进生产工作者等光荣称号，那条即将动工的路也将被命名为彩霞路。

由于广播里老出现彩霞的名字，靠山坪的人都蹲在大喇叭下面或坐在电视前收听或收看。毕竟是广播、电视放出来的，政府都说是光荣的事哪有不光荣的，于是就有一帮人到彩霞家贺喜。彩霞的父母无限光荣，脸上都五光十色的。李飞却躲在屋里不出来，蹲在床上一声不吭；而相隔不到五里路的百户村的胡西平也在一口又一口向地下吐着唾沫。

也就在这个晚上，葫芦县县委又为彩霞他们摆了一次盛宴，也仍然由全体班子陪同。小十也来了，她就坐在彩霞旁边，不知为什么，浑身直抖。她承认自己已对付过几百个男人，但那是在月亮城，在那里，那几百个男人比她还下贱，那时，她感到他们是平等的，今天则不同，她感到自己像一只放在太阳下的巧克力雪糕，那层外衣随时就会被爆破、溶化。为此，她不仅不感谢彩霞，相反责怪彩霞多事。

吃完饭，趁张书记从洗手间里出来，杨主任上去问如何安排就寝，张书记说，咦！你怎么还问这个事，上午不就定下来了吗，套间给姚总他们，再开一个标准间吧，给那个小胡。杨主任说，李小姐说，她和姚总不是……

张书记的脸上顿时有了不悦之情，他说，就这样安排吧。难道还要人家姚总自己提出来吗？

杨主任见张书记喝得太多，心想，你这是张老爷乱点鸳鸯谱呀，又不敢再问，就先自去招待所去了。

张书记带着几个副县长，亲自把姚总和彩霞、小十送到招待所。小十被杨主任带到四楼上去了，张书记等就在大套间里和姚总、彩霞话别。张书记说了许多客气话，最后，张书记对彩霞说，彩霞路竣工那天，我给你留个位子，就坐在我旁边，哎对了，你还要参加剪彩。彩霞笑了。

葫芦县的父母官们的热情令姚老板十分感动，他拉着张书记的手久久不愿放松，说遇到了知己，很想再聊聊下一步的事。这是张书记求之不得的，他一招手，几个心里有事，急急要走的副职们只好又都停下来，有的掏出了笔记本。彩霞一看这阵势，就走出了房间。

出了房间，彩霞迎面碰上杨主任，彩霞问，杨主任，小十呢。杨主任说，在四楼，482房间。李小姐，我正要找你，你看你今晚……

彩霞忙说，我到482，我跟小十住在一起。杨主任想了一下说，这样，我到总台再开一个房间，怎么休息随你，我到姚总那等你。

彩霞点了点头，说了声谢谢便向四楼爬去。找到了402，彩霞敲起门来，边敲门边喊，小十，小十。敲了半天，门才打开。小十露出半个脸来，她笑着小声说，正在营业，请勿打扰。嘻嘻嘻……

彩霞向屋里瞥了一眼，果然看到地板上有一条花领带。小十晃了晃手里的安全套问，要不要？彩霞砰地一声关上了门。

彩霞站在门口愣了一会，忽然想到杨主任要单独给自己安排房间的事，忙向楼下走去。可当她下到二楼后却找不到那个套间了，正在她到处乱转的时候，忽然听到楼梯口有人说话。她分辨了一下，知道讲话的人当中，有一个正是张书记。

张书记，关于修路的事情，曾世茂有他的委屈。他说那个彩霞是做那种事的。用这种钱修路，传出去影响不好。

张书记说，思想要解放，观念要更新，不能只在嘴上讲，我还能不知道她是干什么的？谁说婊子的钱不能用了，用得好，用在了实处……

到了夏天，路修好了。那天是剪彩日，大齐乡乡政府特地在路边搭了个大舞台，远远看去，人山人海，彩旗飘飘。城里来的军乐队和乡下的民乐队比着吹，到处都是呜哩哇啦的声音。参加表演的县歌舞团的男女演员们在场子一边伸胳膊撩腿的，等着上台卖弄。长长的主席台上，领导们已纷纷就坐，几架摄像机和十几部照相机都对准了一个席位，席卡上写着彩霞两个字，但那张椅子却是空的。

而此时，彩霞正坐在一座低矮的坟前和谁说着话。从这里可以看到那条洁白的在太阳下面发光的新水泥路，也能看到那热闹的场面。彩霞对赵欣说，赵欣，你看看，我把路修好了，你走走看，保证不会再摔倒了。你看你这间小屋，怎么这么简陋呀，现在我手里有些钱，你别怪我不给你修房子，这个钱不是我的，明年清明节我回来，我用自己的钱给你盖一件大瓦房，好吗？

熊 坑

我先说了三个鬼故事，一个是发生在北京故宫里的故事，一个是发生在过海隧道里的故事，一个是夜班女接线员的故事。对于这三个故事，我做了精心设计和渲染，效果很好，杜子尚被吓得半死，在地下夸张地爬着叫着痉挛着，一副被电击和重创的样子。接着，子尚也讲了一个鬼故事，他说的是去年秋天的事，一个大学生陪他那个漂亮的母亲到豆蔻山游玩，结果他母亲失踪了，据这个大学生说，12 月 9 号他和母亲上山时，前面有三个矿工。他怀疑他母亲的失踪与这三个矿工有关系，结果一调查，这三个矿工早在 10 月份就死了。“有这事？真的假的？”我问。子尚说：“真的，案子最后被欧阳席克给破了。”拉动内需经验交流会在大连召开时，我遇到了搞并案侦查的欧阳席克探长，我问他：“有这事吗？”席克很严肃地说：“有的。不是三个矿工，是四个。”

报案的是志远大学美术学院大四学生安培，一个 21 岁的男生，个子很高，身材纤细，纤细得有些打弯。走路时头向前伸着，看上去有些驼背。头发自然卷曲，鼻子略尖削，有欧洲血统的感觉。他说 12 月 9 号上午，自己和母亲到豆蔻山游玩时，母亲突然走失；此后，他在原地一直等到天黑也没见母亲回来，他觉得母亲可能出事了。

这是第二起豆蔻山游客神秘失踪案，志远市公安局对这个事情十分重视，李局长找来席克跟他说案情。席克从李局长那里知道，豆蔻山原来叫鬼喊山，据说当地死了人，多把尸体藏在山洞里，久而久之，这里的鬼很猖獗，经常下山缠游客。“相信你母亲被山鬼摄去了吗？”席克问安培。安培的样子使他想到了非洲草原上那些突然失去母亲的小角马，憔悴、瘦弱、忧虑、恐惧、痛苦和迷惘，让人陡生怜爱之心。

安培声明了自己的观点，他说自己是个无神论者，他根据自己作画的体验，深切地感受到，能表现在自己画布上的首先是实实在在的物质，然后才有灵魂，而后者属于审美范畴，是有源的形而上，是鉴赏者的二度创作和劳动。

“豆蔻山山地陡峭，你觉得你的母亲会失足坠落吗？”席克问。

“不会，豆蔻山已经很人文化了，上山的每条路上都有护栏，再说我母亲一向谨慎、细致而且胆小，不会的。我肯定。”安培说，有些专注地近似痴呆地看着席克。“你能给我们提供一些新的想法吗？”安培的回答让席克有些无奈，他将身子向后倚了倚，看着安培说。

安培想了大半天，终于说："我和母亲上山的时候看见过四个人?"

"四个人?"席克把身子欠了起来。"是的。从山门到山上要坐缆车，是那种双人座的，他们就在我们前面，分乘两个缆车。""什么人?"席克想着安培的话。脑海中飞速地划过一些形象：时髦而服饰鲜明的外国游客、恋爱中的青年男女、大款、写生者……豆蔻山风景区的管理者采取的是一种杀鸡取卵的经营方式，只要进山门就收 430 元，所以一般的人是不愿意上山的。安培却说："矿工。戴着安全帽，那种有矿灯的安全帽。很脏，好像从坑道里才钻出来，我没法形容他们的那种脏!"安培比画着。席克则感到有些意外，他掐出一支烟，先是在烟的腰身上舔了一下，然后悠然地点上火，吸了一口，眯着眼看着安培。子尚问："景区有矿山?""没有。""没有矿山怎么冒出几个矿工?""我不知道。但是我说的都是实话，我的眼睛很好。"安培回答不了景区有否矿山这个问题，席克和子尚也不知道景区是否有矿山，他们只好把话题转向安培和他的母亲上山游玩那天。

"那天天气真好。"安培回忆说，他显得很仔细，这使席克和子尚能想到他母亲的样子。"山里有许多红枫。空气像是被仔细过滤了，清新、爽净。我一时间竟然忘了自己是来画画的，完全被浸染和陶醉着，心里荡漾着一种幸福的情愫，因为这个景象和我 9 岁时一个梦十分相像。"席克发现这个安培在悄悄地流眼泪。"那时候你母亲呢?"他问。"她在我的后面，当我架好画板画画时，她就向另一个方向去了。""那四个矿工呢?""不知道，当我画画时，他们可能已经埋伏好了。""你说什么? 埋伏?""是的。我母亲失踪以后，我就在琢磨这个词，我敢肯定，他们在上山时就有了阴谋，而我们一点也没有察觉。他们也许就埋伏在九回头那儿，那里有许多转折和幽深的地方，我母亲可能就是向那个方向去了。""于是他们就绑架了你的母亲?"

"应该是这样的。真可怕!""山上有很多游客，你为什么就肯定是那四个矿工绑架了你母亲呢?"安培显得很疲惫，他看着窗外说："我已经说过，乘缆车上山时他们一直就在我们前面。""这有些牵强。"子尚说，笑了笑。安培拿出一张照片，那是一个叫得上是惊艳的女人。"这就是我母亲。"安培说。"她真的是太漂亮了。我长这么大就没在家里贴过一张美女画，在我母亲面前，所有的女人都会灰心丧气，自愧弗如的。这四个人一直就在议论我的母亲，我们的缆车相隔有 20 多米，你想，在这样一个距离，他们的谈话是多么的清晰可辨。这是一帮长期埋葬在山里、埋葬在井下的下等人，他们议论起女人来可真叫大胆和令人恶心的。他们的眼睛让我不寒而栗，那时，我就担心过母亲，尤其是面对着这四个肮脏卑俗的家伙。"子尚很不喜欢安培对矿工的这种评价，当初对安培的同情很快就消失了。他严肃起来，要求安培重视证据，不要做不负责任的推断和联想。安培立刻表示反对。席克立刻结束了两人的辩论，然后向子尚布置了几项工作。

子尚用了两天的时间就完成了席克交给他的任务，他向席克汇报说："当天，豆蔻山风景区售票员没有发现有矿工上山；第二，风景区根本就没有矿井，相反，唯一一座矿山还在远离风景区 7 公里的地方。第三，风景区没有去矿山的路。按照安培的讲法，他和他母亲上山时，是上午 10 点多钟，这个时候，根本就不会有矿工带着下井器具进山。天呐……"说到这里，子尚惊呼，浑身打了个冷噤。"难道，安培真的看到了鬼？""是呀！"席克抱着自己的胳膊，在房间里来回踱着步，"这样，我们首先就可以排除这四个矿工是经过这里到矿山去上班的；其二，即使不是经过这里去上班，也不可能在那个时候到风景区游玩，而且按照安培描述的，这四个矿工的打扮也不是游玩的样子。那么是不是有一种可能，那就是安培幻视或者幻觉了？"

"是啊，我也在想这个问题。父亲早逝，母子二人相依为命，如今母亲也不在了，这真是件非常痛苦和绝望的事。"子尚说，"我觉得他有点糊涂。他跟我说话时，他的思想很不集中，像梦呓，那么，我们为什么不可以说他出现幻觉了呢？可能的。我同意。"子尚举起了手。

就这个问题，席克再次找到了安培。面对满眼疑惑的席克与子尚，安培显得很反感很激动："这么说，我在撒谎？目的是什么？企图呢？""我们觉得你很悲伤！"子尚意味深长地说。"于是我便糊涂了？在妄言，在胡说八道。"安培摊开手说，"那么我们还有必要就这个问题进行交流和切磋吗？我只能遗憾而极端地说，你在藐视一个重要证人，在草率处理一些尤为关键的证词。现在，我可以再一次告诉你，我看到了那四个矿工，真真切切，而且，我越来越相信我母亲的失踪与他们有关。我可以对自己的言论负责。我必须提醒两位警官，你们也要对你们的行为和态度负责，我是说将来，因为你们正在浪费最好的破案时机。那四个家伙，像四只鼬鼠正在接近你们，但是，你们的网却糟糕透了，是破的。"

这时，豆蔻山旅游局给席克打来电话，这个电话是他们约定好的，看来对方一直在说，席克只能耐心地听着，其间一句话都没接。等对方的话说完了，席克慢慢地关掉手机，他掐出一支烟，先是在烟的腰身上舔了一下，然后点上火，吸了一口，斜睨着安培说："你认为你的母亲还活着吗？"安培愣愣地看着席克，他的脸在一瞬间就涨红了，"你们找到了她？她还活着吗？"他有些紧张而激动地问。席克走过来，拍了下安培的肩头说："没有，我们还在努力。"安培愤怒地看着席克，然后把脸转了过去，席克看到，泪水挂满了安培的脸庞。"你不应该绝望，"席克说，"我们再努力一下吧。不过，我们需要你的配合！"安培把脸转过来，坚定地看着席克。席克说："你必须告诉我们，你所说的都是真实的。"安培的脸色顿时发生了变化，脸上的肌肉也扭曲着，他突然从口袋里掏出一把刀来，然后在自己的大拇指上划了一下，当鲜血一滴一滴掉落下来时，他一字一顿地说："这就是我的承诺！"说完，他藐视地愤怒地看了席克一眼，快步走出了大厅。

事情发生得很突然，席克和子尚都有点迟钝，两人先是看完安培的背影从门口彻底消失，然后一起看着洒落在地面上的那些血滴。它们坠落到地面上时都摔碎了，像一朵朵绽放的花。

子尚看着席克，这个时候他有点乱。席克说："刚才旅游局来电话说，搜山队在山里已经搜寻了四天，没有发现安培的母亲。"子尚看着窗外连绵不断的群山，深切地夸张地感受着其中的怪异和迷离。"我们凭什么就说四个矿工不能到豆蔻山?"席克突然问子尚。"是呀，我也这么想。"子尚说，"如果我们的传统推断被否定的话，安培所说的就应该引起我们的重视。""还有，"席克在屋里来回踱着步子。"售票员说她没有看见四个矿工上山，这也不是我们最值得信服的回答。我就观察过买票的流量，那个时候售票员根本就没有时间看清每一个顾客的脸。有的只顾低头数钱撕票，对顾客一点兴趣都没有。""师傅对自己的推断自信吗?"子尚问。"不!"席克叹了口气说，"但是我找不到更合适的理由，譬如我不能解释安培为什么在这件事上撒谎，而且信誓旦旦。""我还能为师傅做一件事。"子尚自告奋勇地说。席克端详着自己的徒弟，半天才说："你去吧，不用跟我说内容，希望能给我带来好消息。我想到了一个地方，我也要赶过去。"子尚说："哦！师傅可别告诉我你要去哪里。"两人会心地一笑。

子尚离开后不久，席克再次去了豆蔻山风景区大门，在那里，席克找到了事发当天负责缆车服务的八名工作人员。"是矿工，才从矿井里出来。"席克叙述说。"都戴着安全帽，是那种有矿灯的安全帽。"

他得到的基本回答是："没有印象。不可能。""为什么不可能？你是说他们没有钱吗?""不！是舍不得钱。这笔钱可够他们去找好几次小姐的。"一个缆车工笑着而嘲讽地说："这些煤黑子，见到女人，命都不会要的。"席克不想在这件事上讨论，他心里焦虑而迷惘，他希望得到的回答是："有人的确看见了那四个矿工。"这样，他才会由此发散自己的思想。但是，目前他得到的回答都证明了一点，那天根本就没有什么矿工上山。那安培又是怎么啦？他为什么要坚持说自己看到了这四个矿工呢？晚上，席克站在矿山食堂旁边的小煤屑路口等着子尚，当暮色把一切都吃深吃透了，子尚夹着个皮包快步了走来。他们立刻在办公室碰了头，子尚的描述让席克更加纳闷。

"可以判定，安培是一个精神正常的人，这个没有问题。"子尚指了下自己的脑袋说。"我走访了他所在学校的教授、督导员和同寝室的三个同学，基本评价是：安培品学兼优。教授说，安培是学西洋画的，痴迷现代著名画家毕加索早期的一个叫着什么蓝色时期的绘画风格，作品带有梦的分析色彩。这种风格受超现实主义的影响，有意反对均匀、和谐、优美的传统美学观，而采取不协调的表现手法，专事制作一些怪诞的形象，给观众以精神上的刺激，以发泄自己对社会的不满。他的作品在学院内很有追捧者，许多教授都把他的画作为教学挂板，他的作品《男界》在全国新人杯大奖赛中还获得过二等奖，是一个十分有希望的画家。”“这么完美，没缺点?”“当然，他的系教授说，安培属于内敛型的人，个性很强，不合群。”“个性很强？艺术家基本特质吧。”“有一天，教授在课堂上剖析了他的一幅画，言辞可能犀利了些，他不能接受，就当着同学的面抽起了烟。”“还不合群?”“他不和任何人讨论自己的作品，也不参与学院的任何活动。和志远本城的一些学生不一样，许多学生恋群，喜欢赖在学院里，他却经常回家。哦，在他三岁那年，他父亲就因为多发骨髓癌去世了。他好像对他的母亲特别依恋。”“你觉得他有恋母情结?”“不得而知。但是有一点是肯定的，母亲的失踪让他很绝望。我去了那个墓地。”“他父亲的?”“是的。有人说在那里可以找到安培，我就去了。可是那天安培没有去，那个守墓人是个喜欢酗酒的家伙，他和我说话时，手里还拿着酒瓶，他跟我说，这个小伙子让人心碎。你听着，”心碎“这个词就是那个酒鬼说出来的，我想安培给他的印象真是太深了。他说，安培每天都去他父亲的墓前，不停地述说着什么，不停地流泪，直到天色沉沉，这实在让人心痛。”席克深深地叹了口气：“是的，是这样。”他说，抱着自己的胳膊望着眼前的群山，“在巨大的心灵伤痛面前，人是多么的渺小啊!”子尚转头看着席克，席克弹去烟蒂说：“为什么这么看我，晦淫晦色的。”子尚叹了口气说：“师傅，你真的不再年轻了。”“是呀，”席克抹了一下自己的下巴，“一脸的责任田。”“太自恋了吧。责任田多平整，是黄土坡坡。坑坑洼洼的不说，还乱糟糟的。”

晚上，席克和子尚下了矿山，在一家土菜馆坐了下来。坐下来后，席克出去打了几次手机，不一会，让子尚惊奇的是，骨头刘和安培都来了。“你别奇怪。”席克对子尚说，“这是我昨天安排的。”安培不愿意参加他们的晚餐，于是在晚餐前，由席克导演，安培叙述，骨头刘为那四个矿工画了像。

到了下半夜，骨头刘对画像又做了几次修改，然后他把画像递到了安培面前。“是他们吗?”安培点了点头，这期间，他的思想中好像出现了反复，于是又特别端详了一番，然后再次点了点头。

这是几个特征迥异的人，那个五十多岁的男人是个歪脖子，另外三个一个是独眼，一个光头，另一个二十七八岁的样子，左脸有一块很大的痣。安培对这个年轻人脸上的痣作了特别说明：“是中国红的。”“你怎么在痣上加了三根毛?”席克觉得这张画像存在主观性，他问骨头刘，骨头刘说：“是证人让我加的，他作了特别强调!”安培在旁边点了点头。“你凭什么来断定这四个人形象?”席克转而问坐在门后的安培。安培目不转睛地看着席克说：“特征。他们都很个性化，我一辈子都不会忘记。”席克对安培这句话感到很满意，也感到很迷惘。满意在，这符合人的记忆方式，尤其符合作为一个美术系高才生的思维方式。迷惘在，他认为安培没有看见那四个矿工的理由。

安培走后，骨头刘、子尚和席克一根接一根地抽烟，等屋子里看不见人时，骨头刘阴森森地说："凭直觉，我感到安培见过这四个人。"

骨头刘的声音从烟雾中飘了出来，显得空灵而怪异，子尚浑身上下顿时起了一层层鸡皮疙瘩。他说："我觉得这个人见到了鬼。"席克点上一支烟说："子尚明天去山上敬香吧，顺便请大师帮你做做法，我觉得你大魂当正。"骨头刘领会，哈哈大笑。子尚则向师傅接连做了好几个鬼脸。席克接着部署工作："下一步的任务，就是带着这四幅画像走访矿区。"说到这儿，他突然向子尚和骨头刘："会有一个结果留给我们，那就是，都说没有见过画像上的这四个人。""我自信这个结果不会出现。"骨头刘说，"我看好安培在叙述这件事情时的眼神。你们要相信我在这方面的天赋和经验。""你呢？"席克有些孤独，他问子尚。"我只说相反的结果。"子尚说。"如果找不到这四个人，就应该把安培送到精神病院去，对他做一个权威鉴定，非常必要，我怕一个最为荒唐而丢人的事情发生，就是志远市三个著名的刑事侦探，完全被一个精神病人控制着。OK！"子尚的话不无道理，席克不再说话，他向远方的山上眺望着，那里暮色缭绕，灯火游离。第二天，席克带着骨头刘和子尚去了矿山，在那里，他们找到了在一号矿负责井下作业的兰队长。

满脸大胡子，黑成了炭，牙被烟火巴结着，显得更黑，黑得连牙龈都找不到了。一脸的皱纹，深刻和杂乱得让人绝望，像是一道道怎么走也走不出去的山沟沟；说起话时就是个大烟耸子，呼呼的。"都死得差不多了。"他瞅着手里的那四张画像说。兰队长这一句话，把席克、骨头刘和子尚向上猛地提了一下，他们感到十分振奋和惊喜，来来回回地互相看了好几眼。"这四个人你都认识？"子尚问。"就是烧卷了、摊平了我也认识。"兰队长说，"都在我手下。两个管风镐，一个管电，一个管通风。"他还告诉席克，歪脖子叫马家奇，独眼的叫李克勤，光头的叫仰成兵，左脸上有颗红记的叫猫。"你说'死得差不多了'是什么意思？"骨头刘问。他要过兰队长手里的那四张肖像画，显得很得意，因为他的画像开始把本来扑朔迷离的事情肯定了许多。兰队长用那只粗大而变形的手削了削身上的烟灰说："我们早就报过案了。就是 10 月份，马家奇、李克勤和大光头接二连三地死了。都说是摔死的。我看像是被人凿死的。马家奇先死的，一个礼拜不到，李克勤死了，不到十天，仰成兵也死了。三个人都是下班路上死的，不知碰上了什么鬼。蹊跷！我这矿上的人现在都发毛了，下班不窝成一团不敢回家，还有几个吓得请假了，别号叫着请产假，哈哈哈哈。"席克接上一支烟，他吸了一口问："还有一个呢？""你说的是猫吧，离开一个多月了，离开那天好像是 11 月 17 号，那天矿上发工资，他连工资都没要就突然走了，不知什么原因，有人跟我说，猫走的时候好像被谁打了，满脸烂肉，走得很急的。"席克问："马家奇、李克勤和仰成兵是在他走前死的还是走后死的?”兰队长想了想说:“走前死的。有一个月,猫没来上班,也不知跑哪去了,我气得要埋他,接着马家奇、李克勤和仰成兵就一个接一个出事了。马家奇他们死了不久,猫突然回来了,我听说他回来了就想找他聊聊,也不打算骂他了,哎,我这还没跟他接上呢,他就走了,走得相当急躁,豺狼虎豹撵上似的。”

“这个猫有什么特征?”子尚问。

“左脸上有颗红记,另外,有狐臭,十里开外都能闻到,人说他早些年去过一家臭鼬场,第二天臭鼬就死了一半。”

席克从怀里拿出一张照片,这是一张安培在大学时代的生活照,当时正在山上写生,神情十分专注,风从身后吹来,他的风衣和头发都向前飘着。拍照片的人是个会用光圈说话的人,安培的背后全被虚了,整个人被光和影强调得十分飘逸和完美。“这个人你认识吗?”席克问。兰队长把安培的照片接了过来,看了一会说:“见过。是个大学生,城里下来的,画画的,很能吃苦,为了画我们矿山,他在下面租了间房子。好几年了,经常到我们矿山来画画。画矿山,画矿工,还跑到我们矿区找模特,找过我,我忙,没答应。我想起来了,猫失踪后他就没来过。”兰队长的回答让席克等三个人都有些发闷,回到旅社,子尚就说:“可以肯定的是,安培的确见过这四个人,但让人迷糊的是,这四个人有三个在10月份就死了,而猫也在11月份就离开了矿山,安培在12月份怎么还能看到这四个人呢?”“有一个可能。”骨头刘说。席克觉得骨头刘会有一些新想法,他忙递过去一支香烟,算是鼓励。骨头刘接着说:“那就是安培看错了人。”席克对骨头刘的话很失望,他摇了摇头。骨头刘见自己的想法没被欣赏,就拼命地假设和补充证据,手舞足蹈,喋喋不休,好像停不下来的样子。席克急了,他说:“子尚,到外面找根死人骨头塞他嘴里,叫他别叫了。”子尚哈哈大笑,骨头刘表示遗憾,叹了口气,躲到一边吃他的方便面去了。

晚上,矿山的动静一点也不让白天,三班倒的工人白天把体力都补充足了,这会儿铆足劲在转送煤干石。在这种环境下,子尚和骨头刘竟然呼呼大睡。席克却睡不着,他在不停地抽烟,当两包烟抽完了,他在一张纸上排列出三组人物,第一组由马家奇、李克勤、仰成兵、猫组成,一组由安培组成,一组由安培的母亲解媛组成。同时,他还提出三种可能:第一,过去,安培曾经看过这四个人,由于痛苦,精神出了问题,产生了幻觉;第二,当天,的确有四个矿工上山,但安培看错了人;第三,安培在说谎。对于自己的这三个推断,席克做了总结:安培肯定看过这四个人,但不是在12月9日那天。那么安培为什么一定要说自己在12月9号那天见过这四个人呢?

第二天,席克早早就醒了,他坐在床上,披着衣服,一边给自己掐烟一边对子尚说:“这几个地方你去走访一下。一是志远大学美术学院;二是志远的几个大医院；三是私人开办的心理咨询诊所。看看那里有没有为大学生设立的心理危机干预机构，如果有，调一下安培的病历。”子尚在上述几家医院的精神科都没有找到安培的病历，与此同时，席克也来到了志远大学美术学院。

“没有!”当席克打开有关精神病变的话题时，学院教授肯定地说：“安培这个同学除了个性强，很难与人相处，没发现有什么异常。”

参加谈话的还有大学心理干预办的一个教授，他分析了席克提供的诸多假设，最后的结论是：“即使是一个女生，也能承受住这种痛楚，不至于出现精神分裂的现象。我们在这件事发生后，按照校领导的安排，多次找过安培，对他进行过相关的心理疏导。我们感觉这个同学虽然很痛苦，但是还是很镇定的，毕竟是 21 岁的成年人了，渡过这个心理危机不成问题。”所有的回答，都不是席克所希望的，他有些焦头烂额，目前，他最希望的是赶紧找到猫。

席克的这种烦恼一直延续到平安夜，这是个外国人的节日，志远城却热闹得一塌糊涂。在一个西餐厅，同样聚集着一大帮八 0 后，他们又唱又跳，吵吵闹闹。席克和子尚一直就坐在这家餐馆的里角，当初，他们一进来就被两个女服务员戴上了圣诞帽。席克戴上这个帽子显得阴险古怪，他几次想拿下来，但最后还是戴在了头上。子尚则没有任何不适应的地方，他一直就和那个女服务员调情，正在这时，一个圣诞老人进来了，他背着一个大大的行囊，见到人就发礼品，因为有相当一部分人得到了圣诞老人的礼物，餐厅里的秩序好起来。子尚突然想到今晚应该给露露带点什么礼品回去，为此他的眼睛一直就没有离开过正在挨桌发礼品的圣诞老人，眼睛中充满了期望，不停地鼓着掌。圣诞老人很快就走到了子尚和席克的座位旁，尽管他带着头套，无法看清他的脸面，但是，还是能感觉到，他浑身都在淌汗。在圣诞老人向子尚和席克发东西时，席克笑了一下，因为他看见，圣诞老人的后背上写着伴侣婚纱影楼的字样，这说明这个圣诞老人是商品，他由此觉得商家真是个玩家，为了钱，连神都敢开玩笑。这么饶有兴趣地想着，席克也从圣诞老人手里拿到了一份礼物。而在把礼物发给子尚和席克后，圣诞老人就走开了，没有拿到礼物的几个客人在高声喊叫，但是圣诞老人还是走了。这个也是可以理解的，在圣诞节派一个圣诞老人来免费发礼物，不过是企业的一种促销方式，点到为止而已，岂能没完没了。

因为拿到了礼物，子尚显得很开心，他向席克大声解说着手里那个玩具的玩法，就在这时，让子尚惊讶的事情发生了：席克突然起身冲出了酒店。子尚先是被师傅的举动惊呆了，但很快就跟着冲出店门。

街道上华灯四起，人影斑驳陆离。跑出酒店的子尚，没有发现师傅，他四处张望了一会，终于在 113 路公共汽车驶离站台后，看见了席克的身影，他连忙追了过去。追着追着，席克的身影大而清晰了，同时，他也发现了席克追赶的目标，正是那个刚才在酒店里散发礼品的圣诞老人。子尚做了一个判断，然后转身向游乐场跑去。

子尚绕过游乐场时，正好和圣诞老人迎面相撞，由于两人都在奔跑，子尚像一只撞在墙上的乒乓球，被重重地反弹在地下，而此时席克已经冲了过来，一把将圣诞老人摔倒，并“喀嚓”一声上了铐子。这时，子尚爬起来，他猛地扯掉圣诞老人的头罩。在圣诞老人的头罩被扯下来的一刹那，子尚露出了惊讶之色，原来这个圣诞老人的左脸上有一块红记，正是他们在苦苦寻找的猫。

把猫押送到局里以后，子尚向席克献媚：“耶和华呀！你怎么知道这个圣诞老人就是猫呀？”席克一边洗手一边说：“哦，我想起了那些可怜的臭鼬！”子尚恍然大悟，他不停地吸动着鼻子说：“我拷，我怎么就没闻出来，师傅装了电子鼻了吧。我拷！”席克不再和子尚贫嘴，他让审讯室简单准备了一下便开始审讯猫。

“凭什么抓我？”猫瞪着眼睛问。他的眼睛可不小，突然睁大时像是弹出两只乒乓球，把在场的人都吓了一跳。“不是抓你，是请你！”寻所长说。猫伸了伸戴着手铐的双手，哼了一声说：“请我？还戴手铐，真是太客气了。”“别说了，问你事情呢？要老实交代。”子尚声色俱厉地说。猫说：“肯定，只要你们不打我。还有，我交代完了你们能让我走吗？我回去迟了奖金就没了。”席克弹去烟蒂说：“我让你认一个人。”说着，他出示了安培的照片。猫看过席克手里的照片后坚定地说，“我不认识这个人。”说话时，眼睛瞪着对方，一副受到惊吓和无辜的样子；人很瘦小，像是干货摊上的海马。席克见猫否认自己见过安培，心凉了半截，他郑重地十分严肃地说：“这种话请你再说一遍，我提醒你，有一件命案把你给裹进来了，你现在说的每个字，都将与你未来的自由有关，也就是说，你的每句话都会成为法院量刑的依据，你可万万想好了。”“我没见过这个人。”猫说，脸上的肌肉颤抖了一下，那颗痣上真的有三根毛，看上去让人心烦。说完这句话，他看着席克，好像是要感冒，有些清鼻涕正在向外流着。席克也死死地看着他，目光像扫描仪一样，在猫的脸上过滤着、筛选着、梳理着，直到猫抹去鼻涕，他才把安培的照片放到一边。

“为什么要我说认识这个人？”过了一会，猫竟然主动发难说：“他是谁呀？”席克不理他，把烟灰掸了掸，又拿出安培母亲的照片，在手上举着，然后看着猫。猫看了看照片，又看了看席克，然后摇了摇头，脸上一副茫然的表情。席克不死心，两眼死死盯着猫，直到自己感到无聊，才把马家奇、李克勤、仰成兵三个人的画像拿了出来。

“这三个人你总该认识吧？”席克问，他一直就坐在桌子上，这会跳了下来，因为，他觉得猫会给他一个肯定的回答，于是他将会一路追上去。猫看了许久，然后仰着头，看着高出自己很多的席克，显得犹豫不决。“认识还是不认识？”“认识呀？都在一个矿山的。”终于，猫好像是下了决心似地说。席克的眉头皱了一下，他在想着猫为什么在回答认识不认识马、李、仰三人时，会有这个态度，也就是说会出现停顿现象。“他们现在在哪里？”席克问，点上一支烟递了过去。“谢谢。”猫忙接了过来，他说：“我不知道。”“他们都死了。”子尚说。猫受了惊吓似地转而看着子尚，半天再说：“哦，我不知道呀？”

“矿山的待遇不低呀，你们的工资都是我们的好几倍呢，为什么要走？”席克问。“怕死。”猫淡定地说，脸上掠过一阵笑意。“电视天天放，老是说矿井死人，我怕死。我们矿上每年都死人，他们都埋在对面的山口，我一看到他们的坟就不自在。骨头里好像长那种带钩的小虫子，别提多难受了。”“你工资都不要啦？”席克问，盯着猫的眼睛。“不敢要。”猫说，“我怕兰国柱，我要去领工资，我就走不掉啦。”

席克知道猫说的这个兰国柱就是那个大胡子兰队长，不知为什么，猫说这句话，席克倒是有点相信。因为，兰国柱能使他想到恶霸。“你脸怎么啦？”席克问。“还有你的头。”“摔的……”猫说，下意识地抚摩了几下那些伤痕。“我看是刀伤……”席克说。“不是。”猫仍然很淡定地说，“树枝划的。差点要了我的命。你看，它离我的眼睛多近。”席克对于猫的从容感到有些无奈，他相信那道伤痕就是刀伤。

席克谈到了豆蔻山，表达了自己作为一个外地人对这里风景的羡慕和向往。“你是本地人，常去那里吧？”他问猫。“不想去。”猫说，“那里没什么好玩的，票价又高。”“去过吗？”“去过。很早以前。”“最近没去过？”“没有。让我去也不会去。”“12 月 9 号你在哪里？”“在井下。”“谁能证明？”“我们队都能证明。那天是兰国柱的生日，我们都凑了份子。”猫的证词特别具有考察性，子尚很快就和兰队长取得了联系，兰队长和另外几个员工都证明，猫说得属实。

离开猫后，席克和子尚坐下来认真讨论这件事，子尚也同意席克的观点，他认为猫对自己离开的原因，其解释是可以接受的，但是，他不承认自己认识安培又有没有道理呢？“两种情景两种回答。”席克说：“如果正如安培说的，12 月 9 号猫和马家奇等盯上了安培母子，猫就绝对认识安培。如果安培说了假话或者记忆混乱，只是过去在某一个场合见过猫，猫就未必认识安培。”席克决定安排安培和猫见面，他把这个想法告诉了子尚，子尚还没有回答，他的手机先响了。

电话是矿山派出所寻所长打来的，子尚听了一会，转脸跟席克说：“安培的消息。”子尚的表情影响到了席克，他紧张地问：“安培怎么了？”

子尚说：“他去矿山了。人在井架上，正准备向下跳呢。”席克有点意外，他掐掉烟火，快步走出了屋。接着师徒二人驾车向豆蔻山狂驰而去。

席克和子尚赶到出事地点时，正赶上矿工们上班，井架下里三层、外三层围了很多人，都把头向上举着，眯缝着眼向上看，脸上的表情十分兴奋。

井架不高，但是摔死一个人不成问题。寻所长手卡着腰正在向上面喊话，看来已经喊了很久了，有点声嘶力竭："我再说一遍，我们是小城镇，救生设备很差，你真跳下来，我们接不住的，我看你就下来吧，看过摔柿子吗，你要摔下来，烂得没有柿子好看。"上面没有反应，安培卡在两根支架中间，毫无表情地看着面前的群山。他脸色灰白，两眼绝望而无神。井架上风很大，他的头发被彻底吹乱了。寻所长换了口气，舔了下干燥的嘴唇，又喊："朋友，下来吧，回你们志远城跳去，那里楼高，看的人也多。海关大楼 90 多层呢，你下来，我陪你上去，你要觉得跳得不会太好看，我还给你买跳楼指南，谁说话不算数，就是天下头牌龟孙。"这时席克和子尚赶到了，他们拨开围观的工人来到寻所长面前。寻所长懊恼地问席克："这傻东西因为什么要跳塔？"席克被问得莫名其妙。他知道寻所长的劝说工作基本上是失败的。他仰着头看着安培。寻所长点上一支烟向上喊："你下来吧，这是市里领导，你不听话，可就把你给抓了。"席克对寻所长的劝说方法彻底失望了，他跟寻所长说："让矿上准备被子吧。""不行，等你把被子弄来了，他早就摔成皮夹克了。这傻鸡巴是个书虫子，我看是真想死了。"席克坚持了自己的意见，寻所长立刻喊来了矿长，不到半个小时，几十床被子弄来了。寻所长见大家围着井架把被子铺好了，他冲上面喊："好了，现在你可以跳了。"席克碰了碰寻所长，暗示他不要刺激安培，但是他发现，安培自己往下爬了。"喂喂喂，你不要下来呀。"寻所长无不嘲讽地喊，"下来就不好看了，你跳吧，你看，这一会来了多少人呀，你不跳大家就失望了。"席克再次制止了寻所长。寻所长激动地说："就这种倒霉事，我今年都碰上四回了，烦透了。赶快立法吧，谁他奶奶的再敢跳，阉了！"说话间，安培一只脚落地了，医务人员见状抬着担架就要冲过去，却被寻所长阻拦了。寻所长几步跨到安培面前，他推了一下安培，大声说："耍我们玩呢？你不是要跳吗？你还跳不跳啦？"安培冷冷地看着寻所长说："跳，但是我不习惯这么多人围观。""是吗？"寻所长无不蔑视和嘲讽地说。

"是的。"安培冷眼而从容地看着寻所长，一字一顿地说："更不习惯你这种素质的警察在场。这是一件神圣而优雅的事，你破坏了我的兴致！""这么说，我们还不该来救你呢？""是的，你们让我很烦。尤其是你。"寻所长一下揪住安培的胸口，他咬着牙说："你猴在上面时，知道我说了什么吗？""我都听见了。我更不想跳了，我不想把这么悲哀的事显摆给你看……"寻所长气疯了，正要发怒，被席克拦住了。席克把安培带到了自己的车上。

"为什么要做这种傻事？"席克声音很低地问，语气十分平和。安培看着席克的眼睛说："知道吗？我母亲死了。"席克点了点头，"你很悲痛。这个我们能够想象得出来。但是，目前还不能下这个结论，他们还在寻找。""找到又怎么样？她还是死了。""是的，我们只能寄希望于有奇迹发生。""极端悲痛，无法排解。""但是，这个世界上就剩下你一个人了吗？""荒无人烟。我母亲死后我才觉得荒无人烟。人生突然让我感到乏味和怨恨，我失去了一切信心。”“为什么不找找答案?”“呵呵呵，一个题目都不想做的人，还会对答案感兴趣? 你有答案给我?”“我认为缺乏自信的人有两种原因，一是受到了挫折或者说挫伤，二是不会做梦了。”“不，我夜夜恶梦缠身。”“这种梦不会纠缠你，而是激励和推动，譬如说远大的志愿和理想。”“哦! 这么复杂。”“后者比前者还要可怕，受到挫折没关系，但是失去了梦想，那就太可怕了。”“天哪，你为什么不到我们大学去客座，天哪! 实际上我已经被抛弃了。”“不，这世界上还有许多人关心你，包括那个你不喜欢的寻所长，他本人已经是肝癌晚期，但是他想极力挽救一条生命。你应该能听出来，他的嗓子都喊哑了。”“是吗。他太粗暴了。我不喜欢警察……对不起。”“但是，他还是在极力救你。大家都需要理解，你看天气这么冷，难道我们不需要温暖吗?”

听席克这么说，安培不再吭声，过了一会，他的眼泪突然流了出来，但他马上做了解释：“对不起，我的眼泪只是为我的母亲，我无法原谅自己，无法排解。”席克点上一支烟说：“我们一直在全力破这个案子。”“那又能怎么样?”安培流着眼泪说：“我的母亲还是死了。”

一个人在一分钟内老是重复着一句话，或者一张主张，足以让人感到这件事情对这个人的影响力和感染力有多大。“为什么老是认为你母亲不在人间了呢?”“我对她太了解了，她不过是一个艺术家而已，不管她在生活中多么光鲜和伟大，但是她毕竟是个娇弱的女人，她很脆弱，真的。”安培哭着。“我从来都没说过，但是，妈妈真的很脆弱，在那样一个家庭，现在我能感觉到她的艰辛，她真是太苦了，太艰辛了……”席克诚挚地说：“即使如此，人死不能复生。人死前有希望，人死后这种希望就是一种责任，你母亲的希望你想必是知道的。”安培点了点头，然后痛哭。“那你就应该更坚强地活着。”安培答应了席克，他回去会认真对待自己轻生的事情，同时，他也愿意和席克一起回志远。

把安培带回志远后，席克就着手准备安培和猫见面的事。席克对安培和猫的见面很重视，他彻夜未眠，在想着各种各样的可能。在见面形式上也费尽了心机，第一套方案是通过视频见面，第二套方案是通过单视玻璃墙见面，但是这两套方案的缺点是一样的，那就是只有一个人能看到对方，这对于想了解两个重要的案中人见面后反应的席克来说显然是下下策，于是席克决定安排两人面对面。

见面就安排在 2 号审讯室，这是局里最大的一个审讯室，平时是供审讯观摩和检察官们监督用的，猫坐在席克等人的对面，背对着门，不一会安培进来了。席克说：“猫，你转过身去。”猫把身子转过来，正好和安培面对面，猫脸上的肌肉突地一跳，半张着嘴竟然没说出话来。“安培，你认识他吗?”席克离开座位，站在安培和猫中间问。

安培说：“认识。”“怎么认识的?”“12 月 9 号我和母亲上山时，前面有四个人，他是其中的一个。”“猫，你怎么说？”席克转而问猫。猫的额头上竟然出齐了汗，他说：“他看错人了，12 月 9 号我在矿上，这是有人证明的，不信你们可以去问。”猫在向席克说话时，安培一直看着猫，他的目光中有一种得意和嘲讽。当席克转而看他时，他冷笑一声说：“那就是我在撒谎，是吗？”这句话好像是对席克说的，又好像是对猫说的，他的眼睛一直盯在猫的身上，目光是憎恶的，仇恨的。而当安培的目光射过来时，猫的眼睛立刻失去了锋芒，他把脸转向了一边。

这是一次有意义的见面，猫的一举一动都没有躲过席克的眼睛，他弄不清安培为什么坚持说是 12 月 9 号见到过猫，但是从猫的眼神里，席克感受到了猫内心的恐惧，尤其是对安培的恐惧，至于这种恐惧来自哪个方面，席克不得而知。

疑惑归疑惑，谜团归谜团，但是无论是猫也好，安培也好，公安局都没有羁押他们的理由，于是决定释放两人，但是，当安培走后，猫却死活都不愿意离开公安局。“不不不。”猫听说要放他，惊恐万状，赖在地下大喊：“你们不能这么做呀，救命呀，我不能出去，出去就没命了。”这是出乎席克意料的，他问：“这么说你一直在跟我们说假话？”猫不吭声，以惊悚的眼神看着席克。“你再告诉我，你为什么要离开矿山？你身上的伤疤是怎么回事？”猫舔了下自己那肥厚的干裂的嘴唇说：“有人绑架我。”子尚和席克相视了一眼，“谁？”席克问。猫低下头，又不吭声了。席克走过来，他手里拿着马家奇、李克勤、仰成兵三人的画像和安培的照片。走到猫面前时，他将这四个人的形象一一展示着，最后他把安培的照片放在了马家奇、李克勤和仰成兵画像的上面。“不，不是！”猫看了看那些照片后，一个劲地摇头说。“绑架你的人是什么样子？”子尚问。“我天天被打呀，头完全昏了，一脸都是血，他还咬我，蒙上我的眼睛，我不知道他是什么样子。”

“你不说出来，你的危险就更大，我们又怎么保护你呢？”“就把我留在这里吧。”“你没有罪，我们无权羁押你。”猫磕头，嗵嗵作响，一个劲地哀求留下他：“他找到我就不会放过我，我死定了。”“这个人为什么要绑架你。是要钱吗？”“不知道呀！”“你是怎么逃出来的？”

“趁他出去跑出来的。”“那人是哪里口音？”猫在想着席克的话，最后说：“外地口音，像是四川的，又像是湖北的。”猫的这种回答让席克和子尚完全迷惑，“你还是回去吧。”席克说：“再重申一遍，我们无权羁押你。”“我到哪儿去？我很危险呀！”“既然这么怕有人追杀你，为什么还敢留在志远？”“我身无分文，想挣点路费。他们说，当圣诞老人工资高，而且不会被人看见。”“那就快回老家去吧。你老家哪里的？”猫介绍了自己老家的情况。席克把两百元钱给了猫，说是给他的路费，并且说，只要走得快，那个人是找不到你的。猫半信半疑，最后还是千恩万谢地走了。子尚看见，猫出了大门就紧张起来，他东张西望了一番，然后刺溜一下就钻进了一条巷子。“为什么不为他提供保护？”子尚问席克，“我相信真的有人在追杀他。还有……”“这么重要的证人，不应该放了他。”席克接上子尚的话说，然后点上一支烟，“好了，现在我们应该去看看安培了。”看着向车子大步走去的席克，子尚想到了一个充满诡计的场面，一只猫不断地将爪子下的老鼠放走，又不断地将它抓回来……

安培的家充满了艺术气息，也很豪华。这是一次没有约定的拜访，安培并没有表示反感。席克表达了自己此次拜访的目的：希望能够加强警方和受害人之间的联系，加强双方的理解，这将十分有利于案件的侦破。安培同意席克的观点，他应席克的要求带他们参观了自己设在三楼的画室。

画室很大，很凌乱，到处都是石膏像、画架、画布和纸张，空气中弥漫着浓郁的油彩味和一种防腐的香料味。紧靠窗户旁有一幅画还没有完成，因为席克发现画布旁有一幅草图，尽管这个草图和画布上的线条相比变化很大，但是仍然能看出这个草稿就是蓝本。画布上的画让人琢磨不透，在一片厚重、斑斓而凌乱的油彩中可以看到一只伸出来的手。这只手显然是一个女人的，细腻而白皙，皮肤充满了弹性。但就视觉语言来说，这只手的意义并没有被叙述完，相反，令席克纳闷的是，手的上方还有一只眼睛，那是一只很绝望的眼睛，“这就是我们所说的印象派吗？”席克问。“谈不上。”安培说：“你们看过蒙特的《淑女》吗？我想我有点受他的影响。”席克的眼睛一直盯着画布上的那只眼睛和那只手，他问：“你好像说过，你最近有一幅纪念性的作品，你画好了吗？是这幅吗？”安培看着自己面前的画布，沉吟一下说：“原来是这么说的。”“手和眼睛。”席克围绕着画板转了一圈说：“很有意思，但是我们在你面前突然感到自己是个俗人，请教一下，它们有什么具体意义吗？如果是纪念你母亲的。”“不，你们想多了，在画这幅画的时候我突然改变了主意，真的没有什么意义指数。”接着，他又拿出另一幅画说：“你们看，这是一幅外国名画，叫《审判》，1910 年的作品，或许我受了它的影响，在美术界拾人牙慧的事情经常发生，见怪不怪，我还是学生，我逃不脱这个窠臼。”席克认真看了一下，这张创作于 1910 年的名画还真有一对眼睛和一只手，他没有再说什么。

这时，子尚突然叫了起来，因为，他在画室的另一个角落看到了一组鬼画。“为什么？”子尚的语气里充满了遗憾甚至是气愤，“这么漂亮的画干吗都打了叉，天呐，太遗憾了，他们被你破坏啦！”子尚的抱憾引起了席克的注意，他也走了过去。这是十幅关于日本女鬼的画像，它们分别是《猫妖》《雨女》《河童》《黑冢》《青灯行》《座敷童子》《雪女》《溺之女》《骨女》和《飞头蛮》。屋里的灯光是蓝色的，这十幅鬼画令人惊悚，席克从这些画里能深深地感受到作者深厚的美术功力和细腻而深切的感情。席克和子尚对那十幅鬼画的钦佩是由衷的，出于礼貌，安培也走了过来。

“为什么要画这种鬼画？”席克认真地问。“上初中以后，我喜欢上了鬼文化，如此而已。”安培说，但目光里有一种莫名的冷漠、飘忽和敷衍。“鬼还有文化?”子尚问。“人说画家的心思就在画上，我倒觉得这里有一种作者的心态。你看这些鬼多么艳丽呀。”子尚说完，自己先呵呵笑了。“不不不，”安培显然很在乎子尚的话，他连忙辩解，“纯属无意识。”席克好像同意子尚的观点，他掐出一支烟，先在烟的腰身上舔了一下，然后点上火，吸了一口说：“对你的鬼文化很感兴趣，能讲解一下吗?”“当然可以。”安培说：“你看这幅画，主人公叫猫妖。据说猫有九条命，当猫养到九年后它就会长出一条尾巴来，每九年长一条，一直会长到九条。有了九条尾巴的猫又过了九年就会化成人形，这时，猫才真正有了9条命，在中国也叫九命猫妖。《雨女》这幅画说的是，一个女子站在雨中，如果这时候有男子向她微笑，示意她共用一把伞的话，那她就会永远跟着他。此后，该男子就会一直生活在潮湿的环境中，因为普通人难以抵挡这么重的湿气，所以不久就会死去。《河童》这幅画说的是，在日本稻河神社附近有一个小湖，叫救身湖，湖中常有河童出现。由于河童在日本是家喻户晓的，所以有很多的说法，比较常见的是：鸟头、人身、龟壳，头顶有一碗状的凹镜，内盛满水……”接着，安培将其他几幅女鬼画也一一作了说明。席克弯腰看了一下画布上的日期说：“这些画跟你有不少年头了。七年?”“是的，七年。”安培回答，但好像不想再说这个话题。“我还是觉得可惜。”席克说，“这好像是最近才打叉的?”“是呀。我不想再保留它们了。……是个错误。”安培莫名其妙地这么说，自己带头向一边走去，这样做是可以结束关于鬼的话题的。席克领会了，便和子尚跟了过去。

席克在一楼和安培作了沟通。说话期间，安培在为他们伺茶。令子尚眼花缭乱的是，安培的洗茶和沏茶的功夫非常老到，绝非一日之功。品茶其间，席克说了两件事，第一，省公安厅已经成立了专家队伍，同时已经和本市的一个搜山志愿者协会联系上了，正在全力搜索安培母亲的下落。第二，因为无确凿证据，猫已经放了，目前正在回家的路上。席克说这些话时，安培没有说什么，只是不停地为他们沏茶。

上午，志远市下了小雨，天色隐晦，街道上因为有水，不停地映着车辆和人的倒影。猫把细长的脖子深深地藏在领子里，混迹在人群中，他没有去志远火车站，也没有去志远汽车站，而是要了辆的车拐弯抹角地去了郊区，在那里，他跳上一辆大巴，于当天下午两点赶到一个叫湖口的火车站，在那里他搭上了去家乡的火车。

经过三个小时的奔驰，在天黑透的时候，火车缓缓地停靠在将军寨。此时，将军寨离猫的老家苏塘还有二十来里地，猫觉得乏了，决定找个旅馆休息一下，明早再走，于是，下车后他便往镇子深处走去。不久，他在一条青石条铺就的巷子里找到一家叫百顺的旅馆，然后选在二楼住了下来。

旅馆的条件太差，一张床，两床很薄的被子，一瓶水，鞋拖还是夏天的。头顶悬着一只昏黄的灯泡，上面有蜘蛛网，人一走动，那灯泡就晃悠。屋里弥漫着一阵阵霉味。猫顾不上这些，去外面买了两块饼子，三下两下撕开吃了，倒头就睡。夜里9点左右，院子里的灯都熄了，四周黑黢黢的，死一般的寂静。夜里12点半左右，猫忽然听到楼梯上传来一阵轻微的脚步声。这脚步声或走或停，显得诡谲而警惕。猫的眼一下子睁开了，“谁?”他问，声音悬浮在漆黑的屋子里，微微地颤动着，而自己身上则起了一身的鸡皮疙瘩。过了一会，外面传来一个男人的声音：“我，服务员，把门关好!”猫长长地舒了一口气，安心地睡下了。

猫睡下不到五分钟，脚步声又在楼梯上响了起来。这脚步声越来越近，一直到门前才停下。当猫听到了一阵阵急促的喘息声时，他猛地从床上坐了起来。就在这时，又有一阵脚步声从下向上急促地传来，接着便是激烈的打斗声和向下翻滚声。惊恐万状的猫忙从床上爬起来，他哆哆嗦嗦地走到窗前，把脸贴在窗玻璃上向院子里看。借着远处街道上反照过来的微弱光线，他发现院子里有三个人扭打在一起。不一会，一个人突然从另外两个人的身下挣脱出去，抱着头，破门而逃，另外两个人见状，急忙追了出去，院外的小巷子里立刻传来一阵杂乱的声音。这时，院子里的灯突然亮了，女老板和两个女服务员一边穿着衣服，一边慌乱地跑了出来，她们纷纷询问刚才发生了什么事，问到猫这儿时，猫就把楼梯上两次出现脚步声的事情说了。“是男的声音?”那个胖老板娘问。“是呀!”猫说，“我问是谁？他说：我，服务员。”几个女人立刻惊恐地捂着嘴。“怎么啦?”猫问。老板娘指了指其他几个女人，惊悚地说：“你看看，这里哪有男的。”说这话时，老板娘脸色蜡黄，那几个女人的脸也白了，突然，有一个女人尖叫起来，大家顺着她的目光看去，发现院心里有一摊血。老板娘见状，大声说：“快把门抵上，快!”她这么喊着，自己披头散发，仓皇地逃进了自己的房间。猫也跑回自己的房间，但是，他再也睡不着了，他连忙穿上衣服，将二十块房钱放在床上，拿起包，悄悄地离开了百顺旅馆。

猫算了一下，如果现在走，天亮前也许能赶到家。此时夜色沉重，风声更紧，空气冰冷，呵气成雾，那些山路忽然在猫的眼前蜿蜒开来，漫长而不测，但一想到楼梯上的脚步声，想到那个男人的回答声、喘息声和院子里的那滩黑红色的血，猫的心里一阵痉挛，他立刻决定迅速离开这个凶险之地。

猫一口气就走了十几里地。等走进了山，他后悔起来，山里的雾气更重，喘口气都能感觉到寒气的尖刻，像是喝了一口辣汤，行走在山谷中，像是走在一个冷库里。进山有一条公路，蜿蜒而陡峭。此时，一辆车也没有，虽然说这些道路自己并不陌生，但是要真的在深夜里走，却让他很怵。但是，已在路上，猫决定不再回头了。

等过了凤凰岭，猫笑了，因为他看到山下有几处灯光向上逶迤而来，显然这是赶路的货车。他抖擞了一下精神向山下快步走去。刚走出去二十多米，猫突然站住了，他发现，在不远处的路当中，分明站着一个人。他不敢相信自己的眼睛，但是，当他再一次辨认时，他傻了，那就是一个人，此时，那个人手里拎着一截棍子突然向猫跑来。猫一时间竟然完全愣在那里，等他反应过来，那人已经到了他近前。猫问："你是谁?"那人也不吭气，举起棒子就打，猫用手挡时，这棍正打在他的手腕上，接着，一棒又一棒呼啸着从天而降，其中有一棒正击在猫的头上，猫眼前一黑，整个人旋转了一下，"扑"地摔在路面上。不久，猫的意识完全处在模糊和混沌中，他能意识到一道亮光随着刺耳的刹车声停留在自己的眼前，继而是纷乱的脚步声，再过一会儿他的眼前到处飘满了叶子，他和马家奇、李克勤、仰成兵从矿山下来后向树林里走去。马家奇不断地讲着女人的事，几个人笑到半死……

猫醒来时已经躺在志远市第一人民医院，屋里全是警察，席克站在窗口，子尚头上缠着绷带站在一边，他半个脸部完全是肿胀的。听护士说人醒来了，席克转过身来。席克向屋里的其他警察挥了挥手，其他警察便陆续离开病房，很快，屋里只剩下席克、子尚、寻所长和猫四个人。

寻所长把一个礼拜前发生的事情告诉了猫，原来，当猫从志远踏上火车时，有三个人也上了火车，那就是席克、子尚和那个神秘的人。当晚，那个神秘的人准备打开猫的房间时，席克开始实施抓捕，神秘人连忙逃脱，在院内，正碰上埋伏的子尚，搏斗中，子尚头部受伤。席克和子尚在夜色中追击神秘人未果，为防意外，他们转回百顺旅馆，但是，他们发现猫已经离开，于是，他们驱车向猫的家乡方向追去，结果，果然发现了猫，他们救下了猫后，那个神秘的人却遁身于密林之中。"你整整昏迷了七天。"寻所长说，"大量失血，欧阳探长两次为你输血。"猫看着席克。席克面色苍白，好像血被抽干了一样。猫很感动，眼里晶莹起来，他翕动了一下嘴唇说："我交代……"子尚和寻所长都围了过来。席克说："你身体还很虚弱，你只需要回答我几个问题就可以。"猫点了点头，他面色苍白，像是一张发皱的纸。

"是谁绑架了你?"

"安培。"

席克和子尚互相看了一眼，"你是怎么被绑架的?"席克问。"他说要我当模特，我们谈了很久，最后他把价格出到了一小时一千元……""这么说在旅社要杀你的人和在公路上要杀你的人也是他喽?""是的，都是他。""为什么?""因为他的母亲。""难道他母亲的失踪真的与你们有关?""不，他母亲是怎么失踪的我们真的不知道。"席克和子尚立刻感到糊涂了，席克问："12 月 9 号你们上山了吗?""没有，真的没有。""那安培为什么说看到了你们?""我现在都想清楚了，他没杀掉我，很焦急，他是想用这种方式让你们帮他找到我?"借用国家机器找人，这倒是很高的一招。子尚这么想。"马家奇、李克勤和仰成兵是怎么死的?"

他问。“都是被他杀死的。”

“安培为什么一定要杀掉你们?”

“是因为他母亲。”

接下来，猫向席克和子尚说出了发生在十二年前的事情。

志远有三个自然保护区，其中豆蔻山森林保护区就是其中之一。秋天的时候，森林中的橡树叶是红的，它们一斑一斑地落在苍翠的松柏上，显得很好看，因此有许多游客到这里观光。

豆蔻山有棕熊出没是众所周知的。熊浑身都是宝，尽管自然保护区的主要路口都出了告示，严令禁止捕杀国家保护动物，但是还有许多人铤而走险，他们在森林中下铁卡，挖陷阱，处心积虑，机关用尽。这天中午，安培掉进了熊坑。这是 12 年前的事，安培 9 岁，那个在坑上面焦急到快要发疯的漂亮女人是他的母亲，叫解媛，志远市京剧团著名旦角演员。她在尝试了无数次发现自己根本就没有能力将自己的儿子从坑里拉上来时，她恐惧异常。她先是向四周呼救，然后就是大哭不止。她不断地向坑下面喊话，但是，坑底没有一点点回声，她不知道，自己的儿子早已昏厥过去。其间，她想跑出树林呼救，但又怕找不到回来的路，那样事情会更糟糕。不久，这位饱受惊吓的母亲绝望地看到，夕阳像是一个糖心蛋黄，软滑得就要坠落下去，树林里氤氲着一阵阵阴霾、冰冷而充满着死亡的气息，很显然，再有一个小时，这里将会完全被夜色吃透，那时，别说安培会被冻死在熊坑里，自己也会葬身兽腹，想到这，她再次面向森林呼救：“有人吗？有人吗？救命呀!”大约连续喊了半个小时，她瘫倒在地，那时，她快耗尽了身上所有的力气。这个时候，我们的主人公出场了，他们就是我在前面多次提到的几个人：马家奇、李克勤、仰成兵和猫。那时，猫还不到 16 岁，穿着和自己身材不配套的衣服，大大的，像套了一条麻袋。小小的脑袋上歪戴着一顶矿工帽，脸上是横一道，竖一道的煤灰。他和马家奇、李克勤和仰成兵刚从井下升上来，正往山下赶。他们的脚步声和说笑声一下子使绝望的解媛兴奋起来，她不知道哪儿来的那么大的力气，整个人一下子就跃了起来，然后边大喊救命，边跑着迎了上去。马家奇等立刻围了上来，他们很快就知道了事情的原委：

早晨，为让学美术的儿子感受一下大自然的真实和宽厚，解媛带安培到树林里玩，起初他们到处都能听到旅游者的说话声和欢笑声，当他们突然发现森林里出奇地寂静时，他们才知道迷了路，而最为糟糕的是，在慌乱寻路时，安培失脚跌进了熊坑。

“救救我的孩子。”解媛哀求说，“他就在坑里，求求你们救救他吧。”李克勤立刻去解背在肩上的绳子，马家奇却一把扯住他。他伸头向坑底看了看。熊坑的边沿是茂密的野草，下面什么也看不清。他又打量了一下泪人一样的解媛，然后说：“这坑可不好下呀!”解媛忙打开自己的皮包，从包里拿出 400 元钱来。她把钱哆哆嗦嗦地递到马家奇面前，凄凉地哀求说，“大哥，这都给你们，都给你们，求求你们赶快救我的儿子，求求你们……”马家奇的眼睛在解媛捧出来的那些钱上睃了一眼，说：“我们的工资可不低呀！”解媛哭着说：“大哥，只要你们能把我儿子救上来，我回去重谢，我有的是钱，我有三处房产呢，我还有车，还有存款，你们开个价吧，好不好？”马家奇一边用指甲刮着黑而油污的脸，一边斜睨着解媛，冷冷地说：“你真的很富？”解媛拼命点头，然后哀求说：“大哥，你快开个价吧，你看，天快黑了呀。”马家奇的眼睛在解媛那丰满的胸部瞟了一下，然后意味深长地说：“是呀，天真的快黑了。”解媛再次哭了，她转而向李克勤说，“大叔，您老开个价吧。您说要多少钱吧。”李克勤向后退了一步，然后看着马家奇。这时一直蹲在地下的猫说话了，他说：“富婆，给我们干一下。”

因为猫是个孩子，说话声还带着稚气，解媛竟然没听懂，但是马家奇等却哈哈大笑起来。“好，我没白培养你。”马家奇笑着说：“你长大了。”解媛迷迷糊糊地问：“小兄弟你说什么？”猫站起来，他夸张地挥舞着细长的小胳膊说：“我们把你家小孩弄上来，你给我们几个玩玩。”解媛不敢相信地看着猫。这时，马家奇一挥手说：“走吧，天快黑了。”说着，几个人就往前走，解媛紧跑几步，一下子跪倒在马家奇等人的前面，放声大哭。马家奇说：“富人，不是我们见死不救呀。”猫再次挥舞着他那条细小的胳膊喊：“富婆，给不给干？”解媛一边哭着，一边连连点头……

安培被救了上来，人是活的，但是处于昏迷状态。按照协议，马家奇等把身上的袍子脱了，扔在地下，然后将解媛的衣服扒光。“猫，过来！”马家奇喊，“今天，爷们给你举行成人仪式，你第一个上吧。”说着，马家奇将盖在解媛身上的衣服扯到一边，当一个赤身裸体的女人呈现在猫面前时，猫嗷地叫了一声，吓得向远处跑去……

“这么说那天你没有参加轮奸？”席克问。

“……参加了。”猫嗫嚅了一下说，“他们说有福同享，有难同当，我不干也得干，如果我不干，就把我扔到熊坑了……”

“他们强迫了你？”

“是的。我趴在她的身上，我害怕……她想救她的孩子，就不断地催我……”

“你们就当着那个孩子面吗？”子尚愤怒地问。猫不敢正视子尚的眼睛，他说：“不，那个小孩一直就昏迷着。直到老李把那个小孩背到一家医院，他还没醒。”“最后是你们把他们母子带出来的？”席克问。“是的……”猫说：“老李说，便宜也给占了，人还是要救的。我们几个轮流着背那个小孩，一直把他们娘俩带出山林。”“现在你知道那个小孩是谁了吧？”席克问。“是的。”猫说，像是从一场噩梦中刚刚苏醒。自己被绑架的情景好像就在昨天。

那天，猫被安培绑在山洞里的一根粗大的树藤上，猫绝望而惊恐地问：“帅哥，为什么绑我呀？你求财还是求啥？”“求色。”安培说，用刀尖在猫的额头上挑开一个口子，一股鲜血迟疑了一下，很快就流了出来。猫没敢叫，只是惊恐地看着安培。安培用手在猫的额头上抹了一把，说：“众色之中，我还是喜欢红。”猫说：“为什么呀？”“为什么？”安培用长长的尖刀左右拍打着猫的脸颊说：“那时你16岁，我9岁，你多活了11年，你真是赚得不轻。”猫听不懂安培的话，像哭又像笑地看着安培：“帅哥，认错了吧？你肯定认错了，嘻嘻嘻……”安培突然抓起一把污泥，像泥瓦工劈腻子一样，狠狠地抹进猫的嘴里，他说：“还记得那个熊坑吗？”猫一下瞪大了眼睛，他很快就想到11年前，那个被他们从熊坑里救上来的昏迷不醒的孩子，他脑中顿时一片空白。安培开始殴打他，先是扇耳光，接着是踢下身，等打得筋疲力尽了，安培说：“我给你开个生命超市，说，想活多久？”

猫满脸是血，他吐掉那些泥巴说：“看在我当时还小的份上，饶我一条性命吧。”“我说过，为你和马家奇、李克勤、仰成兵，我开了个生命超市，产品有四种，第一个死，第二个死，第三个死，第四个死。没有饶命，只有死亡的顺序，你就不要抱什么幻想了。”“我选第四。”猫忙不迭地喊，声音都喊岔了。安培答应了猫的请求，但是要猫把另外三人的姓名和地址一一供出来。猫积极配合，于是，他在被绑架的20天内，看到安培先后杀掉了马家奇和李克勤，当安培告诉猫，他已经打听到了大光头仰成兵的下落时，猫知道自己的大限也到了，那天，他不断地磨那个绳子，等安培掖着尖刀，杀气冲天地走出山洞后，他逃脱了。

安培的杀人目的基本明确了，回到局里，子尚和席克讨论了轮奸事件的本身。“安培是怎么知道他母亲被人轮奸的？猫说那时的安培只有九岁，轮奸发生时，他正处在昏迷之中。难道他母亲会告诉他？”

“他母亲做不到。天下所有的母亲都做不到。这需要多么大的勇气啊，除非到了非要解释的地步，我想那一定是痛苦的、无奈的、别无选择的。”“那就是安培看到了母亲的日记。”“这有可能。如果是这样，那真是太粗心了。我们还不能确定孩子是在什么时候看过母亲日记的，如果是14岁，正当青春期，这种刺激完全能够颠覆和毁灭。”“而我却不这么想，我现在特别渴望能看到安培母亲的日记，我的直觉是，这篇日记会写得特别详细，譬如受害人当时的绝望，舍身救孩子的心情、被轮奸的痛苦、屈辱、这些年的阵痛和难以磨灭的噩梦、不可启齿但每日都会像蛆虫一样蠕动的心事。这还不够吗？铁石心肠也必将被震撼，被感动，何况是一个作为事件渊源的儿子。他一定会在震惊中觉醒和感动，他要做的第一件事就是让多灾多难的母亲高兴起来，然后去为母亲报仇！这一步对于他来说，可能别无选择，因为，他觉得自己在一生中最大的感恩应该就是为母亲雪耻，尽管这是一件需要铤而走险的事情。”

“但是法不容情呀！”

子尚想着师傅最后一句话，想着这件悲壮异常的事，想着那个瘦弱的有些驼背的心事重重的男孩，他的眼睛慢慢湿润了。

席克立刻决定带子尚去安培家。等他们赶到时，安培已经离开了家。席克叫人打开了安培的家门，开始对安培的房间进行仔细搜查。前面我们已经说过，这是一幢可以叫着巨大的豪宅，到处都是花草，花草上刚浇完水，显得光鲜而天真。家具简单、另类而大方，一进房间，灰色和黑色立刻充满了视野，但是一种中国红和橙色会不经意地出现在某个地方，显得写意而匠心。

二楼是失踪者解媛的卧室，整洁异常，到处可见浓郁的中国元素。靠窗的一侧有一排柜子，里面放着梨园前辈谭鑫培、程长庚、梅兰芳、程砚秋、张学津、周信芳的半身塑像。塑像是树脂做的，看上去更加凝重和古朴。靠床的一侧，是一组照片，上面有《龙凤呈祥》《圣母院》《生死恨》和《霸王别姬》等剧照，解媛分明在这些大戏中担当主角，那时她光艳夺目。站在这些剧照前，席克能听到志远大剧院里传来的震聋发聩的喝彩声。解媛因为无法平息经久不息的掌声，而不得一次又一次出来谢幕。

解媛的床头有一盏从香港演出后带回来组装的水晶落地灯，上面挂着解媛本人的一张照片，照片不大，但一种叫着忧郁美的感觉撑满了整个房间，膨胀在人的心头，让人有些眩晕和窒息。床很久没有人睡了，被子叠放得十分整齐，上面盖着一条蓝色的纱巾，这一撇颜色柔软宁静得让人心碎和焦虑。

三楼是安培的画室，足足有三十平方，席克和子尚来过，但是这次来，席克和子尚发现，那些女鬼作品完全没有了，在一堆画板前面有一幅很大的照片，是安培和母亲的合影。安培有 16 岁的样子，外面好像有阳光，安培的眼睛眯缝着，紧蹙的眉头表明他很忧郁。迎着窗口，是安培的一个大画案，上面有一幅画还没画完，旁边就是诸多的油彩和一些用来调色或洗笔的盆钵。在一个记事簿上，有一个创作计划，上面就目前所创作的这幅画做了部署和说明，大致完成的时间是后天。

一切迹象表明，安培会很快回来，席克决定带子尚在房间等候。席克是个细心之人，他仔细测算了安培回来的准确时间，测算了安培从进门到走上三楼的时间，为此，他彻底推翻了子尚决定在三楼抓捕安培的方案，因为，他早就对安培做了相关的性格分析和血型分析。安培是 B 型血的人，席克特别注重这重血型的双重性格，他曾经跟子尚罗列了安培作为 B 型血的双重人格。第一，喜欢自我行动，如果令他与周围人完美配合他会觉得很苦。第二，不善应付，容易害羞，不太会交往。第三，很容易受到别人的感情影响，甚至陪人掉眼泪。第四，脾气多变，反差大。第五，对许多方面都具有情趣。第六，有不用心的一面，时而会干出冒险的事。第七，很容易对新的行动迅速下决断。第八，敏感、机警、准确。

“你看看他的第八条。”席克说，“这种人一进门就会嗅出陌生人的味道，那时，我们只能眼睁睁看他退回房间，将门反锁后从容地逃走。这叫什么？——我们去抓猴子，猴子却把我们锁进了笼子。”子尚认为师傅神话了这个有点神经质的小伙子，在子尚的眼里，安培还是个书蠹，就美术而言不过是个执着得有点死心眼的工匠。但是，他是妥协的，于是，师徒二人做了分工，子尚守在二楼画室，席克守在一楼，他们的计划是，安培上楼后，子尚和师傅便会上下夹击安培。

一个星期下去了，安培没有回来，席克的头发长而凌乱，胡子完全弄黑了他的腮帮，使他显得更加消瘦；眼睛通红，看人时，有点像受了委屈的老鼠。为了防止进来的安培嗅到烟味，他一个礼拜都没有抽烟。而子尚则一脸的憔悴，整个人无精打采，像个即将发作的瘾君子。“撤吧。”子尚伸着懒腰，有点哀求地看着师傅说。“我们失算了。”

席克没有吭气，他拿出一支烟，在鼻子下面贪婪地仔细地嗅着，等嗅够了，他才走到窗前，头稍稍向下低着，向外望了一番，然后说：“他会回来的，我觉得他正在对面一个什么地方，偷窥着我们。他也在等待，他的性格告诉我，他在和我们角力。”“经验主义害死人。”子尚说：“骨头刘那个王八蛋一肚子宿命，你怎么就信。”“是的，”席克说，“我有点崇拜他。”子尚无奈，重新回到自己的位置，但是到了晚上，他却去了阁楼，那里是安培的卧室。席克也有些顶不住了，到了后半夜，他去了解媛的房间。

又是两天过去了，席克踱步到客厅，然后在那里点上了一支烟。不久，楼梯上发出一阵脚步声，子尚也下来了，他说：“点上这支烟不是因为你无法抗拒烟瘾了，而是你知道他再也不会回来了。”

席克抬眼看了一下子尚，子尚已经走到自己的面前，手里捧着几本厚厚的笔记。“我也是这么想的。”子尚说，就坐在师傅的对面。“这是什么？”席克问，看着子尚把笔记本放在了茶几上。子尚没有回答，而是把笔记本向一边推了推，放到了一个席克不能手及的位置。“师傅，我想谈谈安培。”席克眯缝着眼看着子尚，然后把一支烟递了过去。并且亲自给子尚点上火。这种礼节意味着席克对子尚特别有期待。但子尚只抽了两口就将烟掐了，这让席克很痛心，他忙将子尚掐灭的半截烟放到一边。

“11 年前在豆蔻山自然森林保护区发生过一桩悲剧。”子尚说。说完就看着师傅，他的目光里有一种渴望。但席克对子尚的这句话一点都不感兴趣。他在精心地修复那半截被子尚掐灭的烟。“知道我为什么说是悲剧吗？”子尚问，再次看着师傅。席克看了一眼子尚，继续弄那支烟，他的手指有一部分已经被烟灰染黑了。子尚说：“也许师傅会说我装神弄鬼，在那个叫天天不灵，叫地地不应的原始森林里，一个孤立无援的漂亮高雅的女人被几个肮脏的野蛮粗俗的男人轮奸难道不是悲剧吗？不，这还不算悲剧。”“这么说，我们的子尚对这个悲剧已经有了新的定义？”席克问，语气却充满了嘲讽和不信任。子尚却不管这些，他继续说：“也许师傅还会说，过了几年后，那个少年长大了，他发现了母亲的日记，然后愤然为母雪耻，又造成几桩杀人血案，难道这还不算是悲剧吗？我的回答是，不，这也不算是悲剧。”

几乎是同时，席克和子尚将目光都投向了对方，此时，子尚的情绪显得很激动，他一下拿过手里的那几本日记说：“悲剧就在于12年前，那个9岁的孩子，那个纯洁的一直以母亲为荣、对母亲崇拜不已的孩子，亲眼看见他的母亲被人轮奸了。”

席克瞪着眼睛看着子尚。“是亲眼看见，”子尚加重语气说，“师傅你听清楚了吗？”

屋里静寂起来，好久好久。“他不是一直在昏迷吗？”终于，席克这么问，打破了这种难挨的静谧。“没有。”子尚说：“当他母亲被四个男人轮奸时，他醒了，他在日记中写道：我看见她，请听他的口气，不是母亲，不是妈妈，而是‘她’。”子尚痛不欲生，紧紧揪着自己的胸口。席克也被这种叙述或者说被安培的这种定义震惊了，他有点发呆，但是他要比子尚冷静得多，他在等着子尚。子尚把脖子先是向上仰着，然后深深地叹了口气，继续他的叙述：“在安培的眼里，当时他的母亲正在卖淫，因为他母亲的身边有钱，它们撒落在地，是400元钱。”“那是解媛为了救安培掏给李克勤他们的钱呀。”席克说。“是的。”子尚仍然被一种痛楚压抑着，他不得不换了口气说：“可是在安培的眼里，这400元钱就是母亲卖淫换来的钱。他在日记中说，你为什么就这么贱，爸爸没有给你留下遗产吗？这怎么100元就可以卖一次，你知道你是多么的高贵吗，你是志远市大街小巷都谈论的人物呀，是电视上经常看到的人物呀，你是我引以为荣的顶礼膜拜的圣母呀。你真的是我的妈妈吗？”“真够呛，他为什么不想一想，他的母亲怎么可能在那种地方向几个粗俗的矿工卖淫？”席克质问。子尚说：“那时有一个戏剧性的场面，猫被大光头他们强逼着参与了轮奸，但是16岁的猫做不下来那件事。为了能让还在昏迷中的儿子赶快得救，解媛一直在催促着猫，而这时安培醒了，他看到了是一个完全有配合的轮奸。”“解媛呢？她知道自己的儿子看到了吗？”“知道，在最后一刻。但是，他在安培从9岁长到21岁的这段日子里，她一直就不知道安培在她被轮奸时清醒过来了。”“记得吗？我早就说过，这是个粗心的女人，即使当时没有发现儿子是清醒的，但接下来，她也应该有所察觉。”“知道吗？那种场景，安培就看一眼就闭上了眼睛，然后伪装昏迷，直到医院的护士将他喊醒。虽然痛不欲生，但是一直处在昏迷中的儿子却让解媛万分庆幸！”

席克想着那个12年前，一个9岁的孩子是如何的用心良苦，他感慨唏嘘不止。

接下来是12年的漫长岁月，伤痕在解媛的心头被慢慢抹平，相反，在安培的心里，却是阴影成癌。在老师和小朋友的心里，安培是个好动、活泼而热情的孩子，但 9 岁后他发生了巨大的变化，他很少说话，在体育课期间，他做了一个令同学们惊愕无比的游戏，就是用铅笔刀将他捉到的 4 只青蛙一一肢解。到了 14 岁，安培已经是一个完全自闭的孩子，他经常会远远地看着伙伴在玩，目光冷漠，并有些古怪和难以琢磨。解媛认为这是少年之烦恼，源自一种叛逆心理，但到了 16 岁，安培变得极难沟通，母子二人经常会发生争吵。争吵时，安培会摔东西，会几天不理母亲，这往往让解媛莫名其妙，因为，她解释不了安培为什么会因为一丁点儿事就向自己发脾气，就跟自己争吵。还有那眼神，她感到十分陌生和难以把握。

我们在本篇小说进行到 3000 字左右安排了一个场景，那就是席克开始怀疑安培就是追杀猫的人，为此他一边将猫放了，一边和子尚去拜访安培，目的就是将猫回老家的信息透露给安培。这个时候，他们三人在安培的画室里讨论过那十幅女鬼画。安培对子尚的疑问做了敷衍，实际上，这些女鬼画就是画解媛的。在安培眼里，母亲就是一个百变女鬼。解媛曾经也问过安培，为什么要画这么多女鬼，安培告诉她："鬼属于一种大意象，谁心里有鬼，谁就能看到鬼。"解媛当时很高兴，她觉得儿子的见解很有哲理，但是，她永远都没有看到安培在说这句话时的眼光，那是钟馗似的，这一点，安培在日记中说："9 岁以后，我一边开始造鬼，一边抓鬼，我已经是钟馗，我既是为父亲而做的钟馗，也是为她而做的钟馗。我每天都必须从学院回来，我不怕辛苦，我要做一个称职的钟馗。有我在，我们这个家就不会闹鬼。"

也不是所有的暗示都不会引起解媛的注意，有一天，解媛就因为安培的一句话吓出了一身冷汗。安培问解媛："我想知道我父亲死亡的真实原因。"安培说这句话时，神情冷峻，眸子里有一种令人畏惧的拷问。解媛最后哭了，她在安培有了道歉的意思后，叙述了自己和丈夫的爱情。她的叙述诚挚而坦率，足以让人为一个靓丽少女和一个朽老男人的传奇爱情而垂泪；然后，她又拿出丈夫死前医院留下的各种证明，坚持让儿子看一遍；接下来，她便生病，她不能接受儿子的这种追究和怀疑，更不懂儿子怎么会问到自己父亲死亡的原因。谁都能看得出来，这是一种极端的不信任，但这毕竟是自己的儿子，她想在搞清情况后就原谅他，但是，在母亲还在病床上时，安培就借故心烦开始出去写生了。

安培走后，解媛开始对这个事情作深刻思考，对 12 年来自己和安培的磕磕碰碰进行回顾和检索。她突然想到了 12 年前，想到了那个傍晚，那片到处都是阴霾的森林。她满头大汗，她强烈地感到，那件事情安培可能知道。"他怎么会知道?"她疯了一般地跑到自己的卧室，翻阅自己的各类表演笔记，生怕自己哪天犯糊涂在上面写了些什么。但是，她只翻阅了一半就停了下来，她自己清楚地记得，自己未和任何人谈论过这件事，哪怕是自己最好的妹妹，几年来，她努力做到的就是不给这个事情留一丝一毫的缝，因为那是生命的缝隙，不可挽回。她用一个半天的时间回忆了当时的所有细节，她觉得只有一个可能，就是在自己被轮奸时，安培醒来过。想到这，她毛骨悚然，情不自禁地“啊”了一声，脸色涨红，浑身出齐了汗。但是，她很快又否定了这个判断，因为她是看着儿子到医院后经过抢救才苏醒过来的。几天后，安培回来了，母子二人几天都没见了，但是，安培进屋时并没有和母亲打招呼。等听儿子洗过了脸，解媛主动走到儿子屋里，她先是问寒问暖了一番，然后问：“儿子，你觉得妈有让你感到不体面的地方吗？”说完这个，她就盯着儿子看，那时，她的手是颤抖的，她怕儿子说出那个答案，怕诘问，怕厌恶的目光，怕声嘶力竭，歇斯底里，不可控制，但是，她也有所准备，如果真是那样，她准备把事情的真相认真地和儿子说一下，她相信儿子会理解她。但是安培却没有和她对视，而是默默地流起了眼泪。“儿子，妈妈做错什么了吗？”

安培摇了摇头。解媛感动万分，那时，她认为自己想多了。

“安培原谅母亲了吗？”席克问。

“没有。”子尚翻着安培的日记：“安培在日记里描述了他那天的心情：我不想再计较这个女人，她把我弄得很累，这个寡廉鲜耻的女人让我无可奈何，饱尝羞辱。如果有一天，那四个可怕的家伙，哪怕有一个说出那件事，说出我母亲的名字，就是我死亡的时候。”“解媛就这样被儿子蒙骗了吗？”席克问。“是的。这是基本心理，她所希望的结局，她所恐慌的结局和她想极力逃避的现实会帮她自欺欺人，同时，在以后的日子里，在安培对她一直进行隔离的诸多时间里，她都把儿子对她的过激行为理解是青春期的正常表现。”“就这件事，解媛难道没有向儿子说明自己的想法吗？”“有。安培在日记中说，我都能看出来，她想把那件事情向我坦白，以得到我的同情，但是，她没有那个勇气，她总是不断地试探我，我都把话题引开了，因为我不想接受她的道歉，那是罪过，不可饶恕的。”“这么说，从 9 岁到 21 岁，陪伴着安培的只有对母亲的鄙视。”“还有对那四个人的仇恨！”子尚说，“从 17 岁开始，安培就经常去那个树林，他找到了那个矿山，然后就在矿山附近画画，他希望能找到那四个人。”“我完全明白了。”席克说，站起来，走到窗前，点上一支烟深深地抽着，青色的烟雾在他紧皱的眉宇间缭绕。子尚也站了起来，他捧着那些笔记本，一边走一边说：“安培终于找到了猫。”“猫一定会说出事件真相的。”席克激动地说，他对安培的态度有着极大的期待，或者说对于这对母子的关系有着极大的期待，他同情那个可怜的女人，他认为猫出现的时候，应该是还解媛一个清白和公平的时候，他仿佛看到安培跪在母亲面前请求饶恕的样子，听到了解媛号啕大哭的声音，这十几年，她为了儿子受的委屈可真不小。席克很讨厌女人号啕大哭，但是，这个哭声是他所期盼的。

在那个山洞里，猫被绑了七天，当李克勤、马家奇被杀死后，安培问过猫一件事。

“当时，你们给我母亲多少钱？”

猫没意会过来，他说：“没有给钱。”

“那钱是怎么回事？我看到了。”

“是你母亲给我们的。”

安培在猫的额头上狠狠地划了一刀，他咬着牙说：“你以为我还不够疯吗？怎么会给你们，她真的很贱吗？”

猫说：“为了救你呀！”

“救我？为什么？我在哪里？”

“你掉在熊坑里，你母亲为了救你就答应了我们……”

席克叹了口气说：“安培知道了事情的真相怎么样了？”子尚说：“他很后悔……不，这还不准确，应该是晴天霹雳。”席克满意地点了点头，他觉得这该是故事的结尾了，他真的感谢这个故事的结尾。“但是他也很绝望……”子尚继而说。席克有些诧异地看着子尚。

子尚叹了口气说：“你知道有些事情只能有一次，譬如说生命。”席克沉重地点了点头，他想到落日下的那个剪影，他是安培的，他伏在父亲的墓碑上，深刻忏悔和吊唁着，悲痛欲绝……

“我们当初谈到这个话题时我问过你，”席克说：“我问过你，我说解媛知道自己的儿子看到过那个轮奸场面了吗？你说，知道，在最后一刻。这是什么意思？”子尚看着窗外的群山说：“那对于安培和他的母亲来说，都是不可挽回的最后一刻。”“别说了！”席克说，“我来总结一下，请让我来。”席克点上一支烟，在屋里踱了几个来回，突然站在那，看着子尚说：“我觉得解媛的失踪案就此可以破解了。”

子尚点了点头。

那是个阳光明媚的日子，解媛在结束了送戏下乡演出后匆匆赶回来，她记得自己离开家时，安培没搭理自己，她一直惦记着这件事，她想回来和儿子好好沟通一下，或者带儿子去散散心。

和她想的一样，她回来后安培好像根本就没看见她一样，但是和她想得不一样的是，安培竟然爽快地答应了和自己到豆蔻山游玩。安培的理由是，有一处风景让他惦记好长一段时间了。解媛为自己的这个建议被儿子采纳而沾沾自喜，兴奋不已。她想抓住这个难得的好机会和儿子沟通一下。他特意给自己化了妆，她今天的心情非常好，她想那个风景如画的豆蔻山可能是自己和儿子开辟新天地的地方。

山上行人不多，这里的管理者缺乏品牌观几乎让这里丧失了生存的可能，但是，山上的风景依然旖旎，让人陶醉，解媛很高兴，冲着偌大无比的豆蔻山高喊了好几声，这些年，这个内向而难以交流的儿子真的让她压抑得要死。安培仍然是那样冷峻，他选了一个地方，架上了画板，开始观测前面的景象。解媛对儿子画板前的风景不是太满意，她说她有个办法，她会找到产生世界名著的地方，她还兴致勃勃地说，罗浮宫，这艘法国文化的旗銮，一定会因为自己儿子的加盟而陡放异彩。这么说着她就开始向山上攀登了。

安培架好了画架后，突然愣在那里，接着脸上晕红而扭曲起来，这个记忆天赋超常的孩子突然想到他面前的风景就是12年前他和母亲迷路的地方，因为那里有一个高高的废弃的井架。一时间，他头疼如裂，那个不到16岁的孩子在别人的帮助下和自己母亲做爱的场景像刀一样剜着他的心。就在这时，他突然听到了母亲的呼救声，他放下手中的画笔快步走了过去。很快他就看见，他的那个母亲为了给他找一个便于取景的好地方正悬在山崖上。她的手紧紧抓着一个枯朽的藤子，她脸色苍白，强烈的求生欲望让她凄厉地喊道："儿子，快拉妈妈，快……"她这么呼救是有道理的，因为只要安培用力一拉，她的一只脚就可以搭上旁边的岩石，另一只手就可能抓到悬崖上的一个小树根，但是安培冷静地站在那里。"儿子，快拉妈妈呀！"解媛感觉自己手里的力气即将被那条枯朽的根耗尽，她有些哀求地喊，声音凄厉。但是安培还是没有动，解媛还看到，这个时候，儿子的脸是涨红的，解媛知道，安培被激怒和愤恨时就会这样。

"儿子……"解媛绝望地喊，她感到儿子的目光是那么阴骘和恐怖。

是的，安培一直就没动，目光变得恐怖而阴骘。

有一些土在解媛的脚下松动，然后滑落下去，解媛的眼泪流了下来，她说："我的儿子，我什么都明白了！"说着，她自己松开了手……

屋里寂静异常，席克和子尚久久都未说话，这样一个故事会让铁石心肠的人垮塌心碎。外面起风了，因为有一个狭窄的出风口，那风的声音是乖戾和凄惨的。席克从子尚手里慢慢接过那个笔记本，他看到，作者的钢笔字写得极为漂亮，这在多媒体和网络时代已经很少见了，最后一页作者写道：那个从海底打捞上来的瓶子呀，妈妈不应该打开它的盖子；那个地方本来就是我的，但是你们却让我逃离……

日记写到这里没有了，席克向后翻了翻也没有了。子尚说："师傅，发通缉令吧。"席克拨通了寻所长的电话，他要见猫。

昨晚7点半后的天气预报，他们说今天白天到夜里，晴天。但是上午就飘起了雪花。等席克、子尚、寻所长和猫走进豆蔻山那个大森林时，雪已经下得上气不接下气的，远远看去，所有的树梢儿都露白了，林中雪色浓郁，整个豆蔻山在雪细密地梳理下显得神秘而宁静。猫是个笨蛋，他已经在森林中转了很长一段时间了，但是还没有找到那个熊坑。子尚问：“怎么啦，这点雪毛子就把你的导航系统给破坏啦，这哪到哪了?”席克制止了子尚，果然，经过短暂的调整，猫反应过来了，他带着席克等向林中的一截长坡走去。

很快，偌大的熊坑出现在席克等人的眼前。因为是冬天，熊坑四周的野草全部落枯了，那个裸露的大坑显得空旷而简单。这时，猫突然向后退了一步。席克掐出一支烟，先是在烟的腰身上舔了一下，然后点上火，轻轻地吸了一口。

大家都看见，那坑底的雪色里偃着一具男人的尸体………

一半人声，一半犬吠

一

朱绍海给罗队出了个难题，他想在退伍的时候带走他的爱犬晃晃，他说，如果队里不同意，他就留下来，继续训练晃晃。

罗队以不可思议的语气说，朱绍海，你这一道道山、一道道梁的，我怎么看不懂啊。要么带走我的狗，要么留下来继续服役。你确定不是跟我开玩笑？

朱绍海把身子板得很正地说，队长，我是认真的。

罗队有些傻了，他打量了一番朱绍海，说，朱绍海，如果你真不是跟我开玩笑，那我就正式回答你。第一，你不能领养晃晃。按照军犬的服役期，晃晃还有两年才能退役。现在，晃晃不仅是支队的功勋犬，还在全省警察系统的警犬大比武中得过“犬王”称号，正在风头上，这个你不是不知道。另外，晃晃还具有教学价值，驯犬队经常让晃晃为其他警犬做示范，这个情况你比我更清楚对不对？即使退役了，晃晃还有使命，一是要去弹药库、加油站或者食品仓库当巡哨。二是作为晃晃这样有着纯正血统的德牧，还得去军区繁育基地。至于说你想继续留在部队，对不起，退伍通知书不是我罗红玲发的。我留不了你。说着他下意识地把朱绍海带来的那两条烟往一边推了推。

朱绍海低下了头，显得既尴尬又沮丧，脸上也更黑了，蘸了墨一般。

屋子里静了下来。

这时，军营里传来了一阵阵歌声，叫《战友战友亲如弟兄》。这首歌，军营里天天播放，连常年栖息在部队营房里的麻雀都会唱了。可是现在，当罗队再听到这首歌时，当他发现朱绍海要比昨天更加憔悴和消瘦时，忽然感到，自己刚才的话说得有些生硬了。于是他的语气缓和下来，绍海，晃晃是一个有军籍的“战士”，而你已经是一个老百姓了，你必须要从感情上马上与它割舍。还有，虽然说你是一级士官，但是，又没能正常晋级，按规定，必须要退了。这是部队的基本条例，不能开玩笑的。你留恋部队，舍不得晃晃，我都理解，但是，章法不能乱的。否则养狗的退伍时，一人牵一条狗回家，扛枪的退伍时，一人拖一条枪返乡，那还叫部队吗？

朱绍海感到罗队的话有点夸张，和自己的心思根本就对不上，但是又反驳不好，深深地叹了口气。

这时，罗队表情无奈地摇了摇头说，唉！你们都是这个屌样。每年训导员退役，我最头疼的不是那些失去爸爸的狗，而是你们这些狗爸爸。警犬是你们的枪，不是你们的情人！

朱绍海毫无表情地笑了笑。

好啦好啦。罗队不断地挥动着手说，再过几天就要离开军营了，逛逛超市吧，给自己买两件得体的衣服，给心上人选点稀罕物，再把鸡巴带上，这就齐了。等你和你那个毛丫滚进一个被筒，就再也不会想晃晃了。

话都说到这个份上了，朱绍海也不好再说什么了，坐了一会，便走了。

朱绍海刚走，罗队就去找梁景泽了，因为，梁景泽不仅是支队军犬训练队的助训员，也是晃晃的专职保姆，平时跟朱绍海走得最近。

罗队来到犬舍时，梁助训和朱绍海的接替者赵于正在为晃晃做延缓训练。罗队先问了问晃晃的适应情况。这问题本该梁景泽回答，赵于却抢过去说，队长放心，不用一个星期，我就能把这个狗日的调理好，见到我得爬着走。赵于粗声大气地说时，罗队却拍了拍梁景泽的肩膀。梁景泽会意，随罗队向一边走去。

没走到多远，罗队就满腹怨气地说，我尻他个板凳腿的，朱绍海跟我发什么神经啊？梁助训忙问，队长，怎么啦？罗队就把朱绍海如何要求带晃晃走，又如何要求留下来的事说了一遍。

梁景泽一边搓着自己那双粗糙的手，一边笑了笑说，队长，我知道一点情况。

二

在山前村，毛丫不算漂亮，现在的女孩都兴蛇精脸，下巴尖得像圆锥才好，可是毛丫的脸还是那么传统，面圆面圆的。人说女孩之美大约有十样，这毛丫也摊上了一项，那就是甜，喜欢笑，整天乐呵呵的。为人为事也泼辣。她喜欢朱绍海时，根本就不忌讳别人的眼睛，没事就和小姐妹们来山后村接触朱绍海，大声地跟朱绍海开玩笑。这一点朱绍海的母亲看得分明。那天，母亲斜睨着儿子问，你和山前的那个毛丫谈上了？朱绍海一身正气地说，没有啊！母亲说，没有她拧你饿（耳）头做什么。那不是撩骚是什么。朱绍海不以为然地说，她就那样，对谁都疯疯癫癫的。

朱绍海对毛丫确实没有什么感觉，他觉得毛丫的胸太大，看上去像是羊妈妈。个头也磊，那块头，走起路来，像是一辆满载着木柴的大车。所以，对于毛丫的眉目传情，他一点都感应不到，或者说不在乎。

可是毛丫是当真的。那次去十里塘看戏，毛丫创造了一个单独和朱绍海在一起的机会，然后挽住朱绍海的胳膊问，我们俩的事怎么办啊？现在，我们山前村，你们山后村，都知道了哦。

毛丫在这荒山野洼里突然提出这件事，让朱绍海十分意外，还说什么山前村、山后村都知道了，这就更让朱绍海感受到了一种压力。朱绍海把自己的胳膊从毛丫的手里一截一截地抽出来，笑着问，你说什么？毛丫看了朱绍海一眼说，什么，装！朱绍海又笑了笑，他觉得可笑。接着，他想岔开话题，但几次岔开都被毛丫拦住了。毛丫死死地咬着这件事，非让朱绍海表态不可。朱绍海索性表明了自己的态度，他笑着说，我俩不般配吧？毛丫推了朱绍海一把说，踧什么鸭子啊，我还看不上你呢。快表态，嘻嘻……

朱绍海不无推诿地说，这么大的事，就我俩说说不算吧。

毛丫又把朱绍海的胳膊扯到了自己的怀里，她歪着脑袋问，哪个说了算？我去找他。

朱绍海笑了，他觉得毛丫有点冒傻气。

这时，毛丫忽然站住了，声音也小了起来，她说，别想扔只鞋子让我当兔子撵，我就找你。你要不同意，我就死在这块瓦碴田里，明年变成路边草，处处绊你！

天上出着月亮，斗一般的大，四处庄稼长得好，月光便显得细碎。这时，朱绍海看到，毛丫眼睛里有了泪水。

朱绍海的心中忽然有了一种感动，这才发现，人在具体的爱面前，忽然会变得渺小和恍惚，无法计较得失，如果这份爱里又加上了生命的赌注，就会令人起恭敬心，令人慢慢地懦弱。于是，他略略沉吟一下，下意识地扶了一下毛丫的肩头。

这好像是一种信号，两人一起迈动脚步，默默地向前走了。走到大塘时，朱绍海忽然自卑起来，他说，在山后村，我家经济条件最差，你也不挑一挑，拣一拣？毛丫抱住朱绍海的胳膊，斜着身子，向上看着朱绍海的脸说，在山前村，我家的条件也最差啊，不过，我相信自己，还有，有眼力的人，看树不看桃子。我看好你。我只要你。无论是现在还是将来，都不会变。

不久，毛丫说的这句话，朱绍海也说了一次。那是朱绍海当兵走的那天。在毛丫的闺房里，毛丫扑在朱绍海的怀里哭得滂沱。朱绍海问，你怕我留在城市。

毛丫点头。

你怕我不……爱你了？

毛丫点头。

朱绍海说，毛丫，我是一个男人，既然承诺了这份爱，就不想再回头。我不会变心，将来无论发生了什么我都会爱你，都会守在你身边！

毛丫点头，再点头，满意地放声大哭。

此后，两人一个在部队，一个在地方，或是电话，或是手机，或是发短信，或是感觉电波过于生硬，就写信，联络个不停。那个时候，好像整个国家的电信系统都在围着他俩转似的。朱绍海对毛丫的称呼从丫换成了亲、毛毛、丫绒、丫宝。毛丫对朱绍海的称呼，从海，换成了心、心窝子、卷起来的心。在 N 次的通信中，毛丫最为热烈的话就是，回来！快回来！我想得走不好路了，我想得收不起来了！

朱绍海心里也骚过，他挑逗地问，我回来了你给我什么？

毛丫说，山前修桥了，你下车后，我就在那放一挂大炮，一万头的。

毛丫说的话没有对上朱绍海的骚心，但是朱绍海觉得毛丫这个想法也够真情和热烈的了。他说，好好好。这样我就盼着退伍了！

这种热度持续了不到两年，朱绍海忽然发现毛丫不给自己写信了，手机短信也少了，他问过这件事，毛丫总是说，都什么时代了，还写信。朱绍海就不好再说什么了。又过了一段时间，朱绍海发现，如果自己不主动打电话过去，毛丫再也不打电话到部队来了。这期间，朱绍海问过自己的弟弟绍强，绍强说，过去，每到收种，丫姐都会到山后来看看，现在也很少来家里帮农活了。那天，朱绍海打了毛依的手机，毛依很不开心地说，我和佬姐吵架了。朱绍海问，为什么？毛依说，你自己想！

毛依的话让朱绍海意味深长了好几天，那天，他终于忍不住了，便打了一个电话给自己的未来丈母娘。丈母娘开口就说，不要听别人乱蜇，毛丫只对你好，由我们管着呢。

这话说得可有点像不打自招啊。朱绍海心里乱了起来，他开始不断地打毛丫的手机。对于朱绍海的手机，毛丫开始还接，后来不是不接，就是静音。而等朱绍海再谈到两人的婚事时，毛丫总是支吾，或者说，你回来再说，你回来哦。此时，朱绍海正在带着晃晃，至少还有两年才能退伍，毛丫这么说让朱绍海感觉到了一种冷漠和搪塞。

迷惑不解的朱绍海和自己的母亲通了一次电话。母亲迟疑了半天，才说出真情。原来，毛丫喜欢上了乡政府的一个干部，那干部姓许，大学生，管新农合的。毛丫是秋半天去乡里办新农合时搭上那个姓许的，现在是脚底板扛在肩上，放不下来了，三天两头往乡里跑。

想到当年毛丫是怎么追自己的，朱绍海的心被狠狠地揪了一把。

母亲说，算了，我早就给你们算过命了，如果你能提干，你俩的事或许还能有个四六，现在你说你快要退伍了，也就等于把一碗水从头浇到了人家的尾巴根子。灯没有油要灭，人没有了盼头也是。似乎怕儿子被这件事拍死，母亲又说，先别急，你不是说过吗，这丫头对谁都疯疯癫癫的。

母亲的话听起来像是在安慰自己，品味起来却如同熘了醋一般。朱绍海可不管这些，一种被抛弃的焦虑和恐慌使他又起早贪黑地打起了毛丫的手机。来来回回地折腾了几个月，毛丫给他的最后一条短信是：朱绍海，请允许我关机一段时间好吗？人心和机芯都不行了，都要报废了！

这条短信使朱绍海感受到了毛丫对自己的厌倦和失望，感受到了自己的爱情已经失重了，像家中那缸陈年的谷子，脱氧走油了。

在部队的这几年，朱绍海的心里有两个最爱，那就是毛丫和晃晃，如今，毛丫已经不可靠了，晃晃也要失去了，这就等于一下子灭了朱绍海心中的两盏灯，他怎么能受得了?！在他怕回到家乡、怕在爱情面前难堪和屈辱时，在他感到自己的心灵无所寄托、寂寥无着时，他还能想到谁，那只有晃晃。

三

23号晚上，罗队把朱绍海约到自己家。

罗队的老婆长得有味，菜也做得有味，加上酒好，朱绍海喝得起了一身红斑斑。推杯换盏的，眼见着把酒壶喝得能吹哨子了，罗队有点歉意地对朱绍海说，你那点屌事我才知道。转而他又说，不过，我不向着你，为什么？因为这件事你没处理好。人心能有多大，卤出来，切不到一盘子，能盛那么多事吗？这边是狗，那边是人，都牵挂着，不神经才神经呢。

罗队说得这么热闹，朱绍海似乎还不大明白，晃荡着两只大眼珠子，直不愣登地看着罗队。今天，他原以为罗队把他喊到家吃饭，只是为了给他送行。

这时，罗队把筷子往桌子上一放说，过去，你离狗近了，离人就远了，现在好了，人退伍返乡了，离狗远了，离人就近了。还有，这种事，不要怕摔断鼻梁子，女孩子一般都喜欢硬拼硬打，这个时候，你要往前冲，而不是往后缩，更不能躲避。这一点，你想想公鸡怎么对母鸡的就懂了。

朱绍海这会明白了，罗队显然是在自己和毛丫的事上劝慰和开导自己，他不知道罗队是怎么了解到这件糗事的，心头一热，忙去给罗队斟酒。

罗队接着说，绍海，记着，女人就是烙饼，常热着才会软和，一冷了，就开裂了，干巴啦。这时，罗队老婆端着一碗水煮干丝从厨房里走出来，走到罗队身后时，在罗队的背上轻轻地拧了一把。这让朱绍海看见了，罗队老婆就不好意思地笑了笑，然后坐下来对朱绍海说，他就是说别人买一套送一套的，自己一年才回家一次，从来也没问过俺开裂莫有，干巴莫有。

朱绍海觉得罗队的话有点黄，这侉婆娘还不知深浅地重复一遍，便笑了。

罗队老婆不知道朱绍海是因为心有猥琐才笑，她边为朱绍海搛菜，边说，小朱，俺都听你家队长说了。那个姑娘叫毛丫是吧？莫关系，豆（就）是见面少的原因，回家豆好了。女人嘛，使点性子是一种滋味，多是做给你看的。存心逼你。

自从开了酒壶，罗队裤子连褂子地说够了一本书，也没有罗队老婆的这几句话让人心缓。朱绍海想，是啊是啊，也许这是毛丫的计谋呢，我怎么就没想到呢。

这时，罗队的老婆又拍了拍桌子上的酒坛子说，你们的感情是有年份的，哪能说变就变哪，是你想多了。

罗队想反驳老婆，说，现在的女孩多现实，说变就能变！谁还愿意为爱情熬糖稀。但是，他没出声，只是冠冕堂皇地说，该放下都放下吧，回去后，先到民政局把退伍证办了，然后再找点事做，如果想自主创业，退伍军人贷款有优惠，免缴三年税呢。等你把大店干起来了，毛丫光着大屁股就跑过来了。

罗队老婆一拍桌子，用眼瞪着罗队，一副嗔怪的样子。

罗队用大拇指搓着自己的颈子说，干什么干什么，老爷们在一起，就是麻袋皮蹭麻袋皮，哪像你们女人说话，跟砂纸打的样……

罗队老婆用筷子点了点罗队说，谈恋爱时，你看你斯文八爪的，敢情都是活装，那时候，你要是冒出半句脏话，俺豆不跟你了。

朱绍海笑了，同时，心里一下子能踢开场子了。也好像一道题目做了几年，今天终于找到答案了。他有点兴奋地大声说，罗队，嫂子，我敬你们一杯！

因为所有的退伍战士必须在 25 号上午离开部队，24 号下午，退伍的训导员们开始分别和自己的爱犬以及新训导员告别。

在操场上，朱绍海先带晃晃玩了一会扑咬游戏，然后搂着晃晃的脖子说了几句悄悄话，他说，儿子，你是我一手带大的，你知道我是多么舍不得把你交给别人吗？可是，你是“战士”，我也是战士，我们都得服从命令。亲爱的儿子，作为你的养父，我的心会永远和你在一起，将来，你生了重病也好，受了重伤也好，老了也好，死了也好，我都会出现在你的面前，不会丢下你不管。晃晃必然是听懂了，它不停地舔着朱绍海。这时，朱绍海看见，许多训导员开始把自己的爱犬正式交给了新训导员，他也站了起来，把晃晃交到了赵于手里。此时，罗队和梁助训都在场，罗队对朱绍海说，晃晃是你的兵，现在要分开了，你有什么要跟赵于同志交代的就说吧。朱绍海的心里突然感到有件东西从上到下地落了下来，继而说不出名状地难受起来。他呆呆地站在那，两眼盯着晃晃。此时，晃晃虽然被赵于牵着，却目不转睛地看着朱绍海，尾巴一动不动，嘴里发出一阵阵轻微的哼唧声。罗队显然感觉到了朱绍海的心情，他拍了拍朱绍海的肩膀。朱绍海忙一个立正说，是的，我有几句话要跟赵于同志说。

接下来，朱绍海说开了：

一、晃晃特别爱干净，要经常给它洗澡，这样也可以增加它的依恋性。同时，一天要为晃晃清理一次犬舍和犬盆。二、晃晃怕寂寞，要经常抱抱它。做户外活动时，时间要稍微放长些。不要散放，要多牵扯，这样会使晃晃有一种安全感。三、过去，由于自己说不好普通话，向晃晃发口令时，“非”念成了“灰”，现在要照样念，否则晃晃听不懂。四、晃晃体形大，过于兴奋，平时要注意控制它的情绪。五、晃晃虚荣心强，训练时，如果犯了错误不要罚它，否则它会出现抑制反应，以后碰到类似的科目就胆小了。六、晃晃喜欢别人鼓励，鼓励它时要拍它的左肩胛，揉它的脖子。七、晃晃饮食比较挑剔，平时对冠能、凌采和卡比都不感兴趣，最喜欢吃牛油果。鸡架骨最好别给它吃，晃晃被卡过。八、晃晃特别守责、认真，最讲诚信，一定不能做欺骗它的事。九、……

朱绍海说到第五条时，赵于就很不耐烦了。他不再看朱绍海，眼光抛得远远的。这会，听朱绍海还要说九，他说，士官同志，你说的这些，本人在中国刑警学院警犬技术系读书时早就学过，没问题的。至于你说晃晃有这么多毛病，我看也不难，我会及时帮它纠正的。你说要经常给晃晃洗澡，你看这样好不好，我洗多少次，给它洗多少次。赵于说这些话时，脸上虽然带着笑，但是，话里面的阴阳怪气的成分，谁都能听出来。罗队也觉得朱绍海说得太多了，他笑着对朱绍海说，好了好了，赵于同志都记下了。

朱绍海咂了咂嘴，还是说了一句，那就这样吧。希望你能善待晃晃。

朱绍海的这句话分明让赵于不舒服了，他不乏戏谑的语气傲慢地说，你多虑了，现在我是它爸，不是它后妈。

朱绍海感到了赵于攘在话里的茬子和不友好的成分，也不说什么了，只是神色抑郁地看着晃晃。

在朱绍海和赵于说话时，晃晃一直盯着朱绍海看，现在当朱绍海看它时，它顿时一个立正，歪着头凝视着朱绍海。

晃晃的这种反应，让朱绍海浑身战栗了一下，最后，他一咬牙，转身走开了。

见朱绍海走了，晃晃嗯了一声，忙要跟上去。赵于见状，一牵绳子，大声喝道：卧！晃晃昂头叫了一声，懒洋洋地卧了下来。晃晃虽然卧了下来，目光却一直追随着朱绍海。这一点，朱绍海感觉到了，因为，他的后背发烫，接着是手，是心，是眼睛，为此，他的脚步越来越快。

四

山前村和326国道接壤处有一座石桥，叫功德桥，是一个臭名昭彰的大流氓建的。如今，这个大大的流氓因为成了大企业家，又要捐一大笔资金建这座桥，乡政府为他戴上了一朵稻箩一般大小的大红花，还让乡中心校的学生一齐向他行少先队礼。哦！对了，这座桥也就是当年毛丫说的那座桥。那年，毛丫娇滴滴地对朱绍海说，回来！快回来！我想得走不好路了，我想得收不起来了！毛丫还激情地信誓旦旦地对朱绍海说，你要是回来，我就在桥上放一挂大炮，一万头的。

现在，退伍返乡的朱绍海终于走到了这座桥上。但是，他没有看到毛丫，为他放炮的是他的母亲，炮仗也是一万头。因为是在桥上放的，桥下有回音，四面八方都听得铮亮。母亲对朱绍海说，我就是要让山前、山后两村的人都知道，我当兵的大儿子回来了，朱家要创大家业了！我就是要让毛胡子知道，你家闺女死缠烂打、裤子套在头上想才得到的男人回来了！

毛胡子是毛丫的父亲。

晚上全家在一起聊天时，朱绍海说，妈，不要动气，这些难听的话更不要说。你不也常说嘛，人是见面熟。过去我在部队，见一面难，现在我退伍了，有时间了，我和毛丫沟通沟通就好了。

母亲说，哼！沟通，她忙着和那个姓许的沟通呢，你就别凑热闹了。母亲还告诉朱绍海，乡政府那个姓许的，先前管新农合，现在又分管新农村建设了。山前村眼见着要和新康队并村了，庄子上的人为了多弄点补偿，腿颈杆子都跑细了，毛丫和那个姓许的走得更近了。

朱绍海和母亲聊天时，弟弟绍强在写作业，父亲一直陪坐着，这会，想必是嫌老伴说得太多了，或是坐累了，他站了起来，拍了拍屁股上的灰，叹了口气说，也别难为人家，都睡吧。

这话像是对朱绍海说的，也像是对老伴说的，说完就走开了。

第二天，朱绍海去了山前。毛丫的母亲正在院子里乒乒乓乓地捶豆子，看见朱绍海走进来，忙放下槌棒迎上来，一口一声地喊乖乖，忽然又看见朱绍海手里拎着一只鼓鼓囊囊的大包，喊声就更高了。还埋怨，回来了怎么也不跟毛丫说一声啊？朱绍海没接毛母的这句话。因为，从部队出发前，他给毛丫发信息了。在这条信息中，他把自己要回来的时间和缘由委婉地说了出来，暗示毛丫，自己渴望毛丫能来接站，但是毛丫没有回信。

不一会，毛胡子也回来了。毛胡子看到桌子上的一大堆礼品，就大着嗓子问，毛丫呢？不是说这几天在家帮我打捆的吗？毛母说，是啊，我也听她这样说的。可能去乡里办事了吧。毛父不以为然，嘴里喊了一声。朱绍海有些难受，心里明镜似的，毛丫分明是在躲自己，而且是到姓许的那里躲自己。所以，中午吃饭时，他的话不多，不时地向院心看，因为毛母说毛丫会回来。可是，直到吃完中饭毛丫也没回。

吃完饭，毛胡子贪了两杯酒睡去了，毛母陪朱绍海聊天。毛母问，你俩到底是怎么打算的？毛母这么一问，朱绍海感到心里暖和了许多，这起码说明毛母是支持自己和女儿相恋的。或者说，毛母还不知道毛丫和那个姓许的事，或者说，对女儿和那个姓许的事不以为然，但是，想到毛丫对自己的冷淡和躲避，他的心又靠在了冰溜子上，他不无忧郁地说，婶，我……不知毛丫是怎么想的。

毛母脸上灰暗了一下说，你也别听外人乱蜇，由我们管着呢。再说了，毛丫打小就粗糙，不照女孩子长，见人自来熟，你也不是不知道。

毛母的态度很诚恳，说起毛丫来也很自信，但是，朱绍海并没有得到多大安慰，同时，他还有点怀疑毛母的真实心态，因为，关于毛丫和那个姓许的事，两次都是毛母在不打自招地说，这或许是在帮着女儿打游击，挖地雷。于是，他想试试毛母的心，就站起来说，婶，毛丫忙，我也就不等了，我回了。

毛母大惊失色，她一把抓住朱绍海的胳膊说，胡扯！说什么也不给走，毛丫说回就回了。说到这，她冲屋里喊，毛胡子，别躺尸了，绍海要走呢。屋里传来毛胡子骂骂咧咧的声音，哪去！腿砸歪了！下午帮我打捆，晚上喝酒。

毛母抓住朱绍海的胳膊时，手上的力气很大，毛父挽留朱绍海时，声音很硬，朱绍海心里一热，就留下来了。

所谓的打捆就是为玉米秆、高粱秆还有烟叶秆打捆。早些年，这些庄稼秆子在农村可都是宝贝，是灶王爷的口粮。现在村子里大都用上了炉子，许多人家还用上了液化气，它们就成了累赘，加上乡里又下了通知，三令五申不许焚烧，所以各家只好打捆码垛，然后廉价卖到城里的秫秸制品厂去。

下午，朱绍海就跟着毛父去了田冲。或是为了表现给毛胡子看，或是希望赶来的毛丫正好能看到，或是因为心里有事儿，朱绍海干得很卖力。一亩半的玉米秸子，天黑前就全部捆好了。但是，直到吃晚饭，毛丫也没回来。

晚饭后，毛依从学校回来了。见到朱绍海时，脸上红了红，鼻子里哼了一声，显得很傲慢，又像是很不高兴，一头扎进屋里就再也没出来。

和几年前相比，毛依变化很大，这会儿看上去扑愣愣的，已是个大姑娘的范。刚认识毛丫那会，毛依非常喜欢朱绍海，朱绍海参军到部队那天，毛丫哭，她也哭，哭得比姐姐还狠，整个人被哭得清汤寡水的。其间，朱绍海回来探过一次亲，饭桌上，毛依还搂着穿着军装的朱绍海，用自己的手机拍过合影，并说，我会拿着这张照片在同学面前炫耀的。她还说，我会对我的闺蜜们说，这就是我的男朋友！这句话惹得毛胡子夫妇哈哈大笑，倒是毛丫向妹妹瞪了好几次眼，并勒令毛依立刻将照片删除。所以，今天毛依见到朱绍海时的反应让朱绍海有点纳闷。

找了个机会，朱绍海拿着礼物走进了毛依的房间。送过礼物后，朱绍海就转弯抹角地打听毛丫的事。朱绍海说话时，毛依一直在低头写作业，这会她忽然抬起头来，语气很冲地说，别提她。今天我跟她吵架了。说完，又低头写她的作业。朱绍海笑着问，为什么？……为了我吗？

毛依再也不说话了。

晚上，毛母没让朱绍海走，朱绍海答应了。因为，毛胡子夫妇的热情，毛依那模棱两可的话，使他更加渴望见到毛丫了。

当晚，毛丫没有回来。第二天，朱绍海早早就起来了，他决定去乡政府。

看来是人就逃不出因果，有些事是绝对躲不开的。出了山前村，朱绍海刚走上功德桥，抬眼就看到了毛丫。此时，毛丫骑着一辆红色电动车，正迎面而来，见是朱绍海，脸先红了，连停了两次才把车子稳住。

这是农村的清早，桥上还没有人，两人就站在桥上说话。

毛丫变化不小，头发焗了，眉也描了，搽了口红，染了指甲。面皮子光洁，一看就是被反复 SPA 的，人也比以前瘦多了。看上去略有点憔悴，一副睡眠不济的样子。

刚见到毛丫那会，朱绍海突然感到自己被什么魇住了，努力了几下才挣脱出来。现在，他极力镇静了一下，然后笑了声说，变了！真像城里人了。

毛丫也笑着说，你不早就是城里人了吗？

朱绍海嬉皮笑脸地说，现在我已是放牛郎了，配不上人家了。

毛丫笑着说，几天兵当的，怎么俗气起来了。

说到这，两人都感到有点抵，有点别扭和陌生，都不说话了。

早已立冬了，四处雾气蛮大的，桥底下像是开了蒸笼铺，一大团一大团雾气向上泛。有些雾气跑到了两人中间，两人都显得有些缭绕了。

这时，朱绍海忽然打了个冷战，低着头，笑着说，我退伍了。

知道。

以后就是农民了。

不好吗？

又是一阵沉默。还是朱绍海在说，毛丫，过去我对你照顾不够……

毛丫觉得朱绍海嘴里很干，她笑着打断朱绍海的话说，你在部队能照顾我什么。

朱绍海感觉毛丫的这句话显得好硬。他说，我现在回来了，想弥补。

毛丫清了清嗓子。毛丫的脸已经不红了，人显得更为瘦削了。

朱绍海笑着说，我妈问我们婚事了。又意味深长地补充，我们的妈。

毛丫看着远方说，老年人不都是这样。

你呢？

我怎么了？

毛丫的不靠谱让朱绍海有些堵，心里突然一阵慌乱，涌现出了一些莫名的嫉妒。这时，他笑着说，我知道我不是大学生，也管不了新农合，更管不了拆迁。

朱绍海说这些话时，毛丫很吃惊，脸又涨红了，接着显出一种很气愤的样子，轻轻地冷笑一声说，我说得没错，两年兵把你当俗气了。

两人又不说话了。

半天，朱绍海才莫名其妙地说，是的是的。

毛丫说，我冷了。先回了。说着就转动了车上的钥匙。

毛丫的车子向前走时，朱绍海在后面很认真地说，我心依旧！

毛丫手里的电动车本来是很温和的，听朱绍海这么说，忽然向前窜了一下，接着就跑远了。

晚上，由于朱绍海不断地打毛丫的手机，毛丫终于接了。毛丫在手机里像是哭了，她说，朱绍海，我跟你说，我清白不清白不用你评价，你再胡扯，我去撕你嘴。毛丫这一骂，朱绍海倒是开心了，这说明什么，这说明毛丫要用眼泪来证明自己的清白，这不就好了吗！朱绍海笑着说，是的，我的嘴也该换尺寸了，你来，嘻嘻……

毛丫哭了，哭的声音很大，她边哭边说，不想理你。我告诉你，我所做的一切都是为了我这个家。我问心无愧。

朱绍海忽然内疚起来，心疼起来，忽然感到自己渺小起来，他说，对对对，我是开玩笑的，我错了，我马上过去给你道歉，住在你家，长期道歉也可以。

滚！毛丫说，这阶段我在忙拆迁补偿的事，你别来打搅我。

朱绍海自作聪明地说，好，那就等您把拆迁的事处理好再说。

五

桥上相会是11月27号，接着是大雪、冬至、除夕、立春、雨水、清明，一转眼，四个月就下去了，日子过得刺啦的快。这几个月里，朱绍海遵守诺言，很少去山前，但是手机没少打信息没少发。可是，毛丫仍然是那样冷，半句半句地搭，有时就给一到两个标点符号。这对于朱绍海来说也够了，此时，朱绍海就盼着山前村能早一点搬迁。好像山前村就在他们的爱情前面，山前村搬走了，就云开雾散了，他们的爱情就能显现了。

好光景终于盼来了，那天，朱绍海得到一个确切消息，山前村终于要搬迁了，他忙打毛丫的手机，以核对这件事。毛丫迟疑了一下说，好像是吧。朱绍海忙问，什么时候？毛丫说，大概是下个月吧，十六七号的样子。朱绍海问，到底是16号还是17号？我好安排时间过去搭把手。毛丫说，等日子定下来再通知你。

有了毛丫的这句话，朱绍海开心得很，下午帮家门二叔家淘沙时，把拉沙的拖拉机累得呼呼喘。

一天一天地数日子，终于数到了16号，太阳打东边一露圆，朱绍海便开始打起了毛丫的手机，可是毛丫关机了。接着是17号，朱绍海又打毛丫的手机，停机了。朱绍海慌神了，连忙去了山前。等他赶到山前村，傻眼了，几个月前还鸡飞狗跳的山前村，现在倒得一片连一片的。几台推土机伸着粗大的脖子在拱着人家的山墙，四处传来一阵阵哗啦哗啦的声音。那滚滚的尘烟之中，看不到一个人影，只见一顶顶橙色的安全帽在不停地移动，像是中了幻术。

朱绍海拣了一个离自己最近的人上前打听，这才知道，这个村子 13 号就全部搬完了。朱绍海又问毛丫家的搬迁情况。这个人打量一下朱绍海说，毛家乡里有人，那个姓许的带来一挂大车，连鸡巴带毛都搬走了。

山前和山后相隔不到八里路，朱绍海走了两个小时也没走到家。走到橡树岭时，朱绍海坐了下来，然后打毛依的手机。

手机很快就接通了。此时，朱绍海的心中有委屈，有屈辱，也有恼怒，但是，当毛依喂了一声后，他还是压低了自己，笑着问，搬家啦？你姐呢？

对方没有吭声。朱绍海看了看自己的手机，又连连喂了好几次。这时毛依说话了。

给你介绍个对象吧。

朱绍海没想到毛依会这样说。愣在那。

毛依说，我嘛还是很喜欢你的。但是，不喜欢你的那种古板和忒 OUT 的样子。把我的一个小妹介绍给你吧。是我一个班的，家里按揭买房了，怕还不起，她爸正在劝她退学，想让她去打工。她想嫁人，先把家里的房贷还了，再来上学。你感兴趣就准备准备吧。

你胡扯什么啊！朱绍海苦笑着说，接着问，你姐到底怎么啦？

说你是菜鸟你还不信。毛依说，她早就和那个姓许的好啦！你是虚词吧，怎么这么恍惚。

要……结婚啦？朱绍海问，心里怦怦跳。

你说呢？

朱绍海感到自己的肺被一块巨大的石头压住了，喘不过来气。这时毛依说，是不是感到有点悲摧。忘掉过去吧，就当是佬姐跟你开了一个玩笑。

朱绍海终于火了，他不可思议地问，这种事也能当玩笑开？我们谈恋爱时她说，一辈子不变，永远不变。那天在桥上，她红口白牙地跟我说，她是清白的，很清白！难道这些都是玩笑？真的？说到这，朱绍海的嘴唇抖得如一把扇子。

毛依好像是在为姐姐辩白，她说，不跟你谈恋爱也不代表她不清白吧？

对！说得对！朱绍海说，有点气急败坏的样子。

毛依说，想不通是吧？当兵几年都在干吗？他们把你们关在大院子里，除了让你们唱军歌，什么都不教啊！

朱绍海不想和这个小屁孩纠缠不清，他问，婶子和叔呢？

毛依说，别找下家了，他们没有脸见你。

毛依的话，朱绍海能听懂，他有点绝望地深深地叹了口气。

短暂地沉默了一会，毛依忽然变了一个语调说，海哥，我把佬姐的新手机号给你吧。她就是一条野鱼，你捞不回来了，你狠狠地恶心恶心她一次吧，把气消掉就爽了，啊？

这时，手机里传来了上课铃声，朱绍海痛苦地笑了笑说，谢谢，不用了。说到这，朱绍海忽然听到毛依哭了一声，手机跟着就断了。

这个事很快就让朱绍海的母亲知道了，她往地下盘腿一坐，摆开场子就大骂起来。农村女人文化不高，但是骂起人来，是书本上编也编不好的。说什么一年三节，没少给她烧纸钱；说什么追朱绍海时，奶头子拖地；说什么活生生就是一个烂石榴，看到嘴馋的就见红，等等等等。还说要去城里寻毛胡子，问问他女儿论斤卖还是论瓢卖。朱绍海正在洗脸，这会把脸盆向地下猛地一摔，大声吼道，你别这样糟蹋人家好不好？人家没说要卖给你！找来找去的干什么。没有女人不能过啦？我能活得下去！

朱绍海从来没有跟母亲发过这么大脾气，母亲被怔住了，不吭声了，坐在那哽哽咽咽地哭起来。

四月中了，四处都在闹春，大片大片的麦子都长得起浪了，风一吹，那浪就一层一层地向南边跑，野性得很，撵都撵不上。

可能是用错了种子，今年朱家的麦子地里长出了许多燕麦。燕麦虽然说也带了个麦字，可是不能吃，还争地皮子和养分，与稗草等同，为此，一上午，父亲和朱绍海都在麦地里间草。

间到半亩上下，爷俩都累了，便找一个高处坐下来休息。

朱绍海和父亲背对背坐着，父亲后背的热量使他显得懒洋洋的。他慢慢地扬起下巴，默默地看着远方。这时，他忽然看到了自己手背上的一块菱形伤疤。在朱绍海的背上和腿上，这种伤疤还有许多处，都是他在部队驯犬时被犬误伤的。人说，一块伤疤一次痛，但是对于朱绍海来说，每一块伤疤对于他来说都是一次极端美好的记忆，这种记忆会让他感到温暖，感到一种责任和成就。这时，他从自己的衣袋里慢慢地小心地抽出一张照片来。

这是朱绍海的爱犬晃晃的照片，是晃晃得了“犬王”称号后拍的。晃晃戴着一朵大红花，戴着非凡的荣誉，但是，从表情上看，显得很淡定，很谦虚。此时，晃晃也看着朱绍海，两只眼黑葡萄似的。狗和人相视了许久，朱绍海忽然笑了一笑。

朱绍海的笑声非常小，有点像“恨”字的短发声连接，但是背对着他的父亲还是有了感觉。这时，父亲抬了抬屁股，一口气把嘴上的一支烟抽到过滤嘴那儿说，昨天你不在家，人武部和人才就业市场来了几个人，说是了解一下退伍军人就业和生活情况。麦子还有一段时间才能收，我看你还是去城里找份工作吧。到了城里，一来散散心肠，二来这庄子上年轻人都出去了，你不出去，连媳妇都找不着了。

朱绍海把晃晃的照片慢慢地收起来，点了点头。

出外打工的决定当晚就做出了。临离开村庄那天，朱绍海把一本存折交给了父亲，那是他从部队带回来的退伍费。父亲说，我也不会取，都给你收着。这时，神情低落的母亲也过来向儿子话别，说那天是因为心疼儿子才骂了人，说毛丫也算是懂事的，在朱绍海当兵的头两年，家里亏着毛丫常来帮忙。说这门亲事不成是天意，天意一点也不能违。最后她说，大海，出去好好闯荡吧，有钱挣就把这事忘了。

朱绍海显得很轻松很达观地笑着说，妈！你儿子是个男人，不值得记的早就忘了。我最不喜欢说着挪着的人。她不讲信誉，就等于一条大河当中断了。说完，他还拍了拍母亲的肩膀。

母亲看了一眼儿子那双发黑的眼圈，就不大相信儿子的话了，但还是一个劲地说，这就好，这就好。

六

朱绍海本来要去上海，因为那里有他的战友，前些日子还联系过，后来在车站徘徊了一下，还是买了一张去徐州的车票。那是他当兵的地方，也是晃晃服兵役的地方。

自从毛丫背叛了这场爱情以后，朱绍海就感到自己特别脆弱，特别孤独，特别想晃晃，想得不能行。由此，他理解了许多过去不曾打动过自己的事情，懂得了“割舍”“抛弃”“背叛”原都是挑在刀尖子上的词汇。

到徐州是第二天下午五点半，出站后，朱绍海钻进了一家超市。走到香烟柜台时他犹豫起来。他记得自己离开部队前给罗队买的是苏烟，那种烟 65 元钱一包。当时是在服役，每月有近 2300 元的津贴发，大不了自己省一些，下个月还会补上，现在退伍了，回到家的这些日子又颗粒无收，所以，现在再买这种烟就有点吃力了。磨蹭了半天，最后他选了两条金包装南京烟。同时，选了一袋中老年奶粉和一包火腿肠。但是，就是这种烟也把罗队欢喜得不得了，直骂朱绍海买这些屌东西是谋害他，把他的肠子都熏黑了。

因为老婆回家乡了，中午，罗队让炊事班做了几个菜，又喊来了副队、梁助训和一个刚提的班长作陪，几个人开始喝酒。

好久没见了，什么都稀罕，几个人抢着提问，抢着发言。吵吵嚷嚷的半个小时后，罗队就问到了毛丫。朱绍海豪迈地一挥手说，这一页翻过去了。此时，罗队的脖子都喝红了，他的脸色沉了下来，指着朱绍海说，我有点难受，你跟我说说。朱绍海就把毛丫和自己分手的前前后后，有粗有细地说了。说到毛丫现在看中的是一个乡镇干部和大学生，罗队不停地点着头说，哦！看不起军人了！他突然激动地站起来，手向远方指着喊，军人怎么啦？军人那个就比地方的短一截啊？没有我们这些人在这里当城砖……

众人都笑了，可是朱绍海没笑，他低着头，把面前的酒杯捏起来又放下，放下又捏起来。这时，罗队像是乐队指挥一样做着手势说，朱绍海，把头抬起来，抬起来。朱绍海马上挺直腰板说，是！罗队说，碰到这种事，既不要硬扛，也不要蜷尾巴。因为我们是军人，军人就是死了，鸡巴也要翘翘的。

罗队长的这句话多可笑啊！可是大家都没有笑，这时，副队长说，喝酒喝酒，走起来走起来。罗队没有响应副队的话，又说，朱绍海！到！朱绍海大声应答。罗队说，把这个毛丫忘到万丈深渊里去吧，不稀罕她。对于这种藐视我军尊严，不讲情义和信用的女人，要坚决彻底地不屌她，无情残酷地抛弃她！朱绍海大声说，报告队长，已经不屌了！众人大笑。

这样，关于毛丫的讨论就过去了，接着，罗队问朱绍海下一步的打算。朱绍海说这次到徐州来主要是想在当地找点事情做做。罗队说，这个不难。在当地，我老罗的资源妈逼的多，一个电话就办完了。罗队这么说，朱绍海感到非常安慰，继而他说，队长，这次来，我还有一个请求……想顺便看看晃晃。

听朱绍海这么说，罗队的脸色突然变了。他先给朱绍海面前的酒杯加上酒，然后摇头晃脑地说，朱绍海，你可以来看我，但是不能看狗。

朱绍海嬉皮笑脸地说，队长，你看，我大老远来……

罗队点了点朱绍海说，你现在说的才是真话。你大老远来根本就不是为了找事做，就是为了看你的晃晃。

朱绍海不好意思地笑了笑，算是承认了。

罗队口气坚决地说，不允许的。

朱绍海央求说，队长，我就……看一眼，摸摸它。

罗队说，毛丫你可以摸，晃晃你摸不得。

朱绍海苦笑了一下，有点自嘲地说，队长，关键是，现在，毛丫我也摸不上了。

众人笑。

罗队说，那也不能摸晃晃。

朱绍海不说话了，眉眼低了下来。这个样子让副队长感到难受，他忙说，来，绍海，我俩再走一杯！

朱绍海端起杯子和副队碰了一下，然后一仰脖子把酒喝了。等喝了这杯酒，众人看到，朱绍海的眼瞳子里充满了沮丧，整个人好像在下沉。

这时，罗队轻轻地拍了一下朱绍海的肩膀，语气缓和地说，训练队有严格的规定，训导员退伍后是不能回来看犬的，否则，一旦被犬认出来，新的训导员就无法带狗了。大锅（哥），可懂？

朱绍海没说自己懂，也没说自己不懂，只是深深地叹了口气。

场子上的气氛低迷下来，这时，副队又来打圆场了，哎哎，不能因为一条狗影响我们的酒兴啊，来来，再走。

一直喝到九点半，大家才散了。当晚，朱绍海就住在罗队家，因为喝多了，一觉睡到第二天早晨起床号响。

听到罗队在窸窸窣窣地穿衣服，朱绍海也把被子一撩，找起了自己的衣服。罗队一边扎着腰带一边说，你起来干什么，多睡会。这几天可以在部队多转转。又笑着逗朱绍海，哦！对了，刚分来一批女兵，驻训都在南营房，你可以过去瞄两眼，败败底火。朱绍海已经从床上下来了，听罗队这么说，他笑了笑，然后从包里把火腿肠和奶粉拿了出来，他说，队长，请您把这些带给晃晃。罗队接过火腿肠和奶粉，看了看朱绍海，笑了笑说，管屌用，它就是个畜生，不领你情的。

等罗队走了，朱绍海收拾起自己的东西来。他想马上离开军营，因为，在看望晃晃这件事上，罗队的冷酷尚能理解，但是，守在离晃晃不到三百米的地方却不能相见，让他感到是一种折磨。

很快，朱绍海就收拾停当了，就在这时，罗队又回来了。一进门，罗队就看到了朱绍海的那只放在门旁的包，他说，什么屌意思，要走啊？不要慌，上午我带你去一个地方。

九点多钟，罗队把朱绍海带到了支队的监控室。监控室很大，靠南的一面墙上装了 40 多个监视屏，从这里可以看到军营的各个角落，不仅如此，军营外的情况也能一目了然，此时，27 区的屏幕上显示，几个战士正从一个男人手里买饮料。墙内的战士站在临时摞起来的砖块上，墙外的男人站在凳子上。看来这个男人是常客了，那脚下的凳子分明是特制的，身边还放着一只大包。朱绍海想，罗队把自己带到这里是什么意思呢？难道是想安排自己为部队看视频。这个想法让朱绍海感到很搞怪。朱绍海正在搞怪地想着，罗队说话了，朱绍海，你就在这里看看晃晃吧！朱绍海恍然大悟，他充满感激地说，谢谢罗队！谢谢罗队！

此时，训练场上已经很热闹了，训导员们正在训练自己的犬，朱绍海从视频上一下子就找到了赵于和晃晃。

今天，晃晃做的是基础科目训练，如坐、卧、随行、立、匍匐前进、敬礼、前来、衔取、躺下、滚动、跃背、延缓等。

三十分钟后，整个训练进入了尾声，训导员们开始带着自己的犬溜达或者休息，而在监控室里，朱绍海还一动不动地坐在那，两只眼睛死死地盯着屏幕。这时，罗队走过来，他把一只手搭在朱绍海的椅把上，一只手向后托着腰杆子问，满意了吧？朱绍海转身见是罗队，忙站起来说，哎哎。满意就好。罗队说着，向外走了。朱绍海正要跟上罗队，忽然又停下了脚步，两眼再次盯上了屏幕。已经走到门口的罗队见朱绍海没有跟上来，又见朱绍海站在那盯着视频看，也向视频看去。

从视频上看，晃晃面前已经摆上了十几只箱子。赵于把晃晃带到了一边，并捂住了晃晃的眼睛。这时，一个战士把一包毒品悄悄地放在了编号为E的箱子里。哦！这是防爆识别训练！看到这里，朱绍海对罗队说。我的晃晃在这方面最厉害。朱绍海这么说着，还向罗队竖了一下大拇指。罗队笑着说，看你这个屌形。说着，点上烟，也站在那陪着朱绍海一起看。

但是只看了几分钟，朱绍海脸上的笑容就没有了。

朱绍海看到，仅仅用了两分钟，晃晃就找到了那件藏有毒品的E号箱，但是，当晃晃趴在这只E号箱旁时，赵于却对晃晃说，非！晃晃感到很意外，它看着赵于，目光中充满了迷惑。这时，赵于大声喝令：非！晃晃被吓得一哆嗦，忙站了起来，迟疑地看着赵于，但见赵于一脸的严肃，便再次围绕着那些箱子嗅了起来。嗅了一圈后，它又卧在了E号箱旁。对此，赵于还是摇了摇头，并晃着食指说，非！晃晃把头藏在自己的两条前腿里，不理赵于了。赵于又大声地呵斥起来，非！继续！晃晃嘴里哼唧了一声，还是不动。这时，赵于连声喝令，非！非！非！继续！晃晃终于屈服了，它慢慢地站起来，再次围绕着几只箱子嗅起来，最后，它站在了一个标号为G的箱子前，然后目光飘移不定地看着赵于。哈哈哈！赵于和几个战士放声大笑起来。赵于一边大笑，一边向晃晃跑过去。他把晃晃牵到了那只E号箱前，从箱子里拿出毒品后，笑着骂道，你这个不坚定的家伙。不坚定就是蠢！就是笨蛋！懂不懂？这时，其他几个战士也走过来，围着晃晃笑，享受着因为成功欺骗了晃晃所带来的乐趣。不一会，让赵于和几个战士惊讶的事情发生了，刚才还摇头摆尾、一副顺从样的晃晃，忽然不安和烦躁起来，接着它突然大叫了一声，猛地挣脱掉赵于手中的绳子，向一边狂奔而去。跑出十几米后，慢慢地趴在了草地上。

看到这，朱绍海的脸色特别难看，然后一声不吭地向外走了。

在罗队家，罗队一直在表扬赵于，说这个人虽然傲慢了些，但是专业还是没话说的，接着问朱绍海，今天晃晃的表现怎么样？你满意了吧？朱绍海没吭声，脸色很难看。罗队笑着说，怎么，看到别人驯犬，手痒痒了吧？朱绍海笑了笑，他抬起头说，队长，我想见见赵于。罗队说，这个行。你也该感谢他的。朱绍海说，是的。

朱绍海和赵于是在营区内一个加油站前见的面。见到朱绍海，赵于还是比较尊重的，先是敬了军礼，然后和朱绍海握了握手。接着，无话找话地向朱绍海介绍了训练队的一些情况，说什么新添了一整套训练器械，说什么配备了十几条昆明犬，又说什么从下个月开始，军犬的伙食又要提高了。无话找话实际上就是没有真心话，又不得不说，这个朱绍海知道。朱绍海要求见赵于，当然也不是为了了解军营新面貌的。于是，他直接跟赵于谈晃晃的事。来时，赵于听罗队说，朱绍海对赵于的训练很欣赏，现在，朱绍海说要谈晃晃的事，估计朱绍海要给自己戴高帽子，于是对朱绍海说，老兵也不要客气，训练好晃晃，照顾好晃晃是我的职责。

朱绍海说，对不起，我觉得你在训练和照顾这两个方面都不达标。

朱绍海这句话以及说这句话的神情让赵于很意外，这才知道，罗队的理解有误，他的眼神立刻变了，人也马上傲慢起来。他轻蔑地笑了笑说，这个你好像不便和我讨论吧？还有事吗？

朱绍海说，是的，现在我已经是老百姓了，与这个军营没有关系了，但是，有件事我能和你计较。

赵于很烦地看了看朱绍海，想走，却又站在了那里，目光中充满着不屑和挑衅。

朱绍海说，我离队前，要求过你。

你要求我？

是的，我要求你善待晃晃，你答应了。答应了就要做。这是一个人的基本信誉。

你什么意思？难道我把晃晃做狗肉锅子了？

有些事如果能那样做，还真不如把晃晃做成锅子。

你把话捋直了说。

为什么要欺骗晃晃？

赵于大悟，他表示不屑地笑了笑说，什么叫欺骗啊，那不就是一条狗嘛，到退役了，智力也达不到四岁的孩童，不过是逗它玩儿。朱绍海突然冲向了赵于。

一个小时后，结果出来了，朱绍海因为打了赵于被带到了纠察室。纠察室按照赵于的要求正在和地方派出所联系。就在一个纠察找地方派出所号码时，罗队和副队来了。罗队对纠察说，你们的任务完成了，这个人是我的兵，我带走了。

到了队部，罗队显得很气愤，像是被抽了一鞭子的陀螺，来回转着。转了一会，他停了下来，冲朱绍海一挥胳膊说，你熊涨的？不就是丢了个女人吗，你到我这闹什么？走吧走吧。

在这场打斗中，朱绍海并没有倒巧。赵于出手不善，把朱绍海的脖子抓得伤伤的，两道血痕已经沤得发紫。此时，听罗队骂自己，朱绍海表情痛苦地说，罗队，警犬是不能欺骗的，它们的思维因为简单，比人更为固执和认真，一旦欺骗了它，它就会怀疑自己，以后再碰到这类事就再不反应了。队长你难道没有看到，当晃晃明白了赵于他们在欺骗它时，是多么的委屈，多么的痛苦，伤透了心！它就是个畜生不会说话罢了……

说到这，朱绍海难受地说不下去了，梗着脖子站在那。

朱绍海的告白或许打动了罗队，罗队的口气缓和下来，他说，你说得也不是没有道理，不过也没有那么严重，不就是和狗开个玩笑嘛。你也不能出手打人呀，而且是到部队里来打人。

这时，朱绍海叹了口气说，队长，我……有一个请求。

罗队看了看朱绍海，没吭声，他不知道朱绍海又会提出什么要求，心里有顾忌。

朱绍海说，罗队，我知道，以后我再也不能回部队了。将来，如果……晃晃不吃饭了，或者出什么事了，请您能……通知我。

罗队沉吟了一下，点了点头。

七

朱绍海之所以说自己再也不能来部队了，再也不能见晃晃了，是因为，他觉得自己惹下了这个祸，罗队很不高兴。一个人不高兴、心里有所猜忌和保留时，看对方的眼睛就能知道。仅仅是一上午，朱绍海就发现，罗队看自己的眼神不对了。过去是眼珠子对眼珠子看，现在是眼梢子对眼珠子看；不像以前那么坦诚和轻松了，里面藏了许多说不出的东西；往往和自己对视不到一秒钟就散光了，转移了。为此，朱绍海为罗队的这种陌生的眼神感到很难受，很不安，就说了上述那些话。

但是，朱绍海还是悲观了，两个月后，他又回到了部队，那时，是傲慢不羁的赵于打了他的手机。当然，回部队之前，他正在处理一件事。

这是朱绍海在镇江开发区的一家中日合资企业当保安的第62天，他给母亲打了个电话，打听弟弟绍强的高考情况。母亲显得异常高兴。母亲说了两件事，第一，绍强考取了一本，分数线够上海理工大学的。第二，毛丫出事了。说到绍强考取大学，母亲的语调仅仅是欢快的；但是，说到毛丫出事，母亲不仅显得十分亢奋，还恣意地笑。接着是指天戳地骂毛丫……

朱绍海记得，这种酣畅淋漓的骂街是在母亲知道毛丫甩掉自己以后，当时，自己实在看不下去母亲的撒泼和无聊，就向母亲发火了。那天自己出门来徐州时，母亲就骂人的事还道了歉，说她骂毛丫是因为心疼儿子，还说毛丫在自己服役时，为家里做了不少事。一副要原谅毛丫的样子。现在看来，母亲对毛丫的恨一点都没消解过。为此，朱绍海说，妈，我都知道了。关于毛丫，跟别人就不要胡嚼乱骂了，何必落井下石呢。母亲马上说，我只是跟你说，让你解气，让你心里舒畅，在人家面前我都夸毛丫。

和母亲通话结束后，朱绍海的心就乱了，那一夜再也没有睡着，第二天，他打了毛依的手机。手机打通后，朱绍海问了问毛依的高考情况，又把绍强的高考成绩秀了一下。这时，毛依冷冷地说，你也别绕了，你就直接问我佬姐吧。朱绍海被戳个对穿，不好再委婉了，他沉吟了一下，声音低低地问，还好吧？

毛依冷笑一声说，她以为自己是张艺谋呢，结果所有的戏都是她一个人演。现在也到了无法收场的地步了。

她人在哪？朱绍海问。

毛依说，不知道。我爸我妈都不知道。你不在部队养过警犬吗，怕是你把警犬累死了都找不着她。

朱绍海不吭声了。

这时，毛依突然说，知道上次我为什么跟老姐吵架吗？

朱绍海想了想，终于想起来了。当时，朱绍海刚从部队回来，去毛丫家找毛丫，结果毛丫躲开了。他送礼物给毛依时，想打听一下毛丫的情况，毛依就说，我跟佬姐吵架了。那时，朱绍海蛮感激的，因为她知道毛依必然是因为自己和毛丫吵架的。

于是他就说，真不好意思，我的事让小妹受委屈了。

毛丫说，不是因为你啊。

朱绍海有些尴尬，嘴里咿呀着。

那天，毛丫故意要躲朱绍海，于是毛胡子夫妇让毛依放学后去乡政府找毛丫。中午，那个姓许的请毛丫和毛依吃饭。饭后，毛丫美滋滋地问妹妹，怎么样？帅不帅？毛依怒斥：什么人啊！既然说爱你，吃饭时为什么不看你，老看我啊。接下来，一个要维护自己的心上人，一个要在这个“心上人”的脸上搪泥，姐妹俩吵得一树柿子烂。

毛依这么说，估计朱绍海要开心的，但是，手机那边没有声音了。毛依感觉到了什么，也沉默起来，但仅仅是几秒钟，她忽然说，海哥，这次我只考了三本半，不想上了，你在哪上班呀，我去找你。可好？

朱绍海忽然觉得毛依的语气有点异样，他忙说，毛依，能把你佬姐的手机号码给我吗？朱绍海的话刚说完，毛依就把手机挂了。朱绍海傻了，但是，没过一会，手机又响了，他一看，是一条信息，是毛依发来的，上面正是毛丫的手机号码。

有了这个号码，朱绍海开始和毛丫联系，但是，一个月下来了，朱绍海也没有和毛丫联系上。毛丫像印象派画家笔下的那一道屋漏痕，消失在朱绍海一夜又一夜的无眠中。朱绍海在给毛丫发出的最后一条信息中筋疲力尽、气息奄奄地说，毛丫，朱绍海在找你，朱绍海有事和你商量。

这天，是朱绍海给毛丫发出最后一条信息的第 15 天。朱绍海收到了一条信息，不过，这条信息来自徐州，是赵于发的。赵于在信息中说，老兵，我是赵于，能通一次话吗？关于晃晃。

这条信息显然带有试探性，看文字能想象到对方的谦恭和平和，而“关于晃晃”四个字使朱绍海失去了所有的选择余地，他立刻和赵于通了电话。

那是令赵于、罗队和整个训练队都十分后悔的一次愚弄。自从赵于在爆炸物识别时戏弄了晃晃以后，晃晃发生了重大变化，一是在类似的训练中情绪不稳定，精力不集中，犹豫不决，识别不准确。二是，性格很暴躁，经常不服训导员的管教，在一次扑咬训练中还咬掉过赵于的指甲。三是，皮毛的光泽开始变得灰暗，眼睛无神，懒得动弹，常莫名其妙地嚎叫。一个月前，在一次做高空巡逻通道训练时，由于精力不集中和出现抑制反应，摔伤了脊椎，手术后，食量锐减，这两天又出现了抽筋现象，连食物也不吃了，整天苦苦地蜷缩在狗舍里，任赵于、梁助训怎么喊都不起来，看上去快不行了。

这个事，赵于讲了五分钟，朱绍海憋气也憋了五分钟，其间，他想搭一句什么，可是，一种疼痛死死地抵在他的胸腔里，使他一句话也说不出来。

赵于说，本来，像晃晃这种情况，我们要交到省一级主管部门去处理，现在，晃晃病得很重，经省一级主管部门批准，同意训练队对晃晃实行安乐死。罗队说，你上次走前跟他有过请求，特命令我将晃晃的情况告……向你汇报。

朱绍海连夜赶到了徐州。等朱绍海再来到军营时，罗队发现朱绍海好像小了一圈，瘦得比晃晃还难看。罗队说，快见一面吧。就等你来了。兽医都在待命呢。不！朱绍海说，我要带走晃晃。罗队有点意外地看着朱绍海，他发现，朱绍海的嘴唇在颤抖，眼神是那么的狠。接着他又听朱绍海说，如果部队不让我带走晃晃，就先给我打一针……罗队忙拍了拍朱绍海的肩膀说，我考！怎么搞得这么悲壮，这屌事不难，我来请示。

很快，朱绍海的要求被批下来了。接着，朱绍海和训练队签了份领养协议，把晃晃领走了。

八

晃晃对“父爱”吸收得很快。在朱绍海的精心照料下，身体渐渐地复元了。

起初，晃晃的到来，给这个早已缺少人气的山后村带来了不少欢乐，闲暇之时，留守在村上的人们会围绕着晃晃坐成满满的一大圈，然后看晃晃表演。当晃晃把在部队里学到的本事都表演了一番后，逗得村人一边倒吸冷气，一边直喊神奇，都说自己看到了妖精。可是待时间长了，晃晃的本事也一一露了底，“妖精”就平凡了，晃晃也开始寂寞起来。因为，晃晃太大，朱绍海家根本就不敢让它出去单溜，现在的大人小孩都异常的精贵，过去，村子上的人被狗咬了，抓把老墙灰糊糊抹抹就可以了，现在别说被狗咬了，就是被狗闻了都要去看大夫。最主要的是，朱绍海也不能不顾生计，像在部队那样整天陪着晃晃玩，所以，朱绍海一旦去田里忙活，只好把晃晃拴在院子里的那棵楝树上，此时的晃晃尚不如一只草狗、一只鸡、一只蚂蚁自由。

那天，朱绍海正在和几个北方来的侉子谈包田收割的事，突然听到了母亲的叫喊。母亲的声音里带有一种令人恐惧的尖利，这让朱绍海浑身起满了鸡皮疙瘩，于是，他撒腿就往家跑。等跑到家，朱绍海才知道，上午，刘老头家的一只小鹅不知怎么跑进了朱绍海家的院心，这被晃晃看见了，亲热得不得了，硬拖着这只小鹅陪它玩，一玩就是两个多小时。那小鹅从没见过这么大的伙伴，也适应不了晃晃的玩法，结果，连吓带累，死得睁一只眼闭一只眼的。

家里的鹅死了，刘老头并不伤心。养鹅就是卖的，早卖晚卖都一样。过去村里人碰到这件事，最多道个歉也就算了，庄户人家丢鸡丢鸭，砸驴打断牛腿的事都会碰上一两回，饶了人家这一回，就是饶了自己家的下一回。可是，现在村民也不这样想了，什么都上秤称，有厉害的，门口的树荫都论深浅卖了。这次，刘老头开口就要 50 元，说是按这只鹅长大以后算的。此时，朱绍海的母亲脸色苍白，嘴角那还带着一点白沫，想必在朱绍海来之前，没少跟刘老头辩白。她对朱绍海说，这青黄不接的，我哪有 50 块钱给人家。家里有窟窿了！你老子可怜，天不亮就下田了，也就喝一个生鸡蛋。你跟你刘大爷说吧。说着，转身就走了。

朱绍海能看出，母亲走时，一脸的不高兴。他就跟刘大爷说，大爷，你看我这晃晃是在部队长大的，根本就不认识鹅，平时没有人跟它玩，它太寂寞了，所以看到你家的鹅，它只以为来了个玩具，就玩大意了。大爷你看，晃晃还是善良的，你家鹅身上一点伤都没有是吧？刘大爷说，乖！这孩子说的。这亏着是只鹅，要是个孩子，有伤没伤都玩屁的了。朱绍海也不好再说什么了，转而开始心疼起钱来，他媚笑着问，我大爷，可能少些？刘大爷哭着脸说，我算个什么，你大妈不是个东西。刘大爷的这句话两头尖尖的，一下子就把朱绍海抵死在墙根下了，朱绍海便不好再争取了，他在衣服上捉来捉去的，凑齐了 50 块钱，给了眼珠子都快要流到他手上的刘大爷。拿到了钱，刘大爷也变得慈祥和慷慨了，一伸手，把那只死鹅给了朱绍海，走时，笑眯眯地好心地提醒说，你家这条狗不是贪玩，是饿了。

是的，相比在部队那会儿，现在，晃晃挨饿已经是常事。所以，对于这只鹅来说，仅仅是被玩死，而没有被吞了，真算是碰上有素质的了。

在部队那会儿，军犬都是有自己食堂的，像晃晃这样的功勋犬还配有专门的营养师，一只犬的月工资相当于三个连级干部的月工资，那时，朱绍海还经常从自己的津贴里省出钱来买火腿肠、牛奶给晃晃开小灶。现在是一天一地了，来到家后，朱绍海按照最低标准即每月500元生活费喂养晃晃，当朱绍海发现自己的退伍补助和打工积累的那点钱大都用在了晃晃身上时，他感到压力了。

现在，晃晃的生活水平直线下降了，有时，一天也只能吃上一顿，最让朱绍海感到剜心的是，那天，他刚进门就看到母亲在踢晃晃，原因是晃晃竟然跟猪抢食。想到一只“犬王”，一只犬中的贵族，如今沦落到了抢猪食，朱绍海难过得想落泪，吃饭时一句话也没有，母亲和他说了句什么，他还硌了母亲一句。父亲把这事记在心里，那天，父亲找朱绍海谈了一次。平时，父亲话不多，可一旦说事，这个事就是件大事，为此，朱绍海坐下来听父亲说话时，显得很严肃。父亲说，你把那么好的工作辞了，带了条狗来家养，我和你妈没说过什么。你把自己的退伍补贴都买狗粮了，我们也没说什么。关键是这东西没有任何用处，还拖累人。我的意见是找一户好的人家，处理掉算了，不能让人和狗都不安生。父亲这话是五月初说的，可是到了七月底，朱绍海也没有任何行动。在这段时间里，朱绍海也不是没考虑过父亲的话，但是只要处理晃晃的念头一出来，他的胃就疼，同时，看到晃晃瘦弱得像一件一件地扒衣服，他的心便内疚得一个劲地出那种尖尖的草芽子。但是，人一旦落在生活的问题链上，早晚就会有个羁绊。

这天，朱绍海正在田里砍豆秧，有人带来了话，说朱绍海的父亲摔到田沟里去了。朱绍海连忙往山上跑，跑到地点才知道，绍强马上要开学了，生活费不算，半年的学费就要六千多。为了给绍强凑学费，父亲想提前把花生起了，虽然现在起花生没有产量，按亩算要吃亏，但是，城里人喜欢吃嫩花生，现在开垄，能卖出好价钱。为此，父亲一早就去花生地了，结果，挑着花生向家走时，一脚没踩在头把力上，栽进了田沟。父亲的腰被扭伤了，在家里连连躺了二十几天，又愁绍强的学费，又愁田里的庄稼，又心疼治腰的药水钱，人瘦得如同一棵信号树。

这件事对朱绍海触动很大，看着满头花发、强作欢颜的父亲，看着在跟同学商量借钱交学费的弟弟，看着因为焦急、抱着牙床喊疼的母亲，朱绍海和晃晃作了一次长谈。

他说，儿子！对于你来说，我尽到职责了，在你要被安乐死的时候，我救了你。这一点可是事实？自从跟我回到家乡，我把自己的退伍津贴和打工时挣的钱，大都用在了你的身上可是事实？我要疼我的爸爸，你也要疼你的爸爸。我们这个家有困难了，我爸累倒了，你不能让老爸我也累倒吧？

朱绍海说到这，晃晃开始没轻没重地舔他，为了能把话说完，朱绍海不得不抱住晃晃，然后用自己的脑袋抵住晃晃的脑袋，说，儿子，给你找个好人家吧，你答应吗？好！你答应了，你答应就好。不是爸爸不要你了，是爸爸真的养不起你了，将来你要是饿死在爸爸家，我对不起部队，也对不起我当初对你的诺言啊！你说是吗？你说是的。

晃晃当然没有回答朱绍海所有的问话，这种自言自语让朱绍海感到很难受，很无聊，于是他回到自己房间去了。

在自己房间里，朱绍海草拟了一份领养文案：

现有德牧一条，叫晃晃，鉴于本人工作太忙，想为它寻找一户好人家，条件和要求如下：一、酷爱犬，理解犬，家里经济条件可观；二、愿意每个月发一些晃晃的照片或者视频给我看；三、有善心，能容忍它的缺点，能爱它，讲信义；四、常和我保持联系，晃晃若是生病了跟我说，老了跟我说，不想吃饭了跟我说，不想要了跟我说……

朱绍海把文案给了绍强，希望绍强改一改，说，如果没有什么就准备发到网上去。文案是晚上九点给绍强的，九点十分，朱绍海去找绍强，绍强说，发了。朱绍海的心里一沉，愣愣地站在那。朱绍海的反应让绍强感到很迷惑，他问，哥，怎么啦？朱绍海说，你怎么发了？绍强笑了笑说，你不是说没有什么就发到网上吗？我还加上了我们家的电话号码。朱绍海想辩解说，我是说如果没有什么就准备发到网上去。但是，他见弟弟有点不安，便不好再说什么了。他怅然若失地愣了一会，然后声音低低地说，那就这样吧。绍强看出了哥哥的纠结，他连挠带抓地在电脑上忙乎了一番后说，哥，刚发上去不久，要不就删了吧。朱绍海想制止，可是绍强手快，一下子就删了。然后高兴地说，哥，搞定。朱绍海又愣了愣，然后说，哦！那就这样吧。

一个月后，有人来朱绍海家领狗了。朱绍海听到这个消息感到很诧异，他回到家时，看到院子里多了两个男人。一个高个子男人正站在墙角和母亲小声地说着什么，另一个矮而壮的男人正蹲在那里摆弄着晃晃。晃晃看上去很贱，任那个矮男人抚摸着。

见朱绍海走进院子，母亲把高个子带了过来。朱绍海迷惑地问，你们是怎么知道的？高个子很客气地笑着说，我们看到广告了。那天，广告上来不久就删了，不过老婆记下来了。朱绍海不说话了。不知为什么，母亲脸色通红，她说，大海，我都跟他谈妥了。高个子把一支烟递给朱绍海，朱绍海看这支烟皱巴巴的，就摇了摇手。高个子收回烟说，我们谈谈吧。朱绍海说，你等会。说着，朱绍海向屋里走去。不一会，朱绍海出来了，手里捏了个纸团。这个纸团就是他那天晚上写的文案，当时，他把文案揉捻后扔到床底下去了，现在他又把它找了回来。

朱绍海把纸团打开后说，我的条件和要求你们都看了吧？高个子问，什么？这时，矮个男人说，看了。那好。朱绍海看着那张纸说，我们再来强调一下。一、酷爱犬，理解犬，家里经济条件可观。高个子说，那是肯定的。朱绍海念道：二、愿意每个月发一些晃晃的照片或者视频给我看。高个子笑了笑，一脸为难地说，我哪会弄这些。矮个子说，现在手机能拍也能发。可以的。朱绍海说，第三点，有善心，能容忍它的缺点，能爱它，讲信义。高个子迷惑地问，你是说和狗吗？矮个子说，可以的。朱绍海说，四、常和我保持联系，晃晃若是生病了跟我说，老了跟我说，不想吃饭了跟我说，不想要了跟我说。高个子笑了笑，显得很为难。矮个子又说，这都是小事，可以的。

朱绍海读文稿时，心里越来越空，所以手一直在抖，稿子已经读完了，他的两只眼睛还在纸上一晃一晃地找字儿，好像有第五条似的。但是，确实只有四条，于是，他有点失望地慢慢地把稿子收了起来。

朱绍海永远都不能忘记那天在部队领养晃晃的情景。当朱绍海随罗队等人来到晃晃的犬舍时，多少天没有站起来的晃晃竟然昂了昂头，一下子站了起来，然后踉跄了一下，如皮影一般歪歪倒倒地跑到了门前。听朱绍海叫自己的名字，它先是目光恍惚地看了看朱绍海，然后围绕着朱绍海转起圈来。转了两圈后，它突然站立了起来，满满地扑向了朱绍海。那时，紧紧抱着晃晃的朱绍海在心里反复说的话就是，晃晃，我们再也不分开了，我们再也不分开了……

这时，高个子从衣服里掏出一大卷钱来。多是五十和十元的，看上去油乎乎的。高个子舔了一下自己的手，先搓出一张钱飘在那，然后微笑着对朱绍海说，你母亲把家里情况都跟我说了，我理解。300 块钱。见朱绍海的眼睛睁得大大的，忙说，350。日妈的要撒谎，我老尤这些年杀狗，从来没出过这个价。另外，这位大姐说他喜欢这张狗皮，我也给你们。朱绍海不可思议地看了看母亲，然后对高个子咬牙切齿地说，我这狗可不是卖的，是领养。这时一直在摆弄着晃晃的矮个子走了过来，他说，我们就是领养。说着向高个子眨了眨眼皮，高个子会意，忙将那卷钱收了起来。此时，朱绍海由于激动，脸涨得通红，他说，你们走吧，不要谈了。朱绍海母亲忙说，大海，你看，人都来了。朱绍海冲母亲突然发火说，什么来了？不谈了！这时矮个子男人把膀子抱在了一起，顿时，那两条粗壮的胳膊像是两条盘踞在一起的蟒。矮男人劈头盖脸地打量一下朱绍海说，什么意思，耍着玩呀！这年头做我们这行的还有打酱油的吗？母亲见势不妙，忙挡在朱绍海的面前，她的两只手向前伸着，像是要挡住那个矮男人，脸上赔着笑说，大兄弟，有话慢慢说，慢慢说。这时，矮男人手指着朱绍海，瞪着眼睛说，你哼一声。朱绍海把母亲往自己的身后一拉，一指矮男人，问，你想干什么？你再指，我把你当球拍。矮个子突然推了朱绍海一下，接着就要上脚，就在这时，刚才还接受矮男人抚摸的晃晃突然大叫起来，然后咆哮着扑向矮男人，但是，由于脖子上有绳子，它只能身子向前，斜立在那里。此时，矮男人被吓得脸色苍白，那只刚抬起来的准备踹朱绍海的脚立刻像是折断了一般，歪斜到了一边。他一边连连后退，一边呼喊，哎呀哎呀哎呀！这时，咆哮的晃晃已经将绳子挣脱掉了，朱绍海见状大惊失色，他高声断喝，卧！卧！晃晃便卧倒了，但是，卧倒在地的晃晃仍然狂吠着。由于愤怒，眉骨高耸，鼻子上翘，鼻翼两侧的皮毛全皱了起来，尖利的牙齿像一把把刚磨过的尖刀，一直收藏在脚心的爪子，如同铁钩一般，也全部张开了。而等朱绍海上前一把扯住晃晃脖子上的项圈时，高个子男人和矮男人早就不见影了，地下还丢下了一只脏污的手套。

九

卖狗事件发生后，朱绍海的精神状态一落千丈，一是因为，作为这个家庭的最大难题，晃晃的事情到底没有处理好。二是因为，关于那天卖狗，因为自己的拒绝，令大包大揽的母亲很尴尬，同时还让母亲受到了惊吓。还有，晃晃那天的疯狂护主，让他看到了自己的动摇和可耻之处，感到了一种在生活面前的懦弱和无着。一时间，朱绍海深陷于一种沼泽之中，而接下来的一件事，又把他向沼泽深处推了一次。

毛丫有消息了。

带话的人叫媚媚，她跟朱绍海说，毛丫被乡政府那个姓许的甩掉后，又喜欢上了一个负责村村通工程的包工头。这个包工头可不是个善茬，他把自己和毛丫的爱情游戏做得很大，他包完了当地的活以后，就把毛丫带走了，然后借口为毛丫安排工作，把毛丫放在了武汉的一家酒店。那天，酒店老板开车带着毛丫和媚媚去一家会所，当毛丫从老板和对方的电话中听出，这是带她们去卖淫时，就毫不犹豫地跳车了。

媚媚在朱绍海面前并不忌讳自己的职业，但是，她赌咒发誓地向朱绍海保证，毛丫没干过那种事，哪怕是一次。说到这，媚媚说，现在，毛丫在武汉第九人民医院住院，非常可怜。毛丫都跟我说了，落到今天这一步，都是因为太要强。她原先有个计划，一年买楼，两年买车，三年买商铺，四年当老板。你看，定的计划这么大，不找人帮帮忙怎么办，所以就走错了一两步。哎！你还是个爷们吗？是爷们就把这个事捡起来，有些东西，不过是沾了点灰，擦擦依然亮。当晚，朱绍海就给毛丫发了信息。

媚媚说毛丫对过去的事非常后悔，非常想朱绍海，非常想得到朱绍海的原谅。当朱绍海发去信息时，毛丫回短信时也是这么说的。这期间，朱绍海还和毛丫通了一次电话，当毛丫放声大哭时，朱绍海彻底崩盘了。尽管两人分手这么长时间了，但是，朱绍海从毛丫的哭声中，竟然还能听出一种恐惧、孤独、迷惘、绝望和乞求。俨然是毛丫离了自己就活不成了。那天，朱绍海十分冲动地说，毛丫，一定要振作起来，还记得当初我到部队前怎么跟你说的吗？我说，我是一个男人，既然承诺了这份爱，就不想再回头。我不会变心，将来无论发生了什么我都会爱你，都会守在你身边。

对于朱绍海的激情承诺，毛丫连连说了十几个谢谢，等把谢谢说完了，已经泣不成声。

而这个时候最想说声谢谢的是朱绍海，他觉得他在别人需要自己的时候，自己出现了，他觉得，他在别人需要自己兑现诺言的时候，自己没有拖延，没有推诿，没有讲价钱，没有孬种。他还觉得此时此刻，他作为一个男人才真正实现了完美，过去因此而产生的自卑、动摇和委屈都可以忽略不计了。

先是父亲知道了朱绍海的想法，接着就是母亲。父亲虽然觉得这件事不合适、不雅，嘴上却说，日子还是要你们自己过，你自己拿捏吧。可是母亲就激烈得多。在这件有关朱家尊严和名声的大事上，在这件已经触摸到了她底线的事情上，她像是一个浑身挂满弹夹的狙击手，傲然屹立在阵地上。

那天，母亲把一摞碗高高地举过头顶，然后猛地摔在地下，接着她指着朱绍海说，小老子，你知道你这个心上人是怎么摔断腿的吗？是跳楼的。

在农村，摔碗和摔锅都表明这家人不想过日子了。见母亲摔碗了，又下那么大的力气扇耳光，朱绍海吓坏了。他先是拦住母亲的手，然后软弱地跪了下来。

母亲向后退了一步，像是不接受儿子这种道歉似的，然后继续叫骂，这是个朝三暮四的女人啊！你难道还没有被她伤够。你年轻，你有体力，脸皮厚，她怎么伤你你都能顶得住，你妈你老子不行了。

朱绍海就站了起来，他搬了张凳子给母亲，又扶着母亲坐下。母亲确实很累了，就坐了下来。母亲大口大口地喘息时，眼珠子鼓胀着，有点吓人，像剥皮蛙。

见母亲平静多了，朱绍海说，妈，你也别生这么大的气，情况我都了解了，毛丫不是那样的人。正是因为不是那样的人才跳车的。

母亲啪啦啪啦地拍着手说，就算是这样，这种五花肠、六花心的女人你能弄回来做媳妇吗？见一个爱一个，她跟天下男人都跑了一遍再来找我儿子，她是什么人，我们成了什么人？

朱绍海说，妈，过去的事就别提了，再说了，那时毛丫还年轻，又要强，走差了一步，也是想让自己家好……

朱绍海的话还没说完，母亲就呼地站了起来，她向朱绍海直不愣登地推出一只手说，大海子，别说了，你说服不了我。说完，一脚将凳子踢成了四不靠，气哼哼地走了。

屋子里静下来，朱绍海抱着头，像刺猬一样缩成了一团。就这样团了一会，他掏出手机看了看，然后关了。因为，他怕这个时候毛丫会发来信息。他心里乱极了，这个时候，他不想或者说已经无力再接受任何压力和选择了。

可是整整三个礼拜，毛丫一条信息也没发来。此时，朱绍海的心更乱了。因为，他感觉到了毛丫的自责、自卑和不安，感觉到了一个辜负过别人的女孩如今要回头的心理压力和顾忌。他想打电话过去，但是，几次按出了毛丫的号码，又全删了。

那天，朱绍海坐在田埂上向远处看。

远处的小城做梦一般，看上去恍恍惚惚的。一条公路像水一样从小城里流淌出来，流出一片树林后，便豁然开朗了。此时，上面你追我赶的，跑着许多车。心绪烦乱且无聊透顶的朱绍海先用手指瞄准一辆车，接着他让自己的手指随着这辆车移动，一直等这辆车跑远了，他再瞄准另一辆车。瞄到第20辆时，朱绍海发现自己的手指忽然从公路上下滑了，接着，他看到，在高高扬起的灰尘中，有一辆车撅了几下屁股，一晃一晃地向山后村开来。朱绍海慢慢地站了起来，因为这种车他太熟悉了，是军车。

是的，开车的是军犬训练队的赵于。

车到近前，朱绍海和赵于都大呼小叫起来，他们先是按照部队的老规矩，互相敬了个军礼，然后热烈拥抱，又大呼小叫了一番，还把对方的胸脯和屁股揍得嘭嘭响。这时，赵于指着自己的车子，大着嗓门说，车上的东西都是带给你的。但马上又特别强调说，哦，那个女的不是，是我的。朱绍海这才发现，驾驶室里坐着一个女郎，这会正婀娜而下。这女郎过于漂亮，一走出驾驶室就把四处显旧了。也是好久没见过美女的缘故，见到这女郎香喷喷地走过来，朱绍海心头一慌，脸上红了。赵于小声地告诉朱绍海，这女郎是他的老婆，叫亚图拉。赵于还对朱绍海说，他把自己在部队时欺骗晃晃的故事说给亚图拉听后，亚图拉哭了半夜，这次听说赵于要来乡下，坚决要来，一定要来看看朱绍海和晃晃。

果真，一到家，亚图拉就奔晃晃去了，然后从包里拿出一大包火腿肠，喂起了晃晃，直到中饭开始，才离开晃晃。

虽然对朱绍海有意见，但是，儿子的战友来了，这个面子还是要挣的。母亲从乡间菜贩子那买了许多菜，又亲自杀了鸡。忙到中晌时，大盆小碗的，热腾腾地摆了一桌子。

父亲的腰虽然说好了许多，但是暂时还不能下床，绍强已经去了学校，家里能上桌子陪客的就只有朱绍海了。亚图拉也是个快人快语、自来熟的女人，母亲在厨房忙时，她就围着母亲唠。相距不远，朱绍海正陪赵于边吃边喝。赵于还是那个德行，目空一切的样子，话也还是那么多，一个劲地讲。赵于在灌口似的大说特说时，朱绍海好像听得很认真，实际上，耳朵却在厨房，因为他分明听到亚图拉对母亲说，她是在赵于离婚后嫁给赵于的。亚图拉说，阿妈开明，阿妈说，只要女儿幸福，疤瘌瘸子都认。或是出于礼貌，或是出于同情，母亲附和着亚图拉，就是就是。

这边，通过赵于的述说，朱绍海才知道，赵于已经退伍了，或许就是因为那次戏弄晃晃的事儿，现在在昆山开了一个犬场。养三种狗，一种是藏獒，一种是大型宠物犬，一种是收养的流浪狗。

说到收养流浪狗，赵于说，还是想做点好事。做好事也是洗钱嘛！说完开心地笑。接着忽然又提醒说，声明一下哦，我这次来，主要是想看看你和晃晃，可不是来收你的狗狗的哦。

朱绍海的心里忽然迷惘了一下，他想，要是真的能把我的晃晃收去，也是件好事。但是他没说出口。

赵于觉得自己把自己的事抖搂得见箱底了，便开始打听朱绍海的情况，朱绍海就说出了自己的苦恼，他先说晃晃，然后说毛丫。

朱绍海把自己和毛丫的故事讲得很细，但讲着讲着，客观性就减弱了，因为在他的讲述中，饱含着对毛丫的理解和宽宥。可能是感觉到了自己的袒护，也感觉到了一种孤独，此时，朱绍海特别需要别人的支持，需要一个同谋，为此，故事讲完后，他有点讨好地或者说可怜巴巴地看着赵于。

赵于没有令朱绍海失望。他说，老兵，退伍后，我走在大街上，看到直线就想敬礼。为什么？因为，在部队的六年里，我们的生活是在口令和哨声中度过的。我们从肉体到灵魂，都被一些原则和制度所喂养着，而在这六年，军营外的生活不仅有直线，还有曲线，不仅有三角形、圆形，还有3D、4D等空间。在军营里，当我们还在论斤算账时，社会上早就论G考量了。那么，在这种光怪陆离的世界里，凭什么要求毛丫和你步调一致呢。为什么就不能理解毛丫的朝三暮四呢。正如你刚才说的，毛丫又是一个极要强的女孩。而在生活中，最要强的人，往往是最早屈服世俗的人，最容易流变的人。

关于部队生活，朱绍海不赞成赵于的理解。他觉得，部队的六年恰是他的第二个青春期，是他人生中最为扎实、最为活跃、最有成就感的六年。在这六年里，他把晃晃从一个一步三晃的小狗崽子，训练成了一名“战士”，在这六年里，他懂得了什么叫忠诚，什么叫责任，什么叫国家利益。他认为，生活就是一种自我认定，来了就别后悔，如果你一定要拿自己的生活和别人的生活比较，就会失去惯常的准则，就会否定自我，就会有挫折感。朱绍海对自己的观点十分自信，但是今天，赵于是他求之不得的贵客，不好就这个事当面较真，此时，他最关心的还是赵于是否能支持他和毛丫的事。

这时，赵于撇着张油乎麻花的大嘴说，老兵，说句话可能要伤到你。尽管朝三暮四不是毛丫的本意，但是，她毕竟朝三暮四了。这种女人最好不要联系了。就像一朵花，水灵的时候，到处叫卖，现在蔫了，就等那个不讲究的人去拣了。老兵，过去，这个女孩是现实的，你是浪漫的，经过这些年打磨，你也该现实点了。事情到了这种地步，你还去找这种女人，你就显得很不真实了。在爱情面前，你想当活雷锋，那要预备多少套绿闪的衣服。

赵于的话让朱绍海有点失望，沉默了一下，他叹了口气说，战友，就这个事，我气过、怨过，也恨过。恨到什么程度？在手背上刻字，刻得血糊糊的。说着，他把袖子往下撸了撸。小臂上果然有个“心”字，但是这个心字缺一点儿。为什么缺一点？朱绍海问赵于，但是自己马上又做了解释，我想告诫自己，以后别说是和这种女人见一次面，就是想到这个女人，都是缺八辈子心眼了。

这才是军人！赵于说，竖了竖大拇指。

在赵于激情澎湃的时候，朱绍海沉默了一下，继而叹了口气说，战友啊，你我都是养狗的人，这养狗的时间长了，心就软了。说到这，朱绍海喝了一杯酒。

赵于感到了朱绍海心中的转折和坚持，转而笑着说，老兵，这个事不说了。我们来谈谈晃晃的事吧。

吃完中饭，赵于夫妻二人就要走了，出乎母亲意料的是，朱绍海跟母亲说他也要跟着赵于走，说是想到昆山去看看赵于的犬场，同时把晃晃也带上。母亲高兴了，她知道儿子虽然倔强、认死理，但是自小就重感情，家里这些年的光景不会不让儿子心疼，这回，必然要彻底解决晃晃的问题了。

母亲烧了一大锅水，和亚图拉一起，为晃晃洗了个澡。学着儿子的样子，母亲还拿出一条崭新的毛巾，为晃晃擦拭身子。亚图拉用自己的梳子为晃晃梳了个遍，又按照自己的想法，用一根黄色松紧带，在晃晃的头顶上扎了个小鬏鬏，这样，晃晃多少就有点太监的意思了。

下午四点多钟的样子，赵于的车子发动了。车子的驾驶舱分前后排，赵于和朱绍海坐前面，亚图拉和晃晃坐后面。等到晃晃要上车时，平时连摸都不愿摸晃晃的母亲，忽然蹲下来抱住了晃晃。洗过澡的晃晃看上去毛茸茸的，很俊，很有暖感，母亲抱着晃晃时，眼泪竟然流了下来。她把嘴贴在晃晃的那只葵花叶般大小的耳朵上，跟晃晃轻声细语地说着什么。这时，赵于夫妇和朱绍海都已经在车上，至于母亲跟晃晃说了些什么，只有晃晃自己知道了。

关于晃晃，赵于和朱绍海是这样商谈的。赵于希望朱绍海能到他的犬场上班，那时，可以把晃晃留在厂里养老。如果朱绍海不愿意到他的犬场，也不愿意把晃晃寄养在场里，他愿意为晃晃终身提供狗食，同时，每一个季度为晃晃提供一次身体检查。对于赵于的这两个建议，朱绍海都未置可否，只是连声说谢谢。赵于说，老兵，不要谢我，要谢你就谢黄教导员和罗队他们吧。虽然晃晃被你协议领养了，但是按照规定，部队每年都必须派人来看望晃晃，因为晃晃的军籍还在部队，它还是个“战士”。这些军犬都为部队做过贡献，有真情在里面，所以无论它们在哪，无论它们碰到了什么，状况多么糟糕，部队都不会丢下它们不管。只是部队离你太远了，所以，我这次是受了罗队、梁助训的委托来的，既来看晃晃，也是来看你。

朱绍海僵硬地点了点头，然后向远方默默地看着。

远方在窗外或紧或慢地流动着。原野里，不知是车子在走，还是远方在走。

乡下的气息纯正而浓郁，车子驶过，一些野花和青草的香味便被翻腾开来，令人心思妩媚，叫人无限地怀旧和抒情。

一些鸟儿并不是要追随这辆开往远方的车子，但是，它们飞起来时却和车子贴得很近。它们的喙和眼睛是那么的安宁，能使人想到那些去天堂领取福音的精灵。

田里的庄稼还有一部分没收，可是，没有人会因此而焦虑和着急，因为它们是春天的预约和老账，终归要颗粒归仓。

到底是女人心细，这时，亚图拉忽然发现有一线晶亮的东西在朱绍海的眼角慢慢地变形和蠕动。亚图拉的眼神柔软和旖旎起来，便想着如何递过去一张纸巾，但是她到底没有动，因为她发现晃晃正屏住呼吸，歪着头，在目不转睛地看着朱绍海，看着它父亲的背影。那样子让人黏稠和抑郁，就算你有千言万语也形容不好，讲述不出来。

去昆山要上合肥高速。等过了合肥，一直没说话的朱绍海说话了，他以请求的语气说，战友，可以去武汉吗？

赵于看了看朱绍海，笑了笑，又表示无奈地摇了摇头。

于是，他们的车子就向武汉开了。